La ESPADA de la VERDAD

TERRY GOODKIND
La ESPADA de la VERDAD

1/2

EL LIBRO DE LAS SOMBRAS CONTADAS

minotauro

La Espada de la Verdad nº 01 El Libro de las Sombras Contadas 1/2

Wizard's First Rule (Sword of Truth) by Terry Goodkind © 1994 published in agreement with the author, c/o BAROR INTERNATIONAL, INC., Armonk, New York, USA.

Publicación de Editorial Planeta, SA. Diagonal, 662-664, 08034 Barcelona.
Copyright © 2024 Editorial Planeta, SA, sobre la presente edición.
Reservados todos los derechos.

Traducción: © Joana Claverol

Diseño de cubierta: Coverkitchen
Mapa: Terry Goodkind

ISBN: 978-84-450-1801-9
Depósito legal: B. 6149-2023
Printed in EU / Impreso en UE.

Inscríbete en nuestra newsletter en: www.edicionesminotauro.com
Facebook/Instagram: @EdicionesMinotauro
Twitter: @minotaurolibros

Para Jeri

AGRADECIMIENTOS

Me gustaría dar las gracias a ciertas personas muy especiales:

A mi padre, Leo, por no decirme nunca que leyera, pero viéndolo leer se despertó mi curiosidad.

A mis buenas amigas, Rachel Kahlandt y Gloria Avner, por leer el primer borrador y ofrecerme sus perspicaces y valiosas opiniones. Y por no dudar nunca de mí cuando más lo necesitaba.

A mi agente, Russell Galen, por tener las agallas de ser el primero en coger la espada y convertir mis sueños en realidad.

A mi editor, James Frenkel, no sólo por su excepcional talento editorial, por guiarme y ayudarme a mejorar el texto, sino también por el inagotable buen humor y la paciencia que ha demostrado al enseñarme a ser mejor escritor.

A la buena gente de Tor, a todos y cada uno de ellos, por su entusiasmo y su esfuerzo.

Y a dos personas muy singulares, Richard y Kahlan, por escogerme a mí para contar su historia. Sus sufrimientos y sus éxitos me han llegado muy hondo. Nunca volveré a ser el mismo.

TIERRA
CENTRAL

Montañas Rang'Shada

AYDINDRIL

D'HARA

El Límite

PALACIO
DEL PUEBLO

llanuras
Azrith

AMARANG

río Kern

TIERRA SALVAJE

río Callisidrin

EL VIEJO
MUNDO

TANIMURA

TERRY
GOODKIND

1

Era una enredadera de extraño aspecto. Abigarradas hojas de color oscuro crecían a lo largo de un tallo que estrangulaba el liso tronco de un abeto. La savia goteaba por la desgarrada corteza, y ramas secas se desplomaban, todo lo cual daba la impresión de que el árbol tratara de lanzar una queja al frío y húmedo aire de la mañana. Por todo lo largo de la enredadera sobresalían vainas, que casi parecía que miraran cautelosas alrededor por si alguien estuviera vigilando.

El olor fue lo primero que le llamó la atención, un olor semejante a la descomposición de algo muy desagradable incluso cuando estaba vivo. Richard se pasó la mano por su espesa mata de pelo mientras su mente se desprendía de la bruma de desesperación y se concentraba en observar la enredadera. Buscó otras, pero no había más. Todo lo demás parecía normal. Los arces del bosque Alto Ven estaban teñidos de carmesí y lucían con orgullo su nuevo manto, que se mecía en la suave brisa. Ahora que las noches eran cada vez más frescas, sus primos del bosque del Corzo, más al sur, no tardarían en imitarlos. Los robles se resistían a la nueva estación y aún conservaban sus copas color verde oscuro.

Richard había pasado la mayor parte de su vida en el bosque y conocía todas las plantas, si no por su nombre, sí de vista. Cuando aún era un niño su amigo Zedd solía llevarlo consigo a recolectar determinadas hierbas. Le había enseñado cuáles buscar, dónde crecían y por qué, y además le indicó el nombre de todo lo que se veía. Muchas veces se limitaban a hablar, y el anciano lo trataba como a un igual, tanto en sus respuestas como en sus preguntas. Zedd despertó en Richard la sed de aprender y de saber.

Pero esa enredadera sólo la había visto una vez anteriormente y no fue en el bosque. Había encontrado una ramita en casa de su padre, en el tarro de arcilla azul que Richard hizo de niño. Su padre era un comerciante y casi siempre viajaba, con la esperanza de adquirir mercancías exóticas o poco habituales. La gente de posibles acudía a él, interesada por sus productos. Lo que de verdad le gustaba a su padre no era tanto encontrar como la búsqueda en sí y nunca le había dolido desprenderse de su último hallazgo, pues eso suponía emprender la busca del siguiente.

Desde temprana edad, Richard pasó mucho tiempo con Zedd cuando su padre estaba ausente. A Michael, el hermano de Richard, unos cuantos años mayor, no le interesaba el bosque ni lo que pudiera enseñarle Zedd. Prefería juntarse con gente rica. Unos cinco años antes Richard había abandonado la casa paterna para vivir solo, pero, a diferencia de su hermano, solía visitar a su padre. Michael siempre estaba ocupado y muy pocas veces se pasaba por allí. Cuando su padre no estaba, siempre dejaba a Richard un mensaje en el tarro azul en el que le comunicaba las últimas noticias, algún chismorreo o le contaba algo que había visto en sus viajes.

Tres semanas atrás, el día en que Michael fue a verlo para decirle que su progenitor había sido asesinado, Richard fue a casa de su padre, aunque su hermano insistió en que no había razón para ello, que él no podía hacer nada. Pero atrás había quedado el tiempo en que Richard hacía lo que le decía su hermano. La gente no lo dejó ver el cuerpo de su padre para ahorrarle el mal trago, pero a él se le revolvió el estómago al contemplar las grandes manchas y charcos de sangre marrón y reseca en el suelo de tablas. Cuando se acercó, los demás enmudecieron y sólo hablaron para ofrecerle sus condolencias, lo que intensificó el desgarrador dolor que sentía. No obstante, los oyó hablar en susurros de las historias y los absurdos rumores de las cosas que llegaban del Límite.

Hablaban de magia.

A Richard lo impresionó el estado en el que había quedado la pequeña casa de su padre; era como si una tormenta se hubiera desatado en su interior. Pocas cosas se habían salvado, entre ellas el tarro azul colocado encima de un anaquel. Dentro encontró la ramita de enredadera. Aún la llevaba en el bolsillo, pero no tenía ni idea de lo que su padre había querido decirle.

Richard se sentía invadido por el dolor y la tristeza y, aunque todavía le quedaba un hermano, se veía abandonado y solo en el mundo. Pese a que muy pronto sería un hombre hecho y derecho, sentía el mismo desamparo que un huérfano. Le ocurrió lo mismo de muy niño, cuando su madre murió. Sin embargo, aunque su padre solía estar ausente, a veces durante semanas, Richard sabía que estaba en alguna parte y que regresaría. Pero ahora no volvería jamás.

Michael se negó a que Richard interviniera en la búsqueda del asesino; dijo que los mejores rastreadores del ejército ya lo estaban buscando y que, por su propio bien, él no debía participar. Así pues, Richard no le mostró la enredadera y cada día salía en solitario a la busca del asesino. Durante tres semanas se pateó todos los caminos y veredas del bosque del Corzo, incluso trochas que pocos conocían. Pero no halló nada.

Finalmente, y en contra de la razón, decidió seguir su intuición y se dirigió al bosque Alto Ven, cerca del Límite. Richard no podía librarse de la sensación de que él tenía la clave de por qué su padre había sido asesinado. Los susurros que oía en su cabeza se burlaban de él y lo atormentaban con pensamientos que en el último segundo se le escapaban, y se reían de él. Richard trató de convencerse de que no era algo real, que la pena le jugaba malas pasadas.

El joven pensó que la enredadera le daría alguna pista, pero ahora que la había encontrado, no sabía qué pensar. Los susurros ya no se burlaban de él, ahora rumiaban. Richard sabía que era su propia mente, que reflexionaba, y se dijo que debía dejar de pensar en ellos como si tuvieran vida propia. Zedd nunca lo haría.

Entonces alzó la mirada y contempló la agonía del gran abeto. De nuevo pensó en la muerte de su padre. La enredadera había estado allí y ahora estaba matando al árbol; no podía ser nada bueno. Ya no podía hacer nada por su padre, pero no iba a permitir que esa enredadera presidiera otra muerte. La agarró firmemente, tiró y con sus fuertes músculos arrancó del árbol los nervudos zarcillos.

Y entonces la enredadera lo mordió.

Una de las vainas lo atacó y le golpeó el dorso de la mano izquierda, haciendo que el joven saltara hacia atrás por el dolor y la sorpresa. Se inspeccionó la herida, que no era muy grande pero sí profunda, y vio algo parecido a una espina clavada en la carne. Decidido; la enredadera era un problema. Richard hizo ademán de asir el cuchillo para sacarse la espina, pero el cuchillo no estaba. Después de la primera sorpresa, el joven se reprendió a sí mismo por permitir que su estado de ánimo lo hiciera olvidar algo tan básico como llevarse un cuchillo cuando iba al bosque. A falta de algo mejor, usó las uñas para tratar de extraer la espina pero ésta, como si tuviera vida propia, se clavó más profundamente. Cada vez más inquieto, Richard arrastró la uña del pulgar por la herida para tratar de sacársela. Pero cuanto más hurgaba, más hondo se clavaba la espina. Una ardiente oleada de náuseas lo invadió mientras manipu-

15

laba la herida. Ésta se ensanchaba cada vez más, por lo que se detuvo. La espina había desaparecido entre la sangre que manaba.

Richard miró a su alrededor y distinguió las otoñales hojas violáceas de un pequeño viburno preñado de bayas azul oscuro. Debajo del arbusto, protegido por una raíz, encontró lo que buscaba: un aum. Aliviado, cortó con cuidado el tierno tallo cerca de la base y, suavemente, lo estrujó de modo que el líquido cayera en la herida. El joven sonrió mientras mentalmente daba las gracias al viejo Zedd por haberle enseñado que el aum ayudaba a que las heridas curaran más rápidamente. Cada vez que veía esas suaves hojas cubiertas de pelusilla se acordaba de Zedd. El jugo del aum anestesió la herida, pero no fue capaz de extraer la espina. Richard aún sentía cómo se clavaba en su carne.

El joven se agachó e hizo un agujero en la tierra con un dedo, puso dentro el aum y colocó musgo alrededor del tallo para que pudiera crecer de nuevo.

De pronto, el bosque quedó en silencio. Richard alzó la vista y se encogió al ver una gran sombra oscura que saltaba por encima de ramas y hojas. En el aire flotaba un susurro y un silbido. El tamaño de la sombra infundía pavor. Los pájaros, cobijados en los árboles, se dispersaron en todas direcciones lanzando trinos de alarma. Richard miró hacia arriba, tratando de distinguir la fuente de esa sombra entre las aberturas en el dosel verde y dorado. Tuvo una fugaz visión de algo grande, algo grande y rojo. No sabía qué podía ser, pero se estremeció al recordar los rumores y las historias de las cosas que venían del Límite.

Esa enredadera era un problema, se dijo de nuevo, y esa cosa en el cielo, otro. El joven recordó el viejo dicho de que no hay dos sin tres, y no tenía ningunas ganas de toparse con el tercero.

Descartando sus temores, echó a correr. «No es más que la cháchara de gente supersticiosa», se dijo y trató de imaginarse qué podía ser eso tan grande y rojo. Era imposible; no existía un ave de ese tamaño. Quizás era una nube o un efecto de la luz. Pero no podía engañarse a sí mismo. No era ninguna nube.

Mirando hacia arriba para localizar la sombra, el joven corrió hacia el sendero que bordeaba la ladera. Richard sabía que al otro lado de la vereda el terreno caía a pico, por lo que podría observar el cielo sin obstáculos. Las ramas de los árboles, todavía húmedas por la lluvia de la noche anterior, lo golpeaban en la cara mientras corría por el bosque, saltando por encima de árboles caídos y riachuelos cuajados de rocas. La maleza se le enganchaba en los pantalones, y la veteada luz del sol le tentaba a alzar los ojos, al tiempo que lo impedía ver. El joven jadeaba, un sudor frío le corría por el rostro y sentía que el corazón le latía con fuerza mientras él descendía por la ladera sin aflojar el paso. Finalmente, emergió de entre los árboles, tambaleándose, y a punto estuvo de caerse de bruces en el sendero.

Escrutó el cielo y descubrió al ser. Aunque estaba demasiado lejos y era demasiado pequeño para saber qué era, le pareció que tenía alas. Richard entrecerró los ojos e hizo visera con la mano para protegerse del brillante azul del cielo, tratando de asegurarse de que, realmente, veía unas alas que se movían. Pero el ser se deslizó tras una colina y desapareció. Ni siquiera había averiguado si era de color rojo.

Sin aliento, el joven se dejó caer sobre una roca de granito situada a un lado de la senda y distraídamente fue arrancando las ramas muertas de un árbol joven mientras contemplaba el lago Trunt. Tal vez debería contar a Michael lo ocurrido, confiarle lo de la enredadera y el ser rojo en el cielo, aunque sabía que su hermano se reiría de esta última parte. Él mismo se había burlado de tales historias.

No, Michael se enfadaría si se enteraba de que se había acercado al Límite y contravenido sus instrucciones de quedarse al margen en la búsqueda del asesino. Richard sabía que su hermano se preocupaba por él, o no le daría tanto la lata. Ahora que ya era mayor, podía reírse de sus constantes órdenes, aunque tenía que seguir soportando sus miradas de desaprobación.

Richard cortó otra ramita y, lleno de frustración, la lanzó contra una roca plana. El joven decidió que no era nada personal, pues Michael siempre decía a todo el mundo qué tenía que hacer, incluso a su padre.

El joven alejó de su mente las duras críticas de su hermano. Ése era un día importante para él, pues iba a aceptar el puesto de Primer Consejero. Como tal, Michael estaría a cargo de todo; no sólo de la ciudad del Corzo sino de todas las ciudades y aldeas de la Tierra Occidental, además de la campiña. Sería el responsable de todo y de todos. Michael se merecía el apoyo de Richard y lo necesitaba, también él había perdido a su padre.

Por la tarde se celebraría una ceremonia y una gran fiesta en la casa de Michael, a la que acudirían importantes personas venidas de los rincones más remotos de la Tierra Occidental. Richard también había sido invitado. «Al menos, habrá montones de apetitosa comida», se dijo Richard, que de pronto se dio cuenta de que tenía un hambre de lobo.

Sentado, observaba el lado opuesto del lago Trunt, allá abajo. Desde la altura en la que se encontraba, las transparentes aguas del lago revelaban en algunos puntos las rocas del fondo y, en otros, hierbas alrededor de profundos agujeros. El camino del Buhonero serpenteaba entre los árboles y seguía el borde del lago, por lo que algunos tramos eran claramente visibles y otros permanecían ocultos. Richard había recorrido muchas veces esa parte del camino. En primavera la tierra junto al lago estaba mojada, pero ahora, tan avanzado el año, estaría seca. Más al norte y al sur, el camino culebreaba por el bosque Alto Ven y pasaba inquietantemente cerca del Límite, por lo que los viajeros solían evitarlo y preferían las sendas del bosque del Corzo. Richard era un guía y su trabajo consistía en conducir a los viajeros sanos y salvos por el bosque. La mayoría de tales viajeros eran dignatarios que necesitaban más el prestigio de contar con los servicios de un guía local que una auténtica orientación.

Sus ojos quedaron prendidos en un punto. Algo se movía. Deseoso de saber qué había visto, el joven escudriñó un punto situado en el extremo más alejado del lago, donde el camino pasaba por detrás de un fino velo de árboles. Al verlo de nuevo ya no tuvo duda: era una persona. Tal vez era su amigo Chase. ¿Quién si no un guardián del Límite se dedicaría a pasear por allí?

Richard se bajó de la peña de un brinco, se sacudió las ramitas y avanzó unos pasos. La figura seguía el camino hacia un lugar despejado al borde del lago. No era Chase, sino una mujer; una mujer ataviada con un buen vestido. ¿Qué hacía una mujer andando sola por el bosque Alto Ven, y además llevando un buen vestido? Richard contempló cómo caminaba junto al lago por el sinuoso camino, apareciendo y desapareciendo de la vista. No parecía llevar ninguna prisa, aunque tampoco paseaba lentamente. Más bien andaba con el paso acompasado de un viajero experimentado. Era lógico; no había ninguna casa cerca del lago Trunt.

Otro movimiento captó la atención del guía, y sus ojos escrutaron las sombras. Tres, no, cuatro, hombres cubiertos con capas y capuchas de color verde seguían a la mujer a una cierta distancia. Los perseguidores se movían sigilosamente, ocultándose tras árboles y rocas. Espiaban. Esperaban. Avanzaban. Richard se enderezó, con los ojos abiertos de par en par y profundamente atento.

Acechaban a la mujer.

La confirmación de que no había dos sin tres.

2

En un primer momento Richard se quedó paralizado, sin saber qué hacer. No podía estar seguro de que aquellos hombres acecharan a la mujer, pero si esperaba para cerciorarse sería demasiado tarde. ¿Quién le había dado a él vela en ese entierro? Además, ni siquiera llevaba un cuchillo. ¿Qué podía hacer un hombre desarmado contra cuatro? El joven siguió observando a la mujer y a los cuatro hombres que la seguían.

¿Qué oportunidad tenía la mujer?

Richard se agazapó, con los músculos tensos. El corazón se le aceleró mientras pensaba en las posibilidades. El sol de la mañana le hacía sudar y respiraba entrecortadamente. Sabía que del camino del Buhonero, un poco más adelante de donde se encontraba la mujer, partía un atajo. Trató de acordarse de dónde estaba exactamente. El principal desvío de la bifurcación, el de la izquierda, continuaba alrededor del lago y luego subía la colina, hacia el lugar desde el que Richard vigilaba. Si la mujer permanecía en el camino principal él podía esperarla y avisarla de que la seguían. Pero ¿y entonces qué? Además, tardaría demasiado y los hombres la atraparían antes de que llegara. Una idea empezó a tomar forma en su mente. El joven se levantó de un salto y emprendió un rápido descenso por el camino.

Si podía llegar hasta ella antes de que los hombres la alcanzaran, y antes de la bifurcación, la haría seguir el desvío de la derecha. Esa senda los alejaría de los árboles y los llevaría a unos salientes despejados, lejos del Límite y en dirección a la ciudad del Corzo. Si caminaban rápido les podrían dar esquinazo. Los hombres no sabrían que habían tomado ese desvío y pensarían, al menos durante el tiempo suficiente para engañarlos y ponerla a ella a salvo, que su presa continuaba en el camino principal.

Todavía exhausto por su anterior carrera, Richard corrió como una exhalación. Jadeaba. El camino volvía a discurrir entre los árboles, por lo que, al menos, no tenía que preocuparse de que los hombres lo vieran. Los rayos del sol destellaban entre las copas. El camino estaba flanqueado por viejos pinos, y un suave colchón de hojas amortiguaba sus pasos.

Ya había descendido una buena parte del sendero cuando empezó a buscar el desvío. No podía estar seguro del trecho que había recorrido; el bosque no le ofrecía ningún punto de referencia y tampoco recordaba exactamente dónde nacía el atajo. No era más que una trocha y era muy fácil pasar de largo. Pero el joven siguió adelante, con la esperanza de encontrárselo a cada nuevo recodo. Al mismo tiempo trataba de pensar en qué le diría a la mujer cuando llegara hasta ella. Su mente iba tan rápida como sus piernas. Era posible que lo tomara por un compinche de sus perseguidores, que se asustara o que no lo creyera. No tendría mucho tiempo para convencerla de que fuera con él, de que deseaba ayudarla.

Desde una pequeña elevación el joven buscó de nuevo el desvío, pero no lo vio y siguió corriendo. Ahora resoplaba. Sabía que si no llegaba a la bifurcación antes que ella, los dos estarían atrapados, y no tendría otra alternativa que dejar atrás a los hombres o luchar. Richard se sentía demasiado exhausto para plantearse ninguna de ellas. Este pensamiento le dio alas a los pies. El sudor le corría por la espalda y la camisa se le pegaba a la piel. El frescor de la mañana se había convertido en un calor asfixiante, aunque él sabía que sólo lo sentía así por el esfuerzo que realizaba. El bosque era una mancha borrosa que desfilaba a ambos lados.

Justo antes de una pronunciada curva a la derecha llegó por fin al atajo, y a punto estuvo de saltárselo. Buscó huellas, para comprobar si la mujer había pasado por allí y tomado la trocha. No había ninguna. Aliviado y agotado, Richard cayó de rodillas y se sentó en cuclillas, tratando de recuperar el aliento. Por ahora todo iba bien; había llegado a la bifurcación antes que ella. Ahora tenía que lograr que lo creyera antes de que fuera demasiado tarde.

Mientras se apretaba con la mano derecha el costado, en el que sentía dolorosas punzadas, y trataba de recuperar el resuello, Richard empezó a preocuparse por la posibilidad de hacer el ridículo. ¿Y si no era más que una chica y sus hermanos que jugaban? Quedaría como un tonto. ¡Cómo se reirían de él!

El joven contempló la herida en el dorso de la mano, que se veía roja y le dolía. Asimismo recordó lo que había visto en el cielo y la decidida manera de andar de la desconocida; no parecía una niña que jugara.

Además, era una mujer y no una chica. Richard evocó el estremecimiento de temor que le habían provocado aquellos cuatro hombres. Era el tercer incidente extraño de la mañana: cuatro hombres siguiendo de cerca y sigilosamente a una mujer. No hay dos sin tres. No, se dijo meneando la cabeza, no se trataba de un juego. Él sabía qué había visto. No era un juego. La estaban acechando.

Richard se irguió un poco y sintió que su cuerpo emitía oleadas de calor. Se dobló por la cintura, con las manos abrazándose las rodillas, e inspiró profundamente antes de erguirse por completo.

Sus ojos se posaron en la mujer, que en ese momento doblaba el recodo y, por un instante, se quedó sin aliento. Su abundante y larga mata de brillante cabello castaño realzaba las curvas de su cuerpo. Era alta, casi tanto como él, y tendría aproximadamente la misma edad. llevaba un vestido casi blanco, con escote cuadrado, y una pequeña bolsa de piel curtida a la cintura. La tela era fina y lisa, parecía incluso relucir. Richard nunca había visto un vestido igual, sin las habituales puntillas ni volantes, sin estampados ni colores que distrajeran del modo en que la tela moldeaba sus formas. Era un vestido simple y elegante. La mujer se detuvo y los largos pliegues del vestido, que arrastraba por el suelo, se arremolinaron regiamente en torno a sus piernas.

Richard se acercó y se detuvo a tres pasos de distancia, pues no quería parecer una amenaza. La mujer se mantenía derecha y en silencio, con los brazos a los lados. Sus cejas se arqueaban airosamente, como las alas de un halcón en pleno vuelo. Sus ojos verdes se posaron sin miedo en los del joven. La conexión fue tan intensa que a Richard le pareció que su propio yo se perdía en esa mirada. Sentía que la conocía desde siempre, que ella siempre había sido una parte de él, que las necesidades de esa mujer eran las suyas. La desconocida lo contenía con su mirada con la misma firmeza que una argolla de hierro; buscaba sus ojos como si fueran su alma, tratando de hallar una respuesta. «Estoy aquí para ayudarte», dijo Richard mentalmente, y nunca había dicho ni pensado algo más en serio.

La mirada de la mujer se relajó y lo dejó libre. En sus ojos Richard vio algo que lo atrajo más que su belleza: inteligencia. Ésta brillaba en sus ojos, ardía en ella y, por encima de todo, el joven sintió que aquella mujer era totalmente íntegra. Se sentía seguro.

Una alarma se disparó en su mente, recordándole por qué estaba allí y que no había tiempo que perder.

—Estaba allí arriba —dijo señalando—, y te he visto.

La mujer miró hacia donde señalaba. Él miró a su vez y se dio cuenta de que señalaba una maraña de ramas y hojas. No podían ver la colina porque los árboles tapaban la vista. El joven bajó el brazo sin decir nada, y trató de obviar la plancha. Los inquisitivos ojos de la mujer volvieron a posarse en los suyos, a la espera.

—Estaba allí, sobre una colina —empezó de nuevo Richard, hablando bajo—. Te he visto andando por el camino que bordea el lago. Unos hombres te siguen.

La mujer no mostró ninguna emoción, pero no desvió la mirada.

—¿Cuántos son? —preguntó.

—Cuatro —respondió él, aunque la pregunta se le antojó extraña.

La mujer palideció.

Entonces volvió la cabeza, observando el bosque a su espalda y escrutando brevemente las sombras. Finalmente, sus verdes ojos buscaron de nuevo los de Richard.

—¿Quieres ayudarme? —Exceptuando su palidez, su exquisito rostro no revelaba ninguna emoción.

Antes de que su mente formulara el pensamiento, Richard se oyó a sí mismo contestar afirmativamente.

—¿Qué propones? —inquirió la mujer, y su semblante se suavizó.

—Hay una trocha que nace aquí. Si la tomamos y ellos continúan por el camino principal, podremos despistarlos.

—¿Y si no? ¿Y si nos siguen?

—Ocultaré nuestras huellas. —El joven meneaba la cabeza para tratar de tranquilizarla—. No nos seguirán. Vamos, no hay tiempo...

—¿Y si lo hacen? —lo interrumpió ella—. ¿Cuál es tu plan?

—¿Son muy peligrosos? —preguntó Richard tras estudiar brevemente la cara de la desconocida.

—Sí —respondió simplemente, y se puso tensa.

El modo en que pronunció el sí lo sobresaltó. Por los ojos de la mujer cruzó una fugaz mirada de puro terror.

—Bueno, la trocha es estrecha y escarpada —contestó Richard, pasándose una mano por el pelo—. No podrán rodearnos.

—¿Vas armado?

El joven negó con la cabeza, demasiado enfadado consigo mismo por haberse olvidado el cuchillo para responder en voz alta.

La mujer asintió y dijo:

—Entonces debemos darnos prisa.

Tras tomar la decisión no cruzaron ni media palabra más, pues cualquier sonido podría delatarlos. Richard borró sus huellas y le indicó por señas que fuese ella delante, de modo que él quedara entre la mujer y sus perseguidores. La mujer no vaciló. Los pliegues de su vestido ondearon tras ella cuando avanzó. Los jóvenes y exuberantes árboles del Ven se apiñaban a los lados de ambos, convirtiendo la vereda en una estrecha, sombría y verde vía amurallada que se abría paso entre la maleza y el ramaje. No podían ver nada a su alrededor. Richard iba mirando tras de sí, aunque la vista apenas le alcanzaba. La mujer avanzaba con prontitud, sin necesidad de que él la animara.

Al rato la trocha se hizo más empinada y rocosa, y los árboles empezaron a ralear, con lo que se les ofreció una vista más amplia. La trocha serpenteaba bordeando profundos cortes en el terreno y cruzando quebradas cubiertas de hojas. Las hojas secas se dispersaban a su paso. Los pinos y abetos fueron sustituidos por árboles de madera noble, en su mayoría abedules. El sol se filtraba entre las ramas, que se balanceaban sobre sus cabezas y formaban pequeñas manchas luminosas en el suelo del bosque. Los puntos negros en las cortezas blancas de los abedules daban la impresión de ser cientos de ojos que los vigilaran. Salvo por el estridente graznido de algunos cuervos, en el bosque reinaba un absoluto silencio.

Al llegar a la base de una pared de granito que seguía la trocha, Richard le hizo un gesto para que se acercara, y a continuación se llevó un dedo a los labios para indicarle que debía caminar con mucho cuidado para no hacer ruidos, pues delatarían su posición a sus perseguidores. Cada vez que un cuervo graznaba, el eco difundía el sonido por las colinas. Richard conocía aquel lugar; la forma de la pared de roca podía transportar el sonido a kilómetros de distancia. El joven indicó a la mujer las rocas redondas cubiertas de musgo desparramadas por el liso suelo del bosque. La idea era que caminaran sobre ellas para evitar romper las ramitas ocultas bajo el manto de hojas. Richard apartó algunas hojas para mostrarle las ramas, fingió romperlas y acto seguido se llevó una mano a la oreja. La mujer asintió para indicarle que lo comprendía, se arremangó la falda del vestido con una mano y se dispuso a pisar la primera de las rocas. Richard le tocó un brazo para que volviera a mirarlo y fingió que resbalaba y caía, advirtiéndole así que el musgo estaba resbaladizo. Ella sonrió y asintió de nuevo antes de proseguir. Su inesperada sonrisa emocionó al joven y mitigó su profundo temor. Mientras saltaba de una roca a otra, Richard se permitió confiar en que lograrían escapar.

A medida que la vereda ascendía, los árboles fueron haciéndose menos numerosos. El suelo rocoso no era el más adecuado para que echaran raíces. Muy pronto, los árboles sólo crecían en grietas y se veían nudosos, retorcidos, esmirriados, para no dar la menor oportunidad al viento, que podría arrancarlos de su precario anclaje.

Silenciosamente la pareja dejó atrás los árboles y avanzó por los salientes. Ahora la senda no estaba claramente marcada y había muchos senderos falsos. La mujer volvía a menudo la cabeza para que el joven la guiara en la dirección correcta señalando o con un cabeceo. Richard se preguntaba cuál sería su nombre, pero el temor a sus cuatro perseguidores lo impedía hablar. Aunque la trocha era empinada y difícil, no tuvo que aminorar el paso por ella. La mujer era una buena andarina. Richard se fijó en que llevaba unas buenas botas de piel suave, el tipo de calzado que se pondría un viajero experimentado.

Hacía más de una hora que habían abandonado el bosque y subían a pleno sol por los salientes. Se dirigían al este, aunque después la vereda torcería al oeste. Los hombres que los seguían tendrían que mirar con el sol de cara para poder verlos. Richard procuraba que la mujer avanzara lo más agachada posible y lanzaba frecuentes vistazos hacia atrás, buscando cualquier signo de los hombres. Cuando los vio a orillas del lago Trunt se escondían, pero ahora no había lugar donde ocultarse. No había ni rastro de ellos, y Richard empezó a sentirse mejor. Nadie los seguía y, probablemente, ya se encontraban a kilómetros del camino del Buhonero. Cuanto más se alejaran del Límite, mejor se sentiría él. Su plan había funcionado.

Puesto que, al parecer, nadie los seguía, Richard deseó poder detenerse para descansar y aliviar el dolor de su mano, pero ella no daba ninguna muestra de que necesitara ni deseara una pausa. La mujer seguía adelante como si sus perseguidores les pisaran los talones. Richard recordó su mirada cuando le preguntó si eran peligrosos y desechó al instante cualquier pensamiento de detenerse.

A medida que la mañana iba avanzando se intensificaba un calor poco habitual en aquella época del año. El cielo era de un brillante color azul, salpicado únicamente por un puñado de tenues nubes blancas que avanzaban perezosamente. Una de ellas parecía una serpiente con la cabeza inclinada y la cola levantada. Era una forma tan poco usual que Richard recordó haberla visto antes ese mismo día, ¿o fue el anterior? Tendría que hablarle de ella a Zedd la próxima vez que se encontraran. Zedd leía las nubes, y si Richard se olvidaba de mencionarle que la había visto, tendría que soportar un sermón de una hora sobre la importancia de las nubes. Probablemente Zedd la estaba observando en ese mismo instante y se preguntaría, inquieto, si Richard se había fijado en ella.

La senda los condujo a la cara meridional de la pequeña Montaña Azul, por donde cruzaba un precipicio cortado a pico que daba nombre al monte. La trocha cruzaba el barranco a media altura y ofrecía una vista panorámica de la parte sur del bosque Alto Ven y, a la izquierda, casi oculta tras la pared de roca, las altas y escarpadas cumbres que pertenecían al Límite. Richard distinguió unos agonizantes árboles marrones que resaltaban contra el manto verde. Más arriba aún, más cerca del Límite, los árboles muertos eran numerosos. El joven se dio cuenta de que contemplaba los estragos de la enredadera.

Ambos cruzaron rápidamente el precipicio. Estaban completamente a la vista y sin ningún lugar en el que ocultarse, por lo que cualquiera podría verlos con suma facilidad. Sin embargo, al otro lado la senda empezaría a descender hacia el bosque del Corzo y después hacia la ciudad. Aunque los hombres se dieran cuenta de su error y los siguieran, Richard y la mujer les llevaban mucha ventaja.

Al aproximarse al otro lado del barranco la senda cambiaba. Ya no era una trocha estrecha y traicionera, sino que se ensanchaba lo suficiente para que dos personas pudieran andar una al lado de la otra. Richard rozaba con la mano derecha la pared de roca, tratando de calmarse, al tiempo que miraba por el costado el suelo sembrado de rocas que se extendía a un centenar de metros a sus pies. Se volvió otra vez para comprobar que nadie los seguía. Perfecto.

Al volverse de nuevo, la mujer quedó paralizada, y los pliegues del vestido se le arremolinaron alrededor de las piernas.

Delante de ellos, en la senda que un momento antes estaba vacía, habían aparecido dos de los hombres. Richard era más corpulento que la mayoría de los hombres, pero aquéllos lo superaban. Llevaban capas y capuchas de un verde oscuro que les ocultaban el rostro, pero que no lograban disimular la corpulencia de sus musculosos cuerpos. Los pensamientos se agolpaban en la mente del joven mientras trataba de imaginarse cómo se las habrían arreglado para adelantarlos.

Hombre y mujer se volvieron, dispuestos a echar a correr. De arriba cayeron dos cuerdas, y los otros dos hombres se descolgaron por ellas y aterrizaron pesadamente en la senda, cortándoles la retirada. Eran tan corpulentos como los dos primeros. Las hebillas y correas de cuero que llevaban bajo las capas sujetaban un verdadero arsenal de armas, que relucían a la luz del sol.

Richard se volvió hacia los dos primeros, los cuales se echaron atrás las capuchas tranquilamente. Ambos eran rubios, de cuello recio, y mostraban rostros de facciones duras pero apuestas.

—Tú puedes pasar, chico. Sólo la queremos a ella. —La voz del hombre sonaba profunda y casi amistosa. No obstante, contenía una amenaza tan cortante como el filo de una espada. Mientras hablaba, el hombre se quitó los guantes de piel y se los guardó en el cinturón, sin

25

dignarse mirar a Richard. Obviamente, no lo consideraba un obstáculo. Parecía ser el jefe, pues los otros tres aguardaban en silencio.

Richard nunca se había encontrado en una situación similar a aquélla. Él nunca se permitía perder los estribos y su simpatía lograba casi siempre convertir los ceños en sonrisas. Y, si las palabras no bastaban, era lo suficientemente rápido y fuerte para poner fin a las amenazas antes de que nadie resultara herido, o simplemente daba media vuelta y se iba. Pero sabía que aquellos hombres no querían hablar y era evidente que no le tenían miedo. El joven deseó poder dar media vuelta e irse.

Richard buscó los ojos verdes de la desconocida y contempló el semblante de una mujer orgullosa que le imploraba ayuda.

—No pienso abandonarte —le susurró con voz firme, inclinándose hacia ella.

El rostro de la joven reflejó alivio. Entonces, asintió levemente y posó una mano en el antebrazo de Richard.

—Quédate entre ellos y no permitas que me ataquen todos a la vez —susurró la mujer—. Y no me toques cuando se acerquen a mí. —La mano de ella le apretó el brazo y sus ojos no se apartaron de los del joven, esperando la confirmación de que había entendido sus instrucciones. Richard asintió—. Que los buenos espíritus nos amparen —dijo ella.

Entonces dejó que ambas manos le cayeran a los costados y se volvió para encararse a los dos hombres de su espalda. Tenía el rostro muy sereno y desprovisto de cualquier emoción.

—Lárgate, chico. —La voz del jefe sonaba más dura, y sus feroces ojos azules relampagueaban—. Es mi última oferta —masculló.

Richard tragó saliva y procuró que su voz sonara segura de sí.

—Ambos pasaremos. —El corazón parecía que se le quería salir por la boca.

—No será hoy —replicó el jefe de modo tajante. Dicho esto, sacó un cuchillo curvo de inquietante aspecto.

El otro hombre desenvainó una espada corta que llevaba a la espalda y, con una depravada sonrisa, se la pasó por el interior de su musculoso antebrazo, manchando la hoja de sangre. A su espalda Richard percibió el sonido del acero al ser desenvainado. El miedo lo tenía paralizado. Todo estaba ocurriendo demasiado deprisa. No tenían ninguna posibilidad. Ninguna.

Por un breve instante nadie se movió. Richard se encogió cuando los cuatro hombres profirieron gritos de batalla, como hombres dispuestos a morir en un combate a muerte. Entonces lanzaron una aterradora carga, todos a una. El que enarbolaba la espada corta arremetió contra

Richard. Mientras lo veía acercarse, el joven oyó detrás de él cómo otro de los hombres agarraba a la mujer.

Entonces, cuando ya casi tenía al atacante encima, se produjo un fuerte impacto en el aire, como un trueno silencioso. No obstante, fue tan violento que sintió un agudo dolor en todas las articulaciones del cuerpo. A su alrededor se levantó un polvo que se extendió en círculo.

El hombre de la espada también se resintió y, por un instante, se olvidó de Richard para concentrarse en la mujer. Se precipitó contra ella. Richard se apoyó en la pared de roca y lo golpeó en pleno pecho con ambos pies tan fuerte como pudo, lanzando al atacante fuera de la senda, hacia el vacío. Los ojos del hombre se abrieron desmesuradamente por la sorpresa al tiempo que caía de espaldas hacia las rocas de abajo, sosteniendo aún la espada en alto con ambas manos.

Richard se llevó un buen susto al ver que uno de los dos atacantes que tenían a su espalda también caía al vacío, con el pecho desgarrado y cubierto de sangre. Antes de poder pensar en ello, el jefe cargó contra la mujer con su cuchillo curvo. Al pasar junto a Richard, lo golpeó con la base de la mano en el centro del pecho. El golpe dejó al joven sin resuello y lo empujó con fuerza contra la pared, impulsando su cabeza contra la roca. Mientras pugnaba por permanecer consciente, el único pensamiento de Richard era que tenía que detenerlo antes de que llegara a la mujer.

Haciendo acopio de unas fuerzas que no sabía que poseía, agarró al hombre por su fornida muñeca y lo obligó a darse la vuelta. El cuchillo trazó un arco hacia él, la hoja brillando a la luz del sol. Los ojos azules del atacante reflejaban un hambre asesina. Richard no había estado tan asustado en su vida.

En ese instante supo que estaba a punto de morir.

Entonces, el último hombre, armado con una espada corta cubierta de sangre, pareció salir de la nada para chocar contra el jefe y hundirle el acero en el vientre. El choque fue tan violento que lanzó a ambos por el precipicio. El grito de rabia del último hombre se oyó durante toda la caída, hasta que se estrelló contra las rocas del fondo.

Un atónito Richard se asomó por el borde, sin poder apartar la vista. Con cierta renuencia se volvió hacia la mujer, temeroso de mirar, aterrorizado de encontrársela cubierta de sangre y muerta. Pero ésta estaba sentada en el suelo, apoyada contra la pared del precipicio, exhausta pero ilesa. Tenía una mirada ausente. Todo había acabado de manera tan repentina que Richard no comprendía qué había pasado ni cómo. De pronto él y la mujer estaban solos, en silencio.

El joven se dejó caer junto a ella en la roca calentada por el sol. El golpe en la cabeza contra la pared le había provocado un intenso dolor.

Richard no le preguntó si estaba bien, era evidente. Se sentía demasiado abrumado para poder hablar y notaba que a ella le ocurría lo mismo. La mujer se dio cuenta de que tenía sangre en el dorso de la mano y se la limpió en la pared, añadiendo una mancha de sangre a las ya existentes. Richard creyó que iba a devolver.

No podía creer que siguieran vivos. Parecía imposible. ¿Qué había sido ese trueno silencioso? ¿Y el dolor que le causó? Nunca antes había visto nada igual. Se estremecía al recordarlo. Fuera lo que fuese, ella tenía algo que ver, y le había salvado la vida. Había sido algo sobrenatural, y Richard no sabía si quería conocer más detalles.

La mujer recostó la cabeza contra la roca, la volvió hacia el joven y le dijo:

—Ni siquiera sé tu nombre. Quería preguntártelo antes, pero me daba miedo hablar. —Con un gesto vago señaló el borde del precipicio—. Estaba muy asustada... No quería que nos encontraran.

Por su voz Richard pensó que iba a echarse a llorar y la miró. Su impresión había sido equivocada, pero él sí tenía ganas de llorar. El joven asintió para indicar que la comprendía.

—Me llamo Richard Cypher.

Los ojos verdes de la mujer escrutaron la faz del joven. La suave brisa impulsaba mechones de pelo hacia su rostro.

—Hay muy pocas personas que se hubieran quedado junto a mí —dijo ella con una sonrisa. A Richard su voz le pareció tan atractiva como el resto de su persona. Hacía juego con la chispa de inteligencia que brillaba en sus ojos. El joven se quedó casi sin aliento—. Eres una persona excepcional, Richard Cypher.

El joven notó consternado que se ruborizaba. La mujer desvió la mirada, fingiendo que no lo notaba, al tiempo que se apartaba el pelo de la cara.

—Yo me llamo... —empezó a decir ella, pero se lo pensó mejor, se volvió hacia él y añadió—: Me llamo Kahlan. Kahlan Amnell.

—Tú también eres una persona excepcional, Kahlan Amnell —dijo el joven, mirándola fijamente a los ojos—. Hay muy pocas personas capaces de enfrentarse a esos hombres como has hecho tú.

La mujer no se ruborizó pero sonrió de nuevo. Era una sonrisa extraña, una sonrisa especial que esbozaba con los labios apretados y sin mostrar los dientes; el tipo de sonrisa de alguien que decide confiar en otra persona. Sus ojos centelleaban. Era una sonrisa cómplice.

Richard se llevó la mano a la parte posterior de su dolorida cabeza, se palpó el chichón y con los dedos comprobó si sangraba. En contra de lo que esperaba, no lo hacía. Entonces volvió a fijar la vista en la mujer, preguntándose qué habría ocurrido, qué habría hecho ella y cómo. Primero estaba lo del trueno silencioso, luego había arrojado a uno de los hombres al vacío, otro había matado al jefe en vez de a ella y después se había suicidado.

—Bueno, Kahlan, amiga mía, ¿puedes decirme por qué nosotros estamos vivos y ellos han muerto?

—¿Lo dices en serio? —inquirió la mujer sorprendida.

—¿El qué?

—Lo de amiga —respondió en tono vacilante.

—Pues claro. —Richard se encogió de hombros—. Acabas de decir que no te he abandonado. Eso sólo lo haría un amigo, ¿no? —El joven le sonrió.

—No lo sé —replicó Kahlan, volviendo la cabeza. Manoseó una manga del vestido y bajó la vista—. Yo nunca he tenido un amigo. Excepto, quizá, mi hermana... —La voz de Kahlan expresaba un profundo pesar.

—Bueno, ahora tienes uno —repuso el joven en su tono más jovial—. Después de todo, acabamos de pasar juntos un mal trago. Nos hemos ayudado y hemos logrado sobrevivir.

La mujer se limitó a asentir. Richard dejó vagar la mirada por el Ven, el bosque que tan bien conocía. A la luz del sol, el verde de los árboles parecía luminoso y exuberante. Unas manchas marrones a la izquierda le llamaron la atención; correspondían a árboles muertos o moribundos rodeados por otros sanos. Hasta esa mañana, en que encontró la enredadera y ésta lo mordió, no había sospechado que hubiera llegado hasta allí arriba, hasta el Límite. Richard casi nunca se internaba en el bosque Ven tan cerca del Límite. Otras personas se mantenían a kilómetros de distancia y los únicos que se aproximaban eran los viajeros que pasaban por el camino del Buhonero o los cazadores, aunque se cuidaban de guardar las distancias. El Límite era la muerte. Se decía que quien se aventuraba en el Límite no sólo arriesgaba la vida sino también el alma. Los guardianes se encargaban de mantener lejos a la gente.

—¿Y qué hay de lo otro? —preguntó, mirándola de soslayo—. Me refiero a que sigamos vivos. ¿Cómo es posible?

—Creo que los buenos espíritus nos han protegido —contestó Kahlan, rehuyendo los ojos del joven.

Richard no creyó ni media palabra pero, por mucho que deseara conocer la respuesta, no iba a obligarla a decir algo que no quería. Su padre le había enseñado a respetar el derecho de los demás a guardar sus secretos. A su debido tiempo, y si lo deseaba, Kahlan se le confiaría, pero él no la forzaría.

Todo el mundo tiene secretos, incluso él mismo. De hecho, el asesinato de su padre y los acontecimientos de ese día habían removido cosas en las que el joven prefería no pensar.

—Kahlan —dijo, procurando que su voz sonara tranquilizadora—, ser amigos no significa que tengas que contármelo todo.

La mujer no lo miró, pero asintió.

Richard se puso en pie. La cabeza le dolía, al igual que la mano, y ahora se daba cuenta de que también el pecho, donde aquel hombre lo había golpeado. Para acabarlo de rematar, recordó que tenía hambre. ¡Michael! Había olvidado por completo la fiesta de su hermano mayor. El joven miró al sol y supo que iba a llegar tarde. Ojalá no se perdiera el discurso. Se llevaría a Kahlan consigo, le contaría a su hermano lo de aquellos hombres y le proporcionaría a su nueva amiga protección.

Tendió la mano a Kahlan para ayudarla a levantarse. Ésta lo miró sorprendida. Richard no retiró la mano. La mujer lo miró a los ojos y aceptó la ayuda.

—¿Es que ningún amigo te ha tendido la mano? —inquirió Richard con una sonrisa.

—No —contestó ella, apartando los ojos.

El joven percibió que se sentía incómoda y cambió de tema.

—¿Cuándo ha sido la última vez que comiste algo?

—Hace dos días —repuso ella sin mostrar ninguna emoción.

Richard enarcó las cejas.

—Entonces debes de estar más hambrienta que yo. Vamos, te llevaré a casa de mi hermano. —El joven se asomó por el borde del precipicio y añadió—: Tendremos que decirle lo de los cuerpos. Él sabrá qué hacer. —Y volviéndose otra vez hacia ella, preguntó—: Kahlan, ¿sabes quiénes eran esos hombres?

—Se los conoce como «cuadrilla» —contestó la mujer con mirada dura—. Son, bueno, son como asesinos a sueldo que van en grupos de cuatro. Matan a personas. —Su rostro recuperó la tranquila serenidad que mostraba la primera vez que Richard la vio—. Creo que cuantas menos personas sepan que estoy aquí, más segura estaré.

El joven se sobresaltó; nunca había oído nada parecido. Se pasó la mano por el pelo, tratando de pensar. Su mente se vio asaltada de nuevo por sombríos pensamientos. Por alguna razón, lo aterrorizaba lo que la mujer pudiera decir, pero tenía que preguntar. Y así lo hizo, mirándola fijamente a los ojos y, esta vez, esperando la verdad:

—Kahlan, ¿de dónde ha venido esa cuadrilla?

La mujer estudió el rostro del joven unos momentos antes de contestar.

—Supongo que me siguieron el rastro por la Tierra Central y a través del Límite.

Richard notó una sensación de frío en la piel y un picor que le subía por los brazos hasta la nuca, poniéndole de punta los finos pelos de esa zona. Una ira profundamente enterrada dentro de sí se despertó y sus secretos se removieron.

Tenía que estar mintiendo. A nadie se le ocurriría cruzar el Límite.

Absolutamente a nadie.

Nadie podía entrar ni salir de la Tierra Central. El Límite era una suerte de muralla infranqueable desde antes de que él naciera.

Era una tierra mágica.

3

Michael vivía en una enorme estructura de piedra blanca, bastante apartada del camino. Los tejados de pizarra, colocados en ángulos e inclinaciones muy diversas, se unían en caprichosas formas, rematadas por una claraboya emplomada que dejaba pasar la luz al salón principal. El acceso a la casa, flanqueado por imponentes robles blancos que lo resguardaban del brillante sol de la tarde, atravesaba una buena extensión de prados antes de llegar a los jardines de diseño simétrico, dispuestos a ambos lados. Los jardines estaban en plena floración. Estaba tan avanzado el año que Richard supuso que las flores se habrían criado en invernaderos para aquella ocasión tan especial.

Los invitados, vestidos de punta en blanco, paseaban por los prados y jardines e hicieron que Richard se sintiera fuera de lugar. Era consciente que debía de presentar un aspecto desastroso, con el atuendo que se ponía para ir al bosque, sucio y manchado de sudor, pero no quería perder tiempo pasando por su casa y aseándose. Además, estaba de un humor sombrío y no le importaba su aspecto. Tenía cosas más importantes en que pensar.

Kahlan, por su parte, no desentonaba tanto. Viéndola en su insólito pero llamativo vestido, nadie diría que también ella acababa de salir del bosque. Teniendo en cuenta la cantidad de sangre que se había vertido en el Despeñadero Mocho, era sorprendente que no se hubiera manchado.

En vista de lo mucho que había alterado a Richard saber que había llegado de la Tierra Central atravesando el Límite, Kahlan no había dicho ni media palabra más sobre el tema. Richard necesitaba tiempo para reflexionar sobre ello, y ella no insistió. En vez de eso, la mujer le hizo preguntas sobre la Tierra Occidental, sobre cómo eran sus gentes y dónde vivían. El joven le describió la casa que habitaba en el bosque del Corzo y le contó que trabajaba como guía para los viajeros que se dirigían a la ciudad del Corzo, o salían de ella, y debían cruzar el bosque.

—¿Tienes chimenea en tu casa? —quiso saber la mujer.

—Sí.

—¿Y enciendes el fuego?

—Pues claro, para cocinar. ¿Por qué?

Kahlan simplemente se encogió de hombros y su mirada se posó en los campos.

—Echo de menos sentarme frente al fuego, eso es todo.

Por perturbadores que hubieran sido los acontecimientos de ese día, que habían venido a añadirse a su pena, era agradable poder hablar con alguien, aunque ese alguien se mostrara tan reservado.

—¿Me muestra su invitación, señor? —pidió una voz grave situada a la sombra de la entrada.

¿Invitación? Richard giró sobre sus talones para ver quién le había hablado y se encontró con una mueca maliciosa. Era su amigo Chase, guardián del Límite. Ambos se saludaron cordialmente con un fuerte apretón de manos.

Chase era un hombre fornido, sin barba ni bigote y con una mata de pelo castaño claro que seguía siendo tan espesa como cuando era joven. Sólo los cabellos grises de las patillas delataban el paso del tiempo. Sus pobladas cejas sombreaban unos ojos de intenso color marrón que lanzaban lentas miradas de soslayo mientras hablaba y que no perdían detalle. Esa costumbre daba a la gente la impresión —totalmente equivocada— de que no prestaba atención. Pese a su corpulencia, Richard sabía que Chase era temiblemente rápido cuando era preciso. El guardián del Límite llevaba un par de cuchillos a un lado del cinturón y una maza de guerra de seis puntas al otro. La empuñadura de una espada corta sobresalía de su hombro derecho y a la izquierda llevaba una ballesta con un juego de flechas con punta de acero y lengüeta que colgaba de una correa de cuero.

—Parece que no quieres perderte la ocasión de comer gratis —comentó Richard, enarcando una ceja.

—No será aquí, como invitado —replicó Chase poniéndose serio y mirando a Kahlan.

Richard se apercibió de lo embarazoso de la situación, cogió a la mujer por el brazo y la hizo avanzar. Ella se aproximó a Chase sin ningún temor.

—Chase, ésta es mi amiga Kahlan —la presentó, al tiempo que le dirigía una sonrisa—. Kahlan, te presento a Dell Marcafierro, aunque todo el mundo lo llama Chase. Es un viejo amigo mío. Con él estamos totalmente seguros. —Y volviéndose hacia Chase añadió—: Puedes confiar en ella.

Kahlan miró al hombretón, le sonrió y lo saludó con una inclinación de cabeza.

Chase la imitó, y así quedaron hechas las presentaciones. La palabra de Richard era toda la garantía que necesitaban. Los ojos del guardián recorrieron la multitud y se detuvieron en varios invitados. Deseoso de sustraerse del interés que despertaban, empujó a sus amigos a un lado, hacia las sombras, apartándolos de los escalones iluminados por el sol.

—Tu hermano ha convocado a todos los guardianes del Límite. —Chase hizo una pausa y volvió a mirar alrededor—. Quiere que nos convirtamos en su guardia personal.

—¿¡Qué?! ¡Pero eso es absurdo! —Richard no daba crédito a lo que había oído—. Ya tiene a la milicia local y al ejército. ¿Para qué necesita a un puñado de guardianes del Límite?

—Sí, ¿para qué? —Chase llevó la mano izquierda a uno de los cuchillos. Como de costumbre, su rostro no dejaba traslucir ninguna emoción—. Tal vez nos quiere a su alrededor para aparentar. La gente nos teme. Desde que tu padre fue asesinado no has salido del bosque. No es ningún reproche; seguramente yo habría hecho lo mismo. Lo único que digo es que no has estado por aquí. Han sucedido cosas muy extrañas, Richard. Hay gente que llega y se va en plena noche. Michael los llama «ciudadanos preocupados» y dice disparates sobre conspiraciones contra el gobierno. Tiene a los guardianes en pie de guerra.

Richard miró alrededor y no vio a ninguno, aunque sabía que eso no quería decir nada. Si un guardián del Límite no quería ser visto, uno podría tenerlo ante sus narices y no verlo.

Chase tamborileó con los dedos en el mango del cuchillo mientras contemplaba cómo Richard escudriñaba a su alrededor.

—Créeme, mis chicos están ahí fuera.

—¿Y cómo sabes que Michael no tiene razón? Después de todo, el padre del nuevo Primer Consejero ha sido asesinado.

—Conozco la Tierra Occidental como la palma de mi mano —replicó Chase con su más cumplida mirada de desdén—. No hay ninguna conspiración. Si la hubiera, quizás incluso resultara divertido, pero creo que no soy más que una pieza más de la decoración. Michael me dijo que «estuviera visible». —El rostro del guardián se endureció—. Y en cuanto al asesinato de tu padre, bueno, George Cypher y yo nos conocíamos desde hacía mucho tiempo, antes de que tú nacieras, antes incluso del Límite. George era un buen hombre y yo me enorgullecía de poder llamarlo «amigo». —Sus ojos ardieron de rabia. El guardián se apoyó sobre la otra pierna y echó otro vistazo alrededor antes de fijar de nuevo su fiera expresión en Richard—. He retorcido algunos dedos con la fuerza suficiente para lograr que ciertas personas revelaran el nombre del culpable, aunque fuera su propia madre. Créeme, nadie sabe nada, y a más de uno le hubiera gustado poder decirme algo para abreviar nuestra... charla. Es la primera vez que persigo a alguien y no encuentro la más mínima pista. —Chase cruzó los brazos y su mueca burlona reapareció mientras estudiaba a Richard de la cabeza a los pies—. Y cambiando de tema, ¿de dónde sales con esa pinta? Pareces uno de mis clientes.

—Hemos estado en el Alto Ven —respondió Richard tras lanzar una mirada a Kahlan—. Nos han atacado cuatro hombres.

—¿Algún conocido? —inquirió Chase enarcando una ceja.

Richard negó con la cabeza.

—¿Y adónde se han ido esos tipos después de asaltaros? —preguntó el guardián con el entrecejo fruncido.

—¿Conoces la vereda que cruza el Despeñadero Mocho?

—Pues claro.

—Los encontrarás en las rocas del fondo. Tenemos que hablar.

Chase descruzó los brazos y miró fijamente a la pareja.

—Iré a echar un vistazo. —Sus cejas formaron una uve—. ¿Cómo lo habéis hecho?

—Supongo que los buenos espíritus nos han amparado —repuso Richard tras intercambiar una fugaz mirada con Kahlan.

—¿De veras? —Chase los miró con suspicacia—. Bueno, será mejor que esperes un poco antes de decírselo a Michael. Dudo que él crea en los buenos espíritus. Si lo consideráis necesario —añadió, estudiando ambos rostros—, os podéis quedar en mi casa. Allí estaréis seguros.

Richard pensó en la caterva de hijos de Chase y supo que no quería ponerlos en peligro. Pero, como tampoco deseaba discutir con su amigo, simplemente asintió.

—Será mejor que entremos. Seguro que Michael me echa en falta.

—Una cosa más —apuntó Chase—. Zedd quiere verte. Está muy preocupado por algo. Dice que es muy importante.

Richard miró por encima del hombro y volvió a ver la extraña nube con forma de serpiente.

—Yo también debo verlo —dijo, dando media vuelta y disponiéndose a marcharse.

—Richard —Chase lo detuvo con una mirada que hubiera dejado fulminado a cualquier otro—, dime qué hacías en el Alto Ven.

—Lo mismo que tú —contestó el joven sin amilanarse—. Buscar una pista.

—¿Y la has encontrado? —Chase suavizó el gesto y volvió a esbozar una media sonrisa.

—Sí —asintió Richard al tiempo que alzaba la mano derecha roja y herida—, y muerde.

Ambos dieron media vuelta y se mezclaron con la multitud. Cruzaron la entrada y se encaminaron al elegante salón central por un suelo de mármol blanco. Las paredes y las columnas, asimismo de mármol, emitían un frío e inquietante resplandor a la luz de los rayos del sol que entraban por la claraboya. Richard siempre había preferido la calidez de la madera, pero Michael afirmaba que cualquiera podía hacer cualquier cosa con madera, pero que si uno quería mármol tenía que contratar a un montón de personas que vivían en casas de madera para que hicieran el trabajo. Richard recordaba que antes de que muriera su madre, él y Michael solían jugar en el barro a construir casas y fuertes con ramitas. Entonces Michael lo ayudaba, y ahora Richard volvía a necesitar su ayuda, desesperadamente.

Algunos conocidos lo saludaron, pero Richard sólo respondía con una sonrisa inexpresiva o un rápido apretón de manos. Al joven le sorprendió que Kahlan, siendo como era de una tierra extraña, se sintiera tan cómoda entre tanta gente bien. Ya se le había ocurrido que ella debía de ser alguien importante, pues las bandas de asesinos no se toman tantas molestias por alguien insignificante.

A Richard le costaba sonreír a todo el mundo. Si los rumores de que había unos seres que provenían del Límite eran ciertos, toda la Tierra Occidental corría grave peligro. Los campesinos que habitaban las zonas aisladas del valle del Corzo ya no se atrevían a salir de noche y contaban historias de personas que habían sido devoradas. Richard había tratado de convencerlos de que esas personas habían muerto de muerte natural y luego los animales salvajes habían comido de los cuerpos. Era algo corriente. Pero los campesinos arguyeron que se trataba de bestias del cielo. Richard le quitó importancia diciendo que eran tontas supersticiones.

Hasta ahora.

Incluso rodeado de tanta gente, Richard sentía una abrumadora soledad. Estaba confuso y no sabía qué hacer. No sabía a quién recurrir. La única persona que le hacía sentir mejor era Kahlan, pero también lo asustaba. Lo sucedido en el precipicio lo asustaba. Richard tenía ganas de cogerla y abandonar la fiesta.

Zedd sabría qué hacer. Él vivía en la Tierra Central antes del Límite, aunque nunca hablaba sobre ello. Y luego estaba esa perturbadora intuición de que todo eso tenía algo que ver con la muerte de su padre, y que la muerte de su padre tenía algo que ver con sus propios secretos, los secretos que su padre le confiara a él y sólo a él.

—Lo siento, Richard —dijo Kahlan, poniéndole una mano sobre el brazo—. No sabía... lo de tu padre. Lo siento.

—Gracias. —Los aterradores acontecimientos de ese día casi se lo habían hecho olvidar, hasta que Chase volvió a mencionarlo. Pero sólo casi. El joven se encogió ligeramente de hombros. Esperó un momento a que pasara una mujer ataviada con un vestido azul de seda con volantes de encaje blanco alrededor del cuello, los puños y la pechera. El joven mantuvo la mirada gacha para no tener que responder a una eventual sonrisa—. Ocurrió hace tres semanas. —Contó brevemente a Kahlan lo sucedido y ésta lo escuchó.

—Lo siento, Richard. Quizá prefieras estar solo.

—No, está bien así —repuso él, obligándose a sonreír—. Ya he estado solo el tiempo suficiente y siempre ayuda hablar con un amigo.

La mujer le dedicó una fugaz sonrisa y un asentimiento, tras lo cual ambos se abrieron paso entre la multitud. Richard se preguntó dónde se habría metido Michael. Era extraño que todavía no hubiera hecho acto de presencia.

Aunque él había perdido el apetito, sabía que Kahlan llevaba dos días sin comer. Debía de poseer un extraordinario dominio de sí misma, decidió Richard, pues estaba rodeada de sabrosos manjares que despedían un aroma tan delicioso que empezaba a cambiar de idea sobre lo de su apetito.

—¿Hambrienta? —le preguntó, inclinándose hacia ella.

—Mucho.

El joven la condujo hacia una larga mesa repleta de manjares. Había grandes fuentes humeantes de salchichas y carne, patatas cocidas, diversos tipos de pescado en salazón así como asado a la parrilla, pavo, montones de hortalizas crudas cortadas a tiras, enormes soperas con sopa de calabaza, cebolla y sopa picante. Tampoco faltaba el pan, el queso, la fruta, las tartas y los pasteles así como barriles de vino y cerveza. Los criados se encargaban de que las fuentes estuvieran siempre llenas. Kahlan los estudió.

—Algunas criadas llevan el pelo largo —comentó—. ¿Está permitido?

—Pues claro —respondió Richard, un tanto perplejo—. Todo el mundo puede llevar el pelo como prefiera. Mira —añadió señalando con disimulo al tiempo que se inclinaba hacia ella—. Esas mujeres de allí son consejeras. Algunas llevan el pelo corto; y otras largo, como deseen. ¿Acaso alguien te ha dicho alguna vez que te cortes el pelo? —inquirió, mirándola de soslayo.

—No. —La mujer enarcó una ceja—. Nadie me lo ha pedido nunca. Pero allí de donde vengo, la longitud del cabello de una mujer indica su posición social.

—¿Significa eso que eres una mujer importante? —Una sonrisa traviesa suavizó la pregunta—. Lo digo porque tienes una mata de pelo muy larga, y también hermosa.

—Algunas personas me creen importante —repuso Kahlan con una sonrisa triste—. Supongo que, después de lo de esta mañana, es inevitable que lo pienses. Sólo podemos ser lo que somos, nada más y nada menos.

—Bueno, si te hago alguna pregunta impropia de un amigo, te doy permiso para que me des un puntapié.

El rostro de Kahlan se iluminó con la misma sonrisa cómplice que le había dedicado antes. Richard sonrió nervioso.

Entonces se fijó en la comida y encontró uno de sus platos favoritos: costillas con salsa picante. Sirvió un poco en un plato y lo ofreció a la mujer.

—Prueba esto primero. Es un plato muy apreciado.

—¿Qué tipo de carne es? —preguntó Kahlan recelosa, manteniéndose a distancia del plato.

—Cerdo —contestó Richard un poco sorprendido—. Pruébalo. Es lo mejor que hay aquí, te lo aseguro.

Kahlan se relajó, cogió el plato y comió. Richard devoró media docena de costillas, saboreando cada bocado.

—Prueba esto también —sugirió el joven, sirviendo a ambos unas salchichas.

—¿De qué están hechas estas salchichas? —quiso saber Kahlan, nuevamente recelosa.

—De cerdo, ternera y especias de no sé qué tipo. ¿Por qué? ¿Hay cosas que no puedes comer?

—Sí, algunas —contestó la mujer, sin comprometerse, antes de hincar el diente a una salchicha—. ¿Puedes servirme un poco de sopa picante, por favor?

Richard le sirvió la sopa en un precioso cuenco blanco con reborde dorado y se lo cambió por el plato. La mujer asió el cuenco con ambas manos y probó la sopa.

—Está buena, justo como yo la hago —comentó con una sonrisa—. Me parece que nuestras tierras no son tan distintas.

Mientras Kahlan apuraba la sopa, Richard, sintiéndose mejor después de lo que había dicho Kahlan, cogió una gruesa rebanada de pan, puso encima tiras de carne de pollo y, cuando acabó la sopa, le cambió el cuenco por el pan. Kahlan aceptó la rebanada y, mientras comía, se fue retirando hacia un lado del salón. El joven dejó sobre la mesa el cuenco vacío y la siguió, estrechando de vez en cuando alguna mano que le tendían. Las personas que lo hacían criticaban con la mirada su aspecto. Al llegar a un lugar despejado cerca de una columna, la mujer se volvió hacia él.

—¿Podrías traerme un pedazo de queso?

—Por supuesto. ¿De qué clase?

—Cualquiera —respondió Kahlan, escrutando la multitud.

Richard volvió a abrirse paso hacia la mesa entre los muchos invitados y cogió dos pedazos de queso, de los cuales se zampó uno mientras regresaba junto a ella. Kahlan aceptó el otro pedazo pero, en lugar de comérselo, deslizó el brazo hacia el costado y lo dejó caer al suelo, como si hubiera olvidado que lo sostenía.

—¿No te gusta esta clase?

—Odio el queso —dijo la mujer en tono distante. No lo miraba a él, sino al otro lado del salón.

—Entonces ¿por qué me lo has pedido? —Richard arrugó el ceño y su voz tenía un cierto deje de irritación.

—No dejes de mirarme —le dijo Kahlan, clavando en él los ojos—. Hay dos hombres detrás de ti, al otro lado del salón. Nos están vigilando. Quería saber si me vigilaban a mí o a ti. Cuando te mandé a por el queso, observaron cómo te marchabas y volvías. A mí no me prestaron ninguna atención. Es a ti a quien vigilan.

Richard le colocó las manos sobre los hombros y dio la vuelta a la mujer para ver a los hombres. Entonces clavó la mirada en el otro extremo de la sala atestada de invitados.

—No son más que dos ayudantes de Michael. Me conocen. Probablemente se estarán preguntando dónde me he metido y por qué tengo este aspecto tan desastroso. —Y, mirándola a los ojos, añadió en voz baja para que nadie más lo oyera—: No pasa nada, Kahlan, relájate. Los hombres que te perseguían están muertos. No tienes nada que temer.

Pero ella negó con la cabeza.

—Vendrán más. No debería estar contigo. No quiero seguir poniendo tu vida en peligro. Tú eres mi amigo.

—Es imposible que otra cuadrilla te encuentre ahora que estás aquí, en la ciudad del Corzo. Es del todo imposible. —Richard sabía lo suficiente sobre seguir pistas para estar seguro de que lo que decía era cierto.

Kahlan enganchó un dedo en el cuello de la camisa del joven y lo atrajo hacia sí. En sus ojos verdes se encendió un destello de intolerancia.

—Cuando abandoné mi patria, cinco magos lanzaron hechizos sobre mi rastro para que nadie supiera adónde había ido ni pudiera seguirme. ¡Y después se mataron para que nadie los obligara a hablar! —susurró lentamente. La ira le hacía apretar los dientes y tenía los ojos húmedos. Empezaba a temblar.

¡Magos! Richard se puso rígido. Finalmente soltó aire, desasió suavemente la mano de la mujer de su camisa, la sostuvo entre las suyas y en una voz apenas audible en el barullo, dijo:

—Lo siento.

—¡Richard, estoy muy asustada! —Ahora se estremecía visiblemente—. Si no hubiera sido por ti, no sabes qué me hubiera ocurrido hoy. Morir hubiera sido lo de menos. No sé nada acerca de esos hombres. —Kahlan temblaba incontroladamente, totalmente presa de sus miedos.

Al joven se le puso la carne de gallina en los brazos y se la llevó detrás de la columna, donde nadie podría verlos.

—Lo siento, Kahlan. No sé qué está pasando. Al menos tú sabes algo, pero yo estoy totalmente a oscuras. Y también tengo miedo. Hoy en el precipicio... Nunca he estado tan asustado en toda mi vida. Y, de hecho, no hice nada que pudiera salvarnos. —El estado de la mujer hacía que Richard tuviera ánimos para tranquilizarla.

—Lo que hiciste fue más que suficiente —dijo ella, haciendo un esfuerzo por hablar—. Fue suficiente para salvarnos. Si no me hubieras ayudado... No quiero quedarme aquí y que te hagan daño.

—No me pasará nada —la tranquilizó Richard, apretándole la mano con más fuerza—. Tengo un amigo, Zedd, que sabrá qué hacer para que estés a salvo. Zedd resulta un poco extraño, pero es el hombre más inteligente que conozco. Si hay alguien que pueda decirnos qué hacer, ése es Zedd. Si esos hombres son capaces de seguirte a cualquier parte, no hay ningún lugar al que puedas huir, porque te encontrarán. Ven conmigo a ver a Zedd. Tan pronto como Michael pronuncie su discurso, nos marcharemos a mi casa. Podrás sentarte frente al fuego y por la mañana iremos a ver a Zedd. —Richard sonrió y señaló con el mentón una ventana próxima—. Mira allí.

Kahlan se volvió y vio a Chase al otro lado de una alta ventana con la parte superior arqueada. El guardián del Límite echó un vistazo a sus espaldas y dirigió a la mujer un guiño tranquilizador y una sonrisa de ánimo, antes de seguir con su vigilancia.

—A Chase le encantaría enfrentarse a una cuadrilla. Y mientras se ocupara de ella te contaría las situaciones realmente peligrosas que ha vivido. Ha estado vigilando fuera desde que le contaste lo de los hombres.

Kahlan esbozó una leve sonrisa, que pronto desapareció.

—No es tan sencillo, Richard. Creí que en la Tierra Occidental estaría segura. Crucé el Límite gracias a la magia. —Seguía temblando, pero empezaba a recuperar el control, alimentándose de la fuerza del hombre—. No sé cómo lograron pasar. Se suponía que era imposible. Ni siquiera debían saber que había abandonado la Tierra Central. De algún modo, las reglas han cambiado.

—Ya nos ocuparemos de eso mañana. Por ahora estás segura. Además, a otra cuadrilla le costaría unos cuantos días llegar hasta aquí, ¿verdad? Eso nos da tiempo para hacer nuestros planes.

Kahlan asintió.

—Gracias, Richard Cypher, amigo. Pero si sé que te pongo en peligro, me marcharé antes de que pueda ocurrirte nada malo. —La mujer desasió su mano y se enjugó las lágrimas de los párpados—. Aún tengo hambre. ¿Puedo comer algo más?

—Por supuesto. ¿Qué te apetece? —preguntó Richard con una sonrisa.

—Las costillas que me recomendaste eran exquisitas.

Ambos regresaron a la mesa y comieron mientras esperaban a Michael. Richard se sentía mejor, no por las cosas que Kahlan le había contado, sino porque, al menos, ahora sabía algo más y porque había conseguido que ella se sintiera segura a su lado. Hallaría la respuesta al problema de Kahlan y averiguaría qué estaba sucediendo en el Límite. Lo averiguaría por mucho que temiera las respuestas.

La multitud empezó a cuchichear, y todas las cabezas se volvieron hacia el extremo más alejado del salón. Era Michael. Richard cogió a Kahlan de la mano y la condujo hacia ese lado de la habitación, más cerca de su hermano, para que pudiera verlo.

Cuando se subió a una plataforma, Richard supo por qué su hermano había tardado tanto en aparecer. Había esperado hasta que la luz del sol cayera sobre la plataforma, para así situarse bajo ella y lucir su gloria ante todos.

Michael no sólo era más bajo que Richard sino también más grueso y menos musculoso. Los rayos del sol iluminaban una mata de pelo rebelde, y sobre el labio superior lucía un orgulloso bigote. Iba vestido con pantalones blancos holgados y una túnica, asimismo blanca, con mangas abullonadas y ceñida a la cintura con un cinturón dorado. Allí, a plena luz del sol, Michael emitía el mismo frío e inquietante resplandor que el mármol cuando era alcanzado por el sol. Su figura se destacaba poderosamente contra las sombras del fondo.

Richard alzó una mano para llamarle la atención. Michael lo vio y sonrió a su hermano, sosteniéndole la mirada un segundo antes de empezar el discurso y dejar que sus ojos se posaran en la multitud.

—Damas y caballeros, hoy he aceptado el cargo de Primer Consejero de la Tierra Occidental. —La multitud lo aclamó. Michael escuchó la reacción inmóvil y, súbitamente, alzó los brazos pidiendo silencio. Esperó hasta que no se oyó ni una mosca antes de proseguir—. Todos los consejeros de la Tierra Occidental me han elegido para que os lidere en estos tiempos de desafío, porque yo poseo el coraje y la visión de futuro que nos llevará a una nueva era. ¡Hace demasiado tiempo que vivimos mirando al pasado y no al futuro! ¡Hace demasiado tiempo que perseguimos viejos fantasmas y estamos ciegos a los nuevos retos! ¡Hace demasiado tiempo que escuchamos a aquellos que pretenden arrastrarnos a una guerra y hacemos oídos sordos a aquellos que quieren guiarnos hacia el camino de la paz!

La concurrencia enloqueció. Richard estaba atónito. ¿De qué diablos hablaba Michael? ¿De qué guerra? ¡No había nadie contra quien combatir!

Michael volvió a alzar las manos, pero esta vez no esperó a que se hiciera el silencio para continuar.

—¡Yo no pienso quedarme de brazos cruzados mientras esos traidores ponen en peligro a la Tierra Occidental! —gritó con la cara roja de rabia. La multitud lo aclamó de nuevo y esta vez alzó los puños al aire. Richard y Kahlan se miraron.

»Unos ciudadanos preocupados se han presentado para identificar a esos cobardes y traidores. En estos mismos instantes, mientras nosotros unimos nuestros corazones para alcanzar un objetivo común, los guardianes del Límite nos protegen y el ejército rodea a los conspiradores que intrigan contra el gobierno. ¡No son criminales de baja estofa, como podríais pensar, sino hombres respetados que ocupan posiciones de poder!

Los murmullos se extendieron entre la multitud. Richard se había quedado sin habla. ¿Podía ser cierto eso? ¿Una conspiración? Su hermano no había llegado tan alto sin saber qué ocurría. «Hombres que ocupan posiciones de poder.» Eso explicaría por qué Chase no sabía nada del asunto.

Michael, bañado por un rayo de sol, esperó a que los susurros enmudecieran. Cuando volvió a hablar lo hizo en voz baja y cálida.

—Pero eso es historia. Hoy miramos hacia el nuevo rumbo que tomaremos. Una de las razones por las que he sido elegido Primer Consejero es porque soy un hombre del valle del Corzo pero he vivido toda mi vida a la sombra del Límite, una sombra que ha oscurecido las vidas de todos nosotros. Pero eso es el pasado. La luz del alba disipa las sombras de la noche y nos muestra que nuestros temores no son más que una ilusión de nuestras mentes.

»Debemos confiar en que un día el Límite desaparecerá, pues nada es para siempre. Y cuando ese día llegue, debemos estar preparados para tender nuestra mano en signo de amistad y no empuñar las espadas, tal como algunos querrían. Eso sólo nos conduciría a la futilidad de la guerra y a muertes inútiles.

»¿Debemos malgastar nuestros recursos en prepararnos para combatir contra unas personas de las que llevamos separados mucho tiempo, unas personas de las que muchos de aquí descendemos? ¿Debemos prepararnos para hacer uso de la violencia contra nuestros hermanos y hermanas, simplemente porque no los conocemos? ¡Qué desperdicio! Nuestros recursos estarían mejor empleados si los destináramos a eliminar el sufrimiento que nos rodea. Es posible que los que ahora estamos aquí no lo vivamos, pero cuando llegue el momento deberíamos estar preparados para dar la bienvenida a nuestros hermanos. ¡No solamente debemos unir nuestras dos tierras, sino las tres! ¡Pues un día, cuando el Límite que divide la Tierra Occidental de la Central desaparezca, también desaparecerá el Límite entre la Tierra Central y D'Hara, y las tres tierras se unirán! ¡Alegrémonos, porque llegará el día en que viviremos el gozo del reencuentro, si tenemos el suficiente coraje! ¡Y ese gozo se extenderá desde aquí y hoy, en el valle del Corzo!

»Por esta razón he tomado medidas para detener a aquellos que desean lanzarnos a una guerra contra nuestros hermanos sólo porque algún día los Límites desaparecerán. ¡Esto no significa que no necesitemos el ejército, puesto que no sabemos qué peligros nos acechan en el camino hacia la paz, pero sí sabemos que no es preciso inventar peligros!

»Los que estamos reunidos aquí —prosiguió Michael, abarcando la multitud con un ademán— somos el futuro. ¡Vuestra responsabilidad como consejeros del valle del Corzo es extender el mensaje por todo el país! Llevad nuestro mensaje de paz al pueblo. Ellos leerán la verdad en vuestros corazones. Por favor, ayudadme. Quiero que nuestros hijos y nietos se beneficien de lo que decidamos hoy aquí. Quiero que establezcamos un rumbo de paz que nos lleve al futuro, de modo que, cuando llegue el momento, las generaciones futuras puedan beneficiarse y nos den las gracias.

Michael inclinó la cabeza y apretó ambos puños contra el pecho. La luz del sol relucía a su alrededor. El público se sentía tan conmovido que se mantenía en absoluto silencio. Richard vio algunos hombres con lágrimas en los ojos y mujeres que sollozaban sin recato. Todas las miradas estaban fijas en el orador, que permanecía inmóvil como una estatua.

Richard se había quedado pasmado. Nunca había oído a hermano hablar con tal elocuencia ni convicción. Lo que decía tenía sentido. Después de todo, allí estaba él, con una mujer de la Tierra Central, del otro lado del Límite, y ya eran amigos.

No obstante, otros cuatro habían tratado de matarlo. No, no exactamente, pensó, lo que querían era matar a la mujer; él sólo se había metido en medio. Le habían ofrecido la oportunidad de marcharse, pero él había preferido quedarse y luchar. Richard siempre había temido a los habitantes del otro lado del Límite, pero ahora era amigo de uno de ellos, tal como Michael decía.

El joven empezaba a ver a su hermano con nuevos ojos. Nunca había visto a nadie capaz de conmover a una muchedumbre de tal modo con un discurso. Michael abogaba por la paz y la amistad con otros pueblos. ¿Qué podía haber de malo en eso?

Pero entonces, ¿por qué se sentía tan intranquilo?

—Pasemos ahora a la otra parte —continuó Michael—, al sufrimiento real que nos rodea. Mientras nos preocupábamos por los Límites, que no han hecho daño a ninguno de nosotros, las familias, los amigos y los vecinos de muchos de nosotros han sufrido y han muerto. Han sido muertes trágicas e inútiles en accidentes con fuego. Sí, habéis oído bien, con fuego.

La gente farfulló confundida. La conexión entre Michael y el público empezaba a romperse. Pero él parecía esperarlo. Fue mirando un rostro tras otro, dejando que la confusión aumentara para, por fin, señalar con el dedo a alguien.

A Richard.

—¡Mirad! —gritó. Todos se volvieron hacia el joven. Cientos de ojos se posaron en Richard—. ¡Ahí está mi querido hermano! —Richard deseó que la tierra se lo tragara—. ¡Mi querido hermano, que comparte conmigo —aquí Michael se golpeó el pecho— la tragedia de perder a una madre a causa del fuego! El fuego nos arrebató a nuestra madre cuando éramos pequeños y tuvimos que crecer solos, sin su amor, sin sus cuidados y sin su guía. ¡No la mató un enemigo imaginario llegado del Límite, sino el fuego! Ella no estaba allí para consolarnos cuando llorábamos, ni cuando gritábamos por la noche. Y lo que más duele es que su muerte se pudo evitar.

»Lo siento, amigos míos, perdonadme. —Las lágrimas le corrían por las mejillas y brillaban a la luz del sol. Michael se las enjugó con un pañuelo que, curiosamente, tenía a mano—. Es que esta misma mañana me he enterado de que el fuego ha segado la vida de dos jóvenes padres, que dejan una niña huérfana. Esto me ha hecho recordar mi dolor, y no podía permanecer callado. —Michael había reconquistado a la audiencia. Muchos lloraban. Una mujer pasó el brazo alrededor de los hombros de un petrificado Richard y le susurró cuánto sentía la muerte de su madre.

»Me pregunto cuántos de vosotros sentís el mismo dolor con el que mi hermano y yo vivimos cada día. Por favor, que levanten las manos aquellos que tengan un ser querido o un amigo que resultaron heridos por el fuego, o que murieron. —Unas cuantas manos se alzaron y alguien lanzó un lamento.

»Ya lo veis, amigos míos —dijo Michael con voz ronca, extendiendo los brazos a ambos lados—, hay sufrimiento entre nosotros. No necesitamos buscar más allá de esta habitación.

Richard sintió un nudo en la garganta al recordar aquella noche de horror. Un hombre que creía que su padre lo había estafado perdió los estribos y volcó un candil que había sobre una mesa. Richard y su hermano dormían en la habitación de atrás cuando ocurrió. Mientras el hombre arrastraba a su padre afuera, sin dejar de golpearlo, su madre los sacó a los dos de la casa en llamas y luego corrió adentro para salvar algo. Nunca supieron qué. La mujer se quemó viva. Sus gritos hicieron al hombre recuperar el buen juicio, y él y su padre trataron en vano de salvarla. Transido de culpa y repugnancia por lo que había hecho, el hombre se marchó corriendo y gritando que lo sentía.

Su padre les dijo un millón de veces que eso ocurría cuando un hombre perdía la cabeza. A Michael le entraba por una oreja y le salía por la otra, pero a Richard le imbuyó el temor de dejarse llevar por la cólera y cada vez que estaba a punto de pasar, la reprimía.

Michael se equivocaba; lo que había matado a su madre no había sido el fuego sino un arrebato de furia.

—¿Qué podemos hacer para proteger a nuestras familias del peligro del fuego? —preguntó Michael suavemente, con la cabeza gacha y los brazos colgándole inertes a ambos lados—. No lo sé, amigos míos —se respondió a sí mismo, meneando la cabeza tristemente.

»Pero estoy formando una comisión para tratar este problema y exhorto a cualquier ciudadano preocupado a que presente sus sugerencias. Mi puerta siempre está abierta. Juntos podemos hacer algo. Juntos haremos algo.

»Y ahora, amigos míos, perdonadme y permitid que vaya a consolar a mi hermano, pues me temo que no se esperaba que sacara a colación nuestra tragedia personal y debo pedirle perdón.

Michael bajó de la plataforma de un brinco. La muchedumbre se apartó para dejarlo pasar. Algunos tendieron la mano para tocarlo, pero él no les hizo caso.

Richard permaneció inmóvil, con la vista fija en su hermano, que se acercaba a él. La gente se apartó. Sólo Kahlan se quedó a su lado, rozándole el brazo con los dedos. Los invitados se lanzaron de nuevo sobre la comida y empezaron a hablar animadamente entre ellos y sobre ellos, olvidándose de él. Richard se mantuvo firme y se tragó la rabia que lo invadía.

—¡Vaya discurso, ¿eh?! —se felicitó a sí mismo Michael, dando a su hermano una palmada en el hombro—. ¿Qué te ha parecido?

Richard clavó la vista en el dibujo del suelo de mármol.

—¿Por qué has tenido que hablar de su muerte? ¿Por qué has tenido que contárselo a todo el mundo? ¿Por qué la has utilizado?

—Sé que duele y lo siento —replicó Michael, pasándole un brazo alrededor de los hombros—, pero es para bien. ¿Te has fijado en las lágrimas de sus ojos? Las cosas que he puesto en marcha nos conducirán a una vida mejor y ayudarán a la Tierra Occidental a ganar importancia. He sido sincero; tenemos que afrontar el reto del futuro con emoción y no con miedo.

—¿Y qué has querido decir con lo de los Límites?

—Las cosas están cambiando, Richard, y yo debo adelantarme a ellas. —La sonrisa se había esfumado—. Sólo me refería a eso. Los Límites no durarán siempre. Ni siquiera creo que se establecieran para que fueran eternos. Todos debemos estar preparados para aceptarlo.

—¿Qué has averiguado acerca del asesinato de papá? —inquirió Richard cambiando de tema—. ¿Han encontrado algo los rastreadores?

—Crece un poco, Richard —respondió Michael, retirando el brazo—. George era un viejo loco. Andaba siempre por ahí recogiendo cosas que no eran suyas. Probablemente cogió algo que pertenecía a la persona equivocada. Alguien con muy malas pulgas y un cuchillo muy grande.

—¡Eso es mentira, y tú lo sabes! —Richard odiaba que Michael llamara a su padre «George»—. ¡Jamás en su vida robó nada!

—Sólo porque el dueño de algo haya muerto hace tiempo no significa que tengas derecho a llevártelo. Obviamente, alguien quería recuperarlo.

—¿Cómo sabes todo esto? ¿Qué has averiguado?

—¡Nada! No es más que sentido común. ¡La casa estaba totalmente revuelta! Alguien buscaba algo y no lo encontró. George se negó a decirle dónde estaba, y el otro lo mató. Tan simple como eso. Los rastreadores dijeron que no había huellas. Probablemente nunca sabremos quién lo hizo. —Michael lo miró desafiante—. Será mejor que aprendas a vivir con ello.

Richard suspiró. Tenía sentido; alguien buscaba algo. No debería enfadarse con Michael por no ser capaz de descubrir quién. Lo había intentado. No obstante, se preguntaba cómo era posible que no hubiera huellas.

—Lo siento. Quizá tengas razón, Michael. ¿De modo que no tuvo nada que ver con la conspiración? —preguntó en una súbita inspiración—. ¿No era nadie que tratara de atacarte a ti?

—No, no, no. —Michael desestimó la idea agitando una mano en el aire—. No tuvo nada que ver. Ya me he ocupado de ese problema. No te preocupes por mí. Estoy a salvo. Todo está bajo control.

Richard asintió. En el rostro de Michael apareció de nuevo una expresión de fastidio.

—Vaya, vaya, hermanito, ¿cómo se te ocurre presentarte con ese aspecto? ¿No podrías haberte limpiado un poco? No será porque no te lo avisara con tiempo. Hace semanas que sabías que hoy daría una fiesta.

Kahlan se le adelantó antes de que pudiera responder. Richard había olvidado que la mujer seguía a su lado.

—Por favor, perdona a tu hermano, no es culpa suya. Tenía que guiarme hasta la ciudad del Corzo y yo he llegado tarde. Espero que no haya cometido ninguna falta a tus ojos por mi causa.

—¿Y tú eres...? —Michael la miró de arriba abajo antes de volver a posar sus ojos en el rostro de la mujer.

—Me llamo Kahlan Amnell —contestó ella, irguiéndose y sosteniéndole la mirada.

—Ah, entonces no eres la escolta de mi hermano, como creí —comentó Michael, dirigiéndole una ligera sonrisa y una leve inclinación de cabeza—. ¿De dónde vienes?

—De un lugar muy pequeño, muy lejos de aquí. Estoy segura de que no lo conoces.

Michael no rebatió estas palabras. En vez de eso, se volvió hacia su hermano y preguntó:

—¿Pasarás la noche aquí?

—No, tengo que ir a ver a Zedd. Me han dicho que me anda buscando.

La sonrisa de Michael desapareció como por ensalmo.

47

—Deberías buscarte mejores amistades. No sacarás nada pasando tu tiempo con ese viejo terco. Y tú, querida —añadió mirando a Kahlan—, serás mi invitada esta noche.

—Tengo otros planes —repuso la mujer con recelo.

Michael la rodeó con sus brazos, le puso ambas manos en el trasero y atrajo con fuerza la mitad inferior del cuerpo de la mujer hacia él. Encajó una pierna entre sus muslos y le dijo con una sonrisa tan fría como una noche invernal:

—Pues cámbialos.

—Quítame las manos de encima. —La voz de Kahlan sonaba dura y peligrosa. Ambos se aguantaron la mirada.

Richard estaba atónito. No podía creer lo que hacía su hermano.

—¡Michael! ¡Basta!

Hombre y mujer siguieron enfrentándose, con las caras muy juntas y las miradas prendidas, sin hacer caso de las palabras de Richard. El joven se sentía impotente. No obstante, todos los músculos de su cuerpo se tensaron.

—Me gustas mucho —susurró Michael—. Creo que podría enamorarme de ti.

Kahlan respiraba lentamente.

—No sabes de la misa la media —replicó la mujer con voz serena y controlada—. Ahora, aparta.

En vista de que sus palabras no surtían efecto, puso la uña del dedo índice en el pecho del hombre, justo debajo de la depresión en la base del cuello. Sin dejar de mirarlo a los ojos, empezó a arrastrar lentamente la uña hacia abajo, abriéndole la carne. La sangre brotó. Por un breve instante Michael no se movió, pero enseguida sus ojos reflejaron el dolor que sentía. Soltó de golpe a la mujer y a continuación retrocedió un paso.

Sin mirar atrás, Kahlan abandonó la casa precipitadamente.

Richard no pudo evitar lanzar a su hermano una furiosa mirada y la siguió.

4

Richard corrió por el sendero para alcanzarla. El vestido y los largos cabellos de la mujer ondeaban tras ella mientras caminaba a buen paso a la luz del atardecer. Al llegar a un árbol se detuvo y esperó. Por segunda vez ese día tuvo que limpiarse la mano de sangre.

Al tocarle él el hombro, Kahlan se dio la vuelta. Su rostro sereno no mostraba ninguna emoción.

—Kahlan, siento mucho que...

—No te disculpes —lo interrumpió la mujer—. Lo que ha hecho tu hermano no ha sido contra mí, sino contra ti.

—¿Contra mí? ¿A qué te refieres?

—Tu hermano siente celos de ti. —Kahlan suavizó el gesto—. Michael no es ningún estúpido, Richard. Sabía que estaba contigo y se ha puesto celoso.

Richard la cogió por el brazo y echó a andar por el camino, alejándose de la casa de Michael. Se sentía furioso con su hermano y, al mismo tiempo, lo avergonzaba su furia. Era como si estuviera decepcionando a su padre.

—Eso no es excusa. Michael es el Primer Consejero y tiene todo lo que desea. Siento mucho no haber podido detenerlo.

—Yo no quería que lo hicieras. Era cosa mía. Tu hermano quiere todo lo que tú tienes. Si lo hubieras detenido, yo me hubiera convertido en un premio que ganar, pero, tal como han ido las cosas, ya no le interesó. Además, lo que te ha hecho a ti, al contar lo de tu madre, ha sido mucho peor. ¿Hubieras querido que yo interviniera entonces?

Richard volvió a clavar la mirada en el sendero y reprimió la ira que lo embargaba.

—No —dijo al fin—. No era cosa tuya.

A medida que avanzaban las casas se iban haciendo más pequeñas y estaban más próximas entre sí, aunque se seguían viendo limpias y bien cuidadas. Algunas personas aprovechaban el buen tiempo para hacer algunas reparaciones antes de que llegara el invierno. El aire era limpio y vivificante y, por la sequedad del ambiente, Richard supo que la noche sería fría. Era el tipo de noche adecuado para encender un fuego con troncos de abedul; fragante pero no excesivamente ardiente. Los patios delimitados por vallas blancas dieron paso a jardines de mayor tamaño situados delante de casitas algo apartadas del camino. Mientras caminaba, Richard arrancó una hoja de roble de una rama que colgaba cerca del camino.

—Parece que conoces bien a las personas. Me refiero a que comprendes sus motivaciones.

—Supongo que sí —replicó Kahlan encogiéndose de hombros.

—¿Es por eso por lo que te persiguen? —inquirió el joven, cortando la hoja en pedazos pequeños.

La mujer lo miró, sin dejar de andar, y cuando los ojos de Richard buscaron los suyos respondió:

—Me persiguen porque les da miedo la verdad. Una de las razones por las que me gustas es que a ti no.

Richard aceptó el cumplido con una sonrisa. Le gustaba esa respuesta aunque no supiera a ciencia cierta qué significaba.

—No estarás pensando en darme un puntapié, ¿verdad?

—Te lo estás buscando —respondió la mujer con una sonrisa burlona. Entonces se quedó pensativa y la sonrisa se le borró—. Lo siento, Richard, pero por ahora tendrás que confiar en mí. Cuanto más sepas, mayor será el peligro que ambos correremos. ¿Amigos?

—Amigos. —El joven arrojó la nervadura de la hoja—. Pero ¿me lo contarás algún día?

Kahlan asintió.

—Si puedo, te prometo que lo haré.

—Muy bien —contestó Richard alegremente—. Después de todo, soy un «buscador de la verdad».

Kahlan se detuvo de repente, agarró al joven por la manga de la camisa y lo hizo dar la vuelta para mirarlo de frente.

—¿Por qué has dicho eso? —preguntó con ojos muy abiertos.

—¿El qué? ¿Lo de «buscador de la verdad»? Así es como me llama Zedd desde que era pequeño. Según él, siempre insisto en conocer la verdad de las cosas, y por eso me llama «buscador de la verdad». —Richard entrecerró los ojos, sorprendido por la agitación de la mujer, e inquirió—: ¿Por qué?

—No importa —repuso ésta, echando de nuevo a andar.

Richard parecía haber tocado un tema delicado. Empezaba a sentir la necesidad de hallar respuestas. «Quien persigue a Kahlan lo hace porque le da miedo la verdad —pensó—, y ella se ha alterado cuando he dicho que era un "buscador de la verdad". Quizá se ha alterado porque eso la hace temer por mí.»

—¿Puedes decirme al menos quiénes son? ¿Quiénes te persiguen?

Kahlan continuó con la mirada fija en el camino mientras andaba a su lado. Richard no sabía si iba a recibir respuesta, pero finalmente la mujer habló.

—Son los seguidores de un hombre malvado que se llama Rahl el Oscuro. Por favor, no me preguntes nada más por ahora; no quiero pensar en él.

Rahl el Oscuro. Al menos ahora tenía un nombre.

Cuando el sol de última hora de la tarde desapareció tras las colinas del bosque del Corzo, el aire proveniente de los suaves cerros cubiertos de árboles se hizo más fresco. Kahlan y Richard permanecían en silencio. El joven no tenía ganas de hablar; la mano le dolía y se sentía un poco mareado. Todo lo que quería era un baño y un lecho caliente, aunque tendría que cederle la cama a ella y él dormir en su silla favorita, la que crujía. Tampoco estaba mal como alternativa; había sido un día muy largo y se sentía dolorido.

Al llegar a un grupo de abedules indicó en silencio a la mujer que tomara la senda que conducía a su casa. Richard miraba cómo Kahlan ascendía ante él, apartando las telarañas que atravesaban el camino y quitándoselas de cara y brazos.

El joven no veía el momento de llegar a su casa. Además del cuchillo y otras cosas que había olvidado allí, había algo más que necesitaba, una cosa muy importante que su padre le había dado.

Su padre le había confiado un libro secreto y un objeto que Richard siempre llevaba encima y que demostraría al verdadero dueño del libro que éste no había sido robado, sino rescatado para ponerlo a buen recaudo. Se trataba de un colmillo de forma triangular de tres dedos de ancho. Richard lo llevaba siempre colgado de una correa de cuero al cuello, pero, estúpido de él, se lo había dejado en casa, junto con el cuchillo y la mochila. Estaba impaciente por volvérselo a colgar. Sin él, no podía probar que su padre no había sido un ladrón.

Más arriba, tras pasar por una zona abierta de roca desnuda, los arces, robles y abedules empezaban a dar paso a pinos y abetos. El suelo del bosque cambió la alfombra verde por otra silenciosa de agujas marrones. Una sensación de inquietud se fue apoderando de Richard mientras avanzaban. Suavemente asió una manga de Kahlan con el pulgar y el índice y tiró de ella hacia atrás.

—Deja que vaya yo primero —dijo en voz baja. Kahlan lo miró y obedeció sin rechistar. Durante la media hora siguiente el joven frenó el paso y estudió cualquier rama cercana a la senda. Al llegar a la base del último cerro antes de su casa, el joven se detuvo, se agachó junto a una parcela de helechos e indicó a Kahlan que hiciera lo mismo.

—¿Qué pasa? —quiso saber ésta.

—Tal vez nada —contestó Richard con un susurro, sacudiendo la cabeza—, pero alguien ha pasado por aquí esta tarde. —El joven cogió una piña aplastada y la examinó brevemente antes de arrojarla lejos.

—¿Cómo lo sabes?

—Por las telarañas. —Richard levantó la vista hacia la colina—. No hay telarañas en la senda. Alguien las ha roto y las arañas no han tenido tiempo de tejerlas de nuevo. Por eso no hay ninguna.

—¿Vive alguien más por aquí?

—No. Podría ser la obra de un viajero que pasara por aquí, pero esta senda no es muy transitada.

—Cuando yo caminaba delante había telarañas por todas partes —señaló perpleja Kahlan, frunciendo el entrecejo—. No podía dar ni diez pasos sin quitármelas de la cara.

—A eso me refería —susurró Richard—. Nadie ha pasado por esa parte de la vereda durante todo el día, pero desde que pasamos la zona descubierta, no hemos encontrado más telarañas.

—¿Cómo es posible?

El joven sacudió la cabeza.

—No lo sé —admitió—. O bien alguien llegó hasta el claro atravesando el bosque y allí cogió la senda, lo que sería muy trabajoso, o... —aquí la miró a los ojos—... o aterrizaron en el claro. Mi casa está pasada la colina. Debemos mantener los ojos bien abiertos.

Con muchas precauciones, remontaron la colina con Richard en cabeza, sin dejar de escrutar el bosque. El joven sentía deseos de echar a correr en dirección contraria, de llevársela de allí, pero no podía. No podía huir sin antes recuperar el colmillo que su padre le había entregado para que lo guardara.

Al llegar a la cima se agacharon detrás de un enorme pino y contemplaron la casa de Richard, situada más abajo. Las ventanas se veían rotas y la puerta, que siempre dejaba cerrada con llave, ahora estaba abierta, y sus posesiones diseminadas por todas partes.

—Ha sido saqueada, como la casa de mi padre —dijo Richard levantándose.

Kahlan lo agarró por la camisa y tiró de él hacia abajo.

—¡Richard! —susurró enfadada—. Es posible que tu padre regresara a su casa igual que tú. Tal vez entró en ella, como tú estás a punto de hacer, y ellos estaban dentro esperándolo.

Kahlan tenía razón. El joven se pasó una mano por el cabello, pensativo, y volvió la cabeza hacia la casa. Estaba en pleno bosque, con la puerta orientada hacia el claro. Era la única puerta, por lo que cualquier persona que hubiera dentro esperaría que él llegara corriendo desde el claro. Allí era donde esperarían, si es que se encontraban dentro.

—Muy bien —susurró el joven—, pero dentro hay algo que debo recuperar. No pienso marcharme sin eso. Podemos acercarnos sigilosamente desde atrás. Lo cojo y después nos vamos.

Richard hubiera preferido no llevar a Kahlan con él, pero no quería dejarla sola en la trocha, esperando. Así pues, avanzaron por el bosque abriéndose paso entre la espesa maleza. Rodearon la casa manteniéndose a una respetable distancia. Al llegar al lugar desde el que tendría que aproximarse a la parte trasera, Richard le indicó con un gesto que esperara. A ella no le hizo mucha gracia la idea, pero el joven no dio su brazo a torcer. Si había alguien dentro, no quería que también la atraparan a ella.

Dejó a Kahlan bajo un abeto y empezó a aproximarse cautelosamente a la casa siguiendo una ruta serpenteante que le permitía caminar sobre agujas blandas y eludir las hojas secas. Cuando, finalmente, vio la ventana de la habitación de atrás se quedó inmóvil, escuchando. No oyó nada. El corazón le latía con fuerza mientras avanzaba en cuclillas con infinito cuidado. Algo se movía a sus pies; era una serpiente. Richard se detuvo hasta que pasó de largo.

La parte trasera de la casa se veía muy desgastada por los elementos. Richard posó cautelosamente una mano sobre el marco de madera desnuda de la ventana y alzó la cabeza sólo lo suficiente para echar un vistazo dentro. Apenas quedaba cristal, y su dormitorio estaba hecho un desastre. El colchón había sido acuchillado, sus preciosos libros rotos y las páginas diseminadas por el suelo. En el extremo más alejado la puerta que conducía a la habitación delantera estaba entornada, aunque no lo suficiente para que Richard pudiera ver algo. Cuando no se le ponía una cuña, siempre acababa por abrirse sola de ese modo.

Lentamente metió la cabeza por la ventana y bajó la vista hacia la cama. Justo bajo la ventana estaba el pilar inferior del lecho, del que colgaban su mochila y la correa de cuero con el colmillo, donde los había dejado. El joven levantó el brazo y se dispuso a cogerlos.

Entonces se oyó un crujido en la habitación delantera, un crujido que Richard conocía muy bien. El miedo lo dejó helado. Era el sonido que hacía su silla al crujir. Nunca la había arreglado porque le parecía que era una parte de la personalidad de la silla y no se decidía a alterarla. Silenciosamente volvió a agacharse. No había duda; había alguien en la habitación delantera, sentado en su silla, esperándolo.

Justo entonces le pareció ver algo con el rabillo del ojo y miró a la derecha. Una ardilla sentada sobre un tocón medio podrido lo vigilaba. «Por favor —rogó mentalmente—, por favor, no empieces a parlotear para tratar de ahuyentarme.» La ardilla lo miró durante un segundo que se hizo eterno, entonces saltó del tocón a un árbol, subió ágilmente por él y desapareció.

Richard respiró hondo y volvió a levantarse para mirar por la ventana. La puerta seguía como antes. Alargó el brazo y, con mucho cuidado, cogió del pilar de la cama la mochila y el colgante del colmillo. Durante todo el tiempo mantuvo los ojos bien abiertos y estuvo atento al menor sonido que proviniera del otro lado de la puerta. Su cuchillo descansaba sobre una mesita situada al otro lado del lecho, por lo que era imposible recuperarlo. El joven hizo pasar la mochila por la ventana, con mucho cuidado, para que no chocara contra ninguno de los fragmentos de cristal que quedaban.

Entonces, silenciosamente, regresó botín en mano por donde había llegado, controlando un impulso casi irresistible de echar a correr. Mientras caminaba iba echando miradas atrás para asegurarse de que nadie lo seguía. Se colgó el colgante al cuello y se metió el colmillo dentro de la camisa. Nunca dejaba que nadie lo viera; era sólo para el custodio del libro secreto.

Kahlan esperaba donde la había dejado. Al verlo aparecer, se puso en pie de un brinco. El joven se llevó un dedo a los labios para que guardara silencio. Entonces se colgó la mochila del hombro derecho y la empujó suavemente con la otra mano para que comenzara a caminar. Como no quería que regresaran por el mismo camino, Richard la condujo a través del bosque hasta salir de nuevo a la trocha, ya pasada su casa. Las telarañas que cruzaban la senda brillaban con los últimos rayos del sol, y ambos respiraron aliviados. Aquella senda era más larga y difícil, pero conducía a donde quería ir: a casa de Zedd.

La casa del anciano estaba demasiado lejos y no llegarían antes del anochecer, y era demasiado peligroso hacer el camino de noche, pero quería poner la mayor distancia posible entre ellos y quienquiera que esperara en su casa. Mientras hubiera luz seguirían caminando.

Fríamente se preguntó si la persona que esperaba en su casa era la misma que había asesinado a su padre. Su casa se encontraba en completo desorden, justo como la de su padre. ¿Acaso lo esperaban a él como habían esperado a su padre? ¿Podría ser la misma persona? Richard deseó haberse enfrentado con ella o, al menos, haber visto quién era, pero algo en su interior le había dicho que se marchara.

Richard se obligó a pensar más racionalmente; se estaba dejando llevar por la imaginación. Algo en su interior le había avisado del peligro y le había dicho que se marchara. Ese día ya había salvado la vida una vez, aunque lo tenía todo en contra. Tentar a la suerte una vez era absurdo, pero dos ya era arrogancia. Lo mejor era marcharse.

No obstante, deseaba haber visto quién era, asegurarse de que no había ninguna relación. ¿Qué interés tendría alguien en revolver su casa del mismo modo que la de su padre? ¿Y si era la misma persona? Richard quería saber quién había matado a su padre, ardía en deseos de averiguarlo.

Pese a que no le habían permitido ver el cuerpo de su padre, había querido saber cómo lo mataron. Chase se lo contó, con suavidad, pero se lo contó. Alguien le había abierto el vientre y había esparcido sus intestinos por el suelo. ¿Cómo podía alguien hacer algo así? ¿Y por qué? Al recordarlo sentía náuseas y mareo. Richard se tragó el nudo que tenía en la garganta.

—¿Y bien? —La voz de la mujer lo arrancó de sus cavilaciones.

—¿Qué? ¿Y bien qué?

—Bueno, ¿has cogido lo que querías coger?

—Sí.

—¿Y qué era?

—¿Que qué era? Pues mi mochila. Tenía que coger mi mochila.

Kahlan dio media vuelta y lo miró con una expresión de reprobación y los brazos en jarras.

—Richard Cypher, ¿quieres que crea que has arriesgado tu vida para recuperar una mochila?

—Kahlan, si sigues preguntando tanto te daré un puntapié. —El joven no logró sonreír.

La mujer ladeó la cabeza y continuó mirándolo de refilón, aunque el comentario de Richard hizo desaparecer su expresión de enfado.

—Como quieras, amigo mío —dijo suavemente—, como tú quieras.

Richard supo que Kahlan no estaba acostumbrada a que le negaran una respuesta.

A medida que la luz se apagaba y los colores adquirían un tono gris, Richard empezó a pensar en lugares en los que pasar la noche. Conocía algunos pinos huecos que había utilizado en varias ocasiones. Había uno al borde de un claro, justo al lado de la trocha, un poco más adelante. Ya lo distinguía contra los pálidos tonos rosa del cielo, descollando por encima de los demás árboles. El joven condujo a Kahlan hacia él, abandonando la senda.

El colmillo que llevaba colgado del cuello le pesaba. Sus secretos también. Ojalá su padre no lo hubiera hecho depositario del libro secreto. En su casa se le había ocurrido una idea, pero había preferido no hacer caso y relegarla a un rincón de su mente. Parecía que alguien hubiera destrozado sus libros en un ataque de rabia. Quizá porque ninguno de ellos era el libro correcto. ¿Y si buscaban el libro secreto? Pero eso era imposible. Nadie, excepto su legítimo dueño, conocía su existencia.

Y su padre... y él mismo... y el ser del que provenía el colmillo... Era demasiado inverosímil para considerarlo seriamente, de modo que decidió no hacerlo. Lo intentó con todas sus fuerzas.

El miedo por lo sucedido en el Despeñadero Mocho y por lo que le había esperado en casa parecía haberle succionado la energía. Los pies le pesaban como el plomo, y los arrastraba por el suelo cubierto de musgo. Justo antes de entrar en el claro, para lo cual debía atravesar unos matorrales, se detuvo para matar de un manotazo una mosca que tenía en el cuello.

Kahlan le agarró la muñeca antes de que llegara a hacerlo y con la otra mano le tapó la boca.

Richard se quedó rígido.

La mujer, mirándolo a los ojos, sacudió la cabeza. Entonces le soltó la muñeca y le puso la mano detrás de la cabeza, sin apartar la otra de su boca. Por la expresión de su rostro, Richard supo que temía que emitiera algún sonido. Lentamente Kahlan tiró de él hacia el suelo. El joven cooperó, indicándole de ese modo que la obedecería.

Los ojos de la mujer lo sujetaban tan firmemente como sus manos. Sin apartar la mirada de sus ojos, Kahlan acercó su rostro al suyo hasta que el joven sintió su cálido aliento en la mejilla.

—Escúchame —susurró tan bajo que tuvo que concentrarse para oírla—. Haz exactamente lo que te diga. —Ante la expresión que se pintaba en su cara, Richard no se atrevía ni a parpadear—. No te muevas. Pase lo que pase no te muevas, o estamos muertos. —Dicho esto esperó, y él asintió levemente—. Deja que las moscas te piquen, o estamos muertos. —Esperó de nuevo, y Richard volvió a asentir.

Con una mirada la mujer le indicó que mirara hacia el claro. Richard movió lentamente la cabeza un poco, sólo para ver. No había nada. La mujer le seguía tapando la boca. Entonces oyó unos gruñidos que podrían ser de un jabalí.

Entonces lo vio.

Involuntariamente se estremeció, pero ella le tapó la boca aún con más fuerza.

Al otro lado del claro la luz menguante del atardecer se reflejaba en dos relucientes ojos verdes que se movían en su dirección. El ser caminaba sobre dos piernas, como un hombre, y les sacaba aproximadamente una cabeza. Richard supuso que debía de pesar más del triple. Las moscas lo martirizaban, pero trató de olvidarse de ellas.

El joven volvió a fijar la vista en Kahlan. Ella no había mirado a la bestia; ya sabía qué los aguardaba en el claro. En vez de eso seguía mirándolo a él a los ojos, esperando para ver si reaccionaba de manera que delatara su presencia. Richard asintió otra vez para tranquilizarla. Sólo entonces ella retiró la mano, la puso sobre la muñeca de él, sujetándola contra el suelo, y se tumbó inmóvil sobre el musgo. Por el cuello de la mujer corrían gotas de sangre causadas por las picaduras de las moscas. Richard sentía el pinchazo de cada uno de los aguijones que se clavaban en su cuello. Los gruñidos eran ahora breves y sordos, y ambos volvieron ligeramente la cabeza para ver.

Con una velocidad sorprendente, la bestia cargó hacia el centro del claro, arrastrando los pies y avanzando con movimientos laterales. No dejaba de gruñir. Sus relucientes ojos verdes buscaban mientras su larga cola batía el aire lentamente. Entonces ladeó la cabeza y levantó sus pequeñas y redondas orejas para escuchar. Su enorme cuerpo estaba totalmente cubierto por pelaje, excepto el pecho y el estómago, que presentaban una piel rosada, lisa y brillante que se tensaba sobre unos poderosos músculos. Las moscas zumbaban alrededor de algo untado sobre la piel. La bestia echó atrás la cabeza, abrió la boca y emitió un sonido semejante a un silbido al aire frío de la noche. Richard pudo ver que su cálido aliento se convertía en vapor entre unos dientes tan grandes como sus propios dedos.

Para no chillar de terror, el joven se concentró en el dolor que le provocaban las picaduras de las moscas. No podían escabullirse ni correr; la bestia estaba demasiado cerca y, además, ya había visto que era muy rápida.

Justo delante de ellos surgió un grito del suelo, y Richard se estremeció. Instantáneamente la bestia cargó hacia los dos corriendo lateralmente. Kahlan permaneció inmóvil, pero hundió los dedos en la muñeca del joven. Éste se quedó paralizado al ver algo que daba un brinco.

Era un conejo, con las orejas cubiertas de moscas. Saltó justo delante de ellos dos, gritando de nuevo, y fue alzado en vilo y partido en dos en un instante. La bestia, que se cernía justo sobre sus cabezas, desgarró las tripas del conejo, hundió el morro en ellas y se embadurnó la piel rosada del pecho y el estómago con la sangre. Las moscas, incluso las que picaban a Richard y a Kahlan en el cuello, volaron hacia el festín de la bestia. Ésta agarró lo que quedaba del conejo por las patas traseras, lo partió en dos y lo devoró.

Hecho esto, volvió a ladear la cabeza y escuchó. Richard y Kahlan, justo debajo de ella, aguantaron la respiración. El joven sentía deseos de chillar.

La bestia desplegó dos grandes alas adheridas a su espalda. A la luz menguante Richard pudo distinguir las venas que latían a través de las delgadas membranas que formaban las alas. El ser echó un último vistazo alrededor y atravesó el claro a la carrera. Entonces se irguió, dio dos brincos, alzó el vuelo y desapareció en dirección al Límite. Las moscas se marcharon con él.

Richard y Kahlan se dejaron caer de espaldas, respirando entrecortadamente y exhaustos por el miedo que habían pasado. Richard pensó en los campesinos que le habían contado que unas bestias del cielo se estaban comiendo a la gente. Entonces no los había creído, pero ahora sí.

Algo que llevaba en la mochila se le clavaba en la espalda, y cuando ya no lo pudo soportar más tiempo rodó sobre un lado y se apoyó en un codo. Estaba empapado de sudor, que ahora notaba helado al frío aire del atardecer. Kahlan seguía tumbada de espaldas con los ojos cerrados y respirando rápidamente. Tenía unos pocos mechones de pelo pegados a la cara, pero la mayoría se desparramaba por el suelo. También ella estaba empapada de sudor, y el cuello presentaba un tinte rojizo. Richard sintió una abrumadora sensación de tristeza por ella, por los terrores que poblaban su vida, y deseó que no tuviera que enfrentarse a los monstruos que tan bien parecía conocer.

—Kahlan, ¿qué era ese ser?

La mujer se sentó, inspiró profundamente y bajó la mirada hacia él. Entonces alzó una mano, se sujetó unos mechones tras las orejas y el resto le cayó sobre los hombros.

—Era un gar de cola larga.

Dicho esto, alargó una mano y cogió una de las moscas por las alas. El insecto se había enredado en un pliegue de la camisa del joven y había sido aplastado cuando éste se dejó caer de espaldas.

—Es una mosca de sangre. Los gars las usan para cazar. Ellas levantan la caza y los gars la atrapan. Después se untan con sangre, para ellas. Hemos tenido mucha suerte. —La mujer sostuvo la mosca de sangre ante su nariz para demostrarlo—. Los gars de cola larga son estúpidos. Si hubiera sido un gar de cola corta ya estaríamos muertos. Los de cola corta son mayores y mucho más inteligentes. —Hizo una pausa para asegurarse de que tenía toda la atención de Richard—. Ellos cuentan sus moscas.

El joven se sentía asustado, exhausto, confuso y dolorido. Quería que esa pesadilla acabara. Con un gemido de frustración volvió a tumbarse de espaldas, sin importarle que algo se le clavara en la espalda.

—Kahlan, soy tu amigo. Después de que esos hombres nos atacaran no quisiste contarme qué ocurría, y yo no insistí. —Richard hablaba con los ojos cerrados para sustraerse a los inquisidores ojos de su compañera—. Pero ahora alguien también me persigue a mí. Por lo que sé, podría ser la misma persona que mató a mi padre. Ya no eres sólo tú; yo tampoco puedo regresar a mi casa. Creo que tengo el derecho de saber qué está pasando. Yo soy tu amigo y no tu enemigo.

»Una vez, cuando era pequeño, cogí unas fiebres y casi me muero. Pero Zedd encontró una raíz que me salvó. Hasta hoy, ésa había sido la única ocasión en que estuve cerca de la muerte. Pero hoy he estado a punto de morir tres veces. ¿Qué...?

Kahlan posó los dedos en los labios del joven para acallarlo.

—Tienes razón. Voy a responder todas tus preguntas, excepto las que se refieren a mí. Pero por ahora no puedo.

Richard se sentó y la miró. Kahlan temblaba de frío. El joven cogió la mochila de la espalda, sacó de ella una manta y cubrió a la mujer.

—Me prometiste un fuego —comentó Kahlan, temblando—. ¿Piensas cumplir esa promesa?

Richard no pudo evitar reír mientras se levantaba.

—Pues claro —respondió—. Hay un pino hueco aquí mismo, al otro lado del calvero. O, si lo prefieres, hay otros un poco más adelante.

Kahlan lo miró con ceño de preocupación.

—Muy bien. —Richard sonrió—. Encontraremos otro pino hueco en otro punto del camino.

—¿Qué es un pino hueco? —inquirió ella.

5

Esto es un pino hueco —anunció Richard, apartando las ramas de un árbol—. El amigo de todos los viajeros.

Dentro estaba oscuro. Kahlan sostuvo las ramas a un lado para que, a la luz de la luna, él pudiera golpear acero y pedernal y encender fuego. Las nubes se deslizaban raudas por delante de la luna, y ambos veían el vapor de su aliento en el aire helado. No era la primera vez que Richard pasaba allí por la noche cuando iba a casa de Zedd o regresaba, y había preparado un pequeño hoyo con piedras para encender fuego. Asimismo había madera seca y, en el extremo más alejado, una pila de hierba seca que le servía de lecho. Puesto que no llevaba consigo el cuchillo, Richard se congratuló de haber dejado un poco de yesca la última vez que estuvo allí. Rápidamente encendió fuego y el interior del árbol se llenó de luz parpadeante.

Richard no podía mantenerse del todo erguido bajo las ramas allí donde empezaban a brotar del tronco. Cerca del tronco se veían desnudas, con agujas en los extremos, y el interior hueco. Las ramas inferiores caían hasta el suelo. El árbol era resistente al fuego, siempre y cuando uno fuera cuidadoso. El humo del pequeño fuego subía en volutas por el centro, cerca del tronco. El entramado de las agujas era tan tupido que incluso cuando caía un chaparrón el interior permanecía seco. Richard había esperado muchas veces a que amainara dentro de un pino hueco. Le encantaba cobijarse en esos estrechos pero cómodos refugios en sus viajes por el valle del Corzo.

En esta ocasión se alegraba especialmente de contar con un refugio oculto. Antes de su encuentro con el gar de cola larga, Richard había sentido un gran respeto por algunas plantas y animales del bosque, pero nada le había dado miedo.

Kahlan se sentó frente al fuego con las piernas cruzadas. Aún temblaba y con la manta había formado una especie de capucha que le cubría la cabeza. La mujer la mantenía firmemente sujeta.

—Nunca había oído hablar de pinos huecos. No suelo hacer noche en los bosques cuando viajo, pero debo decir que son un lugar maravilloso para dormir. —Kahlan parecía aún más cansada que él.

—¿Cuánto tiempo hace que no duermes?

—Dos días, creo. Todo es muy confuso.

Al joven le sorprendió que Kahlan pudiera mantener los ojos abiertos. Cuando huían de la cuadrilla le había costado lo suyo mantener el paso de la mujer. Ahora sabía que era el miedo lo que la impulsaba.

—¿Por qué tanto tiempo?

—Echarse a dormir en el Límite sería una imprudencia. —Kahlan clavó los ojos en el fuego, dejándose seducir por su cálido abrazo. La luz de las llamas se reflejaba en su rostro. La mujer aflojó la manta y dejó que colgara, para así poder sacar las manos y acercarlas más al fuego.

Un escalofrío recorrió a Richard al imaginar qué había en el Límite y qué podía ocurrir si uno dormía allí.

—¿Tienes hambre?

Kahlan asintió.

Richard rebuscó en la mochila, sacó un cazo y salió afuera para llenarlo de agua en un arroyo cercano. Los sonidos de la noche llenaban el aire, que estaba tan helado que parecía que iba a romperse. Una vez más Richard se maldijo por haber salido sin su capa, además de otras cosas. Pero el recuerdo de lo que le esperaba en su casa le hizo temblar aún más.

Cada vez que veía un bicho se encogía, por miedo de que fuera una mosca de sangre, y varias veces se quedó paralizado con un pie en el aire, para luego respirar aliviado al comprobar que sólo era un grillo blanco o una mariposa de luz. Las sombras desaparecían y se materializaban a medida que las nubes pasaban delante de la luna. No quería hacerlo, pero tuvo que levantar la vista. Las estrellas parpadeaban mientras nubes suaves y algodonosas se desplazaban silenciosamente por el cielo. Todas menos una, que no se movía.

Helado hasta los huesos, Richard regresó y puso el cazo lleno de agua sobre el fuego, de modo que quedara en equilibrio encima de tres piedras. Cuando iba a sentarse frente a la mujer cambió de opinión y se sentó junto a ella, al tiempo que le decía que era mejor así porque tenía mucho frío. Al oír cómo le castañeteaban los dientes, Kahlan le tapó los hombros con la mitad de la manta y se cubrió sus propios hombros con la otra mitad. Era muy agradable tener alrededor la manta, calentada por el cuerpo de la mujer. Richard guardó silencio mientras su cuerpo se iba calentando.

—Nunca he visto nada semejante a un gar —comentó al fin—. La Tierra Central debe de ser un lugar espantoso.

—Hay muchos peligros. —En el rostro de la mujer se dibujó una nostálgica sonrisa—. Pero también hay muchas cosas fantásticas y mágicas. Es un lugar maravilloso y extraordinario. Los gars no provienen de la Tierra Central sino de D'Hara.

—¡D'Hara! —exclamó el joven, sorprendido—. ¿Del otro lado del segundo Límite?

D'Hara. Antes del discurso que pronunciara su hermano ese mismo día, Richard sólo había oído ese nombre en boca de ancianos, que lo pronunciaban en cautos susurros. O en maldiciones. Kahlan seguía contemplando las llamas.

—Richard... —la mujer se detuvo, como si la asustara contarle el resto—, el segundo Límite ya no existe. Desde la primavera ya nada separa la Tierra Central y D'Hara.

La noticia causó en el joven tal impresión que le pareció que la misteriosa D'Hara acababa de dar un paso de gigante hacia él. Richard pugnó por asimilar la noticia.

—Tal vez mi hermano posee dotes proféticas.

—Tal vez —repuso la mujer, sin comprometerse.

—Aunque no creo que pudiera ganarse muy bien la vida prediciendo sucesos que ya han ocurrido. —El joven la miró de reojo.

—La primera vez que te vi pensé que no tenías un pelo de tonto —dijo Kahlan, sonriendo y retorciendo despreocupadamente un mechón de su pelo. La luz del fuego chispeaba en sus ojos esmeralda—. Me alegro de no haberme equivocado.

—Por su posición Michael sabe cosas que otros no saben. Quizá trata de preparar a la gente, que se acostumbre a la idea para que, cuando se descubra, no cunda el pánico.

Michael solía decir que la información era poder y que no debía malgastarse frívolamente. Tras convertirse en consejero animó a la gente a que acudiera primero a él cuando tuviera algo de que informar. Todos, incluso los campesinos que le iban con cuentos, eran escuchados y, si la información resultaba cierta, recompensados.

El agua rompió a hervir. Richard se inclinó hacia adelante y acercó la mochila tirando de la correa. Inmediatamente volvió a arrebujarse en la manta. Después de rebuscar un poco encontró la bolsa que contenía hortalizas y puso algunas en el cazo. Entonces se sacó del bolsillo cuatro salchichas gordas envueltas en una servilleta, las cortó en pedazos y las añadió a la sopa.

—¿De dónde las has sacado? —preguntó Kahlan, asombrada—.

¿Las birlaste en la fiesta de tu hermano? —La voz de la mujer sonaba desaprobadora.

—Un buen hombre de bosque siempre planea las cosas de antemano y se pregunta de dónde saldrá su próxima comida —respondió el joven, que se chupó los dedos y la miró a la cara.

—No creo que a tu hermano le gusten tus modales.

—Ni a mí los suyos. —Richard sabía que Kahlan no iba a contradecirle—. Kahlan, no pienso justificarlo. Desde que nuestra madre murió no ha sido nada fácil tratar con él. Pero sé que se preocupa por la gente. Es necesario si uno quiere ser un buen consejero. Todos ellos están sometidos a una gran presión. Yo, desde luego, no aceptaría tal responsabilidad. Pero es lo que él ha querido siempre; ser alguien importante. Ahora que es el Primer Consejero ya tiene lo que deseaba. Pero, en vez de sentirse satisfecho, parece que cada vez es menos tolerante. Siempre está ocupado y gritando órdenes. Últimamente siempre lo veo de mal humor. Quizás al conseguir lo que quería se ha dado cuenta de que no es lo que pensaba. Ojalá fuera el de antes.

—Al menos tuviste el buen sentido de coger las mejores salchichas —comentó Kahlan con una sonrisa burlona.

El comentario de la mujer relajó la tensión, y ambos se echaron a reír a carcajadas.

—Kahlan, no lo entiendo, me refiero al Límite. Ni siquiera sé qué es, excepto que existe para mantener las tierras separadas y que no haya guerra. Y, por supuesto, todo el mundo sabe que aventurarse en el Límite significa una muerte segura. Chase y los guardianes se aseguran de que nadie se acerque, por su propio bien.

—¿Acaso a los jóvenes no os enseñan las historias de las tres tierras?

—No. Es algo que siempre me ha parecido muy raro, porque quería saber, pero nadie quería decirme nada. La gente me considera un poco extraño porque hago preguntas. Los mayores se vuelven suspicaces cuando pregunto y me dicen que pasó hace mucho tiempo y que no se acuerdan, o me dan cualquier otra excusa.

»Tanto mi padre como Zedd vivían en la Tierra Central antes de que existiera el Límite. Llegaron a la Tierra Occidental antes de que se levantara. Ellos se conocieron aquí antes de que yo naciera. Ambos me decían que antes de los Límites hubo una época terrible, de guerras. Ambos me dijeron que lo único que debía saber era que fue una época espantosa que sería mejor olvidar. Zedd era el que mostraba más amargura.

Kahlan cogió una ramita seca y la arrojó al fuego, donde ardió hasta convertirse en una brillante ascua.

—Bueno, es una larga historia. Si quieres, te contaré algunas cosas. —Kahlan se volvió hacia él, y Richard asintió para indicarle que prosiguiera.

»Hace mucho tiempo, mucho antes de que nuestros padres nacieran, D'Hara era una confederación de reinos, tal como lo era la Tierra Central. El gobernante más despiadado de los gobernantes de D'Hara se llamaba Panis Rahl. Era muy codicioso. Desde el primer día de su reinado empezó a anexionarse toda D'Hara, un reino tras otro, muchas veces antes de que la tinta de un tratado de paz se secara. Al final, conquistó todas las tierras orientales, pero eso, en vez de satisfacerlo, sólo sirvió para estimular su apetito, y muy pronto fijó su atención en las tierras que ahora forman la Tierra Central. Éstas eran una confederación de países libres y autónomos; libres, al menos, para gobernarse como desearan, siempre y cuando vivieran en paz con los demás.

»Cuando Rahl conquistó todo D'Hara, los habitantes de la Tierra Central ya sabían qué pretendía y no se dejaron engañar tan fácilmente. Sabían que firmar un tratado de paz con él equivalía a firmar una invitación a invadirlos. En vez de eso decidieron conservar su libertad y, mediante el consejo de la Tierra Central, unieron fuerzas en una defensa común. No faltaban enemistades entre los países libres, pero sabían que si no luchaban juntos irían muriendo uno a uno, por separado.

»Panis Rahl lanzó todo el poder de D'Hara contra ellos. La guerra se prolongó durante años.

Kahlan rompió otro trozo de ramita y la arrojó al fuego.

—Cuando se consiguió frenar y detener todas las legiones invasoras, Rahl recurrió a la magia. También hay magia en D'Hara; no sólo en la Tierra Central. En aquel entonces había magia en todas partes. Las tierras no estaban separadas y no existían los Límites. Sea como fuere, Panis Rahl usó la magia contra la gente libre de un modo terriblemente brutal y despiadado.

—¿Qué tipo de magia? ¿Qué hizo?

—A veces se servía de artimañas, provocaba enfermedades, fiebres, pero lo peor eran los seres de sombra.

—¿Seres de sombra? —inquirió Richard perplejo—. ¿Quiénes eran?

—Sombras en el aire. Los seres de sombra no tenían forma sólida ni una figura precisa, ni siquiera estaban vivos tal como nosotros lo entendemos, sino que eran seres mágicos. —Kahlan alargó una mano al frente y la movió en el aire—. Llegaban flotando por un campo o a través del bosque. Las armas nada podían contra ellos; las espadas y las flechas los atravesaban como si no fueran más que humo. Por mucho que uno tratara de esconderse, los seres de sombra te encontraban. Entonces uno de ellos tocaba a la persona y sólo con eso el cuerpo de esa persona se cubría de ampollas, se hinchaba y, finalmente, reventaba. Nadie a quien hubiera tocado un ser de sombra sobrevivía. Batallones enteros fueron eliminados.

La mujer volvió a meter la mano bajo la manta.

—Cuando Panis Rahl empezó a usar la magia de ese modo, un gran y honorable mago se unió a la causa de la Tierra Central.

—¿Cómo se llamaba ese gran mago?

—Es parte de la historia. Ten paciencia. Ya llegaré a eso.

Richard añadió algunas especias a la sopa y siguió escuchando atentamente lo que le contaba Kahlan.

—Miles de personas ya habían muerto en el campo de batalla, pero la magia mató a muchas más. Fue una época muy oscura; después de tanta lucha, la magia invocada por Rahl diezmaba la población. Pero el gran mago puso freno a la magia de Panis Rahl y gracias a su ayuda las legiones invasoras tuvieron que retroceder hacia D'Hara.

—¿Cómo detuvo ese gran mago a los seres de sombra? —preguntó Richard, arrojando una ramita de abedul a las llamas.

—Conjuró cuernos de batalla para los ejércitos. Cuando los seres de sombra aparecían, nuestros soldados hacían sonar los cuernos y la magia arrastraba lejos a los seres de sombra, como humo llevado por el viento. Esto cambió el curso de la batalla a nuestro favor.

»Las guerras habían sido devastadoras, pero se decidió que ir a D'Hara para destruir a Rahl y sus ejércitos costaría demasiadas vidas. No obstante, era preciso hacer algo para impedir que Panis Rahl lo intentara de nuevo, pues sabían que no se daría por vencido, y a muchos les asustaba mucho más la magia que las hordas de D'Hara. Para esas personas, las que querían vivir en un lugar en el que no existiera la magia, se reservó la Tierra Occidental. Así fue como surgieron tres tierras distintas. Los Límites se crearon con la ayuda de la magia... pero en sí no son mágicos.

La mujer apartó la mirada.

—¿Y qué son? —quiso saber Richard.

Aunque Kahlan tenía la cabeza vuelta hacia un lado, el joven vio que cerraba los ojos un momento. Entonces ella tomó la cuchara de su mano, probó la sopa —que aún no estaba lista—, y se la devolvió, como si le preguntara si estaba seguro de querer saberlo. Richard esperó. La mujer clavó la vista en las llamas.

—Los Límites son parte del inframundo; del reino de los muertos. La magia los conjuró en nuestro mundo para separar las tres tierras. Son como una cortina que se hubiera corrido de un lado a otro de nuestro mundo. Una fisura en el mundo de los vivos.

—¿Quieres decir que entrar en el Límite es como... como caer en una grieta a otro mundo? ¿Al inframundo?

—No. —Kahlan negó con la cabeza—. Nuestro mundo sigue estando allí. Pero el inframundo ocupa el mismo espacio al mismo tiempo. Atravesar el Límite supone dos días de marcha, pero, al mismo tiempo, uno atraviesa el reino de los muertos. Es una tierra yerma. Cualquier forma de vida que entra en contacto con el inframundo, voluntaria o involuntariamente, entra en contacto con la muerte. Por eso nadie puede atravesar el Límite. Si entras, entras en el mundo de los muertos. Nadie regresa de allí.

—¿Y cómo lo lograste tú?

—Con magia. —La mujer tragó saliva sin dejar de contemplar el fuego—. El Límite fue creado por arte de magia, por lo que los magos pensaron que podrían hacerme pasar si contaba con la ayuda y la protección de la magia. Fue tremendamente complicado lanzar los hechizos, pues trataban con cosas que no comprendían del todo, cosas peligrosas. Además, no fueron ellos quienes conjuraron el Límite en este mundo, por lo que no estaban seguros de si funcionaría. Ninguno de nosotros sabía qué esperar. —Su voz sonaba débil, distante—. Conseguí pasar, pero me temo que nunca podré abandonarlo enteramente.

Richard escuchaba como hechizado. Le horrorizaba pensar a lo que se había enfrentado Kahlan; que había atravesado parte del inframundo, del mundo de los muertos, aunque fuera con ayuda de la magia. Era inimaginable. Los asustados ojos de la mujer se posaron en los suyos. Eran ojos que habían visto cosas que nadie más había visto.

—Dime qué viste —susurró Richard.

La tez de la mujer se veía cenicienta cuando volvió a clavar la mirada en el fuego. Una rama de abedul estalló, y ella se estremeció. Su labio inferior empezó a temblar y sus ojos se llenaron de lágrimas que reflejaban las parpadeantes llamas, pero Kahlan no veía el fuego.

—Al principio era como meterse en las cortinas de fuego frío que uno ve en el cielo septentrional por la noche —empezó a explicar en tono distante. Tenía los ojos muy abiertos y húmedos—. Dentro, reina una oscuridad completa. —Un ligero gemido se escapó de sus labios—. Hay alguien... allí... conmigo.

La mujer se volvió hacia él, confundida; parecía que no sabía dónde se encontraba. Richard se alarmó al ver el dolor en sus ojos, el dolor que había provocado él mismo con su pregunta. La mujer se llevó una mano a la boca, y las lágrimas se deslizaron por sus mejillas. Con los ojos cerrados lanzó un grave y lastimoso grito. Al joven se le puso la carne de gallina en los brazos.

—Mi... madre —sollozó Kahlan—. Hace tantos años que no la veo... y... mi querida hermana... Dennee. Estoy tan sola... y asustada... —dijo llorando y entre hipidos.

Richard la estaba perdiendo. Los poderosos fantasmas de lo que había visto en el inframundo tiraban de ella, amenazando con ahogarla. El joven puso las manos en los hombros de Kahlan y la obligó a mirarlo a la cara.

—¡Kahlan, mírame! ¡Mírame!

—Dennee... —hipó la mujer, respirando agitadamente. Entonces trató de desasirse.

—¡Kahlan!

—Estoy tan sola... y asustada.

—¡Kahlan! ¡Yo estoy aquí contigo! ¡Mírame!

Pero Kahlan continuaba llorando convulsivamente y respirando como si le faltara el aire. Sus ojos se abrieron, pero tenía una mirada desenfocada; no lo miraba a él.

—No estás sola, Kahlan. ¡Yo, Richard, estoy aquí contigo! ¡No te abandonaré!

—Estoy tan sola —gimió Kahlan.

Richard la zarandeó para conseguir que lo escuchara. Kahlan estaba pálida y helada, y apenas podía respirar.

—Estoy aquí mismo. ¡No estás sola! —Desesperado, Richard la zarandeó de nuevo. Pero no servía de nada; la estaba perdiendo.

Pugnando por controlar el pánico que empezaba a apoderarse de él, Richard hizo lo único que se le ocurrió. En el pasado, cuando tuvo que enfrentarse con el miedo, aprendió a controlarlo. El control era fuerza, él lo sabía muy bien. Tal vez podría transmitir a Kahlan parte de su fuerza. El joven cerró los ojos, dejó fuera el miedo que sentía, bloqueó el pánico y buscó la serenidad dentro de sí. Entonces dejó que su mente se concentrara en su fuerza interior. Una vez alcanzada la serenidad, expulsó sus miedos y su confusión, al tiempo que centraba sus pensamientos en la fuerza de esa paz. No iba a permitir que el inframundo le robara a Kahlan.

—Kahlan, déjame que te ayude —dijo en tono calmado—. No estás sola. Yo estoy aquí contigo. Déjame ayudarte. Toma mi fuerza.

Las manos del joven se cerraron sobre los hombros de la mujer. Richard notaba que ésta se agitaba al tiempo que sollozaba y pugnaba por respirar. Entonces se imaginó que a través de sus manos, de su contacto le transmitía su fuerza. Acto seguido visualizó que ese contacto se extendía a la mente de Kahlan, cediéndole toda su fuerza y alejándola de la oscuridad. Él sería la chispa de luz y vida en esa oscuridad, la chispa que la conduciría de regreso al mundo de los vivos, de regreso a él.

—Kahlan, estoy aquí. No voy a abandonarte. No estás sola. Yo soy tu amigo. Confía en mí. —Suavemente Richard le apretó los hombros—. Por favor, vuelve a mí.

El joven visualizó la luz incandescente, esperando que eso la ayudara. «Por favor, espíritus —rezó—, haced que la vea. Permitid que la ayude. Permitid que use mi fuerza.»

—¿Richard? —Kahlan pronunció su nombre como si lo estuviera buscando.

—Estoy aquí —respondió éste, apretándole de nuevo los hombros—. No te abandonaré. Vuelve a mí.

La respiración de Kahlan empezó a normalizarse y sus ojos enfocaron el rostro del joven. Al reconocerlo pareció sentirse profundamente aliviada y se echó a llorar de un modo más sano. Entonces se derrumbó contra él y se aferró como si se estuviera ahogando y se aferrara a una roca. Richard la abrazó y dejó que llorara sobre su hombro, al tiempo que intentaba tranquilizarla. Se había asustado tanto cuando el inframundo estuvo a punto de llevársela, que no quería dejarla ir.

Bajó una mano, cogió la manta y volvió a tapar a la mujer con ella, arropándola lo mejor que pudo. El cuerpo de Kahlan recuperaba el calor lentamente; otro signo de que ahora estaba a salvo, aunque a Richard le inquietaba que el inframundo la hubiera atraído tan rápidamente. No pensaba que pudiera ocurrir. Después de todo, Kahlan no había pasado allí mucho tiempo. Richard no sabía cómo había logrado exactamente que regresara, pero sabía que había tardado bastante.

El fuego iluminaba con luz suave y roja el interior del pino hueco, y en el silencio parecía de nuevo un refugio seguro. Sin embargo, el joven sabía que era sólo una ilusión. Richard mantuvo a Kahlan abrazada, acariciándole el pelo y acunándola suavemente durante un largo rato. Por cómo se aferraba a él Richard supo que hacía mucho tiempo que nadie la abrazaba y la consolaba.

Él no sabía nada de magia ni de magos, pero nadie haría atravesar a Kahlan el Límite, el mundo de los muertos, sin tener una razón de peso. Richard se preguntó qué podría ser tan importante.

—Lo siento. —Kahlan se apartó de él y se irguió. Era evidente que se sentía incómoda—. No debí haberte tocado de este modo. Estaba...

—No pasa nada, Kahlan. La primera responsabilidad de un amigo es proporcionar un hombro en el que llorar.

La mujer asintió, pero mantuvo la cabeza gacha. Richard notó que lo miraba mientras retiraba la sopa del fuego para que se enfriara un poco. Entonces añadió más leña a las llamas, y saltaron chispas que giraron junto con el humo.

—¿Cómo lo haces? —preguntó la mujer con voz suave.

—¿Hacer qué?

—¿Cómo haces preguntas que llenan mi mente con imágenes y que debo contestar, aunque no quiera hacerlo?

—Zedd también me lo pregunta —respondió el joven, encogiéndose de hombros y mostrando una cierta timidez—. Supongo que es algo innato. A veces creo que es una maldición. —Apartó la vista del fuego para mirarla de nuevo—. Perdóname por preguntarte qué viste en el Límite. No pensé qué hacía. A veces la curiosidad puede más que mi sentido común. Lo siento. Te he causado dolor. El inframundo te volvió a atraer, y eso no debió pasar, ¿verdad?

—No, no debió pasar. Cuando he recordado lo que vi ha sido como si alguien me esperara para arrastrarme de vuelta hacia allí. Me temo que, si no hubiera sido por ti, hubiese podido perderme en el mundo de los muertos. En la oscuridad vi una luz. Algo de lo que hiciste me trajo de vuelta.

Richard reflexionó mientras cogía la cuchara.

—Quizás es que, simplemente, no estabas sola.

—Quizá —replicó Kahlan, encogiéndose débilmente de hombros.

—Sólo tengo una cuchara. Tendremos que compartirla. —El joven llenó la cuchara y sopló antes de probar la sopa—. No es la más sabrosa que he hecho, pero es mejor que un buen puñetazo en el estómago. —El comentario tuvo el efecto deseado; Kahlan sonrió. Richard le ofreció la cuchara.

—Si tengo que ayudarte a que la próxima cuadrilla no te atrape y te mate, necesito respuestas. Y creo que no tenemos mucho tiempo.

—Lo entiendo —contestó la mujer, asintiendo con la cabeza—. De acuerdo.

Richard dejó que comiera un poco de sopa antes de empezar a interrogarla.

—Así pues, ¿qué ocurrió después que se levantaran los Límites? ¿Qué pasó con el gran mago?

Antes de pasarle la cuchara, Kahlan cogió un trozo de salchicha.

—Ocurrió una cosa más antes de que se levantaran los Límites. Mientras el gran mago mantenía a raya la magia, Panis Rahl se vengó. Envió a una cuadrilla a que asesinara a la esposa y la hija del mago.

—¿Y qué le hizo el mago a Rahl? —inquirió Richard mirando fijamente a la mujer.

—Contuvo la magia de Rahl e impidió que abandonara D'Hara mientras se levantaba el Límite. En el último momento lanzó una bola de fuego mágico a través de él, para que se impregnara de muerte y poseyera el poder de ambos mundos. Luego los Límites quedaron establecidos.

Richard nunca había oído hablar de fuego mágico, pero no le pareció que requiriera más explicación.

—¿Y qué le pasó a Panis Rahl?

—Bueno, los Límites ya estaban allí, por lo que nadie lo sabe con certeza, aunque creo que nadie hubiera querido estar en su piel.

El joven le devolvió la cuchara, y Kahlan tomó un poco más de sopa mientras él trataba de imaginarse los efectos de la justa ira de un mago. Tras comer un poco más de sopa la mujer le tendió la cuchara y siguió explicando:

—Al principio todo fue bien, pero entonces el consejo de la Tierra Central empezó a emprender acciones que, según el gran mago, eran corruptas. Tenía que ver con la magia. Averiguó que el consejo había incumplido los acuerdos sobre cómo controlar el poder de la magia. El mago dijo a los consejeros que su avaricia y las cosas que hacían conducirían a horrores peores que los causados por las guerras. Pero ellos creyeron que sabían mejor que él cómo debía controlarse la magia, y se arrogaron el derecho de decidir quién ocuparía un puesto de gran importancia, aunque esa decisión correspondía legítimamente a un mago. El mago se enfureció, les dijo que sólo un mago podía hallar la persona adecuada para ocupar ese puesto, y que sólo un mago podía nombrarlo. El gran mago había instruido a otros como él, pero éstos eran codiciosos y se pusieron de parte del consejo. El mago se encolerizó y dijo que su esposa y su hija habían muerto por nada. Como castigo dijo que les haría lo peor que podía imaginar: abandonarlos para que sufrieran solos las consecuencias de sus actos.

Richard sonrió. Era el tipo de cosa que diría Zedd.

—También dijo que, si tan bien sabían cómo debían hacerse las cosas, no lo necesitaban para nada. Se negó a seguir ayudándolos y desapareció. Antes de marcharse tejió una telaraña de mago y...

—¿Qué es una telaraña de mago?

—Es un encantamiento. Antes de marcharse tejió la telaraña para que todo el mundo olvidara su nombre e incluso su aspecto. Por esta razón nadie sabe cómo se llama ni cómo es físicamente.

La mujer arrojó una ramita al fuego y se sumió en sus pensamientos. Richard volvió su atención a la sopa mientras esperaba que su compañera prosiguiera con la historia. Tras unos minutos de pausa así lo hizo.

—A principios del invierno pasado empezó el movimiento.

Richard alejó la cuchara llena de sopa de su boca y la miró.

—¿Qué movimiento?

—El movimiento de Rahl el Oscuro. Surgió como de la nada. De pronto, en las grandes ciudades la multitud coreaba su nombre y lo llamaban «Padre Rahl», lo llamaban el mayor hombre de paz del mundo. Lo más extraño es que este Rahl es hijo de Panis Rahl, de D'Hara, del otro lado del Límite, así que ¿cómo es posible que nadie supiera nada de él?

Aquí hizo una pausa para que Richard asimilara la trascendencia de ese detalle.

—Sea como sea, entonces llegaron los gars y mataron a mucha gente antes de que todos aprendieran que debían permanecer dentro de sus casas por la noche.

—Pero ¿cómo cruzaron el Límite?

—Aunque nadie lo sabía se estaba debilitando y empezó a desaparecer por arriba, de modo que podían sobrevolarlo. En primavera desapareció del todo. Entonces, el Ejército Pacificador del Pueblo, las huestes de Rahl el Oscuro, marcharon sobre las grandes ciudades. En vez de oponerse a él, la multitud les lanzaba flores allí adonde iban. A los que no lo hacían se les colgaba.

—¿El ejército los mataba? —inquirió Richard con los ojos muy abiertos.

—No —respondió Kahlan mirándolo duramente—. Los mataban quienes arrojaban flores. Decían que eran una amenaza para la paz y por eso los mataban. El Ejército Pacificador del Pueblo no tuvo que levantar ni un dedo. El movimiento afirmó que eso demostraba que Rahl el Oscuro sólo deseaba la paz, pues su ejército no mataba a los disidentes. Después de un tiempo el ejército intervino y puso fin a los asesinatos. En vez de matarlos, los disidentes eran enviados a escuelas de reeducación, donde les enseñaban la grandeza del Padre Rahl y que era un hombre de paz.

—Y en esas escuelas ¿aprendían cómo es el gran Rahl el Oscuro?

—No hay mayor fanático que un converso. La mayoría de los antiguos disidentes se dedican a ensalzar su nombre todo el día.

—¿Así que la Tierra Central no luchó?

—Rahl el Oscuro se presentó ante los consejeros y les pidió que se unieran a él en una alianza de paz. Todos aquellos que lo hicieron fueron considerados paladines de la armonía. Los otros fueron considerados traidores y ejecutados públicamente allí mismo por Rahl el Oscuro en persona.

—¿Cómo...?

Kahlan le pidió que no prosiguiera, levantando una mano, y cerró los ojos.

—Rahl el Oscuro tiene un cuchillo curvo que lleva al cinto. Le encanta usarlo. Por favor, Richard, no me pidas que te diga qué les hizo a esos hombres. Mi estómago no podría soportar recordarlo.

—Iba a preguntarte cómo reaccionaron los magos ante todo esto.

—Oh, bueno, les empezó a abrir los ojos. Entonces Rahl prohibió cualquier uso de la magia y declaró insurrecto a cualquiera que la utilizara. Debes comprender que en la Tierra Central la magia es consustancial a mucha gente, a muchas criaturas. Sería como si alguien dijera que eres un criminal por tener dos brazos y dos piernas y que debes cortártelos. Después, prohibió el fuego.

Richard levantó en el acto la mirada de la sopa.

—¿El fuego? ¿Por qué?

—Rahl el Oscuro no explica sus órdenes, pero los magos usan el fuego. No obstante, no los teme. Él posee más poder que su padre, más que cualquier mago. Sus seguidores aducen toda clase de razones, sobre todo que el fuego fue usado contra su padre, por lo que es una falta de respeto hacia la casa Rahl.

—¿Por eso deseabas sentarte frente a un fuego?

Kahlan asintió.

—En la Tierra Central encender fuego en el lugar equivocado, sin el permiso de Rahl el Oscuro o de sus seguidores, es una invitación a morir. —La mujer removió la tierra con un palo—. Quizás en la Tierra Occidental también. Me parece que tu hermano quiere prohibirlo. Tal vez...

—Nuestra madre murió en un incendio —la cortó Richard. Su tono implicaba una enérgica advertencia—. Por eso a Michael le preocupa el fuego. No hay otra razón. Y nunca ha dicho nada sobre prohibirlo, sólo que quería hacer algo para que no se produzcan más muertes como la de nuestra madre. No hay nada malo en tratar de impedir que la gente resulte herida.

—No pareció que le importara mucho herirte a ti —comentó Kahlan, enarcando las cejas.

—Sé lo que pareció —replicó el joven. Respiró hondo y sintió que su rabia se desvanecía—. Pero tú no lo entiendes. Así es él. Yo sé que su intención no fue herirme. —Richard dobló las rodillas y se abrazó las piernas—. Después de la muerte de nuestra madre, Michael empezó a pasar cada vez más tiempo con sus amigos. Buscaba la amistad de cualquiera a quien creyera importante. A padre no le gustaban algunos de ellos, pues eran pomposos y arrogantes, y se lo dijo. Solían discutir sobre el tema.

»En una ocasión, padre regresó a casa con un jarrón que tenía pequeñas figuras talladas alrededor de la boca, de modo que parecía que bailaran en el borde. Padre se sentía orgulloso del jarrón, dijo que era antiguo y que creía que podía venderlo por una moneda de oro. Michael afirmó que él podría conseguir más. Discutieron, y finalmente padre dejó que Michael se lo llevara para venderlo. Al volver, arrojó cuatro monedas de oro sobre la mesa. Mi padre se las quedó mirando mucho rato. Entonces dijo en tono muy tranquilo que no creía que el jarrón valiera cuatro monedas de oro y quiso saber qué había dicho Michael a la gente. Éste respondió que había dicho lo que querían oír. Padre alargó la mano para coger las monedas, pero Michael lo detuvo, poniendo bruscamente sus manos sobre las de él. Entonces cogió tres y dijo que a padre sólo le correspondía una, porque era todo lo que había esperado conseguir. Y añadió: "Éste es el valor de mis amigos, George".

»Fue la primera vez que lo llamó George. Padre nunca permitió que Michael vendiera nada más para él.

»Pero ¿sabes qué hizo él con el dinero? Cuando padre volvió a marcharse de viaje pagó gran parte de las deudas de la familia. No se compró nada para él mismo.

»A veces Michael actúa de manera poco delicada, como hoy, cuando contó a todos cómo murió nuestra madre y me señaló, pero yo sé... sé que actúa en interés de todos. No quiere que nadie sufra a causa del fuego. Eso es todo; simplemente quiere evitar que otros tengan que pasar por lo que nosotros pasamos. Solamente trata de hacer lo mejor para todos.

Kahlan no levantó la mirada; continuó removiendo la tierra y luego arrojó el palo a las llamas.

—Lo siento, Richard. No debería ser tan suspicaz. Sé lo mucho que duele perder a una madre. Estoy segura de que tienes razón. ¿Me perdonas? —añadió alzando los ojos.

—Claro que sí —repuso el joven con una sonrisa y un cabeceo—. Supongo que si yo hubiera pasado por lo mismo que tú también pensaría siempre lo peor. Siento haber reaccionado tan agresivamente. Para demostrarte cuánto lamento haberte hablado en ese tono, dejaré que te acabes la sopa.

La mujer asintió risueña al tiempo que Richard le pasaba lo que quedaba de sopa.

El joven deseaba oír el resto de la historia, pero esperó y contempló unos minutos cómo Kahlan comía, antes de preguntar:

—¿Así que las fuerzas de D'Hara conquistaron toda la Tierra Central?

—La Tierra Central es muy extensa y el Ejército Pacificador del Pueblo sólo ocupa un puñado de las ciudades más importantes. En muchas zonas la gente no tiene ni idea de la alianza. A Rahl no le importa; para él es un problema insignificante. Su atención está fijada en otra cosa. Los magos descubrieron que su verdadero objetivo era la magia sobre la que el gran mago había prevenido al consejo, la magia de la que ellos abusaron por su avaricia. Con esa magia Rahl el Oscuro será el amo de todo sin necesidad de luchar.

»Cinco de los magos se dieron cuenta de que se habían equivocado, de que, después de todo, el gran mago estaba en lo cierto. Entonces, decidieron redimirse a sus ojos y salvar la Tierra Central y la Tierra Occidental de lo que ocurriría si Rahl el Oscuro conseguía la magia que busca. Así fue como emprendieron la busca del gran mago, pero Rahl también lo busca.

—Has dicho cinco magos. ¿Es que hay más?

—Eran siete: el gran mago y seis estudiantes. El anciano ha desaparecido; uno de los otros vendió sus servicios a una reina, lo que es algo realmente deshonroso para un hechicero. —Kahlan hizo una pausa y reflexionó un momento—. Y, como ya te dije, los otros cinco están muertos. Antes de morir registraron toda la Tierra Central, pero el grande no apareció. No se encuentra en la Tierra Central.

—¿Por eso creyeron que está en la Tierra Occidental?

—Sí. Se encuentra aquí —contestó la mujer, dejando la cuchara en el cazo vacío.

—¿Y pensaron que ese gran mago podría detener a Rahl el Oscuro, aunque ellos no podían? —Había algo en la historia que no cuadraba, y Richard no estaba seguro de querer saber más.

—No —contestó Kahlan tras una breve pausa—, él tampoco tiene el suficiente poder para enfrentarse a Rahl el Oscuro. Lo que querían, lo que necesitamos para salvarnos a todos de lo que puede ocurrir es que el gran mago haga una designación que le corresponde sólo a él.

Por el cuidado con que elegía las palabras, Richard supo que Kahlan no era del todo sincera, que tenía secretos en los que él no debía indagar. En vez de eso preguntó:

—¿Por qué no lo buscaron ellos mismos y le pidieron que hiciera esa designación?

—Porque temían que se negase y no tenían el poder para obligarlo.

—¿Cinco magos no tenían tanto poder como uno solo?

La mujer sacudió la cabeza tristemente.

—Ellos eran sus estudiantes, aspirantes a magos. No eran magos de nacimiento que poseyeran el don desde la cuna, como él, que era hijo de un mago y de una hechicera. Lleva la magia en la sangre. Ellos nun-

74

ca podrían haber sido tan buenos magos como él; simplemente no tenían poder suficiente para obligarlo a hacer lo que querían. —Kahlan calló.

—Y... —El joven no dijo nada más. Con su silencio le preguntaba y le hacía saber que obtendría una respuesta.

Finalmente Kahlan respondió en un suave susurro.

—Y me enviaron a mí, porque yo sí puedo.

El fuego chisporroteaba y siseaba. Richard percibió la tensión de la mujer y supo que no podía darle una respuesta más concreta, por lo que permaneció callado para que se sintiera segura. Sin mirarla posó una mano sobre su antebrazo, y ella la cubrió con la suya.

—¿Cómo reconocerás a ese mago?

—Sólo sé que debo encontrarlo, y pronto, o estaremos perdidos.

—Zedd nos ayudará —afirmó Richard tras pensar un instante—. Lee las nubes y su especialidad es hallar a personas perdidas.

—Eso me suena a magia. —Kahlan lo miró recelosa—. Se supone que en la Tierra Occidental no hay ningún tipo de magia.

—Él dice que no lo es, que cualquiera puede aprender. Siempre está tratando de enseñarme y se burla de mí cuando digo que una nube amenaza lluvia. En esas ocasiones pone los ojos como platos y dice: «¡Magia!, debes de ser un gran mago si eres capaz de leer las nubes y adivinar tan bien el futuro».

Kahlan se echó a reír. Era un sonido muy agradable. Richard no quiso insistir más, aunque su historia tenía muchos flecos; la mujer se callaba muchas cosas. Al menos, ahora sabía más que antes. Lo más importante era dar con el mago y huir, pues seguro que otra cuadrilla la perseguiría. Tendrían que dirigirse al oeste mientras ese mago hacía lo que tuviera que hacer.

Kahlan abrió la bolsa que llevaba al cinto y sacó algo. Era un envoltorio de papel encerado atado con un cordel, que contenía una sustancia marrón. La mujer untó un dedo en ella y se volvió hacia el joven, diciéndole:

—Esto ayudará a que las picaduras de mosca que tienes se curen. Vuelve la cabeza.

El ungüento calmaba el escozor. Richard reconoció las fragancias de algunas de las plantas y hierbas de las que estaba hecho. Zedd le había enseñado a preparar un ungüento similar para calmar el dolor de las heridas abiertas, aunque el suyo llevaba aum. Al acabar con él, Kahlan se lo aplicó a sí misma. Entonces Richard le mostró la mano herida.

—Pon también un poco aquí.

—¡Richard! ¿Cómo te has hecho esto?

—Esta mañana se me clavó una espina.

—Nunca he visto una espina que hiciera esto —comentó la mujer mientras aplicaba cuidadosamente el ungüento en la herida.

—Era una espina muy grande. Estoy seguro de que mañana estaré mucho mejor.

El ungüento no calmaba tanto el dolor como había esperado, pero aseguró a Kahlan lo contrario para no preocuparla. Su mano no era nada comparada con las cosas de las que Kahlan tenía que preocuparse. El joven miró cómo su compañera de viaje volvía a atar el cordel alrededor del pequeño paquete y lo guardaba en la bolsa. Kahlan reflexionaba con el entrecejo fruncido.

—Richard, ¿te da miedo la magia?

El joven se pensó muy bien la respuesta.

—Siempre me ha fascinado. Pero ahora sé que hay un tipo de magia que uno debe temer. Supongo que es como las personas: hay algunas de las que es mejor mantenerse alejado, mientras que hay otras que es un placer conocer.

Kahlan sonrió, al parecer satisfecha con la respuesta.

—Richard, antes de dormir debo ocuparme de algo. Es una criatura mágica. Si no vas a asustarte dejaré que la veas. Es una oportunidad que se da muy pocas veces. Pocos la han visto, y pocos la verán. Pero debes prometerme que te marcharás a dar un paseo cuando te lo pida, y que no me harás más preguntas al regresar. Estoy muy cansada y debo dormir.

—Prometido —dijo Richard sonriente, encantado del honor que se le concedía.

Kahlan volvió a abrir la bolsa del cinto y sacó una botella pequeña y redonda con un tapón. Líneas azules y plateadas dibujaban una espiral en la parte más ancha, y había luz dentro.

—Es un geniecillo nocturno. Se llama Shar. Los geniecillos nocturnos son invisibles durante el día. Me ayudó a cruzar el Límite; fue mi guía. Sin ella me habría perdido.

»Esta noche morirá —prosiguió Kahlan con los ojos anegados en lágrimas pero voz firme y serena—. No puede seguir viviendo lejos de su hogar y de otros como ella, y no le quedan fuerzas para volver a cruzar el Límite. Shar ha sacrificado su vida para ayudarme, porque si Rahl el Oscuro triunfa todos los suyos, y muchos otros, perecerán.

Después de destapar la botella, Kahlan la colocó sobre la palma de su mano y la sostuvo entre ellos.

Un tenue destello de luz salió de la botella y flotó en el frío y oscuro aire del interior del pino, bañándolo todo con un resplandor plateado. La luz se hizo más suave cuando el geniecillo se detuvo en el aire y se quedó flotando entre ambos. Richard estaba atónito y miraba con la boca abierta, paralizado.

—Buenas noches, Richard Cypher —dijo Shar con su vocecita.

—Buenas noches también para ti, Shar. —La voz de Richard era apenas un susurro.

—Gracias por ayudar a Kahlan hoy. Al hacerlo también has ayudado a los míos. Si alguna vez necesitas la ayuda de los geniecillos nocturnos, pronuncia mi nombre y te ayudarán, pues ningún enemigo lo conoce.

—Gracias, Shar, pero la Tierra Central es el último lugar al que quisiera ir. Voy a ayudar a Kahlan a encontrar al mago, pero después nos dirigiremos al oeste para huir de quienes desean matarnos.

El geniecillo nocturno pareció dar vueltas en el aire, reflexionando. Su luz plateada transmitía al joven una sensación de calor y seguridad.

—Si eso es lo que deseas, entonces debes hacerlo —dijo Shar. Richard se sintió aliviado. El diminuto punto de luz volvió a girar en el aire delante de ellos.

»Pero debes saber una cosa —añadió—; Rahl el Oscuro os busca a los dos. No se concederá reposo y no se detendrá. Si os exponéis os encontrará. De eso no hay duda. No podéis defenderos contra él. Os matará a los dos. Pronto.

Richard tenía la boca tan seca que apenas podía tragar saliva. «Al menos el gar habría sido rápido —pensó—, y todo habría acabado.»

—Shar, ¿no hay ningún modo de escapar?

La luz giró de nuevo, iluminando con destellos el rostro del joven y las ramas del pino. Finalmente se detuvo.

—Si le das la espalda tus ojos no lo verán. Te atrapará. Le encanta hacerlo.

—Pero... ¿no hay nada que podamos hacer? —preguntó Richard con la mirada fija en el geniecillo.

El diminuto punto de luz giró nuevamente y esta vez se acercó a él antes de detenerse.

—Richard Cypher, la respuesta está en tu interior. Allí debes buscarla. Debes encontrarla u os matará a los dos. Pronto.

—¿Cuándo es pronto? —Sin poderlo evitar la voz del joven sonó más dura. La luz retrocedió un poco mientras giraba. Richard no pensaba dejar pasar esa oportunidad para averiguar algo a lo que agarrarse.

El geniecillo se detuvo.

—El primer día de invierno, Richard Cypher. Cuando el sol esté en medio del cielo. Si Rahl el Oscuro no te mata antes, y si nadie lo detiene, el primer día de invierno, cuando el sol esté en el cielo, todos los míos morirán. Vosotros también moriréis. A Rahl le encantará.

Richard trató de decidir cuál era el mejor modo de interrogar a un punto de luz.

—Shar, Kahlan está tratando de salvar a los demás geniecillos nocturnos. Yo intento ayudarla. Tú estás dando tu vida para ayudarla. Acabas de decir que si fallamos todo el mundo morirá. Por favor, ¿puedes decirme algo que nos ayude contra Rahl el Oscuro?

La luz rodó y recorrió el interior del pino en un pequeño círculo, iluminando las áreas a las que se aproximaba. Entonces paró de nuevo frente a él.

—Ya te he dado una respuesta. Está en ti. Encuéntrala o morirás. Lo siento, Richard Cypher. Quiero ayudar, pero no sé la respuesta. Sólo sé que está en ti. Lo siento mucho.

Richard asintió y se pasó la mano por el cabello. No podía decir quién se sentía más frustrado, si él o Shar. Al mirar a Kahlan vio que estaba sentada muy tranquila, contemplando al geniecillo nocturno. Shar giró y esperó.

—Muy bien, ¿puedes decirme por qué está tratando de matarme? ¿Es porque ayudé a Kahlan o hay alguna otra razón?

—¿Hay otra razón? —inquirió Shar, acercándose a él—. ¿Secretos?

—¡Qué! —Richard se puso en pie de un salto. El geniecillo lo siguió.

—No sé por qué. Lo siento. Sólo sé que lo hará.

—¿Cómo se llama el mago?

—Buena pregunta, Richard Cypher. Lo siento. No lo sé.

El joven se dejó caer de nuevo y hundió el rostro entre las manos. Shar giró, emitiendo luminosos rayos y volando lentamente sobre la cabeza de Richard. De algún modo éste supo que trataba de consolarlo y que le quedaba muy poco tiempo de vida. Entonces trató de deshacer el nudo que tenía en la garganta para poder decirle algo.

—Shar, gracias por ayudar a Kahlan. Mi vida, aunque al parecer será muy corta, no lo será tanto porque hoy me ha salvado de hacer algo muy estúpido. Mi vida ha sido mejor por conocerla. Gracias por ayudar a mi amiga a cruzar sana y salva el Límite. —Los ojos se le llenaron de lágrimas.

El geniecillo nocturno voló hacia él y le rozó la frente. Su voz pareció sonar no sólo en sus oídos sino también en su cabeza.

—Lo siento, Richard Cypher, no conozco las respuestas que podrían salvarte. Si las conociera créeme que te las diría sin dudar. Pero conozco la bondad que hay en tu interior. Yo creo en ti. Sé que lo que tienes dentro debe triunfar. Llegarán días en que dudarás de ti mismo. No te rindas. En esos momentos recuerda que yo creo en ti, que sé que eres capaz de lograr tu objetivo. Eres una persona como hay pocas, Richard Cypher. Cree en ti mismo y protege a Kahlan.

El joven se dio cuenta de que tenía los ojos cerrados. Abundantes lágrimas corrían por sus mejillas y el nudo que sentía en la garganta apenas le permitía respirar.

—No hay gars por los alrededores. Por favor, ahora déjame a solas con Kahlan. Se acerca mi hora.

Richard asintió.

—Adiós, Shar. Ha sido un gran honor conocerte.

El joven se marchó sin mirar ni a Shar ni a Kahlan.

Cuando se hubo marchado, el geniecillo nocturno flotó hacia Kahlan y le dio el tratamiento debido.

—Madre Confesora, mi tiempo se acaba. ¿Por qué no le has dicho qué eres?

Kahlan, con los hombros hundidos y las manos en el regazo, miraba fijamente el fuego.

—No puedo, Shar, aún no.

—Confesora Kahlan, esto no es justo. Richard Cypher es tu amigo.

—¿Es que no lo ves? —La mujer no pudo contener las lágrimas—. Justamente por eso no puedo decírselo. Si lo hago ya no querrá ser mi amigo, ya no le importaré nada. No te imaginas lo que es ser Confesora, que todos te tengan miedo. Él me mira a los ojos, Shar. No hay muchos que se hayan atrevido a hacerlo. Nadie me mira a los ojos tal como lo hace él. Con él me siento segura y mi corazón se alegra.

—Otros pueden decírselo antes que tú, Confesora Kahlan. Eso sería peor.

—Se lo diré antes de que eso ocurra —aseguró la mujer, levantando sus húmedos ojos hacia el geniecillo.

—Estás jugando un juego muy peligroso, Confesora Kahlan —le advirtió Shar—. Es posible que antes se enamore de ti y entonces saberlo lo heriría tanto que no podría perdonarte.

—No dejaré que eso suceda.

—¿Piensas elegirlo?

—¡No!

El geniecillo nocturno dio varias volteretas hacia atrás al oír el grito de Kahlan. Lentamente volvió a aproximarse a su rostro.

—Confesora Kahlan, eres la última Confesora. Rahl el Oscuro ha matado a todas las demás. Incluso a tu hermana Dennee. Eres la Madre Confesora. Debes elegir pareja.

—No podría hacerle eso a alguien que me importa. Ninguna Confesora lo haría —sollozó la mujer.

—Perdóname, Madre Confesora. La decisión es tuya.

Kahlan dobló las piernas hacia arriba, las rodeó con los brazos y apoyó la frente en las rodillas. Sus hombros se agitaron por efecto del llanto, y su espesa melena cayó en cascada, ocultándole rostro. Shar voló en torno de ella lentamente, emitiendo rayos de luz plateada, consolando a su compañera. El geniecillo continuó volando a su alrededor hasta que el llanto cesó. Entonces Shar flotó de nuevo ante ella.

—Es duro ser Madre Confesora. Lo siento.

—Sí, es duro —convino Kahlan.

—Soportas una pesada carga.

—Sí, muy pesada —convino de nuevo Kahlan.

El geniecillo nocturno aterrizó suavemente sobre un hombro de la mujer y descansó allí, en silencio, mientras Kahlan contemplaba cómo el fuego ardía lentamente con llamas bajas. Pasados unos minutos, el geniecillo alzó el vuelo y flotó en el aire delante de ella.

—Me gustaría quedarme contigo más rato. Hemos pasado buenos ratos. Me gustaría quedarme con Richard Cypher. Hace buenas preguntas. Pero debo irme. Lo siento, me muero.

—Shar, te doy mi palabra de que daré mi vida, si es necesario, para detener a Rahl el Oscuro. Para salvar a los tuyos y a los demás.

—Te creo, Confesora Kahlan. Ayuda a Richard. —Shar se acercó más—. Por favor. Antes de morir. ¿Puedes tocarme?

Kahlan se alejó del geniecillo, hasta que su espalda quedó contra el tronco del árbol.

—No... por favor... no —imploró al tiempo que sacudía la cabeza—. No me pidas que haga eso. —Los ojos de la mujer se volvieron a llenar de lágrimas, y se llevó unos temblorosos dedos a la boca, conteniendo el llanto.

—Por favor, Madre Confesora —suplicó Shar, acercándose—. Siento tanto dolor por estar lejos de los demás... Nunca volveré a disfrutar de su compañía. Duele tanto... Me muero. Por favor. Usa tu poder. Tócame y permíteme que beba de la dulce agonía. Permíteme que muera con el sabor del amor. He sacrificado mi vida para ayudarte y no te he pedido nada a cambio. Te lo suplico.

La luz de Shar se iba apagando, haciéndose cada vez más débil. Kahlan lloraba tapándose la boca con la mano izquierda. Al fin alargó la mano derecha hasta que sus temblorosos dedos tocaron al geniecillo.

A su alrededor estalló un trueno silencioso. El violento impacto en el aire sacudió al pino y provocó una lluvia de agujas muertas, algunas de las cuales ardieron al caer en el fuego. El pálido color plateado de Shar se convirtió en un resplandor rosa, que ganaba en intensidad.

—Gracias —dijo con voz apenas audible—. Adiós, amor mío.

La chispa de luz y vida se apagó y desapareció.

Tras el trueno silencioso Richard esperó un rato antes de regresar junto a la mujer. Estaba sentada con los brazos alrededor de las piernas y el mentón apoyado en las rodillas, mirando fijamente las llamas.

—¿Shar? —preguntó el joven.

—Se ha ido —repuso ella con voz distante.

El joven asintió, la cogió del brazo y la condujo hacia un lecho de hierba seca, donde hizo que se tumbara. La mujer se dejó llevar sin oponer resistencia ni hacer ningún comentario. El joven la cubrió con la manta y apiló sobre ella parte de la hierba, para que se mantuviera caliente durante la noche. Hecho esto, se introdujo en el lecho, junto a Kahlan. La mujer se volvió de lado, con los hombros contra el cuerpo de Richard, tal como un niño pegaría la espalda contra su padre o su madre en una situación de peligro. Richard también lo sintió. Algo iba tras ellos; algo mortal.

Kahlan se durmió de inmediato. Richard sabía que debería tener frío, pero no era así. Sentía un dolor punzante en la mano y calor. El joven se quedó tumbado, rumiando sobre el trueno silencioso, preguntándose qué pensaba hacer Kahlan para persuadir al gran mago. La idea lo asustaba. Pero antes de poder seguir preocupándose, se quedó dormido.

6

A
l mediodía del día siguiente Richard ya sabía que la herida de la espina le estaba provocando fiebre. No tenía apetito. A ratos sentía un calor insoportable y sudaba tanto que la ropa se le pegaba a la piel, y otras veces temblaba de frío. Tenía la cabeza a punto de reventar y sentía náuseas. No había nada que pudiera hacer, excepto pedir ayuda a Zedd y, puesto que estaban ya tan cerca de su casa, decidió no decir nada a Kahlan. El joven había tenido pesadillas, a causa de la fiebre o de las cosas que le había contado Kahlan, no lo sabía. Lo que más le perturbó fue algo que dijo Shar, que si no encontraba la respuesta, moriría.

El cielo amaneció ligeramente cubierto. La fría luz grisácea anunciaba la llegada del invierno. Las prietas filas de grandes árboles cortaban el paso a la fresca brisa, convirtiendo el sendero en un tranquilo refugio saturado de la aromática fragancia de los pinos, a salvo del aliento del invierno.

Después de cruzar un riachuelo cerca de una laguna habitada por castores, encontraron una hondonada escasamente boscosa con el suelo cubierto por flores silvestres tardías de color amarillo y azul pálido. Kahlan se detuvo para coger algunas. Asimismo encontró un trozo de madera muerta con forma de cuchara y empezó a disponer las flores dentro del hueco de la madera. Richard pensó que debía de estar hambrienta. Se dirigió a un manzano que sabía que crecía cerca de allí y llenó media mochila con las frutas, mientras ella seguía atareada con las flores. Siempre era una buena idea llevar comida a Zedd cuando iba a visitarlo.

Richard acabó antes que Kahlan y esperó, apoyado contra un tronco, preguntándose qué estaría haciendo. Una vez satisfecha con el arreglo floral, se subió el dobladillo del vestido y se arrodilló junto a la laguna, donde dejó que la madera flotara sobre el agua. Entonces se sentó sobre los talones, con las manos cruzadas en el regazo, y contempló un rato cómo la pequeña balsa de flores flotaba sobre las tranquilas aguas. Al volver la cabeza y ver a Richard apoyado contra el tronco, se levantó y fue hacia él.

—Una ofrenda para el alma de nuestras madres —explicó Kahlan—. Para pedir que nos protejan y ayuden en la busca del mago. —La mujer miró al joven a la cara y lo que vio en ella la inquietó—. Richard, ¿qué es lo que te ocurre?

—Nada —respondió éste al tiempo que le ofrecía una manzana—. Toma, come esto.

Kahlan apartó de un manotazo la mano tendida y, en un abrir y cerrar de ojos, le oprimía la garganta con la otra mano. La cólera llameaba en sus ojos verdes.

—¿Por qué me haces esto? —preguntó al joven.

La mente de Richard sufrió una conmoción, y se puso rígido. Algo le dijo que no se moviera.

—¿No te gustan las manzanas? Lo siento, ya buscaré otra cosa para comer.

—¿Cómo las has llamado? —preguntó Kahlan. La cólera de sus ojos se convirtió en duda.

—Manzanas —contestó Richard, aún inmóvil—. ¿No sabes qué son manzanas? Son muy sabrosas. Lo prometo. ¿Qué creíste que eran?

—¿Tú comes esas... manzanas? —La mano que le oprimía la garganta se relajó ligeramente.

—Sí. Siempre —repuso Richard, sin moverse.

El bochorno reemplazó al enfado en la mujer. Retiró la mano de la garganta de Richard y luego se la llevó a la boca. Tenía los ojos muy abiertos.

—Richard, lo siento enormemente. No sabía que esos frutos eran comestibles. En la Tierra Central todos los frutos rojos son un veneno mortal. Creí que tratabas de envenenarme.

El joven se echó a reír, al tiempo que la tensión se evaporaba de golpe. Kahlan se unió a sus risas, aunque protestaba diciendo que no era divertido. Richard dio un mordisco a una manzana para demostrarle que podían comerse, y acto seguido le ofreció una. Esta vez Kahlan la aceptó, aunque se la miró y remiró antes de hincarle el diente.

—Mmm, son buenas. —Kahlan frunció el entrecejo y llevó la mano a la frente del joven—. Ya me parecía que te pasaba algo; estás ardiendo de fiebre.

—Lo sé, pero no podemos hacer nada hasta que lleguemos a casa de Zedd. Falta muy poco.

Después de ascender un poco más por la senda, tuvieron a la vista la achaparrada casa de Zedd. Una solitaria tabla del tejado de tepe servía de rampa para su viejo gato, al que le costaba mucho menos subir que bajar. Por la parte interior de las ventanas colgaban cortinas blancas de encaje, y en el alféizar se veían macetas con flores, ahora ya resecas y marchitas. Los troncos de las paredes presentaban un feo color gris por el paso del tiempo; pero la puerta, de un brillante color azul, daba la bienvenida a los visitantes. Aparte de la puerta, toda la casa daba la impresión de estar acurrucada entre la alta hierba que la rodeaba o de que trataba de pasar inadvertida. No era muy grande, pero tenía un porche que recorría todo el frente.

La «silla de pensar» de Zedd se veía vacía. Allí era donde Zedd se sentaba para pensar hasta que daba con la respuesta a cualquier cosa que le picaba la curiosidad. En una ocasión estuvo sentado tres días tratando de averiguar por qué la gente se pasaba el tiempo discutiendo sobre el número de las estrellas. Personalmente le importaba un rábano. Le parecía una cuestión trivial y no comprendía por qué los demás dedicaban tanto tiempo a debatir el tema. Finalmente se levantó y afirmó que era porque cualquiera podía expresar su opinión sin riesgo a equivocarse, pues era imposible conocer la respuesta. Quienes malgastaban así su tiempo eran idiotas que podían dárselas de entendidos sin temor a ser contradichos. Una vez resuelta la cuestión, entró en casa y se atiborró de comida durante tres horas.

Richard llamó a Zedd pero no obtuvo respuesta.

—Apuesto a que sé dónde está —comentó risueño—. En la parte de atrás, subido a la roca de las nubes, estudiándolas.

—¿La roca de las nubes? —se extrañó Kahlan.

—Es su lugar favorito para contemplar las nubes. No me preguntes por qué. Desde que lo conozco cada vez que ve una nube interesante corre hacia la parte de atrás para vigilarla subido a esa roca. —Richard había crecido con la roca y ya no le parecía un comportamiento raro; era consustancial al anciano.

Ambos avanzaron entre la alta y enmarañada hierba que rodeaba la casa y ascendieron hasta la cima de un pequeño y árido cerro, sobre el que se encontraba la roca de las nubes. Zedd estaba de pie sobre la plana roca, con la espalda arqueada hacia ellos, los larguiruchos brazos extendidos, el ondulado pelo blanco sobre la espalda y la cabeza inclinada hacia atrás, escrutando el cielo.

Iba totalmente desnudo.

Richard abrió los ojos de par en par, y Kahlan desvió los suyos. La piel pálida y curtida formaba pliegues sobre sus prominentes huesos, lo que le daba un aspecto tan frágil como una rama seca. Sin embargo, Richard sabía que Zedd no tenía nada de frágil. La piel del trasero, tan huesudo como el resto del cuerpo, le colgaba.

—Sabía que vendrías, Richard —dijo el anciano, señalando el cielo con un descarnado dedo. Su voz era tan delgada como el resto de su persona.

La única ropa que poseía, prendas sencillas y sin adornos, formaban una pila en el suelo, a su espalda. Richard se inclinó y las recogió, mientras una sonriente Kahlan daba media vuelta para capear la embarazosa situación.

—Zedd, vístete. Tenemos compañía.

—¿Sabes cómo supe que vendrías? —inquirió el anciano sin moverse ni darse la vuelta.

—Diría que tiene que ver con una nube que me lleva siguiendo unos días. Toma, deja que te ayude a vestirte.

—¡Días! ¡Diantre! —Zedd se volvió agitando los brazos—. ¡Richard, esa nube te ha estado siguiendo durante tres semanas! ¡Desde que tu padre fue asesinado! No te he visto desde la muerte de George. ¿Dónde te has metido? Te he buscado por todas partes. ¡Es más fácil encontrar una aguja en un pajar que a ti cuando decides desaparecer!

—He estado ocupado. Levanta los brazos para que pueda ayudarte a ponerte esto. —El joven metió en la túnica los brazos extendidos de Zedd y lo ayudó a tirar de los pliegues, mientras el anciano se encogía para embutirse dentro.

—¡Ocupado! ¿Demasiado ocupado para mirar al cielo de vez en cuando? ¡Diablos! ¿Sabes de dónde viene esa nube, Richard? —Zedd abrió mucho los ojos, por la preocupación, enarcó una ceja y arrugó el ceño.

—No reniegues —replicó Richard—. Yo diría que esa nube viene de D'Hara.

—¡Exacto! ¡D'Hara! —Zedd levantó ambos brazos de golpe—. ¡Muy bien, chico! Dime, ¿cómo lo has averiguado? ¿Por la textura? ¿Por la densidad? —El anciano se excitaba cada vez más, culebreando dentro de la túnica, incómodo por las arrugas de la tela.

—Ni una cosa ni la otra. Es una suposición basada en información confidencial. Como ya te he dicho, Zedd, tenemos compañía.

—Sí, sí, ya te he oído. —El anciano desestimó ese detalle con un ademán—. De modo que información confidencial. —Zedd se acarició la suave mandíbula con los dedos índice y pulgar. Sus ojos color avellana se iluminaron—. No está nada mal. ¡Sí, señor, nada mal! ¿También te dijo esa fuente que no significa nada bueno? Bueno, claro que sí

—añadió, respondiendo a su propia pregunta—. ¿Por qué estás sudando? —inquirió, tocando la frente de Richard con sus dedos semejantes a sarmientos—. Tienes fiebre. ¿Me has traído algo para comer?

Richard ya tenía una manzana en la mano; sabía que Zedd estaría hambriento. Zedd siempre estaba hambriento. El anciano mordió la manzana con ganas.

—Zedd, por favor, escúchame. Estoy en un apuro y necesito tu ayuda.

El anciano posó sus escuálidos dedos sobre la cabeza del joven y, sin dejar de masticar, le levantó un párpado con el pulgar. Entonces se inclinó hacia él, acercó mucho su rostro de marcados rasgos a la cara de Richard y le examinó un ojo. Acto seguido hizo lo propio con el otro.

—Yo siempre te escucho, Richard. —Le levantó el brazo por la muñeca y le tomó el pulso—. Y sí, estás en un apuro. Dentro de tres horas, cuatro a lo sumo, estarás inconsciente.

Al joven se le cayó el alma a los pies, y también Kahlan pareció muy preocupada. Zedd sabía de fiebres y de muchas otras cosas, y nunca se equivocaba cuando afirmaba algo con tal convencimiento. Richard sentía que las piernas le fallaban desde que se había despertado con escalofríos y sabía que la cosa iba a peor.

—¿Puedes ayudarme?

—Probablemente, pero depende de lo que haya causado la fiebre. Vamos, no seas maleducado y preséntame a tu novia.

—Zedd, te presento a mi amiga, Kahlan Amnell...

—Oh, conque una amiga, ¿eh? —El anciano miró con fijeza los ojos de Richard y rió socarrón, y siguió riendo cuando se volvió hacia Kahlan. Entonces se inclinó ceremoniosamente, tomó la mano de la mujer, posó en ella un ligero beso y dijo—: Zeddicus Zu'l Zorander a sus pies, joven dama. —Entonces se irguió y la miró por primera vez. Cuando sus ojos se encontraron, la sonrisa se le borró y sus ojos se abrieron desmesuradamente. Su afilado rostro reflejó ira. Inmediatamente le soltó la mano, como si de repente hubiera descubierto que sujetaba una serpiente venenosa, y a continuación se volvió bruscamente hacia Richard.

—¡¿Qué estás haciendo con esta criatura?!

Kahlan permanecía serena e impasible, pero Richard estaba horrorizado.

—Zedd...

—¿Te ha tocado?

—Bueno, yo... —Richard trataba de recordar las veces que Kahlan lo había tocado, pero Zedd lo interrumpió de nuevo.

—No, claro que no. Ya veo que no lo ha hecho. Richard, ¿sabes lo que es? —Aquí se volvió hacia ella—. Es una...

La mujer le dirigió tal mirada de fría amenaza que dejó a Zedd totalmente helado.

—Sé exactamente lo que es —replicó Richard con voz serena pero firme—: es mi amiga. Una amiga que ayer evitó que una bestia llamada gar me matara. —La expresión de Kahlan se relajó. El anciano la miró fijamente un momento más antes de volverse hacia Richard—. Zedd, Kahlan es mi amiga. Ambos estamos en un buen apuro y tenemos que ayudarnos.

Zedd guardó silencio mientras escrutaba los ojos del joven. Finalmente asintió y dijo:

—Sí, un buen apuro.

—Zedd necesitamos tu ayuda. Por favor. —Kahlan se acercó a él—. No tenemos mucho tiempo. —El anciano no parecía muy dispuesto a implicarse, pero Richard prosiguió, sin apartar los ojos de él—. Ayer, después de encontrarla, la atacó una cuadrilla. Y otra vendrá pronto. —Finalmente vio lo que quería ver: el destello de odio se convertía en empatía.

Zedd miró a Kahlan como si la viera por primera vez. Ambos se sostuvieron la mirada largo rato. Al mencionar la cuadrilla apareció en el rostro de la mujer una expresión atormentada. Zedd se aproximó a ella y la rodeó con sus brazos larguiruchos con gesto protector, y ella apoyó la cabeza en su hombro. Acto seguido lo abrazó a su vez, agradecida, y hundió el rostro en la túnica del anciano para ocultar sus lágrimas.

—Tranquila, querida, aquí estás a salvo —dijo Zedd con voz suave—. Vamos a casa. Allí me contaréis el lío en que estáis metidos y después nos ocuparemos de la fiebre de Richard.

Kahlan asintió contra su hombro y luego se apartó de él.

—Zeddicus Zu'l Zorander. Nunca había oído un nombre igual.

Los delgados labios de Zedd se curvaron en una orgullosa sonrisa, y unas profundas arrugas se formaron en sus mejillas.

—De eso estoy seguro, querida, estoy seguro. Por cierto, ¿sabes cocinar? —El anciano le pasó un brazo por encima de los hombros y la sostuvo con firmeza al tiempo que empezaba a descender del cerro—. Tengo hambre y no he comido nada cocinado de manera apropiada desde hace años. —Vamos, Richard —añadió, echando un vistazo hacia atrás—, ven con nosotros mientras aún puedes.

—Si le bajas la fiebre a Richard, te prepararé una gran olla de sopa picante —ofreció Kahlan.

—¡Sopa picante! —exclamó Zedd encantado—. Hace años que no pruebo una buena sopa picante. La que hace Richard es asquerosa.

Richard los seguía arrastrando los pies; la tensión emocional le había arrebatado gran parte de las fuerzas que le quedaban. La despreocupación con la que Zedd se tomaba su fiebre lo asustaba, pues sabía que su viejo amigo estaba tratando de que no se alarmara por la gravedad de su estado. El joven sentía que la mano le latía.

Puesto que Zedd procedía de la Tierra Central, Richard pensó que se ganaría su compasión si mencionaba a la cuadrilla. El joven se sentía aliviado, y un tanto sorprendido, de que de pronto sus dos amigos se mostraran tan amistosos el uno con el otro. Mientras caminaba se llevó la mano al colgante y tocó el colmillo para tratar de tranquilizarse.

No obstante, lo que ahora sabía lo inquietaba profundamente.

Cerca de una de las esquinas traseras de la casa había una mesa, en la que a Zedd le gustaba tomar sus comidas cuando hacía buen tiempo. De este modo podía vigilar las nubes mientras comía. Zedd los hizo sentar uno junto al otro en un banco mientras él entraba dentro. Volvió a salir con zanahorias, bayas, queso y zumo de manzana, que colocó sobre el tablero de la madera, liso por los años de uso. Entonces se sentó frente a ellos y ofreció a Richard una gran taza que contenía algo marrón y espeso que olía a almendras y le dijo que se lo bebiera lentamente.

—Ahora cuéntame qué ha pasado —pidió a Richard.

Éste le contó cómo la enredadera lo mordió, que había observado algo en el cielo y que vio a Kahlan a orillas del lago Trunt, seguida por cuatro hombres. Le relató la historia con todos los detalles que fue capaz de recordar. Sabía que a Zedd le gustaba conocer todos los pormenores, aunque fuesen nimios. De vez en cuando interrumpía su relato para tomar un sorbo de la taza. Kahlan comió algunas zanahorias y bayas y bebió el zumo de manzana, pero apartó el plato de queso. Asentía o intervenía cuando el joven no recordaba algo. Lo único que Richard se calló fue la historia que le había contado Kahlan sobre las tres tierras y cómo Rahl el Oscuro había conquistado la Tierra Central. Le pareció que sería mejor que ella la contara con sus propias palabras. Cuando acabó, Zedd le pidió que volviera al principio y quiso saber qué rayos estaba haciendo él en el Alto Ven.

—Cuando estuve en casa de mi padre, tras el asesinato, miré dentro del tarro de los mensajes. Era una de las pocas cosas que seguían intactas. Dentro encontré un trozo de enredadera. Durante las últimas tres semanas la he estado buscando, tratando de averiguar qué me quiso decir mi padre. Y cuando di con ella, bueno, me mordió. —Richard se alegró de haber acabado, pues notaba la lengua entumecida.

Zedd mordió una zanahoria, pensativo.

—¿Cómo era esa enredadera? —preguntó al fin.

—Era... Espera, todavía la llevo en el bolsillo. —El joven sacó el tallo y lo puso sobre la mesa.

—¡Diantre! —susurró Zedd—. ¡Es una enredadera serpiente!

Un escalofrío recorrió el cuerpo del joven. Era un nombre que aparecía en el libro secreto. Contra toda esperanza confió en que no significara lo que se temía.

—Bueno, la buena noticia es que sé qué raíz puede curar la fiebre —anunció Zedd, recostándose—. Y la mala es que tengo que ir a buscarla. —Zedd pidió a Kahlan que le contara su parte de la historia, pero brevemente, pues tenía cosas que hacer y no mucho tiempo. Richard recordó lo que la mujer le había contado dentro del pino la noche anterior y se preguntó cómo iba a abreviarlo.

—Rahl el Oscuro, hijo de Panis Rahl, ha puesto en juego las tres cajas del Destino —se limitó a decir—. Yo he venido en busca del gran mago.

Richard se quedó atónito. Había recordado de pronto un fragmento del libro secreto, del *Libro de las Sombras Contadas*, que su padre le hizo memorizar antes de destruirlo: «Y cuando las tres cajas del Destino se pongan en juego, la enredadera serpiente crecerá». La peor pesadilla de Richard —y de cualquier otra persona— se iba a hacer realidad.

7

En medio del dolor y el mareo provocados por la fiebre, Richard apenas fue consciente de que su cabeza se desplomaba sobre la mesa. El joven gimió mientras las implicaciones de lo que Kahlan había contado a Zedd giraban en su mente; la profecía del *Libro de las Sombras Contadas* se estaba cumpliendo. Después Zedd estaba a su lado, lo levantaba y le decía a Kahlan que lo ayudara a entrarlo en la casa. Mientras andaba con su ayuda, el joven sentía que el suelo se deslizaba ora a un lado ora al otro y le costaba esfuerzo fijar los pies. Entonces lo tendieron en una cama y lo taparon. Richard sabía que estaban hablando pero no entendía las palabras, y éstas se confundían en su cabeza.

Su mente se sumió en la oscuridad, y después hubo luz. El joven tenía la sensación de que flotaba hacia arriba y descendía de nuevo en espiral. No dejaba de preguntarse quién era y qué ocurría. El tiempo fue transcurriendo mientras la habitación giraba, se balanceaba. Richard tuvo que agarrarse al lecho para no salir despedido. A veces sabía dónde estaba y trataba de aferrarse desesperadamente a lo que sabía... pero de nuevo volvía a sumirse en la negrura.

Al recuperar la conciencia supuso que debía de haber pasado bastante tiempo, aunque no tenía ni idea de cuánto. ¿Era de noche? Tal vez las cortinas estaban corridas y por eso se lo parecía. Alguien le ponía un paño húmedo y frío en la frente, lo notaba. Su madre le apartó suavemente el pelo de la cara, y su tacto le produjo una sensación tranquilizadora. Casi distinguía su rostro. Era tan buena y siempre cuidaba tan bien de él...

Hasta que murió. El joven tuvo ganas de llorar. Su madre estaba muerta pero le acariciaba el pelo. Era imposible; tenía que ser otra persona. Pero ¿quién? Entonces recordó; era Kahlan. Richard pronunció su nombre.

—Estoy aquí —dijo ella, acariciándole el pelo.

Entonces lo recordó todo de golpe: el asesinato de su padre, la enredadera que lo mordió, Kahlan, los cuatro hombres en el precipicio, el discurso de su hermano, alguien que lo esperaba en su casa, el gar, el geniecillo nocturno que le decía que si no encontraba la respuesta moriría, lo que dijo Kahlan sobre que las tres cajas del Destino estaban en juego, y su secreto, el *Libro de las Sombras Contadas*.

Richard rememoró que su padre lo había llevado a un lugar secreto en el bosque y le dijo que había salvado el *Libro de las Sombras Contadas* de la bestia que lo guardaba hasta que su amo pudiera llegar a él. Le contó cómo se lo llevó a la Tierra Occidental para protegerlo de esas manos codiciosas, unas manos que el custodio del libro no sabía que lo amenazaban. Añadió que habría peligro mientras el libro existiera, pero que no podía destruir el conocimiento que contenía, que no tenía derecho a hacerlo. Pertenecía al custodio del libro, y él debía salvaguardarlo hasta que pudiera devolvérselo. El único modo de conseguirlo era aprenderse el libro de memoria y después quemarlo. Sólo así podría preservarse el conocimiento y evitar que fuera robado, como sin duda ocurriría.

Su padre escogió a Richard. Tenía que ser Richard y no Michael por razones que sólo él conocía. Nadie debería conocer la existencia del libro, ni siquiera Michael; sólo el custodio del libro, nadie más, sólo el custodio. Su padre le dijo que tal vez nunca encontrara al custodio, y que en ese caso debía transmitir el contenido a su hijo, y éste al suyo y así sucesivamente tanto tiempo como fuera necesario. Lo que no pudo decirle era quién era el custodio del libro, pues él mismo lo desconocía. Al preguntarle cómo lo reconocería, su padre simplemente le respondió que tendría que hallar la respuesta él mismo y no decírselo nunca a nadie, excepto al custodio. Ese nadie incluía a su propio hermano y a su mejor amigo, Zedd.

Richard lo juró por su vida.

Su padre nunca echó ni un vistazo al libro; sólo Richard. Día tras día, semana tras semana, descansando sólo cuándo se iba de viaje, su padre lo conducía al lugar secreto, en lo más profundo del bosque, donde se sentaba y miraba a Richard leer el libro una y otra vez. Normalmente Michael salía con sus amigos y no tenía ningún interés en ir al bosque, ni siquiera cuando estaba en casa y, por su parte, Richard no solía visitar a Zedd cuando su padre estaba en casa, por lo que ni uno ni otro sabían de las frecuentes excursiones al bosque.

Richard escribía lo que memorizaba y luego lo cotejaba con el original. Su padre quemaba los papeles cada vez y lo hacía repetirlos de nuevo. Y cada día se disculpaba con él por la carga que le había impuesto; al regresar a casa después de pasar el día en el bosque, nunca se olvidaba de pedir perdón a su hijo.

Pero al joven nunca le molestó tener que aprenderse el libro; consideraba que era un honor que su padre le hubiera encomendado esa tarea. Richard escribió el libro de cabo a rabo más de cien veces, sin ningún error, antes de estar seguro de que jamás olvidaría ni una sola palabra. Sabía, porque lo había leído en el libro, que si faltaba una sola palabra se produciría un desastre.

Cuando aseguró a su padre que se lo sabía de memoria, éste guardó el libro en su escondite en las rocas y allí se quedó durante tres años. Transcurrido ese tiempo, cuando Richard aún era un adolescente, regresaron allí un día de otoño y su padre le dijo que si era capaz de escribir el libro sin un solo error demostraría que se lo sabía a la perfección y podrían quemarlo. Richard lo escribió de principio al final sin dudar. Estaba perfecto.

Juntos hicieron una hoguera que alimentaron con más leña de la necesaria, hasta que el calor les obligó a retroceder. Entonces su padre le tendió el libro y le dijo que, si estaba seguro, lo arrojara al fuego. Richard lo sostuvo contra la parte interior del codo y acarició con los dedos la cubierta de piel. Tenía entre sus manos la confianza de su padre, la confianza de todo el mundo, y esa carga le pesaba. El joven lanzó el *Libro de las Sombras Contadas* al fuego. En ese momento dejó atrás la niñez.

Las llamas se arremolinaron alrededor del libro, abrazándolo, acariciándolo, consumiéndolo. Colores y formas ascendieron en espiral, y se oyó un estruendoso grito. Extraños rayos de luz salieron despedidos hacia el cielo. Las rachas de viento ondeaban mientras el fuego succionaba hojas y ramitas, que alimentaban las llamas y el calor. Entonces aparecieron fantasmas, que extendieron los brazos como si el fuego los alimentara, y cuyas voces transportaba el viento. Padre e hijo asistieron al espectáculo petrificados, incapaces de moverse, incapaces incluso de volver la cabeza para no verlo. El ardiente calor se transformó en un viento tan helado como el de una noche de pleno invierno. Ambos se estremecieron hasta la médula y apenas podían respirar. El frío se esfumó, y el fuego se transformó en una brillante luz blanca que lo consumió todo, como si estuvieran al sol. Súbitamente esa luz se extinguió y sólo dejó tras de sí silencio. El fuego se había apagado. De la leña carbonizada salían volutas de humo que ascendían lentamente en el aire otoñal. El libro ya no existía.

Richard sabía qué había visto: magia.

El joven sintió una mano sobre su hombro y abrió los ojos. Era Kahlan. A la luz del fuego que llegaba por la puerta abierta, vio a la mujer sentada en una silla junto al lecho. El viejo gato negro de Zedd dormía en el regazo de Kahlan hecho un ovillo.

—¿Dónde está Zedd? —inquirió el joven con mirada soñolienta.

—Ha salido a buscar la raíz que necesitas. —La voz de la mujer era suave y calmada—. Hace horas que ha anochecido, pero me dijo que no nos preocupáramos porque es una raíz difícil de encontrar. También dijo que despertarías a ratos, pero que estarías a salvo hasta que él volviera gracias a la bebida que te dio.

Por primera vez Richard se dio cuenta de que era la mujer más hermosa que había visto en su vida. Los cabellos le enmarcaban el rostro y le caían en cascada sobre los hombros, y él deseó poder acariciarlos, pero se contuvo.

—¿Cómo te sientes? —Su voz era tan dulce que Richard no pudo imaginarse por qué Zedd se había asustado al verla.

—Preferiría enfrentarme a otra cuadrilla que a una enredadera serpiente.

Kahlan esbozó esa sonrisa especial, esa sonrisa privada, de complicidad, mientras le pasaba el paño por la frente. El joven levantó una mano y le agarró la muñeca. Ella se quedó quieta y lo miró a los ojos.

—Kahlan, Zedd es amigo mío desde hace muchos años. Es como un segundo padre para mí. Prométeme que no le harás ningún daño. No podría soportarlo.

—A mí también me es simpático. Me gusta mucho. —Kahlan le dirigió una mirada tranquilizadora—. Es un buen hombre, tú mismo lo has dicho. No tengo ningún deseo de hacerle daño. Lo único que quiero es que me ayude a encontrar al mago.

—Prométemelo —insistió Richard, aumentando la presión sobre la muñeca de la mujer.

—Richard, todo irá bien. Nos ayudará.

El joven recordó los dedos de Kahlan en su garganta y cómo lo miró cuando creyó que trataba de envenenarla con una manzana.

—Prométemelo.

—En el pasado ya he hecho promesas a otros, algunos de los cuales han dado su vida. Tengo una responsabilidad hacia la vida de los demás, de mucha gente.

—Prométemelo.

—Lo siento, Richard, no puedo —replicó ella, colocándole la otra mano sobre la mejilla.

El joven le soltó la muñeca, se volvió y cerró los ojos, al tiempo que

Kahlan retiraba la mano. Richard pensó en el libro, en todo lo que significaba, y se dio cuenta de que había hecho una petición egoísta. ¿La engañaría para salvar a Zedd, sólo para que después también él muriera, como ellos? ¿Sería capaz de condenar a todos los demás a la muerte o a la esclavitud sólo para que su amigo viviera unos meses más? ¿Podría condenarla a ella a la muerte para nada? Richard se sintió avergonzado de su propia estupidez. No tenía ningún derecho a pedirle que hiciera tal promesa. No estaría bien que lo hiciera, y él se alegraba de que no le hubiera mentido. No obstante, también sabía que el que Zedd les hubiera preguntado en qué lío estaban metidos no significaba necesariamente que fuera a ayudarlos si la historia tenía que ver con el otro lado del Límite.

—Kahlan, esta fiebre me vuelve estúpido. Por favor, perdóname. Nunca he conocido a nadie tan valiente como tú. Sé que tratas de salvarnos a todos. Zedd nos ayudará; ya me encargaré yo de eso. Tú sólo prométeme que no harás nada hasta que me recupere. Dame la oportunidad de convencerlo.

—Eso sí puedo prometértelo —dijo la mujer, apretándole el hombro con la mano—. Sé que te preocupas por tu amigo y me alegro de que sea así. Eso no te convierte en un estúpido. Ahora descansa.

Richard trató de mantener los ojos abiertos, pues cuando los cerraba todo empezaba a dar vueltas de modo incontrolable. Pero hablar había consumido sus fuerzas, y la oscuridad no tardó en reclamarlo. Sus pensamientos fueron succionados de nuevo hacia el vacío. A veces regresaba en parte y tenía sueños inquietos, y otras vagaba por lugares vacíos incluso de ilusiones.

El gato despertó y enderezó las orejas. Richard siguió durmiendo. Unos sonidos audibles sólo para oídos gatunos hicieron que el gato brincara del regazo de Kahlan, trotara hasta la puerta y se sentara sobre las patas traseras a esperar. Kahlan también esperó y, en vista de que el pelo del felino no se erizaba, permaneció junto a Richard.

—¿Gato? ¡Gato! —llamó una débil voz desde el exterior—. ¿Dónde te has metido? Bueno, pues quédate fuera si quieres. —La puerta se abrió con un chirrido—. Ah, estás aquí. —El gato salió corriendo—. ¡Sírvete tú mismo! —le gritó cuando ya hubo salido—. ¿Cómo está Richard? —inquirió al tiempo que entraba en la alcoba.

—Se ha despertado varias veces —contestó Kahlan, sentada en la silla—, pero ahora duerme. ¿Has encontrado la raíz que necesitabas?

—Si no, no estaría aquí. ¿Dijo algo cuando se despertó?

—Sólo que estaba preocupado por ti. —Kahlan sonrió.

—Y tiene razones para estarlo —refunfuñó el anciano mientras se daba la vuelta y regresaba al salón.

Allí se sentó a la mesa, peló las raíces, las cortó a láminas delgadas, metió las láminas en una olla con un poco de agua y, finalmente, colgó la olla de un gancho sobre el fuego. Acto seguido arrojó las peladuras y dos ramitas al fuego antes de dirigirse al aparador y sacar numerosos tarros de diferente tamaño. Sin dudar seleccionó un tarro, después otro, y echó polvos de diferentes colores en un mortero de piedra negra. Con una mano de mortero blanca machacó los polvos de color rojo, azul, amarillo, marrón y verde, y los mezcló hasta que adquirieron un tono de barro seco. Entonces se humedeció la yema de un dedo y lo metió en el mortero para tomar una muestra, se llevó el dedo a la lengua para probarlo y enarcó una ceja, al tiempo que chasqueaba los labios y reflexionaba. Al fin sonrió y asintió satisfecho. Vertió el polvo en la olla y removió el contenido con un cucharón que colgaba al lado del hogar. Fue removiendo lentamente mientras vigilaba cómo el mejunje borboteaba. Durante casi dos horas removió y vigiló. Cuando, finalmente, decidió que estaba preparado, colocó ruidosamente la olla sobre la mesa para que se enfriara.

Al rato, cogió un cuenco y un paño y llamó a Kahlan para que lo ayudara. Ésta acudió rápidamente a su lado, y Zedd le indicó cómo debía sostener el paño sobre el cuenco mientras él colaba la mezcla.

—Ahora retuerce el paño a un lado y al otro para extraer todo el líquido —le indicó, trazando círculos en el aire con un dedo—. Cuando ya no quede ni una gota, arroja el paño y su contenido al fuego. —La mujer lo miró desconcertada. Zedd enarcó una ceja—. La parte que sobra es venenosa. Richard debería despertarse de un momento a otro y cuando lo haga le daremos a beber el líquido del cuenco. Tú sigue retorciendo. Yo iré a ver cómo está.

El anciano entró en la alcoba, se inclinó sobre Richard y comprobó que estaba aún inconsciente. Al volver la cabeza vio que Kahlan llevaba a cabo sus instrucciones. Entonces volvió a inclinarse sobre el joven y puso el dedo corazón en la frente de Richard. Éste abrió los ojos de golpe.

—¡Qué bien! —exclamó para que Kahlan lo oyera—. Estamos de suerte, se acaba de despertar. Trae el cuenco.

—¿Zedd? —Richard parpadeó—. ¿Estás bien? ¿Va todo bien?

—Sí, sí, todo va estupendamente.

Kahlan entró sosteniendo el cuenco con cuidado de no derramar ni una gota. Zedd ayudó a Richard a incorporarse para que pudiera beber. Al acabar, el anciano lo ayudó a tumbarse de nuevo.

—Esto te hará dormir y bajará la fiebre. La próxima vez que te despiertes ya estarás bien, te lo prometo. Así que no te preocupes más y descansa.

—Gracias, Zedd... —El joven se durmió antes de poder decir ni una sola palabra más.

El anciano se marchó, pero volvió con un platito e insistió en que Kahlan no se sentara en la silla.

—La espina no podrá seguir dentro y saldrá del cuerpo —le explicó. Entonces puso el plato debajo de la mano de Richard y se sentó al borde de la cama a esperar. Los únicos sonidos que rompían el silencio de la casa eran la respiración profunda del joven y el crepitar del fuego en la otra habitación. Zedd fue el primero en hablar.

—Es peligroso para una Confesora viajar sola, querida. ¿Dónde está tu mago?

—Mi mago vendió sus servicios a una reina. —La mujer lo miró con ojos cansados.

—¿Faltó a su deber hacia las Confesoras? ¿Cómo se llama? —Zedd mostró su desaprobación poniendo ceño.

—Giller.

—Giller. —El anciano repitió el nombre con gesto agrio y entonces se inclinó ligeramente hacia ella—. ¿Y por qué no te acompaña otro?

—Porque todos están muertos —replicó Kahlan con tono duro—. Por propia voluntad. Antes de morir se reunieron y tejieron una telaraña para que pudiera cruzar el Límite sana y salva, con la guía de un geniecillo nocturno. —Al oír esto Zedd se levantó, y su rostro reflejó tristeza y preocupación—. ¿Conocías a los magos? —preguntó Kahlan al anciano, que se acariciaba el mentón.

—Sí, sí. Hace mucho tiempo viví en la Tierra Central.

—¿Y al Maestro? ¿También lo conoces?

Zedd sonrió, se arregló la túnica y volvió a sentarse.

—Eres muy insistente, querida. Sí, una vez vi al viejo mago, pero aunque pudieras encontrarlo dudo que quisiera implicarse en esto. No creo que se sintiera inclinado a ayudar a la Tierra Central.

Kahlan se inclinó hacia adelante y cogió las manos del anciano entre las suyas. Su voz era suave pero apasionada.

—Zedd, muchas personas censuran al Consejo Supremo de la Tierra Central y desearían que los consejeros no fueran tan codiciosos. Pero son gente común, sin voz ni voto. Sólo quieren vivir su vida en paz. Rahl el Oscuro les ha arrebatado la comida que tenían almacenada para el invierno y se la ha entregado al ejército. Y los soldados la tiran, dejan que se pudra o la vuelven a vender a quienes se la robaron. Ya hay hambre, y en invierno muchos morirán. El fuego ha sido prohibido, y la gente tiene frío.

»Rahl dice que todo es culpa del gran mago, por no entregarse y ser juzgado como enemigo del pueblo. Dice que es el mago quien les causa estas calamidades y que deben culparlo a él. No da ninguna razón, pero muchos lo creen. Creen cualquier cosa que Rahl dice, aunque lo que ven con sus propios ojos debería ser suficiente para convencerlos de que miente.

»Los magos sufrían una constante amenaza, y un edicto les prohibió que hicieran uso de la magia. Sabían que, más pronto o más tarde, serían convertidos en armas contra la gente. En el pasado ya habían cometido errores y decepcionado a su maestro, pero lo más importante que éste les enseñó fue que debían proteger a las personas y no hacerles nunca daño. Como acto de amor supremo hacia los demás dieron su vida para detener a Rahl el Oscuro. Creo que su maestro se hubiera sentido orgulloso.

»Pero no se trata sólo de la Tierra Central. El Límite entre D'Hara y la Tierra Central ha caído, y el que separa a ésta de la Tierra Occidental se está debilitando y pronto caerá también. Los habitantes de estas tierras serán invadidos por lo que más temen: magia; la magia más terrible y aterradora que puedan haber imaginado.

Zedd no mostró ninguna emoción, no objetó nada ni dio ninguna opinión, simplemente escuchaba. La mujer aún le tenía cogidas las manos.

—Pese a todo lo dicho, el gran mago podría negarse, pero ahora Rahl el Oscuro ha puesto en juego las tres cajas del Destino. Si lo consigue, el primer día de invierno será el fin para todos, incluido el mago. Rahl ya lo está buscando para vengarse. Muchos han muerto porque no supieron decirle cómo se llama. Pero cuando Rahl abra la caja correcta poseerá un poder supremo sobre todos los seres vivos, y entonces el mago será suyo. Puede esconderse en la Tierra Occidental tanto como quiera, pero el primer día del invierno será descubierto y caerá en manos de Rahl el Oscuro.

»Zedd —añadió la mujer con gesto amargo—, Rahl el Oscuro ha usado cuadrillas para matar a todas las demás Confesoras. Yo fui quien encontró a mi hermana después de que acabaran con ella, y murió en mis brazos. Sólo quedo yo. Los magos sabían que el Maestro no querría ayudarlos, por lo que me enviaron a mí como última esperanza. Si el Maestro es tan estúpido que no ve que al ayudarme a mí se ayuda a él mismo, entonces debo usar mi poder contra él, para que coopere.

—¿Y qué puede hacer un mago viejo y arrugado contra el poder de ese Rahl el Oscuro? —inquirió Zedd enarcando una ceja. Ahora era él quien sostenía las manos de Kahlan entre las suyas.

—Debe designar un Buscador.

—¡Qué! —Zedd se puso en pie de un salto—. Querida mía, no sabes lo que dices.

—¿A qué te refieres exactamente? —Kahlan, confundida, se echó un poco hacia atrás.

—Los Buscadores se designan ellos mismos. El mago simplemente reconoce lo que ha ocurrido y digamos que lo hace oficial.

—No lo entiendo. Yo creía que el mago elegía a una persona, a la persona adecuada.

—Bueno, en cierto modo es así, pero ocurre al revés. —Zedd volvió a sentarse y se acarició el mentón—. Un Buscador, uno capaz de cambiar las cosas, debe revelar que lo es. El mago no señala a alguien y dice: «Aquí tienes la *Espada de la Verdad*, tú serás el Buscador». Lo cierto es que esa persona no tiene elección, y no se puede entrenar a nadie para el puesto. Simplemente alguien es el Buscador y revela que lo es con sus acciones. Un mago debe vigilar a esa persona durante años para estar seguro. El Buscador no tiene por qué ser el más inteligente, pero sí debe ser la persona adecuada; debe poseer las cualidades necesarias en su interior. Un verdadero Buscador no se encuentra fácilmente.

»El Buscador equilibra el poder. Pero el Consejo convirtió la designación de Buscador en un hueso que lanzar a uno de los gimoteantes perros que se arrastraban a sus pies. Era un puesto muy codiciado por el poder que comporta. Pero el Consejo no entendió que no es el puesto el que da poder a la persona, sino la persona la que da poder al puesto.

»Kahlan —añadió acerándose más a la mujer—, tú naciste después de que el Consejo se arrogara este poder, por lo que quizá viste a un Buscador cuando eras joven, pero en esos días había Buscadores falsos; nunca has visto a uno auténtico. —El anciano abrió mucho los ojos, y habló con voz baja y llena de pasión—. Yo he visto a un verdadero Buscador conseguir que un rey temblara con una sola pregunta. Cuando un Buscador verdadero desenvaina la *Espada de la Verdad*... —Zedd alzó las manos y la mirada se le perdió en el infinito—. Contemplar un despliegue de ira justificada puede ser magnífico. —Kahlan tuvo que sonreír al verlo tan arrebatado—. Puede hacer que los bondadosos tiemblen de gozo y que los malvados de miedo.

»Pero la gente pocas veces cree la verdad cuando la ve —añadió muy serio—, y mucho menos cuando no quiere verla, y eso hace que la vida de un Buscador sea muy peligrosa. Es un obstáculo para todos aquellos que desean subvertir el poder. El Buscador es objeto de ataques por todas partes, normalmente está solo y no dura mucho.

—Conozco muy bien esa sensación —comentó Kahlan con un atisbo de sonrisa.

—Creo que contra Rahl el Oscuro ni siquiera un Buscador verdadero duraría mucho. Y entonces ¿qué? —preguntó, inclinándose hacia la mujer.

—Zedd, tenemos que intentarlo —replicó ella cogiéndole de nuevo las manos—. Es nuestra única oportunidad. Si no la aprovechamos no tendremos otra.

—Cualquier persona a la que el mago eligiera no conocería la Tierra Central —dijo Zedd, irguiéndose y retirando las manos—. No tendría ninguna oportunidad. Enviarlo allí sería su sentencia de muerte.

—Ésta es la otra razón por la que me enviaron: para guiarlo, estar a su lado y, si es preciso, dar mi vida para protegerlo. Las Confesoras se pasan la vida viajando. Yo he recorrido casi toda la Tierra Central. Una Confesora debe aprender otras lenguas desde pequeña, ya que nunca sabe de dónde la llamarán. Yo hablo todas las lenguas importantes, y la mayoría de las demás. Y en cuanto a los ataques... bueno, para una Confesora eso no es nada nuevo. Si fuésemos fáciles de matar, Rahl no tendría que enviar a sus sicarios de cuatro en cuatro para hacer el trabajo. Y muchos han muerto en el intento. Yo puedo ayudar a proteger al Buscador, si es preciso con mi propia vida.

—Lo que propones no sólo podría en un gran peligro a quien fuera designado Buscador, sino también a ti.

—Ya me persiguen para matarme. Si tienes una idea mejor, dímela —pidió enarcando una ceja.

Antes de que Zedd pudiera responder, Richard gimió. El anciano lo miró y dijo:

—Ya es la hora.

Kahlan se puso en pie a su lado mientras Zedd cogía la muñeca del joven y le levantaba el brazo, sosteniendo la mano herida encima del plato de hojalata. Las gotas de sangre caían sobre el plato con sonidos suaves y huecos. La espina cayó en el plato salpicando un poco de sangre. Kahlan hizo ademán de asirla.

—No lo hagas, querida —le advirtió Zedd, agarrándole la muñeca—. Ahora que ha sido expulsada de su anfitrión estará ansiosa por encontrar otro. Observa.

La mujer retiró la mano al tiempo que el anciano ponía un huesudo dedo en el plato, a varios centímetros de distancia de la espina. Ésta culebreó hacia él dejando un tenue rastro de sangre. Zedd apartó el dedo y tendió el plato a Kahlan, diciéndole:

—Sostenlo por abajo y llévalo al hogar. Ponlo encima del fuego, boca abajo y déjalo allí.

Mientras Kahlan hacía lo que Zedd le había pedido, éste limpió la herida y le aplicó un ungüento. Cuando la mujer volvió, el anciano sostuvo la mano de Richard mientras ella se la vendaba. Zedd contempló cómo trabajaban sus manos.

—¿Por qué no le has dicho que eres una Confesora? —Su voz tenía un tono duro.

—Por cómo reaccionaste al verme —replicó ella en tono igualmente duro. Entonces hizo una pausa y habló, esta vez sin dureza—. Nos hemos hecho amigos. Yo no tengo experiencia en eso, pero tengo mucha experiencia en ser Confesora. He visto reacciones como la tuya durante toda mi vida. Cuando me marche con el Buscador se lo diré. Hasta entonces, desearía conservar su amistad. ¿Es demasiado pedir poder gozar del simple placer humano de tener un amigo? Si se lo dijera, ya no podríamos seguir siéndolo.

Cuando acabó de hablar Zedd le puso un dedo bajo el mentón y le alzó la cabeza. El anciano sonreía afablemente.

—La primera vez que te vi reaccioné como un tonto, en gran parte debido a la sorpresa de ver a una Confesora. No creí que volviera a ver otra nunca más. Abandoné la Tierra Central para alejarme de la magia, y tú invadiste mi soledad. Te pido perdón por mi reacción y por haberte hecho sentir que no eras bienvenida. Espero que me perdones. Créeme, yo respeto a las Confesoras, tal vez más de lo que llegues a saber nunca. Eres una buena persona, Kahlan, y me alegra que estés en mi casa.

La mujer lo miró largamente a los ojos antes de responder:

—Gracias, Zeddicus Zu'l Zorander.

De pronto el rostro de Zedd reflejó una amenaza más seria incluso que la de la mujer cuando se conocieron. Kahlan se quedó inmóvil, con el dedo de él aún bajo su barbilla, sin atreverse a moverse y con los ojos muy abiertos.

—Pero escucha esto, Madre Confesora. —La voz del anciano era apenas un susurro, y mortífera—. Hace mucho tiempo que este muchacho es amigo mío. Si lo tocas con tu poder o si lo eliges tendrás que responder ante mí y te aseguro que no te gustaría. ¿Entendido?

Kahlan tragó saliva y tan sólo consiguió asentir y lanzar un débil «Sí».

—Bien. —El rostro de Zedd volvió a recuperar la serenidad. Retiró el dedo de debajo del mentón de la mujer e hizo ademán de volverse hacia Richard.

Kahlan respiró hondo. No le gustaba que la intimidasen, por lo que agarró al anciano del brazo y lo obligó a que la mirara de nuevo.

—Zedd, yo nunca le haría algo así, pero no por miedo a tu amenaza, sino porque me importa. Quiero que lo entiendas.

Se sostuvieron la mirada largo rato para evaluar las respectivas fuerzas. Entonces Zedd recuperó su pícara e irresistible sonrisa.

—Si tuviera que elegir, querida mía, preferiría que fuera como dices.

Kahlan se relajó, satisfecha de haber dejado ese punto bien sentado, y le dio un rápido abrazo que fue devuelto sinceramente.

—Hay algo de lo que no has hablado. No me has pedido que te ayude a encontrar al mago.

—No y, por el momento, tampoco lo haré. Richard teme lo que podría llegar a hacer si te niegas. Le prometí que dejaría que te lo pidiera él primero. Le di mi palabra.

—Qué interesante. —Zedd se acarició el mentón con un huesudo dedo. Entonces posó una mano en el hombro de Kahlan con aire conspirador y cambió de tema—. ¿Sabes, querida? Tú podrías ser una Buscadora estupenda.

—¿Yo? ¿El Buscador puede ser una mujer?

—Pues claro —replicó Zedd arqueando una ceja—. Algunos de los mejores Buscadores fueron mujeres.

Kahlan puso ceño.

—Ya tengo un trabajo imposible. Sólo me faltaría otro.

Zedd se rió entre dientes. Sus ojos chispeaban.

—Supongo que tienes razón, querida. Caramba, se ha hecho muy tarde. Tiéndete en mi cama, en la otra habitación, y duerme un poco. Lo necesitas. Yo velaré a Richard.

—¡No! —La mujer negó con la cabeza y se desplomó en la silla—. No quiero dejarlo por ahora.

—Como quieras —repuso Zedd, encogiéndose de hombros. Se puso detrás de ella y le dio unas palmaditas en la espalda para tranquilizarla—. Como quieras. —Suavemente el anciano colocó un dedo índice en cada sien de la mujer y le dio un masaje en círculos. Ella gimió suavemente y sus ojos se cerraron—. Duérmete, querida —susurró—, duérmete. —Kahlan dobló los brazos en el borde del lecho y apoyó la cabeza sobre ellos. Estaba profundamente dormida. Después de cubrirla con una manta Zedd se dirigió al salón y abrió la puerta para mirar fuera, a la oscuridad.

—¡Gato! Ven aquí. Te necesito. —El gato entró corriendo y se frotó contra las piernas de Zedd, agitando el rabo en el aire. El anciano se inclinó y le rascó detrás de las orejas—. Ve y duerme sobre el regazo de la mujer. Que no coja frío. —El gato entró en la alcoba sin hacer ruido y el anciano salió a la fría noche.

El viento agitaba la túnica de Zedd mientras avanzaba por el estrecho sendero entre la alta hierba. Había nubes, pero eran muy delgadas y la luz de la luna permitía ver, aunque él no lo necesitaba; había recorrido ese camino miles de veces.

—No hay nada sencillo —murmuró mientras andaba.

Se detuvo junto a un grupo de árboles y escuchó. Lentamente se fue dando la vuelta, escrutando las sombras, observando cómo la brisa balanceaba las ramas, y husmeando el aire. Trataba de localizar algún movimiento extraño.

Una mosca le picó en el cuello. Zedd la aplastó de un palmetazo, cogió a la infractora de su cuello y la observó de cerca.

—Una mosca de sangre. ¡Diantre! Ya me lo parecía —se lamentó.

Algo peludo con alas y colmillos se abalanzó sobre él desde los matorrales cercanos. Zedd esperó con los brazos en jarras. Cuando casi lo tenía encima, alzó una mano y el gar de cola corta se detuvo bruscamente. Erguido era el doble de alto que él y mucho más temible que un gar de cola larga. La bestia gruñía y parpadeaba al tiempo que tensaba sus impresionantes músculos, luchando contra la fuerza que le impedía seguir avanzando y agarrar al anciano. Estaba furioso porque aún no lo había matado.

Con un dedo Zedd le hizo señas de que se acercara. El gar, jadeando rabioso, se inclinó hacia él, y entonces Zedd le clavó un dedo bajo el mentón.

—¿Cómo te llamas? —preguntó, hablando entre dientes. La bestia lanzó dos gruñidos, seguidos por un sonido gutural. Zedd asintió—. Lo recordaré. Dime, ¿quieres vivir o morir? —El gar pugnó por retirarse, pero le fue imposible—. Muy bien. Entonces harás exactamente lo que te diga. En algún lugar entre aquí y D'Hara hay una cuadrilla que viene de camino. Búscalos y mátalos. Después, regresa a D'Hara, de donde viniste. Hazlo y te dejaré vivir, pero recordaré tu nombre y si no matas a la cuadrilla o regresas a la Tierra Occidental al completar tu tarea, te mataré y alimentaré las moscas con tu cuerpo. ¿Aceptas el trato? —El gar gruñó su aquiescencia—. Bien. Entonces vete. —Zedd retiró el dedo de debajo del mentón del gar.

La bestia se alejó a trompicones, batiendo frenéticamente las alas y aplastando la hierba. Finalmente levantó el vuelo. Zedd lo vigiló mientras volaba en círculos buscando a la cuadrilla. El gar dirigió su busca al este y los círculos parecieron hacerse más pequeños, hasta que, al fin, lo perdió de vista. Sólo entonces reemprendió la marcha hasta la cima del cerro.

De pie junto a la roca de las nubes, Zedd la señaló con su huesudo dedo y empezó a moverlo como si removiera una salsa. La sólida roca rascaba contra el suelo al intentar girar siguiendo el movimiento del dedo y tembló. Al fin, con un estallido y un ruido seco, se fracturó y en su superficie aparecieron pequeñas fisuras. La temblorosa mole luchaba contra la fuerza a la que era sometida. La estructura granular de la piedra empezó a ablandarse. Incapaz de seguir manteniendo el estado sólido, se licuó lo suficiente para que rotara con el movimiento que le imprimía el dedo. Gradualmente Zedd fue aumentando la velocidad hasta que de la roca licuada surgió luz.

La luz se fue haciendo más intensa cuanto más deprisa movía Zedd el dedo. A medida que colores y chispas de luz empezaban a girar, aparecieron sombras y formas en el centro de la luz, que se desvanecían a medida que la niebla de resplandor aumentaba. Parecía que la luz iba a prender fuego al aire que rodeaba al anciano. De repente hubo un fragor sordo, como el producido por el viento al atravesar una fisura. El ambiente otoñal dio paso a la claridad del invierno, seguido por la tierra de primavera recién arada, las flores estivales y de nuevo el otoño. Una luz limpia y pura expulsó los colores y las chispas.

Bruscamente la roca se solidificó, y Zedd se subió encima, bañado por la luz. El intenso brillo se convirtió en un débil resplandor que se arremolinaba como el humo. Zedd vio ante él dos apariciones, meras sombras. No eran formas bien definidas, sino desdibujadas como un débil recuerdo, aunque aún reconocibles. Al verlas el corazón le latió con más fuerza.

—¿Qué te inquieta, hijo? —La voz de su madre sonaba ahogada y distante—. ¿Por qué nos has llamado después de tantos años? —La aparición tendió los brazos hacia él.

Zedd también extendió los brazos pero no pudo tocarla.

—Me inquieta lo que la Madre Confesora me ha contado.

—Te ha dicho la verdad.

Zedd cerró los ojos y asintió, al tiempo que los brazos descendían junto con los de la aparición.

—Entonces es cierto; todos mis estudiantes, excepto Giller, han muerto.

—Debes designar al Buscador —dijo su madre, acercándose un poco más.

—El Consejo Supremo se lo buscó —protestó Zedd, arrugando la frente—. ¿Y ahora quieres que los ayude? No hicieron caso de mi consejo. Que sufran las consecuencias de su propia codicia.

—Hijo mío, ¿por qué estás tan enfadado con tus estudiantes? —inquirió su padre, aproximándose a él flotando.

—Porque pensaron sólo en ellos, desdeñando su deber de ayudar a los demás —replicó Zedd con gesto agrio.

—Ya veo. ¿Y acaso no es eso lo que tú haces? —El eco de su voz flotó en el aire.

—Yo ofrecí mi ayuda, y ellos la rechazaron. —Zedd apretaba los puños con fuerza.

—Pero ¿cuándo no ha habido personas ciegas, estúpidas o avariciosas? ¿Dejarás que te venzan tan fácilmente? ¿Dejarás que te impidan ayudar a quienes desean ser ayudados? Tal vez creas que has abandonado a la gente por una razón justa, a diferencia de las acciones de tus estudiantes, pero el resultado es el mismo. Al final comprendieron su error e hicieron lo correcto, lo que tú les enseñaste. Aprende de tus alumnos, hijo.

—Zeddicus —intervino su madre—, ¿permitirás que Richard y los demás inocentes mueran? Designa al Buscador.

—Es demasiado joven.

Su madre meneó la cabeza con una dulce sonrisa.

—No tendrá la oportunidad de hacerse mayor.

—Todavía no ha superado mi última prueba.

—Rahl el Oscuro lo busca. La nube que lo sigue fue enviada por Rahl para localizarlo. También puso la enredadera en el tarro, esperando que Richard fuera a buscarla y lo mordiera. Su intención no era que la enredadera lo matara, sino que la fiebre lo adormeciera hasta que él pudiera venir a buscarlo. —La forma femenina se acercó, y su voz adoptó un tono más cariñoso—. En tu corazón sabes que lo has estado vigilando, esperando que se revelara como el Buscador.

—¿De qué serviría? —Zedd cerró los ojos, y la barbilla le tocó el pecho—. Rahl el Oscuro ya tiene las tres cajas del Destino.

—No —replicó el padre—, sólo tiene dos. Aún busca la tercera.

—¡Qué! —Zedd abrió los ojos de golpe—. ¿No las tiene todas?

—No —respondió su madre—, pero pronto las tendrá.

—¿Y el libro? ¿Tiene ya el *Libro de las Sombras Contadas*?

—No. Lo está buscando.

Zedd se llevó un dedo al mentón con aire pensativo.

—Entonces todavía tenemos una oportunidad —susurró—. ¿Qué idiota pondría las cajas del Destino en juego antes de tenerlas las tres y el libro?

—Un hombre muy peligroso. —El rostro de su madre se endureció y adquirió una expresión helada—. Un hombre capaz de viajar por el inframundo. —Zedd se puso tenso y se quedó sin respiración. Su madre pareció taladrarlo con la mirada—. Así es como pudo cruzar el Límite y recuperar la primera caja: viajando por el inframundo. Así es como pudo empezar a desintegrar los Límites: desde el inframundo. Cada vez que lo hace, aumenta su control sobre los seres que habitan en él. Si decides ayudar ten cuidado; no cruces el Límite ni envíes al Buscador por él. Es lo que Rahl espera. Si entras en él, te atrapará. La Madre Confesora logró cruzar porque lo cogió por sorpresa, pero no volverá a cometer el mismo error.

—Pero entonces ¿cómo se supone que llegaré a la Tierra Central? No puedo ayudar desde aquí. —La voz de Zedd sonaba tensa y frustrada.

—Lo sentimos, pero no lo sabemos. Creemos que hay un modo, pero desconocemos cuál. Ésa es la razón por la que debes designar al Buscador. Si es el adecuado, él hallará la forma. —Las apariciones empezaron a titilar y a desvanecerse.

—¡Esperad! ¡Necesito respuestas! ¡Por favor, no os vayáis!

—Lo sentimos. No podemos quedarnos; nos reclaman al otro lado del velo.

—¿Por qué Rahl persigue a Richard? Por favor, ayudadme.

—No lo sabemos. —La voz de su padre sonaba débil y distante—. Debes hallar las respuestas tú mismo. Te hemos enseñado bien. Tienes más talento del que teníamos nosotros. Déjate guiar por lo que sabes y por lo que sientes. Te queremos, hijo. No podrás llamarnos de nuevo hasta que todo esto termine, de un modo u otro. Con el Destino en juego podríamos desgarrar el velo si regresáramos.

Su madre se besó la mano y se la tendió, él hizo lo mismo, y ambos se desvanecieron.

Zeddicus Zu'l Zorander, el gran y honorable mago, se quedó solo encima de la roca de mago que su padre le había entregado y miró fijamente la noche. Su mente de mago trabajaba.

—No hay nada sencillo —susurró.

8

Richard despertó de repente. La cálida luz del mediodía bañaba la alcoba, y el maravilloso y penetrante aroma de sopa picante le llenaba los pulmones. Estaba en casa de Zedd. El joven levantó la vista hacia los familiares nudos en la madera de las paredes y contempló los rostros que siempre veía en ellos. La puerta que daba al salón estaba cerrada. Junto al lecho había una silla, vacía. Se incorporó, retiró la colcha y comprobó que aún llevaba puesta su ropa sucia. Rápidamente se llevó la mano al pecho y lanzó un suspiro de alivio al notar el colmillo. Un palo corto mantenía la ventana abierta unos centímetros, y a través de ella entraba aire fresco y el sonido de la risa de Kahlan. «Zedd debe de estar contándole historias», pensó. Entonces miró su mano izquierda; la llevaba vendada, pero ya no le dolía cuando flexionaba los dedos. El dolor de cabeza también había desaparecido. De hecho, se sentía en plena forma, hambriento, pero en plena forma. El joven se corrigió; hambriento y sucio, con la ropa hecha un asco, pero en plena forma.

En el centro de la pequeña alcoba vio una bañera llena de agua, jabón y toallas limpias. Pulcramente colocada sobre la silla había ropa para el bosque limpia y doblada. El joven metió la mano en el agua y comprobó que estaba caliente. Zedd debía de haber sabido cuándo se despertaría. Conociéndolo, no lo sorprendía en lo más mínimo.

Richard se desnudó y se introdujo en la acogedora agua. El aroma del jabón le pareció casi tan bueno como el de la sopa. Al joven le gustaba remojarse un buen rato, pero se sentía demasiado despierto para adormecerse en el agua y ardía en deseos de reunirse con sus amigos. Al quitarse la venda de la mano le sorprendió que hubiera mejorado tanto en sólo una noche.

Cuando salió encontró a Kahlan y a Zedd sentados a la mesa, esperándolo. Richard reparó en que el vestido de Kahlan había sido lavado y que también ella parecía haber tomado un baño. El cabello de la mujer se veía limpio y relucía a la luz del sol. Sus ojos verdes chispearon al posar la mirada en él. Junto a ella vio un gran cuenco de sopa, pan recién hecho y queso, todo preparado para él.

—No creí que durmiese hasta el mediodía —dijo Richard a modo de saludo, al tiempo que se disponía a sentarse en el banco. Ambos rieron. Richard los miró con recelo.

—Éste es el segundo mediodía que pasas durmiendo, Richard —dijo Kahlan, con la cara seria.

—Sí —añadió Zedd—, ayer dormiste todo el día. ¿Cómo te sientes? ¿Y la mano?

—Bien. Zedd, gracias por ayudarme. Gracias a los dos. —El joven abrió y cerró los dedos para demostrarles la mejoría—. La mano está mucho mejor, pero me pica.

—Mi madre siempre decía que si pica se está curando.

—La mía también lo decía. —Richard sonrió burlón. Cogió con la cuchara un trozo de patata y una seta y las probó—. Es tan sabrosa como la mía —dijo sinceramente.

Kahlan, sentada en el banco en diagonal, de cara a él y con la mandíbula apoyada en la base de la mano, le dirigió una sonrisa cómplice.

—Zedd no comparte la misma opinión.

Richard lanzó a Zedd una mirada de reproche, y el anciano alzó los ojos al cielo con gesto exagerado.

—¿De veras? Se lo recordaré la próxima vez que me suplique que le prepare sopa.

—Francamente —comentó Kahlan bajando la voz, aunque Zedd podía oírla perfectamente—, por lo que he visto, creo que Zedd sería capaz incluso de comer tierra si alguien se la sirviera.

—Veo que ya lo conoces bastante bien. —El joven rió.

—Te lo aseguro, Richard —intervino el anciano, apuntándolo con un huesudo dedo y decidido a decir la última palabra—, Kahlan lograría que la tierra supiera bien. Deberías aprender de ella.

Richard partió un pedazo de pan y lo mojó en la sopa. Sabía que Kahlan y Zedd bromeaban para liberar la tensión; era su manera de pasar el tiempo mientras esperaban que acabara de comer. Kahlan le había dado su palabra de que no pediría ayuda a Zedd antes de que él tuviera oportunidad de hacerlo y, al parecer, había cumplido su promesa. Zedd, fiel a su costumbre, se hacía el tonto y el inocente, esperando que fuese él quien preguntara primero, y de ese modo poder juzgar mejor lo que ya sabía. Pero ese día Richard no tenía tiempo para sus juegos. Ese día las cosas eran distintas.

—Pero hay una cosa en ella que me hace desconfiar. —El tono de voz de Zedd era siniestro y amenazador.

Richard dejó de masticar. Tragó lo que tenía en la boca y esperó, sin atreverse a mirar a ninguno de los dos, que guardaban silencio.

—¡No le gusta el queso! —explicó Zedd—. Creo que nunca podré confiar en alguien a quien no le guste el queso. Es antinatural.

Richard se relajó. Zedd simplemente estaba jugando con su mente, como le gustaba decir. Su viejo amigo parecía tener un talento especial para cogerlo desprevenido, cosa que le encantaba. El joven lanzó una mirada de soslayo a Zedd y lo vio allí sentado, con una inocente sonrisa dibujada en la cara. Richard también tuvo que sonreír. Mientras él saboreaba la sopa, Zedd mordisqueó un trozo de queso para defender su postura, y Kahlan hizo lo propio con un trozo de pan. El pan era delicioso, y la mujer se alegró cuando Richard lo elogió.

Casi había terminado de comer cuando decidió que era hora de cambiar el tono y hablar de cosas importantes.

—¿Qué hay de la próxima cuadrilla? —preguntó—. ¿Ha habido algún signo de ella?

—No. Yo estaba preocupada pero Zedd leyó una nube y parece que se ha topado con algún problemilla, pues no hay forma de poder localizarla.

—¿Es eso cierto? —El joven miró a Zedd con el rabillo del ojo.

—Tan cierto como que las ranas no crían pelo. —Zedd había usado esa expresión desde que Richard era un niño, para convencerlo recurriendo al humor y hacerle saber que siempre podía confiar en que, pasara lo que pasase, él siempre le diría la verdad. El joven se preguntó con qué tipo de «problemilla» podía toparse una cuadrilla de asesinos.

Para bien o para mal había logrado cambiar la atmósfera que reinaba alrededor de la mesa. Richard notaba que Kahlan apenas podía esperar que prosiguiera, y Zedd también se sentía impaciente. La mujer se retiró un poco y esperó con las manos en el regazo. El joven temía que si no sabía llevar bien el asunto, Kahlan haría lo que fuera que tenía que hacer, sin que él pudiera evitarlo.

Después de apurar la sopa alejó el cuenco con los pulgares y sus ojos buscaron los de Zedd. Su viejo amigo ya no parecía tener ganas de bromear, pero, por lo demás, no había forma de saber qué estaba pensando. Simplemente esperaba. Ahora era el turno de Richard y una vez que empezara ya no habría vuelta atrás.

—Zedd, amigo mío, necesitamos tu ayuda para detener a Rahl el Oscuro.

—Lo sé. Queréis que encuentre al mago.

—No, eso no será necesario. Ya lo he encontrado. —Richard notó la mirada interrogadora de Kahlan, pero él continuó con los ojos fijos en Zedd—. Tú eres el gran mago.

La mujer empezó a levantarse del banco. Sin apartar la mirada del anciano el joven alargó una mano bajo la mesa, la agarró por el brazo y la obligó a sentarse. Zedd continuaba impasible. Cuando habló su voz era suave y serena.

—¿Qué te hace pensar eso, Richard?

El joven respiró hondo y soltó el aire lentamente mientras ponía las manos encima de la mesa con los dedos entrelazados. Se las miró mientras respondía.

—Cuando Kahlan me contó la historia de las tres tierras, me dijo que el Consejo tomó acciones que hicieron que las muertes de la esposa y la hija del mago a manos de una cuadrilla fuesen inútiles y que el mago les impuso el peor castigo posible: que sufrieran las consecuencias de sus propias acciones.

»Me pareció algo muy típico de ti, pero no podía estar seguro; tenía que hallar el modo de descubrirlo. Cuando viste a Kahlan y te enfadaste porque hubiera venido de la Tierra Central, te dije que una cuadrilla la había atacado y observé tus ojos. Así supe que estaba en lo cierto. Sólo alguien que hubiera sufrido una pérdida como la tuya tendría esa mirada en los ojos. Además, inmediatamente cambiaste tu actitud hacia ella. Del todo. Sólo alguien que haya conocido personalmente el terror sentiría ese tipo de empatía. No obstante, seguía desconfiando de mi instinto y decidí esperar.

El joven levantó los ojos hacia Zedd y le sostuvo la mirada mientras seguía hablando.

—Tu mayor error fue cuando dijiste que Kahlan estaría segura aquí. Tú no mentirías, y mucho menos en algo como eso. Y sabías qué era una cuadrilla. ¿Cómo podría un anciano proteger a Kahlan contra una cuadrilla de asesinos, si no con magia? Un viejo mago sí podría. Tú mismo dijiste que no había rastro de la próxima cuadrilla, que se toparon con un «problemilla». Creo que fue con tu magia con lo que se toparon. Cumpliste lo que dijiste a Kahlan. Tú siempre cumples tu palabra.

»Siempre he sabido, por miles de pequeños detalles, que eras más de lo que decías ser —añadió en tono más amable—, que eras alguien especial. Siempre me he sentido honrado de que fueras mi amigo. Y sé que, como amigo, harías cualquier cosa para ayudarme si mi vida estuviera en peligro, como yo haría por ti. Te confío mi vida; ahora está en tus manos. —Richard odiaba tener que recurrir a ello, pero las vidas de todos estaban en peligro. No había tiempo para juegos.

Zedd apoyó las manos en la mesa y se inclinó hacia adelante.

—Nunca me he sentido más orgulloso de ti, Richard. —Sus ojos demostraban que era sincero—. Estás en lo cierto. —Se levantó y dio la vuelta a la mesa. Richard también se puso en pie, y se abrazaron—. Y tampoco he estado nunca tan triste por ti. —Zedd lo abrazó con fuerza un segundo más—. Siéntate. Ahora mismo vuelvo. Tengo algo para ti. Sentaos los dos y esperadme.

Zedd despejó la mesa. Después, sosteniendo los platos en la parte interior del antebrazo, se encaminó a la casa. Kahlan lo miró alejarse con aire de preocupación. Richard creyó que se alegraría de haber encontrado al mago, pero ahora parecía más asustada. Las cosas no salían como él había esperado.

Al volver, Zedd llevaba algo largo. Kahlan se puso en pie. Richard se dio cuenta de que su viejo amigo llevaba la vaina de una espada. La mujer le cortó el paso antes de que pudiera llegar a la mesa y lo agarró por la túnica.

—No lo hagas, Zedd —dijo la mujer con desesperación.

—No es elección mía.

—Zedd, te lo ruego, elige a cualquier otro, pero no a...

—¡Kahlan! Ya te lo advertí —la interrumpió Zedd—. Te dije que él mismo se elige. Si escojo al equivocado, todos moriremos. ¡Si sabes una manera mejor de hacerlo, dímela!

El anciano apartó a la mujer a un lado, avanzó hasta la mesa, se colocó frente a Richard y dejó caer con fuerza la espada. El joven dio un brinco. Sus ojos fueron de la espada a la intensa mirada de Zedd, que se inclinaba sobre el tablero.

—Esto te pertenece —anunció el mago. Kahlan se volvió.

Richard contempló la espada. La vaina plateada relucía con adornos dorados que trazaban curvas y olas. Las guarniciones de acero se prolongaban por toda su extensión, agresivamente. Un hilo de plata finamente retorcido cubría la empuñadura, y a un lado el hilo de oro se entrelazaba con la plata trenzada para formar la palabra *Verdad*. A Richard le pareció la espada de un rey; era el arma más maravillosa que había visto.

El joven se levantó lentamente. Zedd cogió el acero por el extremo y ofreció la empuñadura a Richard, diciéndole:

—Desenváinala.

Como en trance, Richard cerró los dedos alrededor de la empuñadura y sacó la espada de su vaina. La hoja emitió un vibrante sonido metálico que flotó en el aire. El joven nunca había oído que una espada produjera un sonido igual. Su mano aferró la empuñadura con más fuerza y notó que las protuberancias de hilo de oro —que formaban la palabra *Verdad* a ambos lados de la empuñadura— se le incrustaban en la palma y en los dedos de la otra mano. Inexplicablemente, el arma parecía estar hecha para él. El peso era el correcto. Sentía como si una parte de él ahora estuviera completa.

En lo más profundo de su ser sintió que la furia se le despertaba, crecía y buscaba una dirección. De pronto fue muy consciente del colmillo que colgaba en su pecho.

A medida que su cólera crecía, sintió que de la espada surgía un poder que lo invadía; el contrapunto a su ira. Sus propios sentimientos siempre le habían parecido independientes, completos, pero esto era como si su propia imagen en un espejo cobrara vida. Era un aterrador espectro. Su cólera se alimentaba de la fuerza de la espada, y a su vez, la furia del arma se alimentaba de su cólera. Ambas tempestades gemelas rugían en su interior. Richard se sentía como alguien que por casualidad pasara por allí y que había sido arrastrado por esas fuerzas, sin poder hacer nada por evitarlo. Era una sensación aterradora y al mismo tiempo seductora, que rayaba en lo prohibido. Tenía espantosas percepciones de su propia rabia distorsionadas por seductoras promesas. Esas cautivadoras emociones recorrieron todo su cuerpo, se apoderaron de su rabia y se alzaron con ella. Richard pugnó por controlar su furia. Estaba al borde de un ataque de paroxismo, a borde de dejarse llevar.

Zeddicus Zu'l Zorander echó hacia atrás la cabeza, extendió los brazos y clamó al cielo.

—¡Oídme todos, vivos y muertos! ¡Os aviso de que el Buscador ha sido designado!

El suelo tembló por efecto de los truenos que retumbaron en el cielo azul y se desplazaron hacia el Límite.

Kahlan cayó de rodillas ante Richard, con la cabeza inclinada y las manos a la espalda.

—Juro dar la vida para defender al Buscador.

Zedd se arrodilló junto a la mujer, con la cabeza inclinada, y repitió las mismas palabras:

—Juro dar la vida para defender al Buscador.

Richard seguía aferrando la *Espada de la Verdad*, con los ojos muy abiertos, totalmente desconcertado.

—Zedd —susurró—, por todos los dioses, ¿qué es un Buscador?

9

Zedd se levantó apoyando una mano en la rodilla, se arregló la túnica alrededor de su enjuto cuerpo y tendió una mano a Kahlan, que tenía la vista clavada en el suelo. Al reparar en la mano, ésta la tomó y se levantó. Su rostro mostraba una expresión consternada. Zedd la observó brevemente, y ella asintió para indicar que todo iba bien.

—¿Que qué es un Buscador? —dijo Zedd, volviéndose hacia Richard—. Una primera pregunta muy sabia dada tu nueva condición, pero no tiene una respuesta rápida.

Richard bajó la mirada hacia la reluciente espada que sujetaba en una mano, sin estar del todo seguro de si realmente quería tener algo que ver con ella. Entonces la deslizó de nuevo en la funda, contento de liberarse de los sentimientos que le provocaba, y la sostuvo ante él con ambas manos.

—Zedd, nunca había visto esta espada. ¿Dónde la guardabas?

—En mi casa, en el armario. —Zedd sonrió con orgullo.

—En el armario sólo está la loza, los cazos y tus polvos —replicó Richard con mirada escéptica.

—No me refiero a ese armario —dijo el anciano, bajando la voz como para frustrar los intentos de quienquiera que estuviera escuchando—. ¡Estaba en mi armario de mago!

—¡Nunca he visto otro armario! —Richard arrugó el ceño.

—¡Diantre, Richard! ¡Es normal que no puedas verlo! ¡Es un armario de mago; es invisible!

Richard se sintió un completo estúpido.

—¿Y cuánto tiempo hace que la tenías?

—Oh, pues no lo sé, una docena de años, más o menos. —Zedd agitó una delgada mano en el aire como si tratara de borrar la pregunta.

—¿Y cómo es que la tienes?

—La designación del Buscador corresponde a un mago —respondió Zedd con tono categórico—. Pero el Consejo Supremo se arrogó injustamente el derecho de nombrarlo. No les importaba encontrar a la persona adecuada, sino que ofrecían el puesto a quienquiera que les conviniera en un momento dado. O a quien les pagara más por él. La espada pertenece al Buscador de por vida o mientras quiera ser Buscador. Luego, mientras se busca a su sucesor, la *Espada de la Verdad* pertenece a los magos. O, para ser más preciso, me pertenece a mí, pues designar a los Buscadores es responsabilidad mía. El último Buscador se... —Zedd alzó los ojos al cielo como si buscara la palabra adecuada—, enredó con una bruja y ya no era capaz de cumplir sus funciones. Así pues, viajé a la Tierra Central y recuperé lo que era mío. Y ahora es tuyo.

Richard sintió que lo empujaban hacia algo que no había elegido. Miró a Kahlan. La mujer parecía haber superado la angustia y su rostro mostraba de nuevo una expresión impenetrable.

—¿Es por esto por lo que viniste? ¿Es esto lo que querías que hiciera el mago? —le preguntó.

—Richard, yo quería que el mago designara un Buscador. Pero no sabía que serías tú.

El joven miraba alternativamente a uno y a otra y empezaba a sentirse atrapado.

—Creéis que yo puedo hacer algo para salvarnos. Eso es lo que los dos pensáis; que, de algún modo, yo soy quien detendrá a Rahl el Oscuro. Un mago no puede hacerlo, ¿y debo intentarlo yo? —El terror que le nacía en el corazón le subió hasta la garganta.

Zedd se le acercó y le pasó el brazo alrededor del hombro para tranquilizarlo.

—Richard, mira al cielo y dime qué ves. —Richard miró y vio la nube en forma de serpiente. No era preciso que contestara a la pregunta. Zedd clavó sus fuertes y huesudos dedos en la carne del joven—. Ven, siéntate y te diré lo que debes saber. Entonces podrás decidir qué quieres hacer. Ven también tú. —El anciano puso el otro brazo sobre un hombro de Kahlan y los guió a ambos hacia el banco situado junto a la mesa. Entonces ocupó su lugar habitual enfrente de ambos jóvenes y se sentó. Richard dejó la espada en la mesa, entre él y su viejo amigo, para indicar que el asunto aún no estaba resuelto.

Zedd se arremangó ligeramente las mangas y explicó:

—Existe una magia muy antigua, peligrosa y de inmenso poder. Es una magia que nace de la tierra, de la misma vida. Esta magia está contenida en tres recipientes, que se conocen como las tres cajas del Destino. La magia permanece aletargada hasta que las tres cajas se ponen en juego. Ésa es la teoría. Hacerlo no es tarea fácil. Quien lo intente debe ser una persona que posea unos conocimientos que sólo se adquieren mediante años de estudio, además de un poder mágico considerable. La magia del Destino se pone en juego cuando se posee al menos una caja. A partir de entonces sólo se dispone de un año para abrir una caja, y sólo se abre cuando se tienen las tres. Las cajas funcionan juntas; es imposible tener sólo una y abrirla. Si la persona que las pone en juego no consigue las tres y abrir una de ellas dentro del tiempo asignado, la magia le quita la vida. No hay vuelta atrás. Rahl el Oscuro debe abrir una de las cajas o morirá y tiene de tiempo hasta el primer día de invierno.

»Cada caja contiene un poder distinto —prosiguió el anciano, con rostro tenso y duro en el que se marcaban arrugas de determinación. Se inclinó ligeramente hacia adelante—, y ese poder se libera al abrir la caja. Si Rahl abre la correcta ganará la magia del Destino, la magia de la vida misma; poder sobre los vivos y los muertos. Poseerá un poder y una autoridad ilimitados. Será el amo supremo y tendrá bajo su inmutable dominio a todo el mundo. Si alguien no le gusta podrá matarlo con un simple pensamiento, del modo que desee, esté donde esté esa persona, sin importar las distancias.

—Parece una magia terrible y maligna —comentó Richard.

—No, en realidad no lo es. —Zedd negó con la cabeza, al tiempo que se echaba hacia atrás y retiraba las manos de la mesa—. La magia del Destino es el poder de la vida. Y, como todo poder, simplemente existe. Es quien lo ejerce quien decide qué uso darle. La magia del Destino podría utilizarse, por ejemplo, para hacer crecer los cultivos, para curar a los enfermos o para zanjar conflictos. Es lo que quiera que sea quien lo usa. El poder en sí no es ni bueno ni malo; simplemente es. Quien lo posee decide qué hacer con él. Y creo que todos sabemos qué haría Rahl el Oscuro.

Zedd hizo una pausa, cosa que siempre hacía cuando quería que Richard reflexionara sobre lo que acababa de oír. Su enjuta cara demostraba una firme resolución. Por la expresión de Kahlan Richard supo que también ella estaba decidida a que comprendiera perfectamente las inquietantes implicaciones de lo que Zedd estaba contando.

Desde luego Richard no necesitaba reflexionar sobre ello, pues se sabía de memoria el *Libro de las Sombras Contadas*, que era muy explícito. El joven sabía que Zedd apenas había rozado el alcance del verdadero cataclismo que asolaría las tres tierras si Rahl el Oscuro abría la caja correcta. Asimismo sabía qué ocurriría si se abría una de las otras dos cajas, pero no podía revelar su conocimiento del libro, por lo que tuvo que preguntar:

—¿Y si abre una de las otras dos?

Zedd volvió a apoyarse sobre la mesa, rápido como un rayo. Ya se esperaba que ésta sería la próxima pregunta.

—Si abre la caja equivocada la magia reclamará su vida. Así. —Zedd chasqueó los dedos—. En ese caso todos estaremos a salvo y la amenaza desaparecerá. —Entonces se inclinó más hacia adelante, con el entrecejo fruncido, y miró a Richard con dureza—. Pero si abre la otra caja equivocada, todo insecto, toda brizna de hierba, todo árbol, todo hombre, toda mujer, todo niño, en resumen todo ser vivo, perecerá calcinado. Sería el fin de todo, de todo tipo de vida. La magia del Destino está entrelazada con la magia de la propia vida, y la muerte es parte de todo ser vivo, por lo que la magia del Destino está unida tanto a la vida como a la muerte.

El anciano se echó hacia atrás, en apariencia abrumado tras exponer las posibles catástrofes. Aunque Richard conocía estos hechos se le hizo un nudo en la garganta al oírlo. Parecía más real cuando se le ponía un nombre concreto. Cuando se aprendió de memoria el libro todo era tan abstracto, tan hipotético que nunca creyó seriamente que llegara a pasar. Su única preocupación era preservar ese conocimiento para poder devolverlo al legítimo custodio. Richard deseó poder contarle a Zedd lo que sabía, pero su padre le hizo jurar que nunca diría nada. Para mantener el engaño tuvo que hacer una pregunta de la que ya conocía la respuesta.

—¿Cómo sabrá Rahl qué caja debe abrir?

Zedd se contempló las mangas de la túnica, bajó la vista hacia la mesa y se miró las manos mientras contestaba.

—A quien pone las cajas en juego se le transmite cierta información privilegiada. Seguramente esa información le dice cómo descubrir qué caja es la adecuada.

Tenía sentido. Nadie conocía la existencia del libro excepto su custodio y, al parecer, quien ponía las cajas en juego. El libro no hacía ninguna referencia a eso, pero era lógico. El joven se estremeció al comprender por qué Rahl el Oscuro lo perseguía: buscaba el libro. Tal fue la impresión que apenas oyó a Zedd, que volvía a hablar.

—Pero Rahl ha hecho algo que se sale de lo común: ha puesto las cajas en juego antes de tener las tres.

Estas palabras llamaron inmediatamente la atención de Richard, que comentó:.

—Debe de ser estúpido o estar muy seguro de sí mismo.

—Lo segundo —replicó Zedd—. Si abandoné la Tierra Central fue por dos razones. La primera fue porque el Consejo Supremo se atribuyó el derecho de nombrar al Buscador. Y la segunda fue por cómo trataba las cajas del Destino. La gente había terminado por creer que el poder de las cajas no era más que una leyenda y me llamaban viejo estúpido cuando les decía que no era una leyenda sino la verdad. No quisieron escuchar mis advertencias.

»¡Se rieron de mí! —Zedd descargó el puño en la mesa, y Kahlan dio un salto. El rostro del anciano se veía rojo de furia y resaltaba contra su mata de pelo blanco—. Yo quería que las cajas se guardaran separadas unas de otras, escondidas y a salvo de manos extrañas mediante la magia, para que nadie pudiera encontrarlas nunca. Pero el Consejo quería que fueran entregadas a personas importantes, para ser exhibidas como trofeos. Las usaron como pago por favores o promesas. De este modo las cajas quedaron expuestas a manos codiciosas. No sé qué pasó después con ellas, pero ahora Rahl tiene una o quizá dos, pero no las tres. Al menos, no todavía. —Los ojos de Zedd relampaguearon—. ¿Entiendes lo que te digo, Richard? No tenemos que enfrentarnos a Rahl el Oscuro, sino sólo hallar al menos una de las cajas antes que él.

—Y mantenerla fuera de su alcance, lo que seguramente será mucho más difícil que encontrarla —señaló Richard, que dejó que las palabras flotaran en el aire unos segundos—. Zedd —preguntó en una súbita inspiración—, ¿crees que una de las cajas podría estar aquí, en la Tierra Occidental?

—No es probable.

—¿Por qué?

—Richard —Zedd vaciló—, nunca te dije que era mago, pero como tú nunca lo preguntaste podemos decir que no te mentí. Pero en otra cosa sí te mentí; te dije que vine aquí antes de que se levantara el Límite. De hecho vine después, pues antes me era imposible. Verás, para crear una Tierra Occidental sin magia no podía haber nada de magia a este lado cuando el Límite se creó. Después sí podía haberla, pero no antes. Puesto que yo soy un mago, mi presencia aquí lo habría impedido. Así pues, tuve que permanecer en la Tierra Central hasta que el Límite fue levantado y cruzarlo para llegar aquí.

—Todos tenemos nuestros pequeños secretos. No te lo reprocho. Pero ¿qué intentas decirme?

—Que sabemos que ninguna de las cajas pudo estar aquí antes de la creación del Límite o su magia lo habría hecho imposible. Por tanto, si se encontraban en la Tierra Central antes del Límite, debido a su magia, y yo no traje ninguna conmigo, deben de seguir allí.

Richard reflexionó unos momentos, sintiendo cómo la chispa de esperanza se extinguía. Entonces sus pensamientos se centraron de nuevo en el problema que les ocupaba.

—Todavía no me has dicho qué es un Buscador, ni cuál es mi papel en todo esto.

—Un Buscador —contestó Zedd, entrelazando las manos—, es alguien que únicamente responde ante sí mismo; no necesita otra ley. Puede usar la *Espada de la Verdad* como desee y, dentro de los límites de su propia fuerza, puede obligar a cualquiera a responder de cualquier cosa. —Zedd alzó una mano, anticipándose a las objeciones y preguntas de Richard—. Me doy cuenta de que todo es muy vago. El problema cuando uno trata de explicarlo es que es como el poder. Como ya te dije antes, el poder es sólo lo que hace de él la persona que lo usa. Por esa razón es tan importante encontrar a la persona adecuada, alguien que use el poder con sabiduría. Verás, Richard, un Buscador hace exactamente lo que su nombre implica: buscar. Buscar respuestas a las cosas que él elige. Si es la persona adecuada, buscará respuestas que ayuden a los demás y no sólo a sí mismo. El propósito de un Buscador es ser libre en su busca, ir a donde quiera ir, preguntar lo quiera, averiguar lo que quiera, encontrar respuestas a lo que desee saber y, si es necesario, hacer lo que exijan esas respuestas.

Richard se enderezó y alzó el tono de su voz.

—¿Me estás diciendo que un Buscador es un asesino?

—No voy a mentirte, Richard; a veces un Buscador ha sido precisamente eso.

—¡Que me aspen si voy a ser un asesino! —exclamó el joven, con el rostro encendido.

Zedd se encogió de hombros.

—Como ya he dicho, un Buscador es lo que desee ser. Lo ideal sería que fuera el paladín de la justicia. No puedo decirte mucho más porque yo nunca he sido Buscador. No sé qué pasa por su cabeza. Sin embargo, sé quién es la persona adecuada.

»Pero no soy yo quien elige al Buscador, Richard —añadió el anciano, volviéndose a arremangarse las mangas y mirando al joven—. Un verdadero Buscador se elige a él mismo. Yo me limito a designarlo. Hace muchos años que eres el Buscador sin saberlo. Te he estado observando y sé que lo eres. Siempre buscas la verdad. ¿Qué crees que estabas haciendo en el Alto Ven sino buscar la respuesta a la enredadera, a la muerte de tu padre? Podrías habérselo dejado a otros, otros más preparados y, tal como han ido las cosas, tal vez deberías haberlo hecho, pero eso hubiera ido contra tu naturaleza, contra la naturaleza del Buscador.

Los Buscadores quieren averiguar la verdad por ellos mismos. Cuando Kahlan te contó que buscaba a un mago que había desaparecido mucho tiempo atrás, antes de que ella naciera, tú tuviste que averiguar quién era y lo encontraste.

—Pero sólo fue porque...

—No importa —interrumpió Zedd—. No viene al caso. Lo único que importa es que lo hiciste. Yo te salvé la vida con la raíz que fui a buscar. ¿Tiene importancia que no me costara nada encontrarla? No. ¿Estarías más vivo si me hubiera costado mucho? No. Encontré la raíz, y tú estás bien. Eso es lo único que importa. Lo mismo ocurre con el Buscador. No importa cómo halla las respuestas sino que las halle. Como ya he dicho, no hay reglas. Ahora mismo debes encontrar la respuesta a algunas preguntas. No sé cómo lo harás y no me importa, pero sé que lo harás. Si dices: «Oh, eso es fácil», mejor que mejor, pues no tenemos mucho tiempo.

—¿Qué respuestas? —inquirió Richard receloso.

Zedd sonrió y sus ojos chispearon.

—Tengo un plan, pero primero tú tienes que encontrar el modo de pasar al otro lado del Límite.

—¡Qué! —Richard, exasperado, se pasó la mano por el pelo, y con rostro de incredulidad masculló algo. Entonces miró a Zedd—. Tú eres el mago y además uno de los que crearon el Límite. Acabas de decir que lo cruzaste para ir a recuperar la espada. Kahlan también lo cruzó, enviada por los magos. ¡Pero yo no sé nada del Límite! Si esperas que te dé la respuesta, pues ahí va: Zedd, tú eres mago, haznos cruzar el Límite.

—No. —El anciano sacudió la cabeza—. Yo hablé de pasar al otro lado del Límite, no de cruzarlo. Yo sé cómo cruzarlo, pero no podemos hacerlo. Es lo que Rahl espera que hagamos. Si intentamos cruzarlo, tratará de matarnos. Y eso si tenemos suerte. No, debemos pasar al otro lado pero sin cruzarlo. Hay una gran diferencia.

—Zedd, lo siento, pero es imposible. Yo no tengo ni idea de cómo hacerlo. Me parece imposible. El Límite es el inframundo. Si no podemos cruzarlo, entonces estamos atrapados aquí. El Límite se levantó justamente para impedir que alguien pudiera hacer lo que me pides. —Richard se sentía impotente. Sus amigos contaban con él, pero él no tenía ninguna respuesta.

—Richard, no te infravalores —le pidió Zedd con voz amable—. ¿Qué es lo que sueles decir cuando yo te pido que resuelvas un problema difícil?

Richard sabía a qué se refería Zedd pero se resistía a contestar, pues sentía que si lo hacía se hundiría aún más. Zedd enarcó una ceja y esperó. El joven bajó la vista hacia la mesa y raspó la madera con la uña del pulgar.

—Piensa en la solución, no en el problema —dijo al fin.

—Pues ahora mismo estás haciendo lo contrario. Te estás concentrando en por qué el problema es insoluble en vez de pensar en la solución.

Richard sabía que Zedd tenía razón, pero había más.

—Zedd, no creo que esté preparado para ser Buscador. No sé nada de la Tierra Central.

—A veces es más fácil tomar una decisión si no cargas con el conocimiento de la historia —repuso el mago enigmáticamente.

Richard suspiró.

—No conozco el lugar. Estaré perdido allí.

—No, no lo estarás. —Kahlan le colocó una mano sobre el brazo—. Yo conozco la Tierra Central como la palma de mi mano. Sé en qué lugares hay peligro y en cuáles no. Yo seré tu guía. No estarás perdido, te lo prometo.

Richard evitó la verde mirada de la mujer e inclinó la cabeza. Le dolía pensar que podría decepcionarla; la fe que tanto ella como Zedd ponían en él parecía injustificada. Él no sabía nada de la Tierra Central, ni de magia, ni de cómo encontrar una caja, ni de qué hacer para detener a Rahl el Oscuro. ¡No tenía ni idea de cómo hacer nada de eso! Y lo primero que le pedían era que hallara la forma de pasar al otro lado del Límite. ¡Como si fuera tan fácil!

—Richard, sé que piensas que te estoy pidiendo más de lo que eres capaz, pero no he sido yo quien te ha elegido. Tú mismo te has revelado a mí como el Buscador. Yo me he limitado a reconocer el hecho. Hace mucho tiempo que soy mago. Tú no sabes lo que eso supone, pero créeme cuando te digo que estoy cualificado para reconocer al elegido. —El mago alargó la mano por encima de la mesa y de la espada, y la puso sobre la de Richard. Sus ojos tenían una mirada apagada—. Rahl el Oscuro te persigue. Él en persona. La única razón que se me ocurre para explicarlo es que, gracias a la magia del Destino, él también ha percibido que tú eres el elegido y te busca para eliminar la amenaza.

Richard parpadeó, sorprendido. Tal vez Zedd estaba en lo cierto. Tal vez ésa era la razón por la que Rahl lo perseguía. O tal vez no. Zedd no sabía nada del libro. El joven tenía la impresión de que la cabeza le iba a explotar con todo aquello y, de pronto, no pudo seguir más tiempo sentado. Se levantó y empezó a pasear de un lado a otro, reflexionando. El mago se cruzó de brazos, y Kahlan apoyó un codo en la mesa. Ambos lo contemplaban en silencio.

El geniecillo nocturno le dijo que encontrara la respuesta o moriría, pero no le había dicho que fuera necesario ser el Buscador. Ya encontraría las respuestas a su modo, como siempre había hecho. No había necesitado la espada para imaginarse quién era el mago, aunque no era tan difícil.

Pero ¿qué había de malo en quedarse la espada? ¿Qué daño le haría contar con su ayuda? ¿No sería estúpido rechazar un apoyo? Al parecer, esa espada podía usarse para lo que quisiera su dueño, así pues ¿por qué no usarla para lo que él quería? No tenía que convertirse en un asesino ni nada parecido; podía utilizarla para ayudar, nada más. Esto era todo lo que se necesitaba y lo que era de desear. Nada más.

Pero Richard sabía que no la quería. No le gustaba lo que había sentido al desenvainarla. Le había producido una sensación agradable, y eso le inquietaba. Lo asustaba el modo como había despertado su rabia, y con ella en la mano se había sentido como nunca antes en la vida. Lo más desconcertante del caso era que se había sentido bien. Pero él no quería sentirse bien estando furioso, no quería perder el control. La rabia era perjudicial. Esto era lo que su padre le había enseñado. La rabia mató a su madre. Richard guardaba su rabia tras una puerta cerrada con llave que no quería abrir. No, lo haría a su manera, sin la espada. No la necesitaba y menos aún la inquietud que le causaba.

El joven se volvió hacia Zedd, que seguía sentado con los brazos cruzados en el pecho, mirándolo. El sol pintaba profundas sombras en las arrugas de su rostro. Las líneas y los marcados ángulos de su cara le eran muy familiares pero ahora parecían distintos. Zedd tenía una expresión adusta y decidida; la expresión de un mago. Sus ojos se encontraron y quedaron prendidos. Richard había tomado una decisión; le diría a su amigo que no. Él ayudaría y les daría su apoyo, después de todo su propia vida dependía de ello, pero no quería ser el Buscador. Pero Zedd se le adelantó antes de que pudiera decir nada.

—Kahlan, cuenta a Richard cómo interroga Rahl el Oscuro a la gente. —Su voz sonaba sosegada y tranquila. Su mirada no se desvió de la de Richard.

—Zedd, por favor —rogó Kahlan con voz apenas audible.

—Cuéntaselo. —Esta vez la voz del mago sonaba más dura—. Cuéntale qué hace con el cuchillo curvo que lleva al cinto.

Richard apartó la mirada de los ojos de Zedd para posarla en la pálida faz de Kahlan. Tras dudar un momento, ésta lo miró con ojos tristes y le tendió una mano. El joven tardó un momento en decidirse pero luego se aproximó a ella y le cogió la mano. La mujer tiró suavemente de él para que se sentara a su lado. Así lo hizo éste, a horcajadas sobre el banco, de cara a ella, esperando oír lo que tuviera que decirle, y temiéndolo.

Kahlan se arrimó un poco a él, se retiró un mechón de la cara poniéndoselo tras la oreja, y bajó la vista hacia la mano derecha del joven, que sostenía entre las suyas. La mujer le acariciaba el dorso de la mano con los pulgares, y Richard notaba sus dedos suaves y calientes contra la palma. Su mano parecía torpe y grandota al lado de las de la mujer. Kahlan habló con voz dulce y sin mirarlo.

—Rahl el Oscuro practica una antigua forma de magia llamada antropomancia o adivinación por las entrañas de las personas.

Richard sintió que su ira se inflamaba.

—Es una magia de uso limitado; lo más que puede lograr es una respuesta de sí o no y a veces un nombre. De todos modos a él le encanta. Lo siento, Richard. Por favor, perdóname por habértelo contado.

Una oleada de recuerdos lo embargó —la amabilidad de su padre, su risa, su amor, su amistad, el tiempo que pasaron juntos con el libro secreto y miles de otros pequeños momentos—, causándole una indecible angustia. Las escenas y los sonidos se convirtieron en sombras borrosas y ecos apagados en su mente y luego desaparecieron. En su lugar surgieron recuerdos de las manchas de sangre en el suelo, de los rostros blancos de la gente que había en la casa, de imágenes del sufrimiento y el terror que debió de sentir su padre, y fragmentos de las cosas que Chase le había contado cruzaron raudos por su mente. Richard no trató de detenerlos, sino que los impelió hacia adelante, ansioso de recuperarlos. Se sumergió en los detalles, sintió el desgarrador tormento. En lo más profundo de su ser brotó el dolor y, después de ser invocado, estalló en un grito. En su mente añadió la figura ensombrecida de Rahl que se cernía sobre el cuerpo de su padre, con las manos chorreando sangre, sujetando un cuchillo rojo que brillaba teñido de sangre. Richard mantuvo la visión, le dio la vuelta, la inspeccionó y su alma se embebió de ella. Tenía las respuestas. Ahora sabía cómo había ocurrido, cómo había muerto su padre. Hasta ahora eso era todo lo que había buscado: respuestas. En toda su vida no había hecho otra cosa.

En un instante todo cambió.

La puerta tras la que guardaba su ira y el muro de la razón que contenía su genio se consumieron en las llamas de su ardiente deseo. Toda una vida de pensamiento racional se evaporó ante su abrasadora furia. Su lucidez se deshizo en un caldero de hirviente apremio.

Richard alargó la mano hacia la *Espada de la Verdad*, cerró los dedos alrededor de la vaina y la asió cada vez con más fuerza, hasta que los nudillos se le pusieron blancos. Los músculos de la mandíbula se tensaron, y respiraba rápida y entrecortadamente. No veía nada de lo que lo rodeaba. El ardor de la cólera brotaba de la espada, no por voluntad propia sino llamada por el Buscador.

El pecho de Richard subía y bajaba con el dolor candente causado por la pena de saber qué le había ocurrido a su padre, y ese conocimiento también ponía fin a algo. Pensamientos que nunca se había permitido tener se convirtieron en su único deseo. La cautela y las consecuencias se desvanecieron ante su irreprimible ansia de venganza.

En ese instante su único deseo, su única necesidad era matar a Rahl el Oscuro. Lo demás no tenía importancia.

El joven llevó la otra mano a la empuñadura de la espada para sacarla de su vaina. La mano de Zedd se abatió sobre la suya, sujetándola. Los ojos del Buscador se abrieron mucho de golpe y se puso lívido por la interferencia.

—Richard —dijo el mago en tono calmado—. Tranquilízate.

Con todos los músculos tensos, el Buscador fulminó con la mirada a Zedd, que lo contemplaba con ojos serenos. Una recóndita parte de su mente no dejaba de advertirle, tratando de recuperar el control, pero él hizo caso omiso. Se inclinó sobre la mesa hacia el mago y dijo con los dientes apretados:

—Acepto el puesto de Buscador.

—Richard —repitió Zedd con calma—, no pasa nada. Relájate y siéntate.

De golpe recuperó la conciencia del mundo. Ya no estaba a punto de matar, pero no sólo la puerta sino también el muro que contenía su rabia habían desaparecido. Había recuperado la conciencia del mundo pero ahora lo veía con otros ojos. Eran unos ojos que siempre había tenido y que no había utilizado por miedo: los ojos de un Buscador.

Richard se dio cuenta de que estaba de pie, aunque no recordaba haberse levantado. Se sentó de nuevo junto a Kahlan y apartó las manos de la espada. Algo en su interior recuperó el control de su furia, aunque algo había cambiado: ahora ya no estaba guardada bajo llave tras una puerta sino simplemente reprimida, lista para ser usada sin temor cuando fuera necesario.

Parte de su viejo yo se filtró de nuevo en su mente, tranquilizándolo, normalizando la respiración, razonando con él. Richard se sentía liberado, sin miedos, y, por primera vez, no se avergonzaba de su genio. Se permitió continuar sentado allí mientras se relajaba y sentía cómo sus músculos se distendían.

Entonces levantó los ojos hacia el tranquilo y sereno rostro de Zedd de angulosas facciones, enmarcado por una mata de pelo blanco. El perspicaz anciano lo estudió y lo evaluó con un amago de sonrisa en las comisuras de los labios.

—Felicidades —dijo al fin—. Has superado mi última prueba para ser el Buscador.

Richard se echó hacia atrás, confundido.

—¿Qué quieres decir? Pero si ya me habías nombrado Buscador.

—Ya te lo dije antes. —Zedd meneó la cabeza—. ¿No me escuchabas? Un Buscador se designa a sí mismo. Antes de poder serlo tenías que pasar una prueba determinante; tenías que demostrarme que podías usar toda tu mente. Durante muchos años has reprimido una parte de ti, Richard: tu furia. Yo tenía que saber que podías liberarla, servirte de ella. Algunas veces te he visto furioso, pero no eras capaz de admitir ante ti mismo ese sentimiento. Un Buscador que no se permitiera usar su furia, sería irremediablemente débil. Es la fuerza de la furia la que proporciona la voluntad de imponerse a cualquier precio. Sin ella, habrías rechazado la espada, y yo lo hubiera aceptado porque eso habría significado que no tenías lo que debe tener un Buscador. Pero ahora eso no viene al caso. Has demostrado que ya no eres prisionero de tus miedos. No obstante, sé prudente. Es tan, importante que seas capaz de usar tu furia como que seas capaz de controlarla. Tú siempre has poseído esta última habilidad; no la pierdas ahora. Debes poseer la suficiente sabiduría para saber qué camino elegir. A veces, dejarse llevar por la cólera es un error mucho más grave que reprimirla.

Richard asintió con aire solemne. Recordaba cómo se había sentido al empuñar la espada en pleno arrebato de furia, cómo había sentido su poder, la sensación liberadora de rendirse a ese impulso primario que nacía de él mismo y de la espada.

—Es una espada mágica —dijo cautamente—. Lo sentí.

—Sí, lo es. Pero Richard, la magia es sólo una herramienta, como cualquier otra. Cuando usas una piedra de amolar para afilar un cuchillo lo que haces es simplemente lograr que ese cuchillo sirva mejor a tus propósitos. Lo mismo ocurre con la magia; simplemente sirve para ayudarte a lograr un propósito. —La mirada de Zedd era límpida y aguda—. A algunas personas les aterra más morir por la magia que, pongamos, por una espada, como si uno estuviera menos muerto si lo mata una espada que si lo hace algo invisible. Pero escúchame bien; el miedo a la magia puede ser un arma muy poderosa. Recuérdalo.

Richard asintió. Sentía el sol del atardecer en la cara y con el rabillo del ojo podía ver la nube. Rahl también la debía de estar observando. El

123

joven recordó al hombre de la cuadrilla en el Despeñadero Mocho, cómo se había hecho sangre en un brazo con la espada antes de atacar. Aún veía la mirada del hombre. En ese momento no la había entendido, pero ahora sí. Richard ardía en deseos de entrar en batalla.

Una suave brisa otoñal hacía revolotear las hojas de los árboles vecinos, y éstas relucían con los primeros tintes rojos y dorados. El invierno se acercaba; pronto llegaría el primer día de la nueva estación. Richard pensó en cómo conseguirían pasar al otro lado del Límite. Tenían que dar con una de las cajas del Destino y después, encontrarían a Rahl.

—Zedd, no más juegos. Ahora soy el Buscador. No más pruebas. ¿Entendido?

—Te lo prometo, por el recuerdo de tu padre.

—Entonces estamos perdiendo el tiempo, y estoy seguro de que Rahl no. Te pido que cumplas tu promesa de ser mi guía al llegar a la Tierra Central —añadió, dirigiéndose a Kahlan.

La mujer sonrió ante la impaciencia del joven, y asintió.

—Muéstrame cómo funciona la magia, mago —dijo entonces Richard a Zedd.

10

La pícara sonrisa de Zedd se hizo más amplia y tendió a Richard el tahalí. La piel estaba exquisitamente trabajada y era antigua y suave. La hebilla de oro y plata hacía juego con la vaina. Le iba un poco justo, pues la última persona que lo había llevado era más baja que Richard, por lo que Zedd lo ayudó a ajustárselo, para que el joven se lo pusiera sobre el hombro derecho y envainara la *Espada de la Verdad*.

El mago los condujo entonces hasta el borde de la hierba, entre las largas sombras que proyectaban los árboles más próximos, hacia un lugar donde crecían dos pequeños arces de azúcar. El tronco de uno de ellos era tan grueso como la muñeca de Richard y el otro tan delgado como la de Kahlan.

—Desenvaina la espada —ordenó al joven. La espada salió de su vaina con aquel sonido metálico único, que vibró en el aire del atardecer. Zedd se acercó un poco más—. Ahora te enseñaré lo más importante acerca de la espada, pero para ello tienes que abdicar temporalmente de tu puesto como Buscador y permitir que nombre a Kahlan en tu lugar.

—Yo no quiero ser el Buscador —protestó la mujer, lanzando al mago una mirada recelosa.

—Es sólo para hacer una demostración, querida. —Entonces indicó con un ademán a Richard que entregara la espada a la mujer. Ésta dudó antes de cogerla con ambas manos. El peso del arma le resultaba incómodo, y fue bajando la punta hasta que quedó apoyada en la hierba. Zedd ejecutó un elegante movimiento con las manos sobre la cabeza y anunció—: Kahlan Amnell, te nombro Buscadora. —La mujer seguía mirándolo con recelo. El mago le puso un dedo bajo el mentón y la obligó a levantar la cabeza. Los ojos de Zedd reflejaban una temible fuerza. Entonces acercó su rostro al de ella y dijo en tono muy bajo:

—Cuando me marché de la Tierra Central con esta espada, Rahl el Oscuro usó su magia para colocar aquí el mayor de estos dos árboles, para marcarme y poder venir a por mí cuando deseara. Y entonces matarme. El mismo Rahl el Oscuro responsable de la muerte de Dennee. —El semblante de Kahlan se ensombreció—. El mismo Rahl el Oscuro que te persigue para matarte como mató a tu hermana. —En los ojos de la mujer llameó el odio. Apretaba los dientes, de modo que los músculos de su poderosa mandíbula sobresalieron. La *Espada de la Verdad* se elevó del suelo. Zedd se colocó a su espalda—. Este árbol es él. Debes detenerlo.

La espada centelleó en el aire otoñal con una velocidad y un poder que Richard apenas pudo creer. El arco que trazó atravesó el árbol de mayor tamaño con un fuerte chasquido, como si se rompieran un millar de ramas al mismo tiempo. Las astillas volaron en todas direcciones. El arce pareció quedarse suspendido en el aire un momento y cayó junto al irregular tocón antes de desplomarse ruidosamente. Richard sabía que le habría costado al menos diez buenos hachazos derribar ese árbol.

Zedd recogió la espada de manos de Kahlan mientras ésta caía de rodillas y se balanceaba sobre los talones, tras lo cual se cubrió la cara con las manos y soltó un gemido. Instantáneamente Richard se agachó a su lado y la sujetó.

—Kahlan, ¿qué te ocurre?

—Estoy bien. —La mujer apoyó una mano en el hombro del joven y éste la ayudó a ponerse en pie. Su rostro estaba pálido, pero forzó una leve sonrisa—. Dimito como Buscadora.

—Zedd, ¿qué ha sido esta farsa? —espetó Richard al mago, volviéndose bruscamente hacia él—. Rahl el Oscuro no puso ese árbol ahí. He visto cómo los regabas y cuidabas. Si me pusieras un cuchillo en la garganta diría que los plantaste tú mismo en recuerdo de tu esposa y tu hija.

—Muy bien, Richard —repuso Zedd con una ligera sonrisa—. Aquí tienes tu espada. Vuelves a ser el Buscador. Y ahora, hijo mío, corta el otro árbol y te lo explicaré.

Enojado, el joven asió el arma con ambas manos y sintió que la cólera lo invadía. Acto seguido la descargó con toda su fuerza contra el árbol aún en pie. La punta de la hoja silbó al hendir el aire. Pero justo antes de tocar el tronco se detuvo, como si el aire que la rodeaba se hubiera vuelto demasiado denso y no la dejara pasar.

Richard retrocedió, sorprendido, miró la espada y volvió a probarlo. Lo mismo. La espada no llegaba al árbol. Entonces clavó una iracunda mirada en Zedd, el cual permanecía con los brazos cruzados y una sonrisa de suficiencia en la cara.

—Muy bien, ¿qué está pasando aquí? —inquirió Richard, deslizando de nuevo la espada dentro de su funda.

Zedd enarcó las cejas fingiendo inocencia.

—¿No viste con qué facilidad Kahlan cortó el árbol grande? —Richard frunció el entrecejo. Zedd sonrió—. Hubiera podido ser hierro, y la espada lo habría atravesado. Pero tú eres más fuerte que ella y, sin embargo, no has podido causar ni un arañazo al árbol pequeño.

—Sí, Zedd, me he dado cuenta.

La frente del mago se frunció con falsa perplejidad.

—¿Y por qué crees que es?

La irritación de Richard se desvaneció. Éste era el modo en el que Zedd solía enseñarle; incitándolo a que él mismo encontrara las respuestas.

—Yo diría que tiene algo que ver con la intención. Ella creía que el árbol era algo maligno, y yo no.

—¡Excelente, Richard, excelente! —lo alabó Zedd, levantando un huesudo dedo.

—Zedd —intervino Kahlan, que se retorcía los dedos—, no lo entiende. Yo destruí el árbol, pero no era maligno. Era inocente.

—Eso, querida, es justamente lo que quería demostrar. La realidad no es relevante, y la percepción lo es todo. Si crees que el árbol es el enemigo puedes destruirlo, sea o no verdad. La magia únicamente interpreta tu percepción. No permitiría que hicieras daño a alguien a quien creyeras inocente, pero destruye a quienquiera que tomes por tu enemigo, dentro de unos límites. El factor determinante es lo que crees y no si es verdad o mentira.

Richard estaba abrumado.

—Pero eso no deja lugar al error. ¿Y qué pasa si no estás seguro?

—Será mejor que lo estés, hijo —repuso Zedd alzando una ceja—, o te meterás en muchos líos. La magia puede leer pensamientos de los que ni siquiera eres consciente. Podría suceder tanto una cosa como otra: que mataras a un amigo o que no pudieras matar a un enemigo.

Richard tamborileó con los dedos en la empuñadura de la espada, pensativo. Hacia el oeste contempló los pequeños destellos dorados del sol poniente que atravesaban los árboles. Sobre su cabeza la nube con forma de serpiente había adquirido un tono rojizo en un lado, mientras que en el otro mostraba un púrpura oscuro. En realidad, no importaba, decidió. Sabía a quién perseguía y en su mente no había duda que era el enemigo. Ninguna duda.

—Hay una cosa más; lo más importante —añadió el mago—. Cuando uses la espada contra un enemigo debes pagar un precio. ¿No es cierto, querida? —preguntó a la mujer. Kahlan asintió y clavó los ojos en el suelo—. Cuanto más poderoso es el enemigo, mayor es el precio que se paga. Siento haberte tenido que hacer eso, Kahlan, pero es la lección más importante que Richard debe aprender. —La mujer le sonrió levemente para decirle que lo entendía. Entonces el mago se volvió hacia Richard.

»Ambos sabemos que a veces no hay más remedio que matar y que en esos casos es lo correcto. No obstante, no es necesario que te diga que matar a alguien es siempre una experiencia terrible. Tienes que vivir siempre con eso y, una vez hecho, ya no se puede enmendar. En tu interior debes pagar un precio: tú mismo te rebajas por haber causado una muerte.

El joven asintió; aún le turbaba haber matado a aquel hombre en el Despeñadero Mocho. No es que lamentara haberlo hecho, porque no había tenido otra elección ni tiempo para pensar, pero en su mente seguía viendo el rostro del hombre cuando cayó al vacío.

—Cuando matas con la *Espada de la Verdad* es diferente, porque es mágica. —La mirada de Zedd era penetrante—. La magia hace lo que le pides, pero te cobra un precio. La bondad y la maldad absolutas no existen, al menos no en la mayoría de las personas. Incluso las personas más bondadosas albergan pensamientos malignos o cometen acciones viles, e incluso las más perversas poseen alguna virtud. Un adversario no es alguien que realiza actos odiosos porque sí; siempre tiene una razón para justificarse. Mi gato come ratones. ¿Es malvado por eso? Yo no lo creo, y el gato tampoco, pero supongo que los ratones no opinarían lo mismo. Todos los asesinos piensan que era necesario que mataran a su víctima.

»Sé que no quieres creerlo, Richard, pero debes escucharme. Rahl el Oscuro hace las cosas que hace porque le parecen justas, del mismo modo que tú haces lo que haces porque crees que es lo justo. Ambos os parecéis más de lo que crees. Tú quieres vengarte de él porque mató a tu padre, y él quiere vengarse de mí porque yo maté al suyo. A tus ojos él es malvado, pero a los suyos lo soy yo. Todo es una cuestión de percepción. Quien gana cree que llevaba la razón, y el perdedor siempre está convencido de que se ha cometido una injusticia con él. Es lo mismo con la magia del Destino: el poder simplemente está ahí, un uso gana sobre el otro.

—¿Que nos parecemos? ¿Has perdido la cabeza? ¡¿Cómo puedes pensar que nos parecemos en algo?! ¡Él ansía el poder y se arriesgaría a destruir el mundo para conseguirlo! ¡Yo no busco poder, sólo que me dejen en paz! ¡Él asesinó a mi padre! ¡Le arrancó las entrañas! ¡Y trata de matarnos a todos! ¿Cómo puedes decir que somos iguales? ¡Al oírte casi parece que ni siquiera fuese un tipo peligroso!

—¿No has prestado atención a lo que acabo de enseñarte? He dicho que os parecéis en que ambos creéis que tenéis razón. Y esto lo hace más peligroso de lo que puedas imaginarte, porque en todo lo demás sois distintos. Rahl el Oscuro disfruta asesinando cruelmente a otras personas. Ansía causar dolor. Tu sentido de lo que es justo tiene límites; el suyo no. A él lo devora un incontenible deseo de acabar con toda oposición por medio de la tortura y considera que cualquiera que no corre a postrarse a sus pies se le opone. No tuvo remordimientos de conciencia después de usar sus manos desnudas para extraer las entrañas de tu padre, mientras éste aún respiraba. Le gustó, porque su distorsionado sentido de lo que es justo le da carta blanca. En esto no tiene nada que ver contigo, y es justamente lo que lo hace tan peligroso. ¿Acaso no prestabas atención? ¿No viste lo que Kahlan fue capaz de hacer con la espada? —preguntó, señalando a la mujer—. Y en cambio tú no pudiste. ¿Verdad?

—Percepción —repuso Richard con voz mucho más calmada—. Kahlan pudo hacerlo porque creyó que tenía razón.

—¡Ajá! —Zedd alzó un dedo en el aire—. La percepción es lo que hace la amenaza incluso más peligrosa. —El mago bajó la mano y reforzó cada palabra golpeándole el pecho con un dedo—. Justo... como... la... espada.

Richard metió un pulgar bajo el tahalí y suspiró profundamente. Se sentía como si estuviera sobre arenas movedizas, pero conocía demasiado a Zedd para desechar lo que le decía sólo porque era difícil de comprender. Sin embargo, deseó que todo fuera más sencillo.

—¿Quieres decir que es peligroso no sólo por lo que hace sino porque cree que tiene una justificación?

Zedd se encogió de hombros.

—Deja que lo diga de otro modo. ¿De quién tendrías más miedo: de un hombre de más de cien kilos que tratara de robarte una barra de pan, y que tú sabes que está haciendo algo malo, o de una mujer de apenas cincuenta kilos que está convencida de que le has robado a su bebé, aunque no sea cierto?

—De la mujer, desde luego —repuso Richard con los brazos cruzados en el pecho—. Ella no se rendiría y no atendería a razones. Sería capaz de todo.

—Pues así es Rahl el Oscuro. —La mirada de Zedd era feroz—. Es especialmente peligroso porque cree que tiene la razón.

—Soy yo quien la tiene —afirmó Richard, también con expresión feroz.

El mago dulcificó el gesto.

—Los ratones también piensan que la razón está de su parte, pero incluso así mi gato se los come. Estoy tratando de enseñarte algo, Richard. No quiero que te atrape entre sus garras.

—No me gusta lo que dices, pero lo entiendo —dijo Richard, descruzando los brazos y suspirando—. Como sueles decir, no hay nada sencillo. Todo esto es muy interesante, pero no va a asustarme e impedirme hacer lo que debo, lo que creo que está bien. ¿Qué es eso del precio que hay que pagar por usar la *Espada de la Verdad*?

—El precio es que sufres el dolor de contemplar tu lado oscuro —contestó Zedd, llevando un dedo al pecho del joven—, todos tus defectos, todas esas cosas que no nos gusta ver en nosotros mismos ni admitir que están ahí. Y asimismo ves el lado bueno de quien has matado y sufres la culpa de haberlo hecho. —Zedd sacudió la cabeza tristemente—. Por favor, créeme, Richard, el dolor no proviene únicamente de ti mismo sino, en primer lugar, de la magia. Es una magia muy poderosa que causa un dolor muy intenso. No lo subestimes. Es real y castiga el cuerpo tanto como el alma. Ya viste qué le hizo a Kahlan, y eso que sólo mató un árbol. De haberse tratado de una persona, hubiera sido realmente intenso. Por eso la cólera es tan importante. La única armadura que tendrás contra el dolor, y que podrá protegerte hasta cierto punto, será la cólera. Cuanto más fuerte sea el enemigo, más intenso será el dolor. Pero cuanto más intensa sea la cólera, más fuerte será el escudo. Hace que no te importe tanto la verdad de lo que has hecho. En algunos casos basta para no sentir el dolor. Por eso le dije esas cosas tan terribles a Kahlan, cosas que le dolieron y que despertaron su cólera. Era para protegerla cuando usara la espada. ¿Ves ahora por qué no hubiera permitido que aceptaras la espada si no fueras capaz de encolerizarte? Estarías desnudo ante la magia, y ésta te haría pedazos.

A Richard le asustaba un poco esto, como le había asustado la mirada de Kahlan después de usar la espada, pero no se dejó amilanar. Entonces alzó la vista hacia las montañas del Límite que destacaban por su pálido color rosa a la luz del ocaso. Detrás de ellas, la oscuridad se aproximaba por el este. La oscuridad caía sobre ellos. La espada ayudaría y eso era todo lo que importaba. Había demasiado en juego. En la vida todo tenía su precio, y él pagaría el de la espada.

Su viejo amigo le puso las manos sobre los hombros y lo miró fijamente a los ojos. La expresión de Zedd era de severa advertencia.

—Y ahora tengo que decirte algo que no te va a gustar. —Richard sintió la intensa y casi dolorosa presión de los dedos de Zedd—. No puedes usar la *Espada de la Verdad* contra Rahl el Oscuro.

—¡Qué!

—Es demasiado poderoso. —El mago lo zarandeó—. La magia del Destino lo protege durante el año de búsqueda. Si tratas de usar la espada, morirás antes de alcanzarlo.

—¡Esto es una locura! ¡Primero quieres que sea el Buscador y acepte la espada y ahora me dices que no puedo utilizarla! —Richard estaba furioso. Se sentía estafado.

—¡Sólo contra Rahl, contra él no funcionará! Richard, yo no he hecho la magia; yo sólo sé cómo funciona. Y Rahl el Oscuro también lo sabe. Es posible que trate de incitarte a que levantes la espada contra él, porque sabe que eso te matará. Si te entregas a la cólera y usas la espada contra él, Rahl ganará. Tú estarás muerto y él tendrá las cajas.

—Zedd —intervino Kahlan, con el entrecejo fruncido por la frustración—, estoy de acuerdo con Richard. Así es imposible. Si no puede usar su principal arma...

—¡No! —la interrumpió el mago—. Ésta... —Zedd golpeó la cabeza de Richard con los nudillos—, ésta es el arma más importante de un Buscador. Y ésta —añadió el mago, clavando un largo dedo en el pecho del joven.

Todos guardaron silencio unos momentos.

—El Buscador es el arma —afirmó Zedd con énfasis—. La espada no es más que una herramienta. Puedes y tienes que hallar otro modo.

Richard pensó que debería sentirse preocupado, enfadado, frustrado, abrumado, pero no era así. Ahora veía más allá y se sentía extrañamente calmado y decidido.

—Lo siento, hijo. Ojalá pudiera cambiar la magia, pero...

Richard lo interrumpió poniéndole una mano sobre el hombro.

—Está bien, amigo mío. Tienes razón. Debemos detener a Rahl y esto es lo único que importa. Si quiero lograrlo debo conocer la verdad, y tú me la has contado. Ahora es cosa mía utilizarla. Si conseguimos una de las cajas se hará justicia con Rahl. Yo no necesito verlo, me bastará con saber que ha ocurrido. Ya he dicho que no pensaba convertirme en un asesino y no lo seré. Estoy seguro de que la espada será una ayuda inestimable, pero, tal como tú mismo dijiste, no es más que una herramienta y así pienso usarla. La magia de la espada no es un fin en sí mismo. No puedo permitirme cometer ese error, o seré un falso Buscador.

En la oscuridad cada vez más profunda Zedd le dio unos cariñosos golpecitos en el hombro.

—Lo has entendido perfectamente, hijo. Todo. —Y con una amplia sonrisa agregó—: He elegido bien al Buscador. Me siento orgulloso de mí mismo. —Richard y Kahlan rieron por los elogios que Zedd se dirigía a él mismo.

—Zedd, he cortado el árbol que plantaste en memoria de tu mujer —dijo Kahlan, súbitamente seria—. Lo siento muchísimo.

—No lo sientas, querida, su memoria nos ha ayudado mucho. Nos ha ayudado a mostrar la verdad al Buscador; no podría tener mejor homenaje.

Richard no escuchó lo que decían. Estaba mirando hacia el este, observando el sólido muro que formaban las montañas, tratando de encontrar una solución. ¿Cómo pasar al otro lado del Límite sin cruzarlo? ¿Cómo? ¿Y si era imposible? ¿Y si no había forma de hacerlo? ¿Se quedarían allí bloqueados mientras Rahl el Oscuro buscaba las cajas? ¿Morirían sin tener ninguna oportunidad de salvarse? El joven deseó tener más tiempo y menos limitaciones, pero enseguida se reprendió por perder el tiempo deseando imposibles.

Si al menos supiera qué podía hacerse, averiguaría cómo. Algo en un rincón de su cerebro no paraba de decirle que era posible, que sabía la verdad. Había un modo; tenía que haberlo. Si al menos supiera que era posible.

A su alrededor la noche cobraba vida con el croar de las ranas en estanques y arroyos, el canto de las aves nocturnas en los árboles, y el sonido de los insectos en la hierba. De las lejanas colinas llegaban los aullidos de los lobos, lastimeros y quejumbrosos contra el oscuro muro de las montañas. Tenían que salvar esas montañas como fuera, salvar lo desconocido.

«Las montañas son como el Límite —pensó—. No puedes atravesarlas, pero puedes pasar al otro lado. Sólo hay que encontrar un paso. Un paso. ¿Será posible? ¿Existe un paso?»

La respuesta lo alcanzó como un rayo: el libro.

Inmediatamente giró sobre sus talones, muy excitado. Para su sorpresa Zedd y Kahlan lo miraban de pie y en silencio como si esperaran una declaración.

—Zedd, ¿has ayudado alguna vez a alguien a cruzar el Límite?

—¿Como quién?

—¡A cualquiera! ¿Sí o no?

—No. A nadie.

—¿Puede alguien que no sea un mago hacer cruzar el Límite a otra persona?

Zedd negó enérgicamente con la cabeza.

—No, sólo un mago. Y Rahl el Oscuro, por supuesto.

—Nuestras vidas dependen de esto, Zedd. Júralo —le apremió Richard con ceño—. Nunca has ayudado a otra persona a cruzar el Límite, ¿cierto?

—Tan cierto como una ciénaga hirviendo de ranas que crían pelo. ¿Por qué? ¿En qué estás pensando? ¿Se te ha ocurrido algo?

Richard hizo caso omiso de las preguntas; estaba totalmente sumido en el flujo de sus pensamientos y no podía pensar en una respuesta. En vez de eso se volvió hacia las montañas. Era cierto: ¡existía un paso que cruzaba el Límite! ¡Su padre lo había descubierto y lo había usado! Sólo así podía haber llegado a la Tierra Occidental el *Libro de las Sombras Contadas*. No podía llevarlo consigo cuando se trasladó allí, antes del Límite, y no podía haberlo hallado en la Tierra Occidental. Era un libro mágico, y el Límite no habría funcionado si hubiese habido magia en la Tierra Occidental. Sólo podía llevarse una vez levantado el Límite.

Su padre había descubierto un paso, había ido a la Tierra Central y había llevado el libro. Richard estaba impresionado y excitado al mismo tiempo. ¡Su padre lo había hecho! Había cruzado el Límite. El joven se sentía eufórico. Ahora sabía que había un modo y que podía hacerse. Aún tenía que encontrar el paso, pero ahora eso no importaba. Lo realmente importante era que existía.

—Vamos a cenar —dijo Richard, volviéndose hacia sus dos amigos.

—Puse un estofado al fuego justo antes de que despertaras y hay pan recién hecho —sugirió Kahlan.

—¡Diantre! —Zedd levantó sus brazos de espantapájaros—. ¡Ya era hora de que alguien se acordara de la cena!

Richard sonrió para sí en la oscuridad.

—Al acabar de comer haremos preparativos: decidiremos qué debemos llevar, lo que podemos cargar, reuniremos provisiones y prepararemos las mochilas. Esta noche tenemos que descansar. Mañana partiremos al amanecer. —Dio media vuelta y se encaminó hacia la casa. El débil resplandor del fuego que se filtraba por las ventanas ofrecía calor y luz.

—¿Adónde iremos, hijo? —preguntó Zedd, levantando un brazo.

—A la Tierra Central. —El joven respondió sin volverse.

El mago iba ya por el segundo cuenco de estofado cuando pudo dejar de comer el tiempo suficiente para hablar.

—¿Qué se te ha ocurrido? ¿Existe realmente un modo de pasar al otro lado del Límite?

—Sí.

—¿Estás seguro? ¿Cómo es posible? ¿Cómo podremos pasar al otro lado sin atravesarlo?

—Bueno —contestó Richard, y sonrió mientras removía su porción de estofado—, no tienes que mojarte para cruzar un río.

La luz de la lámpara parpadeó en los estupefactos semblantes de Kahlan y Zedd. La mujer se volvió y arrojó un pedazo de carne de su estofado al gato, que esperaba sentado sobre las patas traseras que alguien le diera algo. Zedd devoró otro trozo de pan antes de hacer la siguiente pregunta.

—¿Y cómo sabes que hay un modo de pasar?

—Lo hay. Es lo único que importa.

—Richard —dijo el mago con aire inocente, y comió dos cucharadas de estofado antes de continuar—. Somos tus amigos. Entre nosotros no hay secretos; puedes decírnoslo.

Richard contempló un par de grandes ojos, después otro, y no pudo contener la risa.

—He conocido a extraños que me han dicho más de ellos mismos que vosotros.

Tanto Zedd como Kahlan se quedaron un poco parados por el desaire y se miraron uno a otro, pero ninguno se atrevió a repetir la pregunta.

Mientras seguían comiendo hablaron de lo que podían contar para el viaje, de lo que podrían hacer para prepararse con tan poco tiempo y de cuáles debían ser sus prioridades. Asimismo hicieron una lista mental de todo lo que se les ocurrió que podían llevarse. Había mucho que hacer y, sin embargo, muy poco tiempo. Richard preguntó a Kahlan si viajaba por la Tierra Central a menudo, y ella respondió que casi no hacía otra cosa.

—¿Y llevas ese vestido cuando viajas?

—Sí. —La mujer vaciló—. La gente me reconoce por él. Además, no me quedo en el bosque. Vaya a donde vaya la gente me ofrece comida, un lugar donde dormir y todo lo que pueda necesitar.

Richard se preguntó por qué. No insistió, pero sabía que ese vestido era algo más que una prenda.

—Bueno, dado que nos persiguen, no creo que sea una buena idea que la gente te reconozca. Tendremos que mantenernos alejados de la gente lo máximo posible y dormir en el bosque siempre que podamos. —Kahlan y Zedd asintieron—. Tendremos que buscarte ropa más adecuada para andar por el bosque, pero aquí no hay nada que pueda irte bien. Ya buscaremos algo por el camino. Lo que sí tengo es una capa con capucha; de momento te ayudará a no coger frío.

—Perfecto —dijo Kahlan risueña—. Estoy harta de pasar frío, y puedes estar seguro de que este vestido no está hecho para pasearse por el bosque.

Kahlan acabó antes que los hombres y puso su cuenco, aún medio lleno, en el suelo, para el gato. Éste parecía tener el mismo apetito que Zedd, pues empezó a devorar el guiso antes incluso de que el cuenco tocara el suelo.

Los tres discutieron qué llevaría cada uno y planearon cómo se las arreglarían sin las cosas que no podían llevar. Era imposible saber cuánto tiempo estarían fuera, la Tierra Occidental era vasta y la Tierra Central más aún. Richard deseó poder regresar a su casa, pues a menudo emprendía largas caminatas y allí guardaba justo lo que se necesitaba para ello, pero sería un riesgo demasiado grande. Prefería buscar en otro sitio las cosas que necesitaran, o pasarse sin ellas, antes que volver y enfrentarse a lo que lo esperaba. Todavía no sabía cómo iban a pasar al otro lado del Límite pero tampoco le preocupaba, pues sabía que había un modo y, además, tenía hasta la mañana siguiente para pensar en ello.

El gato alzó la cabeza, recorrió medio camino hasta la puerta y se detuvo. Tenía el lomo enarcado y el pelaje de punta. Los tres lo notaron y callaron. En la ventana delantera había luz de fuego, pero no provenía de la chimenea. Llegaba de fuera.

—Huelo a brea quemada —dijo Kahlan.

Los tres se levantaron de un salto. Richard agarró la espada, que colgaba de la silla, y ya la empuñaba casi antes de acabar de ponerse en pie. Entonces fue a la ventana a mirar, pero Zedd no perdió el tiempo y atravesó la puerta precipitadamente con Kahlan a la zaga. Richard apenas tuvo tiempo de vislumbrar una antorcha antes de correr tras sus dos amigos.

Delante de la casa había una turba de unos cincuenta hombres, desplegados en la alta hierba. Algunos llevaban antorchas, pero la mayoría empuñaba armas rudimentarias: hachas, horquetas, guadañas o hachas de mano. Todos llevaban ropas de trabajo. Richard reconoció muchas de las caras. Eran buenos hombres, honrados y trabajadores padres de familia. Pero esa noche era distinto; parecían estar muy enfadados y sus rostros mostraban una expresión sombría y severa. Zedd se quedó quieto en medio del porche, con las manos sobre sus estrechas caderas y sonriendo. A la luz de las antorchas su pelo blanco parecía rosa.

—¿Qué os trae por aquí, muchachos? —preguntó.

Los hombres cuchichearon entre sí y varios de los que estaban al frente avanzaron uno o dos pasos. Richard conocía al que habló por todos, un hombre llamado John.

—Hemos tenido problemas. ¡Problemas causados por la magia! ¡Y tú estás detrás de todo esto, anciano! ¡Eres una bruja!

—¿Una bruja? —repitió Zedd perplejo—. ¿Una bruja?

—Esto es lo que he dicho. ¡Una bruja! —Los oscuros ojos de John se posaron en Richard y Kahlan—. Esto no va con vosotros. Sólo queremos al anciano. Marchaos u os daremos la misma medicina que a él.

Richard no podía creer que aquellos hombres a los que conocía dijeran algo así.

Kahlan se adelantó y se colocó delante de Zedd. Los pliegues de su vestido se arremolinaron alrededor de sus piernas cuando se detuvo. Apretaba los puños a los lados.

—Marchaos antes de que lamentéis haber venido —les advirtió con voz amenazadora.

Los hombres se miraron. Algunos sonrieron con aire de suficiencia, y otros hacían comentarios groseros en voz baja, algunos riendo. Kahlan no se achicó y los obligó a bajar los ojos. Entonces las risas enmudecieron.

—Vaya, vaya —dijo John con soma—, parece que nos las tenemos que ver con dos brujas. —Los hombres lo vitorearon y bramaron, al tiempo que enarbolaban las armas. En el rostro redondo y corpulento de John apareció una sonrisa desafiante.

Lenta y deliberadamente, Richard se colocó delante de Kahlan, colocando una mano detrás y obligando así a Zedd a retirarse un paso. Su voz era serena y amistosa.

—John. ¿Cómo está Sara? Hace mucho que no os veo a ninguno de los dos. —John no contestó. Richard estudió las demás caras—. Os conozco a muchos de vosotros y sé que sois buenas personas. No creo que queráis hacer esto. —Volvió la vista hacia John y añadió—: Por favor, John, coge a todos tus hombres y regresad a casa con vuestras familias.

—¡El anciano es una bruja! —afirmó John, señalando a Zedd con un hacha—. Vamos a acabar con él. ¡Y también con ella! —exclamó señalando ahora a Kahlan—. ¡Aparta, Richard, a menos que quieras correr su misma suerte! —La turba expresó su conformidad a gritos. Las antorchas encendidas crepitaban, y el aire olía a brea quemada y a sudor. Al darse cuenta de que Richard no tenía intención de apartarse, la chusma empezó a empujar hacia adelante.

En un abrir y cerrar de ojos la espada estuvo fuera de su vaina. Los hombres dieron un paso atrás cuando el sonido metálico vibró en el aire de la noche. Al apagarse sólo se oyó el sonido de las antorchas. Brotaron murmullos de descontento que decían que Richard estaba aliado con las brujas.

John atacó al joven blandiendo el hacha. La espada brilló en el aire e hizo astillas el hacha de John con un fuerte crujido. El hombre se quedó sosteniendo unos pocos centímetros de mango con el borde desigual. La pieza de madera cortada salió despedida hacia la oscuridad y aterrizó con un ruido sordo y apagado.

John se quedó paralizado, con un pie en el suelo y el otro en el porche, y la punta de la *Espada de la Verdad* oprimiéndole la sotabarba. La hoja bruñida resplandecía a la luz de las antorchas. Richard se inclinó lentamente hacia adelante y con el extremo de la espada obligó a John a que alzara el rostro hacia él. El joven tenía que hacer verdaderos esfuerzos para reprimir la necesidad de usar la espada. Con una voz que era apenas un susurro, pero tan gélida que a John le cortó la respiración, dijo:

—Un paso más y tu cabeza seguirá al mango. —John no se movió, ni respiró—. Atrás —siseó.

El hombre hizo lo que le ordenaba, pero al reunirse con sus compañeros recuperó el coraje.

—No puedes detenernos, Richard, estamos aquí para salvar a nuestras familias.

—¡¿Salvarlas de qué?! —gritó Richard. Con la espada señaló a otros de los hombres—. ¡Frank! Cuando tu esposa estuvo enferma, ¿no fue Zedd quien le llevó una poción que la curó? Y tú, Bill —Richard apuntó a otro hombre—, ¿no viniste a preguntar a Zedd cuándo llegarían las lluvias, para poder cosechar vuestros campos? —En un rápido movimiento desplazó de nuevo la punta de la espada hacia quien lo había atacado—. Y, John, cuando tu pequeña se perdió en el bosque, ¿no fue Zedd quien leyó las nubes toda la noche y después salió a buscarla, la encontró y os la devolvió sana y salva a ti y a Sara? —John y otros pocos bajaron la cabeza. Enfadado, Richard introdujo de nuevo la espada en su funda—. Zedd ha ayudado a la mayoría de los que estáis aquí. Os ha ayudado a curar vuestras fiebres, a encontrar a vuestros seres queridos y ha compartido voluntariamente con vosotros todo lo que tenía.

—¡Sólo una bruja podría hacer todo eso! —chilló alguien desde atrás.

—¡Zedd no os ha hecho ningún daño, a ninguno de vosotros! —Richard se paseó de un lado al otro del porche, mirando a los hombres de abajo—. ¡Nunca os ha hecho daño! ¡A muchos os ha ayudado! ¿Por qué queréis hacer daño a un amigo?

Durante unos minutos se oyeron unos gruñidos confusos antes de que recuperaran la convicción.

—¡La mayor parte de las cosas que ha hecho son magia! —gritó

John—. ¡La magia de una bruja! ¡Ninguna de nuestras familias está a salvo con él por aquí!

Antes de que Richard pudiera responder, Zedd tiró de él hacia atrás por el brazo. El joven se volvió hacia la sonriente faz del anciano. Zedd no se veía nada inquieto sino más bien divertido.

—Muy impresionante —susurró—, los dos os habéis comportado de manera muy impresionante. Sin embargo, ¿os importaría que yo me ocupara de esto a partir de ahora? —Enarcó una ceja y luego se dirigió a los hombres, diciéndoles—: Buenas noches, caballeros. Qué placer veros a todos. —Algunos le devolvieron el saludo y otros levantaron el sombrero tímidamente—. Si sois tan amables, antes de libraros de mí me gustaría hablar con unos amigos que veo por aquí. —Hubo un asentimiento general. Zedd apartó a Kahlan y a Richard hacia la casa, alejándolos de la multitud y se inclinó hacia ellos.

»Una lección de poder, amigos. —El mago tocó la nariz de Kahlan con un dedo delgado como un palo y comentó—: Demasiado pequeña. —A continuación hizo lo propio con la nariz de Richard y dijo—: Demasiado grande. —Finalmente se llevó el dedo a su propia nariz y, con un guiño, afirmó—: Perfecta. Si permitiera que hicieras esto, querida —dijo, tomando la cara de la mujer entre las palmas de sus manos—, esta noche se cavarían algunas tumbas. Y las nuestras estarían entre ellas. Pero ha sido un gesto muy noble. Gracias por preocuparte por mí. —Entonces posó una mano sobre el hombro de Richard—. Si permitiera que hicieras esto, aún se cavarían más tumbas, y sólo quedaríamos nosotros tres para hacer el trabajo. Yo soy demasiado viejo para dedicarme a cavar y, además, tenemos cosas más importantes que hacer. Pero también has sido muy noble; te has comportado honorablemente. —Le dio unos golpecitos cariñosos en el hombro y después les puso un dedo a ambos bajo el mentón.

»Ahora quiero que me dejéis a mí solucionar esto. Da igual lo que digáis a esos hombres, porque ellos no escuchan. Tenéis que atraer su atención para que escuchen. —El anciano enarcó una ceja y los miró alternativamente.

»Observad y aprended lo que podáis. Escuchad mis palabras, pero a vosotros no os afectarán. —Dicho esto retiró los dedos, pasó junto a ellos y se dirigió a los hombres, sonriendo y saludando a algunos con la mano.

»Caballeros... Oh, John, ¿cómo está tu pequeña?

—Bien —gruñó el hombre—, pero una de mis vacas ha parido un ternero con dos cabezas.

—¿De veras? ¿Y por qué crees que ha pasado?

—¡Creo que ha pasado porque tú eres una bruja!

—Vaya, lo has vuelto a decir. —Zedd sacudió la cabeza, confundido—. No lo entiendo. ¿Queréis libraros de mí porque creéis que tengo poderes mágicos o simplemente tenéis la intención de degradarme llamándome mujer?

Estas palabras despertaron una cierta confusión.

—No sabemos de qué hablas —dijo alguien.

—Bueno, es simple. Las brujas son mujeres, pero los hombres son brujos. ¿Veis qué quiero decir? Si me llamáis bruja parece que me tratéis de mujer. Pero si decís que soy un brujo, bueno, es un insulto totalmente distinto. Así que... ¿qué soy? Mujer o brujo.

Tras más deliberaciones confusas, John tomó la palabra, airado.

—Queremos decir que eres un brujo. ¡Y te arrancaremos el pellejo por ello!

—Vaya, vaya, vaya —dijo Zedd, dándose ligeros toques en el labio inferior con la yema del dedo con aire pensativo—. No tenía ni idea de que fuerais tan valientes. Tan increíblemente valientes.

—¿Por qué? —quiso saber John.

—Bueno —Zedd se encogió de hombros—, ¿qué creéis que es capaz de hacer un brujo?

Los hombres hablaron entre ellos y empezaron a gritar sugerencias: un brujo era capaz de hacer nacer un ternero con dos cabezas, hacer que lloviera, encontrar a gente extraviada, que los bebés nacieran muertos, debilitar a hombres fuertes y hacer que sus esposas los abandonaran. Por si todo esto no fuera suficiente, se propusieron más ideas a gritos: hacer que el agua ardiera, convertir a la gente en inválidos, convertir a un hombre en una rana, matar con la mirada, convocar demonios y, en general, cualquier cosa.

Zedd esperó hasta que acabaron y entonces extendió los brazos hacia ellos.

—Ahí lo tenéis. ¡Repito que sois los hombres más valientes que he visto nunca! Y pensar que habéis venido armados sólo con horquetas y hachas de mano para luchar contra un brujo que tiene todos esos poderes. ¡Qué valor! —La voz se fue apagando, y él sacudió la cabeza asombrado. Entre la multitud empezó a cundir la inquietud.

El mago continuó sugiriendo en tono monótono todas y cada una de las cosas de las que era capaz un brujo, describiendo meticulosamente de lo más frívolo a lo más aterrador. Los hombres, paralizados, escuchaban absortos. El mago habló y habló durante una media hora larga. Richard y Kahlan escuchaban, cada vez más aburridos y cansados, y se apoyaban alternativamente en una y en la otra pierna. Los hombres tenían los ojos muy abiertos y no parpadeaban; permanecían quietos como estatuas, y lo único que se movía eran las llamas de las antorchas que portaban.

Los ánimos eran muy distintos. Ahora ya no estaban enfadados, sino asustados. La voz del mago también había cambiado; ya no era suave y amable, ni siquiera apagada, sino áspera y amenazadora.

—Decidme, caballeros, ¿qué creéis que debemos hacer?

—Creemos que deberías dejar que volviéramos a casa sin hacernos ningún daño —contestó alguien débilmente. Los demás asintieron.

—Pues yo no estoy de acuerdo —replicó el mago, agitando un largo dedo en el aire ante la turba—. Veréis, vosotros habéis venido a matarme. Mi vida es lo más valioso que tengo, y vosotros me la queríais quitar. No puedo dejar algo así sin castigo. —Temblores y miedo invadieron la multitud. Zedd avanzó hasta el borde del porche, y los hombres retrocedieron un paso—. ¡Como castigo por haber intentado arrebatarme la vida, yo os arrebato no la vida sino lo más valioso, lo que más queréis! —Dicho esto agitó las manos sobre la cabeza en un gesto dramático y complejo. Los hombres ahogaron una exclamación—. Ya está. Hecho —declaró. Richard y Kahlan, que hasta entonces se apoyaban contra la casa, se enderezaron.

Durante un segundo nadie se movió. Entonces, alguien en medio de la turba se metió una mano en el bolsillo y rebuscó.

—Mi oro. Ha desaparecido.

—No, no, no. —Zedd puso los ojos como platos—. He dicho lo más valioso, lo que más queréis. Vuestro mayor orgullo.

Todos se quedaron quietos, confundidos. Entonces unas cuantas cejas se enarcaron alarmadas. De pronto, otro hombre metió la mano en el bolsillo y palpó; el susto estuvo a punto de hacerle saltar los ojos de las órbitas. Acto seguido gimió y se desmayó. Los que lo rodeaban se apartaron de él. Pero otros ya introducían sus manos en los bolsillos y tentaban cautelosamente. Se oyeron más gemidos y lamentos, y a los pocos segundos todos los hombres se agarraban la entrepierna en un ataque de pánico. Zedd sonrió satisfecho. El pandemonio que se organizó entre la multitud fue de órdago: los hombres saltaban de un lado al otro, gritaban, se palpaban, corrían en pequeños círculos, pedían ayuda, caían al suelo y sollozaban.

—¡Ahora marchaos todos de aquí! ¡Fuera! —vociferó Zedd. Entonces se volvió hacia Richard y Kahlan; una pícara sonrisa le arrugaba la nariz. Les guiñó un ojo a ambos.

—¡Por favor, Zedd! —gritaron algunos hombres—. ¡Por favor, no nos dejes así! ¡Ayúdanos! —Las súplicas llegaban de todos lados. Zedd esperó un momento antes de dar media vuelta.

—¿Qué pasa? ¿Creéis que he sido demasiado duro? —preguntó fingiendo asombro y sinceridad. Los hombres se apresuraron a replicar que sí—. ¿Y por qué lo creéis? ¿Habéis aprendido algo?

—¡Sí! —chilló John—. Ahora nos damos cuenta de que Richard tenía razón. Tú has sido nuestro amigo; nunca nos has hecho ningún daño. —Todos se mostraron conformes a gritos—. Tú sólo nos has ayudado, y nosotros hemos sido unos estúpidos. Te pedimos perdón. Ahora sabemos que, como ha dicho Richard, nos equivocamos, que no eres malo porque uses magia. Por favor, Zedd, continúa siendo nuestro amigo. Por favor, no nos dejes así. —Se oyeron más ruegos.

—Bueno... —Zedd tamborileó el labio inferior con un dedo y alzó la vista con aire pensativo—, supongo que podría dejarlo todo como estaba antes. —Los hombres se acercaron—. Pero solamente si todos aceptáis mis condiciones. Creo que son muy razonables. —Todos se mostraron dispuestos a acceder a lo que fuera—. Muy bien, debéis prometer que de ahora en adelante diréis a cualquiera que ataque a la magia que ésta no convierte a nadie en una mala persona, que lo que cuentan son sus acciones y que esta noche habéis estado a punto de cometer un terrible error, y por qué. Sólo así os devolveré vuestra condición. ¿Os parece justo?

El asentimiento fue general.

—Más que justo —dijo John—. Gracias, Zedd. —Los hombres dieron media vuelta y empezaron a marcharse rápidamente. Zedd los miraba.

—Oh, caballeros, una última cosa. —Se quedaron paralizados—. Os ruego que recojáis vuestras herramientas del suelo. Soy un anciano y podría tropezar y caerme fácilmente. —Los hombres no lo perdieron de vista mientras recogían las armas a toda prisa. Luego se volvieron y echaron a correr.

Zedd, con Richard a un lado y Kahlan al otro, ambos esperando, observaba con las manos en sus huesudas caderas cómo los hombres se marchaban.

—Idiotas —masculló en voz baja. Era noche cerrada, y la única luz procedía de la ventana delantera de la casa, a sus espaldas. Richard apenas distinguía el rostro de su viejo amigo, pero veía que no sonreía—. Amigos míos, aquí ha habido una mano en la sombra que movía los hilos.

—Zedd, ¿realmente los..., bueno, ya sabes... los castraste? —preguntó Kahlan, eludiendo mirar la faz del mago.

Zedd soltó una risita.

—¡Ya me gustaría poseer una magia tan poderosa! No, querida, fue un truco. Simplemente les hice creer que era cierto y dejé que sus propias mentes hicieran el trabajo.

—¿Un truco? ¿Fue sólo un truco? Creí que habías hecho verdadera magia. —Richard parecía decepcionado.

Zedd se encogió de hombros.

—A veces, un truco, si se ejecuta como es debido, puede ser más efectivo que la magia. De hecho, me atrevería a decir que un buen truco es verdadera magia.

—No obstante, sólo fue un truco.

—Resultados, Richard —replicó el mago, alzando un dedo—. Lo que importa son los resultados. Si lo hubiéramos solucionado a tu modo, todos esos hombres podrían haber perdido la cabeza.

—Apuesto a que muchos hubieran preferido perder la cabeza a lo otro —comentó el joven con una sonrisa burlona. Zedd se rió entre dientes—. ¿Eso es lo que teníamos que mirar y aprender? ¿Que un truco puede ser tan efectivo como la magia?

—Sí, pero también otra cosa más importante. Tal como he dicho, alguien movía los hilos desde la sombra: Rahl el Oscuro. Pero esta noche ha cometido un error, porque es un error no usar la fuerza suficiente para acabar un trabajo. Cuando esto ocurre, el enemigo tiene una segunda oportunidad. Ésta es la lección que quiero que aprendáis. Aprendedla bien; es posible que no tengáis una segunda oportunidad cuando llegue el momento.

—Me pregunto por qué lo hizo —dijo Richard ceñudo.

Zedd se encogió de hombros.

—No lo sé. Tal vez no cuenta aún con poder suficiente en la Tierra Occidental, pero en ese caso cometió otro error, pues nos ha puesto sobre aviso.

Los tres se dirigieron hacia la puerta. Quedaba mucho por hacer antes de poder echarse a dormir. Richard empezó a repasar mentalmente la lista, pero una extraña intuición lo distrajo.

De repente cayó en la cuenta y se quedó helado. Con los ojos muy abiertos lanzó un grito entrecortado, giró sobre sus talones y agarró a Zedd por la ropa.

—¡Tenemos que marcharnos! ¡Ahora mismo!

—¿Qué?

—¡Zedd! ¡Rahl el Oscuro no es estúpido! ¡Quiere que nos sintamos seguros, confiados! Sabía que somos lo suficientemente listos para quitarnos de encima a esos hombres, fuera como fuese. De hecho, esto es lo que quería, para que nos quedáramos sin hacer nada, felicitándonos, mientras él viene a por nosotros. Él no te teme, tú mismo has dicho que es más fuerte que un mago, no teme la espada y tampoco teme a Kahlan. ¡Ahora mismo viene hacia aquí! ¡Su plan es cazarnos a los tres juntos, ahora mismo, esta misma noche! No ha cometido ningún error; era parte de su plan. Tú mismo has dicho que a veces un truco es mejor que la magia. Esto es lo que Rahl ha hecho: ¡era un truco para distraernos!

Kahlan palideció.

—Zedd, Richard tiene razón. Así es como piensa Rahl, así actúa. Le gusta hacer las cosas de manera inesperada. Tenemos que marcharnos inmediatamente.

—¡Diantre! ¡He sido un viejo idiota! Tenéis razón; tenemos que irnos, pero no me marcharé sin mi roca. —Dicho esto, se dirigió presuroso a la parte trasera de la casa.

—¡Zedd, no hay tiempo!

Pero el anciano ya subía corriendo el cerro en la oscuridad, con la túnica y el cabello ondeando. Kahlan siguió a Richard al interior de la casa. Rahl había conseguido que se confiaran y se quedaran de brazos cruzados. No podía creer que hubiesen sido tan estúpidos como para subestimar a Rahl. Richard recogió rápidamente su mochila del lado de la chimenea y corrió hacia su alcoba, donde comprobó que aún llevaba el colmillo bajo la camisa. Después de asegurarse, regresó junto a la mujer llevando su capa para el bosque. La colocó sobre los hombros de Kahlan y echó una rápida ojeada a su alrededor para ver si podía coger cualquier otra cosa, pero no había tiempo para pensar, nada que mereciera poner en riesgo sus vidas, por lo que, con Kahlan del brazo, se encaminó a la puerta. Zedd ya había regresado y jadeaba de pie en la hierba, frente a la casa.

—¿Y la roca? —le preguntó Richard. Era imposible que el anciano mago lograra levantarla y mucho menos cargar con ella.

—En el bolsillo —repuso éste con una sonrisa. Richard no tenía tiempo para asombrarse. De pronto apareció el gato, que de algún modo percibía su apremio y se frotaba contra sus piernas. Zedd lo cogió en brazos—. No puedo dejarte aquí, Gato. Vienen problemas. —El mago abrió la mochila de Richard y metió dentro al animal.

El joven tenía una extraña sensación. Miró a su alrededor, escrutando la oscuridad, buscando algo fuera de lugar, algo oculto. No vio nada pero sentía unos ojos vigilantes.

—¿Qué pasa? —inquirió Kahlan al darse cuenta de que buscaba algo.

Aunque no podía ver nada, Richard notaba una mirada. Pero decidió que debía de ser fruto del miedo, por lo que respondió:

—Nada. Vámonos de aquí.

Richard guió a los otros dos por una zona escasamente poblada de árboles que conocía tan bien que podría orientarse por ella con los ojos vendados, hasta dar con la senda que conducía al sur. Avanzaban rápidamente en silencio, excepto Zedd, que de vez en cuando se reprochaba entre dientes lo estúpido que había sido. Al cabo de un rato, Kahlan le dijo que era demasiado duro con él mismo. Rahl los había engañado a todos, y también ella y Richard sentían el aguijón de la culpa; sin embargo, habían logrado escapar, y eso era lo único que importaba.

La trocha era fácil, casi un camino, y permitía que los tres anduvieran uno al lado del otro. Richard iba en el centro, Zedd a la izquierda y Kahlan a la derecha. El gato asomó la cabeza por la mochila de Richard y se dedicó a mirar alrededor. Desde que era un cachorro había viajado de ese modo y le encantaba. La luz de la luna iluminaba el camino. Richard distinguió varios pinos huecos que se alzaban hacia lo alto, pero sabía que no podían parar. Tenían que alejarse. La noche era fresca, pero él no sentía frío porque avanzaban a buen paso. Kahlan se arrebujó en la capa.

Transcurrida una media hora Zedd les indicó que se detuvieran. Entonces buscó algo entre sus ropas y sacó un puñado de polvo, que arrojó a la senda hacia atrás, por donde habían llegado. De la mano del mago brotaron destellos plateados que se desperdigaron por la senda y se perdieron en la oscuridad de sus espaldas. Al doblar un recodo, los destellos tintinearon y después desaparecieron de la vista.

—¿Qué ha sido eso? —preguntó Richard, poniéndose de nuevo en marcha.

—Sólo un poco de polvo mágico. Cubrirá nuestro rastro y Rahl no podrá seguirnos.

—Todavía le queda la nube.

—Sí, pero eso sólo le indica un área general. Si seguimos andando no le servirá de mucho. Únicamente podrá localizarte si nos detenemos, como en mi casa.

La senda que conducía al sur atravesaba una zona que ascendía hacia las colinas, con pinos que desprendían un aroma dulzón. En lo alto de una elevación todos se volvieron sobresaltados al percibir un estruendo. Allí en la distancia, más allá del oscuro bosque, vieron una inmensa columna de fuego. Las llamas amarillas y rojas salían disparadas hacia el cielo.

—Mi casa. Rahl el Oscuro está allí. —Zedd sonrió—. Y parece que está enojado.

—Lo siento, Zedd. —Kahlan intentó consolarlo poniéndole una mano en el hombro.

—No pasa nada, querida. No era más que una vieja casa. Podríamos haber sido nosotros.

—¿Sabes adónde nos dirigimos? —preguntó Kahlan a Richard al reemprender la marcha.

Súbitamente el joven se dio cuenta de que sí lo sabía. Y así lo hizo saber, sonriendo para sí mismo y satisfecho de decir la verdad.

Las tres figuras se internaron en las oscuras sombras de la senda, avanzando a través de la noche.

Sobre ellos dos enormes bestias aladas los vigilaban con ojos verdes hambrientos y brillantes. Luego se lanzaron desde gran altura en un picado silencioso. Con las alas pegadas a la espalda para adquirir más velocidad, se precipitaron sobre sus presas.

11

El gato los salvó. Asustado, maulló y saltó sobre la cabeza de Richard, haciendo que se agachara. No fue suficiente para que esquivara al gar, pero al menos no le dio de lleno. No obstante, las garras de la bestia le arañaron la espalda, y cayó de cara al suelo. Se quedó sin aliento y, sin darle oportunidad de recuperarse, el gar se abalanzó sobre él y con su peso le impidió respirar o asir la espada. Antes de caer había vislumbrado que otro gar lanzaba a Zedd hacia los árboles y se precipitaba sobre él.

El joven se preparó para soportar el dolor que sabía que llegaría. Pero antes de que el gar empezara a desgarrarlo, Kahlan comenzó a arrojarle piedras. Las piedras rebotaban en la cabeza del gar sin hacerle daño, pero lograron distraerlo momentáneamente. La bestia abrió mucho la boca y su rugido hendió el aire de la noche. Todavía mantenía a Richard inmovilizado, como un ratón atrapado bajo la zarpa de un gato. El joven se debatía con todas sus fuerzas para levantarse, y los pulmones estaban a punto de estallarle por falta de aire. Las moscas de sangre se cebaban en su cuello. Richard alargó un brazo hacia atrás y arrancó puñados de pelo mientras trataba de apartar el poderoso brazo de su espalda. Por el tamaño supuso que debía de tratarse de un gar de cola corta; era mucho mayor que el de cola larga que había visto con Kahlan. Tenía la espada debajo del cuerpo y se le clavaba dolorosamente en el abdomen, pero no la alcanzaba. El joven tenía la sensación de que las venas del cuello le iban a explotar.

Poco a poco empezaba a perder la conciencia. Continuaba debatiéndose, pero los gritos y los rugidos del gar eran cada vez más débiles. Una de las piedras que arrojó Kahlan estuvo a punto de darle a él. El gar alargó un brazo con una rapidez aterradora y atrapó a la mujer por el pelo. Al hacerlo desplazó un poco el peso, y Richard pudo dar unas boqueadas, aunque seguía sin poder moverse. Kahlan chilló.

El gato, todo dientes y uñas, salió de la nada y se lanzó contra la cara del gar. Maullaba furiosamente y trataba de arrancarle los ojos a zarpazos. Sosteniendo con un brazo a Kahlan, el gar alzó el otro, listo para destrozar al felino.

Ésa era la oportunidad que esperaba Richard; rodó a un lado y se puso en pie de un brinco, al tiempo que desenvainaba la espada. Kahlan volvió a chillar. El joven blandió el acero con furia y cercenó el brazo que la sujetaba. Kahlan cayó hacia atrás, libre. Aullando, el gar propinó a Richard un golpe de revés antes de que pudiera alzar de nuevo la espada. La fuerza del golpe lo lanzó despedido, y aterrizó de espaldas.

El joven se sentó. El mundo giraba a su alrededor. Ya no empuñaba la espada; había caído entre la maleza. El gar aullaba de dolor y de rabia en medio de la senda, y la sangre le manaba a borbotones del muñón. Sus relucientes ojos verdes buscaban frenéticamente el objeto de su odio, Richard, y se posaron en él. Éste no vio a Kahlan por ninguna parte.

A su derecha, entre los árboles, hubo un súbito y deslumbrador destello, que lo iluminó todo con una intensa luz blanca. El violento sonido de una explosión retumbó dolorosamente en sus oídos, al tiempo que la onda expansiva lo arrojaba a él contra un árbol y lanzaba al gar al suelo. Furiosas llamas se arremolinaban entre los huecos que dejaban los árboles. Gigantescas astillas y otros restos pasaban volando y dejaban tras ellos estelas de humo.

El gar se puso en pie con un aullido, y Richard empezó a buscar desesperadamente la espada. Medio cegado por la explosión, palpó el suelo con impaciencia. No obstante, veía lo suficiente para darse cuenta de que el gar se acercaba. Su cólera se inflamó, y asimismo percibió la cólera del arma. La magia de la espada llegó hasta él, invocada por su amo. El joven la fomentó, la llamó, la anheló. Allí estaba, al otro lado de la trocha. La percibía tan claramente como si pudiera verla. Sabía exactamente dónde se encontraba, como si la estuviera tocando. El joven cruzó la senda gateando.

A medio camino el gar le dio una patada; el joven empezó a ver cosas que pasaban ante él, aunque no entendía qué eran. Lo único que sabía con certeza era que cada respiración le causaba un intenso dolor en el costado izquierdo. No sabía dónde estaba la trocha. Las moscas de sangre se lanzaban contra su rostro. Estaba completamente desorientado, pero todavía sabía dónde estaba la *Espada de la Verdad*.

Se lanzó hacia ella.

Durante un instante sus dedos la tocaron. Durante un instante le pareció ver a Zedd. Pero entonces el gar lo atrapó. Lo cogió del brazo derecho y lo envolvió con sus repulsivas y cálidas alas, lo atrajo hacia sí y lo sostuvo en vilo. El joven gritó por el dolor que sentía en las costillas del lado izquierdo. Los ardientes ojos verdes de la bestia taladraron los suyos, y su gigantesca boca se cerró con un chasquido, anunciando su destino. Las inmensas fauces se abrieron para devorarlo, lanzándole a la cara su fétido aliento, y su oscura garganta esperó. A la luz de la luna los colmillos del gar relucían.

Haciendo acopio de todas sus fuerzas, Richard golpeó el muñón del gar con la bota. La bestia echó la cabeza hacia atrás, aulló de dolor y lo dejó caer.

Zedd apareció al borde de los árboles, a unos diez metros por detrás del gar. Richard, de rodillas, cogió la espada. Zedd extendió los brazos y los dedos. De las yemas brotó fuego, fuego mágico que avanzó por el aire crepitando. El fuego crecía y se agitaba, iluminándolo todo y convirtiéndose en una bola de fuego líquido azul y amarillo, que ululaba y se expandía a medida que se acercaba; estaba viva. La bola se estrelló contra la espalda del gar con un ruido sordo, y la gigantesca bestia se perfiló contra la luz. En un abrir y cerrar de ojos las llamas azules y amarillas envolvían al gar y se alimentaban de él. Las moscas de sangre ardieron y desaparecieron. El fuego chisporroteaba y prendía en todas las partes de la bestia, consumiéndola. Finalmente el gar desapareció en el calor azul. El fuego se arremolinó un momento más e inmediatamente después se extinguió. En el aire quedó flotando el olor de pelo quemado y una humareda neblinosa. La noche recuperó súbitamente la calma.

Richard se desplomó, exhausto y dolorido. Los desgarros que tenía en la espalda estaban sucios de tierra y gravilla, y el dolor que sentía en el costado izquierdo lo atormentaba cada vez que respiraba. Lo único que quería era quedarse allí tumbado, nada más. Aún empuñaba la espada. El joven dejó que el poder del arma fluyera por él para darle fuerzas. Con la furia de la espada esperaba poder superar el dolor.

El gato le lamió la cara con su lengua rugosa y le acarició la mejilla con la parte superior de la cabeza.

—Gracias, Gato —logró decir. Zedd y Kahlan aparecieron sobre él. Ambos se inclinaron para cogerlo de los brazos y ayudarlo a ponerse en pie.

—¡No! Vais a hacerme daño. Dejad que me levante solo.

—¿Qué te pasa? —inquirió Zedd.

—El gar me pateó el lado izquierdo, y duele.

—Deja que eche un vistazo. —El anciano se arrodilló y le palpó las costillas. Richard se estremeció de dolor—. Bueno, no noto ningún hueso que sobresalga. No puede ser tan grave.

Richard trató de aguantarse las ganas de reír, pues sabía que le dolería. No se equivocaba.

—Zedd, eso no fue un truco. Esta vez fue magia.

—Sí, esta vez fue magia —confirmó el mago—. Pero tal vez Rahl el Oscuro también lo vio, si es que estaba mirando. Tenemos que marcharnos. Quédate quieto. Veré si puedo hacer algo.

Kahlan se arrodilló al otro lado y le cogió una mano, la mano que sostenía la espada y la magia, entre las suyas. Cuando la mano de la mujer lo tocó, el joven sintió una descarga de poder en la espada que lo sobresaltó y estuvo a punto de dejarlo sin respiración. Sentía que la magia lo estaba avisando y trataba de protegerlo.

Kahlan le sonreía. Ella no había notado nada.

Zedd colocó una mano sobre las costillas de Richard y un dedo bajo el mentón. A continuación empezó a hablar con voz suave, calmada, tranquilizadora. Mientras lo escuchaba, Richard trató de olvidarse de la reacción de la espada cuando Kahlan le había tocado la mano que la empuñaba. Su viejo amigo le dijo que tenía tres costillas malheridas y que iba a realizar un hechizo para reforzarlas y protegerlas hasta que sanaran. El anciano continuó hablando con aquella voz, diciendo a Richard que sentiría menos dolor, pero que no desaparecería del todo hasta que las costillas sanaran. Dijo más cosas, pero las palabras parecían no tener importancia. Al acabar, Richard se sintió como si acabara de despertar.

Se sentó erguido. El dolor era mucho menor. Dio las gracias a su viejo amigo y se puso en pie. Entonces envainó la espada, cogió al gato y volvió a darle las gracias. Tendió el gato a Kahlan para que ésta lo sostuviera mientras él buscaba la mochila. La encontró cerca de la senda, adonde había ido a parar durante la lucha. Las heridas de la espalda aún le dolían pero ya se preocuparía por eso cuando llegaran a su destino. Aprovechando que los otros dos no miraban, se quitó el colgante del colmillo y se lo metió en un bolsillo.

Entonces les preguntó si estaban heridos, y Zedd se lo tomó a mal. El anciano insistió en que no era tan frágil como parecía. En cuanto a Kahlan, ésta le aseguró que se encontraba perfectamente, gracias a él. Richard comentó que esperaba no tener que competir nunca contra ella en un concurso de lanzamiento de piedras. La mujer le dirigió una amplia sonrisa mientras ponía a Gato en la mochila del joven. El joven la observó mientras recogía la capa del suelo y se la ponía sobre los hombros, preguntándose por qué la magia de la espada habría reaccionado de ese modo cuando le había tocado la mano.

—Será mejor que nos vayamos —les recordó Zedd.

Un kilómetro y medio más adelante varios senderos más estrechos se cruzaban con el suyo. Richard los guió por uno de ellos. El mago esparció más polvo mágico para borrar el rastro. Ahora la senda era más estrecha, por lo que debían andar en fila india, con Richard en cabeza, Kahlan en medio y Zedd en la retaguardia. Los tres vigilaban el cielo con aire receloso mientras avanzaban. Y, pese a resultar muy incómodo, Richard no separaba la mano de la empuñadura de la espada.

A la luz de la luna, las sombras dibujaban formas cambiantes en la pesada puerta de roble y en los goznes de hierro, y el viento inclinaba las ramas hacia la casa. Kahlan y Zedd no quisieron escalar la verja rematada con pinchos, por lo que Richard los dejó esperando al otro lado. Cuando empezaba a alzar el brazo para llamar a la puerta, un gran puño lo agarró por el pelo y un cuchillo le amenazó la garganta. El joven se quedó paralizado.

—¿Chase? —susurró esperanzadamente.

—¡Richard! —La mano le soltó el pelo—. ¿Qué haces merodeando de este modo en plena noche? Ya deberías saber que no es buena idea entrar a hurtadillas en mi casa.

—No entraba a hurtadillas. Pero no quería despertaros a todos.

—Estás cubierto de sangre. ¿Es toda tuya?

—La mayoría, por desgracia. Chase, ve a abrir la verja. Kahlan y Zedd esperan fuera. Te necesitamos.

Chase fue a abrir la verja, maldiciendo y pisando ramitas y bellotas con los pies desnudos, y los hizo entrar a todos en la casa.

Emma Marcafierro, la esposa de Chase, era una mujer amable y simpática que siempre tenía una sonrisa en los labios. Ella y Chase parecían ser la cara y la cruz; mientras que a Emma le daba mucha pena saber que había intimidado a alguien, Chase no sentía que su día estuviera completo sin hacerlo. Pero en algo eran iguales: nada parecía sorprenderlos ni ponerlos nerviosos. Pese a lo avanzado de la hora Emma se mostraba tan serena como siempre vestida con un largo camisón blanco y con el cabello, en el que ya apuntaban unos mechones grises, recogido atrás. Mientras ella preparaba té, los demás se sentaron a la mesa. La mujer sonreía, como si fuera lo más normal del mundo recibir visitantes cubiertos de sangre en plena noche. Aunque con Chase solía ocurrir.

Richard colgó su mochila en el respaldo de la silla, sacó el gato y se lo tendió a Kahlan. Ésta lo acomodó en su regazo y empezó a acariciarle el lomo, ante lo cual el animal ronroneó. Zedd se sentó enfrente. Chase cubrió su corpulento pecho con una camisa y encendió varios candiles, que colgó de las pesadas vigas de roble. Él mismo había talado los árboles, tallado las vigas y las había colocado en el techo. En una de ellas había grabado los nombres de sus hijos. Detrás de su silla había un hogar construido con piedras que él mismo había ido recogiendo durante años en sus viajes. Cada piedra tenía una particular forma, color y textura. Al guardián le gustaba contar a cualquiera que estuviera dispuesto a escucharlo de dónde procedía cada piedra y qué problemas había tenido para llevársela. En el centro de la sólida mesa de madera de pino había un simple cuenco de madera con manzanas.

Emma retiró el cuenco, colocó en el centro de la mesa un recipiente con té caliente y un bote de miel, y repartió tazones. Entonces dijo a Richard que se quitara la camisa y que girara la silla para poderle limpiar las heridas. Ya tenía práctica en ello. Con un cepillo de cerdas duras y agua jabonosa le frotó la espalda con la misma energía que si estuviera fregando una tetera sucia.

Richard se mordió el labio inferior, cerró los ojos con fuerza por el dolor que sentía y, a ratos, contenía la respiración. Emma se disculpó por el daño que le causaba, pero dijo que tenía que quitarle toda la porquería de las heridas o después sería peor. Cuando acabó, le secó la espalda dándole golpecitos con una toalla y le aplicó un ungüento frío, mientras Chase le daba una camisa limpia. Richard se alegró de ponérsela, pues simbólicamente lo protegía de futuras atenciones de Emma.

Ésta sonrió a sus tres invitados y les preguntó:

—¿Queréis comer algo?

Zedd levantó una mano.

—Bueno, a mí no me importaría... —Kahlan y Richard lo fulminaron con la mirada, y el mago se encogió en la silla—. No, gracias. No queremos nada.

Emma se colocó de pie detrás de Chase y le fue peinando el cabello cariñosamente con los dedos. Era evidente que el guardián estaba pasando un mal rato, pues apenas podía tolerar la exhibición pública de sentimientos de su mujer. Finalmente se inclinó hacia adelante y usó la excusa de servir el té para ponerle fin. Con el entrecejo fruncido empujó el tarro de miel al otro lado de la mesa.

—Richard, durante todo el tiempo que te conozco has mostrado poseer un talento especial para no meterte en líos —comentó—. Pero últimamente parece que lo estás perdiendo.

Antes de que el joven pudiera replicar, Lee, una de las hijas de Chase, apareció en el umbral frotándose soñolienta los ojos con los puños. Chase puso mala cara, y la pequeña hizo un mohín.

—Debes de ser la niña más fea que he visto en mi vida —dijo Chase con un suspiro.

El mohín se convirtió en una sonrisa radiante. Lee corrió hacia su padre, le rodeó una pierna con los brazos, apoyó la cabeza en su rodilla y se abrazó con fuerza. Chase le alborotó el pelo.

—Vamos, pequeña, vuélvete a la cama.

—Espera —intervino Zedd—. Lee, ven aquí. —La niña dio la vuelta a la mesa—. Mi viejo gato se queja de que no tiene niños con quienes jugar. —Lee miró a hurtadillas el regazo de Kahlan—. ¿Conoces algún niño con el que pueda jugar?

—¡Podría quedarse aquí y jugar con nosotros! —exclamó la niña con los ojos muy abiertos.

—¿De veras? Bueno, en ese caso creo que se quedará un tiempo.

—Muy bien, Lee, ahora a la cama —ordenó su madre.

Richard miró a Emma y preguntó:

—Emma, ¿podrías hacerme un favor? ¿Tienes alguna ropa de viaje que puedas prestar a Kahlan?

La aludida observó a Kahlan.

—Bueno, tiene los hombros más anchos que yo y las piernas más largas, pero supongo que le quedaría bien algo de mis hijas mayores. —Dirigió a Kahlan una cálida sonrisa y le tendió una mano—. Ven, querida, veamos qué podemos encontrar.

Kahlan entregó el gato a Lee y le cogió la otra mano.

—Espero que Gato no sea ninguna molestia. Insistirá en dormir en tu cama, contigo.

—Oh, no —contestó Lee muy seria—, no me molestará.

Cuando salieron de la habitación, Emma, muy sabiamente, cerró la puerta.

—¿Y bien? —inquirió Chase tras beber un sorbo de té.

—Bueno, ¿sabes la conspiración de la que hablaba mi hermano? Pues es peor de lo que se imagina.

—¿Ah, sí? —Chase no quería comprometerse.

Richard sacó la *Espada de la Verdad* de la vaina y la colocó sobre la mesa, entre ellos. La bruñida hoja relucía. Chase se inclinó hacia adelante, apoyó los codos en el tablero y levantó la espada con las yemas de los dedos. A continuación le dio vueltas sobre las palmas al tiempo que la examinaba atentamente, pasaba los dedos por encima de la palabra *Verdad* grabada en la empuñadura y reseguía la ranura, a ambos lados de la hoja. El hombre tan sólo mostró una curiosidad moderada.

—No es fuera de lo común poner nombre a una espada, pero normalmente el nombre se graba en la hoja. Es la primera vez que lo veo en la empuñadura. —Chase esperaba que alguien dijera algo trascendental.

—Chase, no es la primera vez que ves esta espada —le reprendió Richard—. Ya sabes qué es.

—Sí, la había visto antes, pero nunca tan de cerca. —El guardián posó en Richard sus ojos de mirada oscura e intensa—. La cuestión es qué estás haciendo tú con ella.

—Me la dio un mago noble y poderoso —contestó Richard, devolviéndole la mirada.

Chase frunció el entrecejo con gesto grave, y miró a Zedd.

—¿Qué tienes tú que ver en esto, Zedd?

El mago se inclinó hacia él con una leve sonrisa en los labios.

—Yo soy quien se la dio.

—Alabados sean los espíritus —susurró Chase al tiempo que se apoyaba en el respaldo de la silla y sacudía lentamente la cabeza—. Un Buscador auténtico. Al fin.

—No tenemos mucho tiempo —dijo Richard—. Necesito información sobre el Límite.

El guardián lanzó un hondo suspiro mientras se levantaba y se dirigía al hogar. Apoyó un brazo en la repisa de la chimenea y clavó los ojos en las llamas. Richard y Zedd esperaron mientras el hombretón raspaba la basta madera de la repisa, como si estuviera eligiendo las palabras.

—Richard, ¿sabes en qué consiste mi trabajo?

—En mantener a la gente alejada del Límite, por su propio bien —contestó el joven, encogiéndose de hombros.

Chase sacudió la cabeza.

—¿Sabes cómo nos desembarazamos de los lobos? —preguntó.

—Supongo que vais al bosque y los cazáis.

El guardián del Límite volvió a negar con la cabeza.

—Así acabaríamos con unos pocos pero nacerían más y, al final, tendríamos tantos como al principio. Para disminuir de verdad la población de lobos lo que hay que hacer es cazar su comida, por ejemplo conejos. Es más sencillo. Si hay menos comida, nacen menos loboznos y, por tanto, hay menos lobos adultos. Eso es lo que hago: cazo conejos.

Richard se estremeció.

—La mayoría de la gente no entiende qué es el Límite ni lo que hacemos. Piensan que simplemente imponemos una ley estúpida. Otros le tienen miedo, sobre todo la gente mayor. Y muchos otros creen que son los más listos y suben hasta allí para practicar la caza furtiva. Como el Límite no los asusta, hacemos que nos teman a nosotros, a los guardianes. Nosotros les parecemos una amenaza real y procuramos que siga siendo así. Aunque no les guste se mantienen alejados porque nos temen. Unos pocos se lo toman como un juego; ver si pueden burlarnos. Sabemos que no podemos atraparlos a todos y tampoco nos importa. Lo que sí importa es asustar a un número suficiente de personas.

»Los guardianes no protegemos a la gente impidiendo que vayan al

Límite. Quien sea tan estúpido para hacerlo ya se apañará. Nuestro trabajo es que la mayoría no se acerque e impedir que el Límite se haga más fuerte, ya que entonces las cosas que moran en él saldrían y atacarían a todo el mundo. Todos los guardianes hemos visto las cosas que han quedado sueltas. Nosotros entendemos; otros no. Últimamente cada vez más cosas andan sueltas. Es posible que el gobierno de tu hermano nos pague, pero tampoco nos entiende; nosotros no debemos lealtad a los gobernantes ni a ninguna norma ni ley. Nuestro único deber es proteger a la gente de las cosas que salen de la oscuridad. Los guardianes nos consideramos soberanos; aceptamos las órdenes cuando no entorpecen nuestro trabajo. Así nos ahorramos fricciones. Pero si llega el momento, bueno, serviremos a nuestra propia causa, acataremos nuestras propias órdenes.

El guardián volvió a sentarse a la mesa y se inclinó sobre los codos.

—En última instancia sólo estaríamos dispuestos a acatar las órdenes de una persona, porque nuestra causa es parte de la suya, que es más importante. Esa persona es el verdadero Buscador. —Chase cogió la espada con sus manazas y se la tendió a Richard, mirándolo a los ojos—. Juro lealtad al Buscador y dar la vida para defenderlo.

Richard se recostó, emocionado.

—Gracias, Chase. —Miró brevemente al mago y de inmediato volvió a posar los ojos en el guardián del Límite—. Ahora dinos qué está pasando, y luego yo te diré qué quiero de ti.

Richard y Zedd le pusieron al corriente. Richard quería que Chase lo supiera todo, que comprendiera que no podía haber medias tintas, que tenía que ser o victoria o muerte, no porque ellos lo quisieran así, sino porque Rahl el Oscuro no les dejaba otra opción. El guardián miró alternativamente a uno y a otro mientras hablaban, se hizo cargo de la gravedad de los hechos y arrugó el ceño al llegar a la parte de la magia del Destino. No fue necesario que lo convencieran de que era cierto; seguramente nunca sabrían todo lo que Chase había visto. El guardián hizo algunas preguntas y escuchó atentamente.

Cuando Zedd le contó lo que había hecho a quienes querían atacarlos, las carcajadas del guardián retumbaron en la habitación, y rió tanto que se le saltaron las lágrimas.

La puerta se abrió, y Kahlan y Emma avanzaron hacia la luz. Kahlan llevaba ropa de calidad para andar por el bosque: pantalones verde oscuros con un ancho cinturón, camisa color tostado, capa oscura y una buena mochila. Las botas y la bolsa del cinto eran suyas. Así vestida podía pasar por una mujer del bosque, aunque su cabello, su cara, su figura y, sobre todo, su porte revelaban que era más que eso.

Richard se la presentó a Chase con estas palabras:

—Mi guía.

El guardián enarcó una ceja.

Emma vio la espada y, por su expresión, Richard supo que también ella lo entendía. La mujer se colocó otra vez tras su marido, pero esta vez no le tocó el pelo sino que se limitó a ponerle una mano sobre el hombro para sentirse cerca de él. Emma comprendía que la visita nocturna significaba problemas. Richard envainó la espada, y Kahlan se sentó a su lado mientras él acababa de relatar lo sucedido esa noche. Al terminar todos se quedaron callados unos minutos.

—¿Qué puedo hacer para ayudarte, Richard? —preguntó al fin Chase.

—Dime dónde está el paso. —La voz de Richard era suave pero firme.

Inmediatamente Chase alzó las cejas y adoptó su vieja actitud defensiva:.

—¿Qué paso?

—El paso que cruza el Límite. Sé que existe, pero no sé exactamente dónde está y ahora no tengo tiempo para ponerme a buscar. —Richard no tenía tiempo que perder en juegos y sintió que se enfurecía.

—¿Quién te ha hablado de él?

—¡Chase! ¡Responde a mi pregunta!

—Con una sola condición. —El guardián sonrió apenas—. Yo iré contigo.

Richard pensó en los hijos de su amigo. Chase estaba acostumbrado al peligro pero esto era distinto.

—No es necesario —dijo al fin.

—Para mí sí —replicó el guardián, manteniéndole la mirada—. Es un lugar muy peligroso. Vosotros tres no sabéis en qué os estáis metiendo. No pienso enviar a nadie allí solo. Además, el Límite es responsabilidad mía. Sólo te diré dónde está el paso si voy contigo.

Todos esperaron mientras Richard meditaba la respuesta un momento. Chase no se estaba marcando un farol, y el tiempo apremiaba. No tenía elección.

—Chase, me sentiré honrado de que nos acompañes.

—Bien. —Chase golpeó la mesa con la mano—. El paso se conoce como Puerto Rey y se encuentra en un lugar inmundo llamado Refugio Sur. Está a tres o cuatro días a caballo por el camino del Buhonero. Es la manera más rápida de llegar. Dentro de unas pocas horas amanecerá, y los tres debéis dormir un poco. Emma y yo prepararemos las provisiones.

12

Le pareció que acababa de echarse cuando Emma lo despertó y lo condujo abajo para desayunar. El sol aún no había salido, y gran parte de la familia Marcafierro todavía dormía, aunque los gallos ya saludaban el nuevo día con sus cacareos. La boca se le hizo agua al oler los aromas de la cocina. Una Emma sonriente pero algo más abatida que la noche anterior le sirvió un abundante desayuno y le informó de que Chase ya había desayunado y se encontraba fuera cargando los caballos. Richard siempre había creído que Kahlan tenía un aspecto muy seductor con su inusual vestido, pero decidió que con sus nuevas ropas conservaba todo su atractivo. Mientras Emma y Kahlan charlaban sobre los niños, y Zedd se deshacía en cumplidos por la comida, Richard no dejaba de darle vueltas en la cabeza a lo que tenían por delante.

La cocina quedó un poco más oscura cuando la figura de Chase apareció en la entrada. Kahlan dio un respingo al verlo. El guardián llevaba una camisa de cota de malla encima de una túnica de cuero, pesados pantalones negros, botas y una capa. Metidos debajo de un ancho cinturón negro de piel con una gran hebilla plateada adornada con el emblema de los guardianes del Límite se veían unos guanteletes negros. Chase portaba las suficientes armas para equipar a un pequeño ejército. Un hombre corriente hubiera presentado un aspecto ridículo, sin embargo Chase asustaba. Era la imagen de una amenaza mortífera. Normalmente sus expresiones se limitaban a dos: una mirada de falso desinterés fruto de la ignorancia y el gesto de alguien que está a punto de participar en una carnicería. Para ese día había elegido la segunda.

Mientras salían Emma entregó a Zedd un hatillo.

—Pollo frío —explicó. El mago la recompensó con una amplia sonrisa y la besó en la frente. Kahlan la abrazó y le prometió que le devolvería la ropa. Richard se inclinó y también la abrazó cariñosamente.

—Ten cuidado —le susurró la mujer al oído. A continuación se despidió de su marido con un beso, que éste aceptó afablemente.

Chase entregó a Kahlan un cuchillo largo envainado, con la indicación de que no se separara de él. Richard le pidió prestado otro, pues el suyo se lo había olvidado en su casa. Los dedos del guardián no tuvieron dificultad para hallar la correa que buscaba entre las que sujetaban los fardos, la soltó y tendió al joven el cuchillo.

—¿Crees que vas a necesitar todo eso? —preguntó Kahlan, contemplando el arsenal de Chase.

—Si no lo llevo todo, seguro que sí —repuso el hombretón con una mueca.

El pequeño grupo, con Chase a la cabeza, seguido por Zedd, Kahlan y Richard a la retaguardia, avanzó a paso cómodo por el bosque del Corzo. Era una radiante mañana de otoño, algo fresca. Un halcón daba vueltas sobre sus cabezas en el cielo, lo que al inicio de un viaje era un signo de advertencia. Richard se dijo a sí mismo que la advertencia era totalmente innecesaria.

A media mañana ya habían dejado atrás el valle del Corzo y se habían internado en el Alto Ven, tomaron el camino del Buhonero al sur del lago Trunt y se dirigieron al sur. La nube en forma de serpiente los seguía lentamente. Richard se alegró de llevársela lejos de la casa de Chase y de sus hijos. Le preocupaba tener que viajar tan al sur para cruzar el Límite, pues el tiempo era oro, pero Chase había dicho que ése era el único paso que conocía.

El bosque de madera noble dio paso a grupos de pinos centenarios. Pasar entre ellos era como atravesar un cañón. Los troncos se elevaban hasta alturas vertiginosas antes de que las ramas se bifurcaran, y el joven se sentía muy pequeño avanzando por las profundas sombras que proyectaban los viejos árboles. Richard siempre se había sentido a sus anchas viajando. Solía hacerlo y esta vez, al pasar por lugares que le eran familiares, tenía la impresión de que era una caminata más. Pero no lo era. Se dirigían a lugares en los que nunca había estado, lugares peligrosos. Chase se mostraba preocupado y los había advertido. Sólo esto ya le daba mucho que pensar, pues Chase no era el tipo de hombre que se inquietara por nada. De hecho, Richard pensaba a menudo que debería preocuparse más.

El joven observó a los otros tres mientras cabalgaban: Chase, semejante a un espectro negro a lomos de su caballo, armado hasta los dientes, temido por aquellos a quienes protegía así como por aquellos a los que perseguía, pero que, por alguna razón, no inspiraba ningún temor a los niños; el menudo mago, delgado como un palo, de aire modesto, cabello blanco y ropa sencilla, con una leve sonrisa y satisfecho de no llevar más que un hatillo con pollo frito, pero poseedor de un fuego mágico y de quién sabía qué más; y Kahlan, valiente, decidida y poseedora de un poder secreto, a quien habían enviado para obligar a un mago a que designara al Buscador. Pese a que los tres eran amigos suyos, cada uno, a su manera, lo hacía sentirse incómodo. Se preguntó cuál de ellos era el más peligroso. Cierto que lo seguían sin hacer preguntas, pero al mismo tiempo lo guiaban. Los tres habían jurado defender al Buscador con sus vidas. No obstante, ningún miembro del pequeño grupo, ni juntos ni por separado, era rival para Rahl el Oscuro. El suyo parecía un caso perdido.

Zedd ya había empezado a devorar el pollo. De vez en cuando arrojaba un hueso por encima del hombro. Al rato se le ocurrió ofrecer a los demás. Chase declinó, pues no cesaba de vigilar el camino, prestando especial atención al lado izquierdo, el del Límite. Pero los otros dos aceptaron. El pollo había durado más de lo que Richard creyó. Cuando el camino se hizo más ancho colocó su caballo a la altura del de Kahlan y cabalgó al lado de la mujer. Ésta se quitó la capa, pues la temperatura había subido, y le dirigió aquella sonrisa especial que reservaba sólo para él.

De pronto Richard tuvo una idea.

—Zedd, ¿hay algo que un mago pueda hacer para quitarnos de encima esa nube?

El anciano miró hacia arriba con los ojos entrecerrados y a continuación echó una rápida mirada a Richard.

—Ya se me había ocurrido. Creo que puedo hacer algo, pero quería esperar hasta alejarnos un poco más de la casa de Chase. No quisiera conducir una partida hacia su familia.

A última hora de la tarde se toparon con una pareja de ancianos, gente del bosque que Chase conocía. El grupo detuvo las monturas, y el guardián los escuchó relajado sobre su caballo, con el cuero que crujía, repetir los rumores que habían oído sobre las cosas que provenían del Límite. Ahora Richard sabía que no eran simples rumores. Fiel a su costumbre, Chase trataba a la anciana pareja con respeto, pero era evidente que los asustaba. El guardián les aseguró que ya se estaba ocupando del asunto y les aconsejó que no salieran de su casa de noche.

Continuaron cabalgando hasta varias horas después de que oscureciera, montaron el campamento en un pinar y al día siguiente se pusieron en marcha antes de que el sol asomara por detrás de las montañas del Límite. Richard y Kahlan no podían reprimir los bostezos. El bosque empezaba a ralear, y cada vez iban encontrando más prados de hierba verde y brillante que olía dulcemente bajo la luz del sol. El camino que atravesaba el paisaje de colinas hacia el sur los apartó temporalmente de las montañas del Límite. De vez en cuando pasaban por delante de pequeñas granjas, y sus campesinos se ocultaban al ver a Chase.

El paisaje cada vez le resultaba menos familiar a Richard, quien raramente llegaba tan al sur. El joven se mantenía ojo avizor y tomaba nota de los puntos más sobresalientes que podían servirle de orientación. Después de consumir un almuerzo frío al cálido sol, el camino se fue desviando hacia las montañas, de modo que, al caer la tarde, estaban tan cerca del Límite que empezaron a encontrar restos grises de árboles muertos por efecto de la enredadera serpiente. Ni siquiera el sol conseguía penetrar en el denso bosque. Chase se comportaba de manera más distante y seria, y lo sometía todo a un atento escrutinio. Varias veces desmontó y condujo al caballo por el ronzal mientras examinaba el suelo e interpretaba las huellas.

Cruzaron un arroyo de aguas revueltas, frías y lodosas que bajaban de las montañas. Chase se detuvo y escudriñó las sombras desde la silla. Los demás esperaron, intercambiando miradas y posando los ojos en el Límite. Richard percibió en el aire el aroma putrefacto de la enredadera. Avanzaron un poco más tras el guardián hasta que éste desmontó y se agachó para estudiar el suelo. Al levantarse tendió las riendas de su caballo a Zedd, se volvió hacia los demás y dijo simplemente: «Esperad». Los tres lo vieron desaparecer entre los árboles y esperaron en silencio. El gran caballo de Kahlan se puso a mordisquear la hierba mientras se espantaba las moscas.

Chase regresó, poniéndose los guanteletes negros, y cogió las riendas de manos de Zedd.

—Quiero que vosotros tres sigáis adelante. No me esperéis, no os detengáis y no os apartéis del camino.

—¿Qué pasa? ¿Qué has encontrado? —quiso saber Richard.

Chase se volvió y le dirigió una sombría mirada.

—Los lobos se han dado un festín. Voy a enterrar lo que queda y después recorreré a campo traviesa la distancia entre el Límite y vosotros. Tengo que comprobar algo. Recordad lo que os he dicho: no os detengáis. No pongáis los caballos a galope pero hacedlos avanzar a buen paso, y estad alerta. Si os parece que tardo mucho en reunirme con vosotros, ni se os ocurra volver a buscarme. Sé lo que me hago, y vosotros no me encontraríais nunca. Os alcanzaré en cuanto pueda. Hasta entonces, seguid adelante y no os apartéis del camino.

El guardián montó, giró su caballo y espoleó. Los cascos del animal levantaban terrones de tierra.

—¡Vamos, moveos! —les gritó Chase por encima del hombro.

Mientras desaparecía entre los árboles Richard lo vio alargar una mano para empuñar una espada corta que le colgaba del hombro. Sabía que Chase había mentido; no iba a enterrar nada. Al joven no le gustaba dejar partir a su amigo solo, pero Chase se había pasado la mayor parte de la vida solo, patrullando cerca del Límite, y sabía qué hacía y lo que era necesario para protegerlos. No le quedaba más remedio que confiar en el buen juicio de su amigo.

—Ya lo habéis oído —dijo el Buscador—, en marcha.

A medida que avanzaban por el bosque lindante con el Límite los afloramientos rocosos se fueron haciendo más grandes y obligaban al camino a dibujar eses. Los árboles eran tan densos que la luz del sol no conseguía llegar al suelo de la silenciosa floresta, y el camino se convirtió en un túnel que atravesaba la espesura. A Richard le inquietaba aquella sensación de opresión y mientras las monturas avanzaban a buen paso no perdía de vista las profundas sombras a su izquierda. Había ramas colgando en medio de la senda, que los obligaban a agacharse para pasar. El joven no podía ni imaginarse cómo se las arreglaba Chase para viajar por un bosque tan espeso.

Cuando el camino se ensanchó un poco Richard cabalgó a la izquierda de Kahlan, para situarse entre ella y el Límite. El joven agarraba las riendas con la siniestra para tener libre la derecha y poder empuñar la espada. La mujer se cubría con la capa, pero Richard vio que mantenía una mano cerca del cuchillo.

De su izquierda, allá a lo lejos, les llegó el sonido de unos aullidos, como de una manada de lobos, sólo que no eran lobos. Era alguna cosa del Límite.

Los tres volvieron bruscamente la cabeza hacia el sonido. Los caballos estaban aterrorizados y querían echar a correr. Los hombres y la mujer tenían que irlos frenando y, al mismo tiempo, darles suficiente rienda suelta para trotar. Richard comprendía cómo se sentían los animales; también él sentía tentaciones de ponerlos al galope, pero Chase había dicho que no les permitieran correr. Debía de tener una razón, por lo que ellos refrenaban las monturas. Cuando a los aullidos se sumaron gritos espeluznantes que les pusieron a todos los pelos de punta, fue más difícil impedir que los caballos se desbocaran. Los gritos eran chillidos desesperados que transmitían la urgencia y la necesidad de matar. Los caballos siguieron trotando casi una hora pero los chillidos parecían perseguirlos. No podían hacer otra cosa que continuar y escuchar los sonidos de las bestias del Límite.

Cuando ya no pudo soportarlo por más tiempo, Richard detuvo su caballo y escrutó el bosque. Chase estaba allí, solo con esas bestias. No podía tolerar que su amigo les hiciera frente en solitario. Tenía que ayudarlo.

—No podemos parar, Richard —le dijo Zedd.

—Tal vez está en un apuro. No podemos permitir que haga esto solo.

—Es su trabajo; deja que lo haga.

—¡Ahora mismo no es un guardián del Límite, sino que nos está conduciendo al paso!

El mago retrocedió con su caballo y habló suavemente:

—Éste es su trabajo ahora, Richard. Ha jurado defenderte con su vida. Y esto es lo que hace al asegurarse de que llegues al paso. Tienes que meterte algo en la cabeza: tu misión como Buscador es más importante que la vida de un hombre, y Chase lo sabe. Por eso dijo que no volviéramos a buscarlo.

—¿Esperas que permita que un amigo mío muera sin que intente impedirlo? —La voz del joven reflejaba incredulidad. Los chillidos se acercaban.

—¡Espero que no mueras en vano!

Richard miró a su amigo fijamente.

—Pero quizá pueda evitarlo.

—Y quizá no. —Los caballos piafaban, nerviosos.

—Zedd tiene razón —intervino Kahlan—. Volviendo a por Chase no demostrarías tu valor, pero siguiendo adelante pese a que deseas ayudarlo, sí.

Richard sabía que Zedd y Kahlan estaban en lo cierto, pero odiaba admitirlo.

—¡Es posible que un día tú te encuentres en la misma situación! ¿Qué querrías que hiciera? —espetó a la mujer.

—Querría que siguieras adelante —repuso ésta sin alterarse.

El joven le lanzó una mirada iracunda sin saber qué decir. Los chillidos en el bosque se aproximaban. Kahlan mostraba una faz impasible.

—Richard, Chase hace esto sin parar. No le pasará nada —trató de tranquilizarlo Zedd—. No me extrañaría que se lo estuviera pasando en grande. Más tarde tendrá una buena historia que contar y quizás haya algo de verdad en ella. Ya sabes cómo es.

Richard estaba enfadado con ellos dos y consigo mismo. No quería seguir hablando. Espoleó al caballo para que se pusiera en cabeza. Zedd y Kahlan respetaron su silencio y permitieron que su caballo se adelantara. Al joven le enfurecía que Kahlan pensara que él fuera capaz de abandonarla en una situación como ésa. Ella no era una guardiana del

Límite. No le gustaba pensar que a lo mejor sólo podía salvarlos permitiendo que los mataran. Era absurdo. Al menos, él quería que fuese absurdo.

El joven trató de hacer oídos sordos a los chillidos y aullidos que procedían del bosque. Poco a poco los fueron dejando atrás. El bosque parecía muerto, sin pájaros, conejos ni siquiera ratones, sólo árboles retorcidos, matorrales espinosos y sombras. Richard aguzó el oído para asegurarse de que Zedd y Kahlan lo seguían. No quería volverse y mirar; no quería encararse con ellos. Al rato se dio cuenta de que los aullidos habían cesado, y se preguntó si sería una buena señal.

Richard tenía ganas de disculparse, de decirles que simplemente temía por la vida de su amigo, pero no podía. Se sentía impotente. No dejaba de repetirse que a Chase no le pasaría nada malo, que era el jefe de los guardianes del Límite, que no era estúpido y que no se metería en ninguna situación que no pudiera manejar. El joven se preguntó si había alguna situación que Chase no pudiera manejar. También se preguntó si sería capaz de decírselo a Emma si algo le pasaba a su marido.

Se estaba dejando llevar por la imaginación. Chase se encontraba perfectamente. Y no sólo eso, sino que se enfadaría mucho con él por albergar tales pensamientos, por dudar de él.

Se preguntó si Chase los alcanzaría antes de que anocheciera. ¿Debían detenerse a pasar la noche si no era así? No. Chase había recalcado que no se detuvieran. Tendrían que seguir cabalgando toda la noche, si era necesario, hasta que se reuniera con ellos. Richard tenía la sensación de que las montañas los acechaban, listas para saltar sobre ellos. No creía haber estado nunca tan cerca del Límite.

Por preocupado que estuviera por Chase, su furia se desvaneció. Se volvió para mirar a Kahlan. La mujer le dirigió una cálida sonrisa, que él devolvió, sintiéndose mejor. El joven trató de imaginarse cómo debía de haber sido el bosque antes de que tantos árboles murieran. Tal vez era un lugar hermoso, verde, acogedor, seguro. Tal vez su padre pasó por allí al cruzar el Límite, quizá recorrió ese mismo camino con el libro.

Richard se preguntó si todos los árboles cercanos al otro Límite murieron antes de que éste cayera. Quizá deberían esperar sentados hasta que éste también desapareciera y después cruzar. Quizá no era necesario desviarse tanto al sur, hasta el Puerto Rey. Pero ¿por qué pensaba que ir al sur era desviarse? No sabía adónde ir una vez estuviera en la Tierra Central, así que, ¿qué más daba un sitio que otro? La caja que buscaban podría estar en el sur o en el norte.

El bosque era cada vez más lúgubre. Hacía ya un par de horas que

Richard no veía el sol pero estaba seguro de que pronto se pondría. La idea de viajar por el bosque de noche no era muy atractiva, pero aún sería peor dormir en él. El joven se aseguró de que sus amigos lo seguían de cerca.

La quietud del atardecer fue rota por el sonido del agua, que poco a poco se fue haciendo más intenso. Un poco más adelante toparon con un riachuelo que contaba con un puente de madera. Justo antes de cruzarlo, Richard se detuvo. El puente le daba mala espina; tenía la inexplicable sensación de que algo iba mal. Nunca estaba de más ser precavido. Dirigió el caballo hacia el lecho y echó un vistazo a la construcción, por debajo. Unos anillos de hierro aseguraban las vigas de apoyo a unos bloques de granito, sin embargo los pernos habían desaparecido.

—Alguien ha manipulado el puente. Aguantará el peso de un hombre, pero no el de un caballo. Parece que tendremos que mojarnos.

—Yo no quiero mojarme —rezongó Zedd.

—Bueno, ¿se te ocurre algo mejor? —inquirió Richard.

Con los dedos índice y pulgar Zedd se acarició ambos lados de su liso mentón.

—Pues sí —anunció—. Vosotros cruzad, que yo aguantaré el puente. —Richard lo miró como si pensara que el mago se había vuelto loco—. Vamos, vamos, no os pasará nada.

Zedd, muy erguido en la silla, tendió ambos brazos a los lados con las palmas hacia arriba, y la cabeza inclinada hacia atrás. Entonces respiró hondo y cerró los ojos. De mala gana los otros dos cruzaron el puente con cuidado. Al llegar al otro lado dieron la vuelta a las monturas y observaron a Zedd. Su caballo se puso en marcha por sí solo. El mago seguía con la cabeza hacia atrás y los ojos cerrados. Cuando se reunió con sus amigos bajó los brazos y los miró. Richard y Kahlan no apartaban los ojos de él.

—Tal vez estaba equivocado —dijo Richard—. Tal vez el puente sí podía soportar el peso.

—Es posible —repuso Zedd, risueño. Sin mirar atrás hizo chasquear los dedos, y el puente se derrumbó con estrépito. las vigas gruñeron mientras se separaban violentamente unas de otras en la corriente, y ésta las arrastró—. Aunque también es posible que estuvieras en lo cierto. No podía dejarlo tal como estaba; alguien podría haber intentado cruzar.

—Algún día, amigo mío —comentó Richard sacudiendo la cabeza—, algún día nos sentaremos y tendremos una larga charla. —Con estas palabras dio la vuelta al caballo y reemprendió la marcha. Zedd miró a Kahlan y se encogió de hombros. La mujer sonrió y, después de guiñarle un ojo, siguió a Richard.

Continuaron avanzando por la deprimente senda sin dejar ni un momento de vigilar el bosque. Richard se preguntó qué más sería capaz de hacer Zedd. El joven dejó que fuera su caballo el que encontrara el camino en la creciente oscuridad, mientras él se preguntaba cuánto tiempo más duraría ese mundo muerto, o si alguna vez el camino los alejaría de él. Con la noche el bosque cobró vida, y se oían extraños sonidos y raspaduras. El caballo gemía ante la presencia de seres invisibles. Richard le palmeó en el cuello para tranquilizarlo y escrutó el cielo en busca de gars. Era inútil; ni siquiera veía el cielo. Al menos, el dosel de ramas retorcidas y muertas evitaría que los gars los sorprendieran. Tal vez los seres que moraban en los árboles representaban una amenaza mayor que los gars. Richard no tenía ni idea de qué eran y tampoco estaba seguro de querer saberlo. El joven se dio cuenta de que el corazón le latía desbocado.

Una hora después, más o menos, percibió el sonido de algo que se abría paso por la maleza a su izquierda, todavía bastante lejos. Avanzaba rompiendo ramas. El joven puso al caballo a medio galope y se volvió para asegurarse de que Zedd y Kahlan lo seguían. Fuera lo que fuese, seguía avanzando en su dirección; no podrían dejarlo atrás; les saldría al paso. Quizás era Chase, pero quizá no.

Richard desenvainó la *Espada de la Verdad*, al tiempo que se inclinaba hacia adelante y oprimía los flancos del caballo con las piernas, apremiándolo. Todos sus músculos se pusieron tensos mientras el corcel galopaba por la senda. No sabía si Kahlan y Zedd lo seguían y, de hecho, no le importaba. Su mente se concentraba en tratar de penetrar la oscuridad que tenía delante para ver cualquier ser que pudiera atacarlo. Sentía una furia sin límites, y el calor y la necesidad crecían dentro de él. Galopaba con la mandíbula apretada, los instintos prestos a matar. El ruido de los cascos del caballo en el camino le impedía oír al ser que avanzaba por el bosque, pero sabía que estaba ahí y que se acercaba.

Entonces percibió una silueta negra que se movía entre las siluetas apenas discernibles de los árboles. El ser irrumpió en la senda, a una decena de metros por delante. El joven alzó la espada y fue a por él imaginándose lo que iba a hacerle. El ser esperaba inmóvil.

En el último instante Richard se dio cuenta de que se trataba de Chase. El guardián tenía un brazo levantado, para detenerlo, y enarbolaba una maza.

—Me alegra comprobar que estás alerta —fue el saludo del guardián del Límite.

—¡Chase! ¡Me has dado un susto de muerte!

—También yo he llegado a asustarme. Seguidme y no os quedéis atrás —agregó cuando Kahlan y Zedd llegaron a su altura—. Richard, tú ve atrás y no guardes la espada.

Chase dio media vuelta al caballo y se lanzó al galope. Los demás lo siguieron. Richard no sabía si algo los perseguía. Chase no se comportaba como si la batalla fuera inminente, pero le había dicho que no guardara la espada. El joven lanzaba miradas recelosas a ambos lados. El grupo avanzaba con las cabezas gachas, para evitar topar con alguna rama baja. Era peligroso que los caballos corrieran de ese modo en la oscuridad, pero Chase ya lo sabía.

Al llegar a una bifurcación del camino, la primera de todo el día, el guardián de Límite tomó sin vacilar la senda de la derecha, la que se alejaba del Límite. Poco rato después salieron del bosque y, a la luz de la luna, vieron un paisaje de suaves lomas pobladas por unos pocos árboles. Chase frenó su montura y la puso al paso.

—¿De qué iba todo eso? —preguntó Richard, después de envainar la espada y ponerse a la altura de sus compañeros.

—Las bestias del Límite nos perseguían —repuso Chase, enganchando de nuevo la maza en el cinturón—. Cuando salieron del Límite a por vosotros, yo me encargué de aguarles la fiesta. Algunas regresaron, pero otras os continuaron siguiendo sin cruzar la frontera del Límite, donde estaban a salvo de mí. Por eso no quería que fueseis demasiado rápido, para poder seguiros por el bosque. De haberos perdido, ellas me hubieran adelantado y os hubieran atacado. Nos hemos alejado del Límite porque no quiero que sigan nuestro rastro esta noche. Es demasiado peligroso viajar tan cerca del Límite de noche. Acampemos en una de esas colinas de ahí. Por cierto —añadió, volviéndose hacia Richard—, ¿por qué te paraste? Te dije que no lo hicieras.

—Estaba preocupado por ti. Oí los aullidos y quería volver para ayudarte. Zedd y Kahlan me convencieron de que no lo hiciera. —Richard pensó que Chase se enfadaría, pero no fue así.

—Gracias, pero no vuelvas a hacerlo. Mientras estabais parados, decidiendo qué hacer, casi os atrapan. Zedd y Kahlan tenían razón. La próxima vez no discutas con ellos.

Richard sintió que las orejas le ardían. Sabía que se había equivocado, pero esto no hacía que se sintiera mejor por dejar en la estacada a un amigo.

—Chase, dijiste que los lobos habían atrapado a alguien, ¿era cierto? —preguntó Kahlan.

—Sí —respondió el guardián. A la luz de la luna su rostro adoptó una expresión de frialdad pétrea—. Uno de mis hombres. No sé cuál. —Chase se volvió de nuevo hacia el camino y cabalgó en silencio.

Acamparon en una alta colina, desde la que podrían divisar cualquier ser que se aproximara. Chase y Zedd se ocuparon de los caballos, mientras Richard y Kahlan encendían fuego, sacaban de las mochilas pan, queso y fruta seca, y con estos ingredientes cocinaban un guiso. Kahlan ayudó a Richard a buscar leña seca entre los escasos árboles y después a llevarla al campamento. El joven comentó que hacían un buen equipo. La mujer sonrió levemente y se volvió, pero él la cogió por el brazo y la obligó a mirarlo.

—Kahlan, si hubieras sido tú, hubiese vuelto a buscarte —dijo, queriendo decir más de lo que expresaban estas palabras.

—Por favor, Richard —le rogó la mujer, observando sus ojos—, ni siquiera lo digas. —Suavemente se desasió y regresó al campamento.

Cuando los otros dos, después de atender a los caballos, se acercaron al fuego, Richard reparó en que la vaina que Chase llevaba colgada a la espalda estaba vacía; la espada corta había desaparecido, al igual que una de las hachas de guerra y varios cuchillos largos. Sin embargo, el guardián no estaba indefenso, ni mucho menos.

La maza que le colgaba del cinto estaba completamente cubierta de sangre, al igual que los guanteletes, y todo él se veía salpicado. Sin hacer ningún comentario, sacó un cuchillo, arrancó un colmillo de unos siete centímetros de la maza, donde estaba alojado, y lo arrojó por encima del hombro a la oscuridad. Después de limpiarse la sangre de las manos y de la cara, se sentó frente al fuego con los demás.

—Chase, ¿qué nos perseguía? —le preguntó Richard, al tiempo que lanzaba una ramita a las llamas—. ¿Y cómo es posible que un ser entre y salga del Límite?

Chase cogió una hogaza de pan y partió más o menos un tercio. Entonces miró a Richard a los ojos.

—Se llaman canes corazón. Miden aproximadamente el doble que un lobo, tienen un pecho enorme y robusto, cabeza bastante plana y un gran hocico erizado de dientes. Son muy fieros. No sé de qué color son, pues suelen merodear por la noche, al menos así se comportaban hasta hoy. Y, de todos modos, en ese bosque está demasiado oscuro para poder decirlo. Tuve que emplearme a conciencia. Nunca había visto tantos reunidos.

—¿Por qué se llaman canes corazón?

Chase masticó un pedazo de pan con la mirada fija en el joven.

—Hay varias opiniones. Los canes corazón tienen orejas grandes y redondeadas, y un oído excelente. Algunos dicen que son capaces de localizar a una persona por los latidos del corazón. —Richard abrió mucho los ojos. Chase dio otro mordisco al pan y masticó—. Otros dicen que se llaman canes corazón porque así es como matan; lanzándose al pecho. La mayoría de los depredadores buscan la garganta, pero no así los canes corazón; ellos van directos al corazón de la presa, y se lo arrancan con sus grandes colmillos. También es lo primero que devoran. Si hay más de un can se disputan el corazón.

Zedd se sirvió un cuenco del guiso y después tendió el cucharón a Kahlan. Richard, aun a riesgo de perder el apetito, tenía que seguir preguntando:

—¿Y tú qué crees?

—Bueno —repuso Chase, encogiéndose de hombros—, nunca se me ha ocurrido quedarme quieto junto al Límite por la noche para averiguar si podían oír los latidos de mi corazón. —Dio otro mordisco al pan, y bajó los ojos al pecho mientras masticaba. Entonces se quitó la pesada cota de malla. Ésta presentaba dos desgarrones. En las anillas destrozadas se habían quedado enganchados fragmentos de colmillos amarillos. La túnica de piel que llevaba debajo estaba empapada con la sangre de los canes—. El que me hizo esto tenía mi espada corta clavada en el pecho, pero seguía atacando mi caballo. —El guardián miró de nuevo a Richard y enarcó una ceja—. ¿Responde esto a tu pregunta?

Al joven se le puso la carne de gallina. Pero tenía una pregunta más:

—¿Y qué me dices de que puedan entrar y salir del Límite?

Chase cogió el cuenco de guiso que Kahlan le ofrecía.

—Están relacionados con la magia del Límite; fueron creados con ella. Son, por así decirlo, sus perros guardianes. Pueden entrar y salir con impunidad. No obstante, están ligados a él y no pueden alejarse demasiado. Ahora que el Límite se está debilitando llegan cada vez más lejos. Por esta razón transitar por el camino del Buhonero es muy peligroso, pero por otra ruta tardaríamos una semana más hasta llegar a Puerto Rey. El atajo que hemos tomado es el único que se aparta del Límite hasta que lleguemos a Refugio Sur. Sabía que tenía que alcanzaros antes de que os lo pasarais, o hubiésemos tenido que pasar la noche allí, con ellos. Mañana a la luz del día, cuando sea más seguro, os mostraré cómo se está debilitando el Límite.

Richard asintió, y todos se sumieron en sus propios pensamientos.

—Son de color marrón claro —dijo Kahlan en voz baja. Todos se volvieron a mirarla. La mujer tenía los ojos clavados en el fuego—. Los canes corazón son de color marrón claro y tienen un pelaje corto, como el del lomo de un venado. Desde que el otro Límite cayó, se ven por todas partes en la Tierra Central. Ya nada los contiene y, enloquecidos por la falta de un propósito, se dejan ver incluso de día.

Los tres hombres se quedaron quietos, sopesando las palabras de la mujer. Incluso Zedd dejó de comer.

—Fantástico —murmuró Richard—. ¿Y qué otras sorpresas aún peores nos tiene preparada la Tierra Central?

Era una pregunta retórica; más una maldición fruto de la frustración. El fuego crepitaba y les calentaba el rostro. Los ojos de Kahlan estaban perdidos en un lugar muy lejano.

—Rahl el Oscuro —susurró.

13

Richard, sentado de espaldas al campamento y apoyado contra una fría roca, se arrebujó en la capa y miró hacia el Límite. El suave viento transportaba un aliento gélido. Chase le había asignado la primera guardia, Zedd haría la segunda y el guardián la tercera. Kahlan protestó al quedar dispensada, pero acabó por plegarse a los deseos de Chase.

La luz de la luna iluminaba el terreno abierto que lo separaba del límite, constituido por suaves colinas, unos pocos árboles y arroyuelos. Era un paisaje muy agradable, teniendo en cuenta su proximidad con el lúgubre bosque. Probablemente también el bosque había sido un lugar agradable antes de que Rahl el Oscuro pusiera las cajas en juego e iniciara la destrucción del Límite. Chase había dicho que no creía que los canes corazón se aventuraran tan lejos, pero, si se equivocaba, a Richard no lo cogerían desprevenido. El joven rozó la empuñadura de la espada para tranquilizarse, tocó la palabra *Verdad* y resiguió con aire ausente las letras en relieve, mientras escrutaba el cielo nocturno y se juraba que los gars no volverían a sorprenderlo. Se alegraba de que le hubiera correspondido la primera guardia, pues no tenía sueño. Estaba cansado, sí, pero no soñoliento. No obstante, bostezó.

Más allá de la enmarañada extensión de bosque, justo al borde de la oscuridad, se alzaban, como el espinazo de una negra bestia demasiado grande para esconderse, las montañas que formaban parte del Límite. Richard se preguntó qué tipo de criaturas podían estar vigilándolo desde esas negras fauces. Según Chase, las montañas del Límite se hacían más bajas hacia el sur y en el paso desaparecían por completo.

Inesperadamente, Kahlan, también arrebujada en la capa, surgió en silencio de la oscuridad y se arrimó a él buscando calor. No dijo nada; simplemente se sentó muy cerca. Unos mechones de su sedoso cabello rozaron un lado de la cara del joven. El mango del cuchillo de la mujer se le clavaba en el costado, pero no dijo nada por miedo a que se apartara. Quería que se quedara donde estaba.

—¿Duermen los otros? —preguntó Richard en voz baja, echando un vistazo. Kahlan asintió—. ¿Cómo lo sabes? —inquirió, ahora con una sonrisa—. Zedd duerme con los ojos abiertos.

—Todos los magos lo hacen —replicó la mujer, devolviéndole la sonrisa.

—¿De veras? Yo creía que sólo era Zedd.

Mientras acechaba el valle tratando de descubrir algún movimiento, el joven sintió la mirada de Kahlan sobre él.

—¿No tienes sueño? —preguntó mirándola. Kahlan estaba tan cerca que habló en un susurro.

La mujer se encogió de hombros. La leve brisa le echó a la cara unos mechones largos. Kahlan se los apartó. Las miradas de ambos quedaron prendidas.

—Quería pedirte perdón —dijo ella.

—¿Por qué? —Richard deseaba que la mujer apoyara la cabeza en su hombro, pero no lo hizo.

—Por lo que te dije antes; que no querría que volvieras a buscarme. No quiero que pienses que no aprecio tu amistad, porque la valoro mucho. Lo que pasa es que nuestro objetivo es más importante que ninguno de nosotros.

Richard supo que las palabras de Kahlan expresaban más de lo que decían, como las suyas unas horas antes. La miró a los ojos y sintió su aliento en el rostro.

—Kahlan, ¿tienes a alguien? Quiero decir alguien en casa que espere tu regreso. Un amor.

El joven sostuvo la mirada de ojos verdes de la mujer un largo rato. Ella no apartó la mirada, pero los ojos se le llenaron de lágrimas. Richard ansiaba rodeada con sus brazos y besarla.

Kahlan rozó suavemente la faz del joven con el dorso de sus dedos y se aclaró la garganta para contestar:

—No es tan simple, Richard.

—Sí lo es. O tienes a alguien o no lo tienes.

—Tengo obligaciones. —Por un momento pareció que iba a añadir algo, a contarle su secreto.

Se veía tan hermosa a la luz de la luna... pero no era sólo su aspecto sino su interior; todo, desde su inteligencia y coraje a su ingenio, además de aquella sonrisa especial que reservaba sólo para él. Por aquella sonrisa Richard era capaz de enfrentarse a un dragón, si es que existían. Sabía que para él, por muchos años que viviera, nunca habría otra. Prefería pasar el resto de su vida solo que con otra mujer. No habría nadie más.

Deseaba desesperadamente abrazarla, ansiaba probar sus dulces labios, pero, inexplicablemente, tenía la misma sensación que tuvo antes de cruzar el puente. Era una sensación de advertencia más fuerte que su deseo de besarla. Algo le decía que, si lo hacía, iría demasiado lejos. El joven recordó que la magia de la espada se encolerizó cuando Kahlan le tocó la mano que empuñaba el acero. Había estado en lo cierto respecto al puente, de modo que se abstuvo de rodearla con sus brazos.

—Chase ha dicho que los dos días siguientes serán muy duros —dijo Kahlan, desviando la mirada de los ojos de Richard y bajándola al suelo—. Creo que lo mejor será que intente dormir un poco.

Richard sabía que, fuera lo que fuese lo que pasara por la cabeza de Kahlan, él nada podía hacer; no podía obligarla. Era algo que tenía que resolver ella sola.

—También tienes una obligación conmigo —le dijo. La mujer frunció el entrecejo y le lanzó una mirada inquisitiva. Richard sonrió—. Prometiste ser mi guía, y vaya si vas a cumplirlo.

Kahlan sonrió a su vez y únicamente consiguió asentir; estaba demasiado próxima a las lágrimas para articular palabra. Se besó la yema de un dedo y la presionó contra la mejilla del joven, tras lo cual desapareció en la noche.

Richard se quedó sentado en la oscuridad tratando de tragar el nudo que sentía en la garganta. Mucho después de que la mujer se hubiera ido seguía sintiendo el roce de su dedo en la mejilla, su beso.

Reinaba tal quietud que Richard tenía la sensación de ser el único que permanecía despierto en todo el mundo. Las estrellas titilaban, como polvo mágico de Zedd paralizado, y la luna lo contemplaba en silencio. Ni siquiera los lobos aullaban. La soledad amenazaba con aplastarlo.

Se sorprendió deseando que algo atacara, aunque sólo fuera por tener otra cosa en la que pensar. Desenvainó la espada y, por hacer algo, sacó brillo a la refulgente hoja con una punta de la capa. La espada le pertenecía y, tal como le había dicho Zedd, podía usarla para lo que considerara conveniente. Tanto si a Kahlan le gustaba como si no, pensaba usarla para protegerla. Alguien la perseguía. Cualquier cosa que intentara tocarla, primero tendría que vérselas con él y su espada.

Pensar en quienes la perseguían —en las cuadrillas y en Rahl el Oscuro— inflamó su cólera. Ojalá atacaran en ese mismo instante, para así poder poner fin a la amenaza. Les tenía ganas. El corazón le latía con fuerza y apretaba las mandíbulas.

De pronto se dio cuenta de que la cólera de la espada le estaba enardeciendo. Una vez fuera de su vaina sólo pensar que algo amenazaba a Kahlan despertaba la furia de la espada y la suya propia. Richard se sobresaltó al considerar cómo ese sentimiento lo había embargado de manera tan seductora y sigilosa, sin hacerse notar. Era una simple cuestión de percepción, había dicho el mago. ¿Qué percibía la magia de la espada en él?

Richard devolvió la espada a su funda, apaciguó su cólera y sintió cómo la melancolía se apoderaba de nuevo de él al escrutar el campo y el cielo. Se puso en pie y caminó un poco, para aliviar los calambres en las piernas. Luego volvió a sentarse contra la roca, con un ánimo inconsolable.

Faltaba una hora para terminar la guardia cuando oyó unas suaves pisadas que reconoció. Era Zedd, con sendos pedazos de queso en las manos y ataviado simplemente con la túnica, sin capa.

—¿Qué haces levantado? Aún no te toca hacer la guardia.

—Pensé que te gustaría que un amigo te hiciera compañía. Toma, te he traído un pedazo de queso.

—No, gracias. Me refiero al queso. Pero un poco de compañía no me iría nada mal.

Zedd se sentó junto al joven, dobló las huesudas rodillas hasta tocarse el pecho y se cubrió con la túnica, convirtiéndose así en el centro de una pequeña tienda.

—¿Qué te preocupa? —preguntó.

—Kahlan, supongo —contestó Richard, encogiéndose de hombros. Zedd no dijo nada. El joven lo buscó con la mirada—. Ella es en lo primero y último en lo que pienso cuando me despierto y me duermo. Nunca había sentido nada igual, Zedd, nunca me había sentido tan solo.

—Ya veo. —El mago dejó el queso encima de una piedra.

—Sé que le gusto, pero tengo la sensación de que me mantiene a distancia. Esta noche, mientras montábamos el campamento, le dije que si algún día le pasaba a ella lo mismo que a Chase hoy, yo iría a buscarla. Hace un rato vino a verme y me dijo que, si se daba el caso, no quería que fuese tras ella. Pero quería decir más que eso; quería decir que no quería que fuese tras ella nunca. Punto.

—Buena chica —murmuró Zedd.

—¿Qué?

—He dicho que es una buena chica. A todos nos gusta. Pero, Richard, Kahlan es otras cosas también. Tiene responsabilidades.

—¿Y cuáles son esas otras cosas? —inquirió Richard ceñudo.

—No soy yo quien debe responder a eso, sino ella. —El mago se echó un poco hacia atrás—. Creí que a estas alturas ya te lo habría dicho. —El anciano pasó un brazo sobre los fornidos hombros del jo-

172

ven—. Si te hace sentir mejor, la única razón por la que no lo ha hecho es porque le importas más de lo que deberías. Teme perder tu amistad.

—Tú conoces sus secretos y Chase también; lo veo en sus ojos. Todos lo saben menos yo. Esta noche ha tratado de decírmelo pero no ha podido. No debería temer perder mi amistad. Eso no pasará.

—Richard, Kahlan es una persona maravillosa, pero no es para ti. No puede serlo.

—¿Por qué?

—Le di mi palabra que dejaría que fuese ella quien te lo contara —contestó Zedd, arrancándose algo de la manga y eludiendo los ojos de Richard—. Tendrás que confiar en mí; Kahlan no puede ser lo que tú quieres. Busca otra chica. No será porque haya pocas. ¡Pero si la mitad de la población son mujeres! Tienes dónde elegir. Elige a otra.

—De acuerdo. —El joven acercó las rodillas al pecho y se abrazó las piernas.

Zedd alzó los ojos, sorprendido, tras lo cual sonrió y le dio unas cariñosas palmaditas en la espalda.

—Pero con una condición —añadió Richard, mientras escrutaba el bosque del Límite—: que me respondas una pregunta sinceramente, tan sinceramente como que las ranas no crían pelo. Si respondes que sí, seguiré tu consejo.

—¿Una? ¿Sólo una pregunta? —inquirió Zedd suspicaz, llevándose un huesudo dedo al labio inferior.

—Una pregunta.

—De acuerdo —accedió el mago tras un minuto de reflexión—. Una pregunta.

—Si antes de casarte alguien te hubiera dicho... Te lo pondré aún más fácil: si alguien en quien confiaras, un amigo, alguien a quien quisieras como a un padre, te hubiera dicho que eligieras a otra. ¿Le habrías hecho caso?

Zedd tuvo que eludir la mirada del joven y respiró hondo.

—¡Diantre! Después de tantos años supongo que debería haber aprendido a no dejar que ningún Buscador me hiciera preguntas. —Cogió el queso y le dio un mordisco.

—Supongo que sí.

—Eso no cambia los hechos —repuso Zedd, arrojando el queso hacia la oscuridad—. Richard, yo no pienso interponerme entre vosotros dos. No te estoy diciendo esto para hacerte daño. Te quiero como a un hijo. Si pudiera cambiar las cosas, te aseguro que lo haría. Ojalá no fuesen así, por tu bien, pero nunca funcionaría. Kahlan lo sabe y, si lo intentas, lo único que conseguirás será herirla. Y yo sé que tú no deseas eso.

—Tú mismo lo dijiste. —La voz de Richard sonaba calmada y serena—. Soy el Buscador. Si hay un modo, yo lo encontraré.

—Ojalá lo hubiera, hijo mío —replicó Zedd, meneando tristemente la cabeza—, pero no lo hay.

—¿Qué voy a hacer entonces? —preguntó Richard al mago en un murmullo roto.

Su viejo amigo lo rodeó con sus escuálidos brazos y lo atrajo hacia sí. Richard se sentía como entumecido en la oscuridad.

—Limítate a ser su amigo, Richard. Esto es lo que necesita. No puedes ser nada más.

Richard asintió en los brazos de Zedd.

Al poco rato el Buscador, con mirada recelosa, lo apartó y preguntó:

—¿Para qué has venido?

—Para sentarme un rato con un amigo.

—No, viniste en calidad de mago, para aconsejar al Buscador lejos de los demás. Ahora dime por qué estás aquí.

—Muy bien. Vine como mago para decir al Buscador que hoy ha estado a punto de cometer un grave error.

—Lo sé. —El joven retiró las manos de los hombros de Zedd pero continuó sosteniéndole la mirada—. Un Buscador no puede ponerse en peligro si, de ese modo, pone en peligro a todos los demás.

—Pero ibas a hacerlo de todos modos —insistió Zedd.

—Cuando me nombraste Buscador fue para lo malo y lo bueno. Todavía no he asimilado las responsabilidades de mi nueva condición. Me cuesta mucho ver a un amigo en apuros y no ayudarlo. Pero sé que ya no puedo permitirme ese lujo. Acepto la reprimenda.

—Bueno —dijo el mago con una sonrisa—, esta parte ha ido bien. —Guardó silencio un minuto y la sonrisa se desvaneció—. Pero, Richard, la cuestión es más importante que lo que ha ocurrido hoy. Debes comprender que, como Buscador, es posible que causes la muerte de inocentes. Si de verdad quieres detener a Rahl, tal vez tendrás que negar ayuda a quienes podrías salvar. Un soldado sabe que, en el campo de batalla, si se inclina para ayudar a un camarada caído se arriesga a que le claven una espada por la espalda, por lo que, si desea vencer, debe seguir luchando pese a que sus camaradas griten pidiendo auxilio. Si quieres ganar también tú debes aprender a hacerlo, porque es posible que sea la única manera. Debes hacerte fuerte. Ésta es una lucha a vida o muerte y, probablemente, los que griten pidiendo ayuda no serán soldados, sino gente inocente. Rahl el Oscuro matará a cualquiera para vencer, y los que luchan a su lado harán lo mismo. Tal vez tú también tengas que hacerlo. Te guste o no, el agresor marca las normas, y tú tienes que seguirlas o morirás sin remedio.

—¿Cómo puede alguien luchar a su lado? Rahl el Oscuro quiere dominar a todo el mundo, convertirse en el amo de todo. ¿Cómo pueden luchar por él?

El mago se reclinó en la roca y dejó que su mirada vagara por las colinas como si pudiera ver más de lo que había. Cuando habló, su tono era apesadumbrado.

—Porque, Richard, muchas personas únicamente prosperan bajo la férula de otro. En su egoísmo y codicia ven a la gente libre como su opresora. Lo que desean es tener un líder fuerte que corte las plantas más altas para que así el sol les llegue a ellas. Creen que debe impedirse que ninguna planta crezca más que la más baja entre ellas, de modo que todas reciban luz. Prefieren que alguien les proporcione una luz que las guíe, sea cual sea el combustible que la alimente, a encender por sí mismas una vela.

»Algunas de esas personas creen que cuando Rahl gane les sonreirá y las recompensará, por lo que son implacables en la busca de su favor. Otras, simplemente, son ciegas a la verdad y luchan por las mentiras que oyen. Y, finalmente, otras, cuando la luz guía prende, se dan cuenta de que están encadenadas, y ya es demasiado tarde. —Zedd se alisó las mangas al tiempo que suspiraba—. Siempre ha habido guerras, Richard. Cada guerra es una lucha asesina entre enemigos, pero, no obstante, ningún ejército se ha lanzado nunca a la batalla convencido de que el Creador se ha puesto de lado del enemigo.

—Eso no tiene sentido —protestó Richard, sacudiendo la cabeza.

—Estoy seguro de que los seguidores de Rahl creen que somos monstruos sanguinarios, capaces de cualquier barbaridad. Habrán oído innumerables historias acerca de la brutalidad de sus enemigos. Seguro que lo único que saben de Rahl el Oscuro es lo que él les ha contado. —El mago frunció el ceño, y sus inteligentes ojos centellearon—. Es posible que sea una perversión de la lógica, pero eso no la hace menos amenazadora ni mortal. Los seguidores de Rahl no deben entender nada, sólo aplastarnos. Pero, si quieres vencer a un enemigo más poderoso que tú, deberás usar la cabeza.

—Esto me pone entre la espada y la pared. —El joven se pasó los dedos por el cabello—. Es posible que deba permitir que mueran inocentes y, sin embargo, no puedo matar a Rahl el Oscuro.

—No, yo nunca he dicho que no puedas matarlo. —Zedd le dirigió una mirada muy expresiva—. Lo que he dicho es que no podías matarlo con la espada.

Richard miró de hito en hito a su viejo amigo. La luz de la luna iluminaba débilmente el anguloso rostro del mago. Unas chispas de reflexión se encendieron en su sombrío estado de ánimo.

—Zedd, ¿tuviste que hacerlo? —preguntó en voz baja—. ¿Tuviste que dejar que murieran inocentes?

—Sí, en la última guerra y ahora de nuevo, quizá mientras hablamos. —Zedd mostraba una expresión dura y meditabunda—. Kahlan me ha explicado que Rahl mata a gente para tratar de averiguar mi nombre. Nadie puede decírselo, pero él continúa matando con la esperanza de que alguien hablará. Si me entregara ya no habría más asesinatos, pero entonces no podría ayudar a derrotarlo y muchos más morirían. Es una elección muy dolorosa: dejar que unos pocos mueran de un modo horrible o que muchos más mueran también de un modo horrible.

—Lo siento, amigo mío. —Richard se envolvió mejor con la capa para alejar el frío que sentía por fuera y también por dentro. Sus ojos recorrieron el tranquilo paisaje antes de posarse otra vez en su amigo—. Conocí a un geniecillo nocturno llamado Shar justo antes de que muriera. Shar dio su vida por Kahlan, para que otros pudieran vivir. Kahlan también soporta la carga de permitir que mueran inocentes.

—Sí, también Kahlan la soporta —confirmó Zedd—. Cuando pienso en todo lo que debe de haber visto, mi corazón sangra por ella. Y en las cosas que quizá tú debas ver.

—Esto hace que mi desengaño sentimental parezca algo sin importancia.

—Pero eso no lo hace menos doloroso. —El rostro de Zedd reflejaba amabilidad y compasión.

—Zedd, hay una cosa más —dijo Richard tras echar un nuevo vistazo alrededor—. Poco antes de llegar a tu casa ofrecí a Kahlan una manzana.

—¿Ofreciste una fruta roja a alguien de la Tierra Central? —El mago no pudo reprimir una carcajada—. Eso equivale a una amenaza de muerte, hijo. En la Tierra Central todas las frutas rojas son venenosas, mortales.

—Sí, ahora lo sé, pero en esos momentos lo ignoraba.

—¿Y qué dijo ella? —Zedd se inclinó hacia adelante y alzó una ceja inquisitivamente.

—No es lo que dijo sino lo que hizo —contestó el joven con una mirada de soslayo—. Me agarró por la garganta y, por un momento, vi en sus ojos que iba a matarme. No sé cómo pensaba hacerlo, pero estoy seguro de que iba a matarme. Por suerte vaciló y pude explicarme. La cuestión es que ella era mi amiga y que me había salvado la vida varias veces, pero en ese instante iba a matarme. —Richard hizo una pausa—. Su actitud forma parte de lo que me decías, ¿verdad?

—Sí, Richard. —Zedd lanzó un profundo suspiro y asintió—. Si sospecharas que soy un traidor, sin estar seguro, pero lo sospecharas, y supieras que si fuera cierto nuestra causa estaría perdida, ¿serías capaz de matarme? ¿Podrías matarme si no tuvieras tiempo ni manera de averiguar la verdad, pero estuvieras convencido de que soy un traidor, y supieras que podías matarme allí mismo? ¿Podrías atacarme a mí, a tu viejo amigo, con intenciones mortales? ¿Con la suficiente violencia para hacerlo?

La mirada de Zedd lo quemaba. Richard, atónito, sólo pudo balbucir:

—Yo... yo... no lo sé.

—Bueno, pues será mejor que seas capaz, porque, si no, es inútil que vayas a por Rahl, o no tendrás la determinación para vivir, para ganar. Es posible que tengas que tomar una decisión de vida o muerte en un abrir y cerrar de ojos. Kahlan lo sabe; conoce las consecuencias de su fracaso. Ella sí posee la determinación necesaria.

—Pero vaciló. Por lo que dices, cometió un error. Podría haberla dominado. Debería haberme matado antes de que yo tuviera la oportunidad de atacarla. —Richard frunció el entrecejo—. Y se habría equivocado.

—No te sobrestimes, Richard —replicó Zedd, sacudiendo la cabeza lentamente—. Kahlan te tenía cogido. No podrías haber hecho nada que fuese suficientemente rápido. Podía matarte cuando quisiera, tenía el control y podía permitirse darte la oportunidad de explicarte. No, no cometió ningún error.

Aunque las palabras de Zedd lo habían afectado profundamente, Richard se resistía a dar su brazo a torcer.

—Pero tú no podrías, nunca podrías traicionarnos, del mismo modo que yo nunca podría hacer daño a Kahlan. No veo adónde quieres llegar.

—Quiero que comprendas que, aunque yo no podría traicionarte, si lo hiciera deberías estar preparado para actuar. Debes ser fuerte para hacerlo en caso necesario. Debes entender que aunque Kahlan sabía que tú eras su amigo y que no le harías daño, cuando creyó que pretendías envenenarla estaba preparada para actuar. Si no te hubieras explicado rápidamente te habría matado.

Richard se quedó un momento en silencio observando a su amigo.

—Zedd, ¿y si pasara el revés, si creyeras que soy un peligro para nuestra causa, podrías... bueno, ya sabes?

—Sin dudarlo —afirmó el mago con voz totalmente desprovista de emoción y gesto ceñudo, al tiempo que se recostaba en la roca.

El joven se sintió consternado pero comprendió lo que su amigo le decía, aunque la idea le parecía increíble: cualquier cosa que no fuera un compromiso total y absoluto podría hacerlos fracasar. Si flaqueaban, Rahl no se mostraría clemente; morirían, así de simple.

—¿Quieres seguir siendo el Buscador?

—Sí. —El joven tenía la mirada fija en la nada.

—¿Asustado?

—Hasta los tuétanos.

—Bien. —Zedd le palmeó la rodilla—. Yo también. Lo que me preocuparía es que no lo estuvieras.

—Tengo la intención de que Rahl el Oscuro también se asuste. —El Buscador lanzó al mago una gélida mirada.

—Serás un buen Buscador, hijo. Ten fe —contestó Zedd, y sonrió asintiendo.

Richard se estremeció interiormente al pensar que Kahlan había estado a punto de matarlo sólo por una manzana. Con el entrecejo fruncido preguntó:

—Zedd, ¿por qué todas las frutas rojas son venenosas en la Tierra Central? No me parece natural.

El mago meneó tristemente la cabeza.

—Son venenosas porque a los niños les atraen las frutas rojas.

—No lo entiendo. —El surco en la frente de Richard se hizo más profundo.

—Ocurrió durante la última guerra, más o menos en esta misma época del año; en tiempo de cosecha —empezó a explicar Zedd. El anciano bajó la vista y por un momento se dedicó a escarbar la tierra con un huesudo dedo—. Yo había descubierto una magia muy compleja, creada por magos mucho tiempo atrás. Algo así como las cajas del Destino. Era una magia letal relacionada con el color y con la que únicamente podía lanzarse un hechizo, una vez y basta. Yo no estaba seguro de cómo se usaba pero sabía que era peligrosa. —El mago inspiró hondo y puso las manos en el regazo—. Sea como fuere, Panis Rahl se hizo con ella y halló la manera de utilizarla. Sabía que a los niños les gusta la fruta y quería golpearnos donde más nos doliera. Así pues, usó esa magia para envenenar todas las frutas de color rojo. Es un poco como el veneno de la enredadera serpiente; lento al principio. Nos costó un cierto tiempo averiguar qué causaba aquella fiebre mortal. Panis Rahl eligió deliberadamente algo que sabía que no sólo los adultos comerían, sino también los niños. —La voz de Zedd se hizo apenas audible, mientras él contemplaba la oscuridad—. Muchas personas murieron. Entre ellas muchos niños.

—Si tú la encontraste, ¿cómo se hizo Rahl con ella? —inquirió Richard con los ojos muy abiertos.

El mago lo miró a los ojos con una expresión capaz de congelar un día de estío y respondió.

—Tenía un estudiante, un joven al que enseñaba. Un día lo sorprendí manipulando algo que no debía. Sospeché de él. Sabía que algo iba mal pero le tenía mucho afecto, por lo que decidí hacer caso omiso a esa sospecha y consultarlo con la almohada. Al día siguiente, ya había desaparecido, llevándose con él la magia. Era un espía de Panis Rahl. Si hubiera actuado cuando debía, si lo hubiese matado, todas esas personas, todos esos niños no habrían muerto.

—Zedd —dijo Richard, tragándose el nudo que se le había hecho en la garganta—, Zedd, tú no podías saberlo. —Tuvo la impresión de que el anciano iba a echarse a llorar o a gritar, pero, en vez de eso, simplemente se encogió de hombros.

—Aprende de mi error, Richard. Si lo haces, todas esas muertes no habrán sido en vano. Quizá lo que les pasó pueda ser una lección que nos ayudará a salvar a todo el mundo de lo que hará Rahl el Oscuro en caso de que venza.

—¿Por qué en la Tierra Occidental las frutas rojas no son venenosas? —Richard se frotó los brazos para tratar de entrar en calor.

—Toda magia tiene sus límites; el de ésta era la distancia. Sólo funcionaba hasta la antigua frontera entre la Tierra Occidental y la Central. Si el hechizo del veneno hubiera llegado hasta aquí el Límite no se habría podido levantar, o en la Tierra Occidental hubiera habido magia.

Richard se quedó sentado en silencio mucho rato. Finalmente preguntó:

—¿Hay manera de anularlo? ¿Que las frutas rojas no sean venenosas?

Zedd sonrió. A Richard se le antojó extraño, pero se alegró de ver aquella sonrisa.

—Piensas como un mago, hijo. Piensas en cómo deshacer la magia. —El anciano frunció el ceño sumido en sus reflexiones, mientras posaba de nuevo la vista en la noche—. Podría haber un modo de anular el hechizo. Tendré que estudiarlo y ver qué puedo hacer. Si vencemos a Rahl el Oscuro, me dedicaré a ello.

—Bien. —Richard se arrebujó más en la capa—. Todo el mundo debería poder comer una manzana cuando le apetece, especialmente los niños. Zedd —añadió, mirando al anciano—, prometo que no olvidaré tu lección. No te fallaré y no permitiré que toda esa gente que murió sea olvidada.

Zedd sonrió y frotó cariñosamente la espalda de Richard.

En silencio los dos amigos compartieron la quietud de la noche y la tranquilidad de la mutua comprensión. Ambos pensaban en lo que no podían saber: en lo que les deparaba el futuro.

Richard reflexionaba sobre lo que era preciso hacer, sobre Panis Rahl y sobre Rahl el Oscuro. La empresa le parecía desesperada. «Piensa en la solución y no en el problema —se dijo a sí mismo—. Tú eres el Buscador.»

—Quiero que hagas algo, mago. Creo que ya es hora de que desaparezcamos. Rahl el Oscuro ya nos ha seguido bastante. ¿Puedes hacer algo respecto a esa nube?

—¿Sabes? Creo que tienes razón. Ojalá supiera qué la mantiene pegada a ti para poder remediarlo, pero no se me ocurre nada. Así pues, tendré que hacer otra cosa. —Zedd se pasó los dedos índice y pulgar por los afilados costados de la mandíbula con aire pensativo—. ¿Ha llovido o ha estado nublado desde que empezó a seguirte?

Richard hizo memoria, tratando de recordar cada día. Desde la muerte de su padre había pasado la mayor parte del tiempo como en medio de una bruma. Parecía algo tan lejano...

—La noche antes de que encontrara la enredadera serpiente llovió en el Ven, pero para cuando llegué yo ya había escampado. No, no ha llovido desde entonces, y tampoco recuerdo ni un solo día nuboso desde el asesinato. A lo sumo unas pocas nubes altas y delgadas. ¿Qué significa eso?

—Bueno, significa que hay un modo de engañar a la nube, incluso aunque no te la pueda quitar de encima. Probablemente Rahl es el responsable de que el cielo haya permanecido despejado. Ha alejado a las demás nubes para así poderte localizar fácilmente. Simple pero efectivo.

—¿Cómo ha alejado las demás nubes?

—Lanzó un hechizo.

—Entonces, ¿por qué simplemente no lanzas un hechizo más potente para atraer otras nubes? Antes de que pueda darse cuenta ya no podrá localizarla para tratar de deshacer tu magia. Y si usa una magia más poderosa para apartar las nubes y encontrar la suya, no sabrá lo que tú has hecho, por lo que llegará un momento en que su hechizo será tan potente que romperá el vínculo que la une a mí.

—¡Diantre, Richard! ¡Es perfecto! —Zedd lo miró incrédulamente, y parpadeó—. Hijo, creo que serías un mago estupendo.

—No, gracias, ya tengo un trabajo imposible.

El mago retrocedió un poco, con un frunce en la frente, pero no dijo nada. Entonces metió una de sus delgadas manos en la túnica, sacó una piedra y la arrojó al suelo delante de ellos. Seguidamente hizo girar los dedos en círculo sobre la piedra hasta que, de pronto, ésta estalló y se convirtió en una roca de un tamaño respetable.

—¡Zedd! ¡Pero si es tu roca de las nubes!

—De hecho, hijo, es una roca de mago. Mi padre me la dio hace mucho, mucho tiempo.

Los dedos del mago se movían cada vez más deprisa, hasta que apareció una luz con chispas y colores que revoloteaban. Zedd continuó removiendo, mezclando y combinando la luz. No se oía nada; solamente el agradable aroma de la lluvia en primavera. Al fin el mago pareció satisfecho.

—Súbete encima, Richard.

Inseguro al principio, el joven se introdujo en la luz. Sentía hormigueo y calor en la piel, como cuando se tendía desnudo al sol en verano después de nadar. El joven gozó de la sensación de calidez y seguridad, entregándose a ella. Sus manos flotaron hacia los lados hasta quedar horizontales. Echó atrás la cabeza, respiró profundamente y cerró los ojos. Era maravilloso; como flotar en el agua, sólo que era luz. La euforia lo embargó. Su mente estaba unida a todo lo que lo rodeaba mediante una conexión feliz e intemporal; era uno con los árboles, la hierba, los bichos, los pájaros, todos los animales, el agua y el mismo aire. No era un ser separado, sino parte de un todo. Richard comprendió entonces que todas las cosas estaban interconectadas, se vio a sí mismo insignificante y más poderoso al mismo tiempo. Contempló el mundo a través de los ojos de todas las criaturas que lo rodeaban. Era una revelación impresionante y maravillosa. El joven se metió en la piel de un pájaro que volaba sobre él, vio el mundo con sus ojos, cazó con él ratones para alimentarse, observó la fogata allá abajo y a las personas dormidas.

Richard dejó que su identidad se esparciera a los cuatro vientos. Se convirtió en nadie y en todos, sentía el apremio de sus necesidades, olía su miedo, saboreaba su gozo y comprendía sus deseos. Finalmente todo eso se mezcló y desapareció, hasta que el joven se encontró en un vacío, solo en el universo, el único ser vivo, lo único que existía. Entonces dejó que la luz fluyera por él; era una luz que contenía a todos los que habían usado esa misma roca: Zedd, el padre de éste y los magos que lo precedieron durante miles de años. Era uno y todos. La esencia de todos ellos fluyó en él y se compartieron con Richard, que lloraba ante tanta maravilla.

Las manos de Zedd se abrieron de repente, esparciendo polvo mágico. El polvo revoloteó en torno a Richard y relució, hasta que el joven quedó en el centro del vórtice que formaba. Las chispas rotaron en un círculo más estrecho y confluyeron en el pecho del joven. Con un tintineo semejante a una araña de cristal agitada por el viento, el polvo ascendió hacia el cielo como si subiera por la cuerda de una corneta, cada vez más y más arriba, llevándose consigo el tintineo, hasta alcanzar la nube. Ésta absorbió el polvo mágico y se iluminó por dentro con colores turbios. Los relámpagos llenaron todo el horizonte, las relucientes descargas rasgaron el cielo, emitiendo una ansiosa y expectante llamada.

Súbitamente los relámpagos desaparecieron, la luminosidad de la nube se eclipsó y la roca de mago volvió a absorber la luz, hasta que se extinguió por completo. Hubo un brusco silencio. Richard estaba otra vez allí, de pie sobre una simple roca. Miró con ojos muy abiertos al sonriente Zedd.

—Zedd, ahora sé por qué razón te gusta tanto estar sobre esta roca —susurró—. Nunca había sentido nada igual en toda mi vida. No tenía ni idea.

—Tienes un talento natural, hijo —respondió Zedd con una sonrisa cómplice—. Extendiste los brazos justo como debías, inclinaste la cabeza en el ángulo correcto e incluso arqueaste bien la espalda. Lo hiciste tan bien como un pato que se lanza por primera vez a un estanque. Tienes madera de mago. —El anciano se inclinó hacia adelante—. Imagínate cómo hubiera sido si hubieses estado desnudo —comentó alegremente.

—¿Es distinto? —preguntó Richard, asombrado.

—Pues claro. La ropa entorpece la experiencia. —Zedd le pasó un brazo sobre los hombros—. Un día dejaré que lo pruebes.

—Zedd, ¿por qué me has dejado hacerlo? No era necesario. Tú solo te bastabas.

—¿Cómo te sientes ahora?

—No lo sé. Diferente, relajado, con la cabeza más clara. Supongo que ya no me siento tan abrumado ni deprimido.

—Por eso he dejado que lo hicieras, amigo mío, porque lo necesitabas. Has tenido una noche muy dura. Yo no puedo borrar los problemas de un plumazo pero puedo ayudarte a sentirte mejor.

—Gracias, Zedd.

—Ahora ve a dormir. Es mi turno. Y si algún día cambias de idea en lo de hacerte mago —añadió con un guiño—, me sentiré orgulloso de darte la bienvenida a nuestra hermandad.

Zedd alzó una mano y el trozo de queso que había lanzado lejos flotó hacia él.

14

Aquí. Éste es un buen lugar. —Chase frenó el caballo y condujo a los otros tres fuera del camino, hacia campo abierto, donde se alzaban los esqueletos de unos pinos plateados. Apenas les quedaban ramas, y sólo tenían alguna ocasional brizna de musgo de un apagado color verde. El blando suelo estaba completamente cubierto por los restos corrompidos de los antiguos monarcas. Hierbas de ciénaga, con sus hojas anchas y lisas de color marrón a las que las tormentas habían dispuesto caprichosamente, formaban algo semejante a un enmarañado mar de serpientes bajo sus pies.

Los caballos avanzaban cuidadosamente entre aquella maraña. El aire, cálido y húmedo, estaba cargado con el fétido olor de la descomposición. Una nube de mosquitos los seguía. A Richard le parecía que ellos eran los únicos seres vivos que había hasta donde le alcanzaba la vista. Pese a encontrarse en campo abierto el cielo ofrecía muy poca claridad, pues una capa de nubes gruesa y uniforme pendía opresivamente cerca del suelo. Hilachas de bruma se arrastraban entre las picas plateadas de los árboles que seguían en pie.

Chase iba en cabeza, seguido por Zedd, Kahlan y Richard en la retaguardia. El joven no los perdía de vista. La visibilidad era muy limitada y, aunque Chase no se mostraba preocupado, Richard se mantenía ojo avizor; cualquier ser podría deslizarse sigilosamente hacia ellos sin ser visto. Los cuatro daban manotazos a los mosquitos y, a excepción de Zedd, se protegían con las capas. El mago, que se negaba a llevar capa, mordisqueaba restos del almuerzo y miraba a su alrededor como si fuese un turista de excursión. Richard poseía un excelente sentido de la orientación, pero se alegraba de tener a Chase para que los guiara. En la ciénaga todo se confundía, y sabía por experiencia lo fácil que era perderse.

Desde que había estado de pie en la roca la noche anterior el peso de sus responsabilidades era menos una carga y más una oportunidad de formar parte de una empresa justa. La sensación de peligro seguía siendo igual de intensa pero ahora la necesidad de ayudar a detener a Rahl era más acuciante. Percibía el papel que él desempeñaría como una oportunidad para ayudar a quienes no podían oponerse a Rahl el Oscuro. Sabía que ya no podía dar marcha atrás, pues eso sería su fin y el de muchas otras personas.

Richard contemplaba el balanceo del cuerpo de Kahlan sobre el caballo. Los hombros de la mujer se movían al ritmo del animal. El joven sintió el deseo de llevársela a bellos y apacibles parajes del bosque del Corzo que sólo él conocía, allá en las montañas; le enseñaría la cascada que había descubierto y la cueva que se ocultaba tras ella; comerían junto a un plácido estanque del bosque; la llevaría a la ciudad; le compraría algo bonito; se la llevaría a un lugar donde estuviera segura, fuera donde fuese. Quería que Kahlan pudiera sonreír sin tener que preocuparse a cada minuto de si sus enemigos la rondaban. Pero, después de la noche pasada, el joven sentía que la primera parte —la fantasía de estar con ella— era un deseo irrealizable.

—Aquí es. —Chase levantó una mano para indicar que se detuvieran.

Richard miró en torno. Seguían en medio de una inmensa ciénaga, muerta y reseca. No veía ningún Límite. Mirara donde mirase todo era lo mismo. Después de atar los caballos a un tronco caído siguieron a Chase un trecho a pie.

—El Límite —anunció el guardián, extendiendo el brazo para señalar.

—Yo no veo nada —protestó Richard.

—Espera —repuso Chase con una sonrisa. El guardián echó a andar lentamente y con paso seguro. A medida que avanzaba se fue formando a su alrededor un resplandor verde. Al principio era apenas perceptible, pero se fue haciendo más intenso y brillante, hasta que una veintena de pasos más adelante se convirtió en una cortina de luz verde que lo oprimía al avanzar. Cerca del hombre era más intensa, mientras que a unos tres metros a los lados y por arriba se desvanecía. A cada paso que daba Chase se hacía más fuerte. Era algo semejante a un cristal verde, ondulado y distorsionado, aunque a través de él Richard podía ver los árboles de más allá. Chase se detuvo y regresó. La cortina verde primero y luego el resplandor perdieron intensidad y se esfumaron. Richard siempre había creído que el Límite sería algún tipo de muro, algo que se pudiera ver.

—¿Eso es todo? —preguntó, un tanto defraudado.

—¿Qué más quieres? Mira, fíjate en esto. —Chase examinó el suelo, recogió algunas ramas y probó su fortaleza. La mayoría estaban podridas y se quebraron a la primera. Finalmente halló una, de casi cuatro metros de longitud, lo suficientemente fuerte para servir a sus propósitos. Con ella en mano, se internó nuevamente en el resplandor verde hasta llegar a la cortina de luz. Entonces, agarrando la rama por el extremo más grueso, introdujo el resto a través de la cortina. Metro y medio más adelante la punta de la rama desapareció. El guardián siguió empujando hasta que lo que sostenía parecía un palo de apenas metro y medio. Richard se quedó perplejo; podía ver más allá del muro, pero no el extremo de la rama. ¿Cómo era posible?

Cuando Chase empujó la rama tan lejos como se atrevió, ésta saltó violentamente. No hubo ningún sonido. Entonces la recuperó, volvió junto a los demás y les mostró el extremo astillado de lo que ahora era una rama de unos dos metros y medio. La punta estaba cubierta de baba.

—Canes corazón —explicó con una amplia sonrisa.

Zedd pareció aburrido, Kahlan no le vio la gracia y Richard se quedó atónito. Puesto que el único que parecía interesado era el joven, Chase lo cogió por la camisa y tiró de él, diciendo:

—Ven conmigo, te mostraré cómo es. —El guardián entrelazó su brazo derecho con el izquierdo de Richard y mientras avanzaban lo advirtió—: Ve despacio. Yo te diré cuándo debemos parar, y no te sueltes de mi brazo. —Ambos avanzaron lentamente.

La luz verde se materializó. A cada paso se hacía más intensa, pero era distinta de cuando había contemplado a Chase internarse en ella. Entonces la luz sólo rodeaba a Chase por los lados y por arriba, pero ahora estaba en todas partes. Asimismo se oía un zumbido, como de miles de abejorros. Con cada paso que daban el zumbido se hacía más grave, pero no más fuerte. La luz verde también se hacía más intensa, y el bosque de alrededor más oscuro, como si cayera la noche. Entonces, por delante de ellos apareció de pronto la cortina verde, mientras que el resplandor llenaba todo lo demás. Ahora Richard apenas distinguía el bosque; miró atrás y comprobó que no veía ni a Zedd ni a Kahlan.

—Despacio ahora —lo avisó Chase. Ambos avanzaron lentamente empujando la cortina verde. Richard pudo sentir la presión que ésta ejercía contra su cuerpo.

Entonces todo lo demás se oscureció, como si se encontraran en una cueva de noche, con un resplandor verde alrededor de Chase y de él mismo. El joven se aferró con fuerza al brazo de su amigo. El zumbido parecía ahora que vibrara en su pecho. Un paso más y la cortina verde del muro cambió súbitamente.

—Ya basta —dijo Chase, y su voz reverberó. El muro era ahora oscuro y transparente. A Richard le parecía estar contemplando las profundidades de un estanque en un sombrío bosque. Chase, inmóvil, lo vigilaba.

Al otro lado aparecieron unas figuras.

Eran formas negras como la noche que temblaban en la penumbra del otro lado del muro; espectros que flotaban en la profundidad. La muerte en su cubil. Algo se aproximó velozmente a los hombres.

—Los canes —dijo Chase.

Richard se sentía embargado por una extraña sensación de añoranza; añoraba la negrura. Se dio cuenta de que lo que había tomado por un zumbido en realidad eran voces.

Voces que murmuraban su nombre.

Miles de voces lejanas lo llamaban. Aquellas formas negras se reunían, le tendían los brazos, lo reclamaban.

Al joven lo acometió una repentina y dolorosa sensación de soledad; sintió la soledad de su vida, de todas las vidas. ¿Por qué sufrir cuando lo estaban esperando, esperando para acogerlo? Nunca más estaría solo. Las formas negras se acercaron al borde de la penumbra, llamándolo. Richard pudo entonces distinguir sus semblantes, aunque era como si los viera a través de agua turbia. Las figuras se acercaron. El joven anheló ir hacia ellas, reunirse con ellas al otro lado.

Y entonces vio a su padre.

El corazón le palpitó. Su padre lo llamaba con un prolongado grito que era un lamento. Tendió los brazos hacia él, tratando desesperadamente de abrazar a su hijo. Estaba justo al otro lado del muro. Richard sintió tal anhelo en su corazón que creyó que se le iba a romper. Había pasado tanto tiempo desde la última vez que viera a su padre... Gemía su nombre, ansiaba tocarlo. Ya no tendría que tener miedo nunca más. Sólo tenía que llegar hasta su padre y entonces estaría a salvo.

A salvo. Para siempre.

Richard alargó una mano hacia su padre, trató de ir hacia él, trató de cruzar el muro. Pero algo lo agarraba del brazo. Irritado, empujó con más fuerza. Algo le impedía llegar a su padre. El joven chilló a quien-quiera que fuera que lo soltara. Su voz sonó hueca, vacía.

Y entonces ese alguien tiró de él para alejarlo.

Su cólera se inflamó. Alguien trataba de arrastrarlo hacia atrás tirando de su brazo. En un arrebato de furia agarró la espada. Una manaza le sujetó la mano con férrea firmeza. El joven dio rienda suelta a su cólera, gritando y debatiéndose salvajemente para sacar la espada, pero aquellas grandes manos lo sujetaban con fuerza y lo alejaban de su padre a trompicones. Por mucho que se resistió, el joven fue arrastrado lejos.

Al retroceder un poco más, la cortina verde reemplazó súbitamente a la oscuridad. Chase lo arrastraba de vuelta a través de la luz verde. El joven recuperó la conciencia del mundo con una sacudida que le produjo náuseas. La ciénaga, seca y muerta, lo rodeaba otra vez.

De pronto Richard fue consciente de lo sucedido y se sintió horrorizado por lo que había estado a punto de hacer. Temblando, puso una mano sobre el hombro del fornido guardián, buscando apoyo, al tiempo que pugnaba por recuperar el aliento. Ambos salieron de la luz verde. El alivio embargó al joven en oleadas.

—¿Te encuentras bien? —preguntó Chase, inclinándose un poco y buscando su mirada.

Richard asintió, demasiado abrumado para poder pronunciar palabra. Ver a su padre había vuelto a despertar en él un dolor devastador. Sólo conseguía mantenerse en pie y respirar a fuerza de concentrarse. La garganta le dolía. Entonces se dio cuenta de que se había estado ahogando, aunque sólo ahora lo veía.

Al pensar en lo poco que había faltado para cruzar el muro, para lanzarse en brazos de la muerte, el terror se apoderó de él. Lo ocurrido le había cogido por sorpresa. Si Chase no lo hubiera sujetado ahora estaría muerto. Él, Richard, había cedido ante el inframundo, y se sentía como si ya no supiera quién era. ¿Cómo era posible que hubiera deseado entregarse al mundo de la muerte? ¿Tan débil era? ¿Tan frágil?

La cabeza le daba vueltas por el dolor. No podía borrar de su mente la imagen de la cara de su padre, del anhelo y la desesperación con los que lo había llamado. Richard deseaba tanto estar con él. Hubiera sido tan fácil... La imagen lo torturaba y se aferraba a él. Tampoco Richard quería perderla; quería regresar. Aún sentía su fuerza de atracción, aunque trataba de resistirse.

Kahlan los aguardaba al borde de la luz verde cuando salieron. Inmediatamente ciñó la cintura de Richard con un brazo en gesto protector y tiró del joven para apartarlo de Chase. Con la otra mano, le cogió la mandíbula y lo obligó a volver la cabeza y mirarla.

—Richard, escúchame. Piensa en otra cosa. Concéntrate. Tienes que pensar en otra cosa. Quiero que recuerdes todos y cada uno de los cruces que hay en cada senda del bosque del Corzo. ¿Podrás hacerme ese favor? Por favor. Hazlo ahora. Recuerda, por mí.

El joven asintió y empezó a recordar las sendas.

Kahlan se volvió hacia Chase, furiosa, y le propinó un soberano bofetón.

—¡Malnacido! —gritó—. ¡¿Por qué le has hecho eso?! —Volvió a golpearlo con tanta fuerza que el cabello le cayó sobre la cara. Chase no intentó defenderse—. ¡Lo has hecho expresamente! ¡¿Cómo has podido?! —Kahlan hizo ademán de abofetearlo por tercera vez, pero el guardián le agarró la muñeca antes de que lograra golpearlo.

—¿Vas a dejar que me explique o quieres seguir pegándome?

Kahlan retiró la mano. Respiraba entrecortadamente y miraba con expresión iracunda al guardián. Algunos mechones de pelo se le habían quedado pegados a las mejillas.

—El Puerto Rey es un paso peligroso. Está sembrado de vueltas y recodos. En algunos lugares se hace tan estrecho que los dos muros del Límite casi se tocan. Un paso en falso en cualquiera de las dos direcciones y estás perdido. Tú has cruzado el Límite, y Zedd también. Ambos lo entendéis; no puedes verlo hasta que empiezas a entrar en él, de otro modo no sabes dónde empieza. Yo lo sé porque me he pasado la vida aquí. Ahora es más peligroso si cabe, porque se está difuminando, y es aún más fácil meterse en él. Cuando estéis en el paso, si algo empieza a perseguiros, Richard podría adentrarse en el inframundo sin darse cuenta.

—¡Eso no es excusa! ¡Le podrías haber advertido!

—Ninguno de mis hijos ha aprendido a respetar el fuego hasta que ha acercado una mano a las llamas. Muchas palabras no reemplazan la experiencia de vivirlo. Si Richard no entendiera qué es antes de internarse en el Puerto Rey, nunca conseguiría salir con vida. Sí, lo he hecho expresamente, para enseñarle, para mantenerlo con vida.

—¡Se lo podrías haber dicho!

—No. —Chase negó con la cabeza—. Tenía que verlo con sus propios ojos.

—¡Ya basta! —Todos los ojos se volvieron hacia Richard. Por fin el joven había logrado despejar su mente—. Aún tiene que pasar un día sin que alguno de vosotros tres me dé un susto de muerte. Pero sé que sólo buscáis mi bien. Ahora mismo tenemos que ocuparnos de cosas más importantes. Chase, ¿cómo sabes que el Límite se está difuminando? ¿Qué ha cambiado?

—El muro se está desmoronando. Antes no se podía ver la oscuridad a través de la luz verde. No se podía ver nada al otro lado.

—Chase tiene razón —intervino Zedd—. Desde aquí podía ver.

—¿Cuánto tardará en caer del todo? —preguntó Richard al mago.

—Es difícil decirlo —contestó éste con un encogimiento de hombros.

—¡Pues adivínalo! —saltó Richard—. Dame alguna idea.

—Durará al menos dos semanas, pero no más de seis o siete.

—¿Puedes usar tu magia para reforzarlo? —preguntó el joven después de unos momentos de reflexión.

—No poseo ese tipo de poder.

—Chase, ¿crees que Rahl conoce la existencia del Puerto Rey?

—¿Cómo quieres que lo sepa?

—Bueno, ¿ha cruzado alguien por él procedente de la Tierra Central?

—No que yo sepa —repuso el guardián tras una breve reflexión.

—Dudo que Rahl lo conozca —añadió Zedd—. Él es capaz de viajar por el inframundo; no necesita el paso. Es él quien está derrumbando el Límite. No creo que se preocupe por un pequeño paso.

—Una cosa es preocuparse y otra conocer su existencia —puntualizó Richard—. Creo que no deberíamos quedarnos aquí plantados. Temo que Rahl pueda averiguar adónde nos dirigimos.

—¿Qué quieres decir? —preguntó Kahlan, al tiempo que se apartaba el pelo de la cara.

Richard la miró comprensivamente y preguntó a su vez:

—¿Crees que eran tu madre y tu hermana a quienes viste allí afuera?

—Creí que lo eran. ¿Tú crees que no?

—Yo no creo que fuese mi padre. ¿Tú qué piensas? —preguntó al mago.

—Es imposible de decir. En realidad, nadie sabe demasiado del inframundo.

—Pero Rahl el Oscuro sí —apostilló Richard amargamente—. No creo que mi padre quisiera verme muerto. Pero sé que Rahl sí, por lo que, pese a lo que me dicen mis ojos, es más probable que lo que vi fuesen sicarios de Rahl tratando de cazarme. Tú mismo dijiste que no podemos cruzar el Límite porque nos están esperando, esperando para atraparnos. Creo que fue eso lo que vi: sus sicarios del inframundo. Y saben exactamente dónde he tocado el muro. Si tengo razón, esto quiere decir que Rahl pronto sabrá dónde estamos. Pero no pienso quedarme aquí para comprobarlo.

—Richard tiene razón —dijo Chase—. Además, tenemos que llegar al pantano Sierpe antes de que anochezca y los canes corazón salgan. Es el único lugar seguro entre aquí y Refugio Sur. Llegaremos allí antes de mañana por la noche y estaremos a salvo de los canes. Al día siguiente iremos a ver a una amiga mía, Adie, la mujer de los huesos. Vive cerca del paso. Necesitamos que nos ayude a cruzarlo. Pero esta noche nuestra única opción es el pantano.

Richard iba a preguntar qué era una mujer de los huesos y por qué necesitaban su ayuda para cruzar el paso, cuando, de pronto, algo oscuro y borroso restalló en el aire y golpeó a Chase con tanta fuerza que lo lanzó entre varios árboles caídos. Con increíble velocidad, la cosa negra se enroscó alrededor de las piernas de Kahlan, como si fuera un látigo, y la hizo caer. La mujer gritó el nombre de Richard, al tiempo que éste trataba de agarrarla. Ambos se cogieron por las muñecas, y ambos fueron arrastrados por el suelo hacia el Límite.

De los dedos de Zedd brotaron llamas. El fuego pasó por encima de sus cabezas con un sonido agudo y se desvaneció. Otro apéndice negro golpeó al mago con la rapidez del rayo, lanzando al anciano por los aires. Richard enganchó un pie alrededor de la rama de un tronco, pero estaba podrida y se desprendió. Entonces retorció el cuerpo para tratar de clavar los talones en la tierra, pero las botas resbalaron sobre las húmedas hierbas de la ciénaga. Finalmente lo consiguió, pero ni siquiera así podía impedir que la cosa los siguiera arrastrando a los dos por el suelo. Necesitaba las manos libres.

—¡Rodéame la cintura con las manos! —gritó.

Kahlan se lanzó hacia él, le enlazó la cintura con los brazos y apretó con fuerza. La sinuosa cosa negra y ondulada se enroscó en las piernas de la mujer, agarrándola con más firmeza. Kahlan chilló cuando la cosa empezó a estrujarla. Richard tiró de la espada, y ésta salió de su vaina con un sonido vibrante.

La luz verde empezó a relucir a su alrededor a medida que se acercaban al Límite.

La cólera inundó a Richard. Estaba ocurriendo justo lo que más temía: algo trataba de llevarse a Kahlan. La luz verde era ahora más intensa. Al joven le era imposible alcanzar lo que tiraba de ellos. Kahlan se cogía a él con fuerza por la cintura, pero sus piernas estaban demasiado lejos, y aquello la sujetaba aún más.

—¡Kahlan, suéltate!

Pero la mujer estaba demasiado aterrorizada para hacerlo. Seguía aferrándose a él desesperadamente y jadeando de dolor. La cortina verde ya estaba allí. El zumbido resonaba en sus oídos.

—¡Suéltate! —gritó Richard de nuevo.

El joven trató de soltar las manos de Kahlan. Los árboles de la ciénaga empezaban a desdibujarse en la oscuridad. Richard podía sentir ya la presión del muro. Kahlan se aferraba a él con una fuerza increíble. Deslizándose por el suelo de espaldas, trató de desasirse llevando hacia atrás los brazos, pero no pudo. Tenía que levantarse si quería salvarse él y a ella.

—¡Kahlan! ¡Suéltame o moriremos! ¡No dejaré que te cojan! ¡Confía en mí! ¡Suéltame! —Richard no sabía si estaba diciéndole la verdad, pero estaba seguro de que era su única oportunidad.

La cabeza de Kahlan le oprimía el estómago. Entonces lo miró. El rostro de la mujer se veía crispado por el dolor que le causaba la cosa negra al estrujarla. Lanzó un grito y se soltó.

En un abrir y cerrar de ojos Richard se puso en pie. Justo entonces el muro negro se materializó delante de él. Su padre le tendió los brazos. En un arrebato de furia blandió la espada con toda la violencia de la que era capaz. La hoja trazó un arco que atravesó la barrera y el ser que el joven sabía que no era su padre. La figura negra lanzó un lamento, tras lo cual explotó y se desintegró.

Los pies de Kahlan se encontraban junto al muro. La cosa negra envolvía las piernas de la mujer, apretando y tirando de ella con fuerza. El joven alzó la espada, y un impulso asesino se apoderó de él.

—¡Richard, no! ¡Es mi hermana!

Pero él sabía que no lo era, como tampoco el otro ser era su padre. Se entregó por completo al irresistible impulso y asestó un terrible mandoble. Nuevamente el acero atravesó el muro y a la repulsiva criatura que sujetaba a Kahlan. Hubo una confusión de destellos así como gemidos y lamentos sobrenaturales. Las piernas de Kahlan quedaron libres. La mujer yacía tendida sobre el estómago.

Sin pararse a mirar qué más sucedía, Richard pasó un brazo bajo la cintura de Kahlan y la levantó en un único movimiento. Entonces se alejó del Límite sosteniéndola firmemente y con la espada hacia el muro. Así fue reculando con paso lento y seguro, alerta a cualquier movimiento, a cualquier ataque. Lentamente se alejaron de la luz verde.

Siguieron caminando hasta estar a una buena distancia del Límite, detrás de los caballos. Cuando finalmente el joven se detuvo y la soltó, Kahlan le echó los brazos al cuello. La mujer temblaba. Richard tuvo que reprimir la cólera que sentía y que lo incitaba a regresar y atacar. Sabía que tenía que guardar la espada para sofocar la furia, el impulso de atacar, pero no se atrevió.

—¿Y los otros? ¿Dónde están? —preguntó Kahlan, presa del pánico—. Tenemos que encontrarlos.

La mujer se apartó de Richard y empezó a correr en dirección a donde se levantaba el Límite. Richard la cogió bruscamente por la muñeca y tiró de ella con tanta fuerza que casi la derribó.

—¡Quédate aquí! —le gritó con voz mucho más violenta de lo que la situación requería, al tiempo que la empujaba hacia el suelo.

Richard encontró a Zedd en el suelo, inconsciente. Al inclinarse sobre el anciano algo barrió el aire por encima de su cabeza. El arrebato de furia del joven no se hizo esperar. Trazó un arco con la espada y cercenó parte de la forma oscura. El muñón retrocedió precipitadamente hacia el Límite con un estridente alarido, mientras que la parte cercenada se desintegraba en el aire. Richard se echó a Zedd al hombro, como un saco de patatas, y lo llevó hacia donde estaba Kahlan. Después de depositarlo con suavidad en el suelo, la mujer sostuvo la cabeza del mago en su regazo y lo examinó en busca de heridas. Richard regresó corriendo, con la cabeza gacha, pero, para su decepción, el esperado ataque no se produjo; el joven ansiaba entrar en combate y batirse. Encontró a Chase atrapado en parte bajo un tronco. Richard tiró de él por la cota de malla. El guardián presentaba un corte profundo en un lado de la cabeza del que manaba sangre. En la herida se había adherido broza.

El joven pensó rápidamente tratando de decidir qué hacer. No podía levantar a Chase con un brazo y tampoco se atrevía a guardar la espada. Tampoco podía llamar a Kahlan para que lo ayudara, pues no quería ponerla otra vez en peligro. Agarró con fuerza la túnica de piel de Chase y empezó a arrastrarlo. Aunque el resbaladizo suelo cubierto de vegetación le facilitaba la tarea no era nada fácil, pues tenía que sortear los árboles caídos. Sorprendentemente, nada lo atacó. Tal vez había herido o matado a aquel ser. Richard se preguntó si era posible matar algo que ya estaba muerto. Pese a tratarse de una espada mágica, él lo dudaba. Además, ¿quién decía que los seres del Límite estaban muertos? Finalmente, llegó a donde estaban Kahlan y Zedd. El mago continuaba inconsciente.

—¿Qué vamos a hacer? —preguntó Kahlan atribulada. Su rostro mostraba un tono ceniciento.

—No podemos quedarnos aquí —contestó Richard, mirando a su alrededor—, y tampoco podemos dejarlos. Tendremos que subirlos a los caballos y marcharnos. Cuando nos encontremos a una distancia segura, trataremos de curarles las heridas.

Las nubes eran más densas que antes, y la bruma lo cubría todo con una mortaja húmeda. Después de escrutar en todas direcciones, Richard guardó la espada y subió a Zedd al caballo sin ningún esfuerzo. Con Chase no fue tan fácil; el guardián era muy grande y sus armas pesaban mucho. La sangre seguía manando de la herida en la cabeza, empapándole el cabello, y sangró aún más al colocarlo de través en el caballo. Richard decidió que tenían que ocuparse inmediatamente de la herida. Rápidamente cogió una hoja de aum y una tira de tela de una bolsa. A continuación estrujó la hoja para que soltara todo el fluido curativo y la presionó contra la herida. Kahlan vendó la cabeza de Chase con la tela. Ésta quedó empapada de sangre casi al instante, pero Richard sabía que la hoja de aum detendría la hemorragia.

El joven ayudó a Kahlan a montar. Se daba cuenta de que las piernas le dolían más de lo que estaba dispuesta a admitir. Después de entregarle las riendas de la montura de Zedd, él también montó, asió las riendas del caballo de Chase y trató de orientarse. Sabía que no lo tendrían nada fácil para hallar el camino; la bruma era cada vez más densa y limitaba la visibilidad. Richard tenía la sensación de que había fantasmas que acechaban en las sombras en todas direcciones. No sabía si debía ir él en cabeza o dejarse guiar por Kahlan; tampoco sabía cuál era la mejor manera de protegerla, por lo que acabó cabalgando a su lado. Zedd y Chase no estaban atados a las respectivas sillas y podían resbalar y caerse fácilmente, razón por la cual tendrían que ir lentamente. Miraran donde mirasen, sólo se veían pinos muertos, indiferenciados, y no podían avanzar en línea recta debido a los árboles caídos. Richard escupió los mosquitos que no dejaban de metérsele en la boca.

No había manera de vislumbrar el sol y orientarse; el cielo tenía el mismo color gris oscuro en todas las direcciones. Transcurrido un rato Richard no estaba nada seguro de si iban en la dirección correcta; le parecía que ya deberían haber vuelto a la senda. Se guiaban por los árboles; se fijaba en la posición de uno concreto y, al llegar a él, fijaba la vista en otro más adelante, confiando en avanzar así en línea recta. Para hacerlo como era debido, para asegurarse de que no se desviaban, sabía que tenía que alinear al menos tres árboles, pero la bruma le impedía ver tan lejos. No podía estar seguro de que no estuvieran avanzando en círculos. Y, aunque fuesen en línea recta, no tenía modo de saber que la senda se encontrara en esa dirección.

—¿Estás seguro de que vamos por buen camino? —preguntó Kahlan—. A mí me parece todo lo mismo.

—No. Pero, al menos, no nos hemos topado con el Límite.

—¿Crees que deberíamos parar y atenderlos?

—Es demasiado arriesgado. Por lo que sabemos podríamos estar a tres metros del inframundo.

Kahlan miró alrededor, inquieta. Richard se planteó la posibilidad de decirle que esperara con los heridos mientras él se adelantaba y trataba de localizar la senda, pero la rechazó, pues temía no ser capaz de encontrarla de nuevo. Tenían que permanecer juntos. El joven empezó a preguntarse qué iban a hacer si no lograban encontrar el camino antes de que anocheciera. ¿Cómo se protegerían de los canes corazón? Ni siquiera la espada podría detenerlos si eran demasiados. Chase había dicho que debían llegar al pantano antes de que cayera la noche, aunque

193

no había dicho por qué ni cómo los protegería éste. La hierba marrón formaba un interminable mar a su alrededor con innumerables restos de árboles encallados en él.

A cierta distancia, a su izquierda, apareció un roble y después más. Sus hojas húmedas de color verde oscuro brillaban en la neblina. No habían llegado por allí. Richard se desvió un poco a la derecha hasta donde alcanzaba la vista, siguiendo el borde de la hierba muerta, con la esperanza de que los condujera a la senda.

Las sombras de los matorrales que crecían entre los robles los vigilaban. El joven se dijo que era su imaginación la que ponía ojos a las sombras. No soplaba viento, no se veía ningún movimiento y no se oía ningún sonido. Richard estaba enojado consigo mismo por haberse perdido, aunque hacerlo en un lugar como ése era muy sencillo. Pero él era un guía y, para un guía, perderse era algo imperdonable.

Al fin vio la senda y soltó un suspiro de alivio. Rápidamente desmontaron y comprobaron el estado de sus amigos. Zedd seguía igual, pero al menos el corte de Chase en la cabeza ya no sangraba. Richard no tenía ni idea de qué hacer con ellos. No sabía si estaban inconscientes por un golpe o debido a algún tipo de magia del Límite. Tampoco Kahlan lo sabía.

—¿Qué crees que deberíamos hacer? —inquirió ésta.

—Chase dijo que teníamos que llegar al pantano o los canes nos atacarían —repuso Richard, tratando de disimular la preocupación—. No creo que sea una buena idea tenderlos aquí en el suelo y esperar a que despierten, con la amenaza de los canes cerniéndose sobre nosotros. Yo sólo veo dos posibilidades: dejarlos aquí o llevarlos con nosotros. Y yo no pienso dejarlos. Los ataremos a los caballos para que no caigan y nos dirigiremos al pantano.

Kahlan se mostró de acuerdo. Aseguraron a sus amigos a las monturas. Richard cambió el vendaje a Chase y le limpió un poco el corte. La bruma se estaba convirtiendo en llovizna. El joven hurgó en las bolsas, encontró las mantas y retiró el hule que las envolvía. Entonces taparon a los heridos con sendas mantas, los cubrieron con el hule para impedir que se mojaran y lo ataron todo con cuerda para que no cayera.

Al acabar, Kahlan rodeó al joven con los brazos en un gesto espontáneo y mantuvo un momento el estrecho abrazo. Pero se separó antes de que Richard pudiera reaccionar.

—Gracias por salvarme —dijo con voz suave—. El Límite me aterra. No se te ocurra recordarme lo que te dije sobre no volver a buscarme o te daré un puntapié —añadió con una tímida mirada. Entonces sonrió y levantó la vista hacia él.

—Ni una sola palabra. Lo prometo.

Richard le sonrió, le subió la capucha de la capa y le metió en ella el cabello, para que no se mojara con la lluvia. Seguidamente hizo lo propio con su capucha, y emprendieron la marcha.

El bosque estaba desierto. La lluvia goteaba de la fronda entretejida sobre sus cabezas. Algunas ramas colgaban hasta la senda como garras dispuestas a aprisionar tanto a personas como a caballos. Las monturas trotaban cuidadosamente por el centro del sendero sin que sus jinetes tuvieran que guiarlos y levantaban las orejas ora a un lado ora al otro, como si escucharan las sombras. Los matorrales a ambos lados del camino eran tan espesos que sería imposible ocultarse entre los árboles en caso de necesidad. Kahlan se arrebujó en la capa. Tenían que seguir adelante o volver atrás, y esto último era imposible. Continuaron cabalgando el resto de la tarde.

Todavía no habían llegado al pantano cuando la suave luz grisácea del día empezó a desvanecerse. No tenían forma de saber cuánto faltaba aún. En la distancia oyeron aullidos y entonces se quedaron sin respiración.

Los canes corazón iban tras ellos.

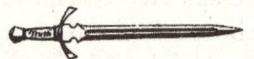

15

No fue necesario espolear a los caballos para que corrieran. Los animales se lanzaron al galope a toda velocidad, sin que sus jinetes intentaran frenarlos. Los aullidos de los canes corazón daban alas a los corceles. Las pezuñas levantaban agua y barro al golpear el suelo, y regueros de lluvia les caían por los costados, pero lo peor era el barro que se les adhería a patas y vientre y se endurecía. Cuando los canes lanzaron un alarido, los caballos resoplaron de miedo.

Richard dejó que Kahlan se pusiera en cabeza, pues quería estar entre ella y sus perseguidores. Los aullidos de los canes aún sonaban distantes, en la dirección del Límite, pero por cómo acortaban camino desde la izquierda, sabía que era sólo cuestión de tiempo que los alcanzaran. Si al menos pudieran desviarse a la derecha y alejarse del Límite, tendrían una oportunidad de esquivarlos, pero la espesura era impenetrable. Aun en el caso de hallar una abertura sólo podrían avanzar muy lentamente, lo que significaba una muerte segura. Su única oportunidad era permanecer en la senda y llegar al pantano antes de que los alcanzaran. Richard no sabía si aún quedaba mucho, ni lo que harían al llegar; sólo que debían llegar.

Los colores del día se confundían en un triste gris a medida que la noche se aproximaba. Ahora llovía a mares. Las gotas, pequeñas y frías, acribillaban la cara del joven, se calentaban al mezclarse con el sudor y le corrían por el cuello. Richard observó que los cuerpos de sus dos amigos rebotaban y eran zarandeados, y esperó que sus ataduras estuvieran bien firmes, que sus heridas no fuesen graves y que pronto recuperaran la consciencia. La cabalgada seguro que no les haría ningún bien. Kahlan no se volvió ni miró atrás. Su forma oscura se encorvaba sobre el caballo, totalmente concentrada.

El sendero describía curvas hacia adelante y hacia atrás, esquivando imponentes robles contrahechos y afloramientos rocosos. Los árboles muertos se fueron haciendo cada vez más infrecuentes. Las hojas de los robles, los fresnos y los arces impedían a los jinetes vislumbrar los últimos vestigios del cielo, lo que contribuía a oscurecer la senda. Los canes se encontraban ya peligrosamente cerca cuando la senda empezó a descender hacia un bosque de cedros totalmente empapado. «Una buena señal», pensó Richard; los cedros solían crecer en suelos húmedos.

El caballo de Kahlan desapareció tras el borde de una pronunciada pendiente. Al llegar al reborde Richard recuperó el contacto visual; Kahlan descendía hacia una hondonada. Lo único que le permitió ver la bruma y la tenue luz fue una extensión de enredadas copas de árboles en la distancia. Era el pantano Sierpe, por fin.

El olor a humedad y podredumbre lo asaltó cuando se lanzó por la pendiente tras ella, atravesando jirones de niebla que se arremolinaban y giraban a su paso. En la densa vegetación resonaban agudos gritos y ululatos. A su espalda, muy cerca ahora, percibía los aullidos de los canes corazón. Leñosas enredaderas colgaban de las ramas retorcidas y lustrosas que crecían en el agua sobre unas raíces semejantes a garras, mientras que enredaderas frondosas y más pequeñas se enrollaban alrededor de cualquier cosa que pudiera ofrecerles sostén. Todo parecía crecer encima de otra cosa, parasitándola. Había grandes extensiones de agua estancada que fluía sigilosa bajo los matorrales o rodeaba grupos de árboles de anchos troncos. Las lentejas de agua formaban una gruesa alfombra sobre las aguas oscuras y en calma, dando la impresión de que se trataba de un prado bien cuidado. La exuberante vegetación parecía tragarse el sonido de los cascos de los caballos, y sólo los gritos de los animales resonaban en el pantano.

La senda se convirtió en una estrecha vereda que apenas lograba mantenerse por encima de las negras aguas, y fue necesario frenar a los caballos por miedo a que se rompieran una pata con las raíces. Richard se fijó en que, al pasar el caballo de Kahlan, la superficie del agua se rizaba ligeramente como si algo se moviera. Entonces oyó a los canes en la parte superior de la hondonada. Kahlan se volvió. Si seguían en la vereda los canes los atraparían en cuestión de minutos. Mientras miraba alrededor, el joven ya desenvainaba la espada. Su característico sonido vibrante resonó por las turbias aguas. Kahlan se detuvo y se volvió a mirarlo.

—Allí —dijo Richard, señalando con la espada hacia la derecha—, a esa isla. Parece lo suficientemente elevada para estar seca. Tal vez los canes corazón no pueden nadar.

Era una pequeña esperanza pero no se le ocurría nada mejor. Chase había dicho que en el pantano estarían a salvo de los canes, pero no les había dicho por qué. Era lo único que se le ocurría, y Kahlan no vaciló. Hizo que el caballo entrara en el agua tirando del de Zedd. Richard los siguió de cerca, sin dejar de vigilar la vereda. Le pareció ver movimiento entre los árboles. El agua no tenía más de un metro de profundidad y el fondo era lodoso. El caballo de Kahlan la vadeaba delante de él, avanzando lentamente pero con seguridad hacia la isla, arrancando hierbas de su anclaje, hierbas que quedaban flotando en el agua.

Entonces vio las serpientes.

Unas criaturas negras se retorcían justo bajo la superficie y nadaban hacia ellos desde todas direcciones. Algunas sacaban la cabeza fuera y agitaban sus rojas lenguas en el húmedo aire. Tenían cuerpos de color marrón oscuro con manchas cobrizas. Eran casi invisibles en las lóbregas aguas y apenas perturbaban la superficie al nadar. Richard nunca había visto unas serpientes tan grandes. Kahlan, con la mirada fija en la isla, aún no las había visto. El joven se dio cuenta de que no conseguirían llegar a la isla antes de que los alcanzaran.

Se volvió y miró si podían regresar a la vereda. Pero las oscuras figuras de los canes corazón se habían agrupado allí, gruñendo y aullando. Con las cabezas gachas los enormes canes negros iban arriba y abajo, claramente deseosos de meterse en el agua para darles caza, pero no se atrevían.

Richard hundió la punta de la espada en el agua, dejando tras de sí una pequeña estela, al tiempo que se preparaba para atacar a la primera serpiente que se acercara lo suficiente. Pero algo sorprendente pasó. Cuando la espada entró en contacto con el agua, los ofidios dieron de pronto media vuelta y huyeron culebreando tan rápidamente como pudieron. De algún modo la magia de la espada los había ahuyentado. Richard no estaba seguro del porqué, pero se alegraba.

Los caballos fueron avanzando esquivando enormes troncos de árboles que se erigían como columnas en el cieno. Tanto Kahlan como Richard tuvieron que ir apartando de su camino enredaderas y masas de musgo. Al cruzar una zona del pantano donde las aguas no eran tan profundas, la punta de la espada quedó en el aire y las serpientes regresaron al instante. Richard se inclinó para hundirla de nuevo, y las serpientes huyeron otra vez. El joven se preguntó qué ocurriría al alcanzar terreno seco. ¿Conseguiría la magia de la espada que se quedaran en el agua? Aquellas serpientes podían causarles tantos problemas como los canes corazón.

Al trepar a la isla, el agua se escurrió por los flancos del caballo de

Kahlan. En el punto más alto —una pequeña elevación en el centro de la isla, donde la tierra estaba seca— crecían álamos, mientras que en el borde del agua había cedros, aunque en su mayor parte estaba cubierta por carrizos y algunos lirios. Para ver qué pasaba, Richard retiró la espada del agua antes de lo necesario, y las serpientes se lanzaron hacia él. Al salir del agua algunas se dieron la vuelta y se marcharon nadando y otras se quedaron en el borde del agua, acechando. Pero ninguna se aventuró a terreno seco.

Era casi de noche. Richard tendió a Zedd y a Chase junto a los álamos. A continuación sacó un trozo de lona de las mochilas y construyó un pequeño refugio sujetándolo entre los árboles. Todo estaba húmedo pero, como no soplaba el viento, la improvisada tienda evitaba que la lluvia los mojara. Encender fuego era imposible, ya que toda la leña que había por allí estaba completamente empapada. Al menos no hacía frío. Las ranas no cesaban de croar en la húmeda oscuridad. Richard colocó un par de velas sobre un trozo de madera, para que al menos tuvieran un poco de luz en el refugio.

Juntos examinaron a Zedd. El mago no presentaba heridas pero continuaba inconsciente. El estado de Chase tampoco había mejorado.

—No es buena señal que un mago cierre de este modo los ojos —comentó Kahlan, mientras acariciaba la frente del anciano—. No sé cómo puedo ayudarlos.

—Yo tampoco —replicó el joven, sacudiendo la cabeza—. Al menos, podemos alegrarnos de que no tengan fiebre. Tal vez encontremos un curandero en Puerto Sur. Voy a hacer unas parihuelas que los caballos puedan arrastrar. Creo que será mejor esto que volverlos a atar a las monturas, como hoy.

Kahlan cubrió a sus amigos con dos mantas más para mantenerlos calientes, tras lo cual ella y Richard se sentaron uno junto al otro, cerca de las velas. La lluvia goteaba a su alrededor. En la oscuridad, ojos amarillos los acechaban desde la vereda, entre los árboles. Los ojos se movían cuando los canes corazón caminaban inquietos de un lado a otro. De vez en cuando, Richard y Kahlan oían sus frustrados aullidos, y vigilaban a sus perseguidores por encima de las negras aguas.

—Me pregunto por qué no nos habrán seguido —comentó Kahlan, sin quitar ojo a los brillantes ojos.

—Creo que tienen miedo de las serpientes —replicó Richard, al tiempo que lanzaba a la mujer una mirada de soslayo.

Ésta se puso en pie de un salto y escrutó rápidamente la isla.

—¿Serpientes? ¿Qué serpientes? No me gustan las serpientes —dijo precipitadamente.

—Grandes serpientes de agua. —Richard levantó la vista hacia ella—. Se marcharon cuando introduje la espada en el agua. No creo que debamos preocuparnos; al llegar a terreno seco dejaron de seguirnos. Aquí estamos seguros.

Kahlan miró a su alrededor con recelo, se abrigó mejor con la capa y después volvió a sentarse, esta vez más cerca de él.

—Podrías haberme avisado —le recriminó, ceñuda.

—No lo supe hasta que las vi, y los canes nos pisaban los talones. No teníamos elección y, además, no sabía que las serpientes te dan miedo.

Kahlan no dijo nada más. El joven sacó una gran salchicha y una hogaza de pan seco, la última que les quedaba. Acto seguido partió la hogaza por la mitad, cortó la salchicha en trozos y ofreció algunos a Kahlan. Ambos sostuvieron una taza de hojalata bajo el agua de lluvia que goteaba de la lona. Comieron en silencio, atentos a cualquier signo de peligro a su alrededor, escuchando el golpeteo de la lluvia.

—Richard —preguntó finalmente la mujer—, ¿viste a mi hermana, allá en el Límite?

—No. Fuera lo que fuese lo que te atrapó, a mí no me pareció una persona, y apuesto a que al ser que maté al principio, a ti no te pareció mi padre. Simplemente adoptan una forma que recrea una persona a la que deseas ver, para seducirte.

—Creo que tienes razón. —Kahlan lanzó un suspiro y dio otro mordisco a la salchicha. Cuando acabó de masticar, añadió—: Me alegro. No soportaba la idea de que tuvimos que hacerles daño.

Richard asintió y la miró. El cabello de la mujer se veía húmedo, y algunos mechones se le pegaban a un lado de la cara.

—Hay algo más —le dijo—, algo que me parece muy extraño. La cosa del Límite, fuera lo que fuese, atacó a Chase rápidamente y lo tumbó al primer golpe y, antes de que pudiésemos hacer nada, te agarró a ti sin ningún problema. Lo mismo con Zedd: lo derribó a la primera. Pero cuando yo regresé a por ellos me atacó y falló, y ya no volvió a intentarlo.

—Sí, me di cuenta —confirmó Kahlan—. Ni siquiera se acercó. Fue como si no supiera dónde estabas. A nosotros tres pudo localizarnos perfectamente, pero a ti no.

—Tal vez fue cosa de la espada —dijo Richard tras un momento de reflexión.

Kahlan se encogió de hombros y comentó:

—Fuera por la razón que sea, me alegro.

Richard no estaba del todo seguro de que la razón fuese la espada. La *Espada de la Verdad* había asustado a las serpientes y las había hecho huir, pero la bestia del Límite no demostró ningún miedo; simplemente parecía que no podía localizarlo. Había una cosa que lo intrigaba: cuando mató al ser que tenía el aspecto de su padre no sintió ningún dolor. Zedd le había explicado que cada vez que matara con la espada tendría que pagar un precio y que sentiría el dolor de lo que había hecho. Tal vez no hubo dolor porque aquel ser ya estaba muerto. Tal vez no era real y todo estaba en su cabeza. No, era imposible; era lo suficientemente real para tumbar a sus amigos. Su convicción de que no era su padre lo que había matado empezó a flaquear.

Terminaron la comida en silencio. Richard cavilaba qué podía hacer por Zedd y Chase y llegó a la conclusión de que nada. Zedd llevaba medicinas en su bolsa, pero sólo él sabía cómo usarlas. Tal vez lo que los había dejado en ese estado fue la magia del Límite. Zedd también llevaba instrumentos mágicos, pero, de nuevo, sólo él sabía cómo usarlos.

Richard cogió una manzana, la troceó, quitó las semillas y ofreció la mitad a Kahlan. Ésta se acercó más y apoyó la cabeza en un brazo del joven mientras la comía.

—¿Cansada?

—Me duele incluso en lugares que no puedo mencionar —contestó la mujer con una sonrisa—. ¿Sabes algo acerca de Puerto Sur? —inquirió tras comer otro trozo de manzana.

—Sólo lo que decían guías que estaban de paso en la ciudad del Corzo. Según ellos, está lleno de ladrones y gentes que no encajan en ninguna otra parte.

—No parece el tipo de lugar en el que podamos encontrar un curandero. —Richard guardó silencio—. ¿Qué haremos si no hay ninguno?

—No lo sé. Pero mejorarán y se recuperarán.

—¿Y si no? —insistió Kahlan.

El joven apartó de la boca el trozo de manzana que estaba a punto de comerse y la miró.

—Kahlan, ¿qué tratas de decirme?

—Sólo digo que debemos estar preparados para dejarlos atrás y seguir solos.

—Imposible —repuso Richard con firmeza—. Los necesitamos. ¿Recuerdas cuando Zedd me dio la espada? Dijo que quería que encontrara la manera de pasar a todos al otro lado del Límite, que tenía un plan. Pero no me contó en qué consistía. —La mirada del joven se posó en los canes, al otro lado del agua—. Los necesitamos —repitió.

—¿Y si mueren esta noche? —preguntó Kahlan, arrancando la piel de un trozo de manzana—. ¿Qué haremos entonces? Tendremos que seguir adelante.

Richard sintió la mirada de Kahlan pero la evitó. Comprendía la urgencia de la mujer por detener a Rahl el Oscuro. Él sentía el mismo anhelo y no permitiría que nada les impidiera lograrlo, incluso si para ello debían abandonar a sus amigos. Pero aún no habían alcanzado ese punto. El joven era consciente de que únicamente trataba de tranquilizarse diciéndose que poseía la convicción y la determinación necesarias. Kahlan había sacrificado muchas cosas por su misión y perdido muchas otras a causa de Rahl. Ahora quería saber si él era capaz de continuar, costara lo que costase, si era capaz de seguir dirigiendo la misión.

La luz de las velas, un pequeño resplandor en la oscuridad, iluminaba suavemente la faz de la mujer, y en sus ojos se reflejaban las llamas. Richard sabía que ella no disfrutaba diciéndole tales cosas.

—Kahlan, soy el Buscador y soy consciente del peso que entraña tal responsabilidad. Haré todo lo que sea necesario para detener a Rahl el Oscuro. Cualquier cosa. Puedes confiar en mí. No obstante, no pienso renunciar tan fácilmente a las vidas de mis amigos. De momento ya tenemos suficientes preocupaciones; no nos creemos más.

La lluvia caía en la ciénaga con un sonido hueco que resonaba en la oscuridad después de atravesar las ramas de los árboles. Kahlan le puso la mano sobre un brazo, como para decirle que lo sentía. Pero Richard sabía que Kahlan no tenía nada de que arrepentirse; simplemente trataba de encararse con la verdad, al menos una de las posibles verdades, y quiso tranquilizarla.

—Si no mejoran, y si encontramos un lugar seguro donde dejarlos, con alguien en quien podamos confiar, entonces los dejaremos y continuaremos adelante solos —le aseguró, mirándola a los ojos.

—A eso me refería —dijo ella con un asentimiento de cabeza.

—Lo sé. —Richard se acabó la manzana—. ¿Por qué no duermes un poco? Yo me quedaré de guardia.

—No podría dormir —dijo ella, señalando a los canes corazón con un gesto de la cabeza—, con ellos vigilándonos, no. Ni sabiendo que nos rodean serpientes.

—Como quieras —repuso Richard con una sonrisa—; ¿y si me ayudas a hacer las parihuelas para transportar a Zedd y a Chase? Así podremos partir por la mañana, tan pronto como los canes se marchen.

Kahlan le devolvió la sonrisa y se levantó. Richard cogió un hacha de Chase de peligroso aspecto y comprobó que era tan adecuada para cortar madera como para cortar carne y hueso. El joven no estaba seguro de que a Chase le gustara saber que había usado una de sus preciosas armas para eso. De hecho, sabía que no le haría maldita la gracia. Richard sonrió para sí mismo; apenas podía esperar a decírselo. En su

202

mente ya se imaginaba el gesto de desaprobación que aparecería en el rostro de su fornido amigo. Desde luego Chase tendría que adornar la historia cada vez que la contara. Para el guardián una historia sin adornos era como una carne sin salsa; seca e insípida.

Sus amigos se pondrían mejor, se dijo a sí mismo. Tenían que ponerse mejor. No podría soportar que murieran.

Trabajaron durante varias horas. Kahlan no se apartó de su lado, pues temía a las serpientes, y los canes corazón no dejaron de acecharlos. Richard se planteó la posibilidad de tratar de deshacerse de alguno de ellos con la ballesta de Chase pero finalmente desechó la idea: el guardián se enojaría con él por desperdiciar preciosas flechas sin motivo. Los canes no podían llegar hasta ellos y al amanecer desaparecerían.

Al acabar echaron un vistazo a los heridos y después se sentaron, juntos, cerca de las velas. Richard sabía que Kahlan estaba agotada —él mismo apenas podía mantener los ojos abiertos—, pero la mujer se negaba a tumbarse y dormir. En vez de eso prefirió recostar la cabeza en su hombro. Al poco rato su respiración se hizo más lenta; estaba dormida. Pero no era un sueño plácido, tenía pesadillas. Cuando empezó a gemir y a moverse, Richard la despertó. Kahlan respiraba agitadamente y parecía a punto de llorar.

—¿Una pesadilla? —le preguntó el joven, acariciándole el pelo con el dorso de los dedos para tranquilizarla.

La mujer asintió, sin alzar la cabeza.

—Soñaba que tenía a esa cosa del Límite alrededor de las piernas. En mi sueño era una serpiente enorme.

Richard le rodeó los hombros con un brazo y la estrechó con fuerza. Ella no se resistió, sino que flexionó las rodillas y se las abrazó, acurrucándose contra Richard. Al joven le preocupaba que Kahlan oyera los latidos de su corazón. Si los oyó no dijo nada y al poco rato volvía a estar dormida. El joven escuchó la respiración de la mujer, el croar de las ranas y la lluvia. Kahlan dormía plácidamente. Richard cerró los dedos alrededor del colmillo que llevaba bajo la camisa. Vigilaba a los canes corazón, y ellos lo vigilaban a él.

Kahlan despertó poco antes del alba, cuando aún estaba todo oscuro. Richard se sentía tan cansado que le dolía la cabeza. Kahlan insistió en que se tumbara y durmiera mientras ella vigilaba. Richard no quería; quería seguir abrazado a ella, pero tenía demasiado sueño para ponerse a discutir.

Cuando la mujer lo sacudió dulcemente para despertarlo, ya era de día. A la luz del amanecer, débil y gris, que se filtraba a través del verde oscuro del pantano y de la densa bruma, el mundo parecía pequeño y como ocluido. El agua que los rodeaba era un caldo con vegetación descompuesta en remojo, surcado de vez en cuando por criaturas invisibles que rizaban la superficie. Entre las lentejas de agua emergían ojos negros que los miraban impasibles.

—Los canes corazón se han marchado —le informó Kahlan. Su actitud era más seca que la noche anterior.

—¿Cuándo? —preguntó Richard, al tiempo que se frotaba los brazos, en los que tenía calambres.

—Hace veinte o treinta minutos. Cuando amaneció se marcharon precipitadamente.

Kahlan le tendió una taza con té caliente, y Richard la miró con ojos interrogadores. Ella sonrió.

—La he sostenido sobre la llama de la vela para calentarlo.

Al joven le sorprendió su ingenio. Kahlan le ofreció unas frutas secas y comió otras tantas. Richard se fijó en que tenía el hacha apoyada contra la pierna y se dijo que sabía perfectamente cómo hacer guardia.

Aún lloviznaba. Extraños pájaros emitían agudos y entrecortados chillidos por el pantano y otros les respondían en la distancia. Los bichos volaban unos pocos centímetros por encima del agua, y ocasionalmente algo invisible salpicaba.

—¿Algún cambio en Zedd o Chase? —se interesó el joven.

—Zedd respira más lentamente —contestó ella con cierta renuencia.

Richard se apresuró a comprobarlo. Zedd apenas parecía mantenerse con vida; tenía las mejillas hundidas y un color ceniciento. El joven puso una oreja sobre el pecho del anciano y oyó que el corazón le latía con normalidad, aunque respiraba muy lentamente y estaba cubierto por un sudor frío.

—Creo que ya no tenemos nada que temer de los canes corazón. Deberíamos ponernos en marcha y tratar de buscar ayuda —dijo a Kahlan.

Pese a que Richard sabía que Kahlan tenía miedo a las serpientes —él también, y así se lo confesó—, ella no dejó que eso interfiriera. Confiaba en que, tal como él le aseguraba, las serpientes no se acercarían a la espada, y cruzó sin vacilar cuando él se lo dijo. Tuvieron que cruzar dos veces, una con Zedd y Chase y otra con las parihuelas, pues sólo servirían en terreno seco.

Engancharon las varas a los caballos pero no colocaron a los heridos sobre las parihuelas, pues la maraña de raíces que cubría la senda impediría que se deslizaran suavemente. Tendrían que esperar hasta salir del pantano y encontrar un camino mejor.

No lo hallaron hasta media mañana. Se detuvieron sólo el tiempo suficiente para acomodar a sus amigos heridos en las parihuelas y cubrirlos con mantas y lona impermeable. Richard comprobó con satisfacción que el arreglo funcionaba muy bien; no frenaba su marcha y, gracias al barro, las parihuelas se deslizaban sin problemas. Él y Kahlan comieron su almuerzo encima de los caballos, compartiendo los alimentos al tiempo que cabalgaban uno junto a otro. Avanzaron bajo la lluvia y sólo se pararon para echar un vistazo a Zedd y a Chase.

Llegaron a su destino antes de caer la noche. Puerto Sur no era más que un grupo de edificios destartalados y casas que se levantaban torcidas entre robles y hayas, casi como si dieran la espalda al camino para eludir preguntas y miradas honestas. Ninguna parecía haber recibido nunca una capa de pintura. Algunas habían sido remendadas con parches de hojalata, sobre los que la continua lluvia repiqueteaba. En el centro de la ciudad había una tienda de suministros y, a su lado, un edificio de dos plantas. Un letrero toscamente tallado proclamaba que era la taberna, pero en él no figuraba ningún nombre. La luz amarilla de las lámparas que se filtraba por las ventanas de la planta baja era la única nota de color que rompía el gris de día y de los edificios. Tambaleantes montones de basura se apilaban contra un costado del edificio, y la casa vecina se inclinaba en solidaridad con la pila de inmundicias.

—No te separes de mi lado —dijo Richard al desmontar—. Los hombres de por aquí son peligrosos.

—Estoy acostumbrada a los de su ralea —replicó Kahlan con una extraña sonrisa en una comisura de los labios.

Richard se preguntó qué habría querido decir pero se abstuvo de preguntar.

Las conversaciones enmudecieron cuando Richard y Kahlan traspusieron la puerta, y todos se volvieron a mirarlos. La taberna era lo que Richard ya se esperaba. Las lámparas de aceite iluminaban una sala en la que flotaba el acre y espeso humo de pipa. Las mesas, dispuestas sin orden ni concierto, eran toscas; algunas simples tableros colocados sobre barriles. No había sillas, sólo bancos. A la izquierda se veía una puerta cerrada que probablemente conducía a la cocina. A la derecha, en las sombras, se veía una escalera sin pasamanos que llevaba a las habitaciones de los huéspedes. En el suelo, moteado con manchas oscuras y salpicaduras, se abrían pasillos entre los desperdicios.

Los parroquianos eran un hatajo de tipos duros; tramperos y aventureros. Casi todos eran fornidos y muchos llevaban una barba desaliñada. El lugar olía a cerveza, humo y sudor.

205

Kahlan se mantenía muy erguida y con gesto altivo a su lado. No era una mujer que se dejara intimidar fácilmente. Richard pensó que, tal vez, en esta ocasión sí debería sentirse intimidada. La mujer resaltaba entre aquella chusma como un anillo de oro en el dedo de un mendigo. Su modo de conducirse resaltaba aún más el patético aspecto del local.

Cuando se retiró la capucha de la capa, los hombres esbozaron muecas que dejaron al descubierto una colección de dentaduras torcidas y con huecos. Las hambrientas miradas de los hombres contradecían sus sonrisas burlonas. Richard deseó que Chase estuviera despierto.

El alma se le cayó a los pies al darse cuenta de que habría problemas.

Un hombre corpulento se acercó a ellos. Llevaba una camisa sin mangas y un delantal que parecía que nunca hubiese sido blanco. La parte superior de la cabeza, que había sido afeitada, relucía y reflejaba la luz de las lámparas, mientras que el encrespado vello negro de los brazos rivalizaba con el de la barba. El hombre se limpió las manos en un mugriento trapo, que después se colocó sobre un hombro.

—¿Puedo hacer algo por vosotros? —preguntó en tono seco. Esperó haciendo rodar un palillo en la boca con la lengua.

—¿Hay algún curandero en esta ciudad? —preguntó Richard. Con el tono de voz y la mirada informó al tabernero de que se enfrentaría a los camorristas.

—No —respondió el hombre, fijando primero los ojos en Kahlan y después otra vez en Richard.

El joven reparó en que, a diferencia de los demás hombres, el tabernero no miraba a Kahlan con lujuria. Era un dato importante.

—Entonces quisiéramos una habitación. Fuera hay dos amigos que están heridos —añadió, bajando la voz.

—No quiero problemas. —El tabernero se sacó el palillo de la boca y se cruzó de brazos.

—Y yo tampoco —replicó Richard, en tono deliberadamente amenazador.

El hombre calvo examinó a Richard de la cabeza a los pies, deteniéndose por un momento en la espada. Con los brazos aún cruzados, evaluó la mirada del joven.

—¿Cuántas habitaciones quieres? Estoy casi hasta los topes.

—Con una bastará.

Un hombretón se puso en pie en el centro de la sala. Tenía una greñuda mata de pelo rojizo y unos ojos demasiado juntos, de mirada malvada. La parte delantera de su espesa barba estaba húmeda de cerveza y llevaba una piel de lobo sobre un hombro. Una mano descansaba en la empuñadura de un largo cuchillo.

—La zorra que te acompaña parece de las caras, chico —dijo—. Supongo que no te importará que subamos a tu habitación y la compartamos contigo.

Richard lo fulminó con la mirada. Sabía que ese reto sólo podía saldarse con sangre. Sin apartar la mirada del hombretón, se llevó una mano hacia la espada, lentamente. La cólera se apoderó de él antes incluso de que sus dedos se cerraran alrededor de la empuñadura. Ese día tendría que matar a otros hombres.

A muchos.

La mano de Richard se cerró con fuerza sobre el trenzado, hasta que los nudillos se le pusieron blancos. Kahlan le tiró con fuerza de la manga derecha y pronunció su nombre en voz baja, haciendo una inflexión en la última sílaba, tal como su madre solía hacer para advertirle que se mantuviera alejado de algo. El joven la miró furtivamente. Kahlan se dirigió al pelirrojo una seductora sonrisa.

—Me parece que lo habéis entendido mal, muchachos —dijo con voz ronca—. Veréis, hoy es mi día libre. Soy yo quien ha contratado los servicios de él por una noche. —Con estas palabras dio una buena palmada a Richard en el trasero. Éste se quedó paralizado por la sorpresa. La mujer se pasó la lengua por el labio superior mientras miraba al camorrista—. Pero si no se gana lo que le he pagado, tú serás el primero al que acudiré. —Kahlan sonrió lasciva.

Se hizo un silencio total. Richard luchó con todas sus fuerzas para resistir el impulso de desenvainar la espada. Con la respiración contenida, esperó a ver el cariz que tomaban los acontecimientos. Kahlan seguía sonriendo a los hombres de un modo que encolerizaba aún más al joven.

La vida y la muerte se tomaron las medidas en los ojos del hombre de cabello bermejo. Nadie se movía. Finalmente sus labios dibujaron una amplia sonrisa y prorrumpió en carcajadas. Todos los demás se pusieron a silbar, gritar y reír. El hombre se sentó y los demás parroquianos empezaron de nuevo a hablar, sin hacer caso de Richard y Kahlan. El joven soltó un suspiro. El tabernero hizo con ellos un pequeño aparte y dirigió a Kahlan una sonrisa de respeto.

—Te doy las gracias, señora. Me alegro de que tu cabeza sea más rápida que la mano de tu amigo. Es posible que este local os parezca muy poca cosa, pero es mío, y tú, señora, acabas de impedir que quede destrozado.

—Ha sido un placer —respondió Kahlan—. ¿Tienes una habitación para nosotros?

—Hay una arriba, al final del pasillo a la derecha —dijo el tabernero, volviendo a meterse el palillo en una esquina de la boca—. La puerta tiene cerrojo.

—Tenemos dos amigos fuera —intervino Richard—. Necesitaré ayuda para subirlos.

—No es buena idea que esa panda vea que cargáis con heridos —dijo el tabernero señalando con la cabeza a la sala llena de hombres—. Vosotros id a la habitación, como ellos esperan. Mi hijo está en la cocina. Él y yo subiremos a vuestros amigos por la escalera de atrás para que nadie los vea. —A Richard no le gustó la idea—. Confía un poco en mí, amigo —dijo el tabernero en voz baja—, o tus compañeros lo pasarán mal. Por cierto, me llamo Bill.

Richard miró a Kahlan, pero el rostro de la mujer era impenetrable. Entonces su mirada se posó de nuevo en el tabernero. Era un hombre duro y curtido, pero no le parecía una persona artera. No obstante, las vidas de sus amigos estaban en juego. El joven trató de que su voz no sonara amenazadora al replicar:

—De acuerdo, Bill, haremos lo que propones.

El tabernero sonrió débilmente y asintió, al tiempo que hacía rodar de nuevo el palillo en la boca.

Richard y Kahlan subieron a la habitación y esperaron. El techo era incómodamente bajo, y la pared situada junto a la única cama estaba cubierta con años de escupitajos. Además de la cama, no había más mobiliario que una mesa de sólo tres patas y un corto banco en la esquina opuesta. Una única lámpara de aceite, situada encima de la mesa, emitía un débil resplandor. El cuarto, sin ventanas, era desolador y olía a rancio. Richard se dedicó a pasear de un lado a otro, mientras Kahlan, sentada en la cama, lo miraba ligeramente incómoda. Finalmente el joven se le acercó y le espetó:

—No puedo creer lo que has hecho allí abajo.

—Lo importante es el resultado —replicó ella, poniéndose en pie y mirándolo a los ojos—. Si te hubiera dejado hacer lo que pretendías habrías corrido un gran riesgo. Y por nada.

—Pero ahora esos hombres piensan que...

—¿Y qué te importa a ti lo que piensen?

—Ya... pero... —Richard notó que se sonrojaba.

—He jurado defender la vida del Buscador con la mía y haré todo lo que sea preciso para cumplir el juramento. Cualquier cosa —añadió, lanzándole una mirada muy elocuente y enarcando una ceja.

Frustrado, Richard trató de encontrar las palabras para expresar su enojo, sin que pareciera que estaba enfadado con ella. Había estado a punto de correr un riesgo mortal; una sola palabra equivocada y se habría lanzado. Después, dar marcha atrás había sido terriblemente difícil. El joven aún sentía cómo la sangre le hervía. Era difícil entender cómo la furia anulaba su racionalidad y lo invadía con un ardiente impulso, y aún mucho más difícil explicárselo a ella. Pero los ojos verdes de Kahlan lo relajaban y apaciguaban su cólera.

—Richard, no olvides cuál es nuestro propósito.

—¿Qué quieres decir?

—Rahl el Oscuro. Es en él en quien debes pensar. Esos hombres de abajo no deben preocuparnos. Simplemente tenemos que dejarlos atrás. Nada más. No malgastes tus pensamientos con ellos. Sería un desperdicio. Concentra tus energías en nuestra misión.

—Tienes razón. —El joven suspiró y asintió—. Lo siento. Esta noche te has comportado de manera muy valiente, aunque a mí no me haya gustado ni pizca.

Kahlan lo rodeó con sus brazos, apoyó la cabeza en el pecho del joven y le dio un lento abrazo. Alguien llamó suavemente a la puerta. Después de asegurarse de que era Bill, Richard abrió. El tabernero y su hijo entraron a Chase y lo dejaron cuidadosamente en el suelo. Cuando el hijo, un adolescente desgarbado, vio a Kahlan se enamoró de ella al instante, desesperadamente. Richard comprendió lo que le ocurría, aunque no le gustara.

—Éste es mi hijo, Randy —dijo el tabernero, señalando con el pulgar. Randy estaba en trance y no podía dejar de mirar fijamente a Kahlan. Bill se volvió hacia Richard y se secó la lluvia de la calva con el trapo que llevaba colgado del hombro. Aún tenía el palillo en la boca.

—No me dijiste que tu amigo era Dell Marcafierro.

—¿Te supone eso un problema? —inquirió Richard, instantáneamente receloso.

—Para mí no. —Bill sonrió—. El guardián y yo hemos tenido nuestros más y nuestros menos pero es un hombre justo. A mí no me crea dificultades. A veces viene por aquí, cuando está en la zona por asuntos oficiales. Pero los hombres de abajo lo destrozarían.

—Lo intentarían —lo corrigió Richard.

—Bueno, vamos a por el otro —replicó Bill con una ligera sonrisa.

Cuando se marcharon Richard entregó a Kahlan dos monedas de plata.

—Cuando regresen dale al chico una para que lleve los caballos al establo y se cuide de ellos. Dile que si los vigila por la noche y los tiene preparados al amanecer, le darás otra.

—¿Qué te hace pensar que lo hará?

Richard soltó una breve carcajada.

—No te preocupes, lo hará si tú se lo pides. Solamente tienes que sonreírle.

Bill regresó llevando en sus fornidos brazos a Zedd. Randy lo seguía, cargando con la mayor parte de sus bolsas. El tabernero depositó con delicadeza al anciano en el suelo, junto a Chase. Entonces miró a Richard bajo sus crespas cejas y se volvió a su hijo.

—Randy, trae una jofaina, un jarro con agua y una toalla limpia para la señora. Creo que le gustará asearse un poco.

Randy salió del cuarto caminando hacia atrás, sonriendo y tropezando con sus propios pies. Bill observó su salida y, una vez fuera, dirigió a Richard una intensa mirada, sacándose el palillo de la boca.

—Tus amigos están muy mal. No te preguntaré qué les ha pasado, porque un tipo listo no me lo diría y creo que tú eres listo. En la ciudad no hay ningún curandero, pero hay alguien que quizá pueda ayudarlos; una mujer llamada Adie. Todos la llaman la mujer de los huesos. La mayoría la teme. Esa pandilla de abajo nunca se atrevería a acercarse a su casa.

—¿Por qué? —preguntó Richard ceñudo. Recordaba que Chase había dicho que Adie era una amiga.

—Porque —contestó Bill, lanzando una mirada a Kahlan, después a Richard y entrecerrando los ojos—, porque son supersticiosos. Creen que trae mala suerte y, además, vive cerca del Límite. Dicen que la gente que la disgusta tiene la mala costumbre de morirse de repente. Ojo, no digo que sea verdad. De hecho, yo no lo creo. Más bien pienso que es todo producto de su imaginación. Adie no es una curandera, pero sé que ha ayudado a algunas personas. Es posible que también pueda hacer algo por vuestros amigos. Yo de vosotros rezaría para que fuese así, pues no durarán mucho si no los ayudan.

—¿Cómo podemos encontrar a la mujer de los huesos? —preguntó Richard, pasándose los dedos por el pelo.

—Tomad el camino que parte del establo y torced a la izquierda. Su casa está a unas cuatro horas a caballo.

—¿Por qué nos ayudas? —quiso saber Richard.

—Digamos que estoy ayudando al guardián. —Bill sonrió y cruzó sus musculosos brazos sobre el pecho—. Chase mantiene a raya a algunos de mis otros clientes y, gracias a los guardianes, recibo ingresos del gobierno, por la taberna y también por la tienda de suministros que tengo aquí al lado. Si sale de ésta, no olvidéis decirle que yo ayudé a salvarle la vida. Seguro que lo sacará de quicio —añadió, riéndose entre dientes.

Richard sonrió; entendía perfectamente por qué reía Bill. Chase no soportaba que nadie lo ayudase. El tabernero conocía al guardián.

—Tranquilo, me aseguraré de decirle que le has salvado la vida. —El tabernero pareció complacido—. Puesto que esa mujer de los huesos vive sola, muy cerca del Límite, y yo voy a pedirle ayuda, creo que sería una buena idea llevarle algunas cosas. ¿Podrías prepararnos un paquete con provisiones?

—Pues claro. Estás hablando con el proveedor oficial; el consejo de la ciudad del Corzo se encarga de reembolsarme. Claro que esos consejeros ladrones recuperan casi todo su dinero con los impuestos. Puedo anotarlo en mi libro de cuentas y el gobierno lo pagará, si es que se trata de un asunto oficial.

—Lo es.

Randy regresó con la jofaina, el agua y toallas. Kahlan le puso una moneda de plata en la mano y le pidió que cuidara de los caballos. El jovenzuelo miró a su padre en busca de aprobación, y Bill asintió.

—Dime cuál es tu caballo y lo cuidaré de manera muy especial —dijo Randy con una amplia sonrisa.

—Todos son míos. Cuida bien de todos; mi vida depende de ello —contestó la mujer, devolviéndole la sonrisa.

—Cuenta conmigo —le dijo Randy, súbitamente serio. Incapaz de decidir qué hacer con las manos acabó por metérselas en los bolsillos—. No permitiré que nadie se acerque a ellos. —Nuevamente retrocedió hacia la puerta de espaldas y cuando ya sólo tenía dentro la cabeza, añadió—: Quiero que sepas que no creo ni una sola palabra de lo que esos hombres de abajo están diciendo sobre ti. Y así se lo he hecho saber.

—Gracias. —A su pesar, Kahlan no pudo evitar sonreír—. Pero no quiero ponerte en peligro. Por favor, mantente alejado de esos hombres y no menciones que has hablado conmigo, porque eso los envalentonaría.

Randy sonrió, hizo un gesto de asentimiento y se marchó. Bill puso los ojos en blanco y meneó la cabeza. Acto seguido miró a Kahlan con una sonrisa en los labios.

—Supongo que no te plantearías la posibilidad de quedarte y casarte con el chico. No le iría nada mal tener pareja.

En los ojos de Kahlan centelleó una fugaz mirada de dolor y pánico. La mujer se sentó en la cama y clavó los ojos en el suelo.

—Sólo era una broma —se disculpó Bill—. Os traeré algo de cena —dijo, dirigiéndose a Richard—. Patatas hervidas y carne.

—¿Carne? —inquirió Richard, suspicaz.

—No te preocupes, no me atrevería a servir a esos camorristas carne de mala calidad. —El tabernero soltó una risita—. Serían capaces de cortarme la cabeza.

A los pocos minutos regresó con dos platos humeantes que dejó encima de la mesa.

—Gracias por tu ayuda —dijo Richard.

—No me lo agradezcas. —Bill enarcó una ceja—. Lo anotaré todo en mi libro de cuentas. Por la mañana te lo traeré para que firmes. ¿Hay alguien en la ciudad del Corzo que pueda reconocer tu firma?

—Sí —contestó Richard con una sonrisa—. Me llamo Richard Cypher. Mi hermano es el Primer Consejero.

—Lo siento. —El tabernero se encogió y súbitamente flaqueó—. No que tu hermano sea Primer Consejero, sino no haberlo sabido antes. Me refiero a que, si lo hubiera sabido, os hubiera ofrecido mejores alojamientos. Podéis quedaros en mi casa. No es gran cosa pero sí es mejor que esto. Llevaré vuestras cosas allí ahora mismo y...

—Bill, no pasa nada. —Richard se acercó al tabernero y le puso una mano en la espalda para tranquilizarlo. De pronto Bill ya no parecía tan temible—. Es mi hermano quien es Primer Consejero, no yo. Este cuarto está bien. Todo está bien.

—¿Estás seguro? ¿Todo? No vas a enviarme al ejército, ¿verdad?

—Nos has ayudado mucho, de verdad. Además, no tengo nada que ver con el ejército.

—Pero viajas con el jefe de los guardianes del Límite —insistió Bill, que aún no estaba convencido.

—Chase es un amigo mío de hace muchos años. —Richard sonrió cálidamente—. Y el anciano también. Son amigos, nada más.

—Bueno, si eso es cierto, ¿qué tal si anoto un par de habitaciones más en mi libro de cuentas? —Los ojos de Bill se iluminaron—. En su estado no sabrán si las ocuparon o no.

—Eso no estaría bien, y yo no pienso firmarlo —replicó Richard, sin dejar de sonreír y dando unas palmaditas en la espalda al tabernero.

—Sí, realmente eres amigo de Chase. —Bill soltó el aire en un gran suspiro y sonrió burlón, asintiendo para sí mismo—. Ahora te creo. En todo el tiempo que lo conozco no he logrado que Chase engordara un poco mi libro de cuentas.

Richard entregó al tabernero algunas monedas de plata y le dijo:

—Pero esto no está mal. Te agradezco lo que estás haciendo por nosotros y también te agradecería que esta noche aguaras la cerveza. Los borrachos no suelen apreciar demasiado sus vidas. —Bill esbozó una sonrisa cómplice—. Tienes unos clientes muy peligrosos.

—Por esta noche lo haré —accedió el tabernero, después de estudiar los ojos de Richard, echar una rápida mirada a Kahlan y posarlos de nuevo en el joven.

—Si alguien traspone esa puerta esta noche, lo mataré sin hacer preguntas —le advirtió Richard, lanzándole una dura mirada. El tabernero se la devolvió.

—Haré lo que pueda para evitar que eso ocurra, aunque tenga que golpear algunas cabezas. Comed la cena antes de que se enfríe —agregó, dirigiéndose a la puerta—. Y cuida bien de la mujer; tiene una buena cabeza sobre los hombros. Una cabeza muy bonita, sí señor —apostilló, volviéndose hacia Kahlan y guiñando un ojo.

—Una cosa más, Bill. El Límite se está derrumbando. Caerá dentro de pocas semanas. Ten mucho cuidado.

El tabernero tomó aire y el pecho se le hinchó. Sostuvo el pomo de la puerta con la mirada fija en Richard.

—Me parece que el consejo se equivocó de hermano. Pero si se preocuparan por hacer lo correcto, no serían consejeros. Vendré a despertaros por la mañana, cuando el sol haya salido y sea seguro.

Cuando se marchó Kahlan y Richard se sentaron muy juntos en el pequeño banco y comieron la cena. El cuarto que ocupaban estaba situado en la parte trasera del edificio y el bar se encontraba delante, por lo que había más silencio del que Richard había esperado. El único ruido que les llegaba era un zumbido ahogado. La comida también era mejor de lo que había esperado, o tal vez sólo estaba hambriento. Se sentía tan agotado que la cama también le parecía maravillosa. Kahlan se dio cuenta.

—Anoche sólo dormiste una o dos horas, de modo que yo haré la primera guardia. Si los hombres de abajo deciden subir no será hasta más tarde, cuando hagan acopio de coraje. Si vienen, será mejor que te encuentren descansado.

—¿Es más fácil matar cuando estás bien descansado? —Richard se arrepintió de sus palabras apenas las hubo pronunciado. No había sido su intención que sonaran tan duras. El joven se dio cuenta de que agarraba el tenedor con tanta fuerza como si fuera una espada.

—Lo siento, Richard, no quería decir eso. Lo que quería decir es que no quiero que te hagan daño. Si estás cansado no podrás defenderte. Temo por ti.

Kahlan jugueteó con una patata que había en el plato. Su voz apenas era un susurro.

—Siento tanto haberte metido en este tremendo lío. No quiero que tengas que matar a nadie. No quería que mataras a esos hombres de abajo. Ésta es la única razón por la que me comporté como lo hice: para que no tuvieras que matarlos.

Richard la miró. Kahlan tenía la vista clavada en el plato, y le dolió ver la expresión de dolor en su rostro. Juguetón, la empujó con un hombro.

—No me hubiera perdido este viaje por nada. Me da la oportunidad de pasar algún tiempo con mi amiga. —Kahlan lo miró con el rabillo del ojo, y él sonrió.

La mujer le devolvió la sonrisa y apoyó la cabeza en el hombro de Richard un momento, antes de comerse la patata. La sonrisa de la mujer lo reconfortó.

—¿Por qué quisiste que pidiera al chico que cuidara de los caballos?

—Como tú misma dijiste, lo importante son los resultados. El pobre chico está loco por ti y, puesto que tú se lo pediste, vigilará a los caballos mejor que nosotros mismos. —Kahlan lo miró como si no pudiera creerlo—. Ejerces un efecto devastador en los hombres —le aseguró.

La sonrisa de la mujer vaciló y su expresión se tornó angustiada. Richard sabía que se estaba aproximando a sus secretos, por lo que no dijo nada más. Al acabar de cenar, Kahlan sumergió el extremo de una toalla en el agua de la jofaina, fue hacia Zedd y le lavó el rostro con ternura. Entonces miró a Richard.

—Sigue igual, no ha empeorado. Por favor, Richard, deja que yo haga la primera guardia. Tú duerme un poco.

El joven asintió, se tendió en la cama y a los pocos segundos ya dormía. De madrugada Kahlan lo despertó para que la relevara. Mientras la mujer se echaba en la cama, Richard se lavó la cara con agua fría para despejarse y después se sentó en el banco y se apoyó en la pared, esperando. Mientras vigilaba, chupaba un pedazo de fruta seca para quitarse el mal sabor de boca.

Una hora antes del amanecer hubo una apremiante llamada a la puerta.

—¿Richard? —dijo una voz apagada—. Soy Bill. Abre la puerta. Tenemos problemas.

16

Mientras Richard abría la puerta un palmo, Kahlan saltó de la cama, se limpió las legañas y empuñó el cuchillo. Bill, jadeando, se introdujo dentro y cerró la puerta empujando con la espalda. Tenía la frente perlada de sudor.

—¿Qué pasa? ¿Qué ha ocurrido? —preguntó Richard.

—Todo estaba bastante tranquilo. —Bill tragó saliva y trató de recuperar el aliento—. Pero, entonces, hace un rato, se presentaron dos tipos. Salieron de la nada. Eran hombres grandotes con el cuello muy grueso y rubios, apuestos y armados hasta los dientes. El tipo de hombres a los que uno evita mirar a los ojos. —El tabernero respiró hondo varias veces.

Richard lanzó una rápida mirada a los ojos de Kahlan. En ellos se leía la certeza de quiénes eran. Al parecer, el «problemilla» con el que se había topado la cuadrilla, gracias al mago, no había sido suficiente.

—¿Dos? ¿Estás seguro de que no era más? —quiso saber Richard.

—Yo sólo vi entrar a dos, pero eran suficiente. —Los grandes ojos de Bill lo miraron bajo sus crespas cejas—. Uno estaba malherido; llevaba un brazo en cabestrillo y tenía grandes zarpazos en el otro brazo. Sin embargo, no parecía importarle. Sea como sea, empezaron a preguntar sobre una mujer cuya descripción coincidía con la de la señora, excepto que ella no lleva un vestido blanco. Ya se encaminaban hacia la escalera cuando estalló una riña sobre quién iba a hacer qué con ella. Tu amigo, el pelirrojo, se abalanzó sobre el del brazo en cabestrillo y le rebanó el gaznate. El otro desconocido despachó a un grupo de mis clientes en un abrir y cerrar de ojos. Nunca había visto nada igual. Entonces, desapareció de repente. Se desvaneció en la nada. Hay sangre por todas partes.

»Ahora, el resto está ahí abajo, discutiendo sobre quién será el primero en... —Lanzó una mirada a Kahlan y no completó la frase. Acto seguido se enjugó la frente con el dorso de la manga—. Randy, lleva los caballos a la parte de atrás. Tenéis que marcharos enseguida. Dirigíos a casa de Adie. El sol saldrá dentro de una hora y los canes corazón están a dos horas de distancia, por lo que estaréis seguros. Pero debéis daros prisa.

Richard cogió a Chase por las piernas y Bill lo hizo por los hombros. Entonces dijo a Kahlan que abriera la puerta y que recogiera sus cosas. Ambos hombres bajaron la escalera de atrás, cargando con el peso del guardián. Fuera estaba oscuro y llovía. La luz de las lámparas que se filtraba por las ventanas centelleaba en los charcos, arrancando reflejos amarillos a las formas húmedas y negras de los caballos. Randy esperaba, sujetando los caballos con aire de preocupación. Después de dejar a Chase en una de las literas, subieron corriendo la escalera lo más silenciosamente posible. Bill cogió a Zedd en brazos, mientras Richard y Kahlan se ponían las capas y cargaban con sus pertenencias. Los tres bajaron apresuradamente y corrieron hacia la puerta.

Al salir en tromba a punto estuvieron de pisar a Randy, que yacía despatarrado en el suelo. Richard alzó la vista justo a tiempo de ver al hombre de pelo bermejo que lo atacaba. El joven saltó hacia atrás, evitando por muy poco el cuchillo largo del camorrista. Éste cayó al barro. Con una rapidez sorprendente, se arrodilló, encolerizado, y entonces se quedó rígido, con la punta de la espada a un milímetro de la nariz. En el aire vibraba el sonido del acero. El pelirrojo levantó sus crueles ojos negros. Agua y barro le chorreaban por el pelo y caían al suelo. Richard hizo girar la espada en la mano y le asestó un fuerte golpe en la cabeza. El pendenciero se derrumbó.

Bill depositó a Zedd en la parihuela, mientras Kahlan daba la vuelta a Randy. El muchacho tenía un ojo a la funerala. La lluvia le caía en la cara. Entonces gimió, abrió el ojo sano y vio a Kahlan. Al verla sonrió bonachón. Aliviada porque no estuviera herido de gravedad, la mujer lo abrazó y lo ayudó a ponerse en pie.

—Me ha atacado —dijo en tono de disculpa—. Perdóname.

—Eres un joven muy valiente. No hay nada que perdonar. Gracias por ayudarnos. Y a ti también —añadió, mirando a Bill.

El tabernero sonrió y aceptó las gracias con una inclinación de cabeza. Rápidamente cubrieron a Zedd y a Chase con mantas y aseguraron las bolsas. Bill les dijo que ya había cargado el paquete para Adie sobre el caballo de Chase. Richard y Kahlan montaron. La mujer lanzó una moneda de plata a Randy.

—El pago, como prometí —le dijo. El chico cazó la moneda al vuelo y sonrió.

Richard se inclinó, estrechó la mano de Randy y, muy serio, le dio las gracias. Entonces señaló a Bill, enojado.

—¡Eh, tú! Quiero que incluyas todo esto en tu libro de cuentas. Incluye todos los desperfectos, tu tiempo y los problemas que te hemos causado, incluso las lápidas. Y quiero que añadas un suplemento por salvarnos la vida. Si el consejo se niega a pagar, diles que salvaste la vida del hermano del Primer Consejero y que Richard Cypher dijo que, si no pagan, me cobraré personalmente la cabeza del responsable y la clavaré en una pica delante de la casa de mi hermano.

Bill asintió y soltó una carcajada tan sonora que ahogó el sonido de la lluvia. Richard tiró de las riendas para frenar el caballo. El animal se movía nervioso, impaciente por partir. El joven señaló entonces al hombre inconsciente en el barro. Se sentía furioso.

—La única razón por la que no lo he matado es porque él mató a un hombre todavía peor que él, y es posible que, involuntariamente, salvara la vida de Kahlan. Pero es culpable de asesinato, de intento de asesinato y de intento de violación. Sugiero que lo colguéis antes de que despierte.

—Eso está hecho —le aseguró Bill con una mirada acerada.

—No olvides lo que te dije sobre el Límite. Se aproximan tiempos difíciles. Cuídate.

—¡No lo olvidaré! —El tabernero sostuvo la mirada de Richard, al tiempo que pasaba un velludo brazo sobre los hombros de su hijo. Una ligera sonrisa le levantó las comisuras de los labios—. Larga vida al Buscador.

Richard bajó la vista hacia él, sorprendido, y después sonrió. Esa sonrisa sofocó en parte el fuego de su cólera.

—La primera vez que te vi pensé que no eras una persona artera —dijo Richard—. Ahora veo que me equivoqué.

Richard y Kahlan se calaron las capuchas, espolearon los caballos y partieron hacia la casa de la mujer de los huesos en medio de la oscuridad y la lluvia.

La lluvia cubrió rápidamente las luces de Puerto Sur, por lo que los viajeros tuvieron que encontrar el camino en la oscuridad. Los caballos que Chase les había proporcionado avanzaban cuidadosamente por la senda; los guardianes los habían entrenado para aquel tipo de contingencias y no les importaban las condiciones adversas. El alba libró una interminable lucha para traer luz al nuevo día. Richard sabía que el sol ya había salido, pero el mundo seguía sumido en la penumbra que se instala entre la noche y el día. Era una mañana fantasmal. La lluvia había contribuido a aplacar la rabia que sentía.

Richard y Kahlan sabían que el último miembro de la cuadrilla andaba suelto por ahí, por lo que consideraban cualquier movimiento como una posible amenaza. No se les escapaba que, más pronto o más tarde, los atacaría. No saber cuándo les impedía concentrarse. Lo que Bill había dicho, que Zedd y Chase no durarían mucho, atormentaba a Richard. Si esa mujer, Adie, no podía ayudarlos, no sabía qué más podían hacer. Si ella no los curaba, sus dos amigos morirían. Richard no podía imaginarse el mundo sin Zedd. Un mundo sin sus bromas y sus palabras de consuelo sería un mundo muerto. El joven notó que se le hacía un nudo en la garganta con sólo pensarlo. Zedd le diría que no se preocupara de un futuro hipotético, sino del presente.

Pero el presente era casi igual de malo. Su padre había sido asesinado; Rahl el Oscuro estaba a punto de conseguir todas las cajas; sus dos mejores amigos se hallaban a las puertas de la muerte; y viajaba con una mujer a la que amaba, pero a quien no debía amar. Kahlan aún le escondía sus secretos.

El joven se daba cuenta de que en la mente de Kahlan se libraba una batalla constante. A veces, cuando sentía que se estaba acercando a ella, veía dolor y miedo en sus ojos. Pronto estarían en la Tierra Central, donde la gente la conocía. Pero Richard quería que fuese ella misma quien se lo dijera; no quería enterarse por boca de otra persona. Si no se lo decía pronto, tendría que preguntárselo. Aunque no le gustara tendría que preguntárselo.

Tan absorto estaba en sus pensamientos que no se dio cuenta de que llevaban más de cuatro horas avanzando por el sendero. La lluvia había empapado el bosque y los árboles eran una masa oscura en la niebla. El musgo crecía exuberante y lozano en los troncos, sobresalía de la corteza de los árboles y formaba montículos redondos, verdes y esponjosos en el suelo. El liquen que crecía sobre las rocas brillaba con una intensa coloración amarilla y rojiza en medio de tanta humedad. En algunos lugares el agua corría por el sendero, formando un arroyo. Las varas de la parihuela en la que viajaba Zedd salpicaban agua y se arrastraban sobre piedras y raíces. La cabeza del pobre hombre se balanceaba de un lado al otro en los tramos más escabrosos, y sus pies se mantenían a muy pocos centímetros del agua cuando cruzaban los arroyos formados por la lluvia.

Richard percibió el agradable olor de humo de madera, concretamente de abedul. El joven se dio cuenta de que la zona en la que habían entrado

218

era distinta. Externamente no se apreciaban cambios, pero era distinta. La lluvia caía en un reverente silencio hacia el bosque. De algún modo el lugar parecía sagrado. Richard se sentía como un intruso que perturbara una paz eterna. Quería decir algo a Kahlan pero pensó que hablar sería un sacrilegio. Entonces comprendió por qué los hombres de la taberna no se atrevían a ir allí; su presencia sería una violación.

Llegaron a una casa situada junto al sendero que armonizaba tan bien con el entorno que era casi invisible. Una rizada voluta de humo salía de la chimenea y se elevaba en el brumoso aire. Los troncos que formaban las paredes se veían desgastados por la acción de los elementos y también viejos, a juego con el color de los árboles de alrededor. La casa parecía haber brotado del mismo suelo del bosque, con altos árboles alrededor que la protegían. El tejado estaba cubierto de helechos. Otro tejado, más pequeño e inclinado, cubría una puerta y un porche en el que sólo cabrían dos o tres personas de pie. En la parte de delante se abría una ventana de cuatro cristales, y otra a un lado de la casa. Ninguna de ellas tenía cortinas.

Enfrente de la vieja casa los helechos se inclinaban y asentían cuando el agua que goteaba de los árboles les caía encima. Gracias a la humedad su característico color verde pálido y polvoriento se había tornado brillante. Un estrecho sendero se abría paso entre ellos.

En el centro de los helechos y del sendero había una mujer más alta que Kahlan, pero más baja que Richard. Llevaba una sencilla túnica marrón de basto tejido con símbolos y adornos rojos y amarillos en el cuello. Tenía un hermoso cabello negro y gris, liso, con raya en medio y cortado a la altura de su pronunciada mandíbula. Pese a la edad, su curtido semblante aún era bello. La mujer se apoyaba en una muleta; sólo tenía un pie. Richard detuvo lentamente los caballos frente a ella.

Los ojos de la mujer eran completamente blancos.

—Yo soy Adie. ¿Quiénes sois? —Richard se estremeció al oír esa voz dura, ronca y áspera.

—Cuatro amigos —contestó el joven en tono respetuoso. La suave lluvia caía con un tamborileo callado y suave. Richard esperó.

El rostro de la anciana estaba surcado por finas arrugas. Retiró la muleta del sobaco y cruzó sus delgadas manos encima de ella, apoyándose. Los finos labios de la mujer esbozaron una ligera sonrisa.

—Un amigo —dijo con su voz rasposa—. Tres personas peligrosas. Yo decido si son amigos. —Adie asintió para sí misma.

Richard y Kahlan intercambiaron una furtiva mirada. El joven se puso en guardia. Se sentía incómodo montado en el caballo, como si hablar a Adie desde una posición más elevada sugiriera una falta de respeto hacia ella. Así pues, desmontó y Kahlan lo imitó. Con las riendas del caballo en la mano, Richard se colocó frente al animal, con Kahlan a su lado.

—Me llamo Richard Cypher, y ésta es mi amiga, Kahlan Amnell.

La anciana escrutó la faz del joven con sus blancos ojos. Richard no tenía ni idea de si podía ver, aunque no le parecía posible. Entonces Adie se volvió hacia Kahlan. La áspera voz de la anciana dijo unas palabras en un lenguaje que Richard no pudo entender. Kahlan sostuvo la mirada de Adie y le dirigió una ligera inclinación de cabeza.

Había sido un saludo. Un saludo deferente. Richard no había reconocido las palabras *Kahlan* o *Amnell*. Los pelillos de la nuca del joven se le erizaron.

La anciana se había dirigido a Kahlan por su título.

Richard había pasado el suficiente tiempo con Kahlan para darse cuenta de que, por su porte —con la espalda muy recta y la cabeza erguida demostrando seguridad en sí misma—, estaba en guardia. La cosa iba en serio. Si fuese una gata tendría el lomo arqueado y el pelo erizado. Las mujeres se encararon; de momento ambas olvidaron la edad. Cada una tomaba la medida a la otra por cualidades que Richard no podía ver. Adie podía hacerles daño y él sabía que la espada no iba a protegerlos.

—Di qué necesitas, Richard Cypher —le dijo Adie.

—Necesitamos tu ayuda.

—Cierto —replicó la anciana, inclinando repetidamente la cabeza.

—Nuestros amigos están heridos. Uno, Dell Marcafierro, me dijo que era amigo tuyo.

—Cierto —repitió Adie con su áspera voz.

—Otro hombre, en Puerto Sur, nos dijo que quizá tú podrías ayudarlos. A cambio te hemos traído provisiones. Pensamos que lo justo sería ofrecerte algo.

—¡Mentira! —Adie se inclinó hacia adelante y golpeó una vez la muleta contra el suelo. Tanto Richard como Kahlan se echaron hacia atrás. Richard no sabía qué decir. Adie esperaba.

—Es verdad. Las provisiones están justo aquí. —Se dio la vuelta y señaló el caballo de Chase—. Pensamos que lo justo...

—¡Mentira! —La anciana golpeó de nuevo el suelo con la muleta.

Richard cruzó los brazos en el pecho; empezaba a perder los estribos. Sus amigos se estaban muriendo mientras él perdía el tiempo con esa mujer.

—¿Qué es mentira? —preguntó.

—No «pensamos». —Nuevo golpe de muleta—. Tú piensas en

traerme provisiones. Tú decides hacerlo. No tú y Kahlan. «Pensamos» mentira, «pensé» verdad.

—¿Y qué importancia tiene? —Richard descruzó los brazos y los colocó a ambos costados del cuerpo—. «Yo», «nosotros», ¿qué más da?

—«Yo» verdad y «nosotros» mentira —replicó Adie, mirándolo fijamente—. ¿Puede haber mayor diferencia?

—Supongo que Chase pasaría un mal rato contándote sus aventuras —comentó el joven, volviendo a cruzar los brazos y frunciendo el entrecejo.

—Cierto. —Adie asintió y sus labios esbozaron de nuevo una débil sonrisa. Entonces se inclinó más hacia él y, con un gesto de la mano, le dijo—: Lleva a tus amigos adentro.

La anciana dio media vuelta, se volvió a encajar la muleta en el sobaco y se encaminó dificultosamente hacia la casa. Después de intercambiar una mirada, Richard y Kahlan fueron a por Chase. Retiraron las mantas, Kahlan lo cogió por los pies y el joven cargó con la parte más pesada. Tan pronto como cruzaron el dintel, arrastrando al guardián, Richard descubrió por qué a Adie la llamaban la mujer de los huesos.

Huesos de todo tipo destacaban en las paredes oscuras. Todas las paredes estaban cubiertas con ellos. En una había estantes que aguantaban cráneos. Eran cráneos de animales que Richard no reconoció. Muchos tenían colmillos largos y curvados y ofrecían un aspecto aterrador. «Al menos ninguno es humano», pensó. Algunos huesos componían collares. Otros estaban decorados con plumas y cuentas de colores y rodeados por círculos trazados con tiza en la pared. En una esquina había una pila de huesos, que por estar amontonados parecían carecer de importancia. Por el contrario, los otros eran exhibidos en las paredes con mimo, dejando espacio entre ellos como para resaltar su importancia. Sobre la repisa de la chimenea se veía una costilla tan gruesa como uno de los brazos de Richard, con símbolos que el joven no reconoció grabados en líneas oscuras de un extremo al otro. Eran tantos los huesos blanqueados que veía a su alrededor que el joven se sentía como si hubiera entrado en el estómago de una bestia muerta.

Dejaron a Chase en el suelo con mucho cuidado. Richard volvió la cabeza, mirando a todas partes. Kahlan, Chase y él mismo chorreaban agua, pero Adie, que descollaba encima de él, estaba tan seca como los huesos que la rodeaban. Pese a haber estado fuera, bajo la lluvia, no se había mojado. Richard se preguntó si, después de todo, había sido prudente acudir a ella. Si Chase no le hubiese dicho que Adie era amiga suya se marcharía de inmediato.

—Voy a buscar a Zedd —dijo a Kahlan en un tono que era más una pregunta que una afirmación.

—Yo te ayudaré a traer las provisiones —se ofreció ella, lanzando una mirada a Adie.

Richard depositó suavemente a Zedd a los pies de la mujer de los huesos. Juntos, él y Kahlan, apilaron las provisiones encima de la mesa. Una vez hecho esto regresaron junto a sus amigos, colocándose frente a Adie. Ambos observaban los huesos, y, por su parte, Adie los observaba a ellos.

—¿Quién es éste? —preguntó la anciana, señalando a Zedd.

—Zeddicus Zu'l Zorander. Mi amigo —repuso Richard.

—¡Mago! —exclamó bruscamente Adie.

—¡Mi amigo! —chilló Richard furioso.

Adie lo miró tranquilamente con sus ojos blancos, y Richard le sostuvo la mirada. Zedd moriría si nadie lo ayudaba y él no iba a permitir que tal cosa ocurriera. Entonces la mujer de los huesos se echó hacia adelante y le colocó una arrugada palma en el estómago. Un tanto sorprendido, el joven no se movió mientras ella trazaba lentamente un círculo con la mano como si tratara de percibir algo. Adie retiró la mano y, cuidadosamente, la cruzó encima de la otra sobre la muleta. Sus delgados labios apenas sonrieron y alzó la vista hacia el joven.

—La justa ira de un verdadero Buscador. Bien. No tienes nada que temer de él, muchacha —añadió, dirigiéndose a Kahlan—. Es la ira de la verdad. La ira de los dientes. Los buenos no tienen por qué temerla. —Ayudándose con la muleta avanzó unos pasos hacia Kahlan, le puso una mano sobre el estómago y repitió el proceso. Al acabar, colocó la mano sobre la muleta y asintió. Entonces miró a Richard.

»Ella tiene el fuego. La ira también arde en ella. Pero es la ira de la lengua. Témela. Todos deben temerla. Si alguna vez la libera, peligrosa.

—No me gustan los acertijos. —Richard miró a la anciana de los huesos con recelo—. Se prestan a confusión. Si quieres decirme algo, dímelo directamente.

—Dímelo, dímelo —se burló la anciana. Entrecerró los ojos—. ¿Qué puede más, dientes o lengua?

—Obviamente los dientes —respondió Richard, después de hacer una profunda inspiración—. Así pues, elijo la lengua.

—A veces tu lengua se mueve cuando no debería. Cállate —ordenó secamente.

Sintiéndose un poco avergonzado, el joven se calló.

—¿Ves? —Adie sonrió y asintió.

—No —replicó Richard, ceñudo.

—La ira de los dientes es fuerza por contacto. Violencia por tacto.

Combate. La magia de la *Espada de la Verdad* es magia de la ira de los dientes. Corta. Desgarra. La ira de la lengua no necesita tocar, pero es asimismo una fuerza. Corta igual de rápido.

—No estoy seguro de entenderte.

Adie alargó una mano y con uno de sus largos dedos le rozó el hombro. De pronto la mente del joven conjuró una visión; el recuerdo de la noche anterior. Vio a los hombres en la taberna. Él estaba frente a ellos, con Kahlan a su lado, y los hombres se disponían a atacar. Él hizo ademán de sacar la *Espada de la Verdad*, preparado para ejercer la violencia necesaria para detenerlos, consciente de que sólo lo conseguiría con derramamiento de sangre. Entonces vio a Kahlan junto a él, hablando a la chusma, deteniéndolos, frenándolos con sus palabras y, finalmente, pasándose la lengua por el labio, diciendo mucho sin hablar. Kahlan estaba apagando el fuego de los hombres, desarmaba a aquellos depravados sin necesidad de tocarlos; hacía algo que la espada no podía hacer. Richard empezó a comprender qué quería decir Adie.

De pronto, Kahlan agarró bruscamente a Adie por la muñeca y la alejó del hombro de Richard. En los ojos de la mujer había una mirada peligrosa que no pasó desapercibida a la anciana.

—He jurado defender la vida del Buscador. No sé qué le estás haciendo. Perdóname si reacciono de manera exagerada; no es mi intención faltarte al respeto, pero si no cumpliera mi misión no podría perdonármelo. Hay demasiadas cosas en juego.

Adie miró la mano que le sujetaba la muñeca.

—Lo entiendo, muchacha. Perdón por haberte alarmado de forma tan irreflexiva.

Kahlan siguió sujetando la muñeca un momento más para dejar las cosas bien claras y luego la soltó. Adie puso esa mano encima de la otra, sobre la muleta, y volvió los ojos hacia Richard.

—Dientes y lengua trabajan juntos. Lo mismo ocurre con la magia. Tú cuentas con la magia de la espada, la magia de los dientes. Pero eso también te da la magia de la lengua. La magia de la lengua funciona porque la apoyas con la espada. —Lentamente volvió la cabeza hacia Kahlan—. Tú posees ambas, muchacha: dientes y lengua. Tú las usas conjuntamente de modo que ambas se respaldan.

—¿Y qué es la magia de un mago? —inquirió Richard.

La mujer de los huesos consideró la pregunta.

—Hay muchos tipos de magia —contestó Adie, mirando al joven—. Dientes y lengua son sólo dos. Los magos las conocen todas, excepto las del inframundo. Y usan la mayoría de las que conocen. Éste es un hombre muy peligroso —agregó, mirando a Zedd.

—Conmigo siempre ha sido amable y comprensivo. Es un buen hombre.

—Cierto. Pero también es peligroso —repitió Adie.

Richard cambió de tema.

—¿Y Rahl el Oscuro? ¿Qué sabes de él? ¿Qué tipos de magia puede usar?

—Oh, sí —siseó Adie, y entornó los ojos—. Lo conozco. Puede usar toda la magia de mago, y más. Rahl el Oscuro puede usar la magia del inframundo.

A Richard se le puso la carne de gallina en los brazos y se estremeció. Quería preguntar a Adie qué tipo de magia tenía ella pero lo pensó mejor. La anciana se volvió una vez más hacia Kahlan.

—Cuidado, muchacha, tú posees el verdadero poder de la lengua. Nunca lo has visto, pero es algo terrible si alguna vez lo liberas.

—No sé de qué me estás hablando —le espetó Kahlan, frunciendo el entrecejo.

—Cierto. —Adie asintió—. Cierto. —Alargó una mano y la posó delicadamente sobre un hombro de Kahlan, atrayéndola hacia sí—. Tu madre muere antes de que te conviertes en mujer, antes de que alcanzas la edad en la que te lo enseña.

Kahlan tragó con fuerza.

—¿Qué puedes enseñarme tú?

—Nada. Lo siento, pero yo no entiendo cómo funciona. Es algo que sólo tu madre te puede enseñar cuando te haces mujer. Pero ella no puede hacerlo, por lo que sus enseñanzas se pierden. Sin embargo, el poder sigue ahí. Ten cuidado. El hecho de que no te enseñen a usarlo no significa que no puedas liberarlo.

—¿Conociste a mi madre? —preguntó Kahlan en un susurro preñado de dolor.

El rostro de la mujer de los huesos se suavizó al mirar a Kahlan. Entonces asintió lentamente.

—Recuerdo tu nombre de familia. Y recuerdo sus ojos verdes; no son fáciles de olvidar. Tú tienes sus mismos ojos. La conozco cuando te lleva en su seno.

—Mi madre solía llevar un colgante con un pequeño hueso —dijo Kahlan con el mismo susurro lleno de dolor. Una lágrima le rodó por la mejilla—. Ella me lo dio cuando yo era una niña. Lo llevé siempre hasta que... hasta que Dennee, a quien yo llamaba mi hermana,... murió. La enterré con él. A ella siempre le había gustado mucho. Tú regalaste ese colgante a mi madre, ¿verdad?

—Sí. —Adie cerró los ojos y asintió—. Se lo regalo para proteger a la niña que lleva en sus entrañas, para que el bebé está a salvo y crece y se hace fuerte, como su madre. Ya veo que ha sido así.

—Gracias, Adie —le dijo Kahlan con lágrimas en los ojos y la abrazó—, gracias por ayudar a mi madre. —Adie sujetaba la muleta con una mano, y con la otra frotaba la espalda a Kahlan con auténtica simpatía. Pocos momentos después Kahlan se separó de la anciana y se secó las lágrimas.

Richard vio su oportunidad y decidió aprovecharla.

—Adie —dijo en tono suave—, tú ayudaste a Kahlan antes de que naciera. Ayúdala ahora. Su vida, así como la vida de muchas otras personas, están en peligro. Rahl el Oscuro la persigue y a mí también. Necesitamos que estos dos hombres nos ayuden. Por favor, ayúdalos. Ayuda a Kahlan.

Adie le lanzó su leve sonrisa y asintió, un poco para ella misma.

—El mago elige bien a sus Buscadores. Desgraciadamente para ti, la paciencia no es un requisito imprescindible para el puesto. Tranquilo; si no pienso ayudarlos no te digo que los entres.

—Bueno, tal vez no puedas ver pero Zedd, especialmente, está muy mal —insistió Richard—. Apenas respira.

—Dime una cosa. —Los ojos blancos de la anciana lo miraron con forzada tolerancia—. ¿Conoces el secreto de Kahlan? ¿Lo que te está ocultando?

Richard no respondió y trató de no demostrar ninguna emoción. Adie se volvió hacia Kahlan.

—Dime, muchacha. ¿Conoces el secreto que te oculta él? —Kahlan tampoco respondió. Entonces Adie miró de nuevo a Richard—. ¿Conoce el mago el secreto que le ocultáis? No. ¿Conocéis vosotros el secreto que él os oculta? No. Sois tres ciegos. Mmmm. Digo que veo mejor que cualquiera de vosotros.

Richard se preguntó qué le estaría ocultando Zedd. Enarcó una ceja y preguntó a Adie:

—¿Y cuál de estos secretos conoces tú, Adie?

—Sólo el suyo —contestó la anciana señalando a Kahlan.

Richard se sintió aliviado pero trató de que su rostro permaneciera impasible. Había estado al borde del pánico.

—Todo el mundo tiene secretos, amiga mía, y tiene derecho a guardarlos cuando es necesario.

—Muy cierto, Richard Cypher. —La sonrisa de Adie se hizo más amplia.

—Y ahora, ¿qué hay de esos dos?

—¿Sabes tú cómo curarlos? —preguntó ella.

—No. Si lo supiera ya lo habría hecho.

—Tu impaciencia es perdonable; haces bien en temer por la vida de tus amigos. No te guardo rencor por preocuparte por ellos. Pero tranquilízate, los ayudo desde el momento que entran en esta casa.

—¿De veras? —Richard parecía confuso. Adie asintió.

—Los atacan por bestias del inframundo. Cuesta despertarse. Días. Cuántos, no puedo decirlo. Pero están secos. Si no tienen agua suficiente mueren, por lo que es preciso despertarlos de vez en cuando para que beban, o mueren. El mago respira lentamente no porque esté peor que Chase, sino porque así es como los magos conservan fuerzas en los momentos difíciles; se sumen en un profundo sueño. Tengo que despertarlos a los dos para que beban. Vosotros no podréis hablar con ellos, y ellos no os reconocerán. De modo que no os asustéis. Ve a esa esquina y tráeme el cubo con agua.

Richard trajo el agua y ayudó a Adie a sentarse, con las piernas cruzadas, entre las cabezas de Zedd y Chase. Entonces tiró de Kahlan para que se sentara junto a ella y pidió a Richard que le llevara de la repisa un instrumento hecho con huesos.

En parte se asemejaba mucho a un fémur humano. Estaba cubierto por una pátina marrón oscuro y parecía muy antiguo. A lo largo de la caña había grabados símbolos que Richard no reconoció. En un extremo se veían las partes superiores de dos cráneos, una a cada lado de la cabeza del hueso. Habían sido cortadas limpiamente en semiesferas y cubiertas con algún tipo de piel seca. En el centro de ambos trozos de piel se distinguía un nudo semejante a un ombligo. Alrededor de ambas pieles, en el borde del cráneo, se habían dispuesto mechones de grueso y áspero pelo negro, con cuentas entrelazadas semejantes a las que adornaban el cuello de la túnica de Adie. Dentro de los cráneos humanos había algo que hacía ruido.

—¿Qué produce ese sonido? —preguntó Richard, al tiempo que se lo tendía respetuosamente a Adie.

—Ojos secos —repuso la mujer de los huesos, sin mirarlo.

Adie agitó suavemente el hueso a modo de sonajero sobre las cabezas de Zedd y Chase, mientras musitaba un canto en el extraño lenguaje con el que se había dirigido a Kahlan. El sonajero emitía un sonido hueco, como de madera. Kahlan, sentada al lado de Adie con las piernas cruzadas, mantenía la cabeza gacha. Richard se apartó y observó.

Transcurridos diez o quince minutos, Adie le indicó con un gesto que se acercara. De pronto Zedd se irguió y abrió los ojos. El joven se dio cuenta de que la mujer de los huesos quería que le diese de beber. La anciana continuó cantando mientras Richard sumergía el cucharón en el cubo y lo acercaba a la boca de Zedd. El mago bebió ávidamente. A Richard le emocionó verlo erguido y con los ojos abiertos, aunque no pudiera hablar y no supiera dónde se encontraba. Zedd se bebió medio cubo. Cuando tuvo suficiente volvió a tumbarse y cerró los ojos. Entonces fue el turno de Chase, que se bebió la otra mitad del cubo.

Adie le alargó el sonajero de hueso y le indicó que volviera a colocarlo en el estante. Acto seguido, le pidió que le llevara la pila de huesos que había amontonados en una esquina y que los repartiera entre el cuerpo de Zedd y de Chase, indicándole cómo debía colocar cada hueso, alineándolos de una manera que sólo tenía lógica para Adie. Finalmente a Richard le tocó amontonar costillas para formar un dibujo parecido a una rueda de carro, con el centro situado exactamente sobre el pecho de cada hombre. Al acabar, la anciana le dijo que había hecho un estupendo trabajo, pero el joven no se sintió halagado, pues se había limitado a seguir instrucciones. Entonces la mujer alzó hacia él sus ojos blancos y preguntó:

—¿Sabes guisar?

Richard recordó cuando Kahlan le dijo que la sopa picante que él hacía era tan buena como la suya y que sus dos tierras se parecían en muchas cosas. Adie era de la Tierra Central; tal vez le gustara comer algo de allí. El joven le sonrió.

—Me sentiría muy honrado de prepararte una sopa picante.

—Sería maravilloso. —Adie juntó ambas manos, extasiada—. Hace años que no pruebo una sopa como es debido.

Richard se dirigió a la esquina opuesta de la sala y se sentó a la mesa, donde cortó verduras y mezcló especias. El joven trabajó durante más de una hora contemplando a las dos mujeres que, sentadas en el suelo, hablaban en su extraño lenguaje. «Dos mujeres poniéndose al día de las noticias de su tierra natal», pensó satisfecho. Richard estaba de buen humor; finalmente alguien hacía algo para ayudar a Zedd y a Chase. Alguien que sabía qué les pasaba. Cuando la sopa ya se calentaba en el fuego, el joven no quiso molestarlas —parecía que pasaban un buen rato—, por lo que se ofreció para cortar leña. Adie pareció complacida.

Así pues, salió fuera, se quitó el colgante con el colmillo, se lo metió en un bolsillo y dejó la camisa en el porche para que no se mojara. Acto seguido se dirigió a la parte de atrás de la casa, con la espada, donde Adie le había dicho que encontraría la pila de leña. Fue colocando troncos sobre el caballete de serrar y los fue cortando. En su mayoría era madera de abedul, que una mujer podía cortar más fácilmente, aunque también había de arce. Richard eligió esta última, que era excelente para el fuego pero muy dura. El bosque que rodeaba la casa era oscuro y espeso pero no parecía amenazador. Más bien transmitía una sensación de seguridad y bienestar, como si protegiera la casa. No obstante, aún quedaba un último componente de la cuadrilla que perseguía a Kahlan.

Richard pensó en Michael y confió en que estuviera a salvo. Michael no sabía qué estaba haciendo él y probablemente se estaría preguntando dónde se había metido. Seguramente estaba preocupado. En principio Richard había planeado visitar a su hermano después de abandonar la casa de Zedd, pero no habían tenido tiempo. Rahl había estado a punto de atraparlos. El joven deseó haber podido advertir a Michael; cuando el Límite cayera el Primer Consejero correría grave peligro.

Cuando se cansó de serrar, empezó a cortar con el hacha. Era agradable volver a utilizar los músculos, sudar por el esfuerzo, hacer algo que no le exigiera pensar. La fría lluvia le facilitaba la tarea, pues refrescaba su acalorado cuerpo. Para no aburrirse se imaginó que los troncos que cortaba eran Rahl el Oscuro. De vez en cuando cambiaba y pensaba que eran un gar. Cuando se encontraba con un tronco especialmente duro se imaginaba que era la cabeza del hombre pelirrojo.

Kahlan salió de la casa y le preguntó si quería cenar. Richard ni siquiera se había dado cuenta de que estaba oscureciendo. Cuando la mujer volvió a entrar, el joven se dirigió al pozo y se echó encima un cubo de agua fría para limpiarse el sudor. Kahlan y Adie estaban sentadas a la mesa y, puesto que únicamente había dos sillas, Richard fue a por un tronco en el que sentarse. Kahlan le colocó delante un cuenco con sopa y le tendió una cuchara.

—Me has hecho un regalo maravilloso, Richard —dijo Adie.

—¿Qué regalo? —Richard sopló sobre la cucharada de sopa para no quemarse.

—Me has dado tiempo para poder hablar con Kahlan en mi lengua materna —repuso la anciana de los huesos, mirándolo con sus ojos blancos—. No puedes imaginarte qué alegría he sentido. Hacía tanto tiempo que no pasaba... Eres un hombre realmente astuto; un verdadero Buscador.

—Tú también me has dado algo muy valioso: las vidas de mis amigos. Gracias, Adie. —Richard le dirigió una radiante sonrisa.

—Y tu sopa picante es magnífica —añadió con cierta sorpresa.

—Sí. —Kahlan le guiñó un ojo—. Es casi tan buena como la que yo preparo.

—Kahlan me ha contado qué se propone Rahl el Oscuro y que el Límite está cayendo. Eso explica muchas cosas. También me ha dicho que conocéis la existencia del paso y que queréis cruzar a la Tierra Central. Ahora debéis decidir qué queréis hacer. —Dicho esto la anciana se llevó a la boca una cucharada de sopa.

—¿A qué te refieres?

—Es preciso que tus amigos se despierten cada día para beber y comer gachas. Duermen aún bastantes días, cinco o quizá diez. Tú, como Buscador, decides si los esperáis o seguís adelante. Nosotras no podemos ayudarte; la decisión es tuya.

—Sería mucho trabajo para ti sola.

—Sí. Pero no tanto como ir tras las cajas y parar los pies a Rahl el Oscuro. —La mujer de los huesos siguió tomando sopa mientras observaba al joven.

Richard removió distraído la sopa con la cuchara. Hubo un largo silencio. Entonces miró a Kahlan, pero el semblante de la mujer no revelaba nada. Richard sabía que Kahlan no quería interferir. El joven volvió a fijar la mirada en su cuenco de sopa.

—Cada día que pasa Rahl está más cerca de la última caja —dijo al fin, en voz baja—. Zedd me dijo que tenía un plan, aunque quién sabe si era un buen plan. Y es posible que, cuando despierte, ya no quede tiempo para ponerlo en práctica. Podríamos perder antes incluso de empezar. —Richard posó la vista en los ojos verdes de Kahlan—. No podemos esperar. No podemos arriesgarnos; hay demasiado en juego. Tenemos que partir sin ellos. —Kahlan le lanzó una sonrisa tranquilizadora—. De todos modos no hubiera dejado que Chase nos acompañara. Tengo un trabajo más importante para él.

Adie alargó una mano y la colocó sobre la del joven. Pese a estar muy estropeada, la mano de la anciana era suave y cálida al tacto.

—No es una decisión fácil —dijo—. No es fácil ser el Buscador. En el futuro debes enfrentarte a dificultades que superan tus peores temores.

—Al menos aún tengo a mi guía —replicó Richard con una sonrisa forzada.

Los tres guardaron silencio, reflexionando sobre lo que había que hacer.

—Ambos necesitáis dormir bien esta noche —les dijo Adie—. Lo necesitáis. Después de la cena os digo lo que debéis saber para cruzar el paso. Y os cuento cómo perdí un pie —añadió con voz aún más rasposa si cabía, mirando alternativamente a uno y a otro.

17

R ichard colocó la lámpara a un lado de la mesa, cerca de la
pared, y la encendió con una ramita del fuego. Por la ventana se colaba el sonido de la suave lluvia que caía y de las
criaturas de la noche. Los chirridos y las llamadas de los pequeños animales nocturnos le eran muy familiares. Para él eran los reconfortantes sonidos del hogar. El hogar. Ésa era la última noche que
pasaría en su tierra natal antes de ir a la Tierra Central. Como su padre
hizo en el pasado. El joven sonrió para sí. Era irónico; su padre había
llevado de la Tierra Central el *Libro de las Sombras Contadas* y ahora él
lo devolvía. Richard se sentó en el tronco, frente a Kahlan y Adie.

—¿Cómo podemos encontrar el paso? —preguntó a Adie.

La anciana se reclinó en la silla y agitó una mano en el aire.

—Ya encontrado. Estáis en el paso. Al menos, en la boca de él.

—¿Y qué debemos saber para cruzarlo?

—El paso es un espacio vacío en el inframundo pero sigue siendo
la tierra de los muertos. Vosotros estáis vivos. Las bestias del inframundo cazan a los vivos, si éstos son lo suficientemente grandes para interesarles.

Richard miró a Kahlan, pero el rostro de ésta permanecía del todo
impasible.

—¿Qué bestias son ésas? —preguntó, posando de nuevo la vista en
la mujer de los huesos.

—Ésos son sus huesos —respondió Adie, señalando con un largo
dedo las cuatro paredes—. Tus amigos son atacados por bestias del inframundo. Los huesos confunden sus poderes. Por eso te digo que reciben ayuda desde el momento que entran aquí. Los huesos expulsan el
veneno mágico de sus cuerpos y espantan el sueño de la muerte. Los
huesos alejan el mal de aquí. Las bestias no pueden encontrarme porque

perciben la maldad de los huesos; éstos las ciegan y les hacen creer que yo soy una de ellas.

—¿Y si nos llevamos algunos huesos para que nos protejan? —sugirió Richard, inclinándose hacia la anciana.

La mujer de los huesos esbozó su media sonrisa que hizo que alrededor de los ojos apareciera una red de arrugas.

—Muy bien. Eso es exactamente lo que debéis hacer. Los huesos de los muertos poseen una magia que os protegerá, en parte. Pero hay más. Escuchad con atención lo que os digo.

Richard entrelazó las manos y asintió.

—No podéis llevar caballos, pues la senda es demasiado estrecha para ellos. Hay lugares por los que no pueden pasar. Tampoco debéis apartaros de ella; es muy peligroso. Y no debéis deteneros para dormir. Para cruzar el paso tardáis un día, una noche y la mayor parte del día siguiente.

—¿Por qué no podemos detenernos para dormir? —quiso saber Richard.

—En el paso hay otros seres, además de las bestias. —Adie los miró a ambos con sus albos ojos—. Y si os paráis el tiempo suficiente, van a por vosotros.

—¿Seres? —inquirió Kahlan.

—Yo voy a menudo al paso. Es bastante seguro si uno va con cuidado. Pero si no, hay seres que atacan. —La áspera voz de la mujer de los huesos se hizo más grave y amarga—. Una vez yo me confío demasiado. Un día camino mucho y estoy muy cansada. Me siento segura de mí misma, segura de que conozco todos los peligros, por lo que me siento con la espalda apoyada en un árbol y echo una cabezadita. Sólo unos minutos. —Adie se llevó una mano a la pierna y empezó a frotarla suavemente—. Mientras duermo una lapa chupasangre se me engancha al tobillo.

—¿Qué es una lapa chupasangre? —preguntó Kahlan con rostro demudado.

—Una lapa chupasangre —explicó la mujer de los huesos, tras contemplar a Kahlan en silencio un minuto— es un animal con una coraza que le recubre toda la espalda y pinchos a lo largo del borde inferior. Bajo el caparazón posee numerosas patas, cada una de ellas con una afilada garra en forma de gancho, y una boca semejante a la de una sanguijuela, llena de dientes. Normalmente envuelve a la víctima, de modo que sólo la coraza queda a la vista, y hunde las garras en la carne con tanta fuerza que es imposible liberarse. Entonces te clava los dientes y empieza a chuparte la sangre, al tiempo que te sujeta con las garras.

Kahlan puso una mano sobre el brazo de Adie para darle ánimos. A la luz de la lámpara los ojos blancos de la anciana mostraban un pálido reflejo anaranjado. Richard no se movió pero tenía todos los músculos tensos.

—Ese día llevo conmigo el hacha. —Kahlan cerró los ojos e inclinó la cabeza. Adie prosiguió—: Trato de matarla o, al menos, quitármela de encima. Sé que, si no lo hago, me chupará toda la sangre. Pero su coraza es más dura que la hoja del hacha. Yo furiosa conmigo misma. Las lapas chupasangre son de las criaturas más lentas del paso, pero aún lo es más una estúpida que se queda dormida. Sólo puedo hacer una cosa para salvarme. —La anciana miró a Richard—. No soporto más tanto dolor; los dientes ya me raspan el hueso. Me ato una banda de tela alrededor del muslo, pongo la pantorrilla sobre un tronco y, con el hacha, corto por encima del tobillo.

Se hizo un silencio crispado en la cabaña. Sólo los ojos de Richard se movieron, para buscar los de Kahlan. En ellos leyó pena por la anciana y vio reflejada la que él mismo sentía. Trató de imaginarse cuánta determinación se necesita para cortarse uno mismo el pie con un hacha. Sentía náuseas. Los delgados labios de Adie dibujaron una triste sonrisa. Alargó un brazo y tomó una mano de Richard y con la otra asió la de Kahlan. La mujer de los huesos sujetaba ambas manos con firmeza.

—No os cuento esto para que os compadezcáis de mí, sino para que no seáis víctimas de alguna bestia del paso. La confianza puede ser algo muy peligroso. El miedo puede protegeros, a veces.

—Entonces creo que estaremos muy protegidos —comentó Richard.

Adie continuó sonriendo y asintió, sólo una vez.

—Bien. Hay una última cosa. Más o menos a medio camino hay un lugar en el paso en que los dos muros del Límite se acercan tanto que casi se tocan. Es el Embudo. Se reconoce porque hay una roca, casi tan grande como esta casa, partida por la mitad. Debéis pasar por en medio. No rodeéis la roca, aunque sintáis la tentación de hacerlo, pues a ambos lados os aguarda la muerte. Y más allá tenéis que pasar entre los muros del Límite. Es el lugar más peligroso del paso. —Con una mano sobre el hombro de Kahlan y la otra apretando con más fuerza la mano de Richard los miró alternativamente—. Oiréis cómo os llaman desde el Límite. Quieren que vayáis hacia ellos.

—¿Quiénes? —preguntó Kahlan.

—Los muertos. —Adie se inclinó hacia ella—. Puede ser cualquier persona muerta que conocéis en el pasado. Tu madre.

—¿Son ellos realmente? —Kahlan se mordía el labio inferior.

—No lo sé, muchacha. Pero creo que no.

—Yo tampoco lo creo —intervino Richard, tratando de convencerse a sí mismo.

—Bien —graznó Adie—. Sigue pensando así. Te ayuda a resistir. Sentiréis el impulso de ir hacia ellos, pero, si lo hacéis, estáis muertos. Y recordad, en el Embudo es especialmente importante que no os apartéis de la senda. Uno o dos pasos en falso y ya habéis atravesado el muro del Límite; así de cerca están. Si lo hacéis, ya no podéis volver atrás. Nunca más.

Richard soltó un suspiro.

—Adie, el Límite está cayendo —dijo—. Antes de que fuésemos atacados Zedd me dijo que percibía el cambio. Chase dijo que antes no se podía ver a través de él y que ahora las bestias del inframundo empezaban a salir. ¿Crees que será seguro pasar por el Embudo?

—¿Seguro? Yo nunca digo que es seguro. Nunca es seguro atravesar el Embudo. Muchos codiciosos débiles de espíritu tratan de cruzar el paso antes y nunca ló logran. —Adie se inclinó hacia él—. Mientras el Límite siga ahí, también habrá un paso. No os apartéis de la senda. Recordad vuestra meta. Si es preciso, ayudaos mutuamente. Así lo conseguiréis.

Adie escrutó la faz del joven. Éste buscó los ojos verdes de Kahlan, y se preguntó si ella sería capaz de resistirse a las voces del Límite. Recordó el deseo de ir hacia ellas, el anhelo de hacerlo. En el Embudo las tendrían a ambos lados. Richard sabía perfectamente cómo temía Kahlan el inframundo, y con razón; ella había estado allí. A él tampoco le hacía mucha gracia acercarse. El joven frunció el entrecejo, pensativo.

—Has dicho que el Embudo está a medio camino del paso. ¿No llegaremos de noche? ¿Cómo veremos para no salirnos de la senda?

—Venid —dijo, al tiempo que se apoyaba en el hombro de Kahlan para levantarse y se colocaba la muleta bajo el sobaco. Ambos la siguieron lentamente, mientras la anciana avanzaba dificultosamente hacia los estantes. Sus delgados dedos cogieron una bolsa de piel, tiró del cordón para abrirla y dejó caer algo en su palma.

—Extiende la mano —indicó a Richard.

El joven extendió la palma de la mano frente a Adie. Ésta colocó su mano sobre la de él y el joven sintió algo liso. La anciana pronunció unas palabras en su idioma en voz baja.

—Digo que te entrego esto voluntariamente.

Richard vio que sostenía en la palma de la mano una piedra del tamaño de un huevo de urogallo. Era lisa, brillante y tan oscura que parecía que absorbiera toda la luz de la habitación. El joven ni siquiera podía discernir una superficie, sólo una capa de lustre bajo la cual había un negro vacío.

—Es una piedra noche —dijo Adie en tono áspero pero mesurado.

—¿Y qué hago con ella?

Adie vaciló y lanzó una furtiva mirada hacia la ventana.

—Cuando oscurezca y realmente la necesites, saca la piedra noche y te ilumina el camino. Sólo funciona en manos de su propietario, y sólo si el propietario anterior la cede por propia voluntad. Le digo al mago que la llevas. Él es capaz de localizarla a ella y así dar contigo.

—Adie —Richard dudaba—, debe de ser muy valiosa. No creo que deba aceptarla.

—Todo es valioso en determinadas condiciones. Para alguien que se muere de sed el agua es más preciosa que el oro. Pero para alguien que se ahoga el agua es un gran problema y no vale nada. Ahora mismo, tú estás muy sediento. Yo estoy sedienta de que alguien detenga a Rahl el Oscuro. Coge la piedra noche. Si te sientes en la obligación, me la puedes devolver algún día.

Richard asintió, deslizó la piedra dentro de la bolsa de piel y ésta en un bolsillo. Adie se volvió de nuevo hacia el estante, cogió un fino colgante, y lo sostuvo en el aire para que Kahlan pudiese admirarlo. Había unas pocas cuentas rojas y amarillas a ambos lados de un hueso pequeño y redondo. Los ojos de Kahlan se iluminaron y abrió la boca, sorprendida.

—Es como el de mi madre —dijo encantada.

Adie se lo pasó por la cabeza, al tiempo que Kahlan se levantaba la oscura melena. Entonces bajó la vista hacia el colgante, lo acarició con los dedos índice y pulgar y sonrió.

—Por ahora te protegerá de las bestias del paso, y algún día, cuando llevas en tu seno a una hija, también la protege a ella y la ayuda a que crezca tan fuerte como tú.

Kahlan echó los brazos al cuello de la anciana y la estrechó con fuerza largo rato. Cuando se separaron, el semblante de Kahlan mostraba una expresión afligida y dijo algo en el lenguaje que Richard no entendía. Adie sonrió y le dio unos cariñosos golpecitos en el hombro.

—Ahora deberíais dormir.

—¿Y yo? —protestó Richard—. ¿No debería llevar yo también un hueso para ocultarme a las bestias?

Adie estudió su rostro y luego le miró el pecho. Lentamente la anciana alargó una mano. Con los dedos le tocó la camisa tímidamente, palpando el colmillo de debajo. Entonces retiró la mano y lo miró a los ojos. De algún modo Adie sabía que llevaba el colmillo. Richard contuvo la respiración.

—Tú no necesitas ningún hueso, habitante del valle del Corzo. Las bestias no pueden verte.

Su padre le había dicho que una bestia malvada custodiaba el libro. Ahora se daba cuenta de que, gracias al colmillo, los seres del Límite no habían podido encontrarlo como a los demás. Si no hubiese sido por el colmillo lo habrían dejado fuera de combate, como a Zedd y a Chase, y Kahlan estaría en el inframundo. Richard trató de que su rostro no expresara ninguna emoción. Adie comprendió y permaneció en silencio. Kahlan parecía confusa pero no preguntó.

—Ahora dormid —les dijo Adie.

Kahlan rechazó la oferta de la mujer de los huesos, que quería cederle su cama. Ella y Richard tendieron sus esteras cerca de la lumbre, y Adie se retiró a su cuarto. Richard echó unos cuantos troncos más al fuego pues recordaba cómo le gustaba éste a Kahlan. Él se sentó junto a Zedd y a Chase y durante unos minutos acarició el cabello blanco del mago y escuchó su acompasada respiración. Se le hacía difícil tener que abandonar a sus amigos, y temía lo que le esperaba. Se preguntó si Zedd tendría alguna idea de dónde buscar la caja que le faltaba a Rahl, y deseó conocer el plan de su viejo amigo. Tal vez era un truco de mago con el que engañar a Rahl el Oscuro.

Kahlan se sentó en el suelo junto al fuego, con las piernas cruzadas, observando a Richard. Cuando éste fue hasta su manta, la mujer se tendió de espaldas y se cubrió hasta la cintura. La casa estaba en silencio y transmitía una sensación de seguridad. Fuera continuaba lloviendo. Era muy agradable estar tumbado junto al fuego. Richard se sentía cansado. Se volvió hacia Kahlan, con un codo en el suelo y la cabeza apoyada en la mano. La mujer tenía la vista fija en el techo y hacía rodar el hueso del colgante entre el índice y el pulgar. El joven contempló cómo el pecho le subía y le bajaba al respirar.

—Richard —susurró ella sin dejar de mirar al techo—. Lamento tener que dejarlos atrás.

—Lo sé —susurró Richard—. Yo también lo lamento.

—Espero que no te sientas obligado a hacerlo por lo que te dije cuando estábamos en el pantano.

—No. Es la decisión correcta. Cada día que pasa el invierno está más cerca. No nos servirá de nada quedarnos esperando mientras Rahl consigue la última caja. Si lo hace, estamos todos muertos. La verdad es la verdad. No puedo enfadarme contigo porque la digas.

Richard escuchó el crepitar y el siseo del fuego mientras contemplaba el semblante de la mujer y el modo como su pelo se derramaba por el suelo. Asimismo veía una vena en su cuello que pulsaba con los latidos del corazón. El joven pensó que Kahlan tenía el cuello más exquisito que hubiese visto nunca. A veces le parecía tan hermosa que apenas soportaba mirarla, aunque, al mismo tiempo, no podía apartar los ojos de ella. La mujer aún jugueteaba con el colgante.

—¿Kahlan? —Ella lo miró—. Cuando Adie te dijo que el colgante te protegería a ti y algún día también a tu hija, ¿qué le dijiste tú?

—Le di las gracias —repuso Kahlan tras sostenerle largamente la mirada—, pero le dije que no viviría lo suficiente para tener una hija.

—¿Por qué lo dijiste? —preguntó Richard con carne de gallina en los brazos.

Los ojos de la mujer se posaron brevemente en diferentes puntos del rostro de Richard. Finalmente contestó en voz baja:

—Richard, en mi tierra natal se ha desatado la locura, una locura que no te puedes ni imaginar. Yo estoy sola y ellos son muchos. He visto a personas mejores que yo enfrentarse a ellos y morir. No estoy diciendo que creo que fracasemos, pero no creo que yo viva para saberlo.

Aunque no lo dijo, Richard supo que tampoco creía que él viviera para verlo. Pese a que trataba de no asustarlo, pensaba que también él moriría en el empeño. Ésa era la razón por la que no quería que Zedd le entregase la *Espada de la Verdad* y que se convirtiera en el Buscador. El joven tenía la sensación de que el corazón se le iba a salir por la boca. Kahlan creía que se encaminaban a la muerte.

Tal vez tenía razón, se dijo. Después de todo ella sabía mucho mejor que él a qué se enfrentaban. Debía de estar aterrada ante la idea de regresar a la Tierra Central. Sin embargo, no había dónde ocultarse. El geniecillo nocturno dijo que escapar era una muerte segura.

Richard se besó la yema de un dedo y después la posó sobre el hueso del colgante. Entonces miró los dulces ojos de la mujer.

—Añado al hueso mi juramento de protegerte —susurró—. A ti y a la hija que en el futuro lleves en tu seno. No cambiaría ningún día que pase contigo por una vida de esclavitud. He aceptado libremente ser el Buscador. Y si Rahl el Oscuro sume al mundo en su locura, pues moriremos con una espada en la mano, no con cadenas en nuestras alas. Si quieren matarnos se lo pondremos muy difícil, y tendrán que pagar un alto precio. Si es preciso lucharemos hasta el último aliento y, antes de morir, le causaremos una herida que se le ulcerará y acabará con él.

La mujer sonrió; primero fueron sólo los labios y después también los ojos.

—Si Rahl el Oscuro te conociera como yo te conozco, tendría buenas razones para no poder conciliar el sueño. Doy las gracias a los buenos espíritus de que el Buscador no tenga motivos para dirigir su cólera contra mí. —Kahlan apoyó la cabeza en el brazo y añadió—: Tienes la extraña habilidad de hacerme sentir mejor, Richard Cypher, incluso cuando me hablas de mi muerte.

—Para eso están los amigos —repuso Richard con una sonrisa.

El joven se la quedó mirando después de que cerrara los ojos, hasta que también él se sumió en un tranquilo sueño. En lo último en que pensó antes de dormirse fue en ella.

El día amaneció húmedo y sombrío, pero había dejado de llover. Kahlan se despidió de Adie con un abrazo. Richard, de pie ante ella, fijó la vista en sus ojos blancos.

—Debo pedirte algo muy importante. Transmite un mensaje a Chase de parte del Buscador: dile que regrese a la ciudad del Corzo y avise al Primer Consejero de que el Límite caerá pronto. Que diga a Michael que reúna al ejército para proteger la Tierra Occidental de las fuerzas de Rahl. Deben prepararse para repeler cualquier invasión. Es absolutamente necesario que impidan que la Tierra Occidental caiga, como la Tierra Central. Cualquier fuerza que venga del este debe ser considerada invasora. Dile que comunique a Michael que Rahl fue quien mató a nuestro padre y que los que vienen no lo hacen en son de paz. Estamos en guerra, y yo ya me he lanzado a la batalla. Si mi hermano o el ejército desoyen mi advertencia, entonces Chase debe renunciar a su puesto, reunir a los guardianes del Límite y oponerse a las legiones de Rahl. Cuando conquistaron la Tierra Central apenas encontraron oposición. Es posible que flaqueen si se ven obligados a tomar la Tierra Occidental con derramamiento de sangre. Dile que no se muestre clemente con el enemigo y que no haga prisioneros. No me gusta dar estas órdenes, pero así es como Rahl lucha y o nos enfrentamos a él siguiendo sus reglas o moriremos. Si, finalmente, la Tierra Occidental sucumbe, espero que los guardianes les hagan pagar un alto precio. Una vez que consiga que el ejército y los guardianes tomen posiciones es libre de acudir en mi ayuda, si lo desea, pues lo primordial es impedir que Rahl se haga con las tres cajas. —Richard clavó los ojos en el suelo—. Por favor, que diga a mi hermano que lo quiero y lo echo de menos. —Aquí levantó la mirada y evaluó la expresión de Adie—. ¿Te acordarás de todo?

—Creo que no puedo olvidarlo ni aunque quisiera. Transmitiré tus palabras al guardián. ¿Qué quieres que diga al mago?

—Que siento no haber podido esperarlo, pero que sé que lo entenderá —contestó Richard con una sonrisa—. Cuando se recupere nos encontrará gracias a la piedra noche. Espero que, para entonces, ya tengamos una de las cajas.

—Que la fuerza acompañe al Buscador —dijo Adie con su áspera voz—, y también a ti, muchacha. Os esperan tiempos difíciles.

18

La senda era lo suficientemente ancha para permitir que caminaran una al lado del otro. Las nubes eran espesas y amenazadoras pero no llovía. Ambos se abrigaban con las capas. Las hojas de los pinos formaban una alfombra húmeda y marrón sobre el sendero que atravesaba el bosque. Entre los altos árboles apenas crecían matorrales, por lo que desde la senda tenían una buena visibilidad. Vaporosas franjas de helechos cubrían el suelo del bosque entre los árboles, con alguna rama muerta sobre ellos como si yaciera en un lecho. Las ardillas les gritaban al pasar mientras los pájaros cantaban con poca convicción.

Richard cortó una ramita de pino al pasar y se entretuvo arrancando las agujas con el pulgar y el índice.

—Adie es más de lo que parece —comentó al fin.

Kahlan lo miró sin dejar de caminar y repuso:

—Es una hechicera.

—¿De veras? —Richard miró a Kahlan con el rabillo del ojo, sorprendido—. No sé qué es exactamente una hechicera.

—Bueno, es más que nosotros, pero menos que un mago.

Richard aspiró el aroma de las hojas de pino y luego las arrojó a un lado. Era posible que Adie fuese más que él, pensó, pero, en cuanto a Kahlan no estaba tan seguro. Recordaba la mirada de Adie cuando Kahlan la agarró por la muñeca. Había sido una mirada de temor. Asimismo recordó la expresión de Zedd la primera vez que vio a Kahlan. ¿Qué poder poseía, capaz de atemorizar a una hechicera y a un mago? ¿Cómo había causado ese trueno sin sonido? Richard sabía que lo había hecho dos veces; la primera con la cuadrilla y otra vez con Shar, el geniecillo nocturno. Richard recordó el dolor que siguió. ¿Era una hechicera más poderosa que Kahlan?

—¿Qué hace Adie viviendo allí, en el paso?

—Se hartó de que la gente llamara a su puerta continuamente, pidiéndole encantamientos y pociones —le explicó Kahlan, retirándose del rostro algunos mechones de cabello—. Quería estar tranquila para estudiar, sea lo que sea lo que una hechicera estudia; emplazamientos superiores, creo que los llamó.

—¿Crees que estará a salvo cuando el Límite caiga?

—Así lo espero. Me cae muy bien.

—A mí también —repuso Richard risueño.

En algunos tramos el sendero subía en pronunciada pendiente, lo que les obligaba a ir en fila india mientras serpenteaba a lo largo de rocosas laderas y sobre crestas. Richard dejó que Kahlan fuera primera, para así asegurarse de que no se desviaba del camino. Una o dos veces tuvo que indicarle por dónde seguir, pues gracias a su experiencia como guía podía percibir lo que se escapaba a la mirada no entrenada de la mujer. Otras veces la senda era un surco bien marcado. El bosque era muy espeso. Algunos árboles habían brotado de grietas en las rocas que descollaban en la gruesa alfombra de hojas. Una fina niebla flotaba entre los árboles. Las raíces que sobresalían de las hendiduras les proporcionaban asideros a los que agarrarse para trepar por las abruptas pendientes. A Richard le dolían las piernas por los pronunciados descensos del oscuro sendero.

El joven se preguntaba qué harían una vez llegaran a la Tierra Central. Había esperado que Zedd les comunicara su plan tras cruzar el paso, pero ahora no tenían ni a Zedd ni plan. Le parecía un poco ridículo dirigirse a la Tierra Central. ¿Qué iba a hacer una vez llegaran allí? ¿Quedarse de pie, mirar a su alrededor, adivinar dónde estaba la caja e ir a buscarla? No le parecía un buen plan. No podían perder tiempo vagando por ahí al buen tuntún, esperando encontrarse con algo. Nadie lo estaría esperando en la Tierra Central para decirle adónde ir.

La senda ascendía por un empinado montón de rocas. Richard inspeccionó el terreno. Sería más sencillo rodear el afloramiento rocoso que trepar por él pero, finalmente, saber que el Límite podía estar en cualquier parte le hizo desistir. Tenía que haber una razón por la que el sendero continuara por allí. Subió primero y después tendió a Kahlan una mano para ayudarla.

Prosiguieron la marcha. Richard no dejaba de hacer cábalas. Alguien debía de haber ocultado una de las cajas, porque si no Rahl ya la tendría. Pero si Rahl no podía encontrarla, ¿cómo iba a hacerlo él? Él no conocía a nadie en la Tierra Central y tampoco sabía dónde buscar. Pero alguien sabía dónde se encontraba esa última caja y así era como la encontrarían. No tenían que buscar la caja, sino a alguien que pudiera decirles dónde estaba.

De pronto se le ocurrió: magia. La Tierra Central era un lugar mágico. Tal vez alguien con magia podría informarles del paradero de la caja. Adie sabía cosas de él aunque nunca lo había visto antes. Seguro que existía alguien con el tipo de magia capaz de decirles dónde se encontraba la caja, aun sin haberla visto. Por supuesto, tendrían que convencer a esa persona de que se confiara a ellos. Pero, seguramente, a alguien que ocultara a Rahl el Oscuro lo que sabía no le desagradaría ayudarlos. El joven se dijo que había demasiados deseos y esperanzas en sus pensamientos.

Pero algo sí sabía: aunque Rahl tuviera todas las cajas, sin el libro no sabría qué caja era cuál. Mientras caminaba, Richard iba recitando para sus adentros el *Libro de las Sombras Contadas*, intentando hallar el modo de detener a Rahl. Puesto que se trataba de un libro de instrucciones para las cajas debería incluir algo para impedir que fuesen usadas, pero no había nada de eso. La explicación de qué podía hacer cada caja, las instrucciones para determinar cuál era cada cual y cómo abrir la adecuada, ocupaban solamente las últimas páginas. Richard comprendía bien esa parte, pues estaba escrita de manera clara y precisa. Pero el resto, la gran mayoría, eran instrucciones sobre cómo resolver posibles eventualidades o problemas que podían impedir que el poseedor de las cajas tuviera éxito. El libro empezaba con cómo verificar la veracidad de las instrucciones.

Si él pudiera crear uno de esos problemas podría parar los pies a Rahl, pues éste no poseía el libro para ayudarlo. Pero la mayoría de los problemas eran cosas que él no podía provocar de ninguna de las maneras; cosas relacionadas con el ángulo del sol o con las nubes el día que se abriera la caja. Y gran parte de esas instrucciones no tenían sentido para él. Richard se dijo que tenía que dejar de pensar en el problema para pensar en la solución. Repasaría de nuevo el libro. Se aclaró la mente y empezó por el principio.

La verificación de la autenticidad de las palabras del Libro de las Sombras Contadas *en caso de no ser leídas por quien controla las cajas, sino pronunciadas por otra persona, sólo podrá ser realizada con garantías mediante el uso de una Confesora...*

A última hora de la tarde, Richard y Kahlan sudaban profusamente por el esfuerzo. Al cruzar un arroyo Kahlan se detuvo, sumergió un trozo de tela en el agua y lo usó para refrescarse la cara. A Richard le pareció una buena idea, por lo que al topar con otro arroyo se detuvo para hacer lo mismo. Era un arroyo de aguas límpidas y poco profundas, pues fluía sobre un lecho de cantos rodados. Se mantuvo en equilibrio encima de una roca lisa mientras se agachaba para empapar un trozo de tela en las frías aguas.

Al levantarse vio la sombra. Al instante se quedó paralizado.

Allí, en el bosque, había algo medio escondido detrás del tronco de un árbol. No era una persona, aunque era más o menos del mismo tamaño, y no tenía una forma definida. Era como la sombra de alguien flotando en el aire. La sombra no se movió. Richard parpadeó y entrecerró los ojos, tratando de averiguar si realmente veía eso o sólo se lo parecía. Tal vez no era más que un efecto de la débil luz del ocaso o la sombra de un árbol, que había confundido con otra cosa.

Kahlan continuaba avanzando por el sendero. Richard la alcanzó y le puso una mano sobre la parte baja de la espalda, bajo la mochila, para que no se detuviera. Entonces se inclinó hacia la oreja de la mujer y le susurró:

—Mira a la izquierda, entre los árboles. Dime qué ves.

El joven mantuvo la mano donde estaba, forzándola a seguir adelante, mientras ella volvía la cabeza y miraba hacia los árboles. Sus ojos buscaban al tiempo que se apartaba el cabello. Entonces la vio.

—¿Qué es? —susurró, posando la mirada de nuevo en Richard.

—No lo sé —repuso él, un tanto sorprendido—. Creí que tú podrías decírmelo.

La mujer negó con la cabeza. La sombra continuaba inmóvil. Tal vez no era más que un efecto de la luz, trató de convencerse Richard. Pero sabía que no era verdad.

—Quizás es una de las bestias que nos dijo Adie y no puede vernos —sugirió.

—Las bestias tienen huesos —respondió ella, lanzándole una mirada de soslayo.

Kahlan tenía razón, desde luego, pero había esperado que se mostrara de acuerdo con él. Ambos avanzaron rápidamente por el sendero pero la sombra permaneció quieta y pronto la perdieron de vista. Richard respiró más tranquilo. Al parecer, el colgante de Kahlan y su propio colmillo los ocultaban.

La cena consistió en pan, zanahorias y carne ahumada que comieron sin dejar de caminar, y que ninguno de los dos disfrutó. Sus ojos no cesaban de escrutar la densa vegetación. Aunque no había llovido en todo el día, todo seguía húmedo y de vez en cuando goteaba agua de los árboles. En algunos lugares las rocas estaban recubiertas por un resbaladizo limo y tenían que andarse con mucho ojo. Ambos vigilaban el bosque que los rodeaba, atentos a cualquier peligro. Pero no vieron nada.

El hecho de no ver nada empezó a preocupar a Richard. No había ardillas, ni pájaros, ni animales de ningún tipo. Había demasiado silencio. La luz del día se iba apagando lentamente. Muy pronto llegarían al Embudo y eso también lo inquietaba. La idea de volver a ver los seres del Límite lo alarmaba; y la de ver de nuevo a su padre, le parecía absolutamente aterradora. Se le encogía el estómago al pensar en lo que Adie les había dicho: que los seres los llamarían. Recordaba lo seductoras que eran sus voces. Tenía que estar preparado para resistir. Tenía que endurecerse contra eso. En el pino hueco, la primera noche que pasaron juntos, Kahlan había estado a punto de ser absorbida por el inframundo y cuando estaban con Zedd y Chase algo había tratado de atraerla de nuevo. Al joven le preocupaba que el hueso no pudiera protegerla cuando estuvieran tan cerca.

El sendero se niveló y ensanchó, permitiéndoles andar otra vez uno junto al otro. Richard estaba cansado por la caminata de ese día, y aún les quedaba toda la noche y un día más antes de poder reposar. No parecía una buena idea cruzar el Embudo de noche, y además estando agotados, pero Adie había recalcado que no debían detenerse. No sería él quien llevara la contraria a alguien que conocía tan bien el paso. La historia de la lapa chupasangre lo mantendría bien despierto.

Kahlan escudriñó el bosque a su alrededor y después volvió la cabeza para mirar atrás. La mujer se detuvo de repente y agarró el brazo de Richard. En el sendero, a menos de diez metros por detrás de ellos, había una sombra.

Al igual que la otra, no se movía. El joven pudo ver a través de ella el bosque, como si estuviera hecha de humo. Kahlan no le soltó el brazo mientras ambos seguían caminando hacia adelante pero de lado, observando a la sombra. Al doblar un recodo la perdieron de vista. Ambos apretaron el paso.

—Kahlan, ¿recuerdas que me contaste que Panis Rahl envió seres de sombra? ¿Crees que pueden ser ellos?

—No lo sé. —Kahlan se veía muy inquieta—. Nunca he visto ninguno. Eso ocurrió durante la última guerra, antes de que yo naciera. Pero las historias siempre contaban lo mismo, que flotaban. Nunca he oído decir a nadie que permanecieran quietas.

—Tal vez no se mueven a causa de los huesos. Tal vez saben que estamos aquí pero no pueden encontrarnos, y por eso se quedan quietas y buscan.

La mujer se arrebujó en la capa, obviamente asustada ante esa posibilidad, aunque no dijo nada. A la luz del crepúsculo continuaron avanzando, muy juntos, compartiendo las mismas inquietudes. Había otra sombra a un lado del sendero. Kahlan le agarró el brazo con fuerza. Pasaron junto a ella lentamente, en silencio, sin apartar los ojos de la sombra. Ésta no se movió. Richard se sentía a punto de dejarse llevar por el pánico pero sabía que no podía; no podían salir de la vereda, tenían que pensar con la cabeza. Tal vez lo que querían las sombras era que echasen a correr para que abandonaran el camino e, involuntariamente, penetraran en el inframundo. Ambos miraban a su alrededor y hacia atrás al caminar. Kahlan estaba mirando al otro lado cuando una rama le rozó la cara. La mujer se sobresaltó y saltó sobre Richard. Al darse cuenta de su error se disculpó. Richard le dirigió una sonrisa tranquilizadora.

Las hojas de los pinos conservaban gotitas de lluvia y de la niebla y cuando una suave brisa balanceaba las ramas, llovía de los árboles. En la penumbra les costaba distinguir si lo que los rodeaba eran sombras o sólo las oscuras formas de los troncos. Por dos veces no hubo duda; estaban junto a la vereda, inconfundibles. Sin embargo, no se movieron ni los siguieron sino que se quedaron allí, como si los vigilaran, aunque no tenían ojos.

—¿Qué vamos a hacer si nos atacan? —preguntó Kahlan con voz tensa.

La mujer le aferraba el brazo con demasiada fuerza, por lo que éste le soltó los dedos y le cogió la mano. Kahlan se la estrujó.

—Lo siento —se disculpó con una tímida sonrisa.

—Si nos atacan la espada las detendrá —le aseguró el joven.

—¿Por qué estás tan seguro?

—Porque detuvo a los seres del Límite.

Kahlan pareció satisfecha con la respuesta, al menos Richard deseó que lo estuviera. Un silencio de muerte envolvía el bosque, excepto por un ruido áspero que no sabía qué lo producía. No se oían los habituales sonidos nocturnos. Oscuras ramas se balanceaban cerca de ellos en la brisa, acelerándole el corazón.

—Richard —dijo Kahlan en un susurro—, no dejes que te toquen. Si son seres de sombra el contacto con ellos es mortal. Y aunque no lo sean no sabemos qué podría pasar. Debemos impedir que nos toquen.

Richard le apretó la mano para tranquilizarla. El joven resistió el impulso de desenvainar la espada. Aunque la magia de la espada funcionara contra las sombras tal vez había demasiadas. Si no había más remedio la usaría pero su instinto le decía que no lo hiciera.

La oscuridad crecía en el bosque. Los troncos de los árboles se erguían como pilares negros en la penumbra. Richard sentía como si hubiera ojos en todas partes, vigilándolos. La vereda atravesaba ahora una ladera, y el joven podía ver rocas oscuras que se alzaban a su izquierda. Hilos de agua de la lluvia corrían entre ellas. Richard oía cómo borboteaba y salpicaba. A la derecha el terreno caía abruptamente. La siguiente vez que miraron atrás había tres sombras en la senda, apenas visibles. Continuaron avanzando. Richard oyó de nuevo aquel sonido áspero en el bosque, a ambos lados; no le resultaba familiar. Más que ver sentía que tenían sombras a ambos lados y también detrás. Algunas eran inconfundibles, pues estaban muy cerca de la vereda. Sólo tenían el camino despejado hacia adelante.

—Richard —susurró Kahlan—, ¿no crees que deberías sacar la piedra noche? Apenas veo por dónde vamos. —La mujer le apretaba la mano con fuerza. Pero Richard vaciló.

—Prefiero no hacerlo hasta que sea absolutamente necesario. Temo lo que pueda ocurrir.

—¿Qué quieres decir?

—Bueno, las sombras aún no nos han hecho nada, tal vez porque los huesos les impiden vernos. —Hizo una breve pausa y prosiguió—: Pero ¿y si pueden ver la luz de la piedra noche?

Kahlan se mordió el labio inferior, turbada. Tenían que esforzarse por distinguir la senda, que serpenteaba por la ladera alrededor de árboles, rocas, peñas y raíces. Ahora el suave sonido áspero se oía más cerca, los rodeaba. Sonaba como... como garras que arañaran la roca, pensó Richard.

Un poco por delante, a ambos lados de la senda, se erguían dos sombras. Kahlan se apretó a él y contuvo la respiración mientras pasaban entre ellas. Al llegar a la altura de las sombras Kahlan hundió la cara en el hombro del joven. Éste le pasó un brazo alrededor y la sostuvo. Comprendía cómo se sentía; él también estaba aterrorizado y el corazón le latía acelerado. Parecía que, con cada paso que daban, iban demasiado lejos, se metían demasiado hondo. Richard miró atrás, pero no había luz suficiente para ver si las sombras seguían allí.

De pronto apareció ante ellos una forma completamente negra. Era una enorme roca hendida por la mitad: el Embudo.

Richard y Kahlan apoyaron las espaldas en la roca, junto a la hendidura. La oscuridad ya no les permitía ver por dónde iban, ni si había alguna sombra cerca. Sin la luz de la piedra noche no podrían seguir la senda a través de la roca. Era demasiado peligroso; un paso en falso en el Embudo y estaban muertos. En el silencio el ruido áspero sonaba más cerca y parecía llegar de todas partes. Richard se metió la mano en el bolsillo y sacó la bolsa de piel. Deshizo el cordón y dejó caer la piedra noche en la palma de la mano.

Una cálida luz brilló en la noche, iluminando el bosque que los rodeaba y creando inquietantes sombras. Richard sostuvo la piedra al frente para ver mejor.

Kahlan ahogó un grito.

A la luz amarilla y cálida vieron una pared de sombras, cientos de ellas, pegadas unas a las otras. Formaban un semicírculo a menos de seis metros de distancia. En el suelo había docenas y docenas de pequeños montículos, que en un primer momento podían confundirse con rocas. Pero no lo eran. Tenían la espalda cubierta por una coraza gris compuesta por placas trabadas entre sí y del borde inferior sobresalían pinchos recortados.

Lapas chupasangre.

Era ellas las que producían el áspero sonido al raspar las garras contra la roca. Las lapas chupasangre se movían con extraños andares de pato, y sus gibosos cuerpos se balanceaban a un lado y al otro al avanzar penosamente. No eran rápidas pero sí constantes. Algunas estaban ya a pocos metros.

Kahlan se quedó paralizada, con la espalda contra la roca y los ojos muy abiertos. Richard alargó una mano, la agarró por la camisa y tiró de ella hacia adentro. Las paredes de roca se notaban húmedas y resbaladizas. Allí dentro, en un espacio tan estrecho, Richard sentía que el corazón le iba a salir por la boca. No le gustaba estar en lugares confinados. Avanzaban de espaldas, volviendo la cabeza de vez en cuando para ver por dónde iban. Richard sostenía la piedra noche e iluminaba las sombras que los perseguían. Las lapas chupasangre llegaron a la entrada del Embudo.

El joven podía oír la rápida respiración de Kahlan, que resonaba en el angosto, frío y húmedo lugar. Continuaron retrocediendo, deslizando los hombros contra los costados de la roca. El agua fría y viscosa les empapaba la camisa. En un punto tuvieron que agacharse y pasar de lado, porque la grieta se estrechaba tanto que apenas quedaba espacio para poder pasar. Restos de vegetación habían caído en la húmeda hendidura y el lugar hedía a podredumbre. Así, caminando de lado, finalmente llegaron al otro lado. Las sombras se habían detenido al llegar al Embudo; las lapas chupasangre, no.

Richard propinó un puntapié a una que se acercó demasiado, lanzándola dando tumbos sobre las hojas y las ramitas del suelo de la grieta. La criatura aterrizó sobre el caparazón y se quedó agitando las garras en el aire, chasqueando las mandíbulas y silbando, retorciéndose y balanceándose hasta que logró enderezarse. Entonces, se irguió sobre sus garrudos pies y lanzó un chasqueante gruñido antes de atacar de nuevo.

Ambos dieron rápidamente media vuelta para seguir. Richard sostenía la piedra noche para iluminar el sendero del Embudo. De pronto Kahlan contuvo la respiración.

La cálida luz iluminaba la ladera, donde el sendero del Embudo debería estar. Pero lo que vieron sus ojos, hasta donde alcanzaba la vista, fue una masa de escombros formada por rocas, ramas, astillas y barro.

El Embudo había quedado sepultado. Ambos dieron un paso más allá de la roca para ver mejor.

La luz verde del Límite se materializó, sorprendiéndolos a ambos. Inmediatamente retrocedieron.

—Richard...

Kahlan le agarró un brazo. Tenían a las lapas chupasangre a sus talones y las sombras flotaban en la grieta.

19

Las antorchas colocadas en ornamentados hacheros dorados iluminaban los muros de la cripta con su parpadeante luz, que se reflejaba en el pulido granito rosa de la enorme sala abovedada. El olor de la brea se mezclaba con el aroma de las rosas en el aire quieto y sin vida. Las rosas blancas —que se reemplazaban cada mañana sin falta desde hacía tres décadas— llenaban cada uno de los cincuenta y siete jarrones de oro colocados en los muros, bajo cada una de las cincuenta y siete antorchas que representaban cada año de vida del difunto. El suelo era de mármol blanco, de modo que si un pétalo caía no se veía hasta que era retirado. Muchas personas se encargaban de que ninguna antorcha dejara de arder más de unos minutos, o de que los pétalos de rosa no reposaran largo rato en el suelo. Todos ponían los cinco sentidos en su tarea y se entregaban por completo a ella, ya que cualquier fallo podía hacerles perder su cabeza. Los guardianes, que custodiaban la tumba noche y día, se aseguraban de que las antorchas ardieran, que las flores fuesen frescas y que ningún pétalo de rosa mancillara largo rato el suelo. Y, desde luego, también se encargaban de las ejecuciones.

Los cuidadores de la cripta se reclutaban entre los campesinos de la zona y serlo se consideraba un honor. Este honor conllevaba la promesa de una muerte rápida si eran ejecutados. En D'Hara una muerte lenta era muy temida y también cosa habitual. A los cuidadores se les cortaba la lengua para que no pudieran hablar mal del rey difunto mientras estuvieran en la cripta.

Cuando estaba en casa, en el Palacio del Pueblo, el Amo solía visitar la tumba al caer la tarde. Durante esas visitas no podía estar presente ningún cuidador ni guardia de la tumba. Ese día los cuidadores habían tenido una tarde muy ajetreada, sustituyendo las antorchas por otras nuevas para que ninguna se apagara durante la visita y comprobando los centenares de rosas blancas, sacudiéndolas suavemente para asegurarse de que ningún pétalo estaba flojo, pues en ese caso rodarían cabezas.

Un bajo pilar en el centro de la inmensa sala sostenía el ataúd, dando la impresión de que flotaba en el aire. El ataúd, cubierto de oro, relucía a la luz de las teas. A los lados de éste se veían símbolos grabados, así como en las paredes de granito de la cripta, bajo antorchas y jarrones. Eran instrucciones escritas en una antigua lengua en las que un padre indicaba a su hijo cómo penetrar en el inframundo y regresar. Aparte del hijo sólo un puñado de gente entendía esa lengua y ninguno de ellos vivía en D'Hara. Todos los habitantes de D'Hara que la comprendían hacía tiempo que habían sido eliminados. Algún día lo sería el resto.

Los guardianes de la tumba y sus cuidadores se habían retirado. El Amo visitaba la tumba de su padre. Sólo dos guardias personales, situados uno a cada lado de la maciza puerta exquisitamente tallada y pulida, velaban por él. Sus uniformes de cuero y malla, sin mangas, ponían de relieve sus corpulentos cuerpos y el marcado contorno de sus poderosos músculos. Alrededor de los brazos, justo por encima del codo, llevaban guardabrazos de púas mortalmente afiladas, que usaban en combate para hacer pedazos al adversario.

Rahl el Oscuro rozó con sus delicados dedos los símbolos grabados en la tumba de su padre. Una inmaculada túnica blanca, adornada únicamente con una estrecha franja de bordados en oro alrededor del cuello y en el centro del pecho, cubría su delgado cuerpo casi hasta tocar el suelo. No llevaba joyas; tan sólo un cuchillo curvo enfundado en una vaina de oro, repujada con símbolos de advertencia para que los espíritus se apartaran. El cinturón del que colgaba estaba entrelazado con hilo de oro. El cabello, fino, liso y rubio, le llegaba casi a los hombros. Sus ojos presentaban una tonalidad azul increíblemente hermosa, y sus facciones los hacían resaltar.

Por su cama habían pasado muchas mujeres. Debido a su atractivo físico y a su poder algunas se le entregaban de buen grado. Otras lo hacían pese a su atractivo, solamente por su poder. A él tanto le daba que se mostraran o no bien dispuestas. Y si cometían la imprudencia de mostrar repulsión cuando veían las cicatrices, le proporcionaban un entretenimiento que no podían haber previsto.

Rahl el Oscuro, como su padre antes de él, consideraba a las mujeres meros recipientes para la simiente masculina, la tierra en la que crecer, e indignas de recibir mayor reconocimiento. Rahl el Oscuro, al igual que su padre, nunca tomaría esposa. Su propia madre no fue nada más que la primera en la que la maravillosa simiente de su padre germinó y, después, fue descartada, como debía ser. Si tenía hermanos no lo sabía ni le importaba; él era el primogénito, en quien recaía toda la gloria. Él había heredado el don, y su padre le había transmitido a él el conocimiento. Si tenía hermanastros, sólo eran malas hierbas que arrancar, si las descubría.

Rahl el Oscuro recitó mentalmente las palabras mientras reseguía los símbolos con los dedos. Era imprescindible seguir las instrucciones al pie de la letra, aunque no temía cometer ningún error; las instrucciones estaban grabadas a fuego en su memoria. No obstante, le agradaba liberar la emoción del tránsito, flotar entre la vida y la muerte. Le encantaba penetrar en el inframundo e imponer su poder a los muertos. No podía esperar hasta el siguiente viaje.

El eco de unas pisadas anunció la llegada de alguien. Rahl el Oscuro no mostró ni preocupación ni interés, pero sus guardias desenvainaron la espada. Nadie podía entrar en la cripta cuando el Amo estaba allí. Cuando vieron quién era se relajaron y envainaron de nuevo las espadas. Demmin Nass era la excepción.

Demmin Nass, mano derecha de Rahl y ejecutor de los pensamientos más oscuros del Amo, era tan fornido como los hombres que tenía a su mando. Entró como si los guardias no estuvieran y sus músculos nítidamente perfilados se destacaron a la luz que emitían las antorchas. La piel de su pecho era tan tersa como la de los mocitos por los que tenía debilidad, contrastando con un rostro picado por la viruela. Llevaba el cabello, rubio, tan corto que se le ponía de punta y se le erizaba. En la mitad de la ceja derecha le nacía un mechón de pelo negro que continuaba hacia atrás, hasta la nuca. Esto permitía reconocerlo a distancia; un hecho que sabían valorar quienes tenían motivo para conocerlo.

Rahl el Oscuro leía los símbolos totalmente absorto y no miró ni cuando sus guardias sacaron las armas ni cuando las volvieron a envainar. Aunque eran unos guardias formidables, resultaban innecesarios. Con sus poderes él solo se bastaba para neutralizar cualquier amenaza. Demmin Nass esperó con tranquilidad a que el Amo acabara. Cuando, finalmente, Rahl el Oscuro se volvió hacia él, su cabello rubio y su nívea túnica flotaron a su alrededor. Demmin inclinó la cabeza respetuosamente.

—Lord Rahl. —Demmin poseía una voz grave y tosca. Continuaba inclinando la cabeza.

—Demmin, viejo amigo, qué alegría verte de nuevo. —Por el contrario, la serena voz de Rahl era clara, casi transparente.

—Lord Rahl, la reina Milena ha entregado su lista de exigencias —dijo Demmin al tiempo que se erguía y mostraba un rostro ceñudo.

Los ojos de Rahl el Oscuro atravesaron a su hombre de confianza como si no estuviera allí. Lentamente se humedeció las yemas de los tres primeros dedos de la mano derecha con la lengua y cuidadosamente se los pasó por labios y cejas.

—¿Me has traído un chico? —preguntó Rahl, expectante.

—Sí, lord Rahl. Os aguarda en el Jardín de la Vida.

—Bien. —En su bello rostro se pintó una amplia sonrisa—. Bien. ¿No es demasiado mayor? ¿Es aún un niño?

—Sí, lord Rahl, no es más que un niño. —Demmin eludió los ojos azules de Rahl.

—¿Estás seguro, Demmin? —inquirió Rahl con una sonrisa aún más ancha—. ¿Le has bajado los pantalones para comprobarlo?

—Sí, lord Rahl —contestó Demmin, incómodo.

—No lo habrás tocado, ¿verdad? —Rahl escrutó la faz de su lugarteniente y su sonrisa se desvaneció—. Debe estar intacto.

—¡No, lord Rahl! —insistió Demmin, mirando de nuevo al Amo, con los ojos muy abiertos—. ¡Yo jamás tocaría a vuestro espíritu guía! ¡Me lo habéis prohibido!

Rahl el Oscuro se volvió a humedecer los dedos y se alisó las cejas, dando un paso hacia Demmin.

—Sé que lo deseabas, Demmin. ¿Te costó mucho? ¿Mirar pero no tocar? —Volvió a sonreír brevemente, burlón—. Tu debilidad ya me ha causado dificultades en el pasado.

—¡De eso ya me ocupé! —protestó Demmin con su voz grave, aunque sin demasiada energía—. Hice que arrestaran a ese mercader, a Brophy, por matar a ese chico.

—Sí —replicó bruscamente Rahl—, y se sometió a una Confesora para demostrar su inocencia.

—¿Cómo iba a saber yo que haría algo así? —La faz de Demmin se arrugó por la frustración—. ¿Quién podía esperar que un hombre hiciera eso voluntariamente?

Rahl alzó una mano, y Demmin se calló.

—Deberías haber sido más cuidadoso. Deberías haber tenido en cuenta a las Confesoras. ¿Te has ocupado ya de ellas?

—De todas menos de una —admitió Demmin—. La cuadrilla que envié tras Kahlan, la Madre Confesora, falló y tuve que enviar otra.

—La Confesora Kahlan fue quien confesó al mercader Brophy y lo encontró inocente, ¿verdad? —preguntó Rahl ceñudo.

Demmin asintió lentamente, con el rostro contraído por la rabia.

—Debe de haber encontrado ayuda o la cuadrilla no habría fallado.

Rahl permaneció en silencio mientras lo observaba. Al fin Demmin rompió el silencio.

—Es un asunto insignificante que no merece que malgastéis ni vuestro tiempo ni vuestros pensamientos en él, lord Rahl.

—Yo decido qué asuntos merecen mi atención. —Rahl el Oscuro arqueó una ceja. Su voz sonaba suave, casi amable.

—Por supuesto, lord Rahl. Os ruego que me perdonéis. —Demmin Nass no necesitaba oírlo enojado para saber que pisaba terreno resbaladizo.

Rahl volvió a humedecerse los dedos y se frotó los labios. Bruscamente clavó sus ojos en los de su lugarteniente.

—Demmin, si has tocado al chico, lo sabré.

—Lord Rahl —susurró el hombre con voz ronca. Una gota de sudor le resbaló hasta un ojo y parpadeó para alejarla—. Daría con gusto la vida por vos. Jamás tocaría a vuestro espíritu guía, lo juro.

—Como ya he dicho —repuso Rahl el Oscuro con un cabeceo, después de estudiar a Demmin Nass un momento—, de todos modos lo sabría. Y ya sabes lo que te haría si algún día descubro que me mientes. No pienso tolerar que nadie me mienta. Mentir está mal.

—Lord Rahl, ¿qué hacemos con las exigencias de la reina Milena? —preguntó Demmin, ansioso por cambiar de tema. Rahl se encogió de hombros.

—Dile que accedo a todas sus exigencias, a cambio de la caja.

—Pero lord Rahl, si ni siquiera las habéis leído. —Demmin miraba a su señor incrédulamente.

—Eso sí que no merece que malgaste mi tiempo ni mis pensamientos —afirmó Rahl, encogiéndose de hombros con aire de inocencia.

Demmin volvió a cambiar el peso de pierna y el cuero crujió.

—Lord Rahl, no comprendo por qué jugáis a esto con la reina. Es humillante que nos presente una lista con sus exigencias. Podríamos aplastarla fácilmente como el insecto que es. Dadme vuestro permiso, permitidme que presente nuestras propias exigencias. Lamentará no haberse inclinado ante vos, como debería haber hecho.

Rahl sonrió levemente, de modo impenetrable, mientras escrutaba la cara picada por la viruela de su leal lugarteniente.

—Tiene un mago, Demmin —susurró, con mirada penetrante.

—Lo sé. —Demmin apretó los puños—. Giller. Una palabra vuestra, milord, y os traeré su cabeza.

—Demmin, ¿por qué crees que la reina Milena ha reclutado a un mago? —En vista de que Demmin únicamente se encogía de hombros,

Rahl contestó su propia pregunta—: Para proteger la caja, por eso. La reina cree que así también se protege ella. Si la matamos a ella o al mago, es posible que después nos encontremos con que Giller ha escondido la caja con medios mágicos, y entonces deberíamos perder tiempo buscándola. Así pues, ¿por qué precipitarnos? De momento el camino más fácil es darle todo lo que pide. Si me causa algún problema me ocuparé de ella y del mago. —Rahl rodeó lentamente el ataúd de su padre, pasando los dedos por los símbolos grabados sin apartar sus azules ojos de Demmin—. Y, de todas formas, una vez que tenga la última caja las exigencias de la reina no tendrán ninguna importancia. —Llegó otra vez junto al fornido soldado y se detuvo delante de él—. Pero hay otra razón, amigo mío.

—¿Otra razón? —preguntó Demmin, ladeando la cabeza.

Rahl el Oscuro asintió, se inclinó hacia él y bajó el tono de voz para decir:

—Demmin, ¿tú matas a tus muchachos antes... o después?

Demmin retrocedió un poco para alejarse de su amo y se metió un pulgar bajo el cinturón. Carraspeó y, finalmente, respondió:

—Después.

—¿Y por qué después? ¿Por qué no antes? —preguntó, frunciendo el entrecejo en gesto tímido e inquisitivo.

Sustrayéndose a la mirada del Amo, Demmin clavó los ojos en el suelo y cambió el peso a la otra pierna. Rahl el Oscuro lo vigilaba, manteniendo el rostro muy cerca. Con voz baja, para que los guardias no lo oyeran, Demmin respondió:

—Me gusta que se retuerzan.

—Ésa es la otra razón, amigo mío —dijo Rahl con una sonrisa—. A mí también me gusta que se retuerzan, por así decirlo. Quiero disfrutar contemplando cómo se retuerce antes de matarla. —Rahl se volvió a humedecer las yemas de los dedos y luego se acarició los labios con ellos. En la marcada faz de Demmin apareció una mueca cómplice.

—Diré a la reina Milena que el Padre Rahl se ha dignado a aceptar sus condiciones.

—Excelente, amigo mío —lo felicitó Rahl, al tiempo que le ponía una mano sobre uno de sus musculosos hombros—. Y ahora muéstrame el niño que me has traído.

Ambos se encaminaron a la puerta, sonrientes. Pero antes de llegar a ella Rahl el Oscuro se detuvo de pronto y giró sobre sus talones, con la túnica volando a su alrededor.

—¿Qué ha sido ese ruido?

A excepción del silbido de las antorchas, la cripta estaba tan silenciosa como el rey muerto. Demmin y los guardias recorrieron lentamente la sala con la mirada.

—¡Allí! —exclamó Rahl, señalando con la mano.

Los otros tres miraron hacia donde señalaba. En el suelo había un único pétalo de rosa blanca. El rostro de Rahl el Oscuro se encendió, temblaba, apretaba los puños con tanta fuerza que los nudillos se le pusieron blancos y lanzaba miradas furibundas. Estaba demasiado enfurecido para hablar y tenía los ojos llenos de lágrimas de rabia. Hizo un esfuerzo por recuperar la compostura y apuntó con un dedo el pétalo blanco que yacía en el frío suelo de mármol. Como si lo hubiera tocado una suave brisa, el pétalo se alzó en el aire y flotó por la sala, hasta depositarse en la palma extendida de Rahl. Éste lo lamió, se volvió hacia uno de los guardias y se lo pegó en la frente.

El fornido guardia lo miró impasible. Sabía qué quería el Amo, por lo que asintió una sola vez antes de traspasar la puerta y desenvainar la espada en un único y ágil movimiento.

Rahl el Oscuro se irguió, se alisó el cabello y después hizo lo propio con la túnica. Entonces respiró hondo, tratando de apaciguar la cólera que lo embargaba. Ceñudo, sus ojos azules buscaron a Demmin, que seguía tranquilo de pie junto a él.

—No les pido nada más; sólo que cuiden la tumba de mi padre. A cambio los alimento, los visto y me ocupo de ellos. No les pido nada extraordinario. —Su rostro adoptó una expresión dolida—. ¿Por qué se burlan de mí con su negligencia? —Rahl posó la mirada en el ataúd de su padre y luego en Demmin—. ¿Crees que soy demasiado duro con ellos?

—No lo suficiente —repuso el aludido, igualmente ceñudo—. Tal vez si no fuerais tan compasivo y no les concedierais un rápido castigo, los otros aprenderían a satisfacer vuestras sinceras demandas con más sentido de la responsabilidad. Yo no sería tan indulgente.

Rahl el Oscuro asintió distraído, con la mirada fija en el vacío. Al poco rato volvió a respirar hondo y cruzó la puerta, con Demmin a su lado y el guardia siguiéndolos a una respetuosa distancia. Recorrieron largos pasillos de granito pulido iluminados por antorchas, subieron escaleras de caracol de piedra blanca y avanzaron por más pasillos con ventanas por las que se filtraba luz al oscuro exterior. La piedra olía a humedad y a rancio. Unos pisos más arriba el aire volvía a ser fresco. Sobre las mesillas de brillante madera, dispuestas a intervalos en los corredores, se habían colocado jarrones con ramos de flores frescas que despedían un delicado aroma.

Al llegar a otra puerta de dos hojas, en la que había grabada en relieve una escena de colinas y bosques, el segundo guardia se unió al grupito tras cumplir la misión asignada. Demmin tiró de las argollas de hierro y las pesadas hojas se abrieron con facilidad y en silencio. Detrás había una habitación recubierta por paneles de madera de roble marrón oscuro, que relucían a la luz de las velas y de las lámparas colocadas sobre pesadas mesas. Dos paredes estaban cubiertas por libros, y una inmensa chimenea calentaba la habitación, que tenía una altura de dos plantas. Rahl se detuvo para consultar brevemente un viejo libro encuadernado en piel situado encima de un pedestal, tras lo cual él y su lugarteniente atravesaron un laberinto de habitaciones, la mayoría de ellas revestidas con cálidos paneles de madera. Unas pocas estaban estucadas y decoradas con escenas de la campiña de D'Hara, bosques y prados, juegos y niños. Los guardias los seguían a distancia prudencial, mirando en todas direcciones, alerta pero silenciosos; eran las sombras del Amo.

En una de las habitaciones por las que pasaron, un cuarto de pequeñas dimensiones, la leña crepitaba y estallaba en un hogar de ladrillos. En las paredes colgaban diversos trofeos de caza, cabezas de todo tipo de animales. Las astas, que sobresalían, eran iluminadas por la única luz, la que proporcionaban las fluctuantes llamas. Súbitamente Rahl el Oscuro se detuvo. Sus ropas aparecían de color rosa a la luz del fuego.

—Otra vez —murmuró.

Demmin, que también se había detenido cuando Rahl lo hizo, le lanzó una inquisitiva mirada.

—Se está acercando de nuevo al Límite, al inframundo. —Rahl se humedeció las yemas de los dedos y después se los pasó suavemente sobre labios y cejas, con mirada ausente.

—¿Quién? —preguntó Demmin.

—La Madre Confesora. Kahlan. Ahora la ayuda un mago.

—Giller está con la reina —insistió Demmin—, no con la Madre Confesora.

—No es Giller. —Los labios de Rahl el Oscuro esbozaron una fina sonrisa—. Es el Anciano. El que busco. El que mató a mi padre. Ella lo ha encontrado.

Demmin se quedó rígido por la sorpresa. Rahl se volvió y fue hacia la ventana, situada en el otro extremo de la habitación. Formada por pequeños paneles y redondeada en su parte superior, medía dos veces su estatura. La luz del fuego arrancaba reflejos al cuchillo curvo que portaba al cinto. Con las manos a la espalda observaba el campo en la noche y veía cosas que otros no podían ver. Al volver la cabeza hacia Demmin el cabello rubio le rozó los hombros.

—Por eso fue a la Tierra Occidental. No para huir de la cuadrilla, como tú creías, sino para buscar al gran mago. —Sus ojos azules chispeaban—. La Confesora me ha hecho un gran favor; ha hecho salir de su escondrijo al mago. Qué afortunado que lograra atravesar el inframundo. Verdaderamente, el destino está de nuestro lado. Ya ves, Demmin, ¿comprendes ahora por qué te digo que no debes preocuparte? Mi destino es triunfar; de un modo u otro todas las cosas acaban por servir a mis propósitos.

—El que una cuadrilla haya fallado no significa que la Confesora haya encontrado al mago —protestó Demmin con el entrecejo fruncido—. No es la primera vez que una cuadrilla fracasa.

Lentamente Rahl se lamió las yemas de los dedos, se aproximó al corpulento servidor y susurró:

—El Anciano ha designado a un Buscador.

—¿Estáis seguro? —inquirió Demmin, tan sorprendido que separó las manos.

—Sí, lo estoy. El viejo mago juró que nunca más volvería a ayudarlos. Nadie lo ha visto durante años y nadie ha sido capaz de decirme su nombre, ni siquiera para salvar la vida. Pero ahora la Confesora cruza a la Tierra Occidental, la cuadrilla se desvanece y es designado un Buscador. —Rahl sonrió para sí—. Debe de haberlo tocado para obligarlo a que la ayudara. Imagínate su sorpresa cuando la vio. Estuve a punto de cazarlos. —La sonrisa de Rahl desapareció y apretó con fuerza los puños—. Casi los tenía a los tres, pero otros asuntos me distrajeron y se me escaparon. Por ahora. —Se quedó pensativo un momento, para después anunciar—: La segunda cuadrilla también fallará, lo sabes. No esperarán toparse con un mago.

—Entonces enviaré otra y esta vez sabrán lo del mago —prometió Demmin.

—No. —Rahl se humedeció las yemas de los dedos mientras cavilaba—. Todavía no. Esperaremos a ver qué pasa. Tal vez me ayudará de nuevo. ¿Es atractiva la Madre Confesora? —preguntó tras un momento de reflexión.

—Nunca la he visto —contestó Demmin con gesto agrio—. Pero algunos de mis hombres sí, y se pelearon para formar parte de las cuadrillas que iban a cazarla.

—No envíes más cuadrillas, por ahora. —Rahl el Oscuro sonrió—. Ya es hora de que tenga un heredero. —Asintió con aire distraído y declaró—: La quiero para mí.

—Si trata de atravesar el Límite estará perdida —advirtió Demmin.

—Tal vez no sea tan tonta como eso —replicó Rahl, encogiéndose de hombros—. Ya ha demostrado que es inteligente. De un modo u otro será mía. De un modo u otro —añadió mirando a Demmin—, haré que se retuerza.

—Los dos son peligrosos; el mago y la Madre Confesora. Podrían causarnos dificultades. Las Confesoras subvierten la palabra de Rahl; son un tremendo fastidio. Creo que deberíamos ceñirnos al plan original y matarla.

—Te preocupas demasiado, Demmin —repuso Rahl, haciendo un ademán con las manos—. Como tú mismo has dicho, las Confesoras son un fastidio, pero nada más. Si resulta problemática yo mismo la mataré, pero no antes de que me dé un hijo. El hijo de una Confesora. El mago no puede hacerme lo mismo que le hizo a mi padre. Haré que se retuerza y después lo mataré. Lentamente.

—¿Y el Buscador? —En el rostro de Demmin aparecieron arrugas de preocupación.

—Ése no llega ni a ser un fastidio —afirmó el Amo con un encogimiento de hombros.

—Lord Rahl, permitid que os recuerde que el invierno está cerca.

El Amo enarcó una ceja y la luz de las llamas parpadeó en sus ojos.

—La reina tiene la última caja y pronto será mía. No hay por qué preocuparse.

—¿Y el libro? —Demmin inclinó hacia él su sombrío rostro.

Rahl respiró hondo.

—Cuando regrese del inframundo localizaré de nuevo al mocoso Cypher. No te preocupes más, amigo mío. El destino siempre está de nuestro lado.

Dicho esto dio media vuelta y salió. Demmin lo siguió, con los guardias detrás avanzando sigilosos en las sombras.

El Jardín de la Vida era una cavernosa sala ubicada en el corazón del Palacio del Pueblo. Por unas ventanas emplomadas situadas a gran altura entraba la luz que necesitaban las lozanas plantas. Por la noche dejaban pasar la luz de la luna. El perímetro exterior de la sala estaba plantado con arriates de flores y había senderos que serpenteaban entre ellos. Más allá de las flores podían verse pequeños árboles, muretes de piedra cubiertos por enredaderas así como plantas bien cuidadas, que completaban el paisaje. A excepción de las altas ventanas, era la imitación perfecta de un jardín al aire libre. Un remanso de belleza y de paz.

En el centro de la vasta sala podía verse una extensión de césped casi circular, sólo interrumpida por una cuña de piedra blanca sobre la que descansaba una losa de granito liso, salvo por unas estrías grabadas cerca del borde de la parte superior. En una esquina había un pequeño pozo. La losa se sostenía sobre dos columnas cortas y acanaladas. Más allá de la losa había un bloque de piedra pulida situado cerca de un hoyo en el suelo para encender fuego. El bloque sostenía un antiguo cuenco de hierro de base redonda repujado con figuras de bestias, que servían de apoyo. La tapa, también de hierro y con la misma forma semiesférica, mostraba una sola bestia —un shinga—, una criatura del inframundo de pie sobre las patas traseras, y que servía de asa. En el centro del césped había un área redonda de arena blanca de hechicero, rodeada por antorchas que ardían con llamas fluidas. Símbolos geométricos entrecruzaban la arena.

En el centro de la arena estaba el chico, enterrado hasta el cuello.

Rahl el Oscuro se acercó lentamente con las manos a la espalda. Demmin esperaba junto a los árboles, sin pisar el césped. El Amo se detuvo en el borde de la hierba y la arena blanca y bajó la vista hacia el niño. Rahl el Oscuro sonrió.

—¿Cómo te llamas, hijo mío?

El labio inferior del chico tembló cuando miró a Rahl. Sus ojos se posaron entonces con miedo en el hombre fornido que esperaba junto a los árboles. Rahl se volvió y miró a su lugarteniente.

—Vete y llévate a los guardias, por favor. No quiero ser molestado.

Demmin le dirigió una inclinación de cabeza y se marchó. Los guardias lo siguieron. Entonces Rahl el Oscuro se volvió de nuevo hacia el niño, lo miró y se sentó en el césped. Una vez en el suelo se arregló la túnica y sonrió de nuevo al muchacho.

—¿Mejor?

El niño sonrió pero el labio aún le temblaba.

—¿Tienes miedo de ese hombre grande? —El niño asintió—. ¿Te ha hecho daño? ¿Te tocó donde no debía?

El niño negó con la cabeza. Sus ojos, que reflejaban una mezcla de miedo y enfado, estaban prendidos en Rahl. Una hormiga que se arrastraba por la arena blanca le empezó a subir por el cuello.

—¿Cómo te llamas, hijo? —volvió a preguntar Rahl. El niño no contestó. El Amo estudió los ojos color avellana del muchacho—. ¿Sabes quién soy?

—Rahl el Oscuro —respondió el niño con voz débil.

—El Padre Rahl —le corrigió el Amo con una sonrisa indulgente.

—Quiero irme a casa —declaró el niño, mirándolo fijamente. La hormiga ya había llegado al mentón.

—Claro que sí. Por favor, créeme, no voy a hacerte ningún daño —le dijo Rahl con tono de simpatía y preocupación—. Simplemente estás aquí para ayudarme en una importante ceremonia. Eres un invitado de honor que representa la inocencia y la fuerza de la juventud. Fuiste elegido porque me dijeron lo buen chico que eres. Todos han hablado maravillas de ti. Me han dicho que eres listo y también fuerte. ¿Han dicho la verdad?

—Bueno... —el niño vaciló y sus tímidos ojos miraron a otra parte—, supongo que sí. —Sus ojos se posaron de nuevo en Rahl—. Pero echo de menos a mi madre y quiero volver a casa. —La hormiga le recorrió la mejilla en círculo.

—Lo comprendo. —Rahl el Oscuro adoptó una mirada nostálgica—. Yo también echo de menos a mi madre. Era una mujer tan maravillosa y yo la quería tanto... Cuidó muy bien de mí. Cuando hacía algo que la complacía me preparaba una cena especial, cualquier cosa que yo deseara.

—Mi madre también lo hace —dijo el niño abriendo mucho los ojos.

—Mis padres y yo pasábamos unos estupendos ratos juntos. Nos queríamos muchísimo y nos divertíamos. Mi madre tenía una risa muy alegre. Cada vez que mi padre fanfarroneaba, ella le tomaba le pelo, y los tres reíamos tanto que a veces se nos llenaban los ojos de lágrimas.

Los ojos del niño se iluminaron, y sonrió un poco.

—¿Por qué la echas de menos? ¿Se marchó?

—No. —Rahl suspiró—. Ella y mi padre murieron hace algunos años. Ambos eran ya ancianos. Tuvieron una buena vida juntos, pero yo los sigo echando de menos. Ya ves, comprendo perfectamente que tú eches de menos a los tuyos.

El niño asintió levemente. Los labios ya no le temblaban. La hormiga le empezó a trepar por el puente de la nariz y el niño contrajo el rostro para quitársela de encima.

—Vamos a tratar de pasarlo lo mejor posible juntos, por ahora, y volverás con ellos antes de que te des cuenta.

El niño asintió de nuevo.

—Me llamo Carl.

—Es un placer conocerte, Carl. —Rahl sonrió, alargó un brazo y cuidadosamente cogió la hormiga de la cara del niño.

—Gracias —le dijo éste, aliviado.

—Para eso estoy aquí, Carl; para ser tu amigo y ayudarte en todo lo que pueda.

—Si eres mi amigo sácame de este agujero y déjame ir a casa. —Sus ojos húmedos refulgían.

—Pronto, hijo mío, muy pronto. Ojalá pudiera hacerlo ahora mismo, pero todos esperan que los proteja de los malvados que quieren matarlos, por lo que debo hacer lo que pueda para ayudar. Y tú me ayudarás a mí. Los dos seremos una parte importante de la ceremonia que salvará a tus padres de los malvados que los matarían. No quieres que a tu madre le pase nada malo, ¿verdad?

Las antorchas parpadearon y silbaron mientras Carl pensaba.

—Bueno, no. Pero quiero ir a casa. —Los labios empezaron a temblarle de nuevo.

Rahl el Oscuro alargó una mano y le acarició el pelo de modo tranquilizador, echándoselo hacia atrás con los dedos y después alisándolo con cuidado.

—Lo sé, pero tienes que ser valiente. No voy a permitir que nadie te haga daño, lo prometo. Te protegeré del mal. ¿Tienes hambre? —preguntó con una cálida sonrisa—. Yo diría que sí.

Carl negó con la cabeza.

—Muy bien, entonces. Es tarde. Te dejaré para que descanses. —Rahl se puso en pie, se estiró la túnica y se quitó unas briznas de hierba.

—Padre Rahl.

—¿Sí, Carl? —Rahl se quedó quieto y lo miró.

—Tengo miedo de quedarme aquí solo. ¿Podrías quedarte conmigo? —Por la mejilla del niño se deslizaba una lágrima.

El Amo lo miró con expresión consoladora.

—Pues claro, hijo mío. —Rahl volvió a sentarse en la hierba—. Todo el tiempo que quieras, incluso toda la noche si es preciso.

20

La luz verde relucía a su alrededor mientras ellos avanzaban con prudencia y dificultosamente entre la colina de escombros, saltando por encima o pasando por debajo de troncos de árboles y apartando ramos de un puntapié cuando era necesario. La iridiscente cortina verde del Límite presionaba sus cuerpos desde ambos lados. A su alrededor, una densa oscuridad, sólo rota por la extraña iluminación. Todo ello hacía que se sintieran como dentro de una cueva.

Richard y Kahlan habían tomado la misma decisión al mismo tiempo. No tenían elección; no podían dar media vuelta y tampoco podían quedarse en la roca partida, con las lapas chupasangre y las sombras pisándoles los talones, no. Así pues, debían seguir adelante y atravesar el Embudo.

Richard guardó la piedra noche; era inútil tratar de seguir la vereda, pues no había ninguna y costaba discernir dónde comenzaban los muros verdes del Límite. Pero, por si acaso, no la guardó en la bolsa de piel, sino que se limitó a metérsela en el bolsillo.

—Vamos a dejarnos guiar por los muros del Límite —dijo Richard con su voz tranquila que resonó en la oscuridad—. Ve despacio. Si un muro se pone negro, no sigas avanzando y desvíate un poco al otro lado. Así estaremos siempre en medio y podremos pasar.

Kahlan no vaciló. Las lapas chupasangre y las sombras eran una muerte segura. Tomó a Richard por la mano y juntos se internaron en el resplandor verde. Así, hombro con hombro, penetraron en el pasaje invisible. A Richard le latía el corazón con fuerza; trataba de no pensar en lo que estaban haciendo, en que avanzaban a ciegas entre los muros del Límite.

Sabía reconocer el Límite porque se había acercado una vez con

Chase y otra cuando aquella cosa negra había intentado arrastrar a Kahlan. Sabía que si penetraban en el muro negro ya no podrían regresar, pero que si conseguían mantenerse en el resplandor verde, que marcaba el borde del Límite, por lo menos tendrían una oportunidad.

Kahlan se paró y lo empujó a la derecha; el muro había aparecido a su izquierda. Después lo hizo a la derecha. Se centraron y siguieron adelante. Descubrieron que, si avanzaban poco a poco y con cuidado, podían andar sobre la delgada línea que separaba la vida de la muerte. Sus años de guía no servían a Richard para nada, por lo que finalmente desistió de tratar de hallar un rastro del camino y dejó que la presión de los muros contra su cuerpo fuesen su guía. Avanzaban muy lentamente, sin ver el camino ni la colina que los rodeaba, sólo el agobiante mundo de la luminosa luz verde, como una burbuja de vida que flotara a la deriva en un inmenso mar de oscuridad y muerte.

El barro se adhería a sus botas y el miedo lo hacía a su mente. Si topaban con un obstáculo, fuera cual fuese, no podrían esquivarlo; tendrían que enfrentarse con él. Los muros del Límite dictaban por dónde debían ir. A veces era por encima de árboles caídos, otras sobre rocas, otras a través de tramos inundados —que debían cruzar ayudándose con raíces que sobresalían del suelo—. Se ayudaban mutuamente en silencio, apretándose la mano para darse ánimos. Nunca podían dar más de dos pasos en una dirección sin que apareciera el muro negro. Cada vez que lo que parecía el camino giraba el muro se materializaba, en ocasiones varias veces hasta que lograban descubrir por dónde discurría. Cada vez que el alto muro se materializaba ante ellos retrocedían lo más rápidamente posible, y cada vez les daba un buen susto.

Richard se dio cuenta de que los hombros le dolían. La tensión le agarrotaba los músculos y respiraba entrecortadamente. El joven se relajó, hizo una inhalación profunda, dejó los brazos sueltos, sacudió las muñecas para aliviar el estrés, tomó de nuevo a Kahlan por la mano, y le sonrió. La inquietante luz verde iluminaba el rostro de la mujer. Ésta le devolvió la sonrisa, pero Richard leyó en sus ojos un terror controlado. «Al menos —pensó—, los huesos mantienen lejos a las sombras y a las bestias», y cuando se topaban accidentalmente con el muro nada los atacaba.

Richard sentía como si, a cada cauteloso paso que daba, la voluntad de vivir se le escurriera del alma. El tiempo se convirtió en una dimensión abstracta, sin significado. Podría haber estado en el Embudo horas o días; era incapaz de decirlo. Lo único que deseaba era estar en paz, que todo hubiera acabado y estar a salvo otra vez. A medida que avanzaban, la insoportable tensión fue dando paso a un embotado temor.

Un movimiento le llamó la atención. Miró atrás y vio sombras, todas ellas inmersas en la luz verde, que flotaban en línea de a uno entre los muros y los seguían de cerca. Las sombras rozaban el suelo y tuvieron que elevarse para salvar un tronco caído. Richard y Kahlan se detuvieron, paralizados, mirando. Las sombras no se detuvieron.

—Ve tú delante —le susurró Richard—, y no me sueltes la mano. Yo las vigilaré.

El joven se fijó en que Kahlan tenía la camisa empapada de sudor, como la suya, aunque no era una noche cálida. La mujer asintió y se puso en marcha. Él caminaba hacia atrás, con la espalda pegada a la de Kahlan, la vista clavada en las sombras y completamente aterrorizado. Kahlan caminaba tan deprisa como podía, tirando de su mano, aunque debía detenerse y cambiar de dirección casi continuamente.

Cuando el invisible sendero torció de repente para empezar a descender, Kahlan se detuvo otra vez y finalmente fue a la derecha. Era complicado bajar la colina de espaldas; Richard tenía que pisar con cuidado para no caerse. Las sombras, que los seguían en fila india, también torcieron a la derecha. Richard resistió el impulso de decirle a Kahlan que fuera más rápido, pues no quería que cometiera un error. Pero las sombras se acercaban y sólo sería cuestión de minutos que los alcanzaran.

Con los músculos tensos, aferró la empuñadura de la espada, tratando de decidir si desenvainarla o no. No sabía si eso los ayudaría o todo lo contrario. Incluso si la *Espada de la Verdad* funcionaba contra las sombras, luchar dentro del Embudo sería muy arriesgado, por no decir suicida. Pero si no le quedaba otra elección, si se acercaban demasiado, tendría que usarla.

Parecía que ahora las sombras tenían rostro. Richard trató de recordar si antes también lo tenían, pero no pudo. Sus dedos aferraron con más fuerza la empuñadura de la espada, caminando hacia atrás, cogido a la suave y cálida mano de Kahlan. Los rostros tenían una expresión triste y dulce en el resplandor verde. Lo miraban con gesto amable y suplicante. Las letras de la palabra *Verdad* cinceladas en la espada le quemaban la mano, que la asía aún con más fuerza. La furia de la espada se abrió paso hacia su mente, buscando la propia furia de Richard pero sólo encontró miedo y confusión, por lo que se desvaneció. Las formas ya no se le echaban encima, sino que avanzaban calmosas, haciéndole compañía en la solitaria oscuridad. De algún modo con ellas allí se sentía menos asustado, menos tenso.

Sus susurros lo calmaban. La mano que asía la espada se relajó, al tiempo que trababa de entender qué decían. Las dulces sonrisas que florecían lentamente en los rostros de las sombras lo tranquilizaban, desvaneciendo su cautela, su alarma, y le despertaban el deseo de oír más, de comprender sus murmullos. La luz verde que envolvía las tenues formas brillaba de manera reconfortante. El corazón del joven palpitaba, ansiando el descanso, la paz y su compañía.

Al igual que las sombras su mente empezó a flotar suavemente, en silencio, delicadamente. Richard pensó en su padre; lo echaba de menos. Rememoró los ratos felices que habían pasado juntos, los momentos de amor, de cariño, de compartir cosas cuando se sentía seguro, cuando nada lo amenazaba y nada lo asustaba. Richard echaba de menos esos tiempos. Entonces se dio cuenta de que eso era lo que susurraban las sombras, que podía ser así de nuevo. Lo único que querían era ayudarlo a recuperarlo.

En lo más profundo de su mente saltaron señales de alarma, que fueron haciéndose menos intensas y enmudecieron. Su mano había soltado la espada.

Había estado tan equivocado, tan ciego, que no lo había visto antes. Ellas no estaban allí para hacerle daño, sino para ayudarlo a alcanzar la paz que deseaba. Lo que le ofrecían no era lo que ellas querían, sino lo que él mismo deseaba. Ellas sólo pretendían ayudarlo a librarse de su soledad. Sus labios esbozaron una nostálgica sonrisa. ¿Cómo no lo había visto antes? ¿Cómo había podido estar tan ciego? Los susurros, tan dulces como la música, lo invadían delicadamente, calmando sus temores, iluminando suavemente los lugares oscuros de su mente. Finalmente dejó de caminar para no alejarse de la calidez de los encantadores susurros que se derramaban sobre él; el aliento de la música.

Una irritante mano fría no dejaba de tirar de la suya, tratando de alejarlo de allí, por lo que se soltó. La mano dejó de molestarlo.

Las sombras se acercaron flotando. Richard las esperaba, contemplaba sus dulces rostros, escuchaba sus suaves susurros. Cuando pronunciaron su nombre el joven se estremeció de placer. Les dio la bienvenida cuando lo rodearon en un reconfortante círculo, flotando cada vez más cerca, tendiendo las manos hacia él. Unas manos se alzaron hacia su cara y casi la rozaron, como para acariciarla. Los ojos de Richard iban de un rostro a otro, buscando la mirada de sus salvadores. Cada uno de ellos le sostenía la mirada y le prometía maravillas.

Una mano casi le rozó la cara y a Richard le pareció que sentía un dolor punzante, aunque no estaba del todo seguro. El propietario de la mano le prometió que cuando se uniera a ellas ya no sentiría más dolor. El joven quería hablar, preguntarles muchas cosas, pero de pronto se le antojaron triviales y sin ninguna importancia. Lo único que debía hacer era entregarse a sus cuidados y todo estaría bien. Richard se volvió hacia cada una de las sombras, ofreciéndose, esperando que lo tomaran.

Mientras se volvía buscaba a Kahlan con el deseo de llevársela con él y que también ella compartiera aquella paz. Recuerdos de la mujer inundaron de pronto su mente, distrayendo su atención, aunque las voces le susurraban que no hiciera caso. Richard escudriñó la ladera, intentando penetrar con la mirada los oscuros escombros. En el cielo se adivinaba ya la luz del amanecer. Ante él los negros vacíos de los árboles resaltaban contra el tono rosáceo del cielo. Richard casi había completado el descenso. No veía a Kahlan por ninguna parte. Las sombras le susurraban con insistencia, lo llamaban por su nombre. Pero en la mente del joven los recuerdos de Kahlan brillaban con fuerza. De pronto, en su interior empezó a arder un miedo asfixiante que convirtió en cenizas los susurros que oía dentro de la cabeza.

—¡Kahlan! —gritó.

No hubo respuesta.

Unas manos negras y muertas fueron hacia él. Los rostros de las sombras temblaron como vapores que surgieran de un veneno en ebullición. Voces desagradablemente ásperas lo llamaban por su nombre. El joven retrocedió un paso, alejándose de ellas, confundido.

—¡Kahlan! —gritó de nuevo.

Las manos volvían a acercarse y, aunque no llegaron a tocarlo, le causaron un punzante dolor. Nuevamente reculó, apartándose de las sombras, pero esta vez el muro oscuro estaba ahí justo a su espalda. Las manos se extendieron y trataron de empujarlo. Richard miró a su alrededor en busca de Kahlan, desconcertado. Esta vez el dolor lo despertó completamente. El terror se apoderó de él al darse cuenta de dónde estaba y qué sucedía.

Y entonces su rabia explotó.

Desenvainó la espada y una llamarada de furia creada por la magia recorrió su cuerpo. El joven trazó un arco con el acero contra las sombras. Cuando la hoja las tocaba su forma se convertía en humo que giraba sobre sí mismo, como si estuviera atrapado en un remolino de viento, antes de estallar y desvanecerse con un aullido. Pero seguían atacándolo. La espada las atravesaba pero siempre había más y más. Mientras diezmaba a las de un lado, las del otro tendían las manos hacia él quemándolo antes de tocarlo, hasta que el joven se volvía y las liquidaba con la espada. Por un instante Richard se preguntó qué sentiría si esas manos conseguían tocarlo, si sentiría dolor o simplemente caería muerto en el acto. Se apartó del muro sin dejar de propinar tajos. Dio otro paso adelante, blandiendo la espada con furia. La hoja silbaba al hendir el aire.

Con los pies firmemente asentados en el suelo, fue destruyendo sombras a medida que lo atacaban. Los brazos le dolían, la espalda también y la cabeza estaba a punto de estallarle. Se sentía exhausto. Sin lugar adonde correr no le quedaba otro remedio que mantenerse firme, pero sabía que no podría resistir eternamente. Las sombras parecían ansiosas de ser atravesadas por espada y en el aire de la noche resonaban sus gritos y aullidos. De pronto un grupo de ellas lo atacó, obligándolo a retroceder antes de poder reaccionar. Nuevamente el muro oscuro se materializó a su espalda. Unas formas negras tendían las manos hacia él desde el otro lado, al tiempo que lanzaban agónicos gritos. No podía apartarse del muro; demasiadas sombras lo atacaban a la vez. Todo ló que podía hacer era resistir donde estaba. El dolor que notaba en las manos lo dejaba sin fuerzas. Richard sabía que si lo atacaban en número suficiente y con rapidez lo empujarían al otro lado del muro, hacia el inframundo. Pese a sentirse como entumecido, siguió luchando sin descanso.

Paulatinamente la furia dejó paso al pánico. Los músculos del brazo le ardían por el esfuerzo de manejar la espada. Al parecer, lo que pretendían las sombras era agotarlo por su superioridad numérica. El joven se dio cuenta de que había hecho bien en no usar antes la espada, pues no le era de gran ayuda. No obstante, no había tenido elección; tenía que usarla si querían salvarse.

¿«Querían» en plural? Kahlan no se veía por ninguna parte. Richard estaba solo. Mientras esgrimía la espada el joven se preguntó si ella habría pasado por lo mismo, si las sombras la habrían seducido con sus susurros y después empujado hacia el muro. Kahlan no tenía espada para protegerse; era él quien había dicho que lo haría. Richard montó de nuevo en cólera. La idea de que las sombras hubieran atrapado a Kahlan y se la hubiesen llevado al inframundo atizó de nuevo el fuego de su rabia, y la magia de la *Espada de la Verdad* respondió a su llamada. Richard atravesó a las sombras con saña. El odio, que se convertía en necesidad imperiosa, lo impulsó hacia adelante, abriéndose paso entre las formas, blandiendo la espada con mayor rapidez de la que se movían ellas. Así las atacó. Los aullidos que marcaban su final formaron un coro de gritos de angustia. La furia que Richard sentía por lo que le habían hecho a Kahlan lo lanzaba hacia adelante en un paroxismo de violencia.

Al principio no reparó en que las sombras ya no se movían, sino que simplemente se sostenían en el aire mientras Richard continuaba avanzando por el sendero delimitado a ambos lados por los muros, atravesándolas con su espada. Durante unos minutos no trataron de esquivar el acero y simplemente flotaban inmóviles. Entonces empezaron a deslizarse como volutas de humo en un aire en calma. Atravesaron los muros del Límite perdiendo el resplandor verde. Al otro lado se convertían en cosas oscuras. Al fin Richard se detuvo, jadeante, tan sumamente agotado que percibía los latidos del corazón incluso en los brazos.

Esto era lo que eran, no seres de sombra sino las cosas del otro lado del muro, las cosas que salían del Límite para cazar a gente, como habían intentado hacer con él. Como habían hecho con Kahlan.

El dolor que sentía en lo más profundo de sí fue creciendo y los ojos se le anegaron de lágrimas.

—Kahlan —susurró al frío aire de la mañana.

Un insoportable dolor le atenazaba el corazón. Kahlan había muerto y era culpa suya; él había bajado la guardia; él le había fallado; él no la había protegido. ¿Cómo podía haber pasado tan rápidamente? ¿Tan fácilmente? Adie lo había avisado, lo había advertido que las cosas del Límite lo llamarían. ¿Por qué no había sido más prudente? ¿Por qué no había prestado más atención a sus advertencias? Una y otra vez se imaginaba el miedo que debía de haber sentido Kahlan, su confusión al darse cuenta de que Richard no estaba a su lado, sus súplicas de ayuda. Su dolor. Su muerte. Los pensamientos se le agolpaban en la cabeza mientras lloraba, tratando de que el tiempo retrocediera para hacerlo de otro modo. Esta vez haría oídos sordos a las voces, no soltaría su mano, la salvaría. Abundantes lágrimas le corrían por la mejilla al tiempo que bajaba la punta de la espada y la arrastraba por el suelo, demasiado cansado para guardarla en la funda, y avanzaba aturdido. La ladera ya no estaba cubierta por escombros. La luz verde fue perdiendo intensidad y se apagó, al tiempo que Richard se internaba en el bosque y hallaba de nuevo el sendero.

Alguien susurró su nombre; era una voz de hombre. El joven se detuvo y miró hacia atrás.

Era su padre, rodeado por la luz del Límite.

—Hijo, deja que te ayude —le susurró.

Richard clavó en él una mirada inexpresiva. El día había amanecido cubierto y todo aparecía bañado en una húmeda luz grisácea. La única nota de color era el reluciente verde alrededor de su padre, que le tendía las manos con las palmas hacia afuera.

—Tú no puedes ayudarme —susurró a su vez Richard, secamente.

—Sí, sí puedo. Ella está con nosotros. Ahora está a salvo.

—¿A salvo? —El joven avanzó unos pasos hacia su padre.

—Sí, está a salvo. Ven, te llevaré junto a ella.

Richard avanzó unos cuantos pasos más, arrastrando tras de sí la punta de la espada por el suelo. Estaba llorando y respiraba agitadamente.

—¿Realmente puedes llevarme junto a ella? —preguntó.

—Sí, hijo —contestó su padre dulcemente—. Ven. Te está esperando. Yo te llevaré a ella.

—¿Y podré estar con ella? ¿Para siempre? —Richard, sintiéndose como entumecido, caminaba hacia su padre.

—Para siempre —respondió aquella voz tranquilizadora y familiar.

Richard penetró de nuevo en la luz verde y fue hacia su padre, que le sonreía con calidez.

Al llegar junto a él alzó la *Espada de la Verdad* y se la hundió en el corazón. Su padre abrió desmesuradamente los ojos y lo miró mientras Richard lo ensartaba.

—¿Cuántas veces, querido padre, tendré que matar a tu sombra? —preguntó Richard entre lágrimas y apretando con fuerza los dientes.

Su padre simplemente titiló y luego se disolvió en el oscuro aire de la mañana.

Un sentimiento de amarga satisfacción reemplazó a la furia, pero también ésta desapareció cuando se dirigió otra vez al camino. Las lágrimas abrían surcos entre la suciedad y el sudor que le cubrían el rostro. El joven se las enjugó con un manga de la camisa y tragó el nudo que se le había formado en la garganta. El bosque lo envolvió de nuevo, indiferente, al reemprender el camino.

Penosamente, el joven guardó de nuevo la espada en su vaina. Al hacerlo reparó en el brillo de la piedra noche que llevaba en el bolsillo; aún no había amanecido del todo y la piedra refulgía débilmente. Richard se detuvo, sacó la piedra y la metió en la bolsa de piel, apagando así la tenue luz amarilla.

Con un gesto de determinación el joven se puso en marcha trabajosamente y sus dedos buscaron el colmillo que llevaba al cuello. Richard hundió los hombros, abrumado por una sensación de completa soledad. Había perdido a todos sus amigos. Ahora sabía que su propia vida no le pertenecía a él sino a su deber, a su tarea. Él era el Buscador, nada más y nada menos. No era un hombre libre, sino un peón que otros usaban. Al igual que su espada, era una herramienta para ayudar a los demás, para que ellos tuvieran la vida que Richard sólo había podido entrever por un segundo.

Él no era tan distinto de los seres oscuros del Límite; también él era portador de la muerte.

Y ahora sabía perfectamente a quién iba a llevarla.

El Amo estaba sentado en el césped delante del niño dormido, con las piernas cruzadas, la espalda erguida y las palmas de las manos apoyadas en las rodillas. Al pensar en lo ocurrido a la Confesora Kahlan en el Límite sus labios se curvaron en una sonrisa. Los rayos del sol de la mañana atravesaban las ventanas diagonalmente, acentuando los colores de las flores del jardín. Lentamente se llevó los dedos de la mano derecha a los labios, se humedeció las yemas y se alisó las cejas, antes de volver a apoyar cuidadosamente la mano en la rodilla. Al pensar en lo que le haría a la Madre Confesora se le había acelerado la respiración. Ahora la normalizó y sus pensamientos regresaron al asunto que tenía entre manos. Movió los dedos y Carl abrió los ojos de golpe.

—Buenos días, hijo mío. Me alegra verte de nuevo —lo saludó con su voz más amistosa. Sus labios esbozaban una sonrisa que nada tenía que ver con Carl.

El niño parpadeó y entrecerró los ojos para protegerlos de la brillante luz.

—Buenos días —gruñó. Sus ojos miraron alrededor y añadió—: Padre Rahl.

—Has dormido bien —aseguró Rahl al niño.

—¿Has estado aquí toda la noche?

—Toda la noche. Te prometí que me quedaría contigo. Yo nunca te mentiría, Carl.

—Gracias. —El niño sonrió y entonces bajó la mirada con timidez—. Supongo que fui un poco tonto por asustarme.

—Yo no creo que fueses tonto. Me alegro de haber podido estar aquí para tranquilizarte.

—Mi padre dice que soy un tonto cuando tengo miedo de la oscuridad.

—En la oscuridad se esconden cosas que esperan para atraparte —declaró Rahl solemnemente—. Tú eres listo, porque lo sabes, y porque estás en guardia contra ellos. Tu padre haría bien en escucharte y aprender de ti.

—¿De veras? —A Carl se le iluminaron los ojos. Rahl asintió—. Bueno, yo también lo he creído siempre.

—Si quieres de verdad a alguien, entonces lo escuchas.

—Mi padre siempre me dice que cierre el pico.

—Me sorprende oír algo así —comentó Rahl en tono de desaprobación al tiempo que sacudía la cabeza—. Pensaba que tus padres te querían mucho.

—Y me quieren. Bueno, casi siempre.

—Estoy seguro de que tienes razón. Tú los conoces mejor que yo.

El largo cabello rubio del Amo brillaba a la luz de la mañana, al igual que la túnica blanca que llevaba. Esperó. Durante un largo momento reinó un silencio incómodo.

—Pero me molesta que siempre me digan lo que tengo que hacer.

—A mí me parece que ya estás en la edad de pensar y decidir por ti mismo —comentó Rahl, enarcando las cejas—. Un chico tan estupendo como tú, ya casi un hombre, y ellos te dicen qué debes hacer —añadió a media voz sacudiendo de nuevo la cabeza como si no pudiera creer lo que Carl le estaba diciendo—. ¿Quieres decir que te tratan como a un niño pequeño?

Carl asintió muy serio pero inmediatamente trató de corregir esa impresión.

—Pero la mayor parte del tiempo son muy buenos conmigo.

Rahl asintió, pero parecía receloso.

—Me alegra oír eso. Es un alivio.

—Se van a poner hechos una furia cuando vean que he faltado de casa tanto tiempo —confesó Carl al Amo, levantando la vista hacia la luz del sol.

—¿Se ponen hechos una furia cuando llegas tarde a casa?

—Oh, sí. Una vez estaba jugando con un amigo, volví tarde y mi madre estaba como loca. Mi padre me pegó con el cinturón. Dijo que me pegaba porque los había preocupado mucho.

—¿Con el cinturón? ¿Tu padre te pegó con el cinturón? —Rahl el Oscuro inclinó la cabeza y después se puso en pie, de espaldas al chico—. Lo siento, Carl, no tenía ni idea de que te trataran así.

—Bueno, sólo lo hacen porque me quieren —se apresuró a añadir Carl—. Eso es lo que me dijeron, que me querían y también que los preocupé mucho. —Rahl seguía dándole la espalda al niño. Carl frunció el entrecejo—. ¿Tú no crees que eso demuestra que se preocupan por mí?

Rahl se humedeció las yemas de los dedos y se los pasó por cejas y labios antes de volverse hacia el chico y sentarse una vez más frente a su inquieto rostro.

—Carl. —Hablaba en voz tan baja que el chico tuvo que esforzarse para oírlo—. ¿Tú tienes perro?

—Sí. Se llama Tinker. Es una perra estupenda. La tengo desde que era un cachorro.

—Tinker. —Rahl repitió el nombre en tono agradable—. ¿Y alguna vez Tinker se ha perdido o se ha escapado?

—Bueno, sí. —Carl arrugó las cejas, pensando—. Algunas veces cuando era pequeña. Pero volvía al día siguiente.

—¿Y tú te preocupabas por ella cuando eso pasaba?

—Pues claro.

—¿Por qué?

—Porque la quiero.

—Ya veo. Y cuando Tinker regresaba al día siguiente, ¿tú qué hacías?

—La cogía en brazos y la abrazaba muy, muy fuerte.

—¿No la pegabas con el cinturón?

—¡No!

—¿Por qué no?

—¡Porque la quiero!

—Pero ¿estabas preocupado?

—Sí.

—Así que cuando Tinker volvía la abrazabas porque la quieres y estabas preocupado por ella.

—Sí.

—Ya veo. —Rahl se echó un poco hacia atrás con una intensa mirada en sus ojos azules—. Y si hubieras pegado a Tinker con el cinturón cuando volvía a casa, ¿qué crees que habría hecho ella?

—Supongo que la próxima vez no habría vuelto. No querría volver para que no la pegara. Se habría ido a algún otro sitio, con gente que la quisiera.

—Ya veo —dijo Rahl.

A Carl las lágrimas le rodaban por las mejillas. El chico desvió la mirada de los ojos de Rahl. Finalmente, éste alargó una mano y le acarició el pelo hacia atrás.

—Lo siento, Carl. No era mi intención disgustarte. Pero quiero que sepas que cuando todo esto acabe y tú regreses a tu casa, si alguna vez necesitas un hogar aquí siempre serás bienvenido. Eres un chico estupendo, todo un hombre, y me sentiría orgulloso de tenerte aquí conmigo. A ti y también a Tinker. Y quiero que sepas que yo te creo capaz de pensar por ti mismo y que siempre podrías entrar y salir como te apeteciera.

—Gracias, Padre Rahl —dijo Carl, levantando unos ojos anegados en lágrimas.

—Vamos, vamos. —Rahl sonrió con calidez al niño—. ¿Qué tal si comes algo?

Carl asintió.

—¿Qué te gustaría? Tenemos cualquier cosa que pidas.

—Me encanta la tarta de arándanos —contestó Carl después de pensárselo un minuto, y una sonrisa afloró a sus labios—. Es mi favorita. Pero no me dejan comerla para desayunar —añadió, poniéndose serio y bajando la vista.

—Pues hoy desayunarás tarta de arándanos. —Con una amplia sonrisa se puso en pie—. Voy a buscarla y ahora mismo vuelvo.

El Amo atravesó el jardín y se encaminó hacia una pequeña puerta cubierta por una enredadera. Al aproximarse, la puerta se abrió para dejarlo pasar, y el fuerte brazo de Demmin Nass la sostuvo mientras Rahl entraba en una oscura habitación. Una papilla maloliente hervía en un caldero de hierro colgado sobre el fuego de una pequeña forja. Dos guardias permanecían de pie, en silencio, contra la pared más alejada, bañados en sudor.

—Amo Rahl. —Demmin inclinó la cabeza—. Confío en que el chico cuente con vuestra aprobación.

—Es perfecto. —Rahl el Oscuro se humedeció las yemas de los dedos y se alisó las cejas—. Sírveme un cuenco de esa bazofia para que se enfríe.

Demmin cogió un cuenco de peltre y empezó a llenarlo con la papilla sirviéndose de un cucharón de madera.

—Si todo está en orden... —En su cara picada de viruela apareció una malvada mueca—, partiré a presentar nuestros respetos a la reina Milena.

—Bien. De camino, pasa por la guarida de la dragona y dile que la necesito.

—No le caigo bien —protestó Demmin, dejando de servir papilla.

—Nadie le cae bien —replicó Rahl secamente—. Pero no te apures, Demmin, no va a comerte. Sabe qué haría si pone a prueba mi paciencia.

—Me preguntará cuándo la necesitaréis. —Demmin continuó sirviendo papilla.

—Eso no es asunto suyo y quiero que así se lo digas. —Rahl lo miraba con el rabillo del ojo—. Vendrá cuando yo le diga y esperará hasta que esté listo. Quiero que estés de vuelta en dos semanas —añadió, espiando el perfil del chico entre el follaje.

—Dos semanas, de acuerdo. —Demmin dejó el cuenco con la papilla—. ¿Es necesario invertir tanto tiempo en el chico?

—Sí, si es que quiero regresar del inframundo. —Rahl continuaba espiando al niño—. Tal vez más. Da igual el tiempo que tarde, pero debo ganarme su total confianza, debe jurarme lealtad absoluta por propia voluntad.

—Tenemos otro problema —dijo Demmin, metiendo el pulgar bajo el cinturón.

—¿Es eso todo lo que haces, Demmin? ¿Buscar problemas? —Rahl le miraba por encima del hombro.

—Me ayuda a no perder la cabeza.

—Cierto, amigo, muy cierto. —Ahora Rahl sonreía—. Vamos —agregó con un suspiro—, suéltalo ya.

Demmin apoyó el peso en la otra pierna.

—Anoche me comunicaron que la nube localizadora ha desaparecido.

—¿Desaparecido?

—Bueno, no desaparecido sino escondido. —Se rascó la mejilla—. Al parecer otras nubes la ocultaron.

Rahl soltó una carcajada. Demmin frunció el entrecejo, confundido.

—Nuestro amigo, el viejo mago. Yo diría que vio la nube y ha recurrido a uno de sus estúpidos trucos para sacarme de quicio. Era de esperar. Eso no es un problema, amigo mío. No es importante.

—Pero, Amo Rahl, así es como esperabais hallar el libro. Aparte de la última caja, ¿qué puede haber más importante?

—Yo no he dicho que el libro no sea importante, sino que la nube no es importante. El libro lo es y mucho. Por ello, para encontrarlo, no confío únicamente en una nube localizadora. Demmin, ¿cómo supones que conseguí que la nube siguiera al mocoso Cypher?

—Ya sabéis que no tengo talento para la magia, Amo Rahl.

—Muy cierto, amigo. —Rahl se lamió las yemas de los dedos—. Hace muchos años, antes de que mi padre fuera asesinado por ese pérfido mago, me habló de las cajas del Destino y del *Libro de las Sombras Contadas*. Él trató de hacerse con ellos pero no era un erudito, él era un hombre de acción y lo suyo eran las batallas. —Rahl alzó la vista hacia Demmin—. Como tú, mi fornido amigo. No poseía los conocimientos necesarios. Pero fue lo suficientemente sabio para enseñarme que la cabeza vale más que la espada; que usando la cabeza se puede derrotar a todos los enemigos. Mi padre me proporcionó los mejores maestros. Y entonces fue asesinado. —Rahl descargó el puño sobre la mesa y su rostro se encendió. Casi inmediatamente recuperó la compostura—. Yo seguí estudiando sin descanso muchos años más, para triunfar donde mi padre había fracasado y devolver a la casa de Rahl el lugar que le corresponde como soberana de todas las tierras.

—Habéis superado las expectativas más ambiciosas de vuestro padre, Amo Rahl.

Rahl esbozó su típica media sonrisa. Echó otro vistazo al chico entre el follaje antes de proseguir.

—Gracias a mis estudios descubrí dónde se ocultaba el *Libro de las Sombras Contadas*; en la Tierra Central, al otro lado del Límite. Sin embargo, todavía no era capaz de viajar por el inframundo e ir a recuperarlo. Así pues, envié una bestia para que lo custodiara hasta el día que yo personalmente pudiera ir a recogerlo.

»Pero antes de que eso fuera posible —añadió, volviéndose hacia Demmin con un gesto sombrío en el rostro y manteniéndose muy erguido—, un hombre llamado George Cypher mató a la bestia y robó el libro. Mi libro. Pero cometió un error al llevarse un colmillo de la bestia a modo de trofeo, pues fue mi magia la que la había enviado allí. Y —agregó enarcando una ceja— yo puedo encontrar mi magia.

Rahl se humedeció las puntas de los dedos y se los pasó por los labios, con mirada ausente.

—Después de poner en juego las cajas del Destino, fui a por el libro. Pero había sido robado. Me costó, pero al fin averigüé quién había sido. Por desgracia, él ya no tenía el libro y se negó a decirme dónde estaba. —Rahl dirigió una sonrisa a Demmin—. Le hice pagar muy caro su silencio. —Demmin sonrió a su vez—. Pero averigüé que había entregado el colmillo a su hijo.

—De modo que por eso sabéis que el joven Cypher tiene el libro.

—Sí, Richard tiene el *Libro de las Sombras Contadas* y también lleva el colmillo. Así fue como conseguí que lo siguiera la nube localizadora, vinculándola al colmillo que su padre le dio, el colmillo que lleva mi magia. Hubiera recuperado el libro antes, pero tenía muchas cosas que hacer. Por esa razón recurrí a la nube, para tenerlo localizado mientras tanto. Sólo por comodidad. Pero ese asunto ya está casi resuelto; puedo recuperar el libro cuando me plazca. La nube no tiene importancia; gracias al colmillo puedo encontrarlo.

»Pruébala para ver si se ha enfriado lo suficiente. —Rahl cogió el cuenco con la papilla y se lo tendió a Demmin—. No quisiera hacer daño al niño —añadió, enarcando una ceja.

Demmin lo olió y apartó la nariz, asqueado. Entonces se lo tendió a uno de los guardias, que, sin protestar, se llevó una cucharada a la boca, tras lo cual asintió.

—Cypher podría perder el colmillo o simplemente tirarlo. Entonces no podríais encontrarlo ni a él ni el libro. —Demmin inclinó sumisamente la cabeza mientras hablaba—. Por favor, perdonadme por decir esto, Amo Rahl, pero me parece que dejáis demasiadas cosas al azar.

—A veces, Demmin, dejo cosas en manos del destino, pero nunca al azar. Tengo otras maneras de encontrar a Richard Cypher.

Demmin respiró hondo y se relajó mientras reflexionaba sobre las palabras de Rahl.

—Ahora comprendo por qué no estáis preocupado. No sabía nada de esto.

—No hemos hecho sino asomarnos al pozo de tu ignorancia, Demmin. —Rahl miró ceñudo a su lugarteniente—. Por esto tú me sirves a mí y no a la inversa. Siempre has sido un buen amigo, Demmin, desde que éramos niños —añadió suavizando el gesto—, por lo que te tranquilizaré al respecto. Debo ocuparme de asuntos muy urgentes, asuntos relacionados con la magia que no pueden esperar. Como éste. —Con el brazo señaló al niño—. Sé dónde está el libro y soy consciente de mis propias capacidades. Puedo recuperarlo cuando lo crea oportuno. Por ahora, considero que Richard Cypher me lo está guardando. —Rahl se inclinó hacia Demmin—. ¿Satisfecho? —El lugarteniente clavó los ojos en el suelo.

—Sí, Amo Rahl —dijo el lugarteniente, y, levantando de nuevo la mirada, agregó—: Perdonadme, yo únicamente os hago partícipe de mis preocupaciones porque deseo que triunféis. Vos sois el legítimo soberano de todas las tierras. Todos necesitamos que nos guieis. Yo sólo deseo ayudaros a conseguir la victoria. Mi único temor es que algún día os falle.

Rahl el Oscuro puso un brazo sobre los poderosos hombros de Demmin y alzó la vista hacia el rostro picado de viruela y al mechón de pelo negro que resaltaba entre el rubio.

—Ojalá tuviera a más como tú, amigo mío. —Dicho esto retiró el brazo y cogió el cuenco—. Ahora ve e informa a la reina Milena de nuestra alianza. No te olvides de emplazar a la dragona. Y no dejes que tus pequeñas diversiones demoren tu regreso —apostilló con su media sonrisa.

—Gracias, Amo Rahl, por concederme el honor de serviros. —Demmin hizo una reverencia.

El lugarteniente salió por una puerta trasera, mientras Rahl regresaba al jardín. Los guardias se quedaron en la pequeña y asfixiante forja.

Rahl regresó junto al niño, cogiendo por el camino el cuerno de comer. Se trataba de un largo tubo de latón con una boquilla estrecha que se iba ensanchando hacia el otro extremo. Dos patas sostenían el extremo ancho a la altura de los hombros para que la papilla se deslizara hacia abajo. Rahl lo colocó de forma que la boquilla quedara frente a Carl.

—¿Qué es esto? —inquirió el niño, mirándolo con ojos entrecerrados—. ¿Un cuerno?

—Sí, eso es. Muy bien, Carl. Es un cuerno para comer. Es parte de la ceremonia en la que vas a participar. A los otros jóvenes que en el pasado ayudaron a la gente les parecía una manera muy divertida de comer. Tienes que poner la boca ahí y yo echaré la comida por el otro extremo.

—¿De veras? —El niño no parecía muy convencido.

—Sí. —Rahl le sonrió de modo tranquilizador—. Y adivina qué hay para desayunar: tarta de arándanos recién salida del horno.

—¡Fantástico! —Los ojos de Carl se iluminaron y acercó ávidamente la boca al extremo del cuerno.

Después de describir tres círculos con la mano sobre el cuenco para modificar el sabor de la papilla, miró a Carl.

—He tenido que chafarla para que pudiera pasar por el cuerno. Espero que no te importe.

—Yo siempre la chafo con el tenedor —dijo Carl con una sonrisa, y cerró de nuevo los labios sobre la boquilla.

Rahl vertió un poco de papilla por arriba. Cuando le llegó, Carl comió ávidamente.

—¡Es fantástica! ¡La mejor que he comido en mi vida!

—Cuánto me alegro —dijo Rahl con una tímida sonrisa—. Es mi propia receta. Temía que no fuera tan buena como la que te prepara tu madre.

—Es mejor. ¿Puedo comer más?

—Pues claro, hijo. Con el Padre Rahl siempre se puede repetir.

21

Richard examinó cansinamente el suelo donde empezaba de nuevo la senda, al final de la pendiente. Sus esperanzas se desvanecieron. Nubes negras se deslizaban a baja altura soltando ocasionalmente unas gotas de lluvia gruesas y heladas que le caían en la parte posterior de la cabeza, que el joven mantenía inclinada, buscando. Se le había ocurrido que quizá Kahlan había cruzado el Embudo, que, al separarse, ella había continuado. Después de todo, llevaba el hueso que Adie le había dado y que se suponía que debía protegerla. Debería haberlo conseguido. Pero, por otra parte, él llevaba el colmillo y aunque Adie le había dicho que las sombras no podrían verlo, éstas lo habían atacado. Era extraño; las sombras no se habían movido hasta que hubo anochecido, al llegar a la roca partida. ¿Por qué habían esperado?

No había ninguna huella. Nada había pasado por el Embudo en mucho tiempo. La fatiga y la desesperación se adueñaron de él, mientras ráfagas de viento helado hacían revolotear a su alrededor la capa como si quisiera empujarlo hacia adelante, lejos del Embudo. Ya sin esperanzas se volvió una vez más hacia el sendero que conducía a la Tierra Central.

Apenas había avanzado unos pasos cuando se detuvo presa de una súbita inspiración.

Si Kahlan se había separado de él, si había creído que el inframundo se había llevado a Richard, si creía que lo había perdido y estaba sola, ¿hubiera continuado hacia la Tierra Central? ¿Sola?

No.

Richard dio media vuelta hacia el Embudo. No. Hubiera regresado, para buscar al mago.

De nada le serviría regresar a la Tierra Central sola. Si había ido a la

Tierra Occidental había sido precisamente para buscar ayuda. Con el Buscador fuera de juego el único que podía ayudarla era Zedd.

Richard se resistía a poner demasiada fe en la idea, pero no estaba lejos de donde había luchado con las sombras y la había perdido. No podía seguir adelante sin comprobarlo antes. Olvidando la fatiga, se sumergió de nuevo en el Embudo.

La luz verde le dio la bienvenida. Richard siguió su propio rastro hasta el lugar donde había combatido con las sombras. El barro estaba pisoteado y sus huellas explicaban la batalla que allí se había librado. Al joven le sorprendió haber cubierto tanto terreno durante la lucha; no recordaba haber dado tantas vueltas, ni haber ido tantas veces adelante y atrás. Pero, en realidad, apenas recordaba nada de la lucha, excepto la última parte.

El corazón le dio un vuelco al encontrar lo que buscaba; las huellas de ambos, primero juntos y después sólo las de ella. Richard las siguió con el corazón palpitante, rezando fervientemente para que no lo condujeran al muro. Se puso de cuclillas para examinarlas y las tocó. Parecía que Kahlan había caminado de aquí para allá, como confundida, y después se había detenido y dado la vuelta. Unas huellas se dirigían en la dirección contraria de la que habían llegado ellos. Eran huellas de Kahlan.

Richard se puso bruscamente en pie; respiraba rápidamente y tenía el pulso acelerado. La luz verde que brillaba a su alrededor lo irritaba. El joven se preguntó si Kahlan estaría ya muy lejos. Les había costado casi toda una noche cruzar el Embudo, y eso a trancas y barrancas, aunque también era cierto que no sabían dónde estaba el sendero. Pero ahora las huellas en el barro indicaban el camino.

Tendría que darse prisa; no podía seguirla a paso de tortuga. Entonces recordó algo que Zedd le había dicho al hacerle entrega de la espada: «La fuerza de la furia te proporciona la voluntad de imponerte a cualquier precio».

Un nítido sonido metálico vibró en la oscura mañana cuando el Buscador desenvainó su espada. La cólera fluyó por él. Sin pararse a reflexionar ni un segundo el joven se echó a correr siguiendo las huellas. La presión del muro lo sacudía mientras él trotaba en la fría neblina. Cuando las huellas giraban, torciendo a un lado y luego al otro, Richard no aminoraba el paso, sino que apoyaba los pies a un lado u otro para cambiar de dirección.

Así, sosteniendo un ritmo vivo y constante, logró cruzar el Embudo antes de media mañana. En dos ocasiones halló sendas sombras flotando en su camino, aunque no se movían ni parecían advertir su presencia. Richard se lanzó contra ellas con la espada horizontal frente a él. Incluso sin rostro lanzaron aullidos de sorpresa al desvanecerse.

Atravesó la roca partida sin detenerse y apartó a una lapa chupasangre de un puntapié. Al llegar al otro lado se paró para recuperar el aliento. Se sentía profundamente aliviado, porque las huellas de Kahlan llegaban hasta allí. Ahora, en el bosque, sería más difícil ver el rastro pero no importaba; sabía adónde se dirigía y sabía que había cruzado sana y salva el Embudo. El saber que Kahlan estaba viva le daba ganas de gritar de júbilo.

Richard sabía que ya no podía estar muy lejos, pues la neblina aún no había tenido tiempo de difuminar los marcados bordes de las huellas, a diferencia de las primeras que había encontrado. Cuando amaneció debió de haber seguido el rastro del día anterior en vez de guiarse por los muros o si no ya la habría alcanzado. «Chica lista», pensó Richard. Sabía usar la cabeza; aún lograría convertirla en una buena mujer del bosque.

Con la espada desenvainada y la cólera a flor de piel, Richard corrió por el sendero. No perdió tiempo deteniéndose para buscar huellas, pero cada vez que encontraba suelo embarrado o blando aminoraba la marcha y lo examinaba. Después de correr un trecho sobre musgo descubrió una pequeña parcela de tierra en la que se veían marcas. Le echó un simple vistazo al pasar, pero algo que vio lo hizo detenerse tan bruscamente que a punto estuvo de caer. De cuatro patas estudió las huellas. Sus ojos se abrieron mucho por la sorpresa.

La huella de Kahlan se veía en parte tapada por la huella de una bota de hombre, casi tres veces más larga que la de la mujer. Richard no tuvo ninguna duda de a quién pertenecía: al último miembro de la cuadrilla.

La furia hizo que se levantara y echara a correr como alma que lleva el diablo. Las ramas y las rocas no eran más que una mancha borrosa que desfilaba a ambos lados. Sólo le preocupaba no salirse de la vereda, no porque temiera por él mismo sino porque sabía que si acababa en el Límite no podría ayudar a Kahlan. Parecía que los pulmones le iban a estallar por falta de aire y jadeaba por el esfuerzo. Pero la cólera de la magia le hacía olvidarse del agotamiento, así como de la falta de sueño.

Después de trepar a un pequeño saliente rocoso la vio al fondo del otro lado. Por un instante se quedó paralizado. Kahlan estaba a su izquierda, medio en cuclillas, con la espalda contra una pared de roca y el último hombre de la cuadrilla frente a ella, a la derecha de Richard. El pánico pudo más que la furia. El uniforme de cuero del hombre refulgía en medio de tanta humedad y se cubría la blonda cabeza con la capucha de la cota de malla. Alzó la espada sosteniéndola con sus enormes puños, con lo que los músculos de los brazos se le marcaron. Acto seguido lanzó un grito de batalla.

Iba a matarla.

La furia estalló en la cabeza de Richard. Gritó: «¡No!», presa de cólera y de instinto asesino al tiempo que saltaba de la roca. Aún en el aire levantó la *Espada de la Verdad* con ambas manos. Cuando sus pies tocaron el suelo, retrocedió y trazó un amplio y rapidísimo arco con la espada desde atrás. El acero silbó. El hombre, que se había dado la vuelta cuando Richard tocó el suelo, alzó al punto su propia arma en actitud defensiva tan rápidamente que los tendones de muñecas y manos chascaron.

Richard contempló como en un sueño cómo la espada que empuñaba completaba el arco. Con todas sus fuerzas trataba de imprimir más velocidad al arma, para que hiciera honor a su nombre de *Espada de la Verdad* y fuera más letal. La magia rugía con la vehemencia del joven. Richard desvió la mirada del acero del hombre a sus acerados ojos azules. La espada del Buscador siguió la misma trayectoria. El joven se oyó a sí mismo gritar. El hombre alzó la espada en vertical presto a desviar el golpe.

Richard no veía nada más que el adversario que tenía delante. Su cólera y la magia se habían desatado como nunca. Ningún poder sobre la tierra podía impedirle que derramara la sangre de aquel hombre. Richard estaba más allá de la razón, más allá de cualquier otra causa para vivir. Era la muerte encarnada.

Toda su fuerza vital se concentraba en el odio mortífero que impulsaba la espada.

Con el corazón latiéndole con tanta fuerza que lo sentía en la tensión excesiva de los músculos del cuello, Richard contempló lleno de un júbilo expectante con el rabillo del ojo, aunque sin apartar la vista de los ojos azules del hombre, cómo, finalmente, su espada cubría en un elegante arco y con lo que a él se le antojó lentitud exasperante, la distancia que le faltaba para chocar con la espada alzada de su adversario. El joven vio como en cámara lenta cómo el acero del otro se hacía pedazos en un estallido de ardientes fragmentos. La mayor parte de la hoja cercenada salió despedida hacia lo alto, girando sobre sí misma. Su superficie bruñida relució bajo la luz con un destello en cada uno de los tres giros que dio antes de que la espada del Buscador alcanzara la cabeza del hombre con todo el poder de su cólera y de la magia, cortando la cota de malla. La cabeza se desvió casi imperceptiblemente antes de que la *Espada de la Verdad* explotara a través de los eslabones de acero de la malla, y después del cráneo a la altura de los ojos, provocando una lluvia de piezas y eslabones de acero.

La neblina matinal explotó y se convirtió en una roja niebla que transmitió a Richard una sensación de euforia mientras contemplaba fragmentos de hueso, con cerebro y pelo adherido, salir volando. La hoja continuaba trazando un arco en el aire carmesí, fracturando los últimos fragmentos del cráneo del enemigo y completando el arco. El cuerpo del hombre, con nada reconocible por encima del cuello y la mandíbula, se desplomó como si todos los huesos se hubieran desvanecido y no hubieran dejado nada para sostener la carne. Finalmente la espada tocó el suelo con una fuerte sacudida. Largos chorros de sangre salieron disparados hacia arriba, hasta formar un arco, y cayeron al suelo y sobre Richard, el vencedor, que probó el cálido y satisfactorio sabor de la sangre de su enemigo con un grito de furia. El resto formó charcos en la tierra al mismo tiempo que llovían fragmentos de acero de la cota de malla y de la espada, además de más trocitos de hueso, cerebro y sangre que aún quedaba en el aire, tiñéndolo todo de rojo.

El brazo de la muerte se alzaba victorioso por encima del objeto de su odio y su furia, empapado en sangre y disfrutando de la mayor orgía de gozo que hubiera podido imaginar. El pecho le subía y bajaba, extasiado. Llevó de nuevo la espada al frente dispuesto a hacer frente a la próxima amenaza, pero no había ninguna.

Y entonces el mundo implosionó sobre él.

De pronto volvió a percibir todo lo que lo rodeaba. Vio la mirada de asombro y horror en la faz de Kahlan antes de que el dolor le hiciera caer de rodillas, le recorriera todo el cuerpo y lo obligase a doblarse sobre sí mismo.

La *Espada de la Verdad* se le cayó de las manos.

La súbita conciencia de lo que había hecho lo atravesó como una cuchillada: había matado a un hombre y, lo que era peor, había querido hacerlo. No importaba que estuviera protegiendo la vida de otra persona; había deseado matar; había disfrutado. No hubiera permitido que nada lo impidiera matar.

No podía apartar de su mente la visión de su espada explotando a través de la cabeza del hombre. No podía detenerla.

Un insoportable dolor punzante le hizo cruzar los brazos sobre el abdomen. Abrió la boca pero de ella no surgió ningún grito. Richard trató de perder la conciencia para detener ese dolor, pero no pudo. Sólo existía ese dolor, del mismo modo que antes, en su deseo de matar, sólo había existido ese hombre.

El dolor le enturbió la vista. Estaba ciego. El fuego ardía en todos y cada uno de los músculos, huesos y órganos de su cuerpo, consumiéndolo, dejándolo sin respiración, asfixiándolo en una convulsa agonía.

Richard se dejó caer de costado, dobló las rodillas hasta tocar el pecho y, por fin, pudo gritar de dolor, como antes había gritado de rabia. El joven sentía que la vida se le escapaba. En medio de tanta angustia y dolor sabía que no sería capaz de conservar la razón ni la vida si el dolor no remitía. El poder de la magia lo estaba aplastando. Nunca hubiera podido imaginarse que era posible llegar a tales cotas de dolor y ahora le parecía imposible que fuera a librarse de él. Sentía que le arrancaban la razón. Mentalmente rogó morir. Si algo no cambiaba, y rápidamente, él mismo lo haría de un modo u otro.

En la niebla de la agonía, de pronto reconoció algo: el dolor. Era lo mismo que la cólera. Fluía por él del mismo modo que la cólera fluía de la espada. Era una sensación ya conocida por él; era la magia. Una vez se hubo dado cuenta de lo que era, trató inmediatamente de controlarlo tal como había aprendido a controlar la cólera. Esta vez sabía que, si no lo conseguía, moriría. Richard razonó consigo mismo, tratando de comprender la necesidad de lo que había hecho por horrible que fuera. Aquel hombre se había sentenciado a sí mismo por haber intentado matar.

Por fin fue capaz de sobreponerse al dolor, como había aprendido a hacer con la furia. Una sensación de profundo alivio lo invadió; había ganado ambas batallas. El dolor abandonó su cuerpo.

Tendido de espaldas, jadeando, sintió que recuperaba la percepción normal del mundo. Kahlan estaba arrodillada a su lado, limpiándole la cara con un trapo frío y húmedo. La mujer tenía el entrecejo fruncido y lloraba. La sangre del hombre también la había salpicado a ella en el rostro.

Richard se arrodilló y le cogió el trapo de las manos para limpiarle los largos churretes de sangre, como si quisiera borrar de su mente la escena que había presenciado. Pero antes de que pudiera hacerlo, Kahlan le echó los brazos al cuello y lo abrazó con más fuerza de lo que Richard hubiera podido imaginar. El joven le devolvió el abrazo, al tiempo que sus dedos subían hacia la nuca de la mujer y se hundían en su cabello, sujetándole la cabeza mientras ella lloraba. Haberla recuperado lo llenaba de una felicidad absoluta. No quería dejarla ir nunca más.

—Lo siento mucho, Richard —se disculpó Kahlan entre sollozos.

—¿El qué?

—Que tuvieras que matar a un hombre por mi causa.

—No te preocupes —la tranquilizó el joven, acunándola suavemente y acariciándole el pelo.

Pero Kahlan sacudió la cabeza contra su cuello.

—Yo sabía cuánto iba a dolerte la magia. Por eso no quise que lucharas contra los hombres de la taberna.

—Zedd me dijo que la furia me protegería del dolor, Kahlan. No lo entiendo. Es del todo imposible que hubiera estado más furioso.

La mujer se separó de él, con las manos sobre sus brazos, apretando como si quisiera convencerse de que Richard era real.

—Zedd me dijo que velara por ti si usabas la espada para matar a un hombre. Me dijo que era cierto que la furia te protegería, pero que la primera vez era distinto, que la magia comprobaba con dolor de qué madera estaba hecho el Buscador, y que nada podría protegerte de ella. Él no podía decírtelo, porque si lo sabías te reprimirías, te lo pensarías mucho antes de usar la espada y eso podría ser desastroso. Me dijo que la magia tenía que unirse al Buscador la primera vez que éste derramara sangre con ella, para determinar la voluntad del Buscador de matar. —Le apretó de nuevo los brazos y añadió—: Dijo que la magia podría hacerte cosas terribles. Te pone a prueba con el dolor para ver quién será el amo, quién mandará.

Richard se sentó sobre los talones, sobresaltado. Adie había dicho que el mago le ocultaba un secreto y debía de ser aquél. Zedd debía de sentirse muy preocupado y también temeroso por él. El joven sintió compasión por su viejo amigo.

Por primera vez entendía de verdad qué implicaba ser el Buscador de un modo que nadie, excepto un Buscador, podía entender. Era el brazo de la muerte; ahora lo comprendía. Comprendía la magia, cómo él la usaba a ella y ella lo usaba a él, cómo estaban unidos. Para bien o para mal ya nunca volvería a ser el mismo. Había experimentado el cumplimiento de su más oscuro deseo. Ya estaba hecho. No había marcha atrás; ya no podía ser el Richard de antes.

El joven acercó el trapo al rostro de Kahlan y le limpió la sangre.

—Lo comprendo. Ahora sé a qué se refería. Hiciste bien en no decírmelo. —Le acarició la mejilla y añadió dulcemente—: Tenía tanto miedo de que te hubieran matado...

—Te creí muerto —dijo ella, poniendo su mano sobre la de él—. Un momento te tenía cogido de la mano y al momento siguiente ya no estabas a mi lado. —Sus ojos volvieron a llenarse de lágrimas—. No pude encontrarte. No sabía qué hacer. Lo único que se me ocurrió fue regresar con Zedd, esperar a que se despertara y me ayudara. Creí que te había perdido en el inframundo.

—Lo mismo pensé que te había ocurrido a ti. Estuve a punto de seguir solo. —Sonrió de oreja a oreja y prosiguió—: Parece que mi destino es volver a buscarte.

Kahlan sonrió por primera vez desde que se habían reencontrado y lo abrazó de nuevo. Pero rápidamente se retiró.

—Richard, tenemos que marcharnos. Las bestias acechan y el cadáver las atraerá. No podemos estar aquí cuando lleguen.

Richard asintió, se volvió, recogió la espada y se puso en pie. Entonces le tendió una mano para ayudarla a levantarse. Kahlan tomó su mano.

La magia se inflamó en un arrebato de cólera, advirtiendo a su amo.

Sorprendido, Richard la miró fijamente, muy impresionado. Como la vez anterior, cuando Kahlan le había tocado la mano que sostenía la espada, la magia había cobrado vida, sólo que esta vez era una sensación más intensa. Ella seguía sonriendo, en apariencia ajena a lo que ocurría. Con un gran esfuerzo Richard se sobrepuso a la furia.

Kahlan lo abrazó una vez más; fue un breve abrazo con el brazo que tenía libre.

—Todavía no me puedo creer que estés vivo. Estaba tan segura de que te había perdido...

—¿Cómo lograste alejarte de las sombras?

—No lo sé —contestó, sacudiendo la cabeza—. Nos seguían y cuando nos separamos y yo volví atrás, habían desaparecido. ¿Viste tú alguna?

—Sí. —El joven asintió solemnemente—. Las vi y vi de nuevo a mi padre. Me atacaron y trataron de empujarme hacia el Límite.

—¿Por qué sólo tú? —El rostro de Kahlan reflejaba preocupación—. ¿Por qué no los dos?

—No lo sé. Supongo que anoche, en la hendidura, y más tarde, cuando empezaron a seguirnos, me seguían a mí y no a ti. El hueso te protegía.

—La última vez que nos aproximamos al Límite nos atacaron a todos menos a ti. ¿Qué era distinto esta vez?

—No lo sé —repuso Richard tras pensarlo unos momentos—, pero tenemos que cruzar el paso. Estamos demasiado cansados para pasarnos la noche luchando de nuevo contra las sombras. Tenemos que llegar a la Tierra Central antes de que anochezca. Y esta vez te prometo que no te soltaré la mano.

—Ni yo tampoco. —Kahlan le sonrió y le apretó la mano.

—Al volver crucé el Embudo corriendo, para ganar tiempo. ¿Te ves con fuerzas para hacerlo?

Kahlan asintió. Ambos echaron a correr a un ritmo suave que al joven le pareció que ella aguantaría. Al igual que la última vez, las sombras no los siguieron, aunque varias flotaban sobre la senda y, al igual que la última vez, Richard las atravesó con la espada sin esperar a ver qué hacían. Kahlan se encogió al oír los aullidos que lanzaban. Richard corría siguiendo sus huellas, tirando de la mujer cada vez que debían girar y vigilando que no se saliera del camino.

Tras descender la pendiente, una vez en el sendero del bosque al otro lado del Embudo, frenaron y caminaron a buen ritmo, tratando de recuperar el aliento. Tenían el rostro y el cabello húmedos por la llovizna. La felicidad que sentía Richard por haber encontrado a Kahlan con vida mitigó la inquietud que lo embargaba por las dificultades que los aguardaban. Compartieron pan y fruta sin dejar de caminar. Aunque las tripas le hacían ruido por el hambre, el joven no quería detenerse para preparar algo más sustancioso.

Todavía se sentía confuso por cómo había reaccionado la magia cuando Kahlan le había tomado de la mano. ¿Era algo que la magia percibía en ella o reaccionaba ante algo que había en su propia mente? ¿Era porque tenía miedo de lo que le ocultaba? ¿O era algo más, algo que la misma magia percibía en ella? Richard deseó que Zedd estuviera allí para poder preguntarle su opinión. Pero Zedd había estado allí la última vez que pasó y él no le había preguntado. ¿Acaso tenía miedo de lo que pudiera decirle?

Después de comer un poco, cuando era ya tarde avanzada, oyeron gruñidos en el bosque. Kahlan dijo que eran las bestias, por lo que decidieron echar de nuevo a correr para salir del paso lo antes posible. Richard estaba tan agotado que ni siquiera sentía ya el cansancio; notaba todo el cuerpo como entumecido. Corrieron por el denso bosque, bajo una ligera lluvia que ahogaba el sonido de sus pasos.

Aún no había anochecido cuando llegaron al borde de una larga cresta. Abajo, el sendero descendía con curvas muy pronunciadas. De pie en lo alto de la cresta, rodeados por bosque, contemplaron desde la boca de una cueva una extensión de pastos, sin apenas árboles y bañados por la lluvia.

—Conozco este lugar —susurró Kahlan.

—¿Cómo se llama?

—Tierra Salvaje. Estamos en la Tierra Central. —Se volvió hacia él—. He vuelto a casa.

—A mí esta tierra no me parece tan salvaje —objetó Richard, enarcando una ceja.

—El adjetivo no se refiere a la tierra, sino a los que viven en ella.

Tras descender la escarpada cresta, Richard halló un pequeño lugar protegido debajo de una roca, pero no era lo suficientemente profundo para resguardarse del todo del agua de lluvia. Así pues, cortó ramas de pino y las apoyó contra el saliente rocoso, construyendo así un refugio para pasar la noche. Kahlan se arrastró al interior, seguida de Richard, que selló la entrada con ramas para que la lluvia, al menos la mayor parte, no penetrara. Ambos se dejaron caer al suelo, mojados y exhaustos.

—Nunca he visto el cielo tanto tiempo encapotado ni que lloviera tanto —comentó Kahlan, quitándose la capa y sacudiéndose el agua—. Ya ni siquiera me acuerdo de cómo es el sol. Ya empiezo a hartarme de este tiempo.

—Pues yo no —replicó él en voz baja. Ante el gesto inquisidor de la mujer, explicó—: ¿Recuerdas la nube con forma de serpiente que me seguía, la que Rahl envió para localizarme? —Kahlan asintió—. Pues Zedd tejió una red mágica para que otras nubes la ocultaran. Mientras siga nublado y no podamos ver la nube serpiente, tampoco podrá Rahl. Prefiero la lluvia a Rahl el Oscuro.

—A partir de ahora —dijo Kahlan, tras ponderar las palabras del joven—, ya no me quejaré tanto de las nubes. Pero la próxima vez, ¿por qué no pides a Zedd que conjure nubes con menos lluvia? —Richard asintió risueño—. ¿Quieres comer algo?

—Estoy demasiado cansado —confesó Richard, al tiempo que negaba con la cabeza—. Lo único que quiero es dormir. ¿Estamos seguros aquí?

—Sí. Nadie vive cerca del Límite en la Tierra Salvaje. Adie dijo que estamos protegidos de las bestias, así que los canes corazón no deberían molestarnos.

A Richard el monótono ruido de la lluvia al caer todavía le daba más sueño. Ambos se envolvieron en las mantas, pues la noche era fría. En la penumbra Richard apenas distinguía el rostro de Kahlan, apoyada contra la pared de roca. No había espacio para encender fuego y, aunque lo hubiera, todo estaba demasiado mojado. El joven se metió la mano en el bolsillo y palpó la bolsa que contenía la piedra noche, pensando si debía o no sacarla para ver mejor, pero al fin decidió no hacerlo.

—Bienvenido a la Tierra Central —le dijo Kahlan con una sonrisa—. Lo has logrado: hemos pasado al otro lado del Límite. Ahora empieza el trabajo duro. ¿Qué vamos a hacer?

Richard sentía la cabeza a punto de estallar. Se recostó contra la roca al lado de la mujer y respondió:

—Debemos encontrar a alguien que sepa de magia para que nos diga dónde está la última caja o, al menos, por dónde empezar a buscar. No podemos lanzarnos a ciegas en su busca. Necesitamos que alguien nos señale la dirección correcta. ¿Sabes de alguien?

—Estamos muy lejos de nadie que quiera ayudarnos —repuso Kahlan, tras lanzarle una larga mirada de soslayo.

Richard se dio cuenta de que Kahlan evitaba decirle algo y se enfureció.

—Yo no he dicho nada de que quieran ayudarnos, sino, simplemente, que sean capaces de hacerlo. ¡Tú condúceme hasta ellos y yo me ocuparé del resto! —Inmediatamente Richard lamentó su tono de voz. Apoyó la cabeza contra la roca y apartó la cólera de sí—. Kahlan, lo siento. —El joven volvió la cabeza—. He tenido un día muy duro. Aparte de matar a ese hombre, tuve que volver a atravesar a mi padre con la espada. Pero lo peor fue creer que el inframundo se había llevado a mi mejor amiga. Yo solamente quiero detener a Rahl y poner fin a esta pesadilla.

Richard volvió el rostro hacia la mujer, y ésta le dirigió una de sus sonrisas especiales con los labios apretados. Kahlan contempló durante unos minutos sus ojos en la penumbra.

—No es nada fácil ser el Buscador.

—No —convino él, sonriéndole—, no es fácil.

—La gente barro —dijo al fin la mujer—. Es posible que ellos puedan decirnos dónde buscar, pero no hay ninguna garantía de que accedan a ayudarnos. La Tierra Salvaje es una parte muy remota de la Tierra Central y la gente barro no está acostumbrada a tratar con forasteros. Tienen costumbres peculiares y no les importan los problemas de los demás. Su único deseo es que los dejen en paz.

—Si Rahl el Oscuro triunfa no respetará ese deseo —le recordó Richard.

La mujer hizo una profunda inspiración y soltó el aire lentamente.

—Richard, pueden ser peligrosos.

—¿Has tratado con ellos antes?

—Sí, algunas veces. No hablan nuestro idioma, sin embargo, yo conozco el suyo.

—¿Confían en ti?

—Supongo. —Kahlan apartó la mirada y se envolvió mejor en la manta—. Pero —añadió, levantando los ojos hacia él—, a mí me temen y con la gente barro el temor acaso sea más importante que la confianza.

Richard tuvo que morderse la parte interior del labio para no preguntarle por qué la temían.

—¿Viven muy lejos?

—No sé exactamente en qué parte de la Tierra Salvaje nos encontramos, pero estoy segura de que no están a más de una semana en dirección nordeste.

—Muy bien. Por la mañana partiremos hacia allí.

—Cuando lleguemos deja que yo lleve la voz cantante y, si te digo algo, hazme caso. Debes convencerlos de que te ayuden o no lo harán, por mucha espada que lleves. —Richard asintió. Kahlan sacó una mano de debajo de la manta y se la puso sobre el brazo—. Richard —susurró—, gracias por volver atrás a buscarme. Siento mucho el precio que tuviste que pagar.

—Tenía que hacerlo. ¿Qué hubiera hecho yo en la Tierra Central sin mi guía?

—Intentaré estar a la altura de tus expectativas —repuso Kahlan con una sonrisa burlona.

Richard le apretó la mano y ambos se tumbaron. Mientras daba las gracias a los dioses por haber protegido a Kahlan, el sueño lo venció.

22

Zedd abrió los ojos de repente. En el aire flotaba un fuerte aroma de sopa picante. Sin moverse miró cautelosamente alrededor. Chase yacía a su lado, de las paredes colgaban huesos y fuera se veía oscuro. Se miró su propio cuerpo y vio que tenía huesos encima. Sin moverse hizo que se elevaran suavemente en el aire, flotaran a un lado y se posaran silenciosamente en el suelo. Acto seguido se levantó sin hacer ningún ruido. Se encontraba en una casa atestada de huesos, de huesos de bestias. Se volvió y se topó cara a cara con una mujer, que igualmente acababa de darse la vuelta.

Asustados, ambos gritaron y alzaron sus flacuchos brazos.

—¿Quién eres? —preguntó Zedd, inclinándose hacia adelante y clavando la vista en esos ojos blancos.

La mujer pilló la muleta al vuelo justo cuando iba a caerse al suelo y se la encajó de nuevo bajo el brazo.

—Soy Adie —contestó con voz cascada—. ¡Qué susto me das! No esperaba que despiertas tan pronto.

—¿Cuántas comidas me he perdido? —inquirió Zedd al tiempo que se alisaba la túnica.

—Por tu aspecto, yo digo que demasiadas —replicó Adie, ceñuda, tras examinarlo de la cabeza a los pies.

Una amplia sonrisa arrugó las mejillas de Zedd. También él miró a Adie de la cabeza a los pies.

—Eres una mujer muy atractiva —declaró. Inclinando la cabeza, tomó una de sus manos y la besó levemente, tras lo cual se irguió con gesto altivo y anunció, alzando un huesudo dedo—: Zeddicus Zu'l Zorander, a vuestros pies, señora. ¿Qué le pasa a tu pierna? —preguntó, inclinándose hacia adelante.

—Nada. Está perfectamente.

—No, no —dijo frunciendo el entrecejo y señalando—. Ésa no, la otra pierna.

Adie bajó la vista hacia el pie que le faltaba y luego miró de nuevo a Zedd.

—No llega al suelo. ¿Les pasa algo a tus ojos?

—Bueno, espero que aprendieras bien la lección; ahora ya sólo te queda un pie. —El gesto adusto de Zedd se tornó en una amplia sonrisa, para añadir con voz débil—: Y lo que les pasa a mis ojos es que se estaban muriendo de hambre y ahora se encuentran en la gloria lleno de un júbilo expectante.

—¿Te gustaría comer un poco de sopa, mago? —ofreció Adie con una media sonrisa.

—Creí que nunca ibas a preguntármelo, hechicera.

Adie cruzó la habitación cojeando para dirigirse al fuego, sobre el que colgaba un caldero. Zedd la siguió. Después de llenar dos cuencos la mujer los llevó a la mesa. Apoyó la muleta contra la pared, se sentó frente al mago y cortó dos gruesas rebanadas de pan y dos trozos de queso, tras lo cual ofreció uno de cada al mago. Zedd se inclinó sobre el cuenco y se dispuso a atacar, pero apenas había tomado una cucharada cuando se quedó quieto y alzó la mirada hacia los ojos blancos de la mujer.

—Esta sopa la ha preparado Richard —afirmó con voz serena. La segunda cucharada se había quedado a medio camino entre el cuenco y la boca.

Adie cortó un trozo de pan y lo mojó en la sopa mientras miraba al mago.

—Es cierto. Tienes suerte; la que yo hago no es tan buena.

—¿Y dónde está? —preguntó Zedd, mirando a su alrededor y bajando la cuchara.

Adie dio sendos mordiscos al pan y al queso y los masticó sin apartar los ojos de Zedd. Cuando los hubo tragado, contestó:

—Él y la Madre Confesora se marchan hacia la Tierra Central por el paso. Pero para él la Confesora sigue siendo sólo Kahlan; ella aún le oculta su identidad. —A continuación pasó a contarle cómo Richard y Kahlan acudieron a ella en busca de ayuda.

Zedd cogió el queso en una mano, el pan en la otra y fue dando alternativamente bocados a uno y otro. Al enterarse de que Adie lo había alimentado sólo con gachas no pudo reprimir una mueca de dolor.

—Richard me dijo que no puede esperarte, pero que tú lo entiendes. El Buscador me da instrucciones para Chase; quiere que regrese y tome las medidas oportunas para cuando el Límite caiga y para enfrentarse a las fuerzas de Rahl. Siente mucho no saber cuál es tu plan, pero se teme que no puede esperar.

—Mucho mejor así —comentó a media voz—, porque mi plan no lo incluye a él.

Zedd centró toda su atención en la comida. Cuando se acabó la sopa, fue al caldero y se sirvió otro cuenco. Ofreció más a Adie, pero la hechicera aún iba por el primero, pues había estado demasiado ocupada observando al mago. Cuando éste se sentó de nuevo, Adie le ofreció más pan y más queso.

—Richard te oculta un secreto —susurró la anciana—. Si no fuera por ese asunto con Rahl, no digo nada, pero creo que debes saberlo.

A la luz de la lámpara la cara del mago, ya de por sí delgada, lo parecía aún más y también dura, en acentuado contraste con las sombras. Zedd cogió la cuchara, fijó un momento los ojos en la sopa y volvió a alzarlos hacia Adie.

—Como bien sabes, todos tenemos secretos —le dijo—, y los magos, los que más. Si lo supiéramos todo de todos éste sería realmente un mundo muy extraño. ¡Y con lo divertido que es contar secretos! —Sus delgados labios esbozaron una sonrisa y sus ojos chispearon—. Pero no temo ningún secreto de alguien en quien confío, y él tampoco tiene por qué temer los míos. Es lo que tiene la amistad.

Adie se recostó en el respaldo de la silla y mientras clavaba sus blancos ojos en el mago, su media sonrisa reapareció.

—Por su bien, espero que no lamentes esa confianza. No me gustaría dar motivos a un mago para que se enfadara.

Zedd se encogió de hombros.

—Comparado con los demás magos soy bastante inofensivo.

Adie estudió los ojos de Zedd a la luz de la lámpara.

—Mientes —proclamó en un ronco susurro.

Zedd carraspeó y se apresuró a cambiar de tema.

—Parece ser que debo darte las gracias por cuidarme, mi querida señora.

—Muy cierto.

—Y también por ayudar a Richard y Kahlan, sin olvidar al guardián del Límite —añadió, señalando con la cuchara a Chase—. Estoy en deuda contigo.

—Tal vez algún día puedes devolverme el favor. —La sonrisa de Adie era ahora más amplia.

Zedd se arremangó la túnica y continuó comiendo sopa, aunque no tan vorazmente como antes. El mago y la hechicera no se quitaban el ojo de encima. Las llamas de la chimenea crepitaban, y fuera los grillos y otros bichos nocturnos cantaban. Chase seguía durmiendo.

—¿Cuánto hace que se marcharon? —quiso saber Zedd.

—Hace siete días que te dejan a ti y al guardián del Límite a mi cuidado.

Zedd acabó la sopa y apartó suavemente el cuenco. Entonces puso las manos encima de la mesa y las observó, al tiempo que tamborileaba los dedos unos contra otros. La luz de la lámpara parpadeaba y danzaba en su mata de pelo blanco.

—¿Dijo Richard cómo iba a encontrarlo?

De momento Adie no contestó. El mago esperaba, jugueteando con los dedos, hasta que, al fin, la mujer dijo:

—Le doy una piedra noche.

—¡Que hiciste qué! —Zedd se levantó de un salto.

—¿Quieres que los haga cruzar el paso de noche, sin ver nada? —replicó Adie calmosamente, mirando a Zedd a los ojos—. Sin poder ver es una muerte segura. Yo quiero que pase, que lo consiga. No tengo otra manera de ayudarlo.

El mago apoyó los nudillos en la mesa y se inclinó hacia adelante, con el ondulado cabello blanco enmarcándole el rostro.

—¿Le advertiste al menos?

—Claro que sí.

—¿Cómo? —El mago entornó los ojos—. ¿Con un acertijo de hechicera?

Adie cogió dos manzanas y lanzó una a Zedd. Éste la detuvo en el aire con un encantamiento silencioso y la hizo flotar hacia él, girando lentamente, sin apartar la vista de la anciana hechicera.

—Siéntate, mago, y deja de exhibirte. —Con estas palabras hincó los dientes en la manzana y empezó a masticar lentamente. Zedd se sentó, no sin antes lanzar un bufido—. No quiero asustarlo más de lo que ya está. Si le digo lo que puede hacer una piedra noche, tal vez le da miedo usarla, y el resultado es que acaba en el inframundo. Sí, le advierto, pero con un acertijo, para que más tarde, después de cruzar el paso, se lo imagine.

—Diantre, Adie, tú no lo entiendes. —Zedd agarró la manzana en el aire con sus dedos, delgados como palos—. Richard odia los acertijos, siempre los ha odiado. Los considera un insulto a la honestidad. No los aguanta. Por principio no quiere saber nada de ellos. —Hubo un chasquido cuando Zedd dio un mordisco a la manzana.

—Pero es el Buscador; eso es lo que hace un Buscador: resolver acertijos.

—Acertijos de la vida, no con palabras —la corrigió Zedd, alzando un huesudo dedo—. Hay una gran diferencia.

Adie dejó la manzana y, apoyando las manos en la mesa, se inclinó hacia adelante. Una expresión de inquietud le suavizó el rostro.

—Zedd, yo sólo pretendo ayudarlo. Quiero que cruce el paso. Yo perdí el pie, pero él puede perder la vida allí. Si el Buscador muere, todos morimos. No pretendía hacerle ningún daño.

Zedd también dejó su manzana y apartó de sí el enojo con un ademán.

—Sé que tu intención era buena, Adie. No he querido sugerir lo contrario. Todo irá bien —agregó, cogiéndole la mano.

—He sido una estúpida —se recriminó Adie amargamente—. Richard me dice claramente que no le gustan los acertijos, pero no le hago caso. Zedd, ¿puedes localizarlo por la piedra noche y comprobar si ha logrado cruzar?

El mago asintió. Cerró los ojos y acercó el mentón al pecho mientras respiraba hondo tres veces. Después dejó de respirar largo rato. El aire se llenó del sonido débil y suave de un viento lejano que soplaba en una llanura abierta. Era un sonido solitario, siniestro, inquietante. Finalmente el sonido del viento se desvaneció, y el mago empezó a respirar de nuevo. Levantó la cabeza y abrió los ojos.

—Está en la Tierra Central. Ha logrado cruzar. —Adie asintió, aliviada.

—Te doy un hueso para que llegues sano y salvo al otro lado. ¿Irás tras él?

El mago apartó la mirada de los ojos blancos y la posó en la mesa.

—No —dijo en tono calmado—. Tendrá que solucionar esto, y otras cosas, él solo. Como tú misma has dicho, es el Buscador. Si queremos detener a Rahl el Oscuro debo ocuparme de un asunto muy importante. Espero que no se meta en demasiados líos.

—¿Secretos? —inquirió la hechicera con su leve sonrisa.

—Secretos. —El mago asintió—. Debo partir al instante.

Adie retiró la mano que Zedd cubría con la suya y acarició la curtida piel del mago.

—Está oscuro.

—Sí.

—¿Por qué no pasas aquí la noche y te vas al amanecer?

—¿Pasar aquí la noche? —Zedd levantó los ojos y la miró.

Adie se encogió de hombros, sin dejar de acariciarle las manos.

—A veces me siento muy sola.

—Bueno —una pícara sonrisa iluminó la faz de Zedd—, como acabas de decir, fuera está oscuro. Supongo que sería más sensato partir por la mañana. Esto no será uno de tus acertijos, ¿verdad? —preguntó, súbitamente carifruncido.

La hechicera negó con la cabeza y Zedd recuperó la sonrisa.

—He traído mi roca de mago. ¿Te gustaría probarla?

—Me encantaría. —Una tímida sonrisa suavizó el rostro de Adie, que lo miró mientras se recostaba en el respaldo y daba otro mordisco a la manzana.

—¿Desnuda? —preguntó Zedd enarcando una ceja.

El viento y la lluvia inclinaban la alta hierba que se mecía en amplias y lentas olas, mientras Richard y Kahlan avanzaban por la abierta llanura. Los árboles, en su mayoría grupitos de abedules y alisos que crecían en las riberas, eran escasos y estaban bastante distanciados. Kahlan observaba atentamente la hierba; se aproximaban al territorio de la gente barro. Richard la seguía silencioso y sin dejar de vigilarla ni un solo instante, como siempre.

A Kahlan no le hacía ninguna gracia la idea de conducirlo al poblado de la gente barro, pero él tenía razón; tenían que saber dónde buscar la última caja y no había nadie más cerca que les pudiera indicar la dirección correcta. El otoño estaba ya muy avanzado y el tiempo se les acababa. No obstante, tal vez la gente barro no quisiera ayudarlos y, entonces, habrían perdido mucho tiempo.

Lo peor era que, aunque sabía que posiblemente no osarían matar a una Confesora —ni siquiera a una que viajara sin la protección de un mago—, no tenía ni idea de si se atreverían a alzar la mano contra el Buscador. Kahlan nunca había recorrido la Tierra Central sin la compañía de un mago. Ninguna Confesora lo hacía, pues era demasiado peligroso. Richard era mejor defensor que Giller, el último mago que la asignaron, pero se suponía que ella debía defender a Richard y no al revés. No podía permitir que el Buscador volviera a arriesgar su vida por ella. Para detener a Rahl él era más importante que ella. Ella había jurado dar la vida para defender al Buscador... a Richard, y nunca había hecho un juramento más en serio. Si llegaba el momento de elegir, debería ser ella quien muriera.

Entonces vieron dos postes, uno a cada lado del camino que avanzaba entre la hierba, recubiertos con pieles teñidas con franjas rojas. Richard se detuvo junto a los postes y contempló los cráneos clavados en la parte superior.

—¿Es una advertencia? —preguntó mientras acariciaba una piel.

—No, son los cráneos de antepasados a quienes se honra y que se supone que vigilan sus tierras. Sólo se concede tal honor a los más respetados.

—Eso no suena muy amenazador. ¿Quién sabe? Quizá, después de todo, se alegren de vernos.

Kahlan se volvió hacia él y enarcó una ceja.

—Una de las maneras que tiene la gente barro de ganarse el respeto de los demás es matando forasteros. Pero no, esto no es una amenaza —explicó, mirando de nuevo los cráneos—, sino, simplemente, una tradición para honrarse entre sí.

Richard respiró hondo al tiempo que soltaba el poste.

—Vamos a ver si logramos que nos ayuden, para que puedan seguir honrando a sus antepasados y ahuyentando a los forasteros.

—Recuerda lo que te dije —le advirtió Kahlan—. Es posible que no quieran ayudar. Deberás respetar su decisión. Éstas son algunas de las personas a las que intento salvar y no quiero que las dañes.

—Kahlan, no tengo ninguna intención de hacerles daño y tampoco lo deseo. No te preocupes, nos ayudarán. Les conviene.

—Puede que ellos no lo vean de la misma manera —insistió Kahlan. La lluvia había dejado paso a una ligera y fría neblina. Se echó la capucha de la capa hacia atrás—. Richard, prométeme que no les harás daño.

Richard también se echó hacia atrás la capucha, apoyó las manos en las caderas y la sorprendió levantando ligeramente una comisura de los labios.

—Ahora sé qué se siente.

—¿Qué? —inquirió ella en tono de recelo.

—¿Recuerdas cuando tenía fiebre por la enredadera serpiente y te pedí que no hicieras daño a Zedd? —Richard la miró y su sonrisa se hizo más amplia—. Ahora sé cómo te sentiste tú al no poder prometérmelo.

Kahlan fijó la vista en los ojos grises del joven, pensando en lo mucho que le gustaría detener a Rahl, y en todos aquellos a quienes sabía que Rahl había matado.

—Y ahora sé cómo debiste de sentirte tú cuando no te pude hacer esa promesa. —A su pesar Kahlan sonrió—. ¿También tú te sentiste estúpido por pedirlo?

—Sí, cuando me di cuenta de lo que había en juego y del tipo de persona que eres: alguien que nunca haría daño a nadie a no ser que fuera estrictamente necesario. Me sentí estúpido por no confiar en ti.

Ella también se sentía estúpida por no confiar en él, pero sabía que la confianza que Richard depositaba en ella era excesiva.

—Lo siento. —Kahlan se disculpó aún con la sonrisa en los labios—. Ya debería saber cómo eres.

—¿Sabes cómo pueden ayudarnos?

Kahlan había estado en la aldea de la gente barro varias veces, ninguna de ellas invitada, pues a ellos nunca se les pasaría por la cabeza solicitar los servicios de una Confesora. Una de las obligaciones de una Confesora consistía en visitar los diferentes pueblos de la Tierra Central. La gente barro se había mostrado bastante cortés con ella, por miedo, pero le habían dejado muy claro que ellos resolvían sus propios asuntos y que no deseaban interferencias. No era una gente que respondiera a las amenazas.

—La gente barro se reúne en los llamados consejos de videntes. A mí nunca me han permitido asistir; no sé si por ser forastera o por ser mujer. Los videntes responden a preguntas que afectan a la aldea. Pero no reunirán el consejo a punta de espada. Si deciden ayudarnos lo harán después de decidirlo libremente. Tendrás que ganártelos.

—Con tu ayuda lo conseguiremos. Debemos conseguirlo. —Richard la miraba de hito en hito.

Kahlan asintió y dio media vuelta para seguir adelante. Sobre los pastos flotaba una densa capa de nubes bajas, que parecía hervir a fuego lento, desfilando en procesión interminable. En las llanuras parecía haber mucho más cielo que en ninguna otra parte. Era una presencia abrumadora que empequeñecía el terreno plano e inmutable.

Las lluvias habían alimentado los arroyos, convertidos ahora en torrentes de aguas revueltas que golpeaban espumosas contra la base de los troncos tendidos de lado a lado para que hicieran las veces de puente. Kahlan sentía el poder del agua, que agitaba los troncos bajo sus botas. La mujer avanzaba cuidadosamente, pues los troncos estaban resbaladizos y no había ninguna cuerda que la ayudara a cruzar. Richard le ofreció una mano para que no perdiera el equilibrio y Kahlan se alegró de tener una excusa para cogerla. De pronto se sorprendió deseando tener que cruzar pronto otro arroyo crecido, pues así podría cogerle la mano de nuevo. Pero, por mucho que le doliera, no podía alentar los sentimientos de Richard. Lo que más deseaba era ser sólo una mujer. Pero no lo era. Ella era una Confesora. No obstante, podía olvidarse y fingir aunque sólo fuera por unos instantes.

Kahlan deseó que Richard anduviera a su lado pero él caminaba detrás, escrutando el terreno y velando por ella. Ahora él se encontraba en tierra extraña, y veía amenazas en todas partes. Kahlan lo comprendía, pues en la Tierra Occidental ella se había sentido del mismo modo. Richard arriesgaba la vida al enfrentarse a Rahl y a cosas que para él eran desconocidas; tenía derecho a sentirse receloso.

Habían cruzado otro arroyo y ya se metían de nuevo en la hierba mojada cuando les salieron al paso ocho hombres. Se detuvieron de golpe. Los hombres se cubrían gran parte del cuerpo con pieles de animales y el resto se lo habían embadurnado con barro pegajoso, al igual que el rostro y el pelo. En los brazos, las pieles y bajo las cintas que llevaban atadas en la cabeza se habían atado manojos de hierba, lo que los hacía invisibles cuando se agachaban. Los hombres los observaban en silencio con gesto adusto. Kahlan reconoció a algunos de ellos; era una partida de caza de gente barro.

El mayor, un hombre enjuto y nervudo llamado Savidlin, se le acercó. Los otros esperaron, con las lanzas y arcos relajados aunque prestos. Kahlan notaba la presencia de Richard a su espalda. Sin volverse le susurró que mantuviera la calma y que hiciera lo mismo que ella. Savidlin se detuvo frente a ella.

—*Fuerza a la Confesora Kahlan* —fue su saludo.

—*Fuerza a Savidlin y a la gente barro* —respondió Kahlan en el mismo idioma.

Savidlin le dio una fuerte bofetada en pleno rostro y ella hizo lo mismo, igual de fuerte. Instantáneamente Kahlan oyó el sonido metálico y vibrante de la espada de Richard al ser desenvainada y giró sobre sus talones.

—¡No, Richard! —El joven ya tenía la espada en alto, lista para atacar—. ¡No! Te dije que mantuvieras la calma e hicieras lo mismo que yo —le dijo, agarrándole las muñecas.

Richard parpadeó y su mirada voló de Savidlin a la mujer. En los ojos del joven se leía una furia desatada; la magia lista para matar. Tenía los músculos de la mandíbula tensos y los dientes apretados.

—Y si te rebanan el gaznate, ¿esperas que permita que me hagan lo mismo?

—Así se saludan ellos. Es su manera de demostrar respeto por la fuerza del otro.

Richard frunció el entrecejo, vacilante.

—Lo siento, debí advertirte. Richard, guarda esa espada.

La mirada de Richard fue de ella a Savidlin y de nuevo a la mujer, antes de ceder y envainar la espada con gesto enojado. Aliviada, Kahlan se volvió hacia la gente barro, al tiempo que Richard se apresuraba a ponerse a su lado para protegerla. Savidlin y los demás habían estado observando tranquilamente. Pese a que no entendían las palabras parecían comprender el significado de lo que había ocurrido. Savidlin apartó los ojos de Richard para posarlos en Kahlan.

—*¿Quién es este hombre de genio pronto?* —preguntó en su idioma.

—*Se llama Richard. Es el Buscador de la Verdad.*

Los demás miembros de la partida de caza cuchichearon entre sí. Savidlin clavó la mirada en los ojos de Richard.

—*Fuerza a Richard, el Buscador.*

Kahlan le tradujo lo que Savidlin había dicho. Richard aún tenía una expresión peligrosa.

Savidlin se adelantó y golpeó a Richard, pero no con la mano abierta como a Kahlan sino con el puño. Entonces Richard le propinó un tremendo puñetazo que tumbó a Savidlin de espaldas. Allí se quedó, en el suelo, despatarrado. Las manos del hombre se cerraron sobre las empuñaduras de las dos armas que portaba. Richard se irguió y le lanzó una amenazadora mirada que lo dejó clavado en el suelo.

Savidlin se apoyó en una mano y se frotó la mandíbula con la otra. En su cara se pintó una amplia sonrisa.

—*¡Nadie había mostrado nunca tanto respeto por mi fuerza! Éste es un hombre sabio.*

Sus compañeros rompieron a reír. Kahlan se tapó la boca con una mano y sonrió disimuladamente. La tensión se evaporó.

—¿Qué ha dicho? —quiso saber Richard.

—Ha dicho que le has mostrado un gran respeto y que eres un hombre sabio. Creo que acabas de hacer un amigo.

Savidlin extendió la mano a Richard para que lo ayudara a ponerse en pie. Éste lo hizo con recelo. Una vez levantado, Savidlin le dio una palmada en la espalda y le pasó un brazo alrededor de sus fuertes hombros.

—*Me complace mucho que reconozcas mi fuerza, pero espero que no me muestres más tu respeto.* —Los hombres rieron—. *Para la gente barro tu nombre será «Richard, el del genio pronto».*

Kahlan tradujo tratando de reprimir las ganas de reír. Los hombres se seguían riendo por lo bajo. Savidlin se volvió hacia ellos y les dijo:

—*Tal vez queráis saludar a mi corpulento amigo y que él os muestre respeto por vuestra fuerza.*

Todos alzaron las manos frente al cuerpo y negaron vigorosamente con la cabeza.

—*No* —dijo uno entre accesos de hilaridad—, *ya ha mostrado suficiente respeto para todos nosotros.*

—*Como siempre, la Confesora Kahlan es bienvenida entre la gente barro* —dijo Savidlin a Kahlan—. *¿Es él tu pareja?* —preguntó señalando con la cabeza a Richard pero evitando mirarlo.

—¡No!

Savidlin se puso tenso.

—*Entonces, ¿has venido a escoger pareja entre nosotros?*

—*No* —replicó la mujer, ahora más calmada. Savidlin pareció muy aliviado.

—*La Confesora elige peligrosos compañeros de viaje.*

—*No son peligrosos para mí, sólo lo son para aquellos que me quieren mal.*

—*Llevas extrañas ropas* —comentó el hombre, examinándola de arriba abajo—. *Distintas de las de antes.*

—*Por debajo soy la misma* —afirmó Kahlan, inclinándose un poco hacia él para dar más fuerza a sus palabras—. *Esto es todo lo que debéis saber.*

En el rostro de Kahlan se dibujaba tan enérgica expresión que Savidlin retrocedió ligeramente y asintió. Entonces entornó los ojos.

—*¿Y para qué habéis venido?*

—*Para ayudarnos mutuamente. Hay un hombre que quiere gobernar a tu pueblo, pero el Buscador y yo queremos que os gobernéis solos. Hemos venido buscando la fuerza y la sabiduría de la gente barro, y para que nos ayudéis en nuestra lucha.*

—*El Padre Rahl* —afirmó Savidlin de manera rotunda.

—*¿Lo conoces?*

Savidlin asintió.

—*Vino un hombre que decía ser un misionero. Dijo que quería hablarnos de la bondad de alguien que se hace llamar Padre Rahl. Habló y habló a nuestra gente durante tres días, hasta que nos hartamos de él.*

Ahora fue el turno de Kahlan de ponerse rígida. Echó un vistazo a los demás hombres, que habían empezado a sonreír al oír mencionar al misionero.

—*¿Y qué le ocurrió después de esos tres días?* —preguntó, mirando de nuevo la cara embadurnada de barro del más veterano.

—*Era un hombre muy bueno.* —Savidlin sonrió con doble intención.

Kahlan se irguió. Richard se inclinó hacia ella.

—¿Qué están diciendo?

—Quieren saber por qué estamos aquí. Al parecer han oído hablar de Rahl el Oscuro.

—Diles que quiero hablar con su gente, que necesito que se reúnan.

—Poco a poco, Richard. —Kahlan alzó la vista hacia él—. Adie tenía razón al decir que no eres demasiado paciente.

—No, se equivocaba —replicó Richard risueño—. Tengo mucha paciencia, pero no soy nada tolerante. Hay una diferencia.

—Como quieras, pero te lo ruego, no te vuelvas ahora intolerante ni les muestres más respeto por el momento. —Kahlan sonreía a Savidlin mientras hablaba con Richard—. Sé perfectamente lo que estoy haciendo y por ahora va bien. Déjamelo hacer a mi manera, ¿vale?

Richard accedió y se cruzó de brazos con aire frustrado. Kahlan se volvió una vez más hacia Savidlin. Éste clavó en ella una mirada penetrante y le preguntó algo que la sorprendió:

—*¿Ha sido Richard, el del genio pronto, quien nos ha traído las lluvias?*

—*Bueno, supongo que podría decirse así.* —La mujer tenía el ceño fruncido; la pregunta la había confundido. Como no sabía qué decir, optó por decirle la verdad—. *Las nubes lo siguen.*

Después de estudiar atentamente el rostro de Kahlan, Savidlin asintió. La mujer se sentía incómoda, por lo que trató de encauzar de nuevo la conversación a la razón de su visita.

—*Savidlin, yo he aconsejado al Buscador que viniera a ver a tu gente. No ha venido a haceros daño ni a interferir en vuestros asuntos. Tú me conoces. He venido antes. Sabes que respeto a la gente barro y que no os traería a nadie más si no fuera importante. Ahora mismo el tiempo es nuestro enemigo.*

Savidlin ponderó estas palabras unos minutos y, finalmente, dijo:

—*Como he dicho antes, eres bienvenida entre nosotros.* —Levantó la vista hacia el Buscador, sonrió de oreja a oreja y añadió—: *Richard, el del genio pronto, también es bienvenido a nuestra aldea.*

Los otros hombres se mostraron complacidos con la decisión; a todos parecía caerles bien Richard. Reunieron sus cosas, incluidos dos ciervos y un jabalí atados a unos palos que llevaban entre dos. Kahlan no había reparado hasta entonces en las piezas de caza, ocultas por la alta hierba. Al ponerse en marcha los hombres rodearon a Richard, lo tocaron cautelosamente y lo acribillaron a preguntas que el joven no entendía. Savidlin le dio una palmada en los hombros, impaciente por exhibir a su nuevo amigo ante la gente de la aldea. Kahlan caminaba junto a Richard sin que le hicieran mucho caso, sintiéndose feliz de que, por el momento, Richard les gustara. No le extrañaba, pues era difícil no sentir simpatía por él, pero había alguna otra razón por la que lo habían aceptado tan rápidamente y eso la preocupaba.

—Ya te dije que me los ganaría —dijo Richard con una amplia sonrisa, mirándola por encima de las demás cabezas—. Pero nunca me imaginé que lo conseguiría haciendo morder el polvo a uno de ellos.

23

La partida de caza, con Richard y Kahlan en el centro, entró en la aldea de la gente barro ahuyentando a los pollos que picoteaban en la tierra. La aldea, situada sobre una pequeña elevación que en las llanuras de la Tierra Salvaje pasaba por una colina, estaba formada por una colección de edificios de adobes recubiertos por una capa de arcilla y con tejados de hierba que goteaban al secarse y tenían que ser reemplazados constantemente para impedir que la lluvia entrara en las casas. Las puertas eran de madera, pero no había cristales en las ventanas abiertas en los gruesos muros, sólo telas a modo de cortinas para tratar de protegerse de las inclemencias.

Las casas tenían una única habitación, en la que toda la familia vivía, y estaban dispuestas en una especie de círculo alrededor de un área despejada en la parte sur. Estaban apiñadas, con estrechos callejones; conectaban unas con otras y la mayoría de ellas compartían al menos un muro. En la parte norte se agrupaban los edificios comunales. Diversas estructuras levantadas al este y al oeste, con mucho espacio entre sí, separaban las viviendas de los edificios de la comunidad. Algunas de las estructuras no eran más que cuatro postes con tejado de hierba, que se usaban para comer, hacer armas o piezas de cerámica o para guisar. Cuando no llovía, la aldea quedaba envuelta en un manto de polvo que se metía en los ojos, la nariz y la lengua, pero ahora la lluvia había lavado las fachadas, y en el suelo un millar de pisadas se habían convertido en charcos en los que se reflejaban los tristes edificios.

Mujeres envueltas en vestidos sencillos pero de brillantes colores machacaban raíz de tava con la que hacían las tortas, que eran el alimento principal de la gente barro. Las jovencitas, de cabellos muy cortos y embadurnados de barro, ayudaban a las mujeres. De las hogueras emanaba un humo de olor dulzón.

Kahlan notó que las tímidas miradas de las muchachas convergían en ella. Por sus anteriores visitas sabía que suscitaba un gran interés entre ellas por ser una mujer que había viajado a extraños lugares y había visto todo tipo de cosas; una mujer a la que los hombres temían y respetaban. Las mujeres de más edad toleraron la distracción con comprensiva indulgencia.

Los chiquillos acudieron corriendo de todas partes para ver a los forasteros que había traído la partida de caza de Savidlin. Se apiñaron en torno a los cazadores, chillando, pateando el barro con los pies desnudos y salpicando a los hombres. Normalmente, estarían interesados por los ciervos y el jabalí, pero ese día éstos no eran nada al lado de los desconocidos. Los cazadores los soportaron con sonrisas afables; los niños nunca recibían regañinas. Cuando crecieran deberían someterse a un estricto entrenamiento para aprender las disciplinas de la gente barro —la caza, la comida, las reuniones y la naturaleza de los espíritus—, pero, por el momento, dejaban que fuesen simplemente niños y apenas se metían con sus juegos.

Los niños trataban de sobornar a los cazadores con restos de comida para averiguar quiénes eran aquellos forasteros, pero los hombres reían y rechazaban el soborno, pues preferían reservar la historia para contarla ante los ancianos. Los chiquillos, sólo ligeramente decepcionados, continuaron corriendo a su alrededor. Era la experiencia más emocionante que habían vivido, algo extraordinario, y con visos de peligrosidad.

Seis ancianos aguardaban de pie en una de las construcciones abiertas —cobertizos que se sostenían con postes y provistos de un tejado que goteaba— a que Savidlin llevara ante ellos a los forasteros. Su atuendo consistía en pantalones de piel de ciervo y un pellejo de coyote sobre los hombros, dejando el pecho desnudo. Pese a su gesto adusto, Kahlan sabía que eran amistosos. La gente barro nunca sonreía a los forasteros hasta haber intercambiado saludos con ellos, pues de otro modo éstos podrían robarles el alma.

Los chiquillos se quedaron fuera del cobertizo y se sentaron en el barro, para observar cómo los cazadores conducían a los forasteros ante los ancianos. Las mujeres que cocinaban en las hogueras detuvieron su trabajo, al igual que los jóvenes que hacían armas. Todos guardaban silencio, incluidos los niños sentados en el lodo. Era costumbre de la gente barro tratar todos los asuntos a puerta abierta, para que todos pudieran verlo.

Kahlan se acercó a los seis ancianos, con Richard a su derecha pero un poco retrasado. El joven caminaba a la izquierda de Savidlin. Los seis escrutaron a los recién llegados.

—*Fuerza a la Confesora Kahlan* —dijo el de más edad.

—*Fuerza a Toffalar* —respondió Kahlan.

El anciano dio a la mujer un suave cachete, apenas una ligera palmadita. Dentro de la aldea la costumbre era saludar con ligeros cachetes. Las bofetadas fuertes, como la que Savidlin le había propinado, se reservaban para los encuentros casuales en la llanura. Esta costumbre permitía mantener el orden y conservar los dientes. Surin, Caldus, Arbrin, Breginderin y Hanjalet la saludaron a su vez deseándole fuerza y dándole un cachete. Kahlan devolvió los saludos y los cachetes. Cuando los ancianos se volvieron hacia Richard, Savidlin se adelantó, tirando de su nuevo amigo, y exhibió orgulloso su labio hinchado.

—Richard —lo previno Kahlan en tono de advertencia, dando a la voz una inflexión ascendente—, son hombres importantes. Por favor, no les aflojes los dientes.

El joven la miró con el rabillo del ojo y sonrió maliciosamente.

—*Éste es el Buscador, Richard, el del genio pronto* —anunció Savidlin con orgullo. Inclinándose más hacia los ancianos dijo con voz cargada de significado—: *La Confesora Kahlan lo ha conducido a nosotros. Es de quien hablasteis, el que trae las lluvias. Ella me lo ha confirmado.*

Kahlan empezaba a preocuparse; no sabía de qué estaba hablando Savidlin. Los ancianos mantenían una expresión pétrea, a excepción de Toffalar, que enarcó una ceja.

—*Fuerza a Richard, el del genio pronto* —lo saludó y le dio un suave cachete.

—Fuerza a Toffalar. —Richard, que reconoció su nombre, respondió en su propio idioma e, inmediatamente, le devolvió el cachete.

Kahlan respiró aliviada, pues había sido un golpe muy suave. Savidlin sonrió encantado y entonces mostró su labio hinchado. Finalmente Toffalar también sonrió. Tras intercambiar saludos los demás también sonrieron.

Y entonces hicieron algo muy extraño.

Los seis ancianos y Savidlin hincaron una rodilla e inclinaron la cabeza ante Richard. Kahlan se puso inmediatamente tensa.

—¿Qué pasa ahora? —preguntó Richard entre dientes al percibir la ansiedad de su compañera.

—No lo sé —contestó ésta en voz baja—. Quizás es su manera de saludar al Buscador. Nunca les había visto hacer algo así.

Los hombres se levantaron, todo sonrisas. Toffalar levantó una mano, hizo señas a las mujeres por encima de sus cabezas y se dirigió así a Richard y Kahlan.

—*Por favor, tomad asiento. Nos sentimos honrados de teneros entre nosotros.*

Kahlan se sentó con las piernas cruzadas en el húmedo suelo de madera, arrastrando consigo a Richard. Los ancianos esperaron a que ambos estuvieran sentados antes de hacerlo ellos, sin prestar atención a que Richard mantuviera una mano cerca de la espada. Las mujeres llegaron portando bandejas de junco llenas de hogazas de pan de tava y otro tipo de comida, que primero ofrecieron a Toffalar y después a los demás ancianos, sin dejar de mirar y sonreír a Richard. Entre ellas no dejaban de comentar por lo bajo lo grande que era Richard, el del genio pronto, y qué extrañas ropas llevaba. A Kahlan no la hacían ni caso.

Por lo general, las Confesoras no gozaban de muchas simpatías entre las mujeres que habitaban en la Tierra Central. Las veían como un peligro, como alguien que podía quitarles al marido y una amenaza a su modo de vida, pues se suponía que las mujeres no debían ser independientes. Kahlan hizo caso omiso de sus frías miradas; ya no le daban ni frío ni calor.

Toffalar cogió una hogaza y la partió en tres partes, una de las cuales ofreció primero a Richard y otra a Kahlan. Una risueña mujer les tendió sendos cuencos que contenían pimientos asados. Siguiendo el ejemplo del anciano, Richard y Kahlan los colocaron sobre el pan y después lo enrollaron. Justo a tiempo Kahlan percibió que Richard no apartaba la mano derecha de la espada y se disponía a comer con la izquierda.

—Richard —le advirtió en un áspero susurro—, no te lleves comida a la boca con la mano izquierda.

—¿Por qué? —inquirió el joven quedándose inmóvil.

—Porque la gente barro cree que los malos espíritus comen con la mano izquierda.

—Qué bobada —replicó en tono intolerante.

—Richard, por favor. Nos superan en número y las puntas de sus armas están envenenadas. No es el mejor momento para entrar en controversias.

La mujer, que sonreía a los ancianos, sentía la mirada de Richard sobre ella. Con el rabillo del ojo vio con alivio que el joven cogía la comida con la derecha.

—*Os pido perdón por esta pobre comida* —se disculpó Toffalar—. *Esta noche daremos un banquete.*

—*¡No!* —se le escapó a Kahlan—. *Quiero decir que no queremos abusar de vuestra amabilidad.*

—*Como deseéis.* —Toffalar se encogió de hombros. Se sentía algo decepcionado.

—*Estamos aquí porque la gente barro, y muchos otros, están en peligro.*

—*Sí.* —Todos los ancianos asintieron y sonrieron. Surin tomó la

304

palabra—. *Pero ahora que nos has traído a Richard, el del genio pronto, todo está arreglado. Gracias, Confesora Kahlan, no olvidaremos lo que has hecho.*

Kahlan contempló todos aquellos rostros felices y sonrientes a su alrededor. No comprendía el derrotero que estaban tomando las cosas, por lo que dio un mordisco al insípido pan de tava con pimientos asados para ganar tiempo y poder pensar.

—Por alguna razón se alegran de que te haya traído.

—Pregúntales por qué —le pidió Richard, mirándola. Ella asintió y se dirigió a Toffalar.

—*Honorable anciano, me temo que debo admitir que no conozco tan bien como vosotros a Richard, el del genio pronto.*

—*Perdona, muchacha* —repuso el anciano con una sonrisa—. *Olvidaba que tú no estabas aquí cuando reunimos el consejo de videntes. Te contaré; no llovía, nuestros cultivos se estaban secando y nuestra gente corría peligro de morirse de hambre. Así pues, convocamos una reunión para pedir ayuda a los espíritus. Ellos nos dijeron que alguien vendría y nos traería la lluvia. La lluvia vino y aquí está también Richard, el del genio pronto, tal como los espíritus prometieron.*

—*Así pues, ¿os alegráis de que haya venido porque es un buen augurio?*

—*No.* —Toffalar abrió mucho los ojos, presa de emoción—. *Nos alegramos de que uno de los espíritus de nuestros antepasados nos visite. Él es un hombre espíritu* —añadió, señalando a Richard.

Kahlan estuvo a punto de dejar caer el pan. Tal era su sorpresa que se echó hacia atrás.

—¿Qué pasa? —quiso saber Richard.

—Convocaron una reunión porque no llovía —le tradujo Kahlan mirándolo fijamente a los ojos—. Los espíritus anunciaron que vendría alguien y traería lluvia. Richard, están convencidos de que eres el espíritu de uno de sus antepasados; un hombre espíritu.

—Pues no lo soy —repuso Richard tras estudiar la faz de Kahlan un momento.

—Pero ellos lo creen y están dispuestos a hacer cualquier cosa por un espíritu. Si se lo pides, convocarán un consejo de videntes.

A Kahlan le disgustaba pedirle esto; no quería engañar a la gente barro, pero tenían que descubrir dónde se ocultaba la tercera caja. Richard pensó en lo que Kahlan le acababa de decir.

—No —dijo con serenidad, sosteniéndole la mirada.

—Richard, tenemos una misión muy importante. Si creen que eres un espíritu, y eso nos ayuda a llegar a la última caja, ¿qué importa?

—Importa porque sería mentir, y yo no pienso hacerlo.

—¿Prefieres que Rahl se salga con la suya? —le preguntó la mujer dulcemente.

—En primer lugar —repuso Richard, mirándola de soslayo—, no voy a hacerlo porque está mal engañar a esta gente sobre algo tan importante. Y, en segundo lugar, ellos tienen un poder; por esto estamos aquí. Me lo han demostrado al saber que alguien vendría con las lluvias. Esta parte es cierta, pero, en su nerviosismo, han sacado una conclusión errónea. ¿Han dicho que quien vendría sería un espíritu? —Kahlan negó con la cabeza—. A veces la gente cree simplemente lo que quiere creer.

—Pero si a nosotros nos favorece, y a ellos también, ¿qué mal puede haber?

—El mal está en el poder que poseen. ¿Qué pasa si celebran la reunión y descubren la verdad, que no soy ningún espíritu? ¿Crees que les gustaría que les hubiera mentido y engañado? No, nos matarían, y entonces Rahl se saldría con la suya.

Kahlan se inclinó hacia atrás e inspiró hondo. «El mago elige bien a sus Buscadores», pensó.

—¿*Hemos despertado el genio del espíritu?* —preguntó Toffalar, con gesto inquieto en su cara curtida.

—Pregunta por qué te has enfadado —tradujo Kahlan—. ¿Qué quieres que le diga?

—Diles —respondió Richard tras echar un vistazo a los ancianos y después a la mujer—, yo se lo diré. Tú traduce. —Kahlan asintió.

—La gente barro es sabia y fuerte. Por eso he venido aquí. Los espíritus de vuestros antepasados no se equivocaron al decir que yo traería las lluvias. —Todos parecieron complacidos ante esas palabras, que Kahlan vertía a su idioma. Todos los habitantes de la aldea escuchaban en un silencio sepulcral—. Pero no os lo dijeron todo. Así son los espíritus, ya lo sabéis. —Los ancianos asintieron—. Los espíritus confiaron en que, con vuestro entendimiento, averiguaríais el resto de la verdad. Es su manera de haceros fuertes, tal como vosotros hacéis fuertes a vuestros hijos, no dándoles todo lo que piden sino guiándolos. Todos los padres esperan que sus hijos sean fuertes y sabios, para que puedan pensar por sí mismos.

Hubo más asentimientos, pero menos que antes.

—¿*Qué quieres decir, gran espíritu?* —preguntó Arbrin, uno de los ancianos, desde atrás.

—Quiero decir que sí, que yo he traído las lluvias, pero que hay más —contestó Richard, pasándose los dedos por el cabello mientras Kahlan traducía—. Tal vez los espíritus han visto una amenaza mayor para vuestra gente y ésa es la razón más importante por la que he venido.

Hay un hombre muy peligroso que someterá a vuestra gente y os convertirá en sus esclavos. Su nombre es Rahl el Oscuro.

—*Nos envía estúpidos para someternos* —repuso Toffalar, y hubo risitas entre los ancianos. Richard les lanzó una furibunda mirada. Las risas se apagaron.

—Así es como actúa; haciendo que os confiéis demasiado. No dejéis que os engañe. Ha usado su poder y su magia para conquistar a pueblos más numerosos que vosotros. Puede aplastaros cuando le venga en gana. Si he traído las lluvias es porque envió nubes que me siguieran, para saber dónde estoy y así intentar matarme cuando quiera. No soy ningún espíritu, soy el Buscador; un hombre. Yo quiero detener a Rahl el Oscuro para que vuestro pueblo, y otros, puedan vivir su propia vida y nadie les mande.

—*Si lo que dices es verdad, entonces ese tal Rahl envió las lluvias y ha salvado a nuestra gente. Eso es lo que su misionero trató de enseñarnos: que Rahl nos salvaría* —arguyó Toffalar, entrecerrando los ojos.

—No. Rahl envió las nubes para seguirme a mí, no para salvaros a vosotros. He sido yo quien ha decidido venir aquí, tal como anunciaron los espíritus de vuestros antepasados. Dijeron que vendrían las lluvias, y con ellas un hombre, no dijeron que sería un espíritu.

A medida que Kahlan traducía aparecía en los rostros de los ancianos una expresión de profunda decepción. Sólo esperaba que no se tornara en furia.

—*Entonces, tal vez los espíritus querían advertirnos sobre quien había de venir* —dijo Surin.

—O tal vez querían advertiros sobre Rahl —replicó Richard al punto—. Yo os estoy ofreciendo la verdad. Vosotros debéis usar vuestra sabiduría para verla, o vuestra gente está perdida. Os ofrezco la oportunidad de salvaros.

Los ancianos se quedaron en silencio, roto al fin por Toffalar.

—*Tus palabras parecen sinceras, Richard, el del genio pronto, pero aún debemos decidirlo. ¿Qué quieres de nosotros?*

La alegría había desaparecido del rostro de los ancianos, que estaban sentados en silencio. El resto de la aldea aguardaba en callado silencio. Richard fue mirando a los ancianos, uno a uno, antes de responder con voz serena:

—Rahl el Oscuro busca una magia que le dará el poder para someter a todo el mundo, incluida la gente barro. Yo también busco esa magia, pero para negarle ese poder. Me gustaría que convocarais un consejo de videntes para averiguar dónde está esa magia antes de que sea demasiado tarde y Rahl la encuentre primero.

—*No celebramos reuniones a petición de forasteros* —dijo Toffalar con gesto severo.

Kahlan se dio cuenta de que Richard se estaba enfadando y que hacía esfuerzos por controlarse. La mujer no se movió pero recorrió con la mirada la aldea, fijándose en la posición de todo el mundo, especialmente de los hombres armados, por si tenían que salir de allí a la carrera. Sus posibilidades de huida no eran muchas. De pronto, deseó no haber llevado a Richard allí. Éste contempló a la gente de la aldea con ojos encendidos, antes de posarlos de nuevo en los ancianos y decir:

—A cambio de traeros la lluvia sólo os pido que no toméis una decisión ahora mismo. Reflexionad sobre el tipo de hombre que creéis que soy. —El joven hablaba con voz serena, aunque no había duda de la trascendencia de sus palabras—. Pensadlo cuidadosamente. Muchas vidas dependen de vuestra decisión; la mía, la de Kahlan y la vuestra.

Mientras traducía, a Kahlan le invadió de pronto la extraña sensación de que Richard no se dirigía a los ancianos, sino que hablaba a otra persona. Súbitamente sintió los ojos de ese alguien en ella. Con la mirada escrutó la multitud. Todos tenían los ojos fijos en ellos dos. No sabía quién miraba de ese modo.

—*Es justo* —proclamó al fin Toffalar—. *Podéis quedaros entre nosotros como huéspedes de honor mientras tomamos una decisión. Por favor, disfrutad de todo lo que os ofrecemos, compartid nuestra comida y nuestros hogares.*

Los ancianos se marcharon, dirigiéndose bajo la fina lluvia a los edificios comunitarios. Todos los demás regresaron a sus ocupaciones y dispersaron a los niños. Savidlin fue el último en irse. Les sonrió y les ofreció su ayuda en todo lo que pudieran necesitar. Kahlan le dio las gracias mientras el hombre salía a la lluvia. Ella y Richard se quedaron solos, sentados en el suelo de madera, esquivando las gotas de lluvia que se filtraba por el tejado. La gente barro no se había llevado las bandejas con pan de tava y el cuenco con pimientos asados. Kahlan se inclinó, tomó uno de cada y enrolló el pimiento en pan. Éste se lo tendió a Richard y se hizo otro para ella.

—¿Estás enfadado conmigo? —le preguntó el joven.

—No —admitió ella con una sonrisa—. Me siento orgullosa de ti.

Richard sonrió de oreja a oreja con aire infantil y empezó a comer con la mano derecha. Tras zamparse el pan en un visto y no visto, dijo:

—Mira detrás de mí, a la derecha. Hay un hombre apoyado contra la pared, con los brazos cruzados sobre el pecho y pelo largo y gris. ¿Sabes quién es?

Kahlan dio un mordisco a su trozo de pan con pimiento y masticó mientras echaba un vistazo.

—Es el Hombre Pájaro. No sé nada de él excepto que los pájaros responden a su llamada.

Richard cogió otro trozo de pan, lo enrolló y le dio un mordisco.

—Creo que ya es hora de que vayamos a hablar con él.

—¿Por qué?

—Porque es quien manda aquí —repuso Richard.

—Son los ancianos quienes mandan —objetó Kahlan con el entrecejo fruncido. Richard sonrió con sólo un lado de la boca.

—Mi hermano siempre dice que el verdadero poder no se exhibe en público. —El joven la miró de hito en hito con sus ojos grises—. Los ancianos son pura fachada. Como son respetados, ante los demás fingen que son ellos quienes mandan. Son como los cráneos clavados en las estacas, sólo que aún les queda piel y algo de carne. Poseen autoridad porque los demás los tienen en gran estima, pero no mandan. —Con una rápida mirada, Richard indicó al Hombre Pájaro, apoyado contra la pared detrás de él—. Él sí.

—¿Y por qué no se ha dado a conocer?

—Porque quiere averiguar lo listos que somos —repuso Richard con una amplia sonrisa.

El joven se levantó y le tendió la mano. Kahlan se metió en la boca el pan que le quedaba y, después de limpiarse las manos en los pantalones, la aceptó. Mientras él la ayudaba a ponerse en pie, Kahlan pensó en lo mucho que le gustaba que le ofreciera siempre la mano de ese modo. Richard era la primera persona que lo había hecho; era una de las cosas por las que se sentía tan bien a su lado.

Salieron afuera y caminaron por el fango, bajo la fría lluvia, hasta donde el Hombre Pájaro se encontraba, aún recostado contra la pared. Sus agudos ojos marrones los observaban. El pelo largo y en su mayoría plateado le caía sobre los hombros y en parte sobre la túnica de piel de ciervo a juego con los pantalones. El único adorno que llevaba era un hueso tallado que le colgaba de una cinta de piel al cuello. Ni viejo ni joven, todavía era apuesto y casi tan alto como Kahlan. La piel de su curtido rostro parecía tan dura como las prendas de piel de ciervo que llevaba.

Richard y Kahlan se detuvieron frente a él. El Hombre Pájaro seguía con los hombros apoyados contra la pared de ladrillos revocados, por lo que la rodilla sobresalía. Con brazos cruzados sobre el pecho escrutó sus caras.

—Me gustaría hablar contigo —le dijo Richard, cruzando a su vez los brazos—, esto es, si no temes que sea un espíritu.

Los ojos del Hombre Pájaro se posaron en Kahlan mientras traducía, tras lo cual volvieron a Richard.

—*He visto espíritus antes* —replicó en voz baja—, *y no llevaban espadas.* Kahlan tradujo. Richard se echó a reír, y a ella le gustó su risa fácil.

—Yo también he visto espíritus y tienes razón: no llevan espadas.

Una leve sonrisa curvó las comisuras de los labios del Hombre Pájaro. Entonces descruzó los brazos e irguió el cuerpo.

—*Fuerza al Buscador* —saludó y le dio un cachete.

—*Fuerza al Hombre Pájaro.* —Richard le devolvió el suave golpe.

El Hombre Pájaro se llevó a los labios el hueso tallado que pendía de una cinta de piel al cuello. Entonces Kahlan se dio cuenta de que se trataba de un silbato. Las mejillas del hombre barro se hincharon al soplar, pero no emitió ningún sonido. Entonces soltó el silbato y extendió un brazo, sin apartar sus ojos de los de Richard. Pocos momentos después un halcón apareció en el cielo gris y se posó en el brazo extendido. El pájaro ahuecó las alas y luego las asentó, parpadeando con sus ojillos negros y volviendo la cabeza con movimientos cortos y bruscos.

—*Venid* —les dijo el Hombre Pájaro—, *hablaremos.*

El hombre barro los guió entre los edificios comunitarios más grandes hasta uno más pequeño, sin ventanas y medio escondido, algo apartado de los demás. Kahlan lo conocía, aunque nunca había estado dentro. Era la casa de los espíritus, donde se celebraban las reuniones.

El Hombre Pájaro empujó la puerta y los invitó a pasar. El halcón continuaba posado en su brazo. En el fondo ardía una pequeña hoguera, en el suelo, y ésa era la única luz en la oscura habitación. Encima del fuego había un agujero en el techo por el que salía el humo, aunque servía de poco, y, dentro, el olor a humo era penetrante. Desparramadas por el suelo se veían piezas de cerámica en las que se había comido, y una tabla colocada a lo largo de una pared a modo de estante sostenía dos docenas o más de cráneos de antepasados. Por lo demás, la habitación estaba vacía. El Hombre Pájaro encontró un lugar seco cerca del centro de la habitación y se sentó en el sucio suelo. Kahlan y Richard se sentaron uno junto al otro, frente al hombre. El halcón espiaba sus movimientos.

El Hombre Pájaro miró a Kahlan a los ojos. Ésta se dio cuenta de que estaba acostumbrado a que la gente lo mirara con temor aunque no hubiera razón para ello. Kahlan se daba cuenta porque también a ella le ocurría lo mismo. Pero, en esta ocasión, el Hombre Pájaro no encontró miedo.

—*Madre Confesora, aún no has elegido pareja.* —El hombre acariciaba delicadamente la cabeza del halcón sin dejar de mirarla.

Kahlan decidió que no le gustaba su tono de voz; la estaba poniendo a prueba.

—*No. ¿Acaso te estás ofreciendo?*

—*No* —repuso el hombre con una leve sonrisa—. *Discúlpame. No era mi intención ofenderte. ¿Por qué no viajas con un mago?*

—*Todos los magos, menos dos, están muertos. De esos dos, uno ha vendido sus servicios a una reina. El otro fue atacado por una bestia del inframundo y ha caído en un sueño profundo. No queda ninguno vivo para protegerme. Todas las Confesoras han sido asesinadas. Vivimos en una época oscura.*

—*Es peligroso para una Confesora viajar sola.* —La mirada del hombre parecía sinceramente compasiva, pero su voz no.

—*Sí, y también es peligroso para un hombre estar a solas con una Confesora que necesita algo con urgencia. Desde donde estoy sentada, me parece que tú corres más peligro que yo.*

—*Es posible* —repuso el Hombre Pájaro, acariciando al halcón y sonriendo de nuevo levemente—. *Es posible. ¿Es un auténtico Buscador? ¿Nombrado por un mago?*

—*Sí.*

El Hombre Pájaro asintió.

—*Han pasado muchos años desde la última vez que vi a un verdadero Buscador. Una vez vino a la aldea un Buscador que no era un auténtico Buscador. Cuando no le dimos lo que quería, mató a algunos de los míos.*

—*Lo siento por ellos.*

—*No lo sientas.* —El hombre sacudió lentamente la cabeza—. *Tuvieron una muerte rápida. Compadece al Buscador; él no la tuvo.* —El halcón clavó la vista en Kahlan y parpadeó.

—*Yo nunca he visto a un Buscador falso, pero he visto a éste furioso y, créeme, estoy segura de que ni tú ni tu gente querríais darle motivo para que desenvainara la espada en un arrebato de ira. Richard sabe usar la magia. Lo he visto vencer a malos espíritus.*

El Hombre Pájaro estudió los ojos de la mujer un momento como para juzgar si decía la verdad.

—*Gracias por el aviso. Lo recordaré.*

—¿Habéis acabado ya de amenazaros mutuamente? —preguntó Richard sin poderse contener por más tiempo.

—Pensaba que no entendías su idioma —dijo Kahlan sorprendida.

—Y no lo entiendo. Pero entiendo las miradas. Vuestras miradas lanzan tales chispas que me sorprende que no hayáis prendido fuego a este lugar.

—*El Buscador quiere saber si hemos terminado de amenazarnos* —dijo Kahlan al Hombre Pájaro.

El hombre miró a Richard y después de nuevo a Kahlan.

—*Es un hombre impaciente, ¿verdad?*

—*Yo ya se lo digo, pero él lo niega.*

—*Debe de ser duro viajar en su compañía.*

—*En absoluto.* —Kahlan sonrió.

El Hombre Pájaro le devolvió la sonrisa y posó la vista en Richard.

—*Si decidimos no ayudaros, ¿a cuántos de nosotros mataréis?*

Kahlan iba traduciendo las palabras.

—A ninguno.

—*Y si decidimos no ayudar a Rahl el Oscuro, ¿a cuántos de nosotros matará?* —El Hombre Pájaro examinaba al halcón mientras hablaba.

—Más pronto o más tarde, a demasiados.

El hombre apartó la mano del halcón y lanzó a Richard una mirada penetrante.

—*Parece que quieras convencernos de que ayudemos a Rahl el Oscuro.*

Una amplia sonrisa se pintó en el rostro de Richard, que repuso:

—Estáis en vuestro derecho de negaros a ayudarme y permanecer neutrales, y yo no haré daño a tu gente, aunque me parezca una decisión estúpida. Pero Rahl sí lo hará. Yo seguiré adelante y lucharé contra él hasta mi último aliento. —La faz del joven adoptó una expresión amenazadora, y se inclinó hacia adelante—. Pero si decidís ayudar a Rahl el Oscuro y lo venzo, regresaré y... —Richard se pasó el dedo por la garganta en un veloz gesto que no precisaba traducción.

El Hombre Pájaro no supo qué responder, limitándose a mirarlo con expresión pétrea.

—*Lo único que queremos es que nos dejen en paz* —dijo al fin.

—Lo comprendo —repuso Richard, encogiéndose de hombros y bajando la vista al suelo—. Yo también quería que me dejasen en paz. Pero Rahl el Oscuro asesinó a mi padre —añadió, levantando la mirada—, y me tortura enviándome malos espíritus que se asemejan a mi padre. También envía asesinos en pos de Kahlan. Está tratando de derribar el Límite e invadir mi tierra natal. Sus secuaces han herido gravemente a dos de mis más viejos amigos. Ahora están sumidos en un profundo sueño, pero al menos vivirán... a no ser que la próxima vez le salga bien. Kahlan me ha contado que ha matado a muchas personas, también a niños. A uno se le revuelve todo oír tales historias. Sí, amigo mío —agregó con una voz que era apenas un susurro, y asintiendo—, también en mi caso lo único que quería es que me dejaran en paz. El primer día de invierno, si Rahl el Oscuro se hace con la magia que busca, nadie podrá oponerse a su poder. Entonces ya será demasiado tarde.

—El joven se llevó una mano a la espada. Kahlan abrió mucho los ojos por la sorpresa—. Si él estuviera aquí, en mi lugar, no dudaría en desenvainar la espada y obligarte a que lo ayudaras bajo amenaza de muerte. Ésa, amigo mío —añadió, apartando la mano del arma—, es la razón por la que no os haré ningún daño aunque decidáis no ayudarme.

—*Ahora veo claramente que no deseo tener a Rahl el Oscuro como enemigo, y a ti tampoco* —dijo el Hombre Pájaro tras unos minutos de reflexión silenciosa. Entonces se puso en pie, se encaminó hacia la puerta y lanzó el halcón al aire. Después volvió a sentarse y suspiró hondo, abrumado por el peso de sus pensamientos—. *Tus palabras suenan sinceras, pero todavía no estoy seguro. También me parece que aunque quieres que te ayudemos, también tú deseas ayudarnos. Creo que en esto eres sincero. Un hombre sabio es el que busca que lo ayuden ayudando, no con amenazas ni engaños.*

—Si quisiera conseguir vuestra ayuda con engaños, hubiera dejado que creyerais que soy un espíritu.

Los labios del Hombre Pájaro esbozaron una leve sonrisa.

—*Si hubiésemos celebrado una reunión habríamos descubierto que no lo eres. Un hombre sabio lo habría sospechado. Así pues, ¿qué razón te ha movido a decir la verdad? ¿No querías engañarnos o tenías miedo de hacerlo?*

—¿Sinceramente? Ambas —contestó Richard sonriendo. El Hombre Pájaro asintió.

—*Gracias por decir la verdad.*

Richard se quedó en silencio, hizo una profunda inspiración y dejó salir el aire lentamente.

—Bueno, Hombre Pájaro, ya te he contado mi historia. Ahora tú eres quien debe juzgar si es verdadera o falsa. El tiempo corre en mi contra. ¿Nos ayudarás?

—*No es tan sencillo. Mi gente espera que le diga qué hacer. Si pidieras comida, podría decirles «Dadle comida», y ellos lo harían. Pero tú pides que celebremos una reunión y eso es diferente. El consejo de videntes está formado por los seis ancianos con los que habéis hablado y yo mismo. Son hombres que tienen una larga vida tras de sí y se aferran a las costumbres del pasado. Nunca se ha convocado una reunión a petición de un forastero, ni se ha permitido que uno alterara la paz de los espíritus de nuestros antepasados. Muy pronto esos seis ancianos se unirán a los espíritus de los antepasados y no creo que les guste pensar que deberán abandonar, aunque sea temporalmente, el mundo de los espíritus para satisfacer las necesidades de un forastero. Si rompen la tradición, cargarán para siempre con las consecuencias. No puedo ordenarles que lo hagan.*

—No se trata solamente de las necesidades de un forastero —intervino Kahlan, dirigiéndose a ambos hombres—. Si nos ayudáis, también os estaréis ayudando a vosotros.

—Quizás en último término, pero no al principio.

—¿Y si yo fuera uno de vosotros? —inquirió Richard con ojos entornados.

—*Entonces celebraríamos la reunión para ti sin transgredir la tradición.*

—¿Podría convertirme en un hombre barro?

El Hombre Pájaro se quedó pensativo. Su cabello gris plateado relucía a la luz del fuego.

—*Sería posible si primero hicieras algo que ayudara a la gente barro, algo que la beneficiara y de lo que tú no sacases ningún provecho. De ese modo demostrarías tus buenas intenciones para con nosotros, sin que mediara promesa por nuestra parte de ayuda, y siempre y cuando los ancianos lo aprobaran.*

—Y una vez nombrado hombre barro, ¿podría solicitar que el consejo se reuniera y lo haría?

—*Si fueras uno de nosotros sabrían que únicamente querrías lo mejor para la gente barro. Sí, convocarían el consejo de videntes para ayudarte.*

—Y entonces ¿podrían decirme dónde se esconde el objeto que busco?

—*No puedo responder a eso. Algunas veces los espíritus no contestan nuestras preguntas y otras no conocen las respuestas. No hay ninguna garantía de que podamos ayudarte, ni siquiera si celebramos una reunión. Todo lo que puedo prometerte es que lo intentaremos.*

Richard clavó la vista en el suelo, pensativo. Con el dedo arrastró un poco de tierra a uno de los charcos formados por la lluvia que se colaba por el tejado.

—Kahlan, ¿conoces a alguien que pueda decirnos dónde buscar la caja del Destino? —preguntó en voz baja.

La mujer había estado preguntándose lo mismo durante toda la mañana.

—Sí, pero de todos los que conozco no sé de nadie que estuviera más dispuesto a ayudarnos que la gente barro. Otros nos matarían sólo por preguntar.

—Y los que no nos matarían sólo por preguntar, ¿a qué distancia de aquí se encuentran?

—Al menos tres semanas, en dirección norte. Deberíamos atravesar territorio muy peligroso controlado por Rahl.

—Tres semanas —repitió Richard levantando la voz, timbrada de decepción.

—Pero Richard, el Hombre Pájaro no puede prometernos casi nada. Si hallaras la manera de ayudarlos, si los ancianos se avienen, si piden al

Hombre Pájaro que te convierta en uno de los suyos, si el consejo de videntes puede darnos una respuesta, si los espíritus la conocen... si, si, si. Demasiadas condiciones para que salga bien.

—¿No fuiste tú quien me dijiste que tenía que ganármelos? —preguntó Richard con una sonrisa.

—Sí.

—Así pues, ¿qué te parece? ¿Debería quedarme y tratar de convencerlos de que nos ayuden, o deberíamos buscar las respuestas en otra parte?

—Lo que creo es que tú eres el Buscador —contestó Kahlan, moviendo la cabeza—, y que tú debes decidir.

—Pero tú eres mi amiga y necesito consejo —insistió el joven, sonriendo de nuevo.

—No sé qué aconsejarte, Richard —repuso Kahlan, retirándose un mechón de pelo tras la oreja—. Mi vida también depende de que tomes la decisión correcta. Pero, como amiga, tengo fe en que decidirás sabiamente.

—¿Me odiarás si me equivoco? —preguntó el joven con una amplia sonrisa.

La mujer clavó la vista en aquellos ojos grises capaces de ver en su interior, unos ojos ante los que se deshacía de deseo.

—Yo nunca podría odiarte, aunque te equivoques y eso me cueste la vida —susurró, tragando el nudo que tenía en la garganta.

Richard apartó la mirada de Kahlan, volvió a contemplar la tierra del suelo unos minutos y, finalmente, miró al Hombre Pájaro.

—¿A la gente barro os gusta tener tejados que dejan pasar el agua?

—¿A ti te gustaría que te goteara agua en la cara cuando duermes? —replicó el Hombre Pájaro enarcando una ceja.

Richard negó con la cabeza, sonriendo.

—¿Y por qué no construís tejados que no goteen?

—Porque es imposible —repuso el Hombre Pájaro encogiéndose de hombros—. No tenemos los materiales adecuados. Las tejas de arcilla son pesadas y el tejado se desplomaría. La madera es escasa y debemos traerla de muy lejos. Todo lo que tenemos es hierba, y el agua se filtra a través de ella.

Richard cogió uno de los cuencos de loza y le dio la vuelta bajo una de las goteras.

—Tenéis arcilla con la que hacer piezas de cerámica.

—Nuestros hornos son pequeños, no podemos cocer un cuenco tan grande y además, se agrietaría y también dejaría pasar el agua. Es imposible.

—Es un error decir que algo es imposible sólo porque no sabes cómo hacerlo. Yo no estaría aquí si hubiese hecho lo mismo —dijo

315

Richard en tono suave y sin mala intención—. Tu gente es fuerte y sabia. Sería un honor para mí que el Hombre Pájaro me permitiera enseñar a su gente a hacer tejados que no goteen y, al mismo tiempo, dejen salir el humo.

El Hombre Pájaro consideró la oferta sin dejar traslucir ninguna emoción.

—*Eso sería de gran provecho para la gente barro y te lo agradeceríamos profundamente. Pero no puedo prometerte más que eso.*

—Tampoco lo pido. —El joven se encogió de hombros.

—*Es posible que la respuesta siga siendo no. Sí es así, deberás aceptarla y no hacer ningún daño a mi gente.*

—Haré todo lo que pueda por tu gente y solamente espero que me juzguen justamente.

—*En ese caso puedes intentarlo, pero no veo el modo de hacer un tejado de arcilla que no se agriete y gotee.*

—Construiré un tejado para vuestra casa de los espíritus que tendrá un millar de grietas pero no goteará. Después os enseñaré cómo hacerlo.

El Hombre Pájaro sonrió y asintió.

24

Odio a mi madre.

El Amo, sentado en el césped con las piernas cruzadas, contempló la amarga expresión que se dibujaba en el rostro del muchacho y esperó un momento antes de responder:

—Son palabras muy fuertes, Carl. No me gustaría que dijeras algo de lo que después te arrepintieras, al pensarlo con calma.

—Ya lo he pensado suficiente —barbotó Carl—. Hemos hablado de ello muchas veces. Ahora sé que me han estafado y engañado. Ahora sé lo egoístas que son. Y, además, son enemigos de la gente —añadió entrecerrando los ojos.

Rahl levantó la vista hacia las ventanas y contempló las escasas nubes a la luz del atardecer, que las dotaba de un hermoso y profundo color púrpura rojizo con puntos dorados. Esa noche. Por fin, esa noche regresaría al inframundo.

La mayor parte de los días y las noches pasados había mantenido al niño despierto con la papilla especial, permitiendo que durmiera sólo por breves espacios de tiempo. Así, despierto, lo había ido machacando hasta dejarle la mente vacía para que pudiera moldearla como deseara. Rahl había hablado al niño sin parar, convenciéndolo de que los demás lo habían usado, maltratado y mentido. A ratos dejaba al muchacho solo para que reflexionara sobre sus palabras y él aprovechaba para visitar la tumba de su padre y leer una vez más las inscripciones sagradas, o para dormir unas horas.

Y la noche anterior se había llevado a una joven a su lecho para relajarse; una pequeña diversión pasajera, un interludio de dulzura para poder sentir el suave tacto de otra carne contra la suya y descargar la excitación acumulada. La joven debía de haberse sentido honrada, especialmente porque él había sido extremadamente tierno y encantador con ella. Después de todo, se había mostrado ansiosa por entregarse a él.

Pero ¿qué hizo? Echarse a reír. Al ver las cicatrices se había echado a reír.

Al recordarlo Rahl tenía que hacer esfuerzos para contener la furia que lo embargaba y seguir sonriendo al niño, tenía que esforzarse para ocultar la impaciencia de seguir adelante con el proceso. Entonces pensó en lo que había hecho a la joven, en la sensación de euforia que le provocó la violencia desatada, en los desgarradores gritos que le había arrancado. Ahora la sonrisa le salía de modo natural. Ésa ya no volvería a reírse de él.

—¿Por qué sonríes? —preguntó Carl.

—Sólo pensaba en lo orgulloso que estoy de ti. —Rahl bajó la mirada hacia los grandes ojos color avellana del niño. Su sonrisa se hizo más amplia al recordar cómo la cálida y espesa sangre de la joven manaba a chorros mientras gritaba. ¿Qué se había hecho de su risa altanera?

—¿De mí? —inquirió Carl con una tímida sonrisa.

—Sí, Carl, de ti. —Rahl asintió—. No hay muchos jóvenes de tu edad lo suficientemente inteligentes para darse cuenta de cómo es el mundo en realidad, capaces de ver más allá de sus propias vidas y percibir peligros y maravillas más grandes que ellos, capaces de ver lo duro que debo trabajar para que la gente viva segura y en paz. —Rahl sacudió su blonda cabeza—. A veces me duele en el corazón ver cómo los mismos por los que me esfuerzo tanto me dan la espalda y rechazan mis incansables esfuerzos, o peor aún, se unen a los enemigos de la gente.

»Quería evitar que te preocuparas por mí pero justo ahora, mientras hablamos, hay gente malvada que conspira para conquistarnos y aplastarnos. Han derribado el Límite que protegía D'Hara y ahora también el segundo Límite. Me temo que planean invadirnos. He tratado de advertir a la gente del peligro de la Tierra Occidental, de que hagan algo para protegerse, pero son pobres y simples, y esperan que sea yo quien los proteja.

—Padre Rahl, ¿estás en peligro? —preguntó Carl con ojos muy abiertos.

Rahl trató de quitarle hierro al asunto con un ademán y dijo:

—No es por mí por quien temo, sino por la gente. Si yo muriera, ¿quién los protegería?

—¿Morir? —Los ojos de Carl se anegaron de lágrimas—. ¡Oh, Padre Rahl! ¡Te necesitamos! ¡Por favor, no dejes que te maten! Déjame luchar a tu lado; quiero ayudar a protegerte. No podría soportar la idea de que te hiciesen daño.

Rahl jadeaba y el corazón se le aceleró. El momento se acercaba; ya no tendría que esperar mucho. Dirigió una cálida sonrisa a Carl mientras recordaba los roncos chillidos de la joven.

—Y yo no podría soportar que estuvieras en peligro por mi causa, Carl. Estos últimos días he llegado a conocerte y para mí eres más que simplemente un joven dispuesto a ayudarme en la ceremonia; te has convertido en mi amigo. Te he confiado mis preocupaciones más profundas, mis esperanzas y mis sueños. No hago esto con cualquiera. Me basta con saber que te preocupas por mí.

—Padre Rahl —susurró el niño con lágrimas en los ojos, mirando al Amo—, yo haría cualquier cosa por ti. Por favor, deja que me quede, deja que me quede contigo después de la ceremonia. Haré todo lo que digas sólo por estar contigo, lo prometo.

—Carl, es algo tan típico de ti, tan amable... Pero tú tienes una vida, padres, amigos. Y a Tinker, no te olvides de ella. Pronto querrías regresar con todos ellos.

Lentamente Carl sacudió la cabeza, sin apartar la mirada de Rahl.

—No, no querré. Sólo quiero estar contigo. Padre Rahl, te quiero y haría cualquier cosa por ti.

Rahl reflexionó sobre las palabras del niño con gesto serio.

—Quedándote conmigo correrías peligro. —Rahl sentía los furiosos latidos de su corazón.

—No me importa. Yo quiero servirte, no me importa si me matan, yo sólo quiero ayudarte. No quiero hacer otra cosa que ayudarte a luchar contra tus enemigos. Padre Rahl, si me matan por ayudarte valdrá la pena. Por favor, deja que me quede. Haré cualquier cosa que me pidas. Siempre.

Rahl hizo una profunda inspiración y soltó el aire lentamente para controlar el ritmo de su respiración. Tenía el rostro grave.

—¿Estás seguro de lo que dices, Carl? ¿Estás seguro de que lo dices en serio? Quiero decir, ¿estás realmente seguro de que darías la vida por mí?

—Lo juro: daría la vida por ayudarte. Mi vida es tuya, si quieres aceptarla.

Rahl se echó un poco hacia atrás, colocó las manos sobre las rodillas y asintió lentamente, con sus ojos azules clavados en el muchacho.

—Sí, Carl, la acepto.

Carl no sonrió pero tembló ligeramente. En su rostro se leía la determinación.

—¿Cuándo podemos hacer la ceremonia? Quiero ayudarte a ti y a la gente.

—Pronto —respondió Rahl. Tenía los ojos muy abiertos y hablaba lentamente—. Esta noche, después de cenar. ¿Estás listo?

—Sí.

Rahl se puso en pie notando cómo la sangre le hervía en las venas. Trató de evitar el rubor provocado por la excitación sexual. Fuera estaba oscuro. Las antorchas emitían una luz parpadeante que danzaba en sus ojos azules, brillaba en su largo cabello rubio y hacía que su túnica blanca pareciera relucir. Antes de encaminarse a la folia, colocó el cuerno de comer cerca de la boca de Carl.

Los guardias esperaban en la oscura habitación, con sus macizos brazos cruzados sobre el pecho. El sudor les corría por la piel, abriendo pequeños regueros en la fina capa de hollín. Sobre el fuego de la forja había un crisol, y de la escoria se desprendía un olor acre.

—¿Ha regresado Demmin? —preguntó Rahl a los guardias, todavía con los ojos muy abiertos.

—Hace varios días, Amo.

—Ve a buscarlo y que espere. —Rahl apenas podía hablar en susurros—. Y luego marchaos los dos.

Los guardias inclinaron la cabeza y se marcharon por la puerta de atrás. Rahl pasó la mano por encima del crisol y el olor se convirtió en un apetitoso aroma. Con ojos cerrados rezaba en silencio al espíritu de su padre. Ahora respiraba en jadeos. Inmerso en sus emociones, era incapaz de controlarlo. Se lamió las yemas de los dedos, que temblaban, y se frotó los labios.

Fijó asas de madera al crisol para levantarlo sin quemarse, usó la magia para poder manejarlo sin que le pesara y salió por la puerta con él. Las antorchas iluminaban el área alrededor del muchacho, la arena blanca con los símbolos grabados, el cerco de hierba, el altar situado sobre la cuña de piedra blanca. La luz de las antorchas se reflejaba en el bloque de piedra pulida que sostenía el cuenco de hierro con el shinga en la tapa.

Los azules ojos de Rahl lo captaron todo mientras se aproximaba al muchacho. Se detuvo ante él, junto a la boca del cuerno de comer y miró con ojos vidriosos el rostro de Carl vuelto hacia él.

—¿Estás seguro de esto, Carl? —le preguntó con voz ronca—. ¿Puedo confiarte mi vida?

—Te juro lealtad para siempre, Padre Rahl.

Rahl cerró los ojos al tiempo que respiraba hondo. Tenía la cara perlada de sudor y la ropa se le pegaba al cuerpo. Podía sentir las oleadas de calor que emitía el crisol. Rahl añadió el calor de su magia al recipiente para que el contenido no dejara de hervir.

Suavemente empezó a entonar los conjuros sagrados en el antiguo idioma. En el aire flotaban los inquietantes y susurrantes sonidos de hechizos y encantamientos. Rahl arqueó la espalda al sentir el poder que le recorría el cuerpo, llenándole con una cálida promesa. Temblaba al tiempo que cantaba, ofreciendo sus palabras al espíritu del muchacho.

Entonces entreabrió los ojos, que reflejaban una pasión desatada. Respiraba entrecortadamente y las manos le temblaban ligeramente. Bajó la mirada hacia el muchacho y dijo en un ronco susurro:

—Carl, te quiero.

—Te quiero, Padre Rahl.

—Acerca la boca al cuerno, hijo mío, y no te muevas —le ordenó Rahl con ojos nuevamente cerrados.

Mientras Carl seguía las instrucciones, Rahl entonó el último hechizo. El corazón le palpitaba. Las llamas de las antorchas siseaban y chisporroteaban, y el sonido se entrelazaba con el del encantamiento.

Entonces vertió el contenido del crisol en el cuerno. Carl abrió bruscamente los ojos y aspiró y tragó involuntariamente cuando el plomo fundido le llegó y empezó a quemarle el interior del cuerpo.

Rahl el Oscuro tembló de emoción y entonces dejó caer el crisol vacío al suelo.

El Amo se dispuso a desgranar los siguientes conjuros para enviar el espíritu del muchacho al inframundo. Pronunció en el orden correcto las palabras que abrían una puerta al inframundo, al vacío y a la negra nada.

Al elevar las manos unas formas oscuras empezaron a revolotear a su alrededor. El aire de la noche se llenó de terroríficos aullidos y gritos. Rahl el Oscuro se dirigió al frío altar de piedra, se arrodilló delante, extendió los brazos sobre él y apoyó la cara encima. Entonces pronunció en el antiguo idioma las palabras que ligarían el espíritu del muchacho a él. Durante unos minutos lanzó los encantamientos necesarios. Al acabar, se puso en pie con los puños a ambos lados y el rostro sonrojado. Demmin Nass salió de las sombras.

—Demmin —susurró Rahl con voz ronca al reparar en su amigo.

—Amo Rahl. —Demmin lo saludó con una inclinación de cabeza.

Rahl se aproximó a su lugarteniente. Mostraba un rostro demacrado y cubierto de sudor.

—Saca el cuerpo del suelo y colócalo sobre el altar. Luego límpialo con el cubo de agua. Ábrele el cráneo —añadió, lanzando una mirada a la espada corta que llevaba Demmin—, nada más. Después puedes retirarte y esperar. Este encantamiento te protegerá —le dijo al tiempo que pasaba las manos sobre la cabeza de Demmin—. Luego espérame hasta que regrese. Te necesitaré justo antes del amanecer. —Dicho esto, apartó la mirada, sumido de nuevo en sus pensamientos.

Demmin se dispuso a cumplir las macabras órdenes mientras Rahl continuaba entonando las extrañas palabras, balanceándose adelante y atrás con los ojos cerrados, como si hubiera caído en trance.

Demmin limpió la espada en su musculoso antebrazo y la colocó de nuevo en la funda. Entonces dirigió una última mirada a Rahl, aún inmerso en el trance, y masculló entre dientes: «Odio esta parte». Dio media vuelta y se sumergió de nuevo en las sombras de los árboles, dejando al Amo solo.

Rahl el Oscuro se colocó detrás del altar e inspiró profundamente. De pronto bajó bruscamente las manos hacia el hoyo en el que se encendía fuego, y las llamas saltaron con un rugido. Rahl extendió ambas manos con los dedos crispados y el cuenco de hierro se elevó y flotó hasta situarse sobre el fuego. Entonces el Amo sacó un cuchillo curvo de su vaina y lo posó en el húmedo abdomen del muchacho. Se quitó la túnica por los hombros y dejó que cayera al suelo, donde la apartó con el pie. El sudor cubría su esbelto cuerpo y le corría por la espalda.

La piel aparecía suave y tersa sobre sus bien proporcionados músculos, excepto en la parte superior del muslo izquierdo, parte de la cadera y abdomen y el lado izquierdo de su sexo erecto. Ahí era donde estaba la cicatriz, donde lo alcanzó el fuego enviado por el viejo mago. Las llamas de fuego mágico que consumieron a su padre, situado a su derecha, también lo lamieron a él, infligiéndole el dolor del fuego mágico.

Fue un fuego distinto a todos los demás, que ardía, se pegaba a él, lo abrasaba; un fuego con un propósito. El joven Rahl gritó y gritó hasta quedarse sin voz.

Rahl el Oscuro se lamió las yemas de los dedos y se pasó los dedos húmedos por las cicatrices llenas de protuberancias. Cuánto había deseado hacerlo cuando se quemó, cuánto había deseado poner fin al terror del implacable dolor y a la sensación de ardor.

Pero los curanderos se lo impidieron. Dijeron que no debía tocarse las quemaduras y se lo impidieron atándole las muñecas. Como no podía llegar a las quemaduras, Rahl se lamía los dedos y en vez de frotarse las heridas se frotaba los labios mientras temblaba, tratando de dejar de llorar y de borrar en sus ojos la imagen de su padre quemado vivo. Durante meses lloró, jadeó y suplicó que le permitieran tocarse las quemaduras y aliviarse el ardor, pero fue inútil.

¡Cómo odiaba al mago y cómo deseaba matarlo! ¡Cómo deseaba

introducir su mano en el cuerpo vivo del mago y, mientras lo miraba a los ojos, ¡arrancarle el corazón!

Rahl el Oscuro alejó los dedos de la cicatriz, cogió el cuchillo y apartó de su mente los recuerdos de aquella época. Ahora era un hombre; era el Amo. Volvió a concentrarse en la tarea que tenía delante. Después de tejer el hechizo adecuado hundió el cuchillo en el pecho del muchacho.

Con cuidado extrajo el corazón y lo puso en el cuenco de hierro con agua hirviendo. Después hizo lo propio con el cerebro y los testículos. Finalmente, dejó el cuchillo. La sangre, que se mezclaba con el sudor que lo cubría, le goteaba de los codos.

Colocó los brazos al través sobre el cuerpo y elevó sus plegarias a los espíritus. Con el rostro alzado hacia las oscuras ventanas y los ojos cerrados, siguió desgranando conjuros, automáticamente, sin pensar. Pronunció las palabras de la ceremonia durante una hora, embadurnándose el pecho con la sangre en el momento preciso.

Al terminar de recitar las runas grabadas en la tumba de su padre, se dirigió a la arena de hechicero en la que había estado enterrado el muchacho durante su periodo de prueba. Con los brazos alisó la arena, que se le pegó a la sangre formando una costra blanca. En cuclillas empezó a dibujar cuidadosamente los símbolos que había aprendido en años de estudio, desde el eje central y entrelazándose en intrincadas formas. Rahl trabajó concentrado la mayor parte de la noche, con el cabello rubio colgándole y arrugas de tensión en la frente, añadiendo un elemento tras otro sin olvidarse ni una línea, ni una pincelada ni una curva, pues sería fatal.

Cuando finalmente acabó se acercó al cuenco sagrado y comprobó que el agua casi se había evaporado, como debía ser. El recipiente flotó mágicamente hasta el bloque de piedra pulida, donde Rahl dejó que se enfriara un poco antes de coger una mano de mortero de piedra y empezar a machacar. El sudor le corría por la cara. Finalmente logró que el corazón, el cerebro y los testículos formaran una pasta, a la que añadió polvos mágicos que sacó de los bolsillos de la túnica abandonada en el suelo.

Colocado frente al altar sostuvo en alto el cuenco que contenía la mezcla mientras lanzaba hechizos. Al acabar bajó los brazos y recorrió con la mirada el Jardín de la Vida. Siempre le gustaba contemplar cosas hermosas antes de aventurarse en el inframundo.

Comió el contenido del cuenco con los dedos. Rahl detestaba el sabor de la carne y solamente comía verduras. Pero en esto no había elección, el procedimiento era el procedimiento. Si quería adentrarse en el inframundo tenía necesariamente que comer carne. Se lo comió todo, tratando de no pensar en el sabor e imaginándose que se trataba de un paté vegetal.

Se chupó los dedos para limpiárselos, dejó el cuenco sobre la piedra y fue asentarse en el césped con las piernas cruzadas frente a la arena blanca. Tenía algunos mechones de cabello apelmazados con sangre seca. Colocó las manos sobre las rodillas, con las palmas hacia arriba, cerró los ojos e hizo varias inspiraciones profundas mientras esperaba al espíritu del muchacho.

Cuando estuvo por fin preparado, todo listo, todos los conjuros pronunciados y todos los hechizos lanzados, el Amo irguió la cabeza y abrió los ojos.

—Ven a mí, Carl —susurró en el antiguo idioma secreto.

Hubo un momento de silencio absoluto y entonces una mezcla de lamento y rugido. El suelo tembló.

Del centro de la arena, el corazón del encantamiento, el espíritu del muchacho surgió en forma de shinga, una bestia del inframundo.

Al principio era transparente como una voluta de humo que se alzara del fuego y giraba como si se desenroscara de la arena blanca. La bestia echó la cabeza atrás mientras pugnaba por atravesar los dibujos, resoplando vapor por los anchos orificios de la nariz. Rahl contempló tranquilamente cómo la aterradora bestia se alzaba, se hacía sólida, desgarrando el suelo y elevando la arena con ella. Con sus poderosas patas traseras se impulsó hasta lograr erguirse con un gemido. Entonces se abrió un agujero negro como una sima. La arena del borde cayó en la oscuridad sin fondo. El shinga flotaba sobre ella y sus penetrantes ojos marrones miraban a Rahl.

—Gracias por venir, Carl.

La bestia se inclinó y acarició el desnudo pecho del Amo con el hocico. Rahl se puso en pie y acarició la cabeza gacha del shinga, que se sentía impaciente por marcharse. Cuando al fin se tranquilizó, Rahl se subió a su lomo y se agarró con fuerza al cuello.

Con un destello de luz el shinga, con Rahl el Oscuro montado en su lomo, volvió a sumergirse en el negro vacío con un movimiento en espiral. El suelo tembló y el agujero se cerró con un chirriante sonido. El Jardín de la Vida quedó sumido en el súbito silencio de la noche.

Demmin Nass salió de entre las sombras de los árboles. Tenía la frente bañada de sudor.

—Que tengas un viaje seguro, amigo —susurró.

25

No volvió a llover durante días, pero el cielo continuaba encapotado. Kahlan apenas recordaba haberlo visto de otro modo. Sonriendo para sí contemplaba sentada en un pequeño banco colocado contra el muro de una casa, cómo Richard construía el tejado de la casa de los espíritus. El sudor le caía al joven por la espalda desnuda, en la que se apreciaban los músculos y las cicatrices que le habían dejado las garras del gar.

Richard trabajaba con Savidlin y algunos hombres más, a los que enseñaba. Había dicho a Kahlan que no necesitaba que tradujera, pues el trabajo manual era universal y era mejor que los hombres barro dedujeran solos algunas cosas, pues así lo entenderían mejor y se sentirían más orgullosos de su trabajo.

Savidlin acribillaba a Richard con preguntas que éste no comprendía. El joven se limitaba a sonreír y daba explicaciones que para los demás resultaban ininteligibles, aunque usaba las manos en un lenguaje de signos que inventaba sobre la marcha. A veces los otros lo encontraban divertido y todos acababan riendo. Pese a los problemas de comprensión habían avanzado mucho.

Al principio Richard no le contó a Kahlan lo que se proponía; simplemente sonrió y dijo que tendría que esperar para verlo. Primero cogió bloques de arcilla de aproximadamente treinta por sesenta centímetros y les dio forma de onda; una mitad cóncava —como un canalón— y la otra convexa. Entonces los vació y pidió a las mujeres que cocían la cerámica que los metieran en el horno.

A continuación, fijó dos listones de madera iguales a un tablero plano, una a cada lado, y puso en el centro un trozo de arcilla blanda. Con un rodillo la aplanó y le dio el mismo grosor que los listones de madera. Tras cortar lo que sobraba en la parte superior e inferior del tablero, el resultado fueron piezas de arcilla de un grosor y tamaño uniforme, que cubrió y alisó sobre los moldes que las mujeres habían cocido. Con un palo hizo un agujero en las dos esquinas superiores.

Las mujeres lo seguían, observando atentamente lo que hacía, y él las reclutó como ayudantes. Al poco rato tenía todo un equipo de risueñas y locuaces mujeres que hacían las piezas y les daban forma, mejorando la técnica de Richard. Cuando las piezas de arcilla se secaran las sacarían de los moldes. Mientras éstas se cocían, las mujeres, ahora intrigadas, siguieron haciendo más. Preguntaron a Richard cuántas debían hacer, y éste les respondió que hasta que él les dijera basta.

El joven las dejó así ocupadas, se dirigió a la casa de los espíritus y empezó a construir una chimenea con los adobes que se usaban para las casas. Savidlin lo seguía, tratando de aprenderlo todo.

—Estás haciendo tejas de arcilla, ¿verdad? —le preguntó Kahlan.

—Sí —contestó Richard con una sonrisa.

—Pero Richard, yo he visto tejados de paja por los que no se cuela el agua.

—Yo también.

—¿Y por qué no te limitas a arreglar sus tejados de hierba para que no goteen?

—¿Sabes cómo se hace eso?

—No.

—Yo tampoco, pero como sé hacer tejas de arcilla eso es lo que tendré que enseñarles.

Mientras construía la chimenea y enseñaba a Savidlin cómo hacerlo, algunos hombres barro retiraban la hierba del tejado dejando al descubierto la armazón de postes que cubrían todo el edificio y a los que se habían sujetado las capas de hierba. Ahora servirían para asegurar las tejas.

Éstas se tendieron de una hilera de postes a la siguiente; el borde inferior quedaba sobre el primer poste y el superior sobre el segundo, y por los agujeros se ataban a los postes. La segunda hilera de tejas se dispuso de manera que su borde inferior quedara encima de la parte superior de la teja ya colocada, cubriendo los agujeros que sujetaban las tejas. Gracias a su forma ondulada, las tejas se entrelazaban. Puesto que eran más pesadas que la hierba, primero Richard había reforzado los postes desde abajo con soportes que iban del suelo al punto más alto del tejado, y los había apuntalado con otros transversales.

Casi todos los habitantes de la aldea colaboraban en la construcción. El Hombre Pájaro se dejaba caer por allí de vez en cuando, inspeccionaba el trabajo y parecía complacido. A veces se sentaba junto a Kahlan sin decir palabra, otras conversaba con ella, pero por lo general se limitaba a observar. Alguna que otra vez le preguntaba algo sobre el carácter de Richard.

Mientras Richard trabajaba, Kahlan estaba casi todo el tiempo sola. Las mujeres no aceptaban sus ofrecimientos de ayuda; los hombres guardaban las distancias y la vigilaban con el rabillo del ojo; y las muchachas jóvenes eran demasiado tímidas para atreverse a hablar con ella. A veces Kahlan las sorprendía mirándola fijamente, pero cuando les preguntaba cómo se llamaban ellas sólo sonreían tímidamente y huían. Los niños intentaban acercarse a ella, pero sus madres se lo impedían. Kahlan no podía ayudar a cocinar ni a hacer las tejas. Todos sus ofrecimientos eran rechazados amablemente con la excusa de que era una invitada de honor.

Pero ella sabía qué ocurría en realidad: era una Confesora y la temían.

Kahlan estaba acostumbrada a aquella actitud, a las miradas y a los susurros. Ya no la molestaba, como cuando era una jovencita. Recordaba que su madre le decía con una sonrisa que la gente era así y que no la haría cambiar, que no debía amargarse por ello y que un día estaría por encima de todo eso. Creía que lo había superado, que no le importaba, que había aceptado quién era, cómo eran las cosas y que no podría tener lo que el resto de la gente tenía, y que así debía ser. Pero eso era antes de conocer a Richard; antes de que se convirtiera en su amigo, de que la aceptara, de que hablara con ella, de que la tratara como una persona normal. De que se preocupara por ella.

Pero Richard no sabía quién era ella.

Finalmente Savidlin se había mostrado amistoso con ella y les había abierto a ambos las puertas de su pequeño hogar, donde vivía con su esposa, Weselan, y su hijo, Siddin. Richard y Kahlan podían dormir en el suelo. Aunque fuera a insistencia de Savidlin, Weselan había aceptado a Kahlan en su hogar con amable hospitalidad y no se mostraba fría con ella a espaldas de su marido. Por la noche, cuando era demasiado oscuro para seguir trabajando, Siddin se sentaba con Kahlan en el suelo y escuchaba con los ojos muy abiertos las historias que ésta le contaba sobre reyes y castillos, países remotos y fieras salvajes. El niño se sentaba en su regazo, le suplicaba que siguiera contando historias y la abrazaba. A Kahlan se le llenaban los ojos de lágrimas al pensar que Weselan se lo permitía, que no lo apartaba de su lado, que mostraba la amabilidad de no exteriorizar su miedo. Cuando Siddin se quedaba dormido, ella y Richard relataban a Savidlin y Weselan las peripecias de su viaje desde la Tierra Occidental. Savidlin, que respetaba el triunfo en la lucha, escuchaba con unos ojos casi tan abiertos como los de su hijo.

El Hombre Pájaro parecía contento con el nuevo tejado. Cuando vio lo suficiente para imaginarse cómo funcionaría, sonrió para sí y meneó la cabeza lentamente. Pero los seis ancianos no se mostraban tan impresionados. Para ellos el que de vez en cuando les cayeran gotas de agua en el interior no era nada de lo que preocuparse; había sido así toda su vida y les contrariaba que de pronto llegara un forastero y les demostrara qué estúpidos habían sido. Algún día, cuando uno de los ancianos muriera, Savidlin se convertiría en uno de los seis. Kahlan deseó que ya lo fuera, pues no les iría nada mal contar con un aliado tan poderoso entre los ancianos.

Otra cosa que le inquietaba era qué sucedería si, después de que el tejado estuviera acabado, los ancianos se negaban a que Richard fuera nombrado hombre barro. Richard no le había prometido que no les haría daño. Aunque no era el tipo de persona capaz de hacer algo así, ante todo era el Buscador. Había más en juego que las vidas de un puñado de gente barro, mucho más, y el Buscador debía tenerlo en cuenta. Y ella también.

Kahlan no sabría decir si Richard era otro después de matar al último componente de la cuadrilla, si ahora era más duro. Cuando uno aprende a matar juzga las cosas de manera distinta; es más sencillo volver a matar. Ella lo sabía demasiado bien.

Ojalá Richard no hubiera acudido en su ayuda, ojalá no hubiera matado a ese hombre. Kahlan no era capaz de decirle que había sido un acto innecesario. Un hombre solo difícilmente hubiera podido matarla. Ésa era la razón por la que Rahl siempre enviaba a cuatro hombres tras las Confesoras: uno para que la Confesora lo tocara con su poder y otros tres para matar al primero y a la Confesora. A veces sólo quedaba uno, pero era suficiente cuando la Confesora ya había gastado su poder. Pero ¿uno solo? No tenía casi ninguna oportunidad. Aunque era fornido, ella era más rápida. Cuando hubiera blandido la espada, ella simplemente la habría esquivado con un salto y antes de poder usarla de nuevo lo habría tocado y hecho suyo. Eso hubiera sido su fin.

Kahlan sabía que nunca podría decir a Richard que no había sido necesario que lo matara. Lo que empeoraba las cosas era que él había matado por ella, porque creía que la estaba salvando.

Seguramente la siguiente cuadrilla ya estaba en camino; eran implacables. El hombre al que Richard dio muerte sabía que iba a morir, sabía que solo no tenía ninguna oportunidad contra una Confesora, pero incluso así atacó. No se detendrían, ni siquiera conocían el significado de esa palabra, nunca pensaban en nada más que en su objetivo.

Y disfrutaban haciendo lo que les hacían a las Confesoras.

Aunque no quería, no pudo evitar pensar en Dennee. Cada vez que pensaba en las cuadrillas no podía evitar recordar lo que le habían hecho.

Antes de que Kahlan se hiciera mujer, su madre contrajo una terrible enfermedad que ningún curandero fue capaz de curar. La horrible enfermedad la consumió y acabó con ella rápidamente. Las Confesoras formaban una hermandad muy unida; el problema de una era el de todas. La madre de Dennee se hizo cargo de Kahlan y la consoló. Las dos muchachas eran muy buenas amigas y les encantó convertirse en hermanas, tal como a partir de entonces se llamaron. Eso ayudó a Kahlan a aliviar el dolor por la pérdida de su madre.

Dennee era una muchacha frágil, como su madre. No poseía el mismo poder y fortaleza que Kahlan y, con el tiempo, ésta se fue convirtiendo en su defensora y guardiana, protegiéndola de las situaciones que requerían más fuerza de la que Dennee era capaz de mostrar. Después de usar su poder Kahlan era capaz de recuperarse en una o dos horas, pero Dennee podía necesitar hasta varios días.

Y llegó el fatídico día en el que Kahlan tuvo que ir a escuchar la confesión de un asesino que iba a ser colgado. En realidad, le correspondía a Dennee, pero Kahlan había ido en su lugar para evitarle el mal trago a su hermana. Dennee odiaba tomar confesiones, odiaba ver la mirada en los ojos del confesante. A veces lloraba días enteros. Ella nunca le habría pedido a Kahlan que fuera en su lugar, pero el alivio en su cara cuando ésta le dijo que iría fue suficiente. A Kahlan tampoco le gustaba escuchar confesiones, pero era más fuerte, sabia y reflexiva. Comprendía y aceptaba que ser Confesora era su poder; era lo que ella era y no le dolía tanto como a Dennee. Kahlan siempre había sido capaz de poner antes la cabeza que el corazón y hubiera hecho cualquier trabajo sucio si así se lo ahorraba a Dennee.

De camino a casa Kahlan oyó unos suaves quejidos a un lado del camino; eran gemidos agónicos. Para su horror descubrió a Dennee entre los arbustos, desmadejada.

—Iba a... buscarte... Quería caminar contigo a casa —dijo Dennee cuando Kahlan colocó la cabeza de la joven en su regazo—. Una cuadrilla me atrapó. Lo siento. Acabé con uno, Kahlan. Lo toqué. Acabé con uno. Habrías estado orgullosa de mí.

Horrorizada, Kahlan sostenía la cabeza de su hermana, consolándola y diciéndole que todo se arreglaría.

—Por favor, Kahlan... bájame el vestido —La voz de Dennee sonaba como si viniera de muy lejos; débil y floja—. Yo no puedo mover los brazos.

Superado el momento de pánico, Kahlan vio por qué: se los habían roto brutalmente y ahora le colgaban inútiles a los lados, doblados en ángulos no naturales. De una oreja le manaba sangre. Kahlan le bajó lo que quedaba del vestido, empapado en sangre, cubriéndola como buenamente pudo. La cabeza le daba vueltas por el horror de lo que los hombres habían hecho y en la garganta notaba como una sensación de ahogo que le impedía hablar. Kahlan trataba de contener los gritos, por miedo a asustar a su hermana aún más. Sabía que tenía que ser fuerte por ella una última vez.

Dennee susurró el nombre de Kahlan y le indicó que se acercara más.

—Ha sido Rahl el Oscuro... Él no estaba aquí, pero ha sido él.

—Lo sé —repuso Kahlan con toda la ternura que fue capaz de reunir—. Échate, te pondrás bien. Te llevaré a casa. —Sabía perfectamente que era una mentira, que Dennee no iba a ponerse bien.

—Por favor, Kahlan, mátalo —susurró su hermana—. Pon fin a esta locura. Ojalá tuviera la fuerza necesaria para matarlo. Hazlo tú por mí.

Kahlan sintió la rabia que hervía en su interior. Era la primera vez que descaba usar el poder para hacer daño a alguien y matarlo. Estuvo a punto de sentir algo que nunca antes había sentido; una terrible cólera, una fuerza que le nacía de muy dentro, de su propia esencia. Con dedos temblorosos acarició los ensangrentados cabellos de su querida Dennee.

—Lo haré —le prometió.

Dennee se relajó en sus brazos. Kahlan se quitó el colgante con el hueso y lo colocó alrededor del cuello de su hermana.

—Toma, es para ti. Te protegerá.

—Gracias, Kahlan. —La joven sonrió. De sus grandes ojos le brotaban lágrimas que le corrían por la pálida piel de las mejillas—. Pero ahora nada puede protegerme. Sálvate tú. No dejes que te cojan. Les gusta. Me hicieron tanto daño... y disfrutaron. Se rieron de mí.

Kahlan cerró los ojos para no tener que presenciar el dolor de su hermana, la acunó en sus brazos y la besó en la frente.

—No me olvides, Kahlan. Recuerda lo bien que lo pasamos.

—*¿Malos recuerdos?*

Kahlan irguió bruscamente la cabeza volviendo de golpe a la realidad. El Hombre Pájaro se había acercado a ella silenciosamente, sin hacerse notar. Kahlan asintió y apartó la mirada.

—*Por favor, perdóname por mostrar debilidad* —dijo, aclarándose la voz y secándose las lágrimas con los dedos.

El hombre la contempló con sus ojos marrones y se sentó junto a ella en el corto banco con un ágil movimiento.

—*Ser una víctima no es una debilidad, muchacha.*

Kahlan se limpió la nariz con el dorso de la mano y se tragó el gemido que trataba de salirle por la boca. Se sentía tan sola. Echaba tanto de menos a Dennee... El Hombre Pájaro le pasó tiernamente el brazo por encima del hombro y le dio un breve y paternal abrazo.

—*Pensaba en mi hermana, Dennee. Rahl mandó asesinarla. Yo la encontré y... murió en mis brazos... La torturaron. Rahl no se contenta con matar. Tiene que ver cómo la gente sufre antes de morir.*

El Hombre Pájaro asintió comprensivamente.

—*Aunque seamos distintos sufrimos igual.* —Con el pulgar limpió una lágrima de la mejilla de la mujer y buscó algo en el bolsillo—. *Extiende la mano.*

Ella lo hizo y el hombre le puso unas cuantas semillas de pequeño tamaño. Entonces inspeccionó el cielo y sopló el silbato silencioso, el que llevaba colgado al cuello. Pocos minutos después un pájaro pequeño y de un color amarillo brillante se posó en su dedo con un batir de alas. El Hombre Pájaro acercó su mano a la de Kahlan, de modo que el pájaro comiera las semillas de la mano de la mujer. Kahlan notaba las diminutas patas del ave que se aferraban a ella mientras picoteaba. El pájaro era tan bonito y brillante que Kahlan no pudo evitar sonreír. Al acabar las semillas, el ave batió las alas y se quedó en su mano, sin demostrar ningún miedo.

—*Me pareció que te gustaría contemplar algo bello entre tanta fealdad.*

—*Gracias* —repuso Kahlan con una sonrisa.

—*¿Quieres quedártelo?*

Kahlan contempló el pájaro durante unos instantes; sus largas plumas brillantes, el modo como ladeaba la cabeza. Pero lo lanzó al aire.

—*No tengo ningún derecho* —explicó mientras miraba cómo se alejaba volando—. *Tiene que ser libre.*

El Hombre Pájaro asintió una sola vez con una leve sonrisa que le iluminó la cara. Entonces se inclinó hacia adelante, apoyó los antebrazos en las rodillas y observó la casa de los espíritus. Tal vez un día más y el tejado quedaría acabado. Largos mechones de pelo gris plateado le cayeron enmarcándole el rostro y ocultándolo a Kahlan. Ésta observó cómo trabajaba Richard. La mujer deseaba con todo su corazón que la abrazara, y se desesperaba porque sabía que no podía permitir que eso ocurriera.

—*¿Deseas matar a ese hombre, a Rahl el Oscuro?* —inquirió el Hombre Pájaro sin mirarla.

—*Con todas mis fuerzas.*

—*¿Y posees el poder suficiente?*

—*No* —admitió.

—*¿Y la espada del Buscador posee el poder suficiente para matarlo?*

—*No. ¿Por qué lo preguntas?*

Las nubes eran cada vez más oscuras a medida que el día tocaba a su fin. Volvía a caer una ligera llovizna, y la penumbra entre las casas se iba haciendo más y más profunda.

—*Como tú misma dijiste, es peligroso estar con una Confesora que necesita algo con urgencia. Creo que también puede aplicarse al Buscador. Quizá con más razón.*

—*No quisiera tener que poner palabras a lo que Rahl el Oscuro hizo con sus propias manos al padre de Richard, porque aún temerías más al Buscador. Pero debes saber que Richard también habría dejado al pájaro en libertad.*

El Hombre Pájaro pareció reír silenciosamente.

—*Tú y yo somos demasiado listos para jugar con las palabras. Vamos a hablar claramente.* —El hombre se recostó en la pared y cruzó los brazos sobre el pecho—. *He tratado de convencer a los ancianos de que el Buscador está haciendo algo maravilloso por nuestra gente y lo bueno que es que nos esté enseñando estas cosas. Pero ellos no están tan seguros; se aferran a las viejas costumbres y pueden ser obstinados, a veces tanto que me desesperan. Temo lo que tú y el Buscador haréis a mi gente si los ancianos dicen no.*

—*Richard te ha dado su palabra de que no les hará ningún daño.*

—*Las palabras no son tan espesas como la sangre de un padre, ni la de una hermana.*

Kahlan se apoyó en el muro y se arrebujó en la capa para protegerse de la húmeda brisa.

—*Soy Confesora porque nací así. Yo no busqué el poder y, de haber podido elegir, hubiera preferido ser como los demás. Pero debo vivir con lo que me ha sido otorgado y sacar el mayor provecho posible. Pese a lo que puedas pensar de las Confesoras, pese a lo que la mayoría de personas piensan, nosotras estamos aquí para servir a la gente, para servir a la verdad. Yo amo a todos los habitantes de la Tierra Central y daría mi vida por protegerlos y preservar su libertad. Ése es mi único deseo. No obstante, estoy sola.*

—*Richard no te quita ojo de encima, vela por ti, se preocupa.*

—*Richard viene de la Tierra Occidental* —replicó Kahlan, mirándolo con el rabillo del ojo—. *No sabe qué soy. Si lo supiera...*

—*Por ser alguien que sirve a la verdad...* —comentó el Hombre Pájaro enarcando una ceja.

—*Por favor, no me lo recuerdes. Es un problema que yo misma me he buscado y mucho temo las consecuencias que deberé sufrir. Pero eso sólo prueba mis palabras. La gente barro habita una tierra muy alejada de los* otros pueblos. En el pasado os pudisteis permitir el lujo de manteneros fuera del alcance de los problemas, pero este problema tiene los brazos muy largos y os alcanzará. Los ancianos pueden dar las razones que quieran para negarse a ayudarnos, pero no podrán encontrar razones contra las fauces de la verdad. Si algunos de ellos ponen el orgullo por encima de la sabiduría toda tu gente pagará el precio.

El Hombre Pájaro escuchó atentamente y con respeto. Kahlan se volvió hacia él y añadió:

—Sinceramente, en estos momentos no puedo decir lo que haré si los ancianos dicen que no. No deseo hacer daño a tu gente, sino evitarles el dolor que he presenciado. He visto lo que Rahl el Oscuro hace a la gente y sé qué piensa hacer. Si supiera que podría detener a Rahl matando al encantador hijo de Savidlin lo haría sin vacilar, con mis propias manos si fuera necesario, porque por mucho que me doliera hacerlo sé que de ese modo salvaría la vida de muchos otros niños. Es una espantosa carga la que llevo, la carga del guerrero. Tú también has tenido que matar a otros hombres para salvar a otros y sé que no disfrutaste con ello. Rahl el Oscuro disfruta matando, créeme. Por favor, ayúdame a salvar a tu gente sin tener que hacer daño a nadie. —Las lágrimas le corrían por las mejillas—. Por nada del mundo quisiera hacer daño a nadie.

El hombre la atrajo tiernamente hacia sí y dejó que sollozara contra su hombro.

—La gente de la Tierra Central es afortunada de que luches por ella.

—Si logramos encontrar lo que buscamos y evitamos que caiga en manos de Rahl el Oscuro antes del primer día de invierno, Rahl morirá. Nadie resultará herido. Pero necesitamos ayuda para encontrarlo.

—El primer día de invierno. Muchacha, eso está a la vuelta de la esquina. El otoño ya toca a su fin.

—Yo no dicto las reglas de la vida, honorable anciano. Si conoces el secreto para detener el tiempo, dímelo, te lo ruego.

El Hombre Pájaro no supo qué responder.

—Te he observado antes, Confesora. Siempre has respetado los deseos de la gente barro y nunca nos has hecho ningún daño. Y lo mismo ha hecho el Buscador. Yo estoy de vuestro lado y haré lo que pueda para convencer a los demás. Sólo deseo que mis palabras basten. No deseo que le pase nada malo a mi gente.

—No nos temas ni al Buscador ni a mí —dijo Kahlan, recostada contra su hombro y con la mirada perdida—. Teme al de D'Hara. Caerá sobre vosotros como una tormenta para destruiros. No tenéis ninguna oportunidad contra él. Os aplastará.

Esa noche, sentada en el suelo de la cálida cabaña de Savidlin,

Kahlan narró a Siddin el cuento del pescador que se convirtió en pez y vivió en el lago, robando los cebos de los anzuelos sin que nunca lo pescaran. Era un viejo cuento que su madre le había contado cuando era tan pequeña como Siddin. La cara de asombro del niño le recordaba lo emocionada que se sintió ella la primera vez que lo oyó.

Más tarde, mientras Weselan cocinaba raíces dulces y el agradable aroma se mezclaba con el humo, Savidlin enseñó a Richard cómo tallar puntas de flecha para diferentes animales, cómo endurecerlas en el fuego y cómo aplicar después veneno. Kahlan los miraba tumbada sobre una piel en el suelo, con Siddin dormido y acurrucado contra su estómago. La mujer acariciaba el oscuro cabello del pequeño y se le hacía un nudo en el estómago al recordar lo que había dicho al Hombre Pájaro; que estaría incluso dispuesta a matar al niño.

Ojalá pudiera retirar esas palabras. Odiaba que fuesen ciertas y deseaba no haberlo dicho. Richard no la había visto hablando con el Hombre Pájaro y ella no le había contado nada de su conversación. Era mejor no preocuparlo; que pasara lo que tuviera que pasar. Kahlan únicamente esperaba que los ancianos se atuvieran a razones.

El día siguiente amaneció ventoso y excepcionalmente cálido, con esporádicos chaparrones. A primera hora de la tarde una multitud se congregó en la casa de los espíritus, que ya tenía el tejado acabado y el fuego ardiendo en la nueva chimenea. Cuando las primeras volutas de humo salieron por la chimenea la gente lanzó pequeños gritos de asombro. Desde la puerta se asomaron al interior para ver el fuego arder sin que se llenara la habitación de humo. La idea de vivir sin humo en los ojos les parecía tan emocionante como vivir sin que les cayeran gotas de agua en la cabeza. Lo peor era la lluvia impulsada por el viento, como ese día, pues atravesaba directamente los tejados de hierba.

Todos contemplaron jubilosos cómo las tejas evacuaban el agua, manteniendo el interior seco. Richard descendió del tejado de excelente humor. El tejado estaba acabado, no goteaba, la chimenea tiraba bien y todo el mundo se sentía feliz por lo que había hecho por ellos. Los hombres que habían ayudado, orgullosos de lo que habían logrado y de lo que habían aprendido, hacían de guías, señalando animadamente a los demás los detalles más remarcables de la construcción.

Haciendo caso omiso de los espectadores, Richard se detuvo únicamente para ceñirse la espada antes de encaminarse al centro de la aldea donde los ancianos aguardaban en uno de los cobertizos que se sostenían sobre postes. Kahlan se colocó a su izquierda y Savidlin a su derecha, con la intención de hablar en su favor. Al ver que se alejaba, la multitud lo siguió, avanzando entre las casas, riendo y gritando. Richard apretaba la mandíbula en gesto de determinación.

—¿Te parece necesario llevar la espada? —preguntó Kahlan.

El joven la miró sin dejar de avanzar con largas zancadas y sonrió torciendo la boca. El agua de la lluvia le caía del cabello mojado y enmarañado.

—Soy el Buscador.

—Richard, no juegues conmigo. —Kahlan le lanzó una mirada de desaprobación—. Ya sabes a qué me refiero.

—Sólo espero que les sirva de recordatorio de que deben hacer lo correcto —repuso Richard, sonriendo más abiertamente.

Kahlan notaba una desagradable sensación en la boca del estómago que le decía que las cosas se le estaban escapando de las manos, que Richard iba a hacer algo terrible si los ancianos lo rechazaban. El joven había trabajado duro de sol a sol con una sola idea en la cabeza: ganárselos. Ciertamente se había ganado a la mayoría de la gente barro, pero no a los que de verdad contaban. Kahlan temía que no hubiera pensado qué haría si le decían que no.

Toffalar los esperaba altivo en el centro de la estructura de postes por las que se colaba el agua. La lluvia que goteaba a su alrededor formaba pequeños charcos en el suelo. Lo rodeaban Surin, Caldus, Arbrin, Breginderin y Hanjalet, todos ataviados con sus pieles de coyote, que, tal como Kahlan sabía, sólo llevaban en los actos oficiales. Parecía que toda la aldea estaba presente. El pueblo ocupó el área abierta y se sentó bajo los tejados de los cobertizos sin paredes. Todo trabajo había cesado; todo el mundo esperaba que los ancianos se pronunciaran sobre su futuro.

Kahlan distinguió al Hombre Pájaro entre algunos cazadores situados al lado de un poste que sostenía el tejado que cubría a los ancianos. Cuando sus ojos se encontraron, a la mujer se le cayó el alma a los pies. Agarró a Richard por la manga y se inclinó hacia él.

—No olvides que, digan lo que digan los ancianos, tenemos que salir de aquí si queremos detener a Rahl. Con *Espada de la Verdad* o sin ella nosotros somos dos y ellos muchos.

—Honorables ancianos —empezó a decir Richard con voz alta y clara, sin hacer caso de Kahlan, que empezó a traducir—. Me complace anunciaros que la casa de los espíritus tiene un nuevo tejado que no deja pasar la lluvia. Asimismo he tenido el privilegio de enseñar a vuestra gente a construir esos tejados, para que puedan mejorar otros edificios de la aldea. Lo he hecho por el respeto que siento por la gente barro y no espero nada a cambio. Sólo deseo que os sintáis complacidos.

Los seis ancianos escucharon la traducción de Kahlan con expresión adusta. Al acabar se hizo un largo silencio, finalmente roto por Toffalar que habló en tono decidido:

—*No estamos complacidos.*

—¿Por qué? —inquirió Richard con gesto sombrío cuando Kahlan le tradujo la respuesta.

—*Un poco de lluvia no reduce la fuerza de la gente barro. Tu tejado no gotea pero solamente porque es ingenioso. Los forasteros son ingeniosos, pero la gente barro no somos así. Si lo aceptamos, los forasteros empezarían a decirnos qué debemos hacer. Sabemos lo que pretendes. Quieres convertirte en uno de nosotros para que convoquemos una reunión para ti. No es más que otro ingenioso truco de forastero para obtener algo de nosotros. Tú deseas arrastrarnos a tu lucha. ¡Pero nosotros decimos no! Dejad el tejado de la casa de los espíritus como estaba antes* —ordenó a Savidlin—. *Tal como lo querían nuestros honorables antepasados.*

Savidlin se quedó lívido pero no se movió. El anciano se volvió hacia Richard con una ligera sonrisa en sus labios apretados.

—*Ahora que tus trucos han fallado* —dijo desdeñoso—, *¿piensas hacer daño a nuestra gente, Richard, el del genio pronto?* —Era una pulla para tratar de desacreditarlo.

Kahlan nunca había visto a Richard con un aspecto tan peligroso. El joven lanzó una dura y breve mirada al Hombre Pájaro para después posarla en los seis ancianos situados bajo cubierto. La mujer contuvo la respiración. La multitud guardaba absoluto silencio. Lentamente Richard se volvió hacia los congregados.

—No haré ningún daño a vuestra gente —anunció con voz serena. Se oyó un suspiro colectivo de alivio cuando Kahlan tradujo estas palabras. Cuando se apagó, Richard prosiguió—: Pero lamento lo que va a pasarles. —Sin volverse hacia los ancianos alzó lentamente el brazo, señalándolos—. Pero no lo lamento por vosotros seis. La muerte de los estúpidos no es lamentable. —Richard escupió las palabras como si fueran veneno. La multitud ahogó un grito.

El rostro de Toffalar se contrajo de rabia. Los espectadores empezaron a cuchichear asustados. Kahlan miró al Hombre Pájaro, que parecía haber envejecido de pronto. En sus ojos de un profundo marrón la mujer leyó cuánto lo sentía. Por un instante sus ojos se mantuvieron la mirada y compartieron el dolor de lo que ambos sabían que iba a ocurrir. Después el hombre bajó la mirada al suelo.

En un repentino y veloz movimiento, Richard giró sobre sus talones al tiempo que desenvainaba la *Espada de la Verdad*. Fue tan rápido que casi todos, incluidos los ancianos, dieron un paso atrás y se quedaron paralizados. En los rostros de los seis ancianos se leía el miedo que sentían. La multitud empezó a retroceder lentamente pero el Hombre Pájaro no se movió. Kahlan temía la furia de Richard y la comprendía. Decidió no interferir; sólo podía hacer lo necesario para proteger al Buscador, hiciera lo que hiciese. No se oía ni un susurro; el único sonido en el silencio absoluto fue el típico ruido del acero. Con los dientes apretados Richard apuntó a los ancianos con la reluciente espada, acercando la punta a pocos centímetros de sus caras.

—Mostrad el coraje para hacer una última cosa por vuestra gente. —Kahlan tradujo de manera instintiva, demasiado estupefacta para hacer otra cosa. El tono de Richard le causaba escalofríos. Entonces el joven hizo algo increíble: dio la vuelta a la espada y se la ofreció a los ancianos por la empuñadura—. Tomad mi espada —ordenó— y usadla para matar a las mujeres y los niños. Será más compasivo que lo que Rahl el Oscuro les hará. Tened valor para ahorrarles la tortura que sufrirán sin remedio. Sed compasivos y concededles una muerte rápida. —La expresión de Richard era tal que los rostros de los ancianos parecieron marchitarse.

Kahlan oyó el llanto de algunas mujeres aferrándose a sus hijos. Los ancianos, invadidos por un terror que no habían esperado sentir, no se movieron. Finalmente sus ojos esquivaron la feroz mirada de Richard. Cuando todos comprendieron claramente que no tenían valor para coger la espada, Richard la introdujo de nuevo en su vaina con movimientos precisos como si lentamente se extinguiera la última esperanza de salvación; era el gesto inequívoco de que los ancianos habían perdido para siempre la ayuda del Buscador. Era algo tan irrevocable que asustaba.

Cuando, finalmente, Richard apartó de los ancianos su ardiente mirada y sus ojos se posaron en Kahlan, el gesto le cambió. La mujer tragó con fuerza al contemplar la mirada que había en los ojos del joven. Era una mirada de dolor por personas a las que había aprendido a querer y que no podía ayudar. Todos los ojos estaban posados en él mientras separaba la distancia que los separaba y la cogía dulcemente del brazo.

—Vamos a recoger nuestras cosas y nos marchamos —le dijo suavemente—. Hemos perdido mucho tiempo. Ojalá no haya sido demasiado. —Tenía los ojos húmedos—. Lo siento, Kahlan... Siento haberme equivocado.

—Tú no te has equivocado, Richard; ellos sí. —La cólera que Kahlan sentía hacia los ancianos también era definitiva; era una puerta que se cerraba a cualquier esperanza para esa gente. Ya no le preocupaban; estaban muertos. Les habían ofrecido una oportunidad y ellos habían sellado su destino.

Al pasar junto a Savidlin los dos hombres se estrecharon los brazos por un momento, sin mirarse a los ojos. Nadie más hizo ademán de marcharse; se quedaron allí y miraron a los dos forasteros que rápidamente se abrían paso entre ellos. Algunos alargaban la mano y tocaban levemente a Richard. Éste les devolvía el gesto de simpatía apretándoles el brazo, incapaz de encontrarse con su mirada.

En la casa de Savidlin recogieron sus cosas y metieron las capas dentro de las mochilas. Los dos permanecían en silencio. Kahlan se sentía vacía y agotada. Cuando, finalmente, sus miradas se cruzaron, se fundieron en un abrazo sin palabras, compartiendo el dolor por sus nuevos amigos y lo que sabían que iba a pasarles. Habían apostado lo único que tenían —tiempo— y habían perdido.

Después de separarse Kahlan puso las últimas cosas en la mochila y cerró la solapa. Richard volvió a sacar la capa, y la mujer vio que metía de nuevo la mano dentro y buscaba algo, cada vez con más urgencia. Se acercó a la puerta para tener más luz y miró mientras hurgaba en el interior frenéticamente. El brazo que sostenía la mochila descendió y alzó el rostro hacia el de Kahlan, con gesto de alarma.

—La piedra noche ha desaparecido. —El modo en que lo dijo la asustó.

—Tal vez la dejaste fuera, en alguna parte...

—No, nunca la he sacado de la mochila. Nunca.

Kahlan no comprendía por qué se mostraba tan alterado.

—Richard, ya no la necesitamos, ya hemos cruzado el paso. Estoy segura de que Adie no se enfadará porque la hayas perdido. Tenemos preocupaciones más importantes.

—No lo entiendes —dijo Richard, aproximándose a la mujer un paso—. Tenemos que encontrarla.

—¿Por qué? —inquirió Kahlan con ceño.

—Porque creo que despierta a los muertos. —Kahlan se quedó boquiabierta—. Kahlan, lo he estado pensando mucho. ¿Te acuerdas lo nerviosa que estaba Adie cuando me la dio y cómo no dejó de mirar alrededor hasta que me la guardé? ¿Y recuerdas cuando las sombras empezaron a seguirnos en el paso? Fue después de sacarla. ¿Recuerdas?

—Pero incluso si otra persona la usa —objeto la mujer, con los ojos muy abiertos—, Adie dijo que sólo te funcionaría a ti.

—Sólo se refería a dar luz. No dijo nada de despertar a los muertos. No puedo creer que no me advirtiera.

Kahlan apartó los ojos, pensativa. Entonces lo comprendió y cerró los ojos.

—Sí que te advirtió, Richard. Te avisó con un acertijo de hechicera.

Lo siento, no le di importancia. Es típico de las hechiceras; no siempre dicen claramente lo que saben para advertir a los demás, a veces lo hacen en forma de acertijo.

—No pudo creerlo. —Richard se volvió hacia la puerta y miró al exterior—. El mundo está al borde de la destrucción y a ella no se le ocurre nada más que proponernos acertijos. ¡Debería habérnoslo dicho! —gritó, golpeando el marco de la puerta con el puño.

—Richard, quizá tenía una razón, quizás ésa era la única manera.

—Si realmente la necesitas, eso es lo que dijo —recordó Richard, mirando al exterior y pensando—. Como el agua, sólo es valiosa en las circunstancias adecuadas, aunque para alguien que se ahoga no le sirve de nada y es un gran problema. Así trataba de advertirnos. Un gran problema. —Volvió a entrar en la casa, cogió de nuevo la mochila y echó otro vistazo dentro—. Estaba aquí anoche. La vi. ¿Adónde puede haber ido a parar?

Ambos alzaron la vista al mismo tiempo y sus ojos se encontraron.

—Siddin —dijeron al unísono.

26

Dejaron caer las mochilas al suelo y salieron corriendo en dirección al área abierta donde habían visto a Savidlin por última vez. Ambos gritaban el nombre del pequeño mientras corrían por el lodo. La gente barro se apartaba de su camino. Cuando llegaron al área abierta ya había cundido el pánico entre la multitud, que se ponía a cubierto en los edificios próximos. Los ancianos se replegaron en la plataforma mientras el Hombre Pájaro trataba de ver algo. Los cazadores situados a su espalda colocaron flechas en los arcos.

Kahlan vio a Savidlin, asustado y confundido al oír que gritaban el nombre de su hijo.

—*¡Savidlin! ¡Busca a Siddin! ¡No dejes que abra la bolsa que tiene!*

Savidlin palideció, dio una vuelta sobre sí mismo mirando a todas partes, y echó a correr medio agachado buscando a su hijo. Su cabeza pasaba como una flecha entre la gente que corría. La zona se había convertido en un auténtico caos y Kahlan tenía que abrirse paso a empellones. La mujer sentía el corazón en la garganta. Si Siddin abría la bolsa...

Y entonces lo vio.

Ahí estaba, sentado en el barro en el centro de la aldea que la gente había despejado, ajeno al pánico que lo rodeaba. El niño sacudía la bolsa de piel en su pequeño puño, tratando de sacar la piedra noche.

—*¡Siddin! ¡No!* —gritó Kahlan una y otra vez, corriendo hacia él.

Pero el niño no podía oír sus gritos. Tal vez no conseguiría sacar la piedra. No era más que un niño indefenso. «Por favor —rogó la mujer mentalmente—, que los hados le sean favorables.»

La piedra cayó de la bolsa y aterrizó en el lodo con un plaf. Siddin sonrió y la recogió. Kahlan sintió que la piel se le helaba.

Las sombras empezaron a materializarse en derredor. Giraban en el húmedo aire como briznas de niebla, como si buscaran algo. Entonces se dirigieron hacia Siddin.

Mientras corría hacia el niño Richard gritó a Kahlan:

—¡Coge la piedra y métela de nuevo en la bolsa!

La espada centelleaba en el aire, cortando sombras por la mitad mientras Richard corría en línea recta hacia el niño. Cuando el acero las atravesaba, las sombras aullaban agónicamente y se disgregaban. Al oír los aterradores gemidos Siddin levantó la vista y se quedó paralizado, con los ojos desorbitados.

Kahlan le gritaba que volviera a meter la piedra en la bolsa, pero el pequeño continuaba inmóvil; oía otras voces. Kahlan corrió más rápidamente que nunca zigzagueando entre la densa masa de sombras que flotaban hacia el niño.

Algo pequeño y oscuro pasó silbando junto a ella, sobresaltándola. Después otro, a su espalda. Flechas. De pronto el aire hervía de flechas. El Hombre Pájaro había ordenado a sus cazadores que dispararan contra las sombras. Todos los proyectiles dieron en el blanco pero se limitaron a traspasar las sombras como si fuesen humo. Mirara donde mirara veía flechas con las puntas envenenadas volando. La mujer sabía que si una de ellas la rozaba a ella o a Richard, estaban muertos. Ahora tenía que esquivar tanto las flechas como las sombras. Oyó otro silbido y se agachó en el último segundo; un proyectil le pasó casi rozando la oreja. Otro rebotó en el barro y le pasó junto a la pierna.

Richard ya había llegado junto al niño pero no podía coger la piedra. Estaba demasiado ocupado parando el avance de las sombras y no podía dejar de luchar para recogerla.

Kahlan estaba aún demasiado lejos, pues no podía abrirse paso como Richard con la espada. Sabía que si inadvertidamente tocaba una sombra, moriría. Había tantas que se materializaban a su alrededor, que el mismo aire parecía un laberinto gris. Richard luchaba alrededor del niño, describiendo un círculo cada vez más pequeño. Sostenía la espada con ambas manos y la blandía frenéticamente. No osaba detenerse ni un solo instante, pues las sombras se lanzarían sobre él. Parecía que las sombras no tenían fin.

Kahlan no conseguía avanzar. Las sombras que flotaban a su alrededor y las flechas, que pasaban silbando junto a ella, se lo impedían. Cada vez que creía tener camino libre, una flecha la obligaba a retroceder de un salto. Sabía que Richard no podría resistir mucho tiempo más. Por mucho que se esforzara, el círculo de sombras se cerraba cada vez más sobre el pequeño. Ella era su única oportunidad y ni siquiera estaba cerca.

Otra flecha le pasó silbando y la pluma le rozó el pelo.

—*¡No más flechas!* —gritó enfadada al Hombre Pájaro—. *¡No disparéis más! ¡Vais a matarnos!*

Frustrado, el Hombre Pájaro se hizo cargo de la situación y de mala gana ordenó a los arqueros que dejaran de disparar. Pero entonces todos sacaron sus cuchillos y avanzaron rápidamente hacia las sombras. No tenían ni la menor idea de a qué se enfrentaban. Las sombras los matarían a todos.

—*¡No!* —gritó Kahlan, agitando los puños—. *¡Si las tocáis moriréis! ¡No os acerquéis!*

El Hombre Pájaro alzó un brazo para detener a sus hombres. Kahlan sabía lo impotente que debía de sentirse mientras la contemplaba avanzar esquivando las sombras, aproximándose lentamente a Richard y Siddin.

Entonces oyó otra voz. Era Toffalar, que gritaba:

—*¡Detenedlos! ¡Están destruyendo los espíritus de nuestros antepasados! ¡Disparadles! ¡Matad a los forasteros!*

Vacilantes, los arqueros se miraron unos a otros y volvieron a colocar flechas en los arcos. No podían desobedecer a un anciano.

—*¡Matadlos!* —vociferaba Toffalar, con el rostro rojo y agitando un puño—. *¡¿No me oís?! ¡Matadlos!*

Los hombres alzaron los arcos. Kahlan se agachó, preparándose para tratar de esquivar las flechas. Pero el Hombre Pájaro se situó delante de sus hombres, con un brazo extendido horizontalmente, revocando la orden. Él y Toffalar intercambiaron unas palabras que Kahlan no pudo oír. La mujer no perdió tiempo y aprovechó la oportunidad para avanzar, agachándose para esquivar los brazos extendidos de las sombras flotantes.

Con el rabillo del ojo vio a Toffalar. El anciano empuñaba un cuchillo y corría hacia ella. No le preocupaba; más pronto o más tarde chocaría con una sombra y caería muerto. El anciano se iba deteniendo para suplicar a las sombras, pero los lamentos de éstas eran tan fuertes que Kahlan no podía distinguir las palabras. La siguiente vez que miró comprobó que ya había cubierto gran parte de la distancia. Era increíble que no hubiera topado con ninguna sombra. De algún modo, se habían ido abriendo huecos para dejar pasar al anciano, que corría despreocupadamente y de modo temerario, con el rostro crispado de rabia. No obstante, Kahlan no se sentía inquieta; pronto tocaría una sombra y moriría.

La mujer recorrió lo que le quedaba de campo abierto, pero el cerco de sombras alrededor de Richard y Siddin era un muro gris e impenetrable. No había ningún hueco. Kahlan se movió a derecha e izquierda, tratando en vano de atravesar el cerco. Estaba tan cerca y, al mismo tiempo, tan lejos, y la trampa también se cerraba a su alrededor. Varias veces tuvo que retroceder para escapar por los pelos de las sombras. Richard le lanzaba fugaces miradas para ver dónde se encontraba y trataba de abrirse paso hacia ella con la espada, pero se veía obligado a volverse al otro lado para proteger a Siddin.

Kahlan dio un respingo al ver el cuchillo hendiendo el aire. Toffalar había llegado junto a ella. Embargado por el odio el anciano gritaba cosas que Kahlan no lograba comprender, aunque la intención del cuchillo era clara. Quería matarla. La Confesora eludió el golpe. Ahí estaba su oportunidad.

Pero cometió un error.

Al extender un brazo para tocar a Toffalar se dio cuenta de que Richard la miraba. La mujer vaciló; no quería que Richard la viera usando su poder. Ese instante de indecisión dio a Toffalar la oportunidad que necesitaba. Richard gritó su nombre para advertirla e inmediatamente tuvo que darse la vuelta para rechazar a las sombras que tenía a su espalda.

El anciano alzó el cuchillo y se lo clavó en el brazo derecho hasta el hueso.

El impacto y el dolor la enfurecieron. Se sentía furiosa consigo misma por haber sido tan estúpida. No desaprovechó la oportunidad una segunda vez. Levantó la mano izquierda y agarró a Toffalar por la garganta. Kahlan notó cómo su tenaza privaba al anciano de aire por un instante. Sólo tenía que tocarlo; el agarrarlo por la garganta había sido un reflejo fruto de la rabia, no su poder.

Aunque por todas partes resonaban los aterrorizados gritos y chillidos de la gente, además de los horripilantes lamentos de las muchas sombras que Richard destruía, Kahlan recuperó de pronto la quietud y la serenidad. En su cabeza no oía nada; el silencio era absoluto. Era el silencio de lo que se disponía a hacer.

En ese breve instante de calma, que para ella duró una eternidad, vio la mirada de terror en los ojos de Toffalar, la comprensión de cuál sería su destino. Asimismo leyó en sus ojos que se resistía contra ese final. La mujer sentía que el anciano empezaba a ponerse tenso para enfrentarse a ella, y hacía ademán de llevarse las manos a la garganta lenta y desesperadamente, para desasirse de su tenaza.

Pero era inútil; no tenía la más mínima posibilidad. Ahora Kahlan tenía el control. El tiempo era suyo. No sentía compasión ni remordimiento, sólo una calma absoluta.

Como había hecho antes innumerables veces, en su calma la Madre Confesora se relajó y, finalmente, liberó su poder, lanzándolo contra el cuerpo de Toffalar.

Hubo un fuerte impacto en el aire; un trueno silencioso. El agua de los charcos que la rodeaban vibró y lodosas gotas salieron disparadas.

Toffalar abrió mucho los ojos, los músculos de la cara se le aflojaron y la boca se le abrió.

—¡*Mi ama!* —dijo en un reverente susurro.

El sereno rostro de Kahlan se contrajo en una expresión de furia. Haciendo acopio de toda su fuerza, empujó a Toffalar de espaldas hacia el cerco de sombras que rodeaban a Richard y Siddin. El anciano cayó sobre las sombras, agitando los brazos y gritó al entrar en contacto con ellas para inmediatamente desplomarse en el barro. De algún modo el contacto abrió brevemente un pequeño hueco en el cerco. Sin dudarlo, Kahlan entró y logró pasar justo antes de que se cerrara tras ella.

La mujer se abalanzó sobre Siddin.

—¡Deprisa! —le gritó Richard.

Siddin no la miró; tenía el rostro fijo en las sombras, la boca abierta y todos los músculos tensos. La mujer trató de arrancarle la piedra de su pequeño puño, pero el niño la agarraba con una fuerza nacida de su miedo. Entonces le arrebató la bolsa de la otra mano y, cogiendo ésta y la muñeca del pequeño con la mano izquierda, con la derecha empezó a separar uno a uno los pequeños dedos que sostenían la piedra, sin dejar de suplicarle todo el tiempo que la soltara. Pero Siddin no la oía. La sangre corría por el brazo de la mujer hasta su temblorosa mano, se mezclaba con la lluvia y los dedos le resbalaban.

Una sombra trató de tocarle la cara con una mano pero Kahlan retrocedió. La espada silbó muy cerca de su rostro y traspasó a la sombra. Ésta soltó un quejido que se unió al coro de los demás. Siddin miraba las sombras como petrificado; tenía todos los músculos rígidos. Richard, de pie sobre ellos, blandía la espada trazando complicadas formas. Ya no podían ceder más terreno. Ahora sólo tenían espacio para ellos tres. Los resbaladizos dedos de Siddin se negaban a abrirse.

Kahlan apretó los dientes y con un esfuerzo que le causó un dolor punzante en la herida del brazo derecho finalmente logró arrancar al niño la piedra de la mano. Debido a la sangre y al barro, le salió disparada de los dedos como una pepita de melón y aterrizó en el barro, junto a su rodilla. Casi instantáneamente la mujer la recogió y con ella un buen puñado de barro. Entonces la metió precipitadamente en la bolsa y tiró con fuerza del cordón para cerrarla. Luego, con un grito ahogado, levantó la vista.

Las sombras se quedaron quietas. La mujer oía los resoplidos de Richard, que continuaba blandiendo la espada contra ellas. Despacio al principio, las sombras empezaron a retroceder, como confundidas, perdidas, buscando. Luego se disolvieron en el aire para regresar al inframundo, de donde habían salido. Al momento siguiente ya no estaban allí. Excepto por el cuerpo de Toffalar los tres se encontraban solos en el barro.

Kahlan, con la lluvia chorreándole en el rostro, cogió a Siddin en brazos y lo atrajo hacia sí con fuerza. El niño se echó a llorar. Agotado, Richard cerró los ojos, se dejó caer de rodillas y se sentó sobre los talones. Con la cabeza inclinada intentó recuperar el resuello.

—*Kahlan* —gimoteó Siddin—, *me llamaban por mi nombre.*

—*Lo sé* —le susurró la mujer al oído, besándolo—, *ya ha pasado todo. Has sido muy valiente. Tan valiente como un cazador.*

El niño le echó los brazos al cuello buscando consuelo. Kahlan se sentía débil y temblorosa. Habían estado a punto de perder la vida por salvar a una sola persona, justo lo que había dicho a Richard que no debía hacer el Buscador. Pero lo habían hecho sin pensárselo dos veces. ¿Cómo no intentarlo? Ahora, con Siddin abrazado a ella, sentía que había valido la pena. Richard aún sostenía la espada con ambas manos, la punta hincada en el barro. Kahlan alargó un brazo y le puso una mano sobre el hombro.

Al notar el contacto de la mano, instantáneamente la cabeza del joven se alzó y la espada giró rauda hacia ella, deteniéndose ante su cara. Kahlan saltó por la sorpresa. En los grandes ojos de Richard relucía la furia.

—Richard —dijo la mujer, asombrada—, sólo soy yo. La lucha ha terminado. No quería asustarte.

El joven relajó los músculos y se dejó caer de lado en el lodo.

—Lo siento —logró decir, aún jadeando—. Cuando me has tocado... supongo que creí que era una sombra.

De pronto se vieron rodeados por una pared de piernas. Kahlan levantó la vista. Ahí estaba el Hombre Pájaro, así como Savidlin y Weselan. Ésta sollozaba. Kahlan se levantó y le tendió a su hijo. A su vez, Weselan se lo dio a su marido y se abrazó a Kahlan, llenándole la cara de besos.

—*¡Gracias, Madre Confesora, gracias por salvar a mi niño!* —gritó—. *Gracias, Kahlan, muchas gracias.*

—*Calma, calma. Ya ha pasado todo* —la tranquilizó Kahlan, devolviéndole el abrazo.

Bañada en lágrimas Weselan se volvió para coger a Siddin en brazos.

Kahlan se fijó en Toffalar, que yacía muerto en el suelo. Entonces se dejó caer en el barro, exhausta, dobló las rodillas y se las rodeó con los brazos.

Con la cara contra las rodillas perdió el control y se echó a llorar. No lloraba por haber matado a Toffalar, sino por haber dudado. Su vacilación había estado a punto de costarle la vida a ella, a Richard, a Siddin... a todo el mundo. Había estado a punto de servir la victoria a Rahl en bandeja de plata sólo por impedir que Richard viera qué iba a hacer. Era lo más estúpido que había hecho en su vida, además de no revelar a Richard que era una Confesora. La mujer vertió lágrimas de frustración mientras lloraba desconsoladamente.

Una mano la cogió por el brazo sano y tiró de ella para ponerla en pie. Era el Hombre Pájaro. Kahlan se mordió el tembloroso labio y se obligó a dejar de llorar. No podía permitirse mostrar debilidad ante aquellas personas. Era una Confesora.

—*Buen trabajo, Madre Confesora* —la felicitó el Hombre Pájaro, al tiempo que le vendaba la herida del brazo con un pedazo de tela que le tendió uno de sus hombres.

—*Gracias, honorable anciano* —repuso con la cabeza alta.

—*Esta herida necesita puntos. Me encargaré de que el mejor de nuestros curanderos haga el trabajo.*

Kahlan dejó que le vendara el profundo corte, lo que le causaba oleadas de dolor y le hacía sentirse como atontada. El Hombre Pájaro miró entonces a Richard, que parecía satisfecho de yacer de espaldas en el barro como si en el mundo no hubiera lecho más cómodo. El hombre enarcó una ceja en dirección a Kahlan y señaló con un movimiento de cabeza al Buscador.

—*Diste en el blanco al advertirme que no debíamos dar al Buscador motivos para desenvainar la espada enfurecido.* —Hubo un breve destello en los penetrantes ojos marrones del hombre, y sus labios esbozaron una sonrisa—. *No has estado nada mal, Richard, el del genio pronto. Es una suerte que los malos espíritus todavía no hayan aprendido a llevar espada.*

—¿Qué ha dicho? —quiso saber Richard.

Kahlan tradujo y el joven sonrió de oreja a oreja por la broma que sólo ellos tres comprendían, al tiempo que se ponía en pie y guardaba la espada. Acto seguido cogió la bolsa de manos de Kahlan. Ésta ni siquiera se había dado cuenta de que la continuaba agarrando con fuerza. Richard se la metió en el bolsillo y comentó:

—Ojalá que nunca nos topemos con espíritus armados con espadas.

El Hombre Pájaro asintió y agregó:

—*Y ahora tenemos cosas de las que ocuparnos.*

Inclinándose asió la piel de coyote que cubría a Toffalar y tiró de ella. El cuerpo rodó en el barro.

—*Enterradlo* —ordenó a los cazadores con ojos entrecerrados—. *Todo el cuerpo.*

—*Anciano, ¿te refieres a todo menos la cabeza?* —Los hombres se miraban indecisos.

—*Ya me habéis oído. ¡Todo! Sólo conservamos los cráneos de los ancianos honorables para recordar su sabiduría. Pero los cráneos de los estúpidos los enterramos.*

La multitud se estremeció. Eso era lo peor que se podía hacer a un anciano, el peor deshonor de todos. Significaba que esa persona había vivido en vano. Los cazadores asintieron. Nadie alzó la voz para defender a Toffalar, ni siquiera los otros cinco ancianos.

—*Ahora nos falta un sexto anciano* —anunció el Hombre Pájaro. Se volvió y lentamente escrutó los ojos de todos los congregados, tras lo cual enderezó la espalda y arrojó la piel de coyote al pecho de Savidlin—. *Te elijo a ti.*

Savidlin cogió la embarrada piel con la misma reverencia que mostraría hacia una corona de oro. El nuevo anciano sonrió levemente con orgullo y dirigió una inclinación de cabeza al Hombre Pájaro.

—*¿Tienes algo que decir a nuestra gente como su nuevo anciano?* —No era una pregunta sino una orden.

Savidlin fue a situarse entre Kahlan y Richard, de cara a la multitud. Entonces se cubrió los hombros con la piel de coyote, sonrió con orgullo a Weselan y tomó la palabra. Kahlan miró y se dio cuenta de que todos los habitantes de la aldea estaban presentes.

—*Escuchadme, los más honorables entre nosotros* —empezó, dirigiéndose al Hombre Pájaro—, *estas dos personas han actuado desinteresadamente para defender a la gente barro. Nunca había presenciado algo igual en toda mi vida. Podrían habernos abandonado a nuestra suerte cuando, estúpidos de nosotros, les dimos la espalda. Pero, en vez de eso, nos demostraron el tipo de personas que son. Valen tanto como los mejores de nosotros.* —Casi todo el mundo asintió—. *Pido que sean nombrados gente barro.*

El Hombre Pájaro sonrió levemente, pero su sonrisa se evaporó al dirigirse a los otros cinco ancianos. Aunque lo ocultaba bien, Kahlan se daba cuenta de que la cólera centelleaba en los ojos del hombre.

—*Dad un paso adelante.* —Los ancianos intercambiaron miradas de soslayo, pero finalmente obedecieron—. *Savidlin ha hecho una petición extraordinaria y debe ser unánime. ¿Apoyáis su petición?*

Savidlin se acercó a los arqueros y le arrebató a uno de ellos su arco.

Entonces colocó una flecha en el arco sin dejar de observar a los ancianos con ojos entornados. Estiró la cuerda del arco, lo mantuvo tenso y fue a situarse ante los ancianos.

—*Apoyad la petición o elegiremos a otros cinco que sí lo harán.*

Los ancianos se lo quedaron mirando con gesto adusto. El Hombre Pájaro no intervino. Se hizo un largo silencio. La multitud aguardaba, hipnotizada. Finalmente, Caldus dio un paso adelante, puso una mano sobre el arco de Savidlin y suavemente lo bajó de modo que la flecha apuntara al suelo.

—*Por favor, Savidlin, permite que hablemos con el corazón y no bajo la amenaza de una flecha.*

—*Hablad pues.*

Caldus se aproximó a Richard, se detuvo frente a él y lo miró a los ojos.

—*No hay nada más difícil para un hombre, especialmente si es anciano, que admitir que ha actuado de modo estúpido y egoísta* —dijo en voz baja, y esperó que Kahlan tradujera—. *Pero tú no has actuado ni de modo estúpido ni egoísta. Los dos habéis dado a los niños un ejemplo de lo que es la gente barro, mucho mejor que yo. Así pues, pido al Hombre Pájaro que os nombre gente barro. Por favor, Richard, el del genio pronto, y Madre Confesora, nuestra gente os necesita.* —El anciano extendió las manos con las palmas hacia arriba—. *Si me consideráis indigno de presentar tal petición en vuestro favor, por favor, matadme para que alguien mejor que yo la haga.*

Caldus inclinó la cabeza e hinco las rodillas en el barro ante Richard y Kahlan. Ésta tradujo sus palabras, omitiendo sólo su título. Los otros cuatro ancianos se arrodillaron ante ellos, sumándose sinceramente a la petición de Caldus. Kahlan suspiró aliviada. Al fin tenían lo que querían y necesitaban.

Richard contemplaba de brazos cruzados las coronillas de los cinco hombres sin decir nada. Kahlan no comprendía por qué no aceptaba de una vez y los invitaba a levantarse. Nadie se movía. ¿Qué se proponía? Lo habían logrado. ¿Por qué no aceptaba su arrepentimiento?

Kahlan veía que un músculo de la mandíbula de Richard se contraía y relajaba. La mujer se quedó helada; conocía esa mirada, la furia. Esos hombres se habían pasado de la raya con él y con ella. Kahlan recordó el modo en que se había guardado la espada la última vez que los tuvo ante sí ese mismo día. Había sido algo definitivo. Richard no se había tirado ningún farol. Ahora no pensaba, su única idea era matar.

El joven descruzó los brazos y su mano se dirigió a la empuñadura. La espada se deslizó fuera de su vaina lenta y suavemente, como la última vez que la desenvainó por ellos. El agudo sonido metálico anunció la llegada del acero en el aire en silencio. Kahlan sintió un doloroso estremecimiento en los hombros y también en la nuca. Richard respiraba agitadamente.

La Confesora lanzó una furtiva mirada al Hombre Pájaro; no se movía y no parecía que tuviera intención de hacerlo. Richard no lo sabía pero, según la ley de la gente barro, podía matar a aquellos ancianos si lo deseaba. Habían sido sinceros al poner su vida en sus manos. Savidlin tampoco había faroleado; los habría matado sin dudar. Para la gente barro fuerza significaba fuerza para matar al adversario. Esos hombres ya estaban muertos a los ojos de la aldea y sólo Richard podía devolverles la vida.

No obstante, la ley de la gente barro no venía al caso, pues el Buscador era una ley en sí mismo y, en último término, no debía rendir cuentas ante nadie. Ninguno de los presentes podría detenerlo.

Richard sostenía la *Espada de la Verdad* sobre la cabeza de los ancianos con ambas manos, agarrándola con tanta fuerza que tenía los nudillos blancos. Kahlan podía ver la cólera que se iba acumulando en él, la ardiente necesidad, la furia. Le parecía estar viviendo un sueño al que ella asistía impotente sin poder hacer nada por detenerlo.

La mujer recordó a todos los que ya habían muerto, tanto inocentes como quienes habían dado su vida para tratar de detener a Rahl el Oscuro: Dennee, todas las demás Confesoras, los magos, el geniecillo nocturno Shar y tal vez Zedd y Chase.

Entonces comprendió.

Richard no estaba decidiendo si debía matarlos, sino si podía arriesgarse a que siguieran con vida.

¿Podía confiar a aquellos hombres su oportunidad de detener a Rahl? ¿Podía confiar en su sinceridad? ¿Podía confiarles la vida? ¿O debería elegir a un nuevo consejo de ancianos, más dispuesto a ayudarlo?

Si no podía confiar en que aquellos hombres lo enviaran en la dirección correcta contra Rahl tendría que matarlos y nombrar a otros que estuvieran de su lado. Lo único que importaba era detener a Rahl. Si existía la posibilidad de que aquellos hombres hicieran peligrar su triunfo, sus vidas tendrían que ser sacrificadas. Kahlan sabía que Richard hacía lo correcto. Era, ni más ni menos, lo que ella misma haría y lo que el Buscador debía hacer.

La mujer lo observó, de pie, con los ancianos arrodillados ante él. La lluvia había cesado. El sudor corría a Richard por la cara. Kahlan recordó el dolor que sintió el joven al matar al último hombre de la cuadrilla y observó la furia que se iba acumulando, esperando al mismo tiempo que fuera suficiente para protegerlo de lo que estaba a punto de hacer.

Kahlan comprendió entonces por qué los Buscadores eran tan temidos. Richard no bromeaba sino que iba muy en serio. Estaba absorto dentro de sí mismo y de la magia. Si en ese instante alguien tratara de detenerlo, también lo mataría. Claro que primero tendrían que pasar por encima de ella.

Richard elevó la hoja de la espada frente a su cara, inclinó la cabeza hacia atrás y cerró los ojos. Temblaba de cólera. Los cinco ancianos permanecían inmóviles, arrodillados frente al Buscador.

Kahlan recordó al hombre que Richard había matado, recordó cómo la espada explotó atravesándole la cabeza, y la sangre por todas partes. Richard lo mató porque representaba una amenaza directa. Matar o morir; daba igual que la amenaza fuera dirigida contra Kahlan y no contra él.

Pero esto era una amenaza indirecta, un modo de matar distinto. Muy distinto. Se trataba de una ejecución y Richard era al mismo tiempo juez y verdugo.

El Buscador bajó de nuevo la espada y fulminó con la mirada a los ancianos. Entonces cerró el puño y, lentamente, se pasó la hoja por la cara interior del antebrazo izquierdo. Al completar la pasada dio la vuelta a la hoja e hizo lo propio con la otra cara, hasta que la sangre corrió por el acero y de la punta cayeron gotas.

Kahlan echó un rápido vistazo a su alrededor. La gente barro miraba fijamente, cautivada por el drama mortal que se desarrollaba ante sus ojos, incapaces de apartar la vista aunque lo desearan. Nadie habló. Nadie se movió. Nadie parpadeó siquiera.

Todos los ojos siguieron a Richard, que volvió a levantar la espada y se la llevó a la frente.

—Espada, haz hoy honor a tu nombre —musitó.

La sangre le brillaba en la mano izquierda. Kahlan se dio cuenta de que Richard temblaba por la necesidad que lo embargaba. La espada refulgía allí donde la sangre no la cubría. El Buscador bajó la mirada hacia los ancianos.

—Mírame —ordenó a Caldus. Éste no se movió—. ¡Te digo que me mires! —chilló—. ¡Mírame a los ojos! —Pero Caldus continuaba inmóvil.

—Richard —dijo Kahlan. El joven le dirigió una iracunda mirada. Sus ojos la miraban desde un mundo distinto; la magia revoloteaba en ellos. La mujer mantuvo un tono de voz sereno sin demostrar ninguna emoción—. No te entiende.

—¡Pues díselo tú!

—*Caldus*. —El anciano alzó la vista hacia la impasible cara de la mujer—. *El Buscador quiere que lo mires a los ojos.*

El anciano no respondió, simplemente miró a Richard y su mirada quedó prendida en los ojos del Buscador.

Richard inspiró bruscamente mientras la espada se alzaba rauda en el aire. Kahlan contempló la punta cuando se detuvo un solo instante. Algunas personas se volvieron y otras taparon los ojos a sus hijos. Kahlan contuvo la respiración y se apartó ligeramente, esperando una lluvia de fragmentos.

El Buscador lanzó un grito mientras descargaba la *Espada de la Verdad*. La punta del arma silbó en el aire. La multitud ahogó una exclamación.

La espada se detuvo en el aire a muy pocos centímetros del rostro de Caldus, del mismo modo que se detuvo la primera vez que Richard la usó, cuando Zedd le ordenó que cortara el árbol.

Richard permaneció inmóvil durante lo que pareció una eternidad, con los músculos de los brazos tensos y duros como el acero. Finalmente se relajaron y el joven apartó de Caldus tanto la hoja como su abrasadora mirada.

—¿Cómo se dice «os devuelvo la vida y el honor» en su idioma? —preguntó a Kahlan sin mirarla.

Ella contestó en voz baja.

—*Caldus, Surin, Arbrin, Breginderin, Hanjalet* —anunció Richard en un tono suficientemente alto para que todos lo oyeran—, *os devuelvo la vida y el honor*.

Hubo un instante de silencio, tras el cual la gente barro prorrumpió en ruidosos vítores. Richard deslizó de nuevo la espada en la funda y luego ayudó a los ancianos a levantarse. Éstos le sonrieron, pálidos pero complacidos por haberse salvado y también muy aliviados. Entonces se volvieron hacia el Hombre Pájaro.

—*Muy honorable anciano, te hacemos una petición unánime. ¿Qué respondes?*

El Hombre Pájaro miró primero a los ancianos y después a Richard y Kahlan con los brazos cruzados. En sus ojos se leía la tensión de la dura prueba que acababa de presenciar. Dejó caer los brazos a ambos lados y se aproximó a Richard. El Buscador parecía agotado y sin fuerzas. El Hombre Pájaro les pasó a ambos un brazo alrededor de los hombros como si quisiera felicitarlos por su valor, tras lo cual fue poniendo una mano sobre los hombros de los cinco ancianos, para que supieran que todo estaba olvidado. Entonces dio media vuelta y empezó a caminar, esperando que lo siguieran. Kahlan y Richard caminaban tras él, seguidos por Savidlin y los demás ancianos; una escolta real.

—Richard —preguntó Kahlan bajando la voz—, ¿esperabas que la espada se detuviera?

El joven andaba con la vista al frente. Dejó escapar un profundo suspiro y repuso:

—No.

Era lo que Kahlan pensaba. La mujer trató de imaginarse lo que eso representaba para Richard. Aunque no había llegado a ejecutar a los ancianos, había estado decidido a hacerlo. No tendría que vivir con esa acción, pero sí con la intención.

Kahlan se preguntó si Richard había hecho lo correcto al perdonarles la vida. Sabía qué habría hecho ella en su lugar; no se habría permitido mostrarse clemente. Había demasiadas cosas en juego. Por otra parte, ella había visto más cosas que él, tal vez demasiadas, y estaba demasiado dispuesta a matar. Uno no podía matar en todas las situaciones de riesgo, pues el riesgo era constante. Uno debía detenerse en algún punto.

—¿Qué tal el brazo? —preguntó el joven, arrancándola de sus cavilaciones.

—Me duele horrores —admitió la mujer—. El Hombre Pájaro dice que me tendrán que coser la herida.

Richard mantuvo deliberadamente la mirada al frente mientras seguía caminando a su lado.

—Necesito a mi guía —dijo en voz baja y sin emoción—. Me has dado un buen susto.

Era lo más parecido a una reprimenda. Kahlan se ruborizó y se alegró de que Richard no la mirara y se diera cuenta. Él no sabía de qué era ella capaz, pero sí que había vacilado. Kahlan había estado a punto de cometer un error fatal; los había puesto a todos en peligro porque no quería que él la viera. Richard no había insistido cuando tuvo la oportunidad, el derecho; como ahora ponía antes los sentimientos. La mujer sentía que el corazón se le hacía pedazos.

El pequeño grupo subió a la plataforma situada en el cobertizo sostenido por postes. El Hombre Pájaro se puso entre Richard y Kahlan, de cara a la multitud, mientras los ancianos se quedaban al fondo.

—*¿Estás preparada para hacer esto?* —preguntó a Kahlan, mirándola intensamente.

—*¿A qué te refieres?* —preguntó a su vez la mujer, recelosa ante el tono de voz usado por el hombre.

—*Me refiero a que si los dos queréis convertiros en gente barro, tendréis que comportaros como tales y respetar nuestras leyes y nuestras costumbres.*

—*Sólo yo sé a lo que nos enfrentamos y no confío en salir con vida de la empresa.* —Kahlan hablaba con un tono de voz deliberadamente duro—.

He escapado a la muerte más veces de las que nadie tiene derecho. Lo que queremos es salvar a tu gente; hemos jurado hacerlo incluso a costa de nuestras propias vidas. ¿Qué más se nos puede pedir que la vida?

El Hombre Pájaro sabía que estaba eludiendo la respuesta y no dejó que se saliera con la suya.

—*No hago esto a la ligera, sino porque sé que sois sinceros en vuestra lucha y que realmente deseáis proteger a mi gente de la tormenta que se avecina. Pero debéis ayudarme en esto. Debéis amoldaros a nuestras costumbres, no para complacerme a mí sino como muestra de respeto hacia la gente barro. Ellos lo esperan.*

Kahlan tenía la boca tan seca que apenas podía tragar.

—*Yo no como carne* —mintió—. *Ya lo sabes de las otras veces que estuve aquí.*

—*Aunque eres una luchadora, también eres mujer, por lo que puede disculparse. Hasta aquí puedo hacer. El hecho de ser Confesora te excluye de lo otro.* —Sus ojos daban a entender que no cedería ni un ápice más—. *Pero al Buscador no. Él tendrá que hacerlo.*

—*Pero...*

—*Tú misma me dijiste que no lo elegirías como pareja. Si quiere convocar una reunión tiene que ser uno de los nuestros.*

Kahlan se sentía atrapada. Si ahora rehusaba, Richard se pondría furioso y con razón. Perderían ante Rahl. Richard era de la Tierra Occidental y no estaba familiarizado con las costumbres de los diferentes pueblos que habitaban la Tierra Central. Era posible que se negara a seguir adelante. Ella no podía arriesgarse. Había demasiado en juego. El Hombre Pájaro esperaba.

—*Haremos lo que vuestras leyes dicten* —dijo finalmente, tratando de ocultar lo que realmente pensaba.

—*¿No quieres preguntar su opinión al Buscador?*

La mujer apartó la mirada y la posó en las cabezas de la multitud expectante.

—*No* —respondió.

El Hombre Pájaro le cogió el mentón y la obligó a volver la cara hacia él.

—*Entonces será responsabilidad tuya que haga lo que se espera de él. Por tu honor.*

Kahlan sentía que la rabia le crecía en el interior. Richard se inclinó hacia ella desde el otro lado del Hombre Pájaro.

—Kahlan, ¿qué ocurre? ¿Va algo mal?

Los ojos de la mujer fueron de Richard al Hombre Pájaro, y dirigió a este último un cabeceo.

—No pasa nada. Todo va bien.

El Hombre Pájaro le soltó el mentón, se volvió hacia su gente y sopló el silbato silencioso que llevaba alrededor del cuello. Entonces empezó a hablarles de su historia y sus costumbres, de por qué evitaban la influencia de los forasteros y de cómo tenían derecho a ser gente orgullosa. Mientras hablaba empezaron a llegar palomas, que se posaban entre la gente.

Kahlan oía sin escuchar, inmóvil encima de la plataforma, sintiéndose como un animal atrapado. Al imaginarse que podrían ganarse a la gente barro y ser aceptados como parte de ellos, no había considerado la posibilidad de que tuvieran que hacer ciertas cosas. Había creído que su iniciación sería una mera formalidad, tras la cual Richard podría pedir la celebración de una reunión. Kahlan no había previsto que las cosas tomaran ese derrotero.

Tal vez podría esconderle a Richard una parte. Él nunca lo sabría. Después de todo, no comprendía su idioma. Sí, se callaría; sería lo mejor.

Pero otras cosas, pensó con desánimo, serían demasiado obvias. La mujer notaba que las orejas se le ponían coloradas y cómo se le formaba un nudo en la boca del estómago.

Richard percibía que no necesitaba comprender las palabras que pronunciaba el Hombre Pájaro y no le pidió que tradujera. Tras concluir los comentarios introductorios, el Hombre Pájaro llegó a la parte importante.

—*Cuando estas dos personas llegaron a la aldea eran forasteros. Sus acciones han demostrado que se preocupan por la gente barro y que son dignos. A partir de este día, hago saber a todos que Richard, el del genio pronto, y la Confesora Kahlan son gente barro.*

Kahlan tradujo, omitiendo su título, mientras la multitud los vitoreaba. Un risueño Richard levantó una mano hacia los espectadores y los vítores se recrudecieron. Savidlin le dio un amistoso golpecito en la espalda. El Hombre Pájaro puso una mano sobre el hombro de ambos y dio a la mujer un apretón comprensivo, tratando de aliviar su mala conciencia por haberle impuesto un compromiso.

Kahlan respiró hondo, resignada. Pronto pasaría y entonces se marcharían para detener a Rahl. Eso era todo lo que importaba. Además, a ella era a quien menos debería importarle.

—*Hay algo más* —prosiguió el Hombre Pájaro—. *Este hombre y esta mujer no nacieron siendo gente barro. Por su naturaleza ella es Confesora, aunque no lo haya elegido, y Richard, el del genio pronto, nació en la Tierra Occidental, al otro lado del Límite, donde las costumbres son un misterio para nosotros. Debemos ser pacientes con ellos, comprender que hacen un esfuerzo para convertirse en gente barro. Nosotros lo hemos sido toda la vida pero para ellos éste es su primer día. Son como recién nacidos. Mostradles la misma comprensión que a nuestros niños, y ellos lo harán lo mejor que puedan.*

Los espectadores intercambiaban comentarios y asentían; todos coincidían en la sabiduría del Hombre Pájaro. Kahlan lanzó un suspiro; el Hombre Pájaro se había cubierto las espaldas, y también a ellos dos, por si las cosas salían mal. Realmente era sabio. El hombre le dio otro apretón en el hombro y ella colocó su mano sobre la de él, apretándosela a su vez para agradecérselo.

Richard no perdió ni un segundo y se volvió hacia los ancianos.

—Me siento honrado de formar parte de la gente barro. A dondequiera que vaya defenderé el honor de nuestra gente, para que os sintáis orgullosos de mí. Ahora nuestra gente está en peligro. Necesito ayuda para protegerla. Solicito un consejo de videntes. Solicito una reunión.

Kahlan tradujo y todos los ancianos hicieron un ademán de aquiescencia.

—*Concedido* —dijo el Hombre Pájaro—. *Tardaremos tres días en prepararlo.*

—Honorable anciano —objetó Richard, conteniéndose—, estamos en grave peligro. Respeto vuestras costumbres, pero ¿hay algún modo de acelerar las cosas? Las vidas de nuestra gente dependen de ello.

El Hombre Pájaro hizo una profunda inspiración. Su largo cabello gris plateado reflejaba la mortecina luz.

—*Tratándose de circunstancias especiales haremos lo posible por ayudarte. Esta noche celebraremos el banquete, y mañana la reunión. No podemos acelerarlo más. Hay que hacer ciertos preparativos para que los ancianos crucen el vacío hacia los espíritus.*

Richard también hizo una profunda inspiración.

—De acuerdo, mañana por la noche.

El Hombre Pájaro volvió a soplar el silbato y las palomas alzaron el vuelo. Kahlan sintió como si sus esperanzas, por imposibles y tontas que fueran, se marcharan con ellas.

Rápidamente se iniciaron los preparativos. Savidlin condujo a Richard a su casa para curarle los cortes y que se aseara, mientras que el Hombre Pájaro se llevaba a Kahlan para que le sanaran la herida. La sangre había empapado el vendaje y el corte le dolía mucho. El hombre la guió por callejones, ciñéndole los hombros con el brazo en actitud protectora. Kahlan se sentía agradecida de que no hablara del banquete.

El hombre la confió a una mujer encorvada llamada Nissel, a quien dio instrucciones de que la tratara tan bien como si fuera su hija. Nissel sonreía poco, casi siempre a destiempo, y sólo hablaba para dar instrucciones: «Ponte aquí», «levanta el brazo», «bájalo», «respira», «no respires», «bebe esto», «túmbate aquí», «recita el *Candra*». Kahlan no sabía qué era el *Candra*. Nissel se encogió de hombros y, en vez de eso, hizo que sostuviera en equilibrio sobre el estómago piedras planas, unas encima de otras, mientras ella la examinaba. Cuando le dolía y las piedras empezaban a deslizarse, Nissel la reprendía y la conminaba a que se esforzara más. Después tuvo que mascar unas hojas de sabor amargo mientras la curandera le quitaba la ropa y la bañaba.

El baño le sentó mejor que las hojas. Kahlan no recordaba ningún baño que le hubiera sentado tan bien, y trató de deshacerse de los pensamientos depresivos al tiempo que se limpiaba el barro. Lo intentó con todas sus fuerzas. Nissel la dejó disfrutando del baño mientras le lavaba la ropa y la tendía junto al fuego, donde hervía una cacerola con una pasta marrón que olía a resina de pino. Después la curandera la secó, la envolvió en pieles cálidas y la hizo sentar en un banco tallado en la pared cerca del fuego elevado. Cuanto más mascaba las hojas mejor le sabían, pero la cabeza empezó a darle vueltas.

—*Nissel, ¿para qué son estas hojas?*

La curandera, que examinaba intrigada la camisa de Kahlan, se volvió y respondió:

—*Para que te relajes y no sientas lo que te hago. Sigue mascando y no te preocupes, muchacha. Estarás tan relajada que ni notarás que te coso la herida.*

Inmediatamente Kahlan escupió las hojas. La anciana miró al suelo y después a Kahlan, enarcando una ceja.

—*Nissel, soy una Confesora. Si me relajo hasta ese punto es posible que no sea capaz de contener el poder y cuando me tocaras podría liberarlo involuntariamente.*

—*Pero tú duermes y entonces te relajas.* —La curandera frunció el entrecejo, curiosa.

—*Eso es diferente. Duermo desde que nací, antes de desarrollar el poder. Si me relajara demasiado o me distrajera de un modo que no conozco, como con tus hojas, podría tocarte sin pretenderlo.*

Nissel asintió con una mueca. Entonces preguntó con mirada inquisitiva:

—*Pero entonces, ¿cómo...?*

Kahlan la miró con una cara que no decía nada y lo decía todo.

La anciana lo comprendió enseguida y se irguió.

—*Oh, ahora lo entiendo.* —Acarició el cabello de Kahlan con gesto de simpatía, se dirigió a la esquina más alejada de la habitación y regresó arrastrando los pies con un pedazo de cuero—. *Muerde esto. Si te vuelven a hacer daño, asegúrate de que te llevan a Nissel* —le dijo, dándole una palmadita en el hombro sano—. *Yo lo recordaré y sabré qué no debo hacer. Para una curandera a veces lo más importante es saber qué no debe hacer. Tal vez para una Confesora también, ¿no?* —Kahlan sonrió y asintió—. *Y ahora, muerde este pedazo de cuero tan fuerte como puedas.*

Al acabar Nissel le enjugó el sudor de la frente con un paño húmedo y frío. Kahlan estaba tan mareada y sentía tantas náuseas que ni siquiera podía incorporarse. Nissel dejó que se quedara tumbada mientras le aplicaba la pasta marrón y le cubría el brazo con vendas limpias.

—*Deberías dormir un poco. Te despertaré antes del banquete.*

Kahlan puso una mano sobre el brazo de la anciana y dijo, forzando una sonrisa:

—*Gracias, Nissel.*

Se despertó con la sensación de que alguien le cepillaba el pelo. Mientras dormía se había secado. Nissel le sonreía.

—*Te costará cepillarte tu hermoso cabello hasta que el brazo no esté mejor. No son muchas las que tienen el honor de poseer una cabellera como la tuya. Creí que te gustaría asistir al banquete bien peinada. Pronto empezará. Un joven muy apuesto te espera fuera.*

—*¿Cuánto lleva esperando?* —preguntó, incorporándose.

—*Hace mucho. He tratado de ahuyentarlo con una escoba, pero ha sido imposible. Es muy tozudo, ¿verdad?*

—*Sí* —repuso Kahlan con una amplia sonrisa.

Nissel la ayudó a ponerse la ropa limpia. El brazo ya no le dolía tanto como antes. Richard la esperaba impaciente, apoyado contra el muro, y se enderezó al verla salir. También él se veía limpio y descansado, sin ningún rastro de barro y vestido con unos sencillos pantalones de gamuza y una túnica y, por supuesto, la espada. Nissel tenía razón; era muy apuesto.

—¿Cómo estás? ¿Y el brazo? ¿Te sientes mejor?

—Estoy bien. —La mujer sonrió—. Nissel me ha curado.

—Gracias, Nissel. —Richard besó a la anciana en la coronilla—. Te perdono por lo de la escoba.

Nissel sonrió al oír la traducción, se inclinó hacia él y le lanzó una profunda mirada que incomodó al joven.

—*¿Quieres que le dé una poción* —preguntó a Kahlan—, *para darle más vigor?*

—No —dijo Kahlan bruscamente—. *Estoy segura de que no va a necesitarla.*

27

Mientras caminaban entre los edificios oscuros y apiñados, del centro de la aldea les llegaba el sonido de risas y de tambores. Había cesado de llover y el aire húmedo y cálido estaba saturado del aroma de los pastos que rodeaban la aldea. Unas antorchas iluminaban las plataformas de los edificios sostenidos por postes y las hogueras encendidas en el área abierta chasqueaban y chisporroteaban, arrojando sombras tornadizas. Kahlan sabía que costaba mucho trabajo acarrear la leña que alimentaba los fuegos para cocinar y el de los hornos, por lo que, normalmente, se mantenían bajos. Aquello era un derroche que la gente de barro muy pocas veces se permitía.

El aire nocturno llevaba hasta ella deliciosos aromas, que sin embargo no despertaban su apetito. Mujeres ataviadas con sus vestidos más coloridos y acompañadas por jovencitas se afanaban de un lado a otro, haciendo recados y asegurándose de que todo fuera bien. Los hombres exhibían sus mejores pieles, llevaban cuchillos ceremoniales en la cintura y se habían embadurnado el pelo con barro al modo tradicional.

Se guisaba sin parar, mientras la gente barro iba paseando, probando diversos platos e intercambiando historias. Parecía que la mayoría de ellos o bien comían o cocinaban. Había niños por todas partes, jugando, corriendo y riendo, entusiasmados por el inesperado banquete que se celebraba de noche, a la luz de los fuegos.

Bajo los tejados de hierba los músicos tocaban tambores y boldas, tubos largos y huecos con forma de campana y ondulaciones talladas sobre las que se pasaba una especie de lengüeta. Las misteriosas melodías, con las que se invitaba a los espíritus de los antepasados al banquete, resonaban por la llanura. Enfrente, al aire libre, había otro grupo de músicos. Los sonidos de ambos a veces se confundían y otras se separaban, estableciendo un inquietante diálogo de golpes y redobles de tambor que en algunos momentos se volvía frenético. Hombres disfrazados de animales o pintados como estilizados cazadores, brincaban y danzaban, representando leyendas de la gente barro. Los rodeaban exultantes niños, que los imitaban y golpeaban en el suelo con los pies al ritmo de los tambores. Las parejas jóvenes contemplaban toda aquella actividad un poco apartadas e intercambiaban arrumacos en los rincones más oscuros. Kahlan nunca se había sentido tan sola.

Savidlin, con la piel de coyote limpia alrededor de los hombros, dio con ellos y los arrastró hasta donde estaban sentados los ancianos sin dejar de dar palmaditas a Richard en la espalda. El Hombre Pájaro iba vestido con su habitual sencillez —pantalones y túnica de gamuza—; era lo suficientemente importante para permitírselo. Weselan estaba allí, al igual que las esposas de los demás ancianos, y fue a sentarse al lado de Kahlan, la cogió de la mano y le preguntó con sincera preocupación cómo tenía el brazo. Kahlan no estaba acostumbrada a que la gente se preocupara por ella. Era bonito formar parte de la gente barro, aunque no fuera más que teatro, porque ella era una Confesora y, por mucho que lo deseara, nadie podría cambiarlo. Así pues, hizo lo que aprendió de niña; poner a un lado sus emociones y pensar en la tarea que tenían por delante, en Rahl el Oscuro y en el poco tiempo que les quedaba. Y también en Dennee.

Richard, resignado a esperar un día más antes de la reunión, trataba de pasárselo bien, sonriendo y haciendo gestos de asentimiento ante los consejos que la gente barro le ofrecía y que él no comprendía. Los habitantes de la aldea desfilaban ante los ancianos en una procesión constante, para saludar con cariñosos cachetes a los últimos incorporados a la gente barro. Para ser sincera Kahlan tuvo que admitir que le prestaban tanta atención como a Richard. Algunas personas decidían quedarse junto a ellos un rato.

Sentados como estaban con las piernas cruzadas, depositaron ante ellos bandejas de junco y cuencos de cerámica llenos de diversos tipos de comida. Richard lo probó casi todo, recordando que debía usar la mano derecha, pero Kahlan se limitó a mordisquear un pedazo de pan de tava para no hacerles un feo.

—Esto está buenísimo —comentó Richard, al tiempo que cogía otra costilla—. Creo que es cerdo.

—Es jabalí —le corrigió Kahlan, mirando a los bailarines.

—Y la carne de venado también está muy sabrosa. Toma, prueba un poco. —El joven trató de darle un poco.

—No, gracias.

—¿Te pasa algo?

—No, no. Es sólo que no tengo hambre.

—No has comido nada de carne desde que estamos con la gente barro.

—No tengo hambre, eso es todo.

Richard se encogió de hombros y siguió comiendo la carne de venado.

Después de un rato la riada de personas que los saludaban fue menguando, dedicadas ya a otras actividades. Con el rabillo del ojo Kahlan vio que el Hombre Pájaro levantaba una mano para avisar a alguien. La mujer puso freno a sus sentimientos y adoptó una expresión que no revelaba el esfuerzo que hacía, tal como su madre le había enseñado; su cara de Confesora.

Entonces se acercaron con paso vacilante cuatro mujeres jóvenes, todas ellas sonriendo tímidamente y con el pelo embadurnado de barro. Richard las saludó con sonrisas, asentimientos y suaves cachetes, como al resto de la gente. Las jóvenes se daban codazos, se reían tontamente y comentaban en voz baja lo apuesto que era. Kahlan volvió la vista hacia el Hombre Pájaro, que hizo un gesto de asentimiento.

—¿Por qué se quedan? —preguntó Richard entre dientes—. ¿Qué quieren?

—Son para ti —contestó Kahlan en tono sereno.

La parpadeante luz del fuego iluminó el rostro del joven, que miraba a las muchachas sin entender nada.

—¿Para mí? ¿Y qué se supone que debo hacer con ellas?

Kahlan respiró hondo y clavó los ojos en los fuegos un instante.

—Yo sólo soy tu guía, Richard. Si necesitas que alguien te dé instrucciones para esto búscate a otro.

Hubo un momento de silencio.

—¿Las cuatro? ¿Para mí?

Kahlan lo miró y vio que Richard sonreía de oreja a oreja con gesto travieso. La mujer encontró su sonrisa irritante.

—No, tienes que escoger a una.

—¿Escoger a una? —repitió con aquella estúpida sonrisa aún en su rostro.

Kahlan se consoló pensando que, al menos, no iba a protestar sobre esa parte. Richard miró a las muchachas una por una.

—Elegir a una. Caray, será complicado. ¿Cuánto tiempo tengo para decidirme?

Kahlan clavó de nuevo la vista en el fuego y cerró los ojos un momento, tras lo cual se volvió al Hombre Pájaro.

—*El Buscador pregunta cuándo debe decidir qué mujer elige.*

—*Antes de irse a la cama* —repuso el Hombre Pájaro, un tanto sorprendido por la pregunta—. *Entonces deberá elegir a una y dar a la gente barro un hijo. De este modo quedará unido a nosotros por lazos de sangre.*

Kahlan se lo tradujo.

—Sabia costumbre —afirmó Richard tras ponderar la respuesta—. El Hombre Pájaro es muy sabio —dijo, volviendo la vista al Hombre Pájaro y asintiendo.

—*El Buscador dice que eres muy sabio* —le tradujo Kahlan, tratando de controlar la voz.

Tanto el Hombre Pájaro como los demás ancianos parecieron complacidos. Todo estaba saliendo a pedir de boca.

—Bueno, me temo que será una decisión difícil. Tendré que pensarlo con calma. No quisiera precipitarme.

Kahlan se apartó unos mechones de pelo de la cara y dijo a las muchachas:

—*Al Buscador le cuesta decidirse.*

Richard dirigió a las cuatro una amplia sonrisa y les indicó con un gesto impaciente que subieran a la plataforma. Dos se sentaron a un lado del joven y las otras dos se apretaron entre él y Kahlan, obligando a ésta a apartarse. Entonces se recostaron contra él, le pusieron las manos sobre los brazos y le palparon los músculos, riendo tontamente. Acto seguido comentaron con Kahlan lo fornido que era y que sus hijos serían muy robustos. También quisieron saber si Richard las encontraba atractivas y le pidieron que se lo preguntara.

—Quieren saber si las encuentras atractivas —tradujo Kahlan tras hacer otra profunda inspiración.

—¡Claro que sí! ¡Son muy hermosas! Las cuatro. Por eso me cuesta tanto decidirme. ¿A ti no te parecen hermosas?

Kahlan no respondió sino que aseguró a las jóvenes que el Buscador las encontraba muy atractivas. Ellas rieron con su habitual timidez. El Hombre Pájaro y los ancianos parecían satisfechos y se deshacían en sonrisas. Kahlan asistía como atontada a la celebración y miraba a los bailarines, pero sin verlos.

Las cuatro muchachas ofrecían comida a Richard con los dedos y se reían como bobas. El joven dijo a Kahlan que aquél era el mejor banquete de su vida y le preguntó si ella no opinaba lo mismo. La mujer tragó el nudo que tenía en la garganta y convino con él en que era maravilloso, aunque apartó la vista y la fijó en las ardientes chispas que revoloteaban en la oscuridad.

Después de lo que parecieron horas, una anciana se aproximó a la plataforma con la cabeza inclinada, llevando una gran bandeja de junco en la que se habían dispuesto cuidadosamente oscuras tiras de carne seca.

La interrupción hizo regresar a Kahlan a la realidad.

Con la cabeza aún inclinada la anciana se acercó respetuosamente a los ancianos y les fue ofreciendo la bandeja uno a uno, silenciosamente. El Hombre Pájaro fue el primero y empezó a arrancar pedazos de una tira con los dientes mientras los demás ancianos también se servían. Algunas esposas también aceptaron, pero Weselan, sentada junto a su marido, no.

A continuación la anciana sostuvo la bandeja frente a Kahlan, pero ésta declinó cortésmente. Cuando le tocó el turno a Richard, éste cogió una tira. Las cuatro muchachas rehusaron y observaron a Richard. Kahlan esperó hasta que dio un bocado a la carne e intercambió una breve mirada con el Hombre Pájaro, tras lo cual volvió a clavar los ojos en las hogueras.

—¿Sabes?, no acabo de decidirme por cuál de estas hermosas jóvenes elegir —dijo Richard tras tragar el primer bocado—. ¿Crees que podrías ayudarme? ¿Cuál debo elegir? ¿Qué te parece?

Pugnando por normalizar el ritmo de su respiración, la mujer contempló la sonriente faz del joven y repuso:

—Tienes razón, es una elección difícil. Creo que dejaré que seas tú quien elija.

Richard comió un poco más de carne, mientras Kahlan apretaba los dientes y tragaba con fuerza.

—Esta carne tiene un sabor extraño. Nunca había probado nada igual. —Hizo una pausa y preguntó—: ¿Qué es? —Su voz había cambiado y ahora tenía un tono que la asustó tanto que estuvo a punto de dar un brinco. Richard la miraba amenazadoramente, con dureza. Kahlan no había pensado decírselo, pero esa mirada le hizo olvidar su intención inicial.

Preguntó al Hombre Pájaro y respondió:

—Dice que es un apagafuegos.

—Un apagafuegos. —El joven se inclinó hacia adelante—. ¿Y qué tipo de animal es un apagafuegos? —Kahlan miró sus penetrantes ojos grises y respondió dulcemente:

—Uno de los hombres de Rahl el Oscuro.

—Ya veo. —Richard recuperó su postura inicial.

Lo había sabido. Kahlan se dio cuenta de que lo había sabido incluso antes de preguntárselo, pero quería comprobar si le mentía.

—¿Y quiénes son los apagafuegos?

Kahlan preguntó a los ancianos cómo habían llegado a saber de los apagafuegos. Savidlin ardía en deseos de contarle la historia. Cuando el hombre acabó, se volvió hacia Richard.

—Los apagafuegos viajan por la Tierra Central para hacer cumplir la prohibición de Rahl de que nadie encienda fuego. Pueden llegar a ser brutales. Savidlin dice que dos de ellos llegaron a la aldea hace pocas semanas, les dijeron que el fuego estaba prohibido y, cuando la gente barro se negó a acatar la nueva ley, los amenazaron. Como temían que si se marchaban regresarían con más hombres, los mataron. La gente barro cree que si se comen a sus enemigos adquieren su sabiduría. Para ser un hombre entre la gente barro, para ser uno de ellos, tú también debes comer y así tendrás el conocimiento de sus enemigos. Éste es el principal propósito de los banquetes. Esto y convocar a los espíritus de los antepasados.

—¿Y ya he comido lo suficiente para satisfacer a los ancianos? —La mirada de Richard la traspasó.

—Sí —contestó, deseando poder levantarse y correr.

Con movimientos deliberadamente cuidadosos Richard dejó a un lado la tira de carne. Sus labios volvieron a curvarse en una sonrisa y miró a las muchachas mientras dirigía la palabra a Kahlan, incluso abrazando a las dos que tenía más cerca.

—Kahlan, hazme un favor. Ve a buscarme una manzana a la mochila. Creo que necesito un sabor familiar para quitarme este gusto de la boca.

—Que yo sepa, no estás inválido —le espetó Kahlan.

—No, pero necesito tiempo para decidir con cuál de estas bellas muchachas yaceré esta noche.

Kahlan se levantó, lanzó una mirada colérica al Hombre Pájaro y se dirigió hecha una furia a casa de Savidlin. Se alegraba de alejarse de Richard y de esas chicas que no dejaban de sobarlo.

Mientras caminaba entre felices aldeanos se clavó las uñas en las palmas de las manos, pero ni siquiera lo notó. Los bailarines danzaban, los músicos tocaban los tambores, los niños reían y la gente la saludaba al pasar. Pero ella deseaba que alguien le dijera algo desagradable para poder golpearlo.

Al llegar a la casa, entró y se dejó caer sobre la piel que cubría el suelo, tratando en vano de contener las lágrimas. Se dijo que todo lo que necesitaba eran unos minutos para recuperar de nuevo el control. Richard hacía lo que la gente barro esperaba de él, lo que ella misma había prometido al Hombre Pájaro que haría. Ella no tenía ningún derecho a enfadarse, ninguno; Richard no le pertenecía. Ahora lloraba con todo su corazón. No tenía ningún derecho a sentirse de ese modo, ni de enojarse con él. Pero estaba enfadada, y furiosa.

Entonces recordó lo que había dicho al Hombre Pájaro sobre que ella misma se había buscado el problema y que temía las consecuencias que debería sufrir.

Richard simplemente hacía lo que era necesario para que el consejo de videntes se reuniera, lo que era necesario para encontrar la caja y detener a Rahl. Kahlan se secó las lágrimas.

Si al menos no disfrutara tanto con ello. Podría hacerlo sin comportarse como un...

Bruscamente sacó una manzana de la mochila. ¿Qué más daba? Ella no podía cambiar las cosas, pero tampoco tenía que aceptarlas con alegría. Se mordió un labio y abandonó la casa pisando con fuerza, tratando de adoptar una expresión impávida. Por suerte estaba oscuro.

Tras atravesar de nuevo la multitud festiva y acercarse a la plataforma vio que Richard se había quitado la camisa. Las jóvenes le pintaban con barro blanco y negro los símbolos de los cazadores, dibujando con los dedos líneas quebradas sobre el pecho y otras circulares en la parte superior de los brazos. Se detuvieron cuando Kahlan llegó y se quedó mirando la escena fijamente.

—Toma —dijo, arrojó a Richard la manzana y se sentó enfurruñada.

—Todavía no he tomado una decisión —comentó el joven, frotando la manzana contra los pantalones para sacarle brillo y mirando a las jóvenes una a una—. Kahlan, ¿estás segura de que no tienes ninguna preferencia? Me vendría muy bien tu ayuda. —El joven bajó el tono de voz significativamente, nuevamente adoptando un matiz de dureza—. Me sorprende que no eligieras una por mí.

Kahlan levantó la vista hacia él, perpleja. Lo sabía. Sabía que ella había accedido a aquello sin consultárselo.

—No. Sea cual sea tu decisión, será correcta —dijo, y apartó de nuevo los ojos.

—Kahlan. —Richard esperó hasta que la mujer volvió a mirarlo—. ¿Alguna de ellas está emparentada con los ancianos?

—La de tu derecha es sobrina del Hombre Pájaro —contestó ella, tras mirar de nuevo a las jóvenes.

—¡Su sobrina! —La sonrisa de Richard se hizo más amplia mientras continuaba sacando brillo a la manzana—. Entonces creo que la elegiré a ella. Escoger a la sobrina del Hombre Pájaro será un signo de respeto hacia los ancianos.

El joven cogió la cabeza de la muchacha entre sus manos y la besó en la frente. La chica sonrió encantada. El Hombre Pájaro sonrió encantado. Los ancianos sonrieron encantados. Las otras jóvenes se marcharon.

Kahlan se volvió hacia el Hombre Pájaro y éste le lanzó una mirada de simpatía, una mirada que decía que lo sentía. Ella giró de nuevo el cuerpo y, transida de dolor, dejó que su mirada se perdiera en la noche. Así pues, Richard ya había hecho su elección. Ahora, pensó sombríamente, los ancianos llevarían a cabo una ceremonia y la feliz pareja se marcharía a algún lugar para hacer un bebé. Kahlan contempló a las demás parejas que caminaban cogidas de la mano, felices de estar juntas, y tuvo que tragarse el nudo que se le había hecho en la garganta y también las lágrimas. Oyó el ruido que hacía Richard al dar un mordisco a su estúpida manzana.

Inmediatamente los ancianos y sus esposas dieron un respingo y lanzaron exclamaciones.

¡La manzana! ¡En la Tierra Central todas las frutas rojas eran venenosas y ellos no conocían las manzanas! ¡Creían que Richard estaba comiendo veneno! Rápidamente dio media vuelta.

Richard había alzado un brazo hacia los ancianos para pedir silencio y que se quedaran donde estaban. Pero a quien miraba era a ella.

—Diles que se sienten —dijo calmosamente.

Con los ojos muy abiertos Kahlan miró a los ancianos y tradujo las palabras de Richard. Éstos volvieron a sentarse con aire vacilante. Entonces Richard se inclinó hacia atrás y se volvió hacia ellos con toda tranquilidad y gesto de inocencia.

—Sabéis, de allí donde vengo, en el valle del Corzo, en la Tierra Occidental, las comemos todo el tiempo. —Dio unos cuantos mordiscos más. La gente barro lo miraba con ojos que se les querían salir de las órbitas—. Lo hacemos desde tiempo inmemorial. Las comen tanto hombres como mujeres y tenemos niños sanos. —Dio otro bocado a la manzana, se volvió y miró a Kahlan mientras traducía. Masticaba lentamente para prolongar la tensión. Miró al Hombre Pájaro por encima del hombro y agregó—: Claro está que, para una mujer de la Tierra Central, la simiente de un hombre de la Tierra Occidental puede que sea venenosa. Que yo sepa, hasta ahora nadie lo ha probado.

El joven posó de nuevo los ojos en Kahlan y dio otro mordisco a la fruta, mientras dejaba que los ancianos asimilaran sus palabras. La muchacha sentada a su lado se estaba poniendo nerviosa y los ancianos también. El Hombre Pájaro se mostraba impasible. Richard mantenía los brazos medio cruzados, con un codo apoyado en la otra mano de modo que pudiera sostener la manzana cerca de la boca, donde todos pudieran verla. Iba a darle otro bocado cuando se detuvo y se la ofreció a la sobrina del Hombre Pájaro. La joven apartó la cabeza. Richard volvió a mirar a los ancianos.

—Yo las encuentro muy sabrosas, de verdad. —Se encogió de hombros y añadió—: Claro está que podrían envenenar mi simiente, pero no quiero que penséis que no deseo intentarlo. Lo que pasa es que creí que deberíais saberlo, eso es todo. No quiero que se diga que me niego a cumplir las obligaciones que comporta ser un hombre barro, al contrario. —Acarició con el dorso de un dedo la línea la mejilla de la joven—. Os aseguro que sería un honor. Esta bella joven sería una madre espléndida para mi hijo, estoy segura. Si sobrevive, claro está —añadió con un suspiro, y dio otro mordisco a la manzana.

Los ancianos intercambiaron miradas temerosas. Nadie dijo nada. La atmósfera en la plataforma había cambiado. Ya no eran ellos quienes controlaban la situación sino Richard. Había ocurrido en un abrir y cerrar de ojos. Ahora tenían miedo de mover algo más que los ojos. Sin mirarlos, Richard prosiguió:

—Desde luego, la decisión es vuestra. Por mí, encantado de probarlo, pero me pareció que debería poneros al corriente de esta costumbre de mi tierra natal. No habría estado bien ocultárosla. —Richard se volvió hacia ellos con las cejas fruncidas en gesto torvo y la voz ligeramente amenazante—. Así pues, si los ancianos, en su sabiduría, desean pedirme que no cumpla este deber, lo comprenderé y, aunque me pese, me doblegaré ante sus deseos.

El joven no apartó de ellos su dura mirada. Savidlin sonrió abiertamente. A los otros cinco ni se les pasaba por la cabeza desafiarlo y se volvieron hacia el Hombre Pájaro, para que les dijera qué hacer. Éste permanecía inmóvil, pero una gota de sudor le corría por la curtida piel del cuello. El cabello plateado le caía lacio y sin vida sobre los hombros de su túnica de gamuza. El hombre sostuvo la mirada a Richard brevemente, sus labios esbozaron una ligera sonrisa, que también se reflejó en sus ojos, e hizo un pequeño gesto de asentimiento dirigido a sí mismo.

—*Richard, el del genio pronto* —dijo con voz calmada y fuerte, para que no sólo los ancianos lo oyeran sino también la multitud congregada alrededor de la plataforma—, *puesto que procedes de una tierra distinta y tu simiente podría resultar venenosa para esta joven...* —aquí enarcó una ceja y se inclinó casi imperceptiblemente hacia adelante—, *para mi sobrina* —miró a la joven y después de nuevo a Richard—, *te pedimos que no sigas la tradición y que no tomes a esta joven por esposa. Lamento tener que pedirte algo así. Sé que tú deseabas darnos un hijo.*

—Sí, lo deseaba. —Richard asintió gravemente—. Pero tendré que aprender a vivir con este fracaso e intentar que la gente barro, mi gente, esté orgullosa de mí de otras formas. —Cerraba el trato con una condición: que ahora ya no podían echarse atrás, que era un hombre barro y que lo ocurrido no lo cambiaría.

Los demás ancianos soltaron un suspiro de alivio y todos asintieron, satisfechos de haber resuelto el asunto al agrado del Buscador. La muchacha dirigió una sonrisa de alivio a su tío y se marchó. Richard miró a Kahlan con cara inexpresiva.

—¿Hay otras condiciones que no conozca?

—No. —Kahlan se sentía confundida. No sabía si alegrarse de que Richard se hubiera librado de tomar esposa o si tenía el corazón partido porque él creía que lo había traicionado.

—¿Puedo retirarme? —preguntó Richard a los ancianos.

Los cinco le dieron gustosos la venia. Savidlin parecía un poco decepcionado. El Hombre Pájaro dijo que el Buscador había sido un gran salvador de su gente, que había cumplido sus deberes con honor y que, si se encontraba cansado por los esfuerzos del día, deberían excusarlo.

Richard se levantó lentamente y miró a Kahlan desde arriba. La mujer veía sus botas y sabía que la estaba mirando, pero mantenía la vista clavada en el suelo.

—Voy a darte un consejo —le dijo Richard con una voz que la sorprendió por su amabilidad—, ya que nunca antes has tenido un amigo. Un amigo no juega con los derechos de otro amigo; ni con su corazón.

Kahlan no pudo mirarlo a los ojos.

El joven dejó caer en su regazo el corazón de la manzana y se perdió entre la multitud.

Kahlan se quedó sentada en la plataforma de los ancianos, contemplándose los dedos, que le temblaban, y envuelta en un velo de soledad. Los otros observaban a los bailarines. Haciendo un supremo esfuerzo la mujer se dedicó a contar los golpes de tambor para tratar de controlar la respiración y no echarse a llorar. El Hombre Pájaro fue a sentarse junto a ella. Kahlan se dio cuenta de que su compañía la animaba.

—*Algún día* —le dijo el Hombre Pájaro, enarcando una ceja e inclinándose hacia ella—, *algún día me gustaría conocer al mago que designó a Richard. Me gustaría saber de dónde saca tales Buscadores.*

Kahlan se sorprendió de ser capaz de reír.

—*Algún día* —respondió con una sonrisa—, *si sigo con vida y vencemos, te prometo que lo traeré aquí para que lo conozcas. En muchos aspectos es tan extraordinario como Richard.*

—*En ese caso tendré que aguzar el ingenio para defenderme* —comentó el Hombre Pájaro, alzando una ceja.

Kahlan recostó la cabeza contra él y rió hasta romper a llorar. Él le pasó el brazo sobre los hombros en actitud protectora.

—*Debí haberte hecho caso* —sollozó Kahlan—. *Debí haberle consultado. No tenía derecho a hacer lo que he hecho.*

—*El deseo que sentías de detener a Rahl el Oscuro te impulsó a hacer lo que creíste necesario. A veces, tomar una decisión y equivocarse es mejor que no tomar ninguna. Tú tienes el coraje de seguir adelante y eso es poco habitual. Una persona que se queda en una bifurcación, incapaz de decidir qué camino tomar, nunca llegará a ninguna parte.*

—*¡Pero me hace tanto daño que se haya enfadado conmigo!*

—*Voy a decirte un secreto que es posible que no averigües hasta que seas demasiado mayor para que te sirva de algo.* —Los húmedos ojos de la mujer se quedaron prendidos en la sonrisa del Hombre Pájaro—. *A él le duele tanto como a ti haberse enfadado contigo.*

—*¿De veras?*

El Hombre Pájaro rió silenciosamente y asintió.

—*Confía en mí, muchacha.*

—*No tenía ningún derecho. Debería haberlo comprendido antes. Lamento tanto lo que he hecho...*

—*No me lo digas a mí sino a él.*

Kahlan se apartó de él y contempló la curtida faz del Hombre Pájaro.

—*Creo que voy a hacerlo. Te doy las gracias, honorable anciano.*

—*Cuando te disculpes, hazlo también en mi nombre.*

—*¿Por qué?* —inquirió Kahlan poniendo ceño.

—*Ser viejo, ser anciano no le salva a uno de abrigar ideas estúpidas* —repuso el Hombre Pájaro con un suspiro—. *Hoy también yo he cometido un error, con Richard y con mi sobrina. Tampoco yo tenía ningún derecho. Dale las gracias en mi nombre por evitar que le obligara a hacer algo que debería haberle consultado antes.* —El hombre se quitó el silbato que llevaba al cuello y añadió—: *Entrégale este regalo con mi agradecimiento por haberme abierto los ojos. Espero que le sea útil. Mañana le enseñaré a usarlo.*

—*Pero lo necesitas para llamar a los pájaros.*

—*Tengo otros* —dijo el hombre, sonriendo—. *Vamos, vete ya.*

Kahlan cogió el silbato y lo apretó fuerte en una mano. Se secó las lágrimas de la cara y dijo:

—*En toda mi vida apenas he llorado, pero desde que cayó el Límite de D'Hara parece que no hago otra cosa.*

—*Tú y todos, muchacha. Vete ya.*

Kahlan le plantó un rápido beso en la mejilla y se marchó. Buscó en las zonas abiertas pero no había ni rastro de Richard. En vano preguntó a la gente si lo había visto. Fue andando en círculos, buscando. ¿Dónde se había metido? Los niños trataban de incluirla en sus bailes, los adultos le ofrecían comida o querían entablar conversación con ella. Pero Kahlan se disculpaba amablemente.

Finalmente se encaminó a la casa de Savidlin, segura de que lo encontraría allí. Pero la casa estaba vacía. La mujer se sentó en el suelo y se puso a pensar. ¿Sería capaz de haberse ido sin ella? El corazón le dio un vuelco y sus ojos examinaron frenéticamente el suelo. No. Su mochila seguía allí, donde ella misma la había dejado al ir a buscar la manzana. Además, Richard nunca se marcharía antes de la reunión.

De pronto se le ocurrió; sabía adónde había ido. Kahlan sonrió para sus adentros, cogió una manzana de la mochila y se dirigió a la casa de los espíritus por los oscuros callejones que se abrían entre los edificios de la aldea.

Súbitamente una luz centelleó en la oscuridad, iluminando los muros que la rodeaban. En un primer momento no comprendió lo que era pero entonces miró hacia el horizonte entre los edificios y vio relámpagos. Había relámpagos por todas parte, en todas direcciones, envolviendo el cielo con sus airados dedos, atravesando las negras nubes e iluminándolas por dentro con ardientes colores. No se oía ningún trueno. De pronto desaparecieron y entonces la oscuridad reinó de nuevo.

¿Es que nunca acabaría aquel tiempo?, se preguntó Kahlan. ¿Vería otra vez las estrellas o el sol? «Los magos y sus nubes», pensó, sacudiendo la cabeza. Se preguntó si volvería a ver a Zedd. Al menos las nubes protegían a Richard de Rahl el Oscuro.

La casa de los espíritus estaba envuelta en la oscuridad y apartada de los sonidos y el bullicio del banquete. Cuidadosamente Kahlan tiró de la puerta para entrar. Richard estaba sentado en el suelo frente al fuego, con la espada envainada a su lado. No se volvió al oír el sonido.

—Tu guía desea hablar contigo —dijo Kahlan en tono contrito.

La puerta se cerró con un chirrido tras ella. Kahlan se arrodilló y se sentó sobre los talones junto a él; el corazón le palpitaba.

—¿Y qué tiene que decirme, mi guía? —A Kahlan le pareció que Richard sonreía a su pesar.

—Que ha cometido un error —contestó en voz baja, tirando de un hilo de los pantalones—. Y que lo lamenta mucho, de verdad. No sólo lo que ha hecho sino, sobre todo, no haber confiado en ti.

El joven se abrazaba las rodillas con los brazos, con las manos entre-

369

lazadas. Entonces la miró y el cálido y rojo resplandor del fuego se reflejó en sus amables ojos.

—Tenía preparado un discurso pero ahora no recuerdo ni media palabra. Tal es el efecto que causas en mí. —Richard sonrió de nuevo—. Disculpas aceptadas.

Una sensación de alivio invadió a Kahlan. Notaba como si los pedazos del corazón se le volvieran a juntar. Entonces alzó la vista hacia él e inquirió:

—¿Era un buen discurso?

—A mí me lo parecía pero ahora ya no estoy tan seguro —contestó con una sonrisa más amplia.

—No se te da nada mal pronunciar discursos. Diste un susto de muerte a los ancianos, incluido el Hombre Pájaro. —Con estas palabras Kahlan le puso el colgante con el silbato alrededor del cuello.

—¿Y esto? —El joven separó las manos y tocó el silbato con los dedos.

—Es un obsequio del Hombre Pájaro con sus disculpas por lo que trató de obligarte a hacer. Quiere que te diga que tampoco él tenía ningún derecho y, con este regalo, desea darte las gracias por haberle abierto los ojos del corazón. Mañana te enseñará a usarlo. —Kahlan volvió a sentarse, dando la espalda al fuego frente a Richard y muy cerca de él. Era una noche muy cálida y Richard brillaba de sudor por el calor de fuego. Los símbolos que le decoraban todo el pecho y la parte superior de los brazos le daban una apariencia salvaje—. Sabes cómo abrir los ojos de la gente —dijo Kahlan con timidez—. Creo que debes de haber usado magia.

—Tal vez lo hice. Zedd dice que a veces un truco es la mejor magia.

El sonido de su voz hacía vibrar una profunda cuerda en el interior de la mujer, que se sentía desfallecer.

—Y Adie dijo que tenías la magia de la lengua —susurró.

La mirada de los ojos grises del joven la penetró, atravesándola con su poder y acelerándole la respiración. Los inquietantes sonidos de las boldas que se oían a los lejos se sumaban al chisporroteo del fuego y a la respiración de Richard. Kahlan nunca se había sentido tan segura, tan relajada y tan tensa, todo al mismo tiempo. Era confuso.

La mujer apartó los ojos de los del joven y se regaló la vista con el resto de su rostro —la forma de su nariz, el ángulo de sus mejillas, la línea del mentón—, para detenerse finalmente en sus labios. De pronto se dio cuenta de que en el interior de la casa de los espíritus hacía mucho calor. Se sentía mareada.

Mirándolo de nuevo a los ojos se sacó la manzana del bolsillo y le dio un mordisco lento y jugoso, arrastrando los dientes por la pulpa. Richard no le quitaba ojo de encima. Siguiendo un impulso, Kahlan le acercó rápidamente la manzana a la boca y la sostuvo allí mientras él hincaba el diente en la jugosa fruta. La mujer deseó ser ella manzana y sentir en su cuerpo los labios de Richard.

¿Y por qué no? ¿Tendría que morir en esa busca sin que se le permitiera ser una mujer? ¿Debía ser solamente una guerrera? ¿Luchar para siempre por la felicidad de todo el mundo menos la suya? Incluso en los mejores tiempos los Buscadores morían muy pronto, y aquéllos no eran los mejores tiempos.

Se encontraban en el fin de los tiempos.

La idea de que Richard muriera le partía el corazón.

Kahlan apretó con más fuerza la manzana contra los dientes del joven, al tiempo que lo miraba a los ojos. Incluso si lo tomaba, se dijo, él podría seguir luchando a su lado, tal vez con mayor resolución que ahora. Cierto que sus razones serían distintas, pero resultaría igualmente mortal, si no más. Pero también él sería distinto; otra persona de la que era ahora. El Richard que conocía desaparecería para siempre.

Pero, al menos, sería suyo. Kahlan lo deseaba desesperadamente, de un modo que nunca había deseado nada antes, de un modo que dolía. ¿Deberían morir ambos sin que se les permitiera vivir? La mujer lo necesitaba tanto que sentía un hormigueo de debilidad.

En broma le apartó la manzana de la boca y el jugo corrió por el mentón del joven. Lenta y deliberadamente Kahlan se inclinó hacia él y se lo lamió. Richard no se movió. Sus rostros estaban a muy pocos centímetros de distancia; Kahlan compartía su aliento, rápido y cálido. Estaba tan cerca de él que apenas podía fijar la vista en sus ojos y tuvo que tragar saliva.

La razón se evaporaba rápidamente de la mente de Kahlan dejando el campo libre a sentimientos que la tentaban y se apoderaban de ella de un modo que no podía resistirse.

Entonces soltó la manzana, aproximó sus húmedos dedos a los labios de Richard y miró, con la lengua sobre el labio superior, cómo el joven deslizaba los dedos uno a uno en su boca, a medida que ella se los ofrecía, y lentamente les chupaba el jugo. La sensación del interior de su boca, húmeda y cálida, le causaba escalofríos.

De sus labios se escapó un leve sonido, los latidos del corazón le resonaban en los oídos y el corazón le subía y bajaba. La mujer le acarició el mentón, el cuello, el pecho, deslizando sus húmedos dedos sobre los símbolos pintados, resiguiéndolos, sintiendo sus colinas y valles.

Poniéndose de rodillas encima de él trazó un círculo con la yema de un dedo alrededor de uno de sus pezones, que se puso duro, le acarició con firmeza el pecho y cerró unos momentos los ojos, apretando los dientes. Suavemente, pero con energía, lo empujó hacia el suelo. Richard se tumbó de espaldas sin protestar. Kahlan se inclinó sobre él, con la mano aún sobre su pecho para apoyarse. Le sorprendió notar su cuerpo; la rígida dureza de sus músculos revestidos de una piel suave como el terciopelo y blanda, la humedad de su sudor, la aspereza de sus cabellos, el calor. El pecho de Richard subía y bajaba con sus jadeos, con la vida que habitaba en su interior.

Kahlan dejó una rodilla cerca de la cadera del joven y colocó la otra entre sus piernas, con la mirada prendida en él. Su espesa melena le cayó en cascada alrededor del rostro mientras seguía apoyándose en su pecho. No quería retirar la mano de allí y perder el contacto con la húmeda piel de Richard. Aquella cálida conexión la estaba inflamando.

Richard tensó los músculos del muslo entre sus rodillas, lo que aceleró aún más los latidos del corazón de Kahlan. Ésta tuvo que abrir la boca para poder respirar y se perdió en los ojos del joven, unos ojos que parecían explorarle el alma y dejarla al descubierto. Unos ojos que encendían en ella el fuego de la pasión.

Con la otra mano se fue desabrochando lentamente la camisa y se soltó los faldones.

Entonces puso la mano en la poderosa nuca de Richard y se mantuvo en aquella posición, con la otra mano sobre el pecho del joven. Kahlan deslizó los dedos en el húmedo cabello de Richard, cogió un puñado de ellos y le impidió levantar la cabeza.

Una mano grande y fuerte se abrió paso bajo la camisa de la mujer hasta llegar a la parte inferior de la espalda, acariciándola en pequeños círculos y después, lentamente, subiendo por la columna y haciendo que se estremeciera, hasta detenerse entre los omoplatos. Kahlan dobló la espalda contra su mano, entrecerrando los ojos, deseando que la atrajera hacia sí. Respiraba tan rápidamente que casi jadeaba.

Entonces fue subiendo con la rodilla por la pierna de Richard tan arriba como pudo. Con la respiración se le escapaban leves sonidos. El pecho del joven subía y bajaba contra su mano. A Kahlan nunca le había parecido tan grande como ahora, tumbado debajo de ella.

—Te deseo —le dijo Kahlan en un susurro casi sin aliento.

La mujer inclinó la cabeza y sus labios rozaron los de Richard. Por los ojos de éste pareció cruzar una mirada de dolor.

—Si me dijeras primero qué eres.

Las palabras se clavaron en Kahlan, que abrió los ojos de repente. Retiró un poco la cabeza. Pero lo estaba tocando. Richard no podía detenerla, pensó, y ella no quería que la detuviera. Apenas controlaba ya el poder y se le escapaba por momentos. Lo notaba. Volvió a acercar sus labios a los de Richard y se le escapó otro gemido al respirar.

La mano de Richard en su espalda se movió hacia arriba, por debajo de la camisa, le cogió un puñado de cabello y le apartó la cabeza.

—Kahlan, lo digo en serio. Dime antes qué eres.

La razón regresó nuevo a su mente y recorrió todo su cuerpo en una fría oleada que apagó su pasión. Nunca había querido tanto a alguien. ¿Cómo podía tocarlo con su poder? ¿Cómo podía soportar verlo? Se retiró. ¿Qué estaba haciendo? ¿En qué estaba pensando?

Kahlan se sentó sobre los talones, retiró la mano del pecho de Richard y se tapó la boca con ella. El mundo se hizo pedazos a su alrededor. ¿Cómo decírselo? La odiaría, lo perdería. La cabeza le daba vueltas y tenía una sensación de náusea.

—Kahlan —dijo suavemente Richard, incorporándose y poniendo una mano sobre un hombro de la mujer. Ésta lo miró asustada—, no tienes que decírmelo si no quieres. Sólo si quieres que sigamos adelante.

Kahlan frunció las cejas tratando de contener el llanto.

—Por favor. —Apenas podía hablar—. Abrázame, ¿quieres?

Richard la atrajo tiernamente hacia él, con la cabeza de la mujer sobre su hombro. Dolor, el dolor de lo que era hundía sus gélidas garras en Kahlan. Con el otro brazo Richard la envolvió con gesto protector y la apretó con fuerza mientras la acunaba.

—Para esto están los amigos —le musitó al oído.

Kahlan se sentía demasiado agotada incluso para llorar.

—Te lo prometo, Richard. Te lo diré, pero no esta noche. Esta noche sólo abrázame, te lo ruego.

Lentamente Richard volvió a tumbarse en el suelo, ciñéndola con sus poderosos brazos, mientras ella se mordía un nudillo y se agarraba a él con la otra mano.

—Cuando quieras. No antes —le prometió Richard.

El horror de lo que era la envolvía en un frío abrazo que la hacía temblar. Sus ojos se negaban a permanecer cerrados mucho tiempo, hasta que finalmente se durmió. Sus últimos pensamientos fueron para él.

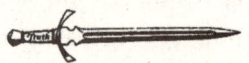

28

Inténtalo una vez más —dijo el Hombre Pájaro—. *Y deja de pensar en el pájaro que quieres con esto.* —El hombre le dio golpecitos en la cabeza con los nudillos—. *¡Piensa con esto!* —añadió, clavándole un dedo en el abdomen.

Richard asintió al escuchar la traducción de Kahlan y se llevó el silbato a los labios. Sus mejillas se hincharon al soplar. Como de costumbre no se oyó ningún sonido. El Hombre Pájaro, Richard y Kahlan otearon la llanura. Los cazadores que los habían escoltado hasta allí, y que se apoyaban en las lanzas clavadas en la hierba, volvieron nerviosos la cabeza.

Salidos como de la nada miles de estorninos, gorriones y pequeñas aves de campo descendieron sobre la pequeña compañía. Los cazadores se morían de risa, como lo habían hecho todo el día. El aire se llenó de pequeñas aves que revoloteaban frenéticamente, cubriendo el cielo por completo. Los cazadores se tiraron al suelo, se cubrieron la cabeza y rieron histéricamente. Richard se quedó estupefacto. Kahlan tuvo que volver la cara para que no la viera reír. El Hombre Pájaro se apresuró a llevarse su propio silbato a los labios y sopló una y otra vez. El cabello plateado le ondeaba mientras trataba desesperadamente de ahuyentar a tanto pájaro. Finalmente, éstos escucharon sus llamadas y se desvanecieron. La llanura recuperó la calma, exceptuando claro está a los cazadores, que aún se retorcían de risa en el suelo.

El Hombre Pájaro hizo una profunda inspiración y puso los brazos en jarras.

—*Me rindo. Lo he intentado todo el día y no has mejorado nada. Richard, el del genio pronto, nunca he visto a nadie con menos talento para usar un reclamo de pájaros. Un niño podría aprender en tres intentos, pero me temo que tú te quedarías sin aliento y no lo lograrías, ni aunque lo si-*

*guieras intentando el resto de tu vida. Es inútil. Lo único que dice tu silba-
to es: «Venid, aquí hay comida».*

—Pero yo pensaba en un halcón, de veras. He pensado con todas
mis fuerzas en todos los pájaros que me has dicho.

Cuando Kahlan tradujo las risas de los cazadores aumentaron. Richard los contempló ceñudo, pero ellos siguieron riendo. El Hombre
Pájaro se cruzó de brazos con un suspiro.

—*Es inútil. Pronto anochecerá y esta noche tenemos la reunión. De todos modos, quédate con el silbato. Es un regalo.* —El hombre pasó un
brazo alrededor de los hombros del frustrado Buscador—. *Aunque nunca te sirva de ayuda te recordará que, aunque eres mejor que la mayoría en
algunas cosas, en esto incluso un niño lo haría mejor que tú.*

Los cazadores prorrumpieron en carcajadas. Richard suspiró y dirigió al Hombre Pájaro un gesto de asentimiento. Todos recogieron sus
cosas y emprendieron el camino de regreso a la aldea.

—Lo he hecho lo mejor que he podido, Kahlan —dijo Richard inclinándose hacia la mujer—. De verdad. No lo entiendo.

—No te preocupes —replicó ella, sonriendo de oreja a oreja y cogiéndole de la mano.

Aunque la luz se iba apagando, aquel día encapotado había sido el
más brillante que Kahlan podía recordar en mucho tiempo, y eso la
había animado. Pero lo que más la había animado era cómo la había
tratado Richard; le había dejado tiempo para que se recuperara de lo
ocurrido la noche anterior, sin preguntarle nada. Simplemente la había
abrazado y la había dejado en paz.

Pese a que nada más había pasado ahora se sentía más unida a él que
nunca, pero al mismo tiempo sabía que eso no era bueno, pues únicamente agravaba su dilema. La noche anterior había estado a punto de
cometer un gran error, el peor error de su vida. Por suerte, él se lo había
impedido en el último segundo. Pero una parte de ella deseaba que no
lo hubiera hecho.

Al despertarse por la mañana no sabía qué sentiría Richard hacia
ella, si estaría dolido, enfadado o si la odiaría. Pese a haber dormido
toda la noche con los pechos desnudos contra él, había sentido ver-
güenza y le había dado la espalda para abrocharse la camisa. Mientras se
la abotonaba, le dijo que nadie podía tener un amigo tan paciente como
él, y que sólo esperaba que un día pudiera demostrarle que ella también
era una buena amiga.

—Ya lo has hecho. Confías en mí y además has puesto tu vida en
mis manos. Has jurado dar la vida por defenderme. ¿Qué otra prueba
necesito?

Kahlan dio media vuelta y, resistiendo un incontrolable deseo de besarlo, le dio las gracias por ser tan comprensivo.

—No obstante, debo admitir que nunca podré mirar una manzana de la misma manera —dijo sonriente, haciéndola reír en parte por el bochorno, y ambos se rieron juntos un buen rato. Después Kahlan se sintió mejor; las risas se llevaron lo que podría haber sido una espina clavada entre ellos.

De pronto, Richard se detuvo de golpe. Ella lo imitó, pero los demás siguieron adelante.

—Richard, ¿qué pasa?

—El sol. —El joven estaba pálido—. Por un momento he notado en la cara un rayo de sol.

—Yo sólo veo nubes —dijo ella mirando hacia el oeste.

—Estaba allí, una pequeña abertura pero ahora yo tampoco la veo.

—¿Crees que significa algo?

—No lo sé. —Richard sacudió la cabeza—. Pero es la primera vez que veo una pequeña abertura entre las nubes desde que Zedd las puso ahí. Tal vez no sea nada.

Reemprendieron la marcha por los pastos azotados por el viento. Hasta ellos llegaban los misteriosos sonidos de las boldas. Cuando llegaron a la aldea ya había anochecido. El banquete continuaba, desde la noche anterior y también duraría ésta, hasta que la reunión acabara. Nadie había perdido fuerzas excepto los niños, muchos de los cuales deambulaban en un soñoliento estupor o dormían satisfechos en los rincones.

Los seis ancianos ocupaban su lugar en la plataforma, pero sin esposas. Los seis comían una comida servida por mujeres especiales; las únicas cocineras a las que se permitía preparar el festín para la reunión. Kahlan miró cómo servían una bebida a cada uno de los ancianos. Era un líquido rojo distinto de las otras bebidas del banquete. Los seis tenían una mirada vidriosa y lejana, como si vieran cosas que los demás no veían. Kahlan se estremeció.

Los espíritus de sus antepasados estaban con ellos.

El Hombre Pájaro les dirigió la palabra. Cuando pareció satisfecho de lo que fuera que le dijeran, asintió. Los ancianos se levantaron y se dirigieron en fila a la casa de los espíritus. El sonido de los tambores y las boldas cambió, y a Kahlan se le puso la carne de gallina. El Hombre Pájaro regresó junto a Richard y Kahlan y fijó en ellos una mirada tan intensa y penetrante como siempre.

—*Es la hora. Richard y yo debemos irnos.*

—*¿Cómo que Richard y tú? Yo también voy.*

—*No puedes.*

—*¿Por qué?*

—*Porque es una reunión sólo para hombres.*

—*Yo soy la guía del Buscador. Debo estar allí para traducir.*

El Hombre Pájaro parecía incómodo e incapaz de fijar la mirada.

—*Es una reunión sólo para hombres* —repitió, incapaz de encontrar una excusa mejor.

—*Bueno, pues a esta reunión asistirá una mujer.* —Kahlan cruzó los brazos.

La mirada de Richard fue del rostro de Kahlan al del Hombre Pájaro para volver a posarse en el de la mujer. Por el tono de su voz sabía que algo pasaba, pero prefirió no interferir. El Hombre Pájaro se inclinó un poco hacia ella y bajó la voz.

—*Cuando recibimos a los espíritus debemos estar como ellos.*

—*¿Me estás diciendo que hay que ir desnudo?* —preguntó, entrecerrando los ojos.

El hombre inspiró profundamente y asintió.

—*Y debes pintarte con barro.*

—*De acuerdo* —dijo Kahlan con la cabeza alta—. *No tengo ninguna objeción.*

—*¿Y qué me dices del Buscador?* —El Hombre Pájaro se inclinó más hacia ella—. *Quizá quieras preguntarle su opinión.*

Kahlan le sostuvo la mirada largo rato, tras lo cual se volvió hacia Richard.

—Tengo que explicarte algo. Cuando una persona convoca una reunión a veces los espíritus le hacen preguntas, a través de los ancianos, para asegurarse de que la mueve un propósito noble. Si das una respuesta que el espíritu de un antepasado encuentra deshonrosa o falsa... podrían matarte. Los ancianos no, los espíritus.

—Tengo la espada —le recordó.

—No, no la tendrás. Tendrás que hacer lo mismo que los ancianos y enfrentarte a los espíritus tal como eres, sin espada y sin ropa, y tendrás que pintarte con barro. —Kahlan hizo una inspiración y se retiró el pelo de la cara—. Si yo no estoy allí para traducir podrían matarte solamente porque no entiendes una pregunta y no puedes responder. Entonces Rahl ganaría. Debo estar allí para hacerte de intérprete. Pero para estar tendré que ir desnuda. El Hombre Pájaro se siente muy inquieto y quiere saber qué te parece a ti. Él espera que me lo prohíbas.

Richard se cruzó de brazos y la miró de hito en hito.

—Creo que te agarrarías a cualquier excusa para quitarte la ropa en la casa de los espíritus.

Las comisuras de sus labios se curvaron hacia arriba y sus ojos chispearon. Kahlan tuvo que morderse el labio inferior para no reír. El Hombre Pájaro los miró confundido.

—¡Richard! —dijo en tono de advertencia—. Esto es muy serio. Y no te hagas demasiadas ilusiones, estará oscuro. —No obstante, apenas se podía contener las ganas de reír.

Richard recuperó la compostura y dijo al Hombre Pájaro:

—Convoco la reunión y necesito a Kahlan a mi lado.

La mujer vio que el hombre casi se estremecía al oír la traducción de aquellas palabras.

—*Desde el momento que llegasteis os habéis saltado las normas. ¿Por qué debería ser distinto ahora?* —se preguntó con un suspiro—. *De acuerdo, vamos.*

Kahlan y Richard anduvieron una al lado del otro siguiendo la silueta del Hombre Pájaro, que los conducía por las oscuras callejas de la aldea, doblando a la derecha varias veces y después a la izquierda. Richard le cogió la mano. Kahlan se sentía mucho más nerviosa por sentarse desnuda entre ocho hombres, asimismo desnudos, de lo que estaba dispuesta a admitir. Pero no era el momento de echarse atrás; se habían esforzado demasiado y apenas les quedaba tiempo.

Así pues, puso su cara de Confesora.

Antes de llegar a la casa de los espíritus, el Hombre Pájaro los condujo, a través de un estrecho portal, a una pequeña habitación de un edificio próximo. Los otros ancianos ya estaban allí, sentados en el suelo con las piernas cruzadas y la mirada perdida. Kahlan dirigió una sonrisa a Savidlin, pero éste no se la devolvió. El Hombre Pájaro cogió un pequeño banco y dos botes llenos de arcilla.

—*Cuando os llame por el nombre, salid. Hasta entonces esperad.*

Mientras el Hombre Pájaro cogía el banco y sus botes y cruzaba la puerta de costado, Kahlan tradujo a Richard sus instrucciones. Al rato llamó a Caldus y después a cada uno de los ancianos. Savidlin fue el último. El hombre no les habló ni pareció darse cuenta de su presencia. Los espíritus estaban en sus ojos.

Kahlan y Richard esperaron sentados en silencio en la habitación oscura y vacía. Kahlan jugueteaba con el talón de una de sus botas, tratando de no pensar en lo que se había comprometido a hacer, pero sin podérselo quitar de la cabeza.

Richard estaría desarmado sin su espada, sin protección. Pero ella conservaría su poder. Ella sería su protección. Aunque no lo había dicho, ésa era la otra razón por la que ella tenía que asistir a la reunión; si algo iba mal sería ella quien muriera y no él, seguro. Ya se encargaría ella de eso. Kahlan se armó de valor y se sumergió en su interior. Entonces oyó al Hombre Pájaro llamar a Richard, y éste se levantó.

—Esperemos que esto funcione. Si no, tendremos muchos problemas. Me alegro de que tú también vayas a estar. —Era una advertencia para que estuviera alerta.

—Recuerda, Richard, ahora ésa también es nuestra gente y nosotros somos parte de ellos. Su intención es ayudar, y lo harán lo mejor que puedan.

Kahlan se quedó sentada abrazándose las rodillas hasta que oyó su nombre. Entonces salió afuera, a la fría y negra noche. El Hombre Pájaro estaba sentado en el pequeño banco contra el muro de la casa de los espíritus. En la oscuridad Kahlan vio que iba desnudo, con símbolos de líneas quebradas, bandas y espirales pintados por todo el cuerpo. El cabello plateado le caía sobre los hombros. Los pollos, posados sobre un murete próximo, los vigilaban. A los pies de un cazador, situado de pie junto al Hombre Pájaro, se veían pieles de coyote, ropas y la espada de Richard.

—*Quítate la ropa* —le ordenó el Hombre Pájaro.

—*¿Y él?* —inquirió Kahlan, señalando al cazador.

—*Está aquí para coger la ropa y llevarla a la plataforma de los ancianos, para que la gente vea que estamos en una reunión. Antes del alba las devolverá, para que todos sepan que la reunión ha acabado.*

—*Dile que se dé la vuelta.*

El Hombre Pájaro impartió la orden y el cazador obedeció. Kahlan cogió la punta del cinturón y tiró para soltar la hebilla. Hizo una pausa y miró al Hombre Pájaro.

—*Muchacha* —dijo éste suavemente—, *esta noche no eres ni hombre ni mujer. Eres una persona barro. Esta noche, yo tampoco soy ni hombre ni mujer. Soy el guía de los espíritus.*

Kahlan asintió, se quitó la ropa y se quedó de pie ante él, sintiendo el frío aire nocturno en la piel desnuda. El Hombre Pájaro cogió un poco de barro blanco de uno de los botes. Sus manos se detuvieron ante ella. Kahlan esperaba. Pese a lo que había dicho, era evidente que no las tenía todas consigo. Ver era una cosa, pero tocar era muy distinto.

Kahlan le cogió la mano y tiró de ella con firmeza hacia su barriga, notando el frío barro en su piel.

—*Hazlo* —ordenó.

Al acabar abrieron la puerta de la casa de los espíritus y entraron. El Hombre Pájaro fue a ocupar su sitio en el círculo de los ancianos pintados, mientras que ella se sentaba frente a él, al lado de Richard. Líneas negras y blancas surcaban diagonalmente el rostro del joven en un impresionante dibujo; era la máscara que todos llevaban para los espíritus. Los cráneos, normalmente colocados encima de las repisas, ocupaban el centro del círculo. Un pequeño fuego ardía bajo en la chimenea, a espaldas de la mujer, desprendiendo un extraño y acre olor. Los ancianos tenían la vista fija enfrente mientras salmodiaban palabras que Kahlan no entendía. El Hombre Pájaro alzó su distante mirada y la puerta se cerró sola.

—*Desde ahora y hasta que acabemos, poco antes del alba, nadie podrá salir y nadie podrá entrar. Los espíritus han bloqueado la puerta.*

Kahlan recorrió la habitación con la mirada, pero no vio nada. Un escalofrío le recorrió la columna. El Hombre Pájaro cogió una cesta de junco situada a su lado, metió la mano dentro y sacó un pequeño sapo. A continuación pasó la cesta al siguiente anciano. Todos sacaron un sapo y empezaron a frotar la espalda del animal contra su pecho. Cuando le llegó a ella, la sostuvo con ambas manos y miró al Hombre Pájaro.

—*¿Por qué hacemos esto?*

—*Son sapos espíritu rojos, muy raros de encontrar. Su espalda secreta una sustancia que nos hace olvidar este mundo y nos permite ver los espíritus.*

—*Honorable anciano, es posible que ahora sea una mujer barro, pero también soy una Confesora y debo controlar en todo momento mi poder. Si olvido este mundo es posible que no sea capaz de hacerlo.*

—*Es demasiado tarde para echarse atrás. Los espíritus están con nosotros. Te han visto, han visto los símbolos pintados que abren sus ojos. Ahora no puedes marcharte. Si entre nosotros hay alguien a quien no pueden ver lo matarán y robarán su espíritu. Comprendo tu problema pero no puedo ayudarte. Tendrás que esforzarte al máximo para contener el poder. Si no eres capaz de hacerlo, uno de nosotros estará perdido. Es el precio que tendremos que pagar. Si quieres morir deja el sapo dentro de la cesta. Pero si quieres detener a Rahl el Oscuro cógelo.*

Kahlan miró con ojos desorbitados la sombría cara del hombre y metió la mano en la cesta. El sapo se retorció y se debatió en su mano, mientras ella pasaba la cesta a Richard y le decía qué debía hacer. Entonces tragó saliva y frotó la fría y viscosa espalda del sapo contra su piel, entre sus pechos —donde no había símbolos pintados—, se lo restregó por todas partes en círculos, siguiendo el ejemplo de los ancianos. Cuando la sustancia viscosa entraba en contacto con su piel, sentía un hormigueo y una sensación de tirantez. La sensación se fue extendiendo por todo su cuerpo. El sonido de los tambores y las boldas se fue haciendo cada vez más fuerte en sus orejas, hasta que tuvo la impresión de que no había nada más en el mundo. Su cuerpo vibraba con el ritmo.

En su mente aferró el poder, agarrándolo con fuerza, y se concentró en la tarea de controlarlo. Luego, esperando que eso bastara, se dejó ir.

Todo el mundo cogió la mano de la persona que tenía al lado. Kahlan veía borrosas las paredes de la habitación. Su conciencia tremolaba como ondas en un estanque, flotaba, cabeceaba, daba bandazos. Sentía que empezaba a girar en círculo con los demás, una y otra vez, alrededor de los cráneos. Todos fueron absorbidos en un suave vacío de nada. Rayos de luz que brotaban del centro giraban con ellos.

Unas formas los rodearon y empezaron a cercarlos. Aterrorizada, Kahlan las reconoció: eran sombras.

La mujer trató de gritar pero apenas podía respirar, por lo que apretó la mano de Richard. Tenía que protegerlo. Entonces intentó levantarse y cubrirlo con su cuerpo, para que las sombras no pudieran tocarlo. Pero no podía moverse. Horrorizada, se dio cuenta de que era porque unas manos, manos de las sombras, se lo impedían. Kahlan luchó y luchó para ponerse en pie y proteger a Richard. El pánico la embargó. ¿Ya la habían matado? ¿Estaba muerta? ¿No era más que un espíritu? ¿Incapaz de moverse?

Las sombras la miraban fijamente. Las sombras no tenían rostro, pero éstas sí; eran rostros de gente barro.

Con indecible alivio se dio cuenta de que no eran sombras, sino los espíritus de los antepasados. Contuvo la respiración, pugnó por controlar el pánico y se relajó.

—¿*Quién convoca esta reunión?*

Los espíritus hablaban. Todos a la vez. Juntos. Era un sonido hueco, monótono, muerto, que casi la dejó sin respiración. Pero era la boca del Hombre Pájaro la que se movía.

—¿*Quién convoca esta reunión?* —repitieron.

—*Este hombre* —contestó Kahlan—, *el hombre sentado a mi lado. Richard, el del genio pronto.*

Los espíritus flotaron entre los ancianos y se reunieron en el centro del círculo.

—*Soltad sus manos.*

Kahlan y Savidlin soltaron las manos de Richard. Los espíritus giraron en el centro del círculo y, de pronto, atravesaron uno a uno el cuerpo del joven.

Éste hizo una profunda inspiración, echó la cabeza hacia atrás y lanzó un agónico grito mientras los espíritus pasaban a través de él.

Kahlan dio un brinco. Todos los espíritus se cernían sobre Richard. Los ancianos cerraron los ojos.

—¡Richard!

El joven volvió a inclinar la cabeza hacia adelante.

—Tranquila, estoy bien —logró decir con voz ronca, pero era evidente que aún sufría.

Los espíritus se movieron alrededor del círculo, por detrás de los ancianos, tras lo cual tomaron posesión de sus cuerpos. Espíritu y hombre ocupaban el mismo espacio y el mismo tiempo. Ahora el contorno de los ancianos se suavizaba y desdibujaba. Todos abrieron los ojos.

—*¿Por qué nos has llamado?* —preguntó el Hombre Pájaro en sus voces huecas y armoniosas.

La mujer se inclinó ligeramente hacia Richard sin apartar los ojos del Hombre Pájaro.

—Quieren saber por qué has convocado esta reunión.

Richard respiró hondo varias veces, recuperándose de lo que le habían hecho.

—He convocado esta reunión porque debo encontrar un objeto mágico antes de que Rahl el Oscuro dé con él. Antes de que pueda usarlo.

Kahlan tradujo mientras los espíritus hablaban a Richard por boca de los ancianos.

—*¿A cuántos hombres has matado?* —inquirió Savidlin con las voces de los espíritus.

—A dos —contestó Richard sin vacilar.

—*¿Por qué?* —preguntó Hanjalet con voces inquietantes.

—Porque querían matarme.

—*¿Ambos?*

—Al primero lo maté en defensa propia —respondió el joven tras un instante de reflexión—. Y al segundo para defender a una amiga.

—*¿Crees que defender a una amiga te da el derecho de matar?* —Esta vez fue la boca de Arbrin la que se movió.

—Sí.

—*¿Y si él iba a matar a tu amiga sólo para defender la vida de un amigo suyo?*

Richard respiró hondo.

—No comprendo a qué viene esa pregunta.

—*Según tú mismo has dicho, crees que está justificado matar en defensa de un amigo. Así pues, si él iba a matar para defender a su amigo también estaba en su derecho. Su acto estaba justificado. Y puesto que estaba justificado, tu derecho quedaría invalidado, ¿verdad?*

—No todas las preguntas tienen una respuesta.

—*Tal vez no todas las preguntas tienen una respuesta que te gusta.*

—Tal vez.

Por su tono de voz Kahlan se dio cuenta de que Richard se estaba enojando. Todos los ojos de los ancianos, de los espíritus, se posaban en él.

—*¿Disfrutaste matando a ese hombre?*

—¿A cuál de ellos?

—*Al primero.*

—No.

—*¿Y al segundo?*

Richard contrajo los músculos de la mandíbula y preguntó a su vez:

—¿Por qué me hacéis estas preguntas?

—*Todas las preguntas tienen una razón de ser distinta.*

—Y a veces las razones no tienen nada que ver con la pregunta.

—*Contesta.*

—Sólo si primero me dices por qué preguntas.

—*Estás aquí para preguntarnos. ¿Quieres que te preguntemos por qué?*

—Creo que ya lo estáis haciendo.

—*Responde a nuestra pregunta o nosotros no responderemos a las tuyas.*

—Y si respondo ¿prometéis contestar las mías?

—*No estamos aquí para regatear. Estamos aquí porque nos has llamado. Responde o daremos por finalizada la reunión.*

Richard inspiró hondo y fue soltando lentamente el aire, alzando la vista a la nada.

—Sí, debido a la magia de la *Espada de la Verdad* disfruté matándolo. Así es como funciona. Si lo hubiera matado de otro modo, sin la espada, no habría disfrutado.

—*No viene al caso.*

—¿Qué?

—*«Si» no viene al caso; «disfruté», sí. Así pues, has dado dos razones para matar al segundo hombre: para defender a una amiga y para disfrutar ¿Cuál es la verdadera?*

—Ambas. Maté para proteger la vida de mi amiga y, debido a la espada, disfruté haciéndolo.

—*¿Y si no hubiera sido necesario matar para proteger a esa amiga? ¿Y si te equivocaste al evaluar la situación? ¿Y si la vida de tu amiga no estaba en peligro?*

Kahlan se puso tensa y vaciló un momento antes de traducir.

—Para mí, lo que hago no es tan importante como la intención que me mueve. Creí realmente que la vida de mi amiga estaba en peligro, por lo que me sentí justificado para matar. Tuve que tomar una decisión en un instante. Pensé que si dudaba, ella moriría.

»Si los espíritus creen que hice mal al matar, o que la persona a quien maté estaba en su derecho a obrar de aquel modo y eso invalida mi derecho, estamos en desacuerdo. Algunos problemas no tienen una solución clara. A veces no hay tiempo para detenerse a analizarlos. Tuve que actuar dejándome guiar por el corazón. Como un hombre sabio me dijo una vez, todos los asesinos creen que tienen una justificación para matar. Yo mataría para salvar mi vida, la de un amigo o la de un inocente. Si creéis que esto está mal, decídmelo para poner fin a estas dolorosas preguntas y empezaré a buscar en otro sitio las respuestas que necesito.

—*Tal como ya hemos dicho, no regateamos. Has dicho que, para ti, lo que haces no es tan importante como la intención que te mueve. ¿Has tratado de matar a alguien sin lograrlo?*

El sonido de las voces era doloroso; Kahlan tenía la impresión de que le quemaba en la piel.

—Habéis malinterpretado mis palabras. Lo que he dicho es que maté porque creí que debía hacerlo, porque creía que aquel hombre tuviera la intención de matar, por lo que tenía que actuar o mi amiga moriría. La intención no es igual a los actos. Probablemente hay una larga lista de personas que, en un momento u otro, he deseado matar.

—*Si lo deseabas, ¿por qué no lo hiciste?*

—Por muchas razones. En algunos casos no estaba realmente justificado; no era más que una fantasía, algo que imaginaba para sacarme el aguijón de una injusticia. No era necesario que matara. Y otras, bueno, finalmente no lo hice, eso es todo.

—*¿Como a los cinco ancianos?*

—Sí —contestó Richard con un suspiro.

—*Pero tenías la intención de matar.*

Richard no respondió.

—*En ese caso, ¿la intención fue igual a los actos?*

Richard tragó con fuerza.

—En mi corazón, sí. El hecho de intentarlo me hiere casi tanto como si lo hubiera hecho.

—*Así pues, parece que no hemos malinterpretado tus palabras.*

Kahlan pudo ver lágrimas en los ojos de Richard.

—¿Por qué me preguntáis todo eso? —exclamó el joven.

—*¿Por qué quieres el objeto mágico?*

—¡Para detener a Rahl el Oscuro!

—*¿Y cómo te ayudará ese objeto a conseguirlo?*

Richard se recostó un poco hacía atrás y abrió mucho los ojos. Había comprendido. Una lágrima le corrió por la mejilla.

—Porque si me hago con ese objeto e impido que él lo consiga —susurró—, Rahl morirá. De ese modo lo mataré.

—*Entonces, lo que realmente nos pides es que te ayudemos a matar a otra persona.* —Kahlan oyó voces a su alrededor en la oscuridad. Richard se limitó a asentir.

—*Por eso te hacemos estas preguntas. Tú nos pides que te ayudemos a matar. ¿No crees que es justo que sepamos a qué tipo de persona vamos a respaldar en ese acto?*

—Supongo que sí —replicó Richard, con el sudor que le caía por la cara y los ojos cerrados.

—*¿Por qué quieres matar a ese hombre?*

—Tengo muchas razones.

—*¿Por qué quieres matar a ese hombre?*

—Porque torturó y mató a mi padre. Porque ha torturado y matado a muchas personas más. Porque torturará y matará a muchas otras si yo no lo mato. Es el único modo de detenerlo. Es imposible razonar con él. No tengo otra opción que matarlo.

—*Reflexiona cuidadosamente sobre la siguiente pregunta y responde la verdad, o esta reunión habrá acabado.*

Richard asintió.

—*¿Cuál es la principal razón, por encima de todas las demás, por la que quieres matar a ese hombre?*

Richard bajó la vista y volvió a cerrar los ojos.

—Porque —susurró al fin, con lágrimas corriéndole por las mejillas—, porque si no lo mato, él matará a Kahlan.

Kahlan sintió como si le hubieran dado un puñetazo en el estómago y tuvo que hacer un gran esfuerzo para traducir aquellas palabras. Hubo un largo silencio. Richard se había quedado desnudo y no sólo físicamente. Kahlan estaba enfadada con los espíritus por haberle hecho algo así y también consternada por lo que ella le estaba haciendo. Shar había tenido razón.

—*Si Kahlan no fuera un factor, ¿aún tratarías de matar a ese hombre?*

—Definitivamente sí. Me habéis preguntado la principal razón y os la he dicho.

—*¿Cuál es el objeto mágico que buscas?* —preguntaron inopinadamente.

—¿Significa eso que aprobáis mis razones para matar?

—*No. Significa que, por nuestras propias razones, hemos decidido responder a tu pregunta. Si es que podemos. ¿Cuál es el objeto mágico que buscas?*

—Una de las tres cajas del Destino.

Cuando Kahlan tradujo los espíritus se echaron a aullar, como si algo les doliera.

—*No se nos permite responder a eso. Las cajas del Destino están en juego. La reunión ha terminado.*

Los ancianos cerraban los ojos. Richard se levantó y les espetó:

—¿Dejaréis que Rahl el Oscuro mate a toda esa gente cuando tenéis el poder para impedirlo?

—*Sí.*

—¿Dejaréis que mate a vuestros descendientes? ¿A vuestra propia carne y sangre? ¡Vosotros no sois los espíritus antepasados de nuestra gente, sino espíritus traidores!

—*Mentira.*

—¡Pues decídmelo!

—*No está permitido.*

—¡Por favor! No nos neguéis vuestra ayuda. Dejadme hacer otra pregunta.

—*No nos está permitido revelar el emplazamiento de las cajas del Destino. Está prohibido. Piensa otra pregunta.*

Richard se sentó y se llevó las rodillas al pecho. Con las yemas de los dedos se frotó los ojos. Los símbolos pintados por todo su cuerpo le daban la apariencia de una criatura salvaje. Puso el rostro entre las manos, pensativo, pero de pronto irguió la cabeza.

—No podéis decirme dónde están las cajas del Destino. ¿Hay alguna otra limitación?

—*Sí.*

—¿Cuántas cajas tiene ya Rahl?

—*Dos.*

—Me acabáis de revelar dónde están dos de las cajas —dijo mirando parsimoniosamente a los ancianos—. Habíais dicho que estaba prohibido —les recordó—. ¿O lo que cuenta es sólo la intención?

Silencio.

—*Esa información te la podemos dar. ¿Cuál es tu pregunta?*

Richard se inclinó hacia adelante, como el perro que husmea un rastro.

—¿Podéis decirme quién sabe dónde está la última caja?

Kahlan sospechaba que Richard ya conocía la respuesta a esa pregunta. Reconocía su manera de plantear una misma cosa desde dos ángulos distintos.

—*Conocemos el nombre de quien tiene la caja y los de varias otras personas que están cerca, pero no podemos decírtelos, pues eso equivaldría a decirte dónde está la caja. Está prohibido.*

—Entonces, ¿podéis decirme el nombre de alguien, que no sea Rahl, que no posea la última caja, que no esté cerca de ella, pero que sepa dónde se encuentra?

—*Podemos darte un nombre. Ella sabe dónde está la caja. Si te decimos su nombre no te estaremos conduciendo a la caja, sino sólo a ella. Eso está permitido. Después dependerá de ti, no de nosotros, conseguir la información que necesites.*

—Pues ahí va mi pregunta: ¿quién es?, ¿cómo se llama?

Cuando pronunciaron el nombre Kahlan se quedó helada de golpe y no tradujo. Los ancianos temblaron tras pronunciar ese nombre en voz alta.

—¿Quién es? ¿Cómo se llama? —le preguntó Richard.

Kahlan lo miró.

—Podemos darnos por muertos —susurró.

—¿Por qué? ¿Quién es?

Kahlan se hundió en sí misma y contestó:

—Es Shota, la bruja.

—¿Y sabes dónde encontrarla?

Kahlan asintió con un frunce de terror en la frente.

—En las Fuentes del Agaden. —Kahlan respondió en susurros, como si las palabras en sí fueran venenosas—. Ni siquiera un mago se aventuraría allí.

Richard estudió el gesto de temor de Kahlan así como a los ancianos, que temblaban.

—Pues tendremos que ir a las Fuentes del Agaden a visitar a la bruja Shota.

—*Que los hados os sean favorables* —dijeron los espíritus a través del Hombre Pájaro—. *Las vidas de nuestros descendientes dependen de vosotros.*

—Gracias por vuestra ayuda, honorables antepasados —dijo Richard—. Haré todo lo que esté en mi mano para detener a Rahl y ayudar a nuestra gente.

—*Usa la cabeza, tal como hace Rahl el Oscuro. Si te enfrentas a él en su terreno, perderás. No será nada fácil. Tendrás que sufrir, como nuestra gente y otras personas, antes de tener una pequeña posibilidad de triunfo. E, incluso así, es muy probable que fracases. Oye nuestra advertencia, Richard, el del genio pronto.*

—Recordaré vuestras palabras. Juro hacerlo lo mejor que pueda.

—*Entonces pondremos a prueba tu juramento. Hay algo que queremos decirte.* —Hicieron una breve pausa y prosiguieron—: *Rahl el Oscuro está aquí y te busca.*

Kahlan tradujo a toda prisa, al tiempo que se levantaba de un salto. Richard la imitó.

—¿Qué? ¿Está aquí ahora? ¿Dónde? ¿Qué está haciendo?

—*Está en el centro de la aldea matando gente.*

El miedo embargó a Kahlan. Richard dio un paso adelante.

—Tengo que salir. Tengo que coger la espada. ¡Debo detenerlo!

—*Como quieras, pero antes escúchanos. Siéntate* —le ordenaron.

Richard y Kahlan volvieron a sentarse, mirándose con ojos muy abiertos y apretándose fuerte las manos. Kahlan sentía ganas de llorar.

—Deprisa —pidió Richard.

—*Rahl el Oscuro te quiere a ti. Tu espada no puede matarlo. Esta noche la balanza del poder se decanta de su lado. Si sales ahí afuera te matará. No tienes ninguna oportunidad. Ni la más mínima. Para triunfar debes invertir la balanza del poder, pero esta noche no puedes hacerlo. La gente que mate esta noche morirá tanto si sales a luchar contra él como si no. Si sales, al final morirán más. Muchos más. Para triunfar deberás mostrar el valor de permitir que esta noche mueran muchas personas. Salva tu vida para luchar en otra ocasión. Debes sufrir este dolor. Si quieres tener una oportunidad de ganar haz caso a tu cabeza y no a tu espada.*

—¡Pero tendré que salir más pronto o más tarde!

—*Rahl el Oscuro ha desatado muchos terrores oscuros. Debe equilibrar muchas cosas, incluido su tiempo. No podrá esperar toda la noche. Él confía, y con razón, que puede vencerte cuando le plazca. No tiene ninguna razón para esperar. Pronto se marchará para atender otros asuntos y volverá a por ti otro día.*

»*Los símbolos que llevas pintados nos abren los ojos para que te podamos ver. Pero a él se los cierran; él no podrá verte a no ser que desenvaines la espada. Entonces te atraparía. Mientras lleves estos símbolos y la magia de la espada permanezca dentro de su funda, no podrá encontrarte en el territorio de la gente barro.*

—¡Pero no puedo quedarme aquí!

—*Si quieres detenerlo, debes quedarte aquí. Cuando abandones nuestro territorio el poder de los símbolos desaparecerá y él podrá verte.*

A Richard le temblaban los puños. Por la expresión de su rostro Kahlan supo que no se sentía muy inclinado a hacer caso de la advertencia, que estaba a punto de salir afuera a luchar.

—*Tú eliges* —prosiguieron los espíritus—. *Puedes esperar aquí dentro mientras mata a algunos de los nuestros y, cuando se marche, ir a por la caja y matarlo. O salir ahora para nada.*

Richard cerró los ojos y los apretó. Respiraba dificultosamente.

—Esperaré —dijo al fin con voz apenas audible.

Kahlan le echó los brazos al cuello, apoyó la cabeza en él y lloraron. El círculo de ancianos empezó de nuevo a girar a su alrededor.

Fue lo último que recordó antes de que el Hombre Pájaro los zarandeara para despertarlos. Al recordar lo que habían dicho los espíritus sobre la gente barro que debía morir y que si querían encontrar la caja tendrían que ir a ver a Shota en las Fuentes del Agaden, Kahlan se sentía como si acabara de salir de una pesadilla. La idea de la bruja la hacía estremecer. Los demás ancianos estaban de pie a su lado y los ayudaban a levantarse. Todos tenían un gesto sombrío. Las lágrimas pugnaban de nuevo por brotar de sus ojos, pero la mujer las contuvo.

El Hombre Pájaro empujó la puerta para salir al frío aire de la noche y al cielo despejado iluminado por las estrellas.

Las nubes habían desaparecido, incluso la de forma de serpiente.

Amanecería en menos de una hora y hacia el este ya se adivinaba una pizca de color en el cielo. Un cazador de cara solemne les entregó las ropas y a Richard también la espada. Sin decir palabra todos se vistieron y se marcharon.

Una falange de cazadores y arqueros rodeaba la casa de los espíritus en un cerco de protección. Muchos estaban cubiertos de sangre. Richard se abrió paso hasta situarse por delante del Hombre Pájaro.

—Decidme qué ha ocurrido —ordenó en voz baja.

Un hombre armado con una lanza se adelantó. Kahlan se acercó a Richard para traducir. El guerrero tenía los ojos inflamados de rabia.

—*Del cielo vino un demonio rojo, con un hombre montado en él. Te buscaba a ti.* —Con fuego en los ojos empujó la punta de la lanza contra el pecho de Richard. El Hombre Pájaro, con rostro pétreo, colocó una mano sobre la lanza y la apartó del joven—. *Al no encontrar más que tus ropas empezó a matar a gente. ¡A niños!* —El hombre respiraba agitadamente por la rabia—. *Nuestras flechas no llegaban a él. Nuestras manos tampoco. Muchos de los que lo intentaron acabaron muertos por el fuego mágico. Entonces, al ver que usábamos fuego, se enfureció y los apagó todos. Luego volvió a subirse a la espalda del demonio rojo y nos dijo que si volvíamos a usar fuego regresaría y mataría a todos los niños de la aldea. Con ayuda de la magia elevó a Siddin en el aire y lo cogió bajo el brazo. «Un regalo para un amigo», dijo. Después se marchó volando. ¡¿Y dónde estabas tú y tu espada?!*

Los ojos de Savidlin se anegaron de lágrimas. Kahlan se llevó una mano al corazón para aliviar el desgarrador dolor que sentía. Sabía para quién era el regalo.

El hombre con la lanza escupió a Richard. Savidlin fue a por él, pero Richard levantó una mano para detenerlo.

—*Yo oí las voces de los espíritus de nuestros antepasados* —dijo Savidlin—. *¡Sé que si no salió no fue por culpa suya!*

Kahlan abrazó a Savidlin y lo consoló.

—*Sé fuerte. Lo salvamos una vez cuando parecía estar perdido y lo salvaremos de nuevo.*

Savidlin asintió valientemente y Kahlan se apartó. Richard le preguntó qué le había dicho.

—Una mentira para aliviar su dolor.

Richard hizo un gesto de aquiescencia y se volvió hacia el hombre de la lanza.

—Muéstrame a los que mató —dijo con voz impasible.

—*¿Por qué?*

—Para no olvidar nunca por qué voy a matar al que lo hizo.

El hombre lanzó a los ancianos una mirada airada y los condujo a todos al centro de la aldea. Kahlan puso cara inexpresiva para resguardarse de lo que sabía que iba a ver. Lo había visto demasiadas veces en otras aldeas, en otros lugares. Tal como esperaba esta vez era igual a las otras. Junto a un muro yacían alineados caóticamente los cuerpos desgarrados y destripados de niños, los cuerpos quemados de hombres y mujeres muertas, algunas sin brazos o sin mandíbula. Entre ellas estaba la sobrina del Hombre Pájaro. Richard caminó impasible entre el caos de gente que chillaba y gemía; pasaba por delante de los muertos y los miraba. Era la calma en el ojo del huracán.

—*Esto es lo que nos has traído* —le espetó el cazador con voz sibilante—. *¡Es culpa tuya!*

Richard vio que otros asentían. Entonces se volvió hacia quien había hablado y le dijo en tono amable:

—Si pensarlo alivia tu dolor, entonces cúlpame a mí. Yo prefiero culpar a quien tiene manchadas las manos con la sangre de esta gente. Hasta que esto termine no uséis fuego —dijo dirigiéndose al Hombre Pájaro y a los ancianos—. Sólo causaría más muertes. Juro que detendré a Rahl el Oscuro o moriré en el intento. Gracias por ayudarme, amigos.

El joven posó en Kahlan una mirada intensa, que reflejaba la rabia por lo que acababa de ver. Los dientes le rechinaban.

—Vamos en busca de la bruja —dijo.

No tenían elección, pero ella conocía a Shota. Iban a morir. Sería lo mismo que si preguntaran a Rahl dónde encontrar la caja.

Kahlan se acercó al Hombre Pájaro e, inesperadamente, lo rodeó con sus brazos.

—*No me olvides* —le susurró.

Cuando se separaron el Hombre Pájaro miró a quienes lo rodeaban. Tenía la cara demacrada.

—*Kahlan y Richard necesitan a algunos hombres que los protejan hasta llegar a la frontera de nuestras tierras.*

Savidlin se adelantó al punto. Sin dudarlo, un grupo de diez de sus mejores cazadores lo imitaron.

29

La princesa Violeta se volvió bruscamente y abofeteó a Rachel con saña. Rachel no había hecho nada malo, por supuesto; simplemente a la princesa le gustaba abofetearla cuando Rachel menos lo esperaba. La princesa lo encontraba divertido. Rachel no trató de disimular lo mucho que le había dolido, pues si lo hacía la princesa volvería a abofetearla. La niña se cubrió la zona dolorida con una mano, el labio inferior le temblaba y estaba a punto de llorar, pero no dijo nada.

Volviéndose hacia la brillante y pulida pared cubierta por pequeños cajones de madera, la princesa Violeta agarró un asa de oro con uno de sus regordetes dedos y abrió otro cajón, del que sacó un centelleante colgante de plata con grandes piedras azules incrustadas.

—Éste es bonito. Sostenme en alto el pelo.

La princesa se volvió hacia el alto espejo enmarcado en madera y se admiró mientras sus dedos manipulaban el cierre en la parte posterior de su gordo cuello y Rachel le sostenía su largo pelo castaño, de tono apagado, para que no se le enredase. A su vez Rachel se miró al espejo, estudiando la marca roja en la cara. Odiaba mirarse al espejo, odiaba ver su pelo después de que la princesa se lo cortara. Ella no podía llevar el pelo largo, por supuesto, ella no era nadie, pero deseaba tanto que al menos se lo hubieran cortado recto. Casi todo el mundo llevaba el pelo corto, pero recto. A la princesa le gustaba cortárselo con escalones. A la princesa Violeta le gustaba afear a Rachel.

Rachel se apoyó sobre el otro pie e hizo girar el tobillo libre, que sentía entumecido. Habían pasado toda la tarde en la sala de joyas de la reina. La princesa se había probado una joya tras otra, haciendo posturitas y girando enfrente del alto espejo. Era su actividad favorita, probarse las joyas de la reina y admirarse en el espejo. Como compañera de juegos que era, Rachel tenía que permanecer a su lado para asegurarse de que la princesa se divertía. Docenas de pequeños cajones se veían abiertos, algunos sólo un poco y otros por completo. De algunos colgaban collares y brazaletes como lenguas centelleantes. Había más diseminados por el suelo, además de broches, tiaras y anillos.

La princesa clavó la vista en el suelo y luego señaló un anillo de piedra azul.

—Dame ése —ordenó.

Rachel se lo colocó en el dedo que la princesa sostenía ante su rostro. Acto seguido la princesa se miró en el espejo, girando la mano a un lado y al otro. Entonces se acarició el bonito vestido de satén azul celeste que llevaba, admirando el anillo. Tras lanzar un largo bostezo de fastidio se dirigió al elegante pedestal de mármol blanco situado en la esquina opuesta de la habitación. La princesa miraba ahora el objeto favorito de su madre, el que contemplaba complacida a la menor oportunidad.

La princesa Violeta alzó sus regordetes dedos y retiró de su lugar de honor la caja de oro con gemas incrustadas.

—¡Princesa Violeta! —exclamó Rachel sin pensar—. Vuestra madre dijo que no la tocarais.

La princesa dio media vuelta con expresión inocente e inmediatamente le lanzó la caja. Rachel ahogó un grito y la atrapó, horrorizada de que pudiera estrellarse contra la pared. Aterrada de sostenerla en las manos la dejó en el suelo en el acto como si fuera un tizón ardiente. Entonces retrocedió, temerosa de que la azotaran sólo por estar cerca de la preciosa caja de la reina.

—¿A qué vienen tantos aspavientos? —le espetó la princesa Violeta—. La magia impide que nadie la saque de esta habitación. Nadie puede robarla, ni la caja ni ninguna otra cosa.

Rachel no sabía nada de magia, pero sí sabía que no quería que la sorprendieran tocando la caja de la reina.

—Voy a bajar al comedor —anunció la princesa, alzando la nariz—, para ver cómo llegan los invitados. Ordena todo esto y luego ve a la cocina y di a los cocineros que no quiero el asado seco como cuero, como la última vez, o diré a mi madre que los hagan azotar.

—Como mandéis, princesa Violeta. —Rachel le hizo una pequeña reverencia.

—¿Y? —La princesa alzó su grandota nariz.

—Y... gracias, princesa Violeta, por traerme y dejarme ver lo hermosa que estáis con las joyas.

—Bueno, es lo menos que puedo hacer; supongo que debes de estar cansada de ver siempre tu fea cara en el espejo. Mi madre dice que debemos ser amables con los menos afortunados. —La princesa metió la mano en el bolsillo y sacó algo—. Toma. Coge la llave y cierra la puerta cuando acabes de ordenarlo todo.

—Sí, princesa Violeta. —Rachel hizo otra reverencia.

Mientras la princesa dejaba caer la llave en la mano extendida de Rachel, su otra mano pareció salir de la nada y la abofeteó repentinamente, con inesperada dureza. Rachel se quedó aturdida mientras la princesa Violeta abandonaba la habitación lanzando su alta y chirriante risa, semejante a un resoplido. Aquella risa le dolió casi tanto como el golpe.

Las lágrimas le caían por la cara mientras, de cuatro patas en el suelo cubierto con alfombras, iba recogiendo anillos. Se detuvo, se sentó un momento y se llevó los dedos al lugar donde había recibido la bofetada. Dolía horrores.

La niña evitaba deliberadamente la caja de la reina, mirándola de soslayo. No se atrevía a tocarla aunque sabía que tendría que hacerlo para colocarla de nuevo en su sitio. Rachel trabajaba lenta y meticulosamente, guardando las joyas en sus correspondientes cajones y después cerrando éstos con cuidado, esperando no acabar nunca y así no tener que tocar la caja, lo que la reina más valoraba en el mundo.

A la reina no le haría ninguna gracia saber que alguien la había tocado. Rachel sabía que la soberana solía ordenar que cortaran la cabeza a la gente. A veces, la princesa la obligaba a asistir con ella a las ejecuciones, pero Rachel siempre cerraba los ojos; la princesa no.

Tras guardar todas las joyas y cerrar todos los cajones, Rachel miró con el rabillo del ojo la caja en el suelo. La niña sentía como si la caja le devolviera la mirada, como, si de algún modo, pudiera decírselo a la reina. Finalmente se agachó y, con los ojos muy abiertos, la cogió. Entonces, sosteniéndola tan lejos de sí como era posible, caminó sobre las alfombras arrastrando los pies, aterrada de que cayera. Al llegar junto al pedestal depositó la caja muy lentamente, con infinito cuidado, temiendo que alguna gema cayera u ocurriera otra desgracia. Rápidamente retiró los dedos, aliviada.

Al dar media vuelta sus ojos se toparon con el dobladillo de una túnica plateada que rozaba el suelo. La niña se quedó sin respiración. No había oído ningún paso. Lenta, casi involuntariamente, alzó la cabeza y su mirada fue recorriendo la túnica hasta llegar a unas manos metidas en las mangas, una barba blanca y puntiaguda, una faz huesuda, una nariz aguileña, una calva y unos ojos negros clavados en su sobresaltado rostro.

Era el mago.

—Mago Giller —gimió la niña, esperando caer muerta en cualquier momento—. Sólo la estaba dejando en su sitio. Lo juro. Por favor, por favor, no me mates. —Su rostro se contrajo y trató de retroceder, pero sus pies se negaban a moverse—. Por favor. —La niña se llevó el dobladillo del vestido a la boca y lo fue mordiendo mientras gemía.

Rachel apretó los ojos con fuerza y se echó a temblar. Mientras, el mago fue bajando lentamente.

—Pequeña —dijo con voz suave. Rachel abrió cautelosamente un ojo, y se sorprendió de verlo sentado en el suelo, su cara al mismo nivel que la suya—. No voy a hacerte ningún daño.

—¿No? —La niña abrió el otro ojo con la misma cautela que el primero. No le creía. Sobresaltada, se dio cuenta de que la puerta grande y pesada estaba cerrada; su única vía de escape bloqueada.

—No —repitió el hombre, sonriendo y sacudiendo su clava cabeza—. ¿Quién ha cogido la caja?

—Estábamos jugando. Eso es todo, jugando. La princesa me dijo que la pusiera otra vez en su sitio. Ella es muy buena conmigo, muy buena, y yo quería ayudarla. Es una persona maravillosa y la quiero. Es tan amable conmigo...

El mago la hizo callar poniéndole amablemente un largo dedo sobre los labios.

—Ya lo he entendido, pequeña. Así pues, ¿eres la compañera de juegos de la princesa?

La niña asintió muy seria.

—Soy Rachel.

—Qué nombre tan bonito. —La sonrisa del mago se hizo más amplia—. Encantado de conocerte, Rachel. Siento haberte asustado. Sólo quería echar un vistazo a la caja de la reina.

Nunca nadie le había dicho que su nombre fuera bonito. Pero, por otra parte, él había cerrado la puerta.

—¿No vas a matarme? ¿O a convertirme en algo horrible?

—Oh, Dios mío, no —repuso el mago, echándose a reír. Entonces giró la cabeza y la observó con un solo ojo—. ¿Qué son esas marcas rojas en las mejillas?

Rachel no contestó, estaba demasiado asustada para decir la verdad. Lenta y cuidadosamente el hombre extendió una mano y con los dedos le tocó una mejilla y después la otra. La niña abrió mucho los ojos. Ya no sentía ningún dolor.

—¿Mejor?

Rachel asintió. Los ojos del mago parecían tan grandes cuando la miraban tan de cerca, como ahora. Al verlos sentía el impulso de contarle la verdad, y lo hizo.

—La princesa me pega —admitió avergonzada.

—¿De veras? ¿Así que no es amable contigo?

Rachel negó con la cabeza, bajando la vista. Entonces el mago hizo algo que la dejó sin habla. La rodeó con sus brazos y la apretó dulcemente con ellos. Ella al principio se quedó rígida, pero enseguida le echó los brazos al cuello y le devolvió el abrazo. Sus largos bigotes blancos le hacían cosquillas en la mejilla y el cuello, pero a ella le gustaba.

—Lo siento, querida —le dijo el mago con ojos tristes—. La princesa y la reina pueden ser muy crueles.

Tenía una voz tan agradable —pensó la niña—, como Brophy. Bajo su nariz aguileña el mago sonreía de oreja a oreja.

—Tengo aquí una cosa que quizá pueda ayudarte. —Su delgada mano se introdujo en la túnica y levantó la vista al aire mientras palpaba. Entonces encontró lo que buscaba. A Rachel se le desorbitaron los ojos cuando el mago sacó una muñeca con el pelo corto del mismo color rubio que el suyo. El hombre dio unas palmaditas a la tripa de la muñeca—. Ésta es una muñeca mágica.

—¿Una muñeca mágica? —susurró la niña.

—Sí. —En las comisuras de los labios, que sonreían, se le formaban profundas arrugas—. Cuando tengas problemas se los cuentas a la muñeca y ella hará que los olvides. Es mágica. Toma, inténtalo.

Rachel apenas podía respirar mientras alargaba ambos brazos y sus dedos se cerraban cuidadosamente sobre la muñeca. Con cierto recelo se la acercó al pecho y la abrazó. Entonces, tímida y lentamente la apartó de sí y la miró a la cara. Sus ojos se humedecieron.

—La princesa Violeta dice que soy fea —confió a la muñeca.

El rostro de ésta sonrió. Rachel abrió la boca de sorpresa.

—Te quiero, Rachel —dijo con un hilo de voz.

La niña ahogó una exclamación de asombro, soltó una risita de alegría y abrazó la muñeca con todas sus fuerzas. Rachel reía y reía, balanceando el cuerpo adelante y atrás y apretando la muñeca contra el pecho.

Entonces se acordó. Devolvió la muñeca al mago y apartó los ojos.

—No puedo tener ninguna muñeca. La princesa me lo ha prohibido. Me dijo que si tenía una la arrojaría al fuego. —Rachel apenas podía hablar por el nudo que tenía en la garganta.

—Bueno, déjame pensar —dijo el mago, frotándose el mentón—. ¿Dónde duermes?

—Normalmente en el dormitorio de la princesa. Por la noche me encierra en la caja, y a mí no me gusta nada. A veces, cuando dice que he sido mala, me echa del castillo por la noche y tengo que dormir en el bosque. Ella cree que es peor que la caja, pero a mí me gusta porque tengo un lugar secreto; un pino hueco en el que duermo.

»Los pinos huecos no tienen cerrojo, ya sabes, y puedo hacer pipí cuando tengo ganas. A veces hace bastante frío pero tengo una pila de paja y me cubro con ella para estar calentita. Por la mañana tengo que regresar antes de que la princesa envíe a los guardias a buscarme, porque podrían encontrar mi lugar secreto. No quiero que lo encuentren. Se lo dirían a la princesa y ya no me enviaría al bosque.

El mago le cogió tiernamente el rostro entre las manos. La niña se sintió especial.

—Querida niña —susurró Giller—, pensar que he podido tomar parte en esto. —Los ojos del mago se veían húmedos. Rachel no sabía que los magos también lloraban—. Tengo una idea —anunció, sonriendo de nuevo y levantando un dedo—. ¿Conoces los jardines?

—Sí. Tengo que atravesarlos para llegar a mi lugar secreto cuando duermo en el bosque. La princesa me hace salir por el muro exterior y la puerta del jardín. No quiere que salga por delante, donde hay tiendas y gente. Teme que alguien me dé cobijo. Tampoco quiere que vaya a la ciudad ni a las granjas. Tengo que ir al bosque, como castigo.

—Atiende; a ambos lados del sendero central del jardín hay unas pequeñas urnas con flores amarillas dentro. —Rachel asintió. Sabía dónde estaban—. Pues bien, esconderé la muñeca en la tercera urna de la derecha. La cubriré con una red de mago, una red mágica, para que nadie la encuentre. —El mago cogió la muñeca y cuidadosamente se la metió en la túnica. Los ojos de Rachel seguían sus movimientos—. La siguiente vez que te haga pasar la noche en el bosque, ve allí y encontrarás la muñeca. Entonces puedes llevártela a tu lugar secreto, al pino, donde nadie la encontrará ni te la quitará.

»También dejaré una cerilla mágica. Reúne un montón con palitos, no demasiados, con piedras alrededor y entonces coge la cerilla y di: "Que se haga la luz para mí", y se encenderá. Así no pasarás frío.

Rachel le echó los brazos al cuello y lo abrazó largamente, mientras él le daba palmaditas en la espalda.

—Gracias, mago Giller.

—Puedes llamarme Giller cuando estemos solos, pequeña, sólo Giller. Así es como me llaman mis amigos.

—Muchísimas gracias por la muñeca, Giller. Nadie me había regalado nada tan bonito. Cuidaré muy bien de ella. Ahora tengo que marcharme; la princesa quiere que eche una regañina a los cocineros. Después tendré que mirar cómo cena. —La niña sonrió—. Después pensaré qué puedo hacer para que esta noche me haga dormir en el bosque.

El mago soltó una profunda risa y sus ojos chispearon. Con su gran mano le acariciaba el pelo. Giller la ayudó a abrir la pesada puerta y la cerró por ella, tras lo cual le tendió la llave.

—Espero que algún día podamos volver a hablar —dijo Rachel, levantando la vista hacia él.

—Seguro que sí, Rachel, seguro que sí —le aseguró Giller, devolviéndole la sonrisa.

La niña se despidió con un ademán y echó a correr por el largo pasillo vacío, más contenta de lo que lo había estado desde que vivía en el castillo. Tuvo que atravesar todo el castillo para llegar a la cocina; bajar escaleras de piedra y pasillos con alfombras en el suelo y cuadros en las paredes; cruzar enormes salas con altas ventanas con colgaduras doradas y rojas, sillas de terciopelo rojo con patas doradas y largas alfombras con escenas de hombres a caballo luchando; pasar delante de guardias tan quietos como estacas que custodiaban algunas de las grandes puertas talladas o hacían ronda de dos en dos, así como sirvientes que corrían por todas partes, acarreando bandejas con ropa blanca o escobas y trapos y cubos con agua jabonosa.

Ninguno de los guardias ni de los sirvientes le echó más de un vistazo, aunque estaba corriendo. Sabían que era la compañera de juegos de la princesa Violeta y la habían visto correr por el castillo muchas veces, haciendo recados para la princesa.

Estaba sin resuello cuando, al fin, llegó a la cocina, llena de vapor, humo y ruido. Los ayudantes se afanaban de aquí para allá llevando pesados sacos, grandes cacerolas o bandejas calientes, evitando chocar unos con otros. Algunas personas cortaban en las altas mesas enormes tajos de cosas que Rachel no alcanzaba a ver. Se oía el chisporroteo de las sartenes, los cocineros gritaban órdenes, los ayudantes cogían cuencos de metal situados por encima de sus cabezas y guardaban otros. Se oía un constante golpeteo de cucharas para mezclar, el penetrante silbido del aceite, ajo, mantequilla, cebolla y especias en las sartenes calientes. Todo el mundo parecía chillar al mismo tiempo. El caótico lugar olía tan bien que la cabeza de Rachel le empezó a dar vueltas.

La niña tiró de la manga de uno de los dos cocineros jefe, tratándole de decir que tenía un mensaje de parte de la princesa, pero el hombre discutía con otro cocinero y le dijo que se sentara y esperara hasta que acabaran. Rachel se sentó en un taburete bajo situado cerca de los hornos, con la espalda apretada contra los cálidos ladrillos. La cocina olía tan bien y ella tenía tanta hambre... Pero sabía que se metería en problemas si pedía un poco de comida.

Los dos cocineros jefe estaban de pie junto a una gran vasija, agitando los brazos y gritándose uno al otro. De pronto, la vasija cayó al suelo con gran estruendo, se partió en dos y todo el líquido marrón claro que contenía se derramó por el suelo. Rachel se puso encima del taburete de un salto para que no le tocara sus pies desnudos. Los cocineros se quedaron paralizados, con caras casi tan blancas como sus delantales.

—¿Qué vamos a hacer ahora? —se preguntó el más bajo—. Ya no nos queda nada de los ingredientes que el Padre Rahl envió.

—Un momento —dijo el alto, llevándose una mano a la frente—. Déjame pensar.

Con ambas manos se amasó el rostro. Luego alzó los brazos al aire.

—Muy bien, muy bien. Se me ocurre algo. Tráeme otra vasija y mantén la boca cerrada. Tal vez aún podamos salvar la cabeza. Tráeme otros ingredientes.

—¿Qué ingredientes? —gritó el bajo con la cara congestionada.

El cocinero alto se inclinó sobre él y repuso:

—¡Ingredientes marrones!

Rachel observó cómo iban apresuradamente de un lado a otro, cogiendo cosas, vertiendo el líquido de botellas, añadiendo ingredientes, mezclando y probando. Al fin, ambos sonrieron.

—Muy bien, muy bien, funcionará. Creo. Tú deja que hable yo —dijo el alto.

Rachel se acercó a él de puntillas por el suelo mojado y le tiró nuevamente de la manga.

—¡Tú! ¿Aún sigues ahí? ¿Qué es lo que quieres? —preguntó bruscamente.

—La princesa Violeta dice que no le prepares el asado seco otra vez o hará que la reina te mande azotar. —Y, mirando al suelo, añadió—: Me ha mandado para que te lo diga.

El cocinero la miró brevemente, tras lo cual se volvió a su compañero, agitando un dedo.

—¡Te lo dije! ¡Te lo dije! ¡Esta vez córtale un trozo del centro y no confundas los platos, o ambos perderemos la cabeza! Y tú no has visto nada de esto —añadió, dirigiéndose a Rachel y agitando el dedo en el aire.

—¿Cocinar? ¿No quieres que diga a nadie que os he visto cocinar? De acuerdo —dijo la niña un tanto confundida y empezó de alejarse de puntillas por el suelo húmedo—. No se lo diré a nadie, lo prometo. No me gusta ver cómo esos hombres con los látigos hacen daño a la gente. No diré nada.

—¡Espera un momento! —gritó el cocinero—. Te llamas Rachel, ¿verdad?

La niña dio media vuelta y asintió.

—Ven aquí.

Rachel no quería, pero de todos modos regresó de puntillas. El cocinero sacó un gran cuchillo, que al principio la asustó, se volvió hacia una fuente colocada a su espalda y le cortó un trozo de carne grande y jugoso. La niña nunca había visto un pedazo de carne igual, sin grasa ni cartílago, al menos no de tan cerca. Era un trozo semejante al que la reina y la princesa solían comer. El cocinero se lo tendió y se lo puso directamente en la mano.

—Lamento haberte gritado, Rachel. Siéntate en el taburete y cómete esto. Después, límpiate bien, para que nadie se entere. ¿De acuerdo?

Rachel asintió y corrió hacia el taburete con su premio, olvidándose de ir de puntillas. Era lo más delicioso que había comido en su vida. Trató de saborearlo lentamente mientras contemplaba a todas aquellas personas correr de un lado a otro, haciendo sonar las cacerolas y acarreando cosas, pero no pudo. El jugo le caía por los brazos y le goteaba de los codos.

Al acabar, el cocinero bajo se acercó a ella y le secó manos, brazos y cara con un trapo de cocina, tras lo cual le ofreció una porción de tarta de limón, poniéndosela en las manos como había hecho el cocinero alto con el pedazo de carne. Dijo que la había hecho él mismo y que quería saber cómo le había salido. Rachel, sinceramente, le aseguró que era lo mejor que había probado. El cocinero sonrió complacido.

Había sido quizás el mejor día que Rachel recordaba. Dos cosas buenas el mismo día; la muñeca mágica y, ahora, la comida. La niña se sentía como una reina.

Más tarde, sentada en el gran comedor, en su sillita, situada detrás de la princesa, por primera vez no se sentía tan hambrienta que el estómago le rugía mientras la gente importante comía. La mesa principal se encontraba a casi un metro de altura por encima de las otras, por lo que si se sentaba bien erguida podía ver todo el comedor. Los servidores se afanaban trayendo y llevando comida, retirando platos con restos de comida, sirviendo vino e intercambiando las bandejas medio llenas de las mesas con otras colmadas provenientes de la cocina.

Rachel contemplaba a las elegantes damas y caballeros ataviados con hermosos vestidos y capas de colores, sentados a las largas mesas, comiendo de los hermosos platos y, por primera vez, sabía qué sabor tenía aquella comida. No obstante, no comprendía para qué necesitaban tantos tenedores y cucharas. Un día preguntó a la princesa por qué usaban tantos tenedores, cucharas y otras cosas, y la princesa le respondió que alguien como ella nunca necesitaría conocer la respuesta.

Por lo general nadie le prestaba atención en los banquetes. La princesa sólo se volvía a mirarla de vez en cuando. Rachel tenía que estar allí únicamente porque era la compañera de juegos de la princesa Violeta, por las apariencias, suponía. La gente también tenía gente de pie o sentada a su espalda cuando comía. La reina decía que la princesa tenía que practicar con Rachel, practicar para mandar.

—¿Está vuestro asado suficientemente jugoso, princesa? —susurró Rachel inclinándose hacia adelante—. Dije a los cocineros que eran malos al daros mala carne, y que habíais ordenado que no volvieran a hacerlo.

La princesa Violeta la miró por encima del hombro. La salsa le caía por la barbilla.

—Está bastante bien, lo suficiente para no ser azotados. Y tienes razón, no deberían ser tan malos conmigo. Ya era hora de que aprendieran.

La reina Milena estaba sentada a la mesa sosteniendo, como de costumbre, su perrito con un brazo. El animal no cesaba de empujar el abultado brazo de la reina con sus patas delgadas como palos, dejándole pequeñas marcas con los pies. La reina le daba trocitos de comida mejores de los que nunca hubiera probado Rachel. «Hasta hoy», se dijo con una sonrisa.

A Rachel no le gustaba el perrito. Ladraba mucho y, a veces, cuando la reina lo dejaba en el suelo corría hacia ella y le clavaba en las piernas sus diminutos y puntiagudos dientes, y ella no se atrevía a protestar. Cuando el perro la mordía la reina siempre le decía al animal que tuviera cuidado, que no se hiciera daño. La reina hablaba con una voz extraña, aguda y dulce, cuando se dirigía al perro.

Mientras la reina y sus ministros discutían algún tipo de alianza, Rachel permanecía sentada moviendo las piernas, haciendo chocar las rodillas y pensando en su muñeca mágica. El mago ocupaba un lugar por detrás y a la derecha de la reina, para ofrecerle consejo cuando ésta se lo pidiera. Giller tenía un aspecto magnífico con su túnica plateada. Antes Rachel no le había prestado demasiada atención; no era más que otro de los importantes de la reina que siempre la acompañaba, como el perrito. La gente lo temía, tal como Rachel temía al perro. Ahora, al mirarlo, le parecía la persona más agradable que había conocido.

El mago no le prestó atención en toda la cena y no la miró ni una sola vez. Rachel se imaginó que era para que nadie se fijara en ella y la princesa se enfureciera. Era una buena idea. La princesa Violeta se enfadaría si sabía que Giller le había dicho que Rachel era un nombre bonito. El largo cabello de la reina se caía por el respaldo de su silla, primorosamente tallada, y se agitaba cuando la gente importante le hablaba y ella asentía.

Al finalizar la cena, los sirvientes aparecieron con una carretilla en la que llevaban la vasija que Rachel había visto a los cocineros llenar de nuevo. Con un cucharón fueron llenando copas y sirviéndoselas a todos los invitados. Todos actuaban como si fuera algo realmente importante.

La reina se puso en pie, alzó su copa en el aire y sostuvo al perrito en el otro brazo.

—Damas y caballeros, os ofrezco la bebida de la iluminación, para que todos veamos la verdad. Es algo ciertamente precioso, pues a pocos se les ofrece la oportunidad de alcanzarla. Desde luego, yo he bebido muchas veces para ver la verdad, tal como la ve el Padre Rahl, y así poder guiar a mi pueblo hacia el bienestar común. Bebed.

Algunas personas parecían un poco reacias, pero sólo momentáneamente. Todos bebieron. Tras comprobar que todos lo hacían, la reina bebió a su vez, tras lo cual volvió a sentarse con una expresión extraña en el rostro. Se inclinó hacia un servidor y le susurró algo. Rachel empezaba a inquietarse; la reina tenía el entrecejo fruncido. Cuando la reina fruncía el entrecejo solían rodar cabezas.

El cocinero alto hizo acto de presencia, sonriendo. La reina le indicó con un dedo que se acercara. La frente del hombre se veía perlada de sudor. Rachel pensó que era porque en la cocina hacía mucho calor. Sentada detrás de la princesa, a la izquierda de la reina, la niña oía lo que decían.

—No tiene el mismo sabor —decía la reina con voz peligrosa. No siempre usaba aquel tono de voz pero cuando lo hacía la gente se asustaba.

—Ah, bien, majestad, veréis, en realidad, humm, bueno, no es exactamente lo mismo. —La reina enarcó las cejas y el cocinero prosiguió más rápidamente—. Veréis, en realidad, bueno, sabía que ésta era una cena muy importante. Sí, sabía que no querríais que nada saliera mal. Por mi parte, deseaba que todo el mundo recibiera la iluminación, que vieran lo brillante que sois en este, humm, asunto, por lo que, bueno —el cocinero se inclinó un poco más hacia ella y bajó la voz en tono confidencial—, me tomé la libertad de hacer más fuerte la bebida de la iluminación. En realidad, mucho más fuerte, para que todo el mundo viera la verdad de lo que decís. Os lo aseguro, majestad, es tan fuerte que todos recibirán la iluminación.

»De hecho, majestad —añadió, acercándose aún más a la reina y bajando la voz—, es tan fuerte que cualquiera que después de beberla no reciba la iluminación y se oponga a vos, no puede ser más que un traidor.

—¿De veras? —susurró la reina, sorprendida—. Bueno, ya me pareció que era más fuerte.

—Vuestra majestad es muy perspicaz. Poseéis un paladar realmente refinado. Sabía que a vos no podría engañaros.

—Ciertamente. Pero ¿estás seguro de que no es demasiado potente? Ya siento cómo me invade la iluminación.

—Majestad. —Los ojos del cocinero recorrieron a los invitados—. Tratándose de vuestro mandato, no hubiera osado hacerlo ni una pizca más flojo, por miedo a no descubrir a los traidores.

Al fin la reina sonrió e hizo un gesto de asentimiento.

—Eres sabio y leal, cocinero. Desde este momento, te dejo al cuidado exclusivo de la bebida de la iluminación.

—Gracias, majestad.

Tras ejecutar un montón de reverencias, el cocinero se marchó. A Rachel le alegró que se hubiera librado del castigo.

—Damas y caballeros, esta noche tenemos algo especial; dispuse que el cocinero preparara la bebida de la iluminación extrafuerte, para que todos los leales a la reina comprendieran la sabiduría del Padre Rahl.

Todos los invitados sonrieron y asintieron para demostrar cuánto les complacía eso. Algunos afirmaron que ya sentían la nueva percepción que les otorgaba la bebida.

—Y ahora, damas y caballeros, un entretenimiento especial. Traed al loco —ordenó, haciendo chasquear los dedos.

Los guardias trajeron un hombre al que hicieron detenerse en el centro de la sala, justo frente a la reina y rodeado por las mesas. Se trataba de un hombre de complexión robusta, pero estaba encadenado. La reina se inclinó hacia adelante.

—Todos los presentes estamos de acuerdo en que el pacto con nuestro aliado, Rahl el Oscuro, redundará en grandes beneficios para el pueblo y que todos sacaremos provecho. Serán los más humildes, los trabajadores y los campesinos, quienes saldrán más beneficiados, pues se verán libres de la opresión de quienes los explotan en su beneficio para obtener oro y riquezas. A partir de ahora todos trabajaremos para el bien común, no para alcanzar objetivos individuales. Por favor, ten la bondad de explicar a estas ignorantes damas y caballeros —dijo la reina ceñuda, abarcando con un ademán a todos los invitados— cómo es que tú eres más listo que ellos y por qué deberíamos permitirte trabajar sólo para ti, en lugar de para el prójimo.

El hombre tenía una expresión airada. Rachel deseó que cambiara de cara antes de que se metiera en problemas.

—El bien común —dijo, abarcando a todos los invitados con un gesto como la reina, sólo que él iba encadenado—. ¿Esto es lo que llamáis el bien común? Todos vosotros, la gente fina, disfrutáis de la comida y del cálido fuego, mientras que esta noche mis hijos pasarán hambre porque nos han arrebatado casi toda la cosecha. Y ha sido por el bien común, por aquellos que han decidido no trabajar y comerse el fruto de mi esfuerzo.

Los presentes se echaron a reír.

—¿Y les negarías la comida solamente porque has tenido la suerte de que tus cultivos crecieran mejor? —preguntó la reina—. Eres un egoísta.

—Sus cultivos también crecerían si únicamente se molestaran en plantar semillas.

—¿Y te importa tan poco el prójimo que, por esta razón, los condenarías a morir de hambre?

—¡Mi familia se muere de hambre! Para alimentar a otros, al ejército de Rahl, para alimentaros a vosotros, la gente fina, que no hacéis otra cosa que discutir qué hacer con mi cosecha y cómo dividir entre otros el fruto de mi trabajo.

Rachel deseó que el hombre se callara. Iba a conseguir que le cortaran la cabeza. Pero los invitados y la reina lo encontraban divertido.

—Y mi familia pasa frío —prosiguió el campesino con expresión aún más airada—, porque no se nos permite encender fuego. Pero aquí sí tenéis fuego —dijo señalando los hogares—, para calentar a quienes ahora me dicen que ahora todos somos iguales, que ya no habrá unos por encima de los otros y que, por tanto, no tengo derecho a quedarme lo que es mío. Curioso, ¿verdad?, que las personas que me aseguran que todos somos iguales bajo la alianza de Rahl el Oscuro y se limitan a dividir el fruto de mi trabajo, pero sin dar golpe, estén bien alimentadas, calientes y lleven hermosos vestidos. Pero mi familia pasa hambre y frío.

Todos rieron, pero Rachel no. Sabía lo que era tener hambre y frío.

—Damas y caballeros —dijo la reina con una risita—, ¿acaso no os prometí una diversión regia? Gracias a la bebida de la iluminación podemos ver qué egoísta es realmente este hombre. Imaginad, está convencido de que está bien que él se beneficie mientras otros se mueren de hambre. Sería capaz de poner su provecho por encima de las vicias de sus semejantes. Por codicia mataría a los hambrientos.

Todos se unieron a las risas de la reina.

De pronto, ésta golpeó la mesa con la mano. Algunas bandejas saltaron y unos pocos vasos se volcaron, una mancha roja se extendió por el blanco mantel. Todos quedaron en silencio, excepto el perro, que ladró al campesino.

—¡Ésta es la clase de codicia que desaparecerá cuando el Ejército Pacificador del Pueblo venga a ayudarnos a deshacernos de estas sanguijuelas humanas que nos chupan la sangre! —La redonda faz de la reina estaba tan roja como la mancha del mantel.

Todos aplaudieron y lanzaron vítores. La reina se sentó y finalmente sonrió.

—Curioso, ¿verdad?, que ahora que todos los campesinos y los trabajadores de la ciudad trabajan para el bien común ese bien no alcance a todo el mundo, como antes. Ni que tampoco haya suficiente comida. —El rostro del campesino se veía tan rojo como el suyo.

—¡Claro que no! —gritó la reina, levantándose de un salto—. ¡Por culpa de los codiciosos como tú! —La reina respiró hondo hasta que su rostro ya no estuvo tan colorado, y entonces dijo a la princesa—: Violeta, querida, más pronto o más tarde debes iniciarte en los asuntos de estado. Debes aprender a servir a nuestro pueblo. Así pues, dejo este caso en tus manos, para que adquieras experiencia. ¿Qué harías tú con este traidor al pueblo? Dilo y se hará, querida.

La princesa Violeta se puso en pie. Risueña, recorrió con la vista la sala y se inclinó ligeramente hacia adelante por encima de la mesa, en dirección al fornido hombre encadenado.

—¡Yo digo que le corten la cabeza!

Todo el mundo lanzó vítores y aplaudió de nuevo. Los guardias se llevaron a rastras al campesino, que profería insultos que Rachel no comprendía. La niña se sentía apenada por él y por su familia.

La velada se prolongó un rato más, hasta que todos decidieron ir a ver cómo le cortaban la cabeza al hombre. Cuando la reina hubo salido, la princesa Violeta se volvió hacia ella y le dijo que ellas también iban. Rachel se levantó frente a ella con los puños apretados a los lados del cuerpo y dijo:

—Sois muy mala. Ha sido malvado ordenar que le cortaran la cabeza.

—Caramba, caramba —replicó la princesa, poniendo los brazos en jarras—. ¡Bueno, pues esta noche tendrás que dormir en el bosque!

—¡Pero princesa Violeta, hace mucho frío!

—Perfecto. ¡Mientras te hielas puedes arrepentirte de haberme hablado con ese tono! ¡Y para que la próxima vez lo recuerdes, te quedarás fuera todo el día de mañana y la noche! —La princesa tenía una perversa expresión, como la que la reina adoptaba a veces—. Así aprenderás un poco de respeto.

Rachel empezó a protestar pero entonces recordó la muñeca mágica y que, en realidad, quería ir al bosque. La princesa señaló el arco que conducía a la puerta.

—Vete. Ahora mismo y sin cenar —ordenó, golpeando el suelo con un pie.

Rachel clavó la vista en el suelo y fingió sentirse acongojada.

—Como mandéis, princesa Violeta —dijo, e hizo una reverencia.

Cruzó el arco con la cabeza gacha y luego recorrió el gran pasillo con los tapices colgados de las altas paredes. Al pasar no miró las escenas de los tapices sino que mantuvo la cabeza inclinada, por si la princesa la estaba vigilando. No quería demostrar que estaba contenta de que la mandaran al bosque. Los guardias, ataviados con brillantes petos y armados con espadas y picas, abrieron las pesadas y altas puertas de hierro para dejarla pasar, sin pronunciar palabra. Nunca le decían nada cuando la dejaban salir, ni cuando volvía a entrar. Sabían que era la compañera de juegos de la princesa, un cero a la izquierda. La veían todos los días. Cuanto más se acercaba a los jardines, más deprisa caminaba.

Al llegar al sendero principal redujo la marcha y esperó hasta que los guardias le dieron la espalda. La muñeca mágica estaba ahí, justo donde Giller había dicho. Se metió la cerilla en el bolsillo y abrazó la muñeca con todas sus fuerzas antes de esconderla en su espalda. Rachel le susurró que estuviera callada. Ardía en deseos de llegar al pino hueco y contarle lo mala que había sido la princesa Violeta al ordenar que cortaran la cabeza a ese hombre. La niña escrutó la oscuridad que la rodeaba.

Nadie miraba, nadie la había visto coger la muñeca. Había hombres patrullando el camino de ronda del muro exterior y guardias de la reina en la puerta, muy tiesos en sus armaduras. Sobre ésta llevaban elegantes uniformes —túnicas rojas sin mangas con el escudo de la reina en el pecho: la cabeza de un lobo negro—. Al llegar junto a ellos, levantaron la pesada barra de hierro y dos de ellos empujaron la chirriante puerta para dejarla salir, sin siquiera mirar qué llevaba a la espalda. Cuando oyó el ruido de la barra al ser colocada de nuevo en su sitio, se dio la vuelta para mirar las espaldas de los guardias en el muro y, finalmente, sonrió y echó a correr; aún le quedaba un largo trecho.

Unos ojos oscuros la vigilaban desde una alta torre, la vieron cruzar los puestos de guardia sin levantar la más mínima sospecha ni interés, como un soplo de brisa que pasara entre los colmillos de una bestia; después atravesar la puerta del jardín abierta en el muro exterior, que impedía que ejércitos enemigos entraran y los traidores salieran; cruzar el puente donde cientos de enemigos habían caído en batalla; y, finalmente, correr entre los campos, descalza, desarmada, inocente, hasta llegar al bosque. A su lugar secreto.

Zedd golpeó furioso la fría chapa de metal con la mano. Lentamente, la maciza puerta de piedra se cerró con un chirrido. El mago tuvo que pasar por encima de los cuerpos de los guardias de D'Hara para llegar al muro bajo. Sus dedos descansaron sobre la familiar y lisa piedra, mientras él se inclinaba hacia adelante y contemplaba la ciudad dormida a sus pies.

Desde la muralla, que se alzaba en la ladera de una montaña, la ciudad ofrecía un aspecto pacífico. Pero el mago ya se había deslizado por sus oscuras calles y había visto tropas por todas partes. Esas tropas habían costado muchas vidas, en ambos bandos.

Pero eso no era lo peor.

Rahl el Oscuro debía de haber estado allí. Zedd estrelló el puño contra la piedra. Tenía que ser él quien se lo hubiera llevado.

La intrincada red de escudos debería haber aguantado, sin embargo no había sido así. Había tardado demasiados años en volver. Había sido un tonto.

—No hay nada sencillo —susurró.